孫楷第文集

滄州集

上册

中華書局

圖書在版編目(CIP)數據

滄州集/孫楷第著. —北京:中華書局,2018.10
(孫楷第文集)
ISBN 978-7-101-13436-0

Ⅰ.滄⋯ Ⅱ.孫⋯ Ⅲ.中國文學–文學研究–文集
Ⅳ.I206-53

中國版本圖書館 CIP 數據核字(2018)第 211337 號

書　　名	滄州集(全二册)	
著　　者	孫楷第	
叢 書 名	孫楷第文集	
責任編輯	俞國林	
出版發行	中華書局	
	(北京市豐臺區太平橋西里 38 號　100073)	
	http://www.zhbc.com.cn	
	E-mail:zhbc@zhbc.com.cn	
印　　刷	北京瑞古冠中印刷廠	
版　　次	2018 年 10 月北京第 1 版	
	2018 年 10 月北京第 1 次印刷	
規　　格	開本/850×1168 毫米　1/32	
	印張 19¾　插頁 5　字數 420 千字	
印　　數	1-2000 册	
國際書號	ISBN 978-7-101-13436-0	
定　　價	88.00 元	

孙楷第先生

孫楷第文集出版緣起

孫楷第（1898—1986），字子書，河北滄縣人。1922 年考入北平高等師範（即今北京師範大學）國文系，期間，師從楊樹達、黄侃、黎錦熙等學者，深受乾嘉學派的影響。1928 年畢業後留校任教，兼中國大辭典編纂處編輯。後任北平圖書館（即今中國國家圖書館）編輯，並先後兼北京師範大學、輔仁大學、北京大學等校講師。抗戰勝利後，任北京大學、燕京大學教授。1953 年，由北京大學調入新成立的中國科學院文學研究所（即今中國社會科學院文學研究所）任研究員，工作直到去世。

孫楷第先生是中國現代小説戲曲研究的開創者和奠基人。從二十世紀三四十年代起，他就着力研究中國通俗小説和戲曲，先後出版了日本東京所見中國小説書目（1932）、大連圖書館所見中國小説書目（1932）、中國通俗小説書目（1933）、也是園古今雜劇考（原名述也是園舊藏古今雜劇，1940）等著作，其深厚的樸學功力和開創性的學術成就，得到學術界的公認。建國後，孫楷第先生仍潛心學術，先後出版了元曲家考略（1952）、滄州集（1965）、滄州後集（1985）。這些著作蜚聲學界，其資料多爲學者所稱引，其見解早爲學界所熟知，已經成爲文學研究的經典性作品。但是，多年以來，這些著作散見各處，搜羅不易；有的斷版已久，難以尋覓。因此，爲孫楷第先生編訂文集，彙編其所有著作，已成爲學術界的迫切需要。

　　孫楷第先生一生以"讀書""寫書"爲志業，心無旁騖，一意向學。即使在抗戰時期和"文化大革命"時期，其學術工作多受干擾，仍不改初衷，專注學術。在勤於著述的同時，孫楷第先生還注重修訂充實舊作，精益求精。如元曲家考略始撰於二十世紀四十年代，1949 年開始陸續發表，結集初版於 1952 年，增訂再版於 1981 年；直到去世，他仍然在做補充修改。也是園古今雜劇考，1940 年初版問世之後，孫楷第先生在至少六個本子上做過精心細緻的修改，並先後寫過三個跋語，還專請余嘉錫先生作序。滄州集，初版於 1965 年，直到去世前，孫楷第先生在多個本子上反復校訂。"文化大革命"期間，孫楷第先生的上萬册藏書和文稿損失殆盡，其中包括反復校訂修改的著作原本。之後雖多方努力，苦苦追求，仍未能尋回，成爲孫楷第先生的終生憾事。藏書散失後，孫先生更下決心，要盡餘生之殘力，將畢生著述出版一份定本，以反映自己一生苦心孤詣的學術探索。可以說，出版文集，是孫楷第先生的心願。

　　從 1982 年開始，中國社會科學院文學研究所的楊鐮先生即在孫楷第先生的指導下，着手協助其收集散佚的藏書、整理數百萬字的著述。戲曲小說書録解題、小說旁證兩部著作在孫先生身後的 1990 年和 2000 年得以出版問世。整理孫先生文稿的工作，得到文學研究所歷屆領導的重視，特別是在 2006 年——孫先生去世二十周年之際，文學研究所學術委員會通過決議，爲研究孫楷第先生的學術思想，整理孫楷第先生的文集，成立了專門的課題組，由楊鐮先生主持。同時，由於得到孫先生哲嗣孫泰來的通力合作，社會各界熱心人士的協助，孫先生在"文化大革命"中散佚的文稿和有其批校的書籍，幾乎全部神奇地被重新找到，爲整理工作奠定了基礎。此次整理出版的孫楷第文集，所有著述都是依據孫先生手訂批校本和生前留下的手稿重新校訂而成，可以完整、準確地體現孫楷第先生畢生的學術成就。新發現的孫先生所著數十萬字學術回憶録與日記，將另編入孫楷第治學録一書。

當此孫楷第文集出版之際，我們對中國社會科學院文學研究所各屆領導的關心支持、對楊鐮等各位先生的辛勤工作，表示衷心的感謝。

中華書局編輯部

2008 年 12 月

附筆：計劃出版的孫楷第文集，包括滄州集、滄州後集、中國通俗小説書目、日本東京所見小説書目、大連圖書館所見小説書目、小説旁證、也是園古今雜劇考、元曲家考略、戲曲小説書録解題、曲録新編、孫楷第治學録等十餘種。這些著作，囊括了孫楷第先生畢生的治學成果。尤爲重要的是，鑒於孫楷第先生生前一直對已出版作品作出修訂校改，以期不斷完善，本文集皆以孫先生手訂本爲底本，參以各項增補資料，使之可稱爲孫楷第先生畢生著述的定本，以實現孫先生晚年心願。但也正因如此，極大地增加了孫楷第文集的整理出版難度。孫楷第文集於 2008 年始已陸續推出數種，由於底本情況複雜，進度緩慢，兼以 2016 年 3 月楊鐮先生不幸因車禍於新疆驟然離世，文集的後續整理出版工作一度陷入停滯。2018 年是孫先生誕辰的一百二十周年，我們謹以新排本孫楷第文集的出版，作爲對孫先生的誠摯紀念，及對楊鐮先生的深切緬懷。

中華書局編輯部

2018 年 8 月

整理説明

滄州集是孫楷第先生的學術代表作之一。所收論文如唐代俗講軌範與其本之體裁、三國志平話與三國志傳通俗演義、傀儡戲考原等,均係最見孫先生學術功力的代表性作品。全書依其內容分爲六卷,卷一、卷二皆論小說,卷三、卷四皆論戲曲,卷五論詩歌詞賦兼論史事,卷六則涉訓詁。基本涵括了孫先生的學術研究方法與觀點。

滄州集曾於 1965 年由本局整理出版,孫先生於 1986 年去世之前,歷年於自存校訂本數冊中,不斷有對書稿所作的增補修訂。2008 年滄州集據 1965 年版整理重排時,已斟酌收入部分訂補,茲據以重排,並參以孫先生現存手批校訂本,增補上版未收部分內容。本次出版所參考孫先生現存手批校訂本計四種八冊,除所作增補及改正原錄排之誤外,於所徵引文字及相關版本目錄等,均盡力重加核定,字句、卷次及標點未確之處,俱徑爲訂正,版式亦作相應調整,以清眉目。

中華書局編輯部

2018 年 8 月

目　　録

上　冊

下　册

序

三十年來，我所作的文章，除通俗小說目、大連圖書館藏小說目、日本東京所見小說目、也是園古今雜劇考、元曲家考略、小說旁證等書先後印行外，其散在期刊中間的還有若干篇。一些朋友屢勸我把這些文章結集爲一書印出來。我因爲生病精神不好，無心去作。去年夏，纔檢點舊稿，略加詮次。以唐代俗講軌範與其本之體裁諸篇爲第一卷，以三國志平話與三國志傳通俗演義諸篇爲第二卷，皆論小說。以傀儡戲考原等三篇爲第三卷，以元曲新考諸篇爲第四卷，皆論戲曲。以九歌爲漢歌辭考諸篇爲第五卷，論詩歌詞賦兼論史事。以評樂府詩選注諸篇爲第六卷，皆涉訓詁。其唐代俗講軌範與其本之體裁及傀儡戲考原諸篇，近年亦曾別行。因本係單篇論文，遂亦散入此集內。我的稿子多散佚。此次幫我蒐集稿子的，有周祖謨先生、張榮起先生（周先生爲我尋得文六篇，張先生爲我尋得文四篇）。我謝謝他們。我的文章，多半是十幾年或二十幾年前作的，在今日看起來，不妥之處定然不少。謹向讀者道歉，希望予以嚴厲的批評。

一九五八年一月二十四日，孫楷第自序於北京大學內鏡春園八十號。

唐代俗講軌範與其本之體裁

序

　　唐時僧侶講論有所謂"俗講"者，其稱謂記載，時見於雜書傳記，如日本僧圓仁入唐求法巡禮行記（卷四）所載長安左右街七寺開"俗講"事，唐段安節樂府雜録、宋司馬光資治通鑑敬宗紀所載俗講僧文溆事，余友向君覺明有唐代俗講考[①]一文曾歷引之，以爲今燉煌寫本所録諸説唱體俗文即唐時"俗講"之本，其立義善矣。顧向君文限於體裁，其論説旨趣在證明唐代有"俗講"之事，其"俗講"之軌範、門類，以及本之形式影響於後世之散樂雜伎者，則爲篇章所限猶未得暢言之。當向君草唐代俗講考一文時，余此文初稿亦寫得數章，曾以稿本與當時在學校講授所用小説史講義若干葉，貢之向君，蒙其採用數條於文中，而余文論及俗講本體例者，君文則云："孫君曾有長篇解釋，可不必贅。"蓋文各有體，無取雜博，且隱爲余留刊布之地。向君長厚君子，其平日

---

①見燕京學報第十六期。

爲文，於師友論著片長，未嘗有掩覆兼併之事，觀於此亦可見一斑。然則如向君與余同契同好者，當其爲文之日固望余文之成。今日勉出此本，雖補綴繕完爲余本分之事，要亦向君所樂聞也。

凡燉煌本所録説唱諸本，其篇目雖繁，約而言之，不過二體。其一爲引用經文者：其本先録經文數句或一小節，標曰“經云”。繼以説解，又繼之以歌讚。如是迴還往復，訖於經文畢爲止，此經疏之體，乃講經存文句之本也。此等本余初目之爲“唱經文”，向君文亦不棄余説，而又據倫敦藏燉煌本“温室經講唱押座文”一題，疑本名“講唱文”。今按：唱經即誦經。凡講經有法師，有都講。法師主講經，都講主誦經文。命爲“唱經文”，其義偏而不全，説實未善。若講唱即宣講之謂。宋贊寧高僧傳卷十六允文傳稱“文攻相部律宗。淹時寢疾，未遑講唱”，是其例也。講席之設，以法師爲主。言講可以概誦，而徒誦不足以成講。故余今取向君之説而變通之，目曰“講唱經文”。此一體也。其二以説解與歌讚相間，雖説經中之事而不唱經文，當時謂之“轉變”。謂其本曰“變文”，亦省稱曰“變”，乃講經而不存文句之本。此又一體也。其轉變而非説經者，則又變文之別枝。然所説之事不同而文體實一。以文而論，自當附於經變，不得判爲二也。又梁慧皎高僧傳所載有“唱導”一科，亦謂之“説法”，其事至唐尚有之。大抵闡揚教意，不標講某經之名，然其稱引事類，或取之經，或舉世間傳聞之事，苟以述事爲主，即亦“變文”之比。今釋此諸本，語其流變，判爲四科：

一　講唱經文

二　變文

三　唱導文

四　俗講與後世伎樂之關係

凡文中所論，多涉佛事。自愧不通經典，其於戒律之事，茫乎無所聞知，又未嘗剃染，躬預法集，僅以舊文所載，模擬懸測，錯誤之處，殆所不免。望當代大德勝流有以教之。

一　講唱經文

講唱經文之本，其體與名德之講同，而頌讚頻繁，述事而不述義。其節次：講前讚唄，今所見押座文是。次唱經題名目。次就經題詮解，謂之“開題”。亦作“發題”（發、開同義）。次入文正說。正說時先摘誦經文，謂之“唱經”。次就經文解說。又次吟詞偈。如是每摘誦一次經文，即繼以說解吟詞各一段，至講畢爲止。講畢，又讚唄。此其大較也。初講謂之“發講”，亦作“開講”。講畢謂之“解講”。其經文繁者，往往講須經若干時日，非一次所能了。今所見俗講維摩詰經講唱文，即兼旬講演之本也。復有宣念疏文，謂之表白，乃於講前、講次，或講訖時行之。此因講與表白之性質不同而異其節次，非可執一論之者。就中押座文、開題與表白，非惟講唱經文有之，即經變亦有其格。今釋講唱經文之事，復立五門：

  （一）唱經

  （二）吟詞

  （三）吟唱與說解之人

  （四）押座文與開題

  （五）表白

以上諸門詮釋不以開講次第爲先後。所以然者，本篇重釋講唱體例及其職司分配。其押座文、開題與表白，既非講唱經文所獨有，即置於後，不先出之耳。文中多引梁慧皎、唐道宣、宋贊寧三家僧傳。按：慧皎書本名高僧傳；道宣書本名續高僧傳；贊寧書本名宋高僧傳。以下涉三書，皆直稱本名，不舉作者，以免重疊。

（一）唱經

“唱經”者，諷誦經文引吭高唱之謂，亦曰“詠經”，通言“轉讀”（南朝士人或謂讀書曰轉誦，義與此別。轉誦見南齊書王僧虔傳）。考僧徒讀經之法，本有質直聲與曲折聲二種：前者直誦，後即聲唱。宋高僧傳卷二十五讀誦篇總論所謂“經傳震旦，夾譯漢庭。北則竺蘭，始直聲而宣剖；南唯僧會，揚曲韻以諷通”是也。如斯揚曲韻以諷經，在僧侶中自有專家，自六朝以來以迄唐宋，代有其人。雖派別不同，要之唯以聲音見長，他無所與。雖云讀經，實則同於歌曲。此觀舊傳所記，可以知之。高僧傳卷十五經師一門專記此等人，爲之品目。今摘舉數條爲例：

帛法橋傳（晉）：

少樂轉讀，每以不暢爲慨。於是絕粒懺悔，七日七夕，至第七日覺喉內豁然，於是作三契①經，聲徹里許。遠近驚嗟。

支曇籥傳（晉）：

善於轉讀。嘗夢天神授其聲法。覺，因裁製新聲。梵響清靡，四飛卻轉，返折還（讀如旋）弄。雖復東阿先變，康會後造，始終循環，未有如籥之妙。後進傳寫，莫匪其法。

法平傳（晉）：

與弟法等俱出家，爲曇籥弟子，共傳師業。響韻清雅，運轉無方。弟貌小醜而聲踰於兄。東安嚴公發講，等作三契經竟，嚴徐動麈尾曰：“如此讀經，亦不減發講。”遂散席。明更開題。

---

① 翻譯名義集卷四衆善行法篇“唄匿”注云：“契之一字，猶言一節一科也。”

道慧傳（宋）：

> 偏好轉讀。發響含奇，製無定準，條章析句，綺麗分明。

智宗傳（宋）：

> 尤長轉讀，聲至清而爽快。若乃八關長夕，中宵之後，四眾低昂，睡蛇交至，宗則升座一轉，梵響干雲，莫不開神暢體，豁然醒悟。

曇遷傳（齊）：

> 巧於轉讀，有無窮聲韻。梵製新奇，特拔終古。

曇智傳（齊）：

> 雅好轉讀。雖依擬前宗，而獨拔新異。高調清徹，寫送有餘。

僧辯傳（齊）：

> 受業於遷（曇遷）暢（法暢）二師。初雖祖述其風，晚更措意斟酌，哀婉折衷，獨步齊初。……永明七年，司徒竟陵文宣王（子良）夢於佛前詠維摩一契，因聲發而覺。即起至佛堂中，還如夢中法更詠古維摩一契，便覺韻聲流好，有工恒日。明旦，集京師善聲沙門及僧辯等集第作聲。辯傳古維摩一契，瑞應七言偈一契，最是命家之作。後人時有傳者，並訛漏失其大體。

曇憑傳（齊）：

> 學轉讀，音調甚工，時人未之推也。於是專精規矩，更加研習。晚遂出群。誦三本起經，尤善其聲。

慧忍傳（齊）：

　　　　無餘行解，止是愛好音聲。初受業於安樂辯公（僧辯），備得其法，而哀婉細妙，特欲過之。齊文宣感夢之後，共忍斟酌舊聲，詮品新異，製瑞應四十二契，忍所得最長妙。於是令慧微等四十餘人就忍受學。遂傳法於今。

以上皆知名有傳者。此外尚有附著姓名而無事蹟者八人：

　　　　法鄰（齊）：平調牒句，殊有宮商。

　　　　曇辯（齊）：一往無奇，彌久彌勝。

　　　　慧念（齊）：少於氣調，殊有細美。

　　　　曇幹（齊）：爽快砰磕，傳寫有法。

　　　　曇進（齊）：亦入能流，偏善還品。

　　　　慧超（齊）：善於三契，後不能稱。

　　　　道首（齊）：怯於一往，長道可觀。

　　　　曇調（齊）：寫送清雅，恨工夫未足。

如其所記，則品第經師，與後世涵虛子之論知音善歌者同，信乎唱經之爲聲歌，與普通讀誦異也。

　　最初轉讀，蓋遠採梵響，寫唄囀之音。繼之名師裁製，遞有新聲。而授受淵源，亦各有其來歷。高僧傳經師篇總論云：

　　　　自大教東流，乃譯文者衆，而傳聲蓋寡。良由梵音重複，漢語單奇，若用梵音以詠漢語，則聲繁而偈迫，若用漢曲以詠梵文，則韻短而辭長。是故金言有譯，梵響無授。始有魏陳思王曹植，深愛聲律，屬意經音，既通般遮之瑞響，又感漁山之神製，於是刪治瑞應本起，以爲學者之宗。傳聲則三千有餘，在契則四十有二。其後帛橋支籥亦云祖述陳思，而愛好通靈，別感神製，裁變古聲，所存止一千而已。至石勒建平中，有天神降於安邑廳事，諷詠經音，七日乃絶。時有傳者,並皆訛廢。逮宋齊之間有曇遷僧辯太傳文宣等,並慇懃嗟詠,曲意音律,撰集異同,斟酌科例,存於舊法,正可三百餘聲。自茲厥後,聲多散落,人人致意,補綴不同,所以師師異法,家家各製。……

此記經音之傳授甚詳。又論轉讀之法云:

　　轉讀之爲懿,貴在聲文兩得。若唯聲而不文,則道心無以得生;若唯文而不聲,則俗情無以得入。而頃世學者裁得首尾餘聲,便言擅名當世,經文起盡,曾不措懷,或破句以全聲,或分文以足韻,豈唯聲之不足,亦乃文不成詮。若能精達經旨,洞曉音律,三位七聲次而無亂,五言四句契而莫爽;其間起擲蕩舉,游飛卻轉,反疊嬌哢,動韻則揄靡弗窮,張喉則變態無盡;故能炳發八音,光揚七善,壯而不猛,凝而不滯,弱而不野,剛而不銳,清而不擾,濁而不蔽;諒足以超暢微言,怡養神性:故聽聲可以娛耳,聆語可以開襟。若然可謂梵音深妙,令人樂聞者也。

觀慧皎之言,知梁時轉讀已有漸失前師聲範者,致音聲句讀不能極成。而歸本於"精達經旨,洞曉音律",則轉經必深知音律者乃可爲之,事亦至明也。轉經之事在隋初猶多專家,如續高僧傳卷四十雜科聲德篇載法韻通經聲七百餘契,即其例。至唐乃漸衰歇,雜科聲德篇論當時經師云:

　　爰始經師爲德,本實以聲糅文,將使聽者神開,因聲以從迴向。頃世皆捐其旨,鄭衛珍流,以哀婉爲入神,用騰擲爲輕舉,致使淫音婉變,嬌弄頗繁,世重同迷,抄宗爲得。未曉聞者悟迷,且貴一時傾耳。斯並歸宗女衆,僧頗嫌之。而越墜堅貞,殊虧雅素。且復彫訛將絕,宗匠者希,昔演三千,今無一契。……

此謂轉讀不依前宗,但以淫聲悦耳爲俗衆婦女所歡迎而已。六朝經師多斟酌舊聲,自拔新異。至隋、唐以還,則反俯就時聲,同於鄭衛之音,轉經至此,已與散樂無別。蓋不唯末流趨附時好,亦古調失傳,知音者希,故遂以俗聲傳寫,流蕩不返也。然經師轉讀,視諸科至爲卑近,昔人於此,亦不重視,故慧皎作傳與導師同殿諸科之末,視爲小道。蓋其業唯以聲見長,雖得隨俗之方,無義解之效,其遷流而爲散樂雜伎,亦固其宜。今所見唐五代人講唱經文本,雖不曉其經聲如何,以道宣之言考之,度亦附會鄭衛之聲,但資悦耳之用者。其倚聲讀誦,自成一伎,雖上有所承,而夷考其實,則聲與散樂鄰類且亦同一作用者亦無可疑也。

(二)吟詞

講唱經文之體,首唱經。唱經之後繼以解説,解説之後繼以吟詞,吟詞之後又爲唱經。如是迴還往復,以迄終卷。此種吟詞,與解説相輔而行。近世説書,尚沿用此格。今按其詞,即歌讚之體,彼宗所謂梵音者。蓋解説附經文之後,所以釋經中之事;歌讚附解説之後,所以詠經中之事:用意不同,故體亦異也。按:以詩偈頌讚,經論中多有之。其偈或陳語言,或嘆德美,以叙説與偈結合,實與此講唱經本同。唯此廣其意,例以歌讚附叙説之後耳。又按其文字,實是講經之本,以叙説附經,相當於經疏。去其白則同着偈之經;去其歌則爲無讚之疏。今以附歌讚之經疏視之,實至妥帖也。又詩偈頌讚,亦重聲音。姚秦鳩摩羅什與沙門慧叡論西方辭體云:

　　天竺國俗,甚重文製。其宫商體韻,以入絃爲善。凡覲國王必有讚德;見佛之儀,以歌嘆爲貴。經中偈頌,皆其式

也。但改梵爲秦，失其藻蔚，殊隔文體。有似嚼飯與人，非
徒失味，乃令嘔噦。（高僧傳卷二）

以什之言推之，則今之四言五言六言七言諸偈，乃以梵音牽就此
土文體，其削足適屢，失其本來韻味，固意中之事。然自漢魏以
來胡、竺諸僧來游漢境，彼等皆知梵音，其譯述雖隔文體而傳聲
當去梵不甚遠。故至六朝時其誦讀出名師裁製者，傳授亦至分
明。高僧傳經師篇總論云：

　　　天竺方俗，凡是歌詠法言，皆稱爲唄。至於此土誦經則
稱爲轉讀，歌讚則號爲梵音。昔諸天讚唄，皆以韻入絃管；五
衆既與俗違，故宜以聲曲爲妙。原夫梵唄之起，亦肇自陳思，
始著太子頌及睒頌等，因爲之製聲，吐納抑揚，並法神授；今
之“皇皇顧惟”，蓋其風烈也。其後居士支謙亦傳梵唄三契（按
本書卷一謙傳云：又從無量壽、中本起製菩薩連句梵唄三契），皆湮沒不存；
世有“共議”一章，恐或謙之餘則也。唯康僧會所造“泥洹”梵
唄（按卷一會傳云：又傳“泥洹”唄聲，清靡哀亮，一代模式），於今尚傳，即
“敬謁”一契。文出雙卷泥洹，故曰“泥洹唄”也。至晉世有生
法師①，初傳“覓歷”，今之“行地印文”即其法也。籥公②所造
六言，即“大慈哀愍”一契，於今時有作者。近有西涼州唄，源
出關右，而流於晉陽；今之“面如滿月”是也。凡此諸曲，並製
出名師。後人繼作，多所訛漏。或時沙彌小兒，互相傳校，疇
昔成規，殆無遺一。惜哉！

慧皎言梵音授受，至爲明悉。及叙當時事，則以疇昔成規殆無遺
一爲惜。然此尚梁時情形耳。至道宣在唐初，述當時歌讚，則第

---

①生法師疑當作蜜法師，卷一帛尸梨蜜傳云：“又授弟子‘覓歷’高聲梵唄，傳響於今。”
②即前引經師篇之支曇籥。傳云：“所製六言梵唄，傳響於今。”

以域分爲言，不復疏其傳受。蓋古音之失，去梁時益遠矣。續高僧傳雜科聲德篇總論云：

> 梵者，淨也。色界諸天來觀佛者，皆陳讚頌。經有其事，祖而習之，故存本因詔聲爲梵。……東川諸梵，聲唱尤多。其中高者，則新聲助哀般遮屈勢（疑即般涉乞食之異文）之類也。地分鄭魏，聲亦參差。然其大途，不爽常習。江表關中，巨細天隔，豈非吳越志揚，俗好浮綺，致使音頌所尚，唯以纖婉爲工？秦壤雍冀，音詞雄遠，至於詠歌所被，皆用深高爲勝。……京輔常傳，則有大小兩梵；金陵昔弄，亦傳長短兩引：事屬當機，不無其美。劍南隴右，其風體秦。

又以江表關中梵聲比較而論之云：

> 若都集道俗，或傾國大齋，行香長梵，則秦聲爲得。五衆常禮，七貴宵興，開發經講，則吳音抑在其次；豈不以清夜良辰，昏漠相阻，故以清聲雅調駭發沈情？

此謂南北梵聲因時制宜，各有所長。又云：

> 頌讚之設，其流實繁。江淮之境，偏饒此歒，彫飾文綺，糅以聲華，隨卷稱揚，任契便構；然其聲多豔逸，翳覆文詞，聽者但聞飛弄，竟迷是何筌目。關河晉魏兼而重之，但以言出非文，雅稱呈拙；且其聲約詞豐，易聽而開深信。唯彼南服，文聲若林；向若節之中和，理必諧諸幽遠。隨墮難泝，返亦希焉。

道宣所論南北梵聲之異，即後世南北曲及彈詞大鼓聲音之異亦莫不然。誦讚之設，雖由來已久，但至唐時，已流爲時下曲調。以迄於宋，古聲蕩然，殆已不存。蓋確守聲範，非一般人所能，“久之流變，入於澆波”，亦自然之理也。如宋高僧傳讀誦篇記少康①事云：

> 康所述偈讚，皆附會鄭衛之聲，變體而作。非哀非樂，不怨不怒，得處中曲韻。譬猶善醫，以餳蜜塗逆口之藥，誘嬰兒之口耳。

讀誦篇總論亦云：

> 今之歌讚，附麗淫哇之曲，涊憑之音，加釀瓌辭，包藏密呪，敷爲梵奏；此實新聲也。

觀第一條所記少康事，可知當時宣唱，爲迎合時好起見，實有“附會鄭衛之聲”之必要，況宗匠無存，聲聞法事，以俗僧任之，所知者亦唯是鄭衛之音耶？

梵音在唐宋之際，浸違古製，以其聲言之已爲俗聲，如上所述。今講唱經文本所附偈讚，本備當時諷詠之用者，其音雖不可知，度亦不過如道宣贊寧所記，爲新聲梵奏，徒以悅聽衆而已。又文中偈讚繁多，與説白間出，實是相輔而行者。此於當時法集講經之事，宜居何等？以余考之，此亦循俗製作，以聲歌相炫，道宣所謂“隨卷稱揚，任契便構”者，即此之謂也。凡僧侶講經，於每次集會，自有梵唱，但皆於正講前後爲之。道宣四分律行事鈔資持記卷三十九導俗化方篇，記講經儀式所宜遵及不可行者，頗核備，而宋釋元照所述，尤爲詳悉。中皆有讚唄。今具引於下。

資持記文云：

> 上高座讀經，先禮佛，次禮經法。及上座後，在座正坐，向上座坐。楗椎聲絶，先讚偈唄。如法而説。若不如法問，不如法聽，便止。

---

①少康，唐貞元時人。

元照述云：

> 三中（按言第三節中也）六法：初禮三寶。二昇高座。三打磬靜衆①。四讚唄②。五正說。六觀機進止，問聽如法，樂聞聽說③。七說竟迴向。八復作讚唄。九下座禮辭。

觀道宣、元照所論，知讚唄於講前後行之。講前後何以讚唄，則續高僧傳雜科聲德篇論之特詳。其言曰：

> 梵者，淨也。實惟天音。……唄囋之作，頗涉前科。至於寄事，置布仍別：梵設發引爲功，唄囋終於散席。尋唄囋也亦本天音。唐翻爲靜，深得其理。謂衆將散，恐涉亂緣，故以唄約，令無逸也。然靜唄爲義，豈局送終？善始者多，慎終誠寡，故隨因起誠，而不無通議〔義〕。始云梵用以發引，唄終於散席。繼又云不無通義。然則講前講後讚偈，皆可稱唄。唄之用所以約束人心使勿散逸也。至講說中間讚偈唄，則律所不許，爲名輩所疾。資持記導俗化方篇舉此等事爲戒云：

> > 爲檀越說法，聽說契經及分別義，不得二比丘同一高座說法或二人同聲合唄及歌詠聲說法等。因說歌聲有五過：一自貪著聲，二令聞者生愛，三令他習學，四令俗人生慢心，五以亂定意。

按：僧侶開講，以一人任讀經，一人任講解，相向各昇高座（詳下文）。此云同一高座說法，或當時有此等事，亦未可知。至

---

①原注云：今多打木。
②原注云：文是自作，今並他作。聲作秉爐，說偈，祈請等。
③原注云：文中不明"下座"，今加續之。按此注十字是冒下之詞，言七、八、九項是照所補，原書無之。

“歌詠聲説法”，繹其意似謂講説以歌詠出之。今講唱經文本其偈讚與説白並行，同以説經，同是導宣，即是歌詠之本。<u>道宣</u>所指，殆是其事。至所摘歌聲之弊尤一一中肯。此與僧傳“隨卷稱揚，任契便構”一語，同爲對當時俗僧宣講而發者。似無可疑也。

講唱經文本之吟詞，今以<u>維摩詰經講唱文</u>考之，有長短二種。短者多七言八句，略同律詩，標注曰“偈”，或曰“詩”。長者句亦七言，中間時雜以長短句，結句引起經文者稍長，句八字或九字不等，其體略如詩家之古風歌行；卷中標注曰“吟”，以別於經文之“唱”，無標文體之“詩”“偈”字樣。此長短二種，短者即後來詞話中之詩；長者即詞話中吟唱之詞。就形式言之，似二者體製不同。然以余考之，則此等長詞，固亦是詩偈，與注詩偈之詞，僅長短之異，初非二體也。蓋經論中所插偈，或長或短，本無一定。短者數行，長者乃至數十行。即<u>名德</u>效經偈作頌，有極短者，亦有極長者（如宋<u>罽賓國僧求那跋摩</u>遺偈三十六行，乃長偈之著者，高僧傳卷三本傳載其文）。此諸長詞在講唱經文本中，與詩偈同爲頌讚之詞，與經中之以長偈頌讚者亦同；則其應爲偈，實無可疑。長偈既標曰吟，則偈之短者，雖不注吟，亦當以吟出之。且誦偈曰吟，稽之前志，固有其例。如宋高僧傳卷十七，記<u>唐利涉</u>與大理評事<u>韋玎</u>折辯事云：

> <u>涉</u>將“韋”字爲韻，揭調長吟偈詞曰：“我之佛法是無爲，何故今朝得有爲？無韋始得三數載，不知此復是何韋？”

同書卷十九寒山子傳：

> 此人狂病，好吟詞偈。

此謂誦偈爲吟之例也。又頌讚之偈，以文詞論可稱爲詞偈或詞頌①。或曰詞文：如燉煌寫本説漢書之季布罵陣篇②，卷後書云，“大漢三年季布罵陣詞文一卷”是其例。或曰詞：如燉煌寫本讚開元皇帝注金剛經③開篇有云：“皆談新歌是舊曲，聽唱金剛般若詞。”是其例。以此二文考之，其文固偈讚之體，其偈皆歌場道場所用而皆稱爲詞，則講唱經文本之偈，所以讚揚導宣者，自亦可稱爲詞。且兼詞句與齒頰之用言之，命之曰吟詞實無不可也。

今所見維摩詰經講唱文凡三卷：一曰彌勒光嚴問疾卷④，二曰持世問疾卷⑤，三曰文殊問疾卷⑥。在三、二兩卷中，於長偈短偈兩種吟詞，並有標注。短偈注曰“平詩”，曰“斷”及“斷詩”，曰“經”及“經平”。長偈注曰“吟”，曰“平”，曰“側”及“側吟”，曰“平側”，曰“斷”。以今考之，平謂平聲，側謂側聲，平側謂側聲與平聲。斷似謂斷送。經似謂催經聲之詞。此皆屬於聲律者也。長偈注曰“吟上下”，曰“古吟上下”，此屬於篇章者也。此等僅存之標注，對於研究講唱經文本之格律及體製甚爲重要。今更依標注覆以本文，詳細討論之。

1. 屬於短偈者　　文中所附短偈，其注文雖因聲歌而異其色目，且有失注或不注者；然大抵皆是押平聲韻之七言八句詩，則以文言之，諸偈之間固無何等差別。唯其在文中之作用，則因聲歌之不同而大異其趣。以今考之，凡短偈注“平詩”“斷”及“斷詩”者，只可施於白文中間，或附長偈之前後，絶不能作爲起經文之用。其注“經”者，則白文中間無之，長偈前亦無之，其配置方

---

①宋高僧傳寒山子傳云：“唯於林間綴葉書詞頌。”
②見燉煌掇瑣七。
③見掇瑣四十。按：開元二十四年，玄宗親注金剛般若經，詔頒天下普令宣講。此詞撮金經大意，兼頌帝德，必是承詔後宣講時所用發題之本。
④藏法國巴黎國家圖書館。余只見傳鈔本，未見原本。
⑤藏國立北京圖書館。
⑥見燉煌零拾。

法,乃綴於長偈或斷詩之後而爲之殿,而位於經文之前。且此等偈皆限來字韻,末句爲"……唱將來"之句以起經文,乃純爲唱經之催聲。今據零拾文殊問疾卷所載,示其配置次序:

文殊問疾卷四葉上:

　　短偈

　　短偈(斷)

　　長偈(平側)

　　短偈(經)

　　下文

　　　經云:文殊師利乃至詣彼問疾。

同上五葉下,六葉上:

　　長偈(側)

　　短偈(斷)

　　短偈(經)

　　下文

　　　經云:於是衆中乃至皆欲隨從。

同上六葉下,七葉上:

　　長偈(側吟)

　　短偈(經平)

　　下文

　　　經云:於是文殊乃至入城。

同上七葉下,八葉上:

　　短偈

　　長偈(斷)

　　　　短偈（斷）

　　　　短偈（斷）

　　　　短偈（經）

　　　　下文

　　　　　經（缺）

短偈注“經”者，即是唱經催聲，已無可疑。至注“經”之義，則不可曉，或以其爲經聲前導因立此標注名色，亦未可知也。

　　2. 屬於長偈者　長偈有二體：(1)分上下二章者，今稱爲第一體。(2)只一章者，今曰第二體。更分述之。

　　長偈第一體分上下二章，即標注所謂“吟上下”或“古吟上下”①者是也。此第一體長偈，有上章不用韻而下章用韻者，如持世問疾卷上章“魔王隊杖利（離）天宫”一解，注曰“吟”；下章“波旬是日出大來”一解注曰“韻”。又上章“莫將天女與沙門”一解，注曰“吟上下”；下章“室中不須更遲疑”一解，注曰“平”。明下章爲有韻之吟且屬平韻，上章乃無韻之吟也。按：經論中偈讚，本有無韻有韻二種，梵音聲唱，原不專就末字韻腳言之，此等上章雖不用韻，要是吟聲，不足爲異。其下章有韻者，則皆韻平聲。此爲一體。有上章用側韻而下章用平韻者：如持世問疾卷上章“菩薩慈悲莫疑慮”一解，注曰“側”；下章“我今時固（?）下天來”一解，用平韻，無注。似寫本失之。文殊問疾卷“世尊會上告文殊”長偈②，注曰“平側”。此偈用韻甚雜，上章側韻，平去入通押，似韻質脂御物屋。下章平韻亦雜，似韻真諄文庚清勁。平側者謂先側而後平也。此又爲一體。上章不韻，下章用韻者，舉持世問疾卷“天宫未免得無常”長偈爲例：

————————————

①“古吟上下”，意當謂古調，如後來曲調有古江兒水之比。

②在第四葉。

古吟上下：

　天宮未免得無常

　　福德纔徵卻墮落

　富貴驕奢終不久

　　笙歌恣意未爲堅

　任誇玉女貌嬋娟

　　任逞月娥多豔態

　任你奢花〔華〕多自在

　　終歸不免卻無常

　任誇錦繡幾千重

　　任你珍羞湌百味

　任是所須皆總剗

　　終歸難免卻無常

　任教福德相嚴身

　　任你眷屬長圍遶

　任你隨情多快樂

　　終歸難免卻無常

　任教清樂奏弦歌

　　任使樓臺隨處有

　任遣嬪妃隨後擁

　　終歸難免也無常

　任伊美貌最希奇

　　任使天宮多富貴

　任有花開香滿路

　　終歸難免卻無常

　莫於上界恣身心

　　莫向天中五欲深

　莫把驕奢爲究竟

　　莫耽富貴不修行

　還知彼處有傾摧

　　如箭射空隨至地

　身命財中能之了

　　修行他不出無常

　　　（按：以上上章不韻）

　索勞帝釋下天來

　　深謝弦歌鼓樂排

　玉女盡皆覺悟取

　　嬋娟各要出塵埃

　天宮富貴何時了

　　地獄煎熬幾萬迴

　身命財中能悟解

　　使〔便〕能久遠出三災

　須記取　傾心懷

　　上界天宮卻請迴

　五欲業山隨日滅

　　耽迷障嶽逐時摧

　身終使得堅牢藏

　　心上還除染患胎

　帝釋敢師兄說法力

　　着何酬答唱將來

　　　（按：以上下章平韻韻皆灰哈）

上章側韻，下章平韻，如持世問疾卷“菩薩慈悲莫疑慮”長偈：

菩薩慈悲莫疑慮

　禪堂寂靜無依怙
修行直感動天宮

　入定伏得龍兼虎
我今來　蒙法雨

　塵勞已滅心開悟
報答何酬說法恩

　師兄收取天宮女
出天門　下雲路

　來時不捧法珍寶
得禮慈悲大法王

　師兄收取天宮女
解歌音　能律呂

　簫韶直得陰雲布
日夜交伊暖法堂

　師兄收取天宮女
巧裁縫　能繡補

　刺成盤鳳須甘雨
個個能裝百衲衣

　師兄收取天宮女
會人心　巧言語

　爭忍空交卻迴去
禪堂驅使好祇承

　師兄收取天宮女
貌如花　體如素

　似雪如花花又語
堪作禪堂學法人

師兄收取天宮女

（按：以上上章側韻韻姥虞語暮）

我今時固(?)下天來

　爲見師兄禪坐開

得禮高人忻百度

　喜瞻菩薩喜千迴

蒙宣法味令齋解

　又休談揚決乘懷

酬答並無法異物

　惟將天女作賚排

與棄〔承〕受　莫疑猜

　上界從今承願迴

誓與師兄爲弟子

　永充菩薩遠花臺

乘道力　乞慈哀

　赴乘情成察乘懷

有願施時須與受

　無乖見處定無乖

禪堂内　設支排

　寂寞應知承易偕

日夜交伊歌浩浩

　辰昏須遣樂哈哈

有斜〔針〕指　巧難(?)裁

　供養祇承順意懷

分禪補坊(四字可疑)兼刺繡

　更能逐日辯〔辦〕香齋

　　陳百種　獻千迴
　　　爲感師兄説法開
　　一萬二千天上女
　　　莫辭收取唱將來
　　　　（按：以上下章平韻韻皆灰咍）

凡第一類長偈分上下二章者，其下章亦可爲經聲前導，與短偈注
"經"者，其用同。但因末句着"唱將來"三字必限來字韻，故此等
以韻皆灰咍者爲最普通。間有用他平聲韻者，而最後換韻亦必
韻皆灰咍。如彌勒光嚴問疾卷"雖居兜率具深慈"長偈下章：

　　天王聞説愜深情
　　　各各歡忻不可名
　　爭取天花神供養
　　　覓〔競〕將異寶表虔成〔誠〕
　　昔時迷處從兹悟
　　　往日昏交〔教〕此日星〔醒〕
　　因得聽聞不退轉
　　　起來禮謝不休停
　　發大願　唱奇哉
　　　感賀慈悲化利開
　　但□聽聞不退行
　　　從今修進救輪迴
　　天王禮謝言希有
　　　彌勒慈悲未盡懷
　　更擬爲他重解説
　　　被維摩見也唱將來

其下章有始終不韻皆灰咍者，則不能爲催經聲之用，故此等長偈

之後仍須加注"經"之偈。今再引文殊問疾卷"世尊會上告文殊"
"是時聖主振春雷"二偈爲例：

平側：

世尊會上告文殊

　爲使今朝過丈室

傳吾意旨維摩處

　申問慇懃勿得遲

前來會裏衆聲聞

　個個推辭言不去

皆陳大士維摩詰

　盡道毗耶我不任

衆中彌勒又推辭

　筵內光嚴申懇款

八千大士無人去

　五百聲聞沒一個

汝今便請速排諧

　萬一與吾爲使去

威儀一對相隨逐

　銜勅毗耶問淨名

菩薩身爲七佛師

　久證功圓三世佛

親辭聖主來凡世

　　（以上上章側韻）

助我宣揚轉法輪

　巍巍身若一金山

眉分皎潔三秋月

臉寫芬芳九夏蓮

堪爲丈室慰安人

　堪共維摩相對論

堪將大衆菴園去

　堪作毗耶一使人

便依吾勅赴前程

　便請如今別法會

若逢大士維摩詰

　問取根由病所因

文殊德行十方聞

　妙德神通百億悅

能摧外道皆歸正

　能遣魔軍盡隱藏

依吾告命速前行

　依我指蹤過丈室

愍懃慰問維摩去

　巧着言詞問淨名

　　（以上下章平韻）

經：

是時聖主振春雷

　萬億龍神四面排

見道文殊親問病

　人天會上喜哈哈

此時便起當筵立

　合掌顒然近寶臺

由讚淨名名稱煞

如何白佛也唱將來

此長偈下章以真諄文山爲韻，不能趁來字韻，故另有用來字韻之短偈，以濟其窮。是"經"之用除自身爲催經聲外，兼以補助長偈，盡文字之變。然長偈二章者，其下章大抵用咍韻，如此例實不多見也。

長偈第二體只一章。此一章長偈若通押側韻不能催經聲，必以注"經"之偈繼之。此與二章長偈下章之不押咍韻者，雖平側韻異，其必須附以經偈之理由則同。今文殊問疾卷中有二例。其一側吟之後，附斷偈一首，又經偈一首。其一側吟之後，只附經偈。今舉第二例：

側吟：

維摩臥疾於方丈

　　佛勅文殊專問當

宣與天龍及鬼神

　　滿空滿路人無量

佛勅下　排儀仗

　　帝釋梵王亦令往

不揀迦樓乾闥婆

　　鼓樂清歌任吹唱

緊那羅　藥叉將

　　要去如來不攔障

讚法催邪左右排

　　浩浩喧喧皆悦暢

烈英雄　皆拒抗

　　卓犖神姿魔膽喪

外振威勇蘊内慈

當時總願趨方丈
萬千萬千皆倜儻

勢似滄溟排巨浪
雜沓奔騰盡願行

隊隊叢叢皆別樣
菩薩僧　小或長

盡白慈尊願隨往
善男善女亦陪行

一一如氷無怪障
排比了　甚爽朗

簫瑟箜篌箏留響
爐焚沉檀雜寶香

萬萬千千皆合掌
文殊謙　世尊獎

菩薩聲聞小爲長
便須部領衆人行

不要遲疑住時餉
文殊辭　盡瞻養

銜命耶毗論義廣
爲看維摩說法功

一齊禮別黃金相
到彼中　見法匠

切磋琢磨要爽朗
普使人天悟正真

一齊禮謝黃金相
沐慈尊　總容放

去入毗耶宿因囊

得遇論空二人上
　一齊禮謝黃金相
散花香　乘寶象
　獅子金毛最爲上
去送文殊問疾源
　一齊暫別黃金相
語喧喧　樂響亮
　妙得威風上中上
八千菩薩與聲聞
　一齊暫別黃金相

經評(平)：

大人菩薩此時排
　圍繞文殊百萬垓
或執寶花空裏散
　或呈妙曲響徘徊
龍神走霧於前引
　鬼卒飛雲從後催
既別世尊説法會
　不知威儀何似唱將來

此外彌勒光嚴問疾卷有"光嚴若也專心聽"長偈，前三十二行四十四句用陽唐韻，次四行八句用咍韻。二解長短相去甚遠，就形式上觀之，當非吟上下之體。此若以一章視之，可目爲由陽唐轉咍韻；但亦可目前者爲平韻一章長偈，後者爲經偈。緣無注，不能知其體例。大抵偈詞之用，至爲自由；不可以一定形式限之。如長偈下章之爲十六句者，前八句平韻不韻來字，後八句用來字韻。此若不視同長偈之下一章，而以一斷一經之兩短偈視之，亦無不可。然雖運用多方，其文體可因觀點不同而異其形式，要其準的，則曲折輾轉皆所以牽就來字韻，初無二致也。

由上所舉長短偈例觀之，知長短偈皆可爲催經之用。其條例如下：

（1）凡偈用以催經者，必限來字韻。

（2）短偈之注“經”者，例用來字韻，用以起經文。

（3）長偈下章之通押來字韻或轉來字韻者，亦用以起經文。

（4）長偈二章其下章雖平韻而非來字韻者，不能起經文。長偈只一章押側韻者，亦不能起經文。此等皆須另以來字韻之短偈注經者扶助之。

上揭數點，所據不出講唱維摩詰經今存三卷之文，似嫌根據寡薄；然三卷所載長偈短偈，已不下數十首，其所以供給於吾人者已不爲少。於此尋求講唱經文中偈詞用法，已差可得其彷彿矣。長偈導引經聲有不用來字韻者，如國立北京圖書館藏河字十二號父母恩重經講唱文：

> ……
>
> 供承隨順遣心安
>
> 　父母時常見喜歡
>
> 孝行永標經史上
>
> 　直教萬代廣流傳
>
> 懷躭十月千般苦
>
> 　起坐身心早晚安
>
> 都講闍黎着氣力
>
> 　如擎重擔唱看看

此以看字結韻，與他本異，然在余所見數十偈中祇此一例，此或係作者拙於文詞，偶拈他韻，亦未可知。偈讚導引經聲，要以用來字韻爲常;在未得更多之變例以前,似不能謂導經聲之偈除押來字韻外,尚有任押他韻之變通辦法也。

今所見維摩詰經講唱文,其中短偈,大抵皆是七言八句,近於七律。其句法整齊,絕無新變。長偈則不然。其體或一律七言;或三言兩句後,繼以七言三句(此三言兩句相當於七絕之第一句,此體在長偈中多連用之)。或三言兩句後,繼以七言七句(此三言兩句,相當於七律之第一句,此體在長偈中多不連用)。其句法與短偈較,變化頗多。亦猶樂府與律詩之比。其注"古吟上下者",唯持世間疾卷中一見。上章不韻而多複句,古趣益然;疑所謂古吟者,此其實也。又"斷"字之注,多施於短偈,而亦有不盡然者:如文殊問疾卷所載"隊杖高低滿路排"長偈,今印本即注"斷"。倘字非印本錯擺,則偈之注斷,固無長短之分也。

更以諸偈詞用韻觀之,則寬泛殊甚,如側則上去入三聲通押;平則皆灰咍通用,山仙真諄文亦通用。又側韻中亦偶有平韻,平韻中亦偶有側韻。蓋當時活音,即非唐韻所能拘束,即後來詞曲家填詞,亦同此例,與舉子入場作詩賦拘於官家韻書者固自異也。

卷中諸偈注"平側"者,與平韻側韻有關係,上文言之已詳。除韻外,是否尚有音樂關係?此問題甚重要,不可不一論之。按吾國漢魏以來樂,有所謂平調側調者。文選卷二十八載謝靈運會吟行云:"六引緩清唱,三調佇繁音。"李善注引沈約宋書云:"第一平調,第二清調,第三瑟調,第四楚調,第五側調。"又自加按語云:"然今三調蓋清平側也。"宋郭茂倩樂府詩集卷二十六相和歌詞序記相和有平調、清調、瑟調、楚調、側調。側調相和無詞,見雜歌謠詞,序云:"生於楚調。"所記五調之目,與善引宋書文同。按今宋書樂志有平、清、瑟三調及楚調曲,無側調曲。善引五調之文,亦不見宋書樂志。疑善所見宋書是原本,故其文獨完。凡南朝人皆以“平清瑟”爲三調，無言“清平側”者。善宿儒，必不誤解謝客詩，以“清平側”爲三調。今文選李注作“側”。“側”蓋“瑟”字之誤。然樂府詩集雜歌謠辭所引側調曲傷歌行古辭，玉臺新詠以爲魏明帝樂府。是側調自漢、魏時有之，淵源亦古。此清樂曲有平側調也。唐會要卷三十三諸樂篇，載天寶十三載，太樂署供奉曲凡十四調。核其曲名，即元稹詩所謂“法曲胡音忽相和”者。其第七調爲林鍾羽，釋云：“時號平調。”燉煌掇瑣二十六載詞調八首，爲婦思夫戍邊而作者。中二首猶有標注曲名。一曰望江南平，一曰酒泉子半（原作“平子”，誤倒。酒泉子調名，見教坊記）。所云平，即平調。至唐人詩亦有言側調者。如王建詩：“琵琶先抹六幺頭，小管丁寧側調愁。”“求守管弦聲款逐，側商調裏唱伊州。”六幺、伊州皆大曲。此胡樂曲有平側調也。宋柳永所製詞有平調望漢月、平調瑞鷓鴣。周邦彥詞：“靜倚官橋吹笛，品高調側人未識。”朱敦儒詞：“誰撥琵琶彈側調？”姜堯章所製琴曲有側商調古怨；越九歌曲有側商調越相、古平調項王、蜀側調曹娥。以此知平側調在宋時猶爲樂家習用語。且調分平側，近世伎樂猶有其事，不徒唐宋爲然。清嚴長明編秦雲擷英小譜載所撰小惠傳云：“寶兒、喜兒皆工同州腔①與小惠埒。唯同州腔有平側二調。寶兒多側調，不能高，其弊也恐流爲小唱。喜兒多平調，不能下，其弊也恐流爲彈詞。審音者不可不知”云云。按長明所譜皆習秦腔之人。秦腔演劇，雖不知始自何時，然其聲自明以來，即與南北曲並行，似其來歷悠遠，上有所承，絕非晚近始出者。而觀其詞之句法體格，實與講唱經文變文中之偈讚爲近。疑其聲本一系。然則調分平側，秦隴之音今古所同。釋道宣所謂“音詞雄遠”者，其音不傳，正不妨以後世之秦

---

①原注：即大荔腔也。

腔擬之矣。故余疑講唱經文中吟詞注平側者，其平側不但據字之聲調言之，宜兼音樂之歌調而言。且偈讚本聲歌之事，以標注之作用言之，無寧認爲注音樂之調，其意義較注字之聲調尤爲重要也。

至於卷中諸偈注“斷”注“經”者，其用並詳上文。“經”之義今不詳。若“斷”則古書中頗有類似之事。不妨試言之。考宋金時樂有所謂“斷送”者：如孟元老東京夢華録卷九載皇帝賜臣僚宴，第六盞，左右軍築毬，樂部哨笛杖鼓斷送。第七盞，女童隊舞，樂部斷送。周密武林舊事卷一載聖節宴，第五盞雜劇，周朝清已下做三京下書，斷送遶池游。吳自牧夢粱録卷二十載雜劇先吹曲破斷送，謂之把色。此宋事也。董解元西廂記諸宮調卷一，有般涉調哨遍“太皥司春”一曲，牌名下側注云：“斷送引詞。”“哨遍”乃大曲遍數之一。凡大曲分若干遍，每遍又分若干疊。此曲注“斷送引詞”，當是大曲哨遍中之一疊。卷四有正宮梁州令斷送簾外蕭蕭一曲。梁州令乃自梁州大曲摘出者。此梁州令斷送，當小大曲遍數之一疊。由此知大曲曲遍中有“斷送”。此金事也。所謂“斷送”，似有導引伴奏附加諸意。而古樂府尚有所謂“送”者。樂府詩集卷二十六稱“吳聲西曲前有和，後有送”。卷四十引古今樂録云：“凡歌曲終皆有送聲。”今以詩集諸小序考之，知吳聲子夜歌以“持子”送曲，鳳將雛以“澤雉”送曲。子夜變歌前（猶言舊時）作“持子”送，後作“歡娛我”送。餘曲如吳聲歡聞歌，西曲楊叛兒、西烏夜飛，亦均有送聲。舊唐書卷七十九呂才傳載高宗使太常增修白雪琴曲。才上言：“古今樂府奏正曲之後，皆有送聲。今以御製雪詩爲白雪歌詞，取太尉長孫無忌等奉和雪詩以爲送聲”云云。皆古樂府有“送聲”之證。六朝唐初人言“送”，既與“斷送”同意，則唐五代人言“斷”，或亦與“斷送”同意。又以節次言之，吳聲西曲，“送”在後。宋人所謂“斷送”，其意或爲導引，或爲附加。今講唱經文中之吟詞，其以若干短偈與長偈聯爲一曲者，形式頗似唐以來之大曲與諸宮調。其注"斷"之偈，或在短偈後長偈前，或在長偈後經偈前。其次第與"斷送"實大致相合。其白文中間著"斷"偈者，或亦如樂府詞曲中之"艷"、"趨"、"引子"，本在歌詞前後，而亦摘出別行也。要之，曰"送"，曰"斷"，曰"斷送"，其事意似皆同。至所用以"斷送"者，或爲無詞之樂曲，或爲有詞之歌曲，皆非一定。而講唱經文中偈詞之注"斷"者，稽以古今樂曲之例，似當與音樂有關。雖不能信其必是，拈是以備一解，貴無不可也。

卷中，於誦經文則謂之"唱"，於詞偈則注曰"吟"。不相混同。疑必有顯然不同之故。顧其分別將安在？此問題亦甚重要，不可不一論之。今按：吟有詠讀義。慧琳一切經音義卷五十四"吟哦"下注云："江南謂諷爲吟哦。"卷七十三"啾吟"下注云："吟諷詠也。"又卷二十七卷五十九"諷誦"下注云："諷謂詠讀也。周禮教國子無道諷誦。鄭玄注：背文曰諷，以聲節之曰誦。"（按：說文諷、誦互訓，二字通言無別，諷即誦也。）又有謳歌義。廣雅釋樂："吟歌也。"秦策："則將吳吟。"注："歌吟也。"是吟有詠讀及歌吟二義。古今韻文不必皆歌，而咸可詠讀。講唱經文中之吟詞，當亦可包此二義。唯以各種標注考之，似爲歌耳。唱經以曲韻爲主，雅近聲歌。而究其事，實爲諷誦經文，與吟詞之爲諷誦詞文者同。是故，以吟爲詠讀言之，則唱經與吟詞同爲詠讀。以吟爲吟歌言之，唱經與吟詞亦同爲吟歌。其所以不同者，必是歌聲之不同也。唱經與吟詞，其聲如何不同，此固非後人所能詳言。若依余個人私見，固不妨以二事說明之：(1)聲高下之異。唱經以高聲爲貴。證以高僧傳經師篇所記諸師轉讀之狀，或曰"聲徹里許"，或曰"梵響干雲"，或曰"高調清徹"。則轉經聲宜高亢可知。至於吟詞，意在詠

歌讚嘆，事異轉讀，似吟時可稍趨自然，雖因人與地域之異，亦
有用高調者，而與經聲通常以高爲貴者不同。此其一也。（2）
音緩急之異。凡唱經皆截取經文。以余所見維摩詰經講唱文
考之，每次所唱，少或一二句，多至一節。此等平文，以之入
唱，疑當曼延其聲，以應節奏。有時或利用泛聲，亦意中事。
至於長偈吟詞，以後世説書者之吟詞例之，其音多簡疾，加泛
聲之時較少，文非二體，事當從同。此其二也。吟唱分別之
故，以此二事説明之，雖不敢云必是，或去事實不遠。惟以他
書考之，則講諸變文謂之“轉變”，導師宣唱，亦謂之“囀”①。
變文唱導中之詞，固是偈詞儷詞而非經文。今與轉經一概稱
爲轉，不免混同。蓋通言則無別，不可拘泥耳。又吟偈詞謂之
梵音，亦稱曰唄。據高僧傳經師篇總論云：“天竺方俗，凡是歌
詠法言，皆稱爲唄。至此土詠經則稱爲轉讀，歌讚則號爲梵
音。”謂二者分別，不復立唄之名。然歌讚實通稱爲唄或梵唄。
慧皎此論下文即有讚唄梵唄之例。至他書訓唄爲梵讚者亦甚
多，如慧琳一切經音義卷五十四“歌唄”下引集訓云：“唄，梵音
也。”又八十一“唄唱”下引考聲云：“唄，梵讚聲也。”是則梵音
唄喔本是一事。唯轉經則例不稱唄。又據贊寧所論，則同屬
梵音仍有二體。宋高僧傳讀誦篇總論云：

> 所言唄喔者是梵音，如此方歌謳之調歟？且梵音急疾
> 而言，則表詮也。分曉舒徐引曳，則唄喔也。今之歌讚，附
> 麗淫哇之曲……敷爲梵奏：此實新聲也。

宋高僧傳第二十五卷雖標“讀誦篇”，實不專爲轉經而設，故

---

① “轉變”見唐郭湜高力士外傳，蜀韋縠才調集卷八吉師老詩。“唱導”稱“囀”，見
續高僧傳卷四十善權傳。

此論亦涉歌讚。據贊寧所論，則梵音通義及分別義，應如下
所示：

　　(1)梵音即"唄囉"。

　　(2)梵音之急疾者，謂之"表詮"。

　　(3)梵音之舒徐引曳者，仍稱"唄囉"。

按慧琳一切經音義卷五十音攝大乘論，"能詮"下注云："詮謂顯
了義文。詮具也。按具說事理曰詮。"卷二音大般若經，"所詮"
下注引考聲云："叙也，明也。字書：平也，譖也。"卷三音緣生經
序，"詮窮"下注引淮南子云："詮言者，所以譬類人事與相解喻治
亂之體也。"成唯識論卷六："礭陳悍表。"是"表詮"者，乃陳說顯
明之意。又元雜劇所謂"表白"，其義亦與表詮同。如望江亭第
三折楊衙內製西江月詞訖，譚意兒白："相公表白一遍咱。"楊念
詞云云。薦福碑第二折張鎬製詩訖，白："詩寫就了，我表白一遍
咱。"竹葉舟一折陳季卿製滿庭芳詞訖，白："長老，待小生表白與
你聽者。"又三折製詩訖，謂婦云："詩寫就了也，待我表白一遍，
與你聽咱。"碧桃花第四折徐碧桃出張道南製青玉案詞向衆誦
之，唱云："我對着衆客展開表白。"此等所云"表白"，言對他朗誦
使明了其文義也。倩女離魂第三折二煞曲云："望他來表白我真
誠意。"此表白言對他陳說使明了其衷曲也。要之表白爲口說，
爲明白，其義與表詮同。以上所舉諸詩詞在賓白中固爲誦而不
歌者，則贊寧書所云"梵音之急疾者謂之表詮"，殆指詞偈之不歌
而誦者歟？且此講唱經文詞偈，後世戲曲亦用之。元雜劇，凡判
斷、命令及論贊之詞，所以櫽括事理者，例用偈讚體。其句法或
爲三、四，或爲三、五，或爲三、三、四。如范張鷄黍、青衫淚、魯齋
郎、冤家債主、碧桃花、張生煮海等末折皆然，不煩毛舉。臧懋循
本於此等皆標曰"詞云"。又如明周憲王雜劇，得騶虞頭折、復落
娼末折，亦均有長偈，皆另行書之，標曰"念"。此等詞偈，度皆以

數念出之,雖以聲節之,而非舒徐曳引之比。贊寧所謂表詮之梵
音,或亦若是也。然則,同屬梵音,其偈讚有直聲與曲折聲之異。
一爲諷誦,一爲謳歌。其諷誦者謂之表詮,謳歌者謂之唄嚩。亦
如同是誦經,有直聲與曲折聲之異,一爲讀念,一爲揭調;其讀念
與揭調者可通謂之誦經詠經,若區別其聲則轉讀與唱經乃特指
揭調者言之也。梵音有表詮及唄嚩二種,其區別若是。然則唱
經文中所附詞偈,其爲諷誦之表詮歟?抑爲謳歌之唄嚩歟?此
事實難質言。唯以今所見維摩詰經講唱文卷中標注考之,如注
平側,似明其調;注斷,注經,似示其節次。宜皆有聲律之關係。
則謂唐五代講唱經文諸本中所着詞偈爲不歌而誦者,似於事理
不甚合。其別於唱經而不謂之唱者,殆以其音較轉讀爲急,其吐
詞揭調之勢,有如吟誦者然,故以吟名之耶?又詞偈之用於宣講
者,雖在後世亦例不稱唱。如金瓶梅詞話載尼姑講黄氏女及五
祖出家寶卷事,文中叙事於詞調例曰唱,於詞文例曰念或白,無
作唱者。今具引其節次:

　　黄氏女寶卷(金瓶梅詞話第七十四回):

　　　　説散……
　　　　唱　【一封書】
　　　　説散……
　　　　(失注)詞文
　　　　唱　【金剛經】①
　　　　念　詞文
　　　　説散……
　　　　念　詞文

---

①金剛經疑當作金字經。

　　唱　【楚江秋】

　　白　　詞文

　　唱　【山坡羊】

　　白　　詞文

　　唱　【皂羅袍】

　　説散……

　　白　　詞文

　　説散……

　　説散……

黃梅五祖出家寶卷（金瓶梅詞話第三十九回）：

　　大師父説　　散文

　　王姑子念　　詞文

　　……

　　王姑子唱　【耍孩兒】

卷中於詞調曰唱，於詞文曰白或曰念（短偈亦曰念）。以詞文爲
白，與説散之注白文混同，似覺不妥。但其不承認吟詞爲唱，則
與講唱維摩詰經文於詞文之注吟者正同。於此可知唐五代講唱
時之吟，即後世之念（或曰白）；唐五代唱經之唱，相當於後世唱
詞調之唱。雖唱經與唱詞調，其事不同，要之吟唱所以分別之
故，正不妨以後世念與唱之分別爲比例。大抵以作用言之，則吟
詞與説白爲一族，而唱經自爲一族。唱經專主聲，而吟詞於聲之
外兼主叙述；以視説白雖韻散不同，其用以記言記事則一也。以
聲音言之，則吟詞與唱經，雖同爲聲歌，而其音之高下緩急自異，
故稱謂不同。此其區畫可知也。

（三）吟唱與説解之人

　　凡講唱經文中注經之偈,與長偈平吟之限來字韻者,皆用以起經文,已如上文所述矣。此等偈詞,末句必着"唱將來"三字。今按:末句實爲請求之詞,對另一人言之者。此觀下例可以知之:

　　文殊卷:

　　　　一　由讚淨名名稱煞;
　　　　　　如何白佛也? 唱將來!

　　　　二　雖乃未離於聖主;
　　　　　　何人論説? 唱將來!

　　　　三　既別世尊説法會;
　　　　　　不知威儀何似? 唱將來!
　　　　　　（以上經偈）

　彌勒光嚴卷:

　　　　四　更擬爲他重解説;
　　　　　　被維摩見也。唱將來!

　　　　五　佛見光嚴言語切;
　　　　　　喚將盤問。唱將來!

　持世卷:

　　　　六　魔女魔王入室也;
　　　　　　作生嬈惱處。唱將來!

　　　　七　一萬二千天上女;
　　　　　　莫辭收取! 唱將來!

　　　　八　天女當時不肯去;

> 阿誰與解救？唱將來！
> （以上長偈平吟下章）

此等末句或上爲問詢之詞，下着“唱將來”三字；或上爲述説之詞，下亦着“唱將來”三字，如四、五、七，三例，語氣全不聯絡，實勉强着此三字以湊成一句者。雖其文字不工致有此例；然可知“唱將來”三字在文體上爲必須，其用實至重要。又以上下文觀之，凡詞偈末句着“唱將來”三字者，其下必爲“經云”；凡“經云”之前，其上義詞偈必爲唱將來之句。則此三字之用所以催唱經無疑。經聲之起乃在吟詞之後應誦讚者之請求而爲之者，其事亦至明也。

更以他本考之，則司唱經者謂之都講。如燉煌掇瑣卷十七所載講唱阿彌陀經殘卷，先引本經，繼以五七言詞，又繼以七言無韻之調云：

> 都講闍梨道德高，
> 音律清冷能宛轉；
> 好韻宫商申雅調，
> 高着聲音唱將來！

下即經“白鶴、孔雀、鸚鵡、舍利、迦陵頻伽共命之鳥”。又如國立北京圖書館藏河字十二號父母恩重經講唱文殘卷，其長偈結末二句云：

> 都講闍黎着氣力，
> “如擎重擔”唱看〔着〕看！

下即經云：

> 阿孃懷子，十月艱辛。
> 起坐不安，如擎重擔。

> 飲食不下，如長病人。

體此二例，知吟詞與唱經非一人之事，其唱經者當謂之都講無疑也。

以上明唱經吟詞非一人

吟詞唱經不屬一人，如上所述。其唱經與說解是否亦以二人任之，此亦學者所欲問者也。以余所知，則亦非一人。按魏晉以來，釋家講經之制，凡開講某經時，例以一人唱經，一人解釋，唱經者謂之都講，解釋者謂之法師。故書中記此事者甚多，今略舉數例：

高僧傳支遁①（晉）傳：

> 晚出山陰，講維摩經。遁爲法師，許詢爲都講。（卷四）

同書曇諦（宋）傳：

> 諦母黃氏夢見一僧呼黃爲母，寄一麈尾並鐵鏤書鎮二枚。眠覺，見兩物具存。因而懷孕生諦。……關中僧超道人詣諦父。諦父具說本末，並示書鎮麈尾等。超乃悟而泣曰："即先師弘覺法師也。師經爲姚萇講法華，貧道爲都講。姚萇餉師二物，今遂在此。"（卷八）

同書僧導（宋）傳：

> 年十八，博讀轉多。氣幹雄猛，神機秀發。僧叡見而奇之。問曰："君於佛法且欲何願？"導曰："且願爲法師作都講。"叡曰："君方當爲萬人法主，豈肯對揚小師乎？"（卷八）

續高僧傳僧旻（梁）傳：

---

① 即支道林。

　　嘗於講日謂衆曰：昔彌天釋道安每講於定坐後，常使都講爲含靈轉經三契①，此事久廢。（卷六）

至道宣廣弘明集述梁武帝勸諸僧尼斷酒肉，命光宅寺僧法雲於華林殿講大涅槃經四相品，則所記尤爲詳盡。今引其注於下。

廣弘明集卷二十六載武帝斷酒肉文四首，最後一首注云：

　　右牒僧尼以五月二十二日到鳳莊門。二十三日旦，光宅寺法雲於華林殿前登東向高座爲法師；瓦官寺慧明登西向高座爲都講，唱大涅槃經四相品四分之一，陳食肉者斷大慈種義。法雲解辭。輿駕親御地，鋪席位於高座之北。僧尼二衆各以次列坐。

　　（廣弘明集載此事不記何年。史書亦無明文。今按此事應在普通五年以前。其證有二。法雲普通六年爲大僧正道宣書卷六本傳。注於雲，但舉其寺名曰光宅，下文於慧超則曰僧正。明雲此時尚未爲僧正。一也。下文載武帝賜員外散騎常侍太子左衛率周捨敕語。捨卒在普通五年梁書卷二十五本傳，明此事不得在普通五年以後。二也。又雲出家住莊嚴寺。主光宅寺在天監七年後。僧尼應斷酒肉，是雲主張。而帝去宗廟牲，自天監十六年始。疑此事當在天監十六年左右也。）

此記講經時之排當甚悉。凡講經，例有高座。他書記此者甚多。蓋高座之設，非徒以示尊，亦緣都集道俗，聽講者多，昇座弘演，則語音易曉也。若夜深人靜，亦可從簡，道宣四分律行事鈔資持記所謂"夜集説法，座高卑無在"（卷三十九導俗化方篇）是也。其爲都講所布高座曰唱經座，亦曰經座。爲法師所布高

---

①此殆謂於應讀本經之外，先轉他經三契也。

座曰法座，亦曰講座。方向東西南北，亦無一定。如宋書卷六十七謝靈運傳載靈運山居賦叙齋講之事云："啓善趣於南倡，歸清暢於北機①。"自注云："南倡者都講，北機者法師。"高僧傳卷十四曇邃傳，記邃爲人請去説法，設兩高座，邃在北，弟子在南。皆法師南向，都講北向，與廣弘明集所載法雲慧明事異。至外典講談，亦有高座。如北史卷三十盧玄傳記盧道虔妻元氏升高座講老子。北齊書卷三十崔暹傳記崔達拏升高座開講周易。梁書（卷四十八）儒林傳伏曼容傳，記曼容善老易，施高坐於聽事，有賓客輒升高坐爲講説。陳書（卷三十四）文學傳岑之敬傳，記梁武帝面試子敬，令子敬升講座，勅中書舍人朱異執經（南史卷七十二岑子敬傳作執孝經），唱孝經士章。隋書（卷七十五）儒林傳馬光傳記光於國子學升座講禮，啓發章門。劉焯傳記焯與楊素等於國子論古今滯義，每升座，素等莫不服其精博。通鑑卷二二四唐紀大曆元年，記國子監成，釋奠，魚朝恩執易升高座，講"鼎覆餗"，以譏宰相。皆講時有高座之證也。

所以法師講經必須都講者，蓋有二義。一則唱經講經，肄習各有專門，兼長者少。

後魏楊衒之洛陽伽藍記（卷二）"瓔珞寺條"附傳：

崇真寺比邱惠凝死，一七日還活，具説："過去之時，有一比邱，云是融覺寺曇謨最②，講涅槃、華嚴，領衆千人。閻羅王云：講經者心懷彼我，以驕凌物，比邱中第一麤行。今唯試坐禪誦經，不問講經。其曇謨最曰：貧道立身以來，唯好講經，實不諳誦。"

（按：宋高僧傳卷二十五總論稱"後周初多度僧尼，勅靈

---

① 宋書"機"乃"譏"字之誤。譏者，問也。
② 曇謨最，魏名僧，即西域人號爲東方聖人者。

藏詮品行業，若講若誦，莫不周鑑”。清王頌蔚寫禮廎讀碑記載遼大康二年僧可興等爲其亡師所建“尊勝悲心陀羅尼塔”，題記下列名，有“講上生經沙門可俊”，“誦法華經沙門法選”是講誦專門分科，後周遼時猶如此。）

一則恐以講兼誦，慮遺失文句也。

高僧傳（卷九）僧慧（齊）傳：

> 能講涅槃、法華、十住、淨名、雜心等。性強記，不煩都講，而文句辯析，宣暢如流。

上文贊僧慧強記，不煩都講，則通常法會，皆有都講可知。其以一人兼講誦者則稱其事爲講誦。

太平廣記（卷九十五）“洪昉”條引牛肅紀聞：

> 昉幼出家，亦以講經爲事。……南天王領侍從禮拜曰：師道行高遠，諸天願覩師講誦。是以輒請師。因置高座坐昉。

如此者，殆爲權攝，非講經正例也。

然講經以義解爲主，所重在法師，都講次之。上文所舉僧講四例中，如弘覺講法華，師爲法師，弟子爲都講。僧叡激揚僧導，以對揚法師爲可恥。至道安每講定坐後，使都講轉經三契，則都講乃承奉之人。以是知都講之位，實下於法師。故講經時雖同升高座，而法師恒居上位。如廣弘明集所記講涅盤事，法雲登東向高座爲法師，慧明登西向高座爲都講者，國俗自周、秦以至於唐，例以東向爲上位也①。謝靈運賦叙齋講事，高僧傳記曇邃講説事，皆法師在北南向，都講在南北向者，國俗相沿亦以南向爲上位也。其都講得升高座者，蓋重經，非重其人。此以高座

———————

①詳日知錄卷二十八東向坐條。

之方位言可以見都講、法師地位之不同者也。

又以座上下言之，則座上講者爲主，亦謂之“法主”、“講主”。

高僧傳（卷八）法瑗（宋）傳：

> 明帝大開講肆，妙選英僧。勅請瑗充當法主。帝乃降
> 蹕法筵，公卿會坐。一時之盛，觀者榮之。

續高僧傳卷一法泰傳：

> 道尼興講攝論。開皇十年，下敕追入。自是南中無復
> 講主。

座下來聽者爲賓，爲客。續高僧傳（卷六）智欣（梁）傳：

> 及至講説，文義精悉，四衆推服。客問未申，酬答已罷。

同書（卷八）法開（梁）傳：

> 沙門智藏講化成論，開往觀之，鯁難累日。藏曰：“開法
> 師語論已多，自可去矣。吾欲入文。”開曰：“釋迦説法，多寶
> 涌現。法師指南命衆，而遺客何耶？”

又有賓主主客之目。續高僧傳（卷六）法雲（梁）傳：

> 及至爲賓，構擊縱橫。當其鋒者，罕不心膴。賓主咨
> 嗟，朋僚胥悅。

陳書（卷十九）馬樞傳：

> 梁邵陵王綸聞其名，引爲學士。綸時自講大品經。令樞
> 講維摩、老子、周易。同日發題。道俗聽者二千人。王欲極觀
> 優劣，乃謂衆曰：“與馬學士論義，必使屈伏，不得空立主客。”

觀諸書所記，昭然可知。古者宴會之制，有主有客。其客與主對

席，爲一座所尊①。講經之制，有主有客。其講主升座，爲席中
聽衆所尊。此同一稱謂因事不同而異義者也。

又"都講"一語，自漢以來有之。以儒家事考之，則"都講"亦
例以生徒任之，其人乃供經師之役使者。如以下六例：

後漢書（卷二十六）侯霸傳：

> 成帝時，任霸爲太子舍人。霸不事產業，篤志好學。師
> 事九江太守房玄，治穀梁春秋，爲玄都講。王莽初，遷隨宰。
> 再遷爲執法刺姦（按，如漢刺使）。後爲淮平大尹。莽敗，霸保
> 固自守，卒全一郡。更始元年，遣使徵霸。百姓皆曰："願乞
> 侯君復留朞年。"使者慮霸就徵，臨淮必亂，不敢授璽書，具
> 以狀聞。會更始敗，道路不通。建武四年徵霸，拜尚書令。
> 明年爲大司徒。十三年薨。

同書（卷五十四）楊震傳：

> 少好學，受歐陽尚書於太常桓郁。常客居於湖，不答州
> 郡禮命數十年。衆人謂之晚暮，而震志愈篤。後有冠雀銜
> 三鱣魚，飛集講堂前。都講取魚進曰："蛇鱣者，卿大夫服之
> 象也。數三者，法三台也。先生自此升矣！"

三國志吳書（卷二）孫權傳：

> 黃龍二年詔立都講祭酒以教學諸子。

後魏書（卷八十二）祖瑩傳：

> 中書博士張天龍講尚書，選爲都講。生徒悉集。瑩夜
> 讀書勞倦，不覺天曉，催講既切，遂誤持同房生趙郡李孝怡
> 曲禮卷上座。博士嚴毅，不敢還取。乃置禮於前，誦尚書三

①見宋洪邁容齋五筆卷十斯須之敬條。

篇，不遺一字。講罷，孝怡異之。

北齊書儒林傳（卷四十四）鮑季詳傳：

> 甚明禮，兼通左氏春秋。少時，恒爲李寶鼎（鉉）都講，後
> 亦自有徒衆。

陳書儒林傳（卷三十三）沈洙傳：

> 洙積思經術，吳郡朱异、會稽賀琛甚嘉之。及异琛於士
> 林館講制旨義，常使洙爲都講。
>
> （按：梁書卷三十八朱异傳云：大同六年城西開士林館
> 以延學士。异與左丞賀琛遞日述高祖禮記中庸義。則陳書
> 洙傳云制旨者，乃指梁高祖所撰禮記中庸義而言，洙爲都
> 講當在此時也。）

以上所引考之，知都講皆以弟子或後輩充之。且此制自漢起，
至於南北朝尚沿其舊。味魏書文義，似都講爲經師選授，以音
讀句投能正確不誤，剖分章句咸得師意者任之，而其職唯在誦
讀，師因誦訖，而爲衆解説。此其作用，與釋門講經狀況乃無
不同。儒家之都講，即釋家之都講，儒家之博士祭酒或師，亦
即釋家之法師。特釋家所謂經師，乃指轉經誦經者堪爲都講
者言之，儒家所謂經師，乃指明經堪爲師範者而言，不以成誦
取之。斯則稱謂之微異也。儒釋異途，而其講經制度符合如
此，此真饒趣味之事。此將認爲偶然合同歟？抑以互相師效
視之歟？亦吾國講學制度上之一問題也。按高僧傳卷五釋道
安傳，載：“道安制僧尼軌範、佛法憲章，條爲三例：一曰行香定
座上經上講之法；二曰常日六時行道飲食唱時法；三曰布薩差
使悔過等法。天下寺舍，遂則而從之。”所謂定座上經上講之
法，似即都講法師昇座誦經講經之事。則緇徒開講儀式之規

定,乃始於道安,前此未有條例。意者都講之稱以及誦經講經
之法,乃道安採儒者事意爲之,因相沿而爲定法耶?唯講經説
法,本自天竺,自有儀則。道安與支遁同時,行輩稍後於遁。
微以慧皎所爲遁傳,遁講維摩,已有都講法師之制。則都講之
設,似未必自道安始。道安之制憲章,度亦斟酌科律與當時所
行者,釐定而畫一之耳。又都講一語,不見前漢書,後書始有
之。自時厥後數見於南北朝史籍。儒家講經之有都講始自何
時,其事與釋氏講經有無關涉,俱未易質言。要其誦經講經之
制與人講經峙昇高座之事,自魏晉以來,儒釋二家通行之,而
都講①一職,亦爲儒釋所共有,其事則彰然明白也。

　　更以諸書考之,則都講於講經時除爲法師唱經或誦經外,尚
有質問之權,當時語謂之"難"。而法師則應據其所以詰問者解
答之,當時語謂之"通"。是以,都講之雋者,立義能難法師,而法
師之職爲開解,其雋者亦唯以摧鋒拔關見長。今仍舉高僧傳支
遁事爲例:

　　　　講維摩經,遁爲法師,許詢爲都講。遁通一義,衆人咸
　　謂無以厝難;詢每設一難,亦謂遁不復能通。

又法師講時,不唯都講可設難,凡列各講席及客來看講者皆可設
難。書傳記此等事亦多,今略舉數例:

高僧傳(卷四)于法開(晉)傳:

　　　　開有弟子法威,出都過山陰。支遁正講小品,開語威:
　　"道林講,比汝至,當至某品中。"示語攻難數十番。威即至
　　郡,正值遁講,果如開言。往復多番,遁遂屈。

同書(卷六)慧遠(晉)傳:

---

①"都"字似當訓"董"。

年二十四，便就講説。嘗有客聽講，難實相義。往復多時，彌增疑昧。遠乃引莊子義爲連類，於惑者曉然。

續高僧傳（卷十三）辯義（隋）傳：

年始弱冠，便就講説，據法傳導。疑難縱橫，隨問分析，曾無遺緒。有沙門曇散者，解超邁古，名重當時。聞義開論，即來儷擬。往返十番，更無後嗣。義曰："理勢未窮，何不盡論？"散曰："余之難人，問不過十。卿今答勢不盡，知復何陳？"

講説時難通之語，故書時載之。如廣弘明集二十一載昭明太子蕭統開講，解"二諦"義，南澗寺慧超、丹陽尹晉安王蕭綱二十餘人問；又解"法身"義，招提寺慧琰等六人問。統皆一一通之。語甚詳。又續高僧傳卷三慧淨傳載淨於貞觀十三年開講法華，道士蔡晃奉皇儲（高宗）命與淨抗論；記當時問答語，其詞鋒爭戰，可想見之也。

以法師職務，在於解釋經義破難解紛而言，則爲法師者甚屬不易。然諸書所載，法師於質難時尚有令人代答之事。

高僧傳（卷八）道慧（齊）傳：

受業於猛斌二法師。猛嘗講成實，張融構難重疊。猛稱疾不堪多領，乃命慧令答之。

續高僧傳（卷九）慧布（陳）傳：

聽僧詮法師開三論，妙知論旨。詮之解難，聽者似解而領悟猶迷。致談論之際，每有客問，必待布而爲答。

且講説時座下人尚可爲之申論。續高僧傳（卷三）慧淨（唐）傳：

始平令楊宏，令道士開道經。有道士于永通頗挾時譽，令懷所重。立義曰："有物混成，先天地生。吾不知其名，字之曰道。"令即命言申論。

陳書儒林傳張譏傳：

> 是時周弘正在國學，發周易題。弘正第四弟弘直亦在講席。譏與弘正論議，弘正乃屈。弘直危坐厲聲，助其申理。譏乃正色謂弘直曰："今日義集，辯正明理，雖知兄弟急難，'四公'不得有助！"
>
> （按：上二條本道家儒家講說事。然開講時主客往復之事，儒道與釋氏皆同，不妨引爲例也。）

唯此並不限於法師，即難者亦有之。如高僧傳記于法開事：

> 每與支道林爭即色空義。廬江何默，申明開難；高平郤超，宣述林解：並傳于世。

則破偏立義之事，其能勝與否，究操之法師個人，亦非弟子朋僚所能多助也。

都講法師分位，及講唱通難之事，略如上述。今按之講唱經文，如阿彌陀經講唱文父母恩重經講唱文所記，既有唱經之都講，必有說解之法師。既有都講法師，必有高座。又卷中白文，相當於經疏，則此白文所以演述經文者，自必爲法師所說。唯有詞無義，全無當于經旨，與名師講經大異其趣。又經講本有難通之事，今卷中但有催唱經之請求語，無往復之詞。亦以所講者僅事實之末，既非闡揚名理，即無所事於難通耳。

以上明唱經與說解非一人

以講唱經文本推之，知吟詞與唱經不屬於一人；以講唱經文本及釋家講經之制參互考之，知說白與唱經不屬於一人；唱經者曰都講，說白者曰法師。此二者並詳上文。至於吟詞說白是否

屬之一人？換言之，即説白之法師是否兼歌讚之事？此亦讀者
所欲問者。今按：當非一人。如續高僧傳卷一記<u>魏</u>中天竺沙門
<u>勒那摩提</u>（附菩提流支傳，<u>魏</u>言"寶意"）事云：

> 　　<u>寶意</u>沙門神理標異。帝（<u>魏宣武帝</u>）每令講華嚴經。一
> 日，正處高座，忽有持笏執名者形如天官，云奉天帝命來請
> 法師講華嚴經。<u>意</u>曰："今此法席，尚未停止，待訖經文，當
> 從來命！雖然，法事所資，獨不能建；都講、香火、維那、梵
> 唄，咸亦須之。可請令定！"使者即如所請見講諸僧。既而
> 法事將了，又見前使云："奉天帝命，故來下迎。"<u>意</u>乃含笑熙
> 怡，告衆辭訣，奄然卒於法座。都講等僧，亦同時殞。<u>魏</u>境
> 聞見，無不嗟美。

同書卷二十六僧意傳亦載相似之事：

> 　　將終前夕，有一沙彌死來已久，見形禮拜云："不久天帝
> 請師講經。"<u>意</u>爾日無疾而逝。其都講住在<u>兗州</u>，自餘香火
> 唄嚫，散在他邑。後試檢勘，皆同日而終焉。

<u>勒那摩提</u>事又見<u>智昇</u>開元釋教録卷六。據此二條所記，則法師
講説時，除都講爲之誦經外，尚有維那、香火、梵唄三職。維那爲
處理事務維持秩序之人（亦稱寺護、悦衆及次第等）；香火爲行香
之人；而梵唄（唄嚫）爲歌讚之人。且其職位，即以所司名之。自
<u>南北朝</u>以來名僧德衆之講如此，<u>唐</u>五代講唱之制當無不同。<u>宋</u>
高僧傳卷六僧徹（<u>唐</u>）傳云：

> 　　充左右街應制。每屬誕辰，升麟德殿法座講談。帝（<u>唐</u>
> <u>懿宗</u>）因法集，躬爲讚唄；<u>徹</u>則升臺朗詠。敕造栴檀木講座以
> 賜之。

<u>徹</u>爲法師，升高座朗詠，而帝在座下爲之讚唄。則帝之溺於佛事

可知。讚唄之另有人，不以高座者兼之，此亦一證也。

此法師講說梵唄歌讚辦法，後世宣唱，尚有其例。如金瓶梅詞話三十九回載大師父與王姑子說五祖成佛事，先是大師父說，王姑子接偈，次宣念詞文及唱金字經耍孩兒等曲皆屬之王姑子，而大師父始終爲講說之人。以吟詞說白分屬二人，尚是古來講說讚唄餘意。唯吟與唱屬之一人爲稍異耳。

以上明說解與吟詞非一人

（四）押座文與開題

以上所說讀經講經之事以及部色人等，粗具厓略。此外尚有二事爲開講最初節次，亦應加以說明者：則"開題"與"押座文"是也。

開題者，初展卷發講之謂，宋高僧傳讀誦篇總論云："如今啟夾或曰開題。"即其事也。凡講經時法師講解，都講誦文。而都講誦經，自經題始。法師則於經題唱畢後爲之詮釋，綜述本經始末；在循文逐句講解之前，先開示旨義，其用猶疏家注經於依文正解之前先總敘義門也。舉其例，如梁武帝中大通七年二月二十六日幸同泰寺，講摩訶般若波羅蜜經。其開題論義見廣弘明集卷十九。此文首紀事云：

> 都講積園寺法彪唱曰："摩訶般若波羅蜜經。"

其下"制曰"云云，乃帝開講之詞。法彪爲都講，唱經題；帝此時解說，乃以法師之事自任。又續高僧傳卷三十八記釋慧恭誦觀世音經事云：

> 乃於庭前安壇，壇中安高座。遶壇數匝，頂禮昇高座。……恭始發聲唱經題，異香氛氳，遍滿房宇。乃入文，天上作樂，雨四種花。經訖，下座。自爲解座□梵訖，華樂才歇。

此記唱經題事，亦甚明了。知開題時都講唱經題，法師即題詮釋，其科範與講文句時全同也。又開題雖爲講經節目之一，然遇經文繁重或爲時間所限，亦多有講經只發經題，不及經文者。故今時所傳有單行本開題。如日本弘法大師空海所撰有大毗盧遮那成佛變加持經等九經開題，凡二十餘篇，皆此類。其文今皆在日本大正新修釋藏中。其所解題目或爲大名，或爲廣經之一品，要皆述大意，釋題目；偶涉品帙及文句，不過撮舉要略，以意牽引。可以見開題之體。又開題不唯講佛經有之，即儒者講筵亦存此一體。今舉陳書、隋書三事爲例：

陳書（卷二十六）徐孝克傳：

　至德中，皇太子入學釋奠，百司陪列。孝克發孝經題。

同書（卷三十四）徐伯陽傳：

　太建十一年，皇太子幸太學，詔新安王於辟雍發論語題。

隋書儒林傳元善傳：

　善講春秋，初發題，諸儒畢集。何妥引古今滯義以難善。善深衒之。

舊唐書儒學傳（卷一八九上）記諸儒講論亦屢言發題。

徐文遠傳：

　授國子博士。武德六年，高祖幸國學，遣文遠發春秋題。諸儒設難蜂起。隨方占對，皆莫能屈。

朱子奢傳：

　貞觀初，新羅告急。子奢充使。至其國，爲發春秋左傳題。

宋李廌濟南先生師友談記^①記范祖禹（談記原文作淳夫，按淳夫乃祖禹字）講書有月令開題。

> 太史公講月令，開題凡數千言，備陳歷世遵陰陽爲政事之跡，與魏相柳宗元之説反復甚明。前世論時令者莫能過也。

又引其月令開題文中之一節云：

> 太史公講月令開題曰：行春令則云云者，人君之政令，非天之時氣也。故此之時必當行其本時之令以順之。若逆之，則五行相克之氣隨類火應。如人五藏相勝，則有受克之處，其不和之氣自來爲病也。今人見時之氣寒燠非候，曰“行某令”，“行某令”者非也。

上文言都講制度儒釋二家所同。今以開題一事考之，知其講説體制亦相同。然則儒家講經，猶是佛家講經；儒家經義之體，亦猶是佛家經義之體。考其源流，寧非有趣味之事歟？

儒釋講經開題，如上所説。俗講講經論，其儀式既與勝流之講同；則開題亦當有之。雖今講本如維摩經講唱文之類皆殘卷零帙，不具首尾，未見所謂開題之文者；然其事實可由揣想而信其必有，不必疑惑也。唯俗講開題如何談説，頗耐人思索。蓋俗講之於本文，並非剖決文義，唯依誦讀演説其事；正講既備述事實顛末，倘開題仍是述事，則前後重複，增人嫌厭，理不應爾。因疑俗講正講前開題，當亦略如勝流開題，釋經題名目，粗陳大意，旋入本文，方合製作之體。此於降魔變文開端之釋金剛經題，目連變文開端之序（並詳下篇），尚可見一斑。雖講唱經文與變文體格微異，正不妨以彼例此也。

所謂押座文者，乃唱經題前所吟詞，今燉煌寫本尚有其本。

---

①據百川學海丙集。

如英國倫敦大英博物院所藏有温室經講唱押座文、維摩經押座文、三身押座文、八相押座文等。其八相押座文後尚有一本黏連，雖闕名目，按之亦爲押座文。此等文字，皆以十餘遍之梵讚構成。每遍之後，别行書"念菩薩佛子"或"佛子"字樣。今録維摩經押座文爲例：

維摩經押座文：

頂禮上方香積世

　妙喜如來化相身

是有妻兒眷屬徒

　心淨常修於梵行

智力神通難可測

　手摇日月動須彌

佛子(另一本作念菩薩佛子)

我佛如來在菴薗

　宣説甚深普集教

長者身心歡喜了

　持其寶蓋詣如來

佛子(另一本作念菩薩佛子)

偏偏〔翩翩〕摇動步金鈴

　七寶雙雙香送遠

直到菴薗法會上

　捧其寶蓋上如來

佛子

　……

居士維摩衆中尊

　十德圓明人所重

　　親見無邊三世佛

　　　　故號維摩長者身

佛子

　　五百聲聞皆被訶

　　　　住相法空分取證

　　更有光嚴彌勒衆

　　　　身心皆拜道徒中

佛子

　　不二真門性自融

　　　　只有維摩親證悟

　　示病室中而獨臥

　　　　廣談六品不思議

佛子

　　大聖牟尼悲願深

　　　　一一親呼十大衆

　　皆曰不堪而問疾

　　　　唯有文殊千佛師

佛子

　　巍巍身動寶星宮

　　　　炎炎珠搖飛寶座

　　八萬仙人香滿國

　　　　千千聖衆遍長空

佛子

　　請飯上方香積中

　　　　化座燈王師子吼

　　盡到毘耶方丈室

　　　　作其佛事對弘揚

佛子

　　今晨擬説甚深經

　　　惟願慈悲來至此

　　聽衆聞經罪消滅

　　　總證菩薩法寶身

佛子

　　火宅茫茫何日休

　　　五欲終招生死苦

重述

　　不如聽經求解脱

　　　學佛修行能不能

　　能者虔恭合掌著①

　　　經題名目唱將來

文中"佛子"，是稱座下聽衆之詞。凡信佛者，皆可謂之"佛子"。如法華經譬喻品："今日乃知真是佛子，從佛口生，從法化生，得佛法分。"梵網經下："衆生受佛戒，即入諸佛位，位同大覺已，真是佛子。"佛地論："由佛教力，被道生，故曰佛子。"嘉祥法華經疏四稱："大機既發，有紹繼之能，爲佛子義。"今大方廣華嚴經卷十一每段皆以"佛子"起首，與此式同。則文稱"佛子"，乃古義也。至諸篇偈讚雖不盡押韻，而結尾四句則文意略同。末句中例出"經題唱將來"五字，以催唱經題。與講經文諸讚末句之爲"□□□□唱將來"，作用實同。其結尾四句用韻者，如此篇重述以下四句，以能來爲韻。在温室經講唱押座文亦然。其文云：

——————

① "著"、"者"字同。

> 己捨喧□①求出離
> 　端坐聽經能不能
> 能者虔恭合掌著
> 　經題名字唱將來

按技能賢能之能，廣韻有二音：一讀奴代切，在去聲代韻。一讀奴登切，在平聲登韻。其平聲咍韻奴來切之能，注云：“三足鼈也。又獸名，禹父所化也。”無技能賢能義。清王士禛池北偶談卷十二“能”字條云：“阮嗣宗詠懷詩：‘誰云君子賢，明達安可能？’與萊哉相叶。阮瑀七哀詩：‘身盡氣力索，精魂靡所能。’與來萊相叶。則是賢能之能亦乃帶切，叶平。”今讀此諸押座文，知去聲技能賢能之能與平聲來相叶，與阮瑀父子詩同。此漢魏遺音也。其四句不用韻者，句法亦同。如三身押座文云：

> 既能來至道場中
> 　定是願聞微妙法
> 樂者一心合掌著
> 　經題名字唱將來

他篇因唱經題爲都講之事，有逕以都講入文者。如八相押座文後所附失名押座文末四句云：

> 西方還有白銀臺
> 　四衆聽法心總開
> 願聞法者合掌著
> 　都講經題唱將來

---

① 疑是“沸”字。

押座文梵讚，吟至經題句止。自此而下，則爲開題之事矣。至押座之義，頗不易解。近世儒者，或以爲其文錄置佛座之下因而得名。然押座文乃開題前所吟，似不必取義於佛座。余今竊爲之説：押者即是鎮壓之壓，座即四座之座。慧琳一切經音義卷二十六"打擲坩押"①注云："押正體作壓。烏狎反。鎮也。押字古狎反，籬辟也，非此義。"是"押"可通作"壓"，有鎮靜鎮伏意②。續高僧傳雜科聲德篇："梵者淨也。梵之爲用，集衆行香，取其靜攝專仰也。"翻譯名義集卷四衆善行法篇："梵唄此云止，由是外緣已止，爾時寂靜任爲法事也。"然則押座之義可釋爲靜攝座下聽衆。開講之前，心宜專一，故以梵讚鎮靜之。此雖爲余個人臆説，似未嘗不可備一解也。

　　由以上所述觀之，則開題爲開講之始，而押座文爲唱經題之先聲；在講經次第中此其最先者。今本維摩經講唱文不存首卷，故亦不見押座文。然倫敦大英博物院所藏單行本押座文中，即有維摩經押座文。此正可移施于維摩經講唱文之前。今維摩經講唱文雖不存押座文，仍可由單行本見其製作之體也。又觀現存諸押座文題目，有溫室經講唱押座文，有維摩經押座文：此屬於講唱經文者。有三身押座文，有八相押座文。準釋氏經論，佛有三身，佛出身成道，所歷有八相。此所標非經題，而爲談經用語。"八相""三身"，當是變文標目。今以倫敦大英博物院藏單行本八相押座文，與北京圖書館藏潛字八十號卷子失名變文前所載押座文相讎，其梵讚三十八句全同。可知此"三身""八相"二押座文，乃變文前所用之押座文。又巴黎國家圖書館所藏降魔變卷子，其變文前即冠以押座文一首，尤可爲講經變用押座文

①此引大般涅槃經第三十一卷文。
②唐邊方節度使多帶押蕃落銜，押字亦作鎮壓義解。

之明證。蓋經變雖不存文句，亦講經之一體，於講前例唱經題。既唱經題，固宜有押座文也。

經訖下座，有解座梵，見上文。解座者，經講功就卷文罷席之謂。梁陸雲撰御講般若經序，所謂"自開講迄於解座，凡講二十三日"①者也。凡講演例升高座，非講畢則座不解。故前人記講演次數有以座論者。如宋高僧傳卷十六允文傳，記允文於開成乾符間，講相疏二十七座，大經二十五座，是其例。開講有梵，解座亦有梵。開講之梵，其本既名押座文；則解座之梵以文論，亦可謂之解座文。解座文今無單行木。惟今所見變文，止説後尚多有附頌讚者。如國立北京圖書館藏潛字八十號失名變文演佛出生成道事者，正説後有讚二十七行，即解座文。其結末四句云："高（適）來和尚説其真，修行弟□莫因□；□□□□□□□，□□□莫阿婆嗔。"以缺字甚多，不知其義。然今三身押座文後附書有類似之句，其辭云："今朝法師説其真，坐下聽衆莫因循；念佛急手歸舍去，遲歸家中阿婆嗔。"此文末二句文義當同。言聽講訖當速回舍，若稽留日莫，則"阿婆"嗔也。"阿婆"者，六朝以來流俗人稱年長婦人之詞。南齊書卷四鬱林王紀，記鬱林王昭業呼豫章王妃庾氏爲"阿婆"。"阿婆"，謂叔祖母也。樂府詩集卷二十五梁橫吹曲折楊柳枝歌"阿婆許嫁女，今年無消息"。"阿婆"，謂母也。（金哀宗稱其嫡母仁聖太后爲阿婆。見金史卷六十四后妃傳。）丁用晦芝田録記唐高祖面皺，隋煬帝戲之，目爲"阿婆面"②。"阿婆"，謂老婦人也。婦人年長者爲"阿婆"，男子年長者爲"阿翁"。故張鷟朝野僉載，記鄭仁凱與小奴語，自稱"阿翁"③。郭

---

① 序文見廣弘明集卷十九。
② 據太平廣記卷一六三引。
③ 據太平廣記卷一六五引。

湜高力士外傳，記唉庭瑤呼高力士爲"阿翁"；杜光庭録異記卷二記陝虢間民家小童呼其祖父爲"阿翁"。"阿翁""阿婆"又爲夫婦相敬之稱。南戲張協狀元有李大公與婦李大婆。大公呼其婦爲"亞婆"，大婆呼其夫爲"亞公"。"亞""阿"字通，"翁""公"同字。"亞公"即"阿翁"，"亞婆"即"阿婆"也。此文"阿婆"似指聽者之婦。蓋尊之曰"阿婆"，猶近世稱人妻爲"太太"。"遲歸阿婆嗔"，乃調笑語也。以調笑語入讚，信乎其爲俗講矣。

又以廣弘明集考之，似講訖讚唄，有衆和之事。卷二十八上八關齋制序①附載條例，其第八條云："聽契經終，有不唱讚者，罰禮十拜。"可證。

（五）表白

表白者，齋會法集時宣念疏文之謂。凡疏文之設，不止一途。今故書所録，有爲呪願之詞者，即發願文。其體每款先具詞說，次陳所願。如道宣廣弘明集卷十五佛德篇所録有梁簡文帝在藩作唱導文一首；有王僧孺禮佛唱導發願文一首，乃唱導時所撰發願之文。有王僧孺懺悔禮佛文一首，又初夜文一首，乃設八關齋時發願之文：凡此並發願疏也。有陳懺悔之詞者，如廣弘明集卷二十八下悔罪篇所録梁簡文帝之六根懺文一首②，又悔高慢文一首，沈約懺悔文一首：皆瀝陳罪業，具其事狀，乃懺悔疏也。有序設齋會之由者，如廣弘明集卷二十八下所録梁武帝摩訶般若懺文一首，金剛般若懺文一首，陳宣帝勝天王般若懺文一首，陳文帝妙法蓮華經懺文一首，及金光明懺文等七首。其文開首多云"菩薩戒弟子某稽首和南"云云；其文將終並有"今謹於某處建如

①此文似梁人作。
②六根懺文末小注云：已竟誠心作禮。此記當時節次之文也。

干僧如干日某某懺""今謹於某殿設無礙大會"等語：並序致始末，乃設齋會疏也。又如日本僧空海所撰大日經等開題，皆首載序引之文，爲設會之人申意。序畢，繼以勸請、懺悔、供養、發願、諸頌讚，次及經題，始入開白。蓋據當時節次録之。所載開題諸序，實亦設會疏也。至開講解講，亦皆有疏。今廣弘明集卷十九法義篇，尚載南齊竟陵王發講疏①一首，南齊皇太子解講疏一首，竟陵王解講疏二首，是其例。似此諸製具在，其文體實不難考見也。按：宋高僧傳卷七彦暉(後梁)傳記暉題目及門弟子，有"擊論談經，聲清口捷"②；"讚揚梵唄，表白導宣"之目。所舉四事，表白即居其一。蓋僧侶習業，所事不同，其表白亦爲專科。如舊五代史卷四十七唐書末帝紀中載清泰二年三月功德使奏試僧道事云：

> 辛亥，功德使奏："每年誕節，諸州府奏薦僧道。其僧尼欲立講論科，講經科，表白科，文章應制科，持念科，禪科，聲讚科；道士欲立經法科，講論科，文章應制科，表白科，聲讚科，焚修科；以試其能否。"從之。

僧道司表白之事，其職即名表白。如羅貫中水滸傳百回本第四回，載魯達出家剃染事云：

> 表白宣疏已罷。行童引魯達到法座下。維那教魯達除了巾幘。……

明無名氏金瓶梅詞話第三十九回記西門慶生子後於玉皇廟設齋升壇上香事云：

> 到壇，有絳衣表白先宣念齋意。

---

①此疏似紀事之文，非當筵宣讀者。
②此謂講經通難之事。

觀此知表白之稱，由所事爲表白，猶僧徒司梵唄之事，其職即名梵唄也。

表白在五季雖有專科，然僧衆業有兼長，法集職司亦有可繁可簡之例，故理不必拘。至導師唱導兼行表白，自古已然。如高僧傳卷十五曇宗傳載曇宗爲宋孝武帝唱導，行菩薩五法禮竟，帝笑謂宗曰："朕有何罪，而爲懺悔？"其卷末論導師之品第云"若諳究不長，遵用舊本，動見紕繆；或禮拜中間懺疏忽至，既無宿蓄，臨時抽造，寠棘難辨"云云。則宣念疏文實由導師任之，非有他人。舉此一端，可以隅反也。

表白疏文，今尚存孤行本。如倫敦大英博物院所藏有行軍轉經文，有轉經文①，即爲轉經而作者。今録其一於下：

轉經文：

> 我法王之利見也，難可詳焉。其有歸依者，果無不刻矣。然今啟龍藏，虔一心，擊洪鐘，邀二衆者，其誰施之？則我國相論掣脯（按：論掣脯乃吐蕃人名。唐沙州於建中初陷於吐蕃，至大中間因州人張義潮起義始收復。此文稱"國相論掣脯"，必陷蕃時作）敬爲西征將士保願功德之所建矣。伏惟相公乃河岳降靈，神威動物，感恩出塞，撫俗安邊。一昨春初，扶陽作蘖，摽掠人畜。由是大舉軍師，併除兇醜。雖兵强士勇，然福乃禍師。是以遠杖流沙，精祈轉念。今者能事退列，勝福斯圓。總用莊嚴行軍將相即體，願使諸佛護念，使無傷損之憂；八部潛加，願起降和之意。然後人馬咸吉，仕（士）卒保康，各守□垂，永除征戰。然後散霑法界，普及有情。賴此方因，咸登覺道。

---

① 並見日本印本鳴沙餘韻。

此爲轉經而設。至講唱經文，當亦有與此相似之疏。若變文則法國巴黎國家圖書館所藏破魔變，其押座文經題名目後，尚着一發願疏。當時講式可見一斑也。

以上述講唱經文，所列六事：曰唱經，曰吟詞，曰職掌，曰押座文，曰開題，曰表白。其押座文開題，變文亦有之。至表白施用多方，尤不限於講唱經文。今於述講唱經文時先出此二目，爲行文方便耳。俗講講唱經文之事，今所闡發，雖不敢云詳，亦具匡略。觀其尋文講説，實是講義釋本文之體。其節次與職事分配，亦是六朝以來講經舊制。其不同者：此等雖於誦文之次，逐句立説；而所説者故事，與義解無關，且虛誕誇張，全是浮詞。又頌讚繁多，徒以聲音靡人。故爲時論所鄙，別於名德之講，而目之曰俗講。然只講談深淺與雅鄙之異，在形式上實無何等區別也。且此等講説，有時亦剖判文句，不盡演説事狀。今舉燉煌零拾所載維摩詰經文殊問疾品講唱文説解二段爲例：

〔經云〕“佛告：文殊師利，汝行詣維摩詰問疾。”

〔白〕言佛告者：是佛相命之詞。緣佛於會上告盡聖賢，五百聲聞，八千菩薩，從頭遣問，盡日不任。皆被責呵。無人敢去。酌量才辯，須是文殊。其他小小之徒，實且故非難往。失(適)來妙德，亦是不堪。今仗文殊，便專問去。……

〔經云〕“文殊師利”乃至①“詣彼問疾”。

〔白〕此唱經文，分之爲三：一，文殊謙讓白佛。二，讚居士——經云道“彼上人者”至“皆以得度”。三，託佛神力，敢

---

① “乃至”二字印本正書，今按是寫時省文，言其文自“文殊師利”起至“詣彼問疾”止也。蓋所釋經文，字少則全書，字多則但記經文起訖，今所見儒家諸經單疏，其體亦如此。

　　往問疾——經云"雖然(當)①承佛聖旨"。且第一……

就此二條觀之,其釋文字亦略與疏家解經同。是其講談於名輩
典型猶未完全墜失。唯此例不多,合諸本觀之,實專以說故事爲
主者。今採當時品目,即以俗講稱之,誠無不可也。

　　余此文草創於一九三三年,一九三七年夏,稍潤色之,
甫成第一講唱經文篇,而蘆溝橋事變起,遂擱筆不復作。此
第一篇載國立北京大學國學季刊第六卷第二號(一九三七
年模印,一九三八年裝於長沙)。至今將二十年,垂老多病。
其未成之三篇,雖材料具在,若綴輯成文,至少須萬餘方,今
日已無此精力。昔唐韋述與柳芳友善,俱爲吏官。述所著
書有未畢者,多芳與續之。余之學不敢望韋述,其相識如柳
芳者,則不乏其人。他日,或有續吾書者。則余書雖僅成此
一篇,又何足爲憾事乎。

　　　　　　　　　　　　一九五三年三月二十一日記

────────

①印本脱"當"字。

讀　變　文

一　變文變字之解

今燉煌寫本演說故事之書，有題"變文"者，亦省作變。變字之義，近時治燉煌學者皆未有明確解釋。或者竟疑爲譯音。余按：變者，奇異非常之謂也。白虎通卷四災變篇云："變者何謂？變者，非常也。"文選卷二張平子西京賦："盡變態乎其中。"薛綜注："變，奇也。"卷四十繁欽與魏文帝牋："耳目所見，僉曰詭異。"李善注引說文曰："詭變也。"非常事之屬於妖異者，謂之"變怪"（倒文作怪變）、"妖變"。非常事之屬於災異者，謂之"變故"。例如：迦丁比丘說當來變經（大正藏卷四十九）：

> 爾時一切衆生之類，見是變怪，悉共相對，舉聲悲哭。

文選卷第二十四曹子建贈白馬王彪詩：

> "變故在斯須，百年誰能持？"李善注：漢書谷永曰：三郡所奏，皆有變故。鄭玄周禮注曰："故，災也。"

後漢書卷十下皇后紀：

> 初，太后（靈思何皇后以選入掖庭，生皇子辯。光和三年立爲皇后。

皇子辯即位，尊后爲皇太后）新立，當謁二祖廟。欲齋，輒有變故。
如此者數，竟不克。時有識之士，心獨怪之。後遂因何氏傾
没漢祚焉。

後漢書卷十二彭寵傳：

其妻數惡夢，又多見怪變。

世說新語忿狷篇：

桓南郡小兒時，與諸從兄弟各養鵝，共鬥。南郡鵝每不
如，甚以爲忿。迺夜往鵝欄間，取諸兄弟鵝悉殺之。既曉，
家人咸以驚駭，云是變怪。

陳書卷二十六徐孝克傳（附兄徐陵傳）：

都官省多有鬼怪，居省者多死亡。孝克便即居之。經
涉兩載，妖變皆息。

隋書卷二高祖紀下：

十一年春正月丁酉，以平陳所得古器多爲妖變，悉命
毀之。

唐道宣高僧傳卷三十五尚圓傳：

梁武陵王蕭紀宮中，鬼怪魅諸婇女。……龍蛇百獸，倏
忽前後，在空在地，怪變多端。

宋贊寧高僧傳卷九靈著傳：

將終，寺中極多變怪。

非常事之屬於靈異者，謂之"神變"、"靈變"。例如：大般若婆羅
密多經卷九初分轉生品第四：

佛告舍利子，有菩薩摩訶薩，神境智證通起無量大神變事，所謂震動十方，各如殑伽沙界大地等物，變一爲多，變多爲一，或顯或隱，迅速無礙。

賢愚經降六師品：

辟支佛於油師前現神足力，飛昇虛空，身出水火。油師夫婦見其神變，甚增敬仰。

南齊書卷五十二文學傳論：

江左風味，盛道家之言。郭璞舉其神變，許詢極其名理。

洛陽伽藍記卷五：

水西有池，龍王居之。龍王每作神變。國王祈請，以金玉珍寶投之池中。……有一石塔高二丈，甚有神變，能與世人表吉凶。觸之，若吉者，金鈴鳴應。若凶者，假令人搖撼，亦不肯鳴。

梁慧皎高僧傳卷三智猛傳：

其所游踐，究觀靈變，天梯龍池之事，不可勝數。

唐道宣高僧傳卷二天竺沙門那連提黎耶傳：

聞諸宿老嘆佛景跡。或云某國有鉢，某國有衣，頂骨牙齒，神變非一。

唐辯機大唐西域記卷八摩揭陀國上：

窣堵波中有如來舍利。每歲至如來大神變月滿之日，出示衆人（即印度十二月三十日，當此正月十五日）。此時也，或放光，或雨花。

同上書卷十二烏鍛國：

> 數百年前山崖崩圮，中有苾芻瞑目而坐，從定起問曰："釋迦如來出興世耶？"對曰："已從寂滅。"聞，復俯首久之，乃起昇空，現神變，化火焚身，遺骸墜地。（慧立三藏法師傳卷五文略同）

唐杜寶大業雜記（原本説郛卷五十七引）：

> 大業元年築西苑。苑内造山爲海，風亭月觀皆以機成，或起或滅，若有神變。

唐張懷瓘書斷中崔瑗傳（據法書要録卷八、太平廣記卷二○六引）：

> 善章草書。點畫精微，神變無礙。

唐杜光庭録異記序：

> 怪力亂神，雖聖人不語；至於六經圖緯河洛之書，別著陰陽神變之事。

宋贊寧高僧傳卷十八法喜傳：

> 帝（隋煬帝）惡之，敕鏁著一室。數日，三衛於市見喜坦率游行。還奏。敕所司覆驗。開户見袈裟覆一聚白骨，其鏁貫項骨不脱。帝聞愕然，勅令勿輕摇蕩，曰："聖者神變無方。"

同上書卷十八僧伽傳：

> 或預知大雪，或救旱飛雨，神變無方，測非恒度。

宋沈括夢溪筆談卷二十"吳僧文捷"條：

> 捷嘗持如意輪呪，靈變尤多。缾中水，呪之則湧立。畜

> 一舍利，晝夜轉於琉璃餅中。捷行道，繞之。捷行速則舍利
> 亦速，行緩則舍利亦緩。

非常事之屬於伎巧者，謂之"變巧"。如：裴松之注三國志魏書杜
夔傳：

> 至令木人擊鼓吹簫……變巧百端。

文選卷七揚子雲甘泉賦：

> 於是大厦雲譎波詭，摧嗺而成觀。李善注："孟康曰：言
> 厦屋變巧，及爲雲氣水波相譎詭也。"

通言則無別，如言"變應"、"變現"、"殊變"、"祥變"、"變異"是也。
唐道宣高僧傳卷四玄奘傳：

> 憍薩羅國有黑峰山。寺鑿石爲之，引水旋注，多諸
> 變異。

同上書卷三十四通達傳：

> 專顯變應，其行多僻。

同上書卷三十五尚圓傳：

> 聞圓持咒，請入宮中，諸鬼競前作諸變現。

大唐西域記卷九摩揭陀國下：

> 大迦葉宴坐，山林忽放光明，又覩地震，曰："是何祥變？
> 若此之異！"以天眼觀，見佛世尊於雙林間入涅槃。

宋龍明子葆光録卷三"雪溪漁人"條：

> 乃謂其魚曰："若有變異，當放爾子。"其魚乃吐一條黄
> 氣，上有一僧長數寸，其氣高二丈餘。

單言則只作"變"。史記卷七十九范睢傳：

> 王稽載范睢入秦，至湖關。穰侯至，勞王稽，因立車而語曰："關東有何變？"曰："無有。"

"關東有何變"，言關東有何事也。晉書卷三十刑法志：無變斬擊謂之賊。"無變斬擊"，謂無事而斬擊人也。梁書卷五十四扶南國傳：

> 大同中，造諸堂殿，其圖諸經變，並吳人張僧繇運手。

"圖諸經變"，謂圖諸經中事也。廣弘明集卷三十上薩陀波崙讚注云：

> 因畫般若臺，隨變立讚。

"隨變立讚"，言隨事立讚也。"變"乃六朝隋唐人常語，觀以下二例可知：梁慧皎高僧傳卷十笠佛圖澄傳：

> 澄嘗與石虎共昇中臺，澄忽驚曰："變！變！幽州當火災！"仍取酒灑之。久而笑曰："救已得矣。"虎遣驗，幽州（人）云："爾日火從四門起，西南有黑雲來，驟雨，滅之。雨亦頗有酒氣。"

隋書卷七十八藝術傳萬寶常傳：

> 時有樂人王令言，亦妙達音律。大業末，煬帝將幸江都，令言之子當從，於戶外彈胡琵琶，作翻調安公子曲。令言時臥室中，聞之，大驚，蹶然而起曰："變！變！"急呼其子曰："此曲興自早晚？"其子對曰："頃來有之。"令言遂歔欷流涕，謂其子曰："汝慎無從行，帝必不反。"子問其故。令言曰："此曲宮聲往而不反。宮者，君也。吾所以知之。"帝被殺於江都。

“變！變！”猶言怪事怪事。更以圖像考之,釋道二家凡繪仙佛像及經中變異之事者,謂之“變相”。如云地獄變相、化胡成佛變相等是。亦稱曰“變”,如云彌勒變、金剛變、華嚴變、法華變、天請問變、楞伽變、維摩變、淨土變、西方變、地獄變、八想變①等是(以上所舉見張彥遠歷代名畫記、段成式酉陽雜俎寺塔記及高僧傳沙州文錄等書,不一一舉其出處)。其以變標名立目與變文正同,蓋人物事蹟以文字描寫之則謂之變文,省稱曰變;以圖像描寫之則謂之變相,省稱亦曰變:其義一也。然則變文得名,當出於其文述佛諸菩薩神變及經中所載變異之事,亦猶唐人撰小說,後人因其所載者是新奇之事而目其文曰傳奇;元明人作戲曲,時人因其所譜者是新奇之事而目其詞曰傳奇也。

二　唱經題之變文

變文唱經題者,余所見只三本,一曰破魔變(亦稱降魔變);二曰降魔變文;三曰演佛出生成道之失名變文。

破魔變藏巴黎國家圖書館,卷子編號爲二一八七。卷後題云,“破魔變一卷”;而第一行標題爲“降魔變押座文”。首錄梵讚長行文云:

> 年來年去暗更移,没一個將心解覺知。只昨日腮邊紅豔豔,如今頭上白絲絲。尊高縱使千人諾,逼得都成一夢斯(斯疑是似字之訛)。更見老年腰背曲,驅驅由自(疑當作區區猶自)爲妻兒。君不見生來死去,似蟻修(疑當作休)還;爲衣爲食,如蠶作繭。假使有拔山舉頂(鼎)之士,終埋在三尺土中;直

---

① 道家變文中有九想變,燉煌變文論文錄作八相變。

饒玉梲金繡（疑當作玉食錦繡）之徒，未免於一槭灰燼。莫爲久住，看則去時；雖論有行之國，總到無常之地。少妻恩厚，難爲替死之門；愛子情深，終不代君受苦。忙忙濁世，爭戀久居；模模（當作漠漠）昏迷，如何撥去？不集（疑當作及）常開意樹，早折覺花。天宮快樂處，須生地獄下；波吒莫去死，去了卻生來。合嘆傷，爭堪（疑是誤字）淚。卻不思量：一世似風燈虛没没（當作漠漠），百年如春夢苦忙忙。心頭託手細參詳，世事從來不久長。遮莫黃金銀盈庫藏，死時爭豈與君將？紅顏漸漸難皮皺，綠鬢看看鶴髮蒼。更有向前相識者，從頭老病總無常。春夏秋冬四序催，致令人世有輪迴。千山白雪分明在，果樹紅花闇欲開。燕來燕去時復促，花榮花謝並推排。聞楗直須疾覺悟，當來必定免輪迴。亦經題名目唱將來。

“亦經題名目唱將來”，“亦”字衍文。押座文梵唱至此爲止，次爲呪願之詞：

己（同以）此開讚大乘所生功德，謹奉莊嚴我　當今皇帝貴位。伏願長懸舜日，永保堯年。……伏惟我府主僕射神資直氣，岳降英靈。懷濟物之深仁，蘊調元之盛業，門傳閥閱，撫養黎民，總邦教之清規，均木土之重位。自臨井邑，比屋（原誤握）如春，皆傳善政之歌，共賀昇平之化。致歲時豐稔，管境謐寧，山積糧儲於川流，價賣聲傳於井邑……謹將稱讚功德，奉用莊嚴我府主司徒。伏願洪河再復，流水而繞乾坤；紫（原誤此）綬千年，勳業長扶社稷。次將稱讚功德，謹奉莊嚴國母聖天公主。伏願山南朱桂，不變四時；嶺北寒梅，一枝獨秀。又將稱讚功德，奉用莊嚴合宅小娘子、郎君貴位。……然後依（原作倚）前大將，盡孝盡忠；隨從□（挍）

寮，惟清於直。城隍、社廟，土地、靈壇，高峰常保於千秋，海內咸稱於無事。

次爲正説，述佛於熙蓮河畔成道，震動魔王波旬，魔王率領神鬼軍衆本來擬捉如來，佛以慈悲善根力降伏之，其軍敗退；魔王有三女，見父不樂，啟其父來佛所，各作種種媚態圖惱亂佛心。佛指其女，一時皆化作老母。魔因愧謝云云。

按此佛降魔事經典多載之，如修行本起經出家品，太子瑞應本起經卷上，佛説普曜經降魔品，方廣大莊嚴經降魔品，過去見在因果經卷三，佛本行集經魔怖菩薩品、菩薩降魔品及佛所行讚（北涼曇無懺譯，亦名佛本行經）卷三破魔品均記其事，尤以佛本行集經所記爲詳。此變文不出經題，故不知所據爲何經。（按諸經記降魔事皆先舉魔女，次舉魔軍。變文以魔軍居前，次第稍異。其魔女唯佛説普曜經作四女，餘多作三女，變文亦作三女，知所據非普曜經。）唯押座文有“唱經題名目”之語，則此講在正説前必有唱經題之事無可疑也。

此本卷末有書手題字，署“天福九年甲辰”，天福，晉年號。然變文正説後所附頌讚云“自從僕射鎮一方，繼統旌幢左（按當是“佐”字）大梁”，則本作於梁時。今檢其發願文疏，先稱當今皇帝，次稱“府主僕射”、“府主司徒”，次稱“國母聖天公主”，以其時考之，則府主當指沙州曹義金，其國母聖天公主乃指義金妻李氏。按義金以歸義軍留後領州事，在後梁末帝貞明中。其時于闐國王爲李聖天；義金妻即聖天之女，當時號爲天公主。其目義金妻爲國母者，以義金據有二州，在其域中本有大王之號，此稱國母實不足異也。

降魔變文，績溪胡氏藏，其標目雖與巴黎國家圖書館所藏破魔變卷子別名同，而所説實非一事。此本卷首微有闕文，自餘具足,以至卷尾皆完整不缺。正説述舍利弗降六師事云,舍衞城須達多長者向波斯匿王祇陁太子購園,共力營造,將以供佛,六師勞度叉聞之,請於王,欲與佛決勝負,佛以弟子舍利弗對六師,六師作六殊變,舍利弗亦以六現變伏之,六師因慙謝皈依云云。其事見宋法賢譯佛説衆許摩訶帝經卷十一,經記外道赤眼婆羅門與舍利弗論義,舍利弗以微風摧花樹,以大象踐池水,以金翅王制毒龍,以神力縛羅刹,皆見於變文。唯變文第一變以金剛碎寶山,第二變以師子唼水牛,二者不見於此經,外道不云六師,亦與變文稍異,似變文別有所據。又元魏慧覽譯賢愚經降六師品載佛降六師富蘭那等事,但記佛七日現變,第八日對六師,有五大神鬼毀其高座,金剛以杵擬六師,六師因驚怖,投河而死,無舍利弗與六師決勝負事,亦不言六師懷憤由施園而起,是其始末不同,似賢愚經尚非變文所從出;論其事實,仍以衆許摩訶帝經爲近也。其開端叙意云:

……三世諸佛,從此經生,最妙菩提,從此經出。加以括囊群教,許爲衆經之要目,傳譯中夏,年餘數百。雖則諷誦流布,章疏芬然;猶恐義未合於聖心,理或乖於中道。伏唯我大唐漢朝聖主開元天寶聖文神武應道皇帝陛下,(唐會要卷一帝號上篇云:玄宗天寶七載五月十三日,加尊號“開元天寶聖文神武應道皇帝”。)……化冶之餘,每弘揚於三教,或以探尋儒道,盡性窮源,注解釋宗,句深相遠(疑當作句深致遠)……道教由是重興,佛日因兹重曜。……然今題首金剛般若波羅蜜經者,金剛以堅鋭爲喻,般若以智慧爲稱,波羅到彼岸,弘明密多經,則貫穿爲義,善政之國,故號金剛般若波羅蜜經。大覺世尊於舍衞國祇樹給孤之園宣説此經,開我密藏。……須達爲人慈善,好給濟於孤貧,是以因行立名給孤;布金買地,修建伽藍，請佛延僧，是以列名經內；祇陁覩其重法，施樹同營；緣以君重臣輕，標名有其先後。委被事狀，述在下文。

此一段釋題目，實是開題。明前有唱經題之事。然此變文雖爲金剛經而作，其所述之事並不出於本經，祇以經中首契有"祇樹給孤獨園"之語，遂獵取他經施園及外道論義之事，牽附成文，不唯全經大意不能統攝，即以釋事言，亦嫌支蔓。所以然者，金剛經闡諸相非相之義，全是玄言，無實事可據，即不得不扭合他事，使附麗於本經，此談寫揣摩之術，固俗講師所宜有者也。

演佛出生成道之失名變文，國立北京圖書館藏，編號爲潛字八十號。此本首末俱缺壞，其卷首自"廣開大藏"以下至"如來補在第四天中"凡存四百餘字，側注云"上生相"，又跳行自"□□喜樂之次便腹中不安"至"天上□（按天字）下爲我獨尊"凡百餘字，則説佛誕生事，無側注；次爲梵讚四十句，讚後有"經題名目"四字，讚詞與倫敦大英博物院所藏八相押座文全同，唯多見"人爲惡處强攢頭"四句，知爲押座文；自此以後，正説淨飯王與夫人禱神求子及佛誕生出家成道等事；次爲長梵二十七行，則講畢所用唄讚也。

今按此本首四百餘字及提行百餘字當爲駁文，今列三證明之。

（一）講經正講之前，儀式雖多，皆禮拜虔請之事，所用無非讚頌；此卷押座文前有叙事文二段，與講經軌儀不合。

（二）此二段文講佛上生及誕降事，首四百字理應在正講淨飯王求子之前，次百餘字又與正講重複，文理乖牾。

（三）細檢寫本，此二段白文乃別紙黏連，與下文非一本，其押座文"上從兜率降人間，託蔭王宮爲生相"二句與此二段文在同一紙者乃黏合後所補寫。

　　據此三事，知此卷首二段爲駁文。此變文當以押座文居首，與正講爲一本。按經典記佛行事者如修行本起經、太子瑞應本起經、佛説普曜經、方廣大莊嚴經、異出菩薩本起經、過去現在因果經、佛本行集經，雖有詳略，皆大致相同，檢此卷所述，亦與諸經同（唯記太子妃亦至雪山隨太子修道爲經所不載），是其依據經説，實無可疑。惟不出經名，不知所説何經。又北京圖書館尚藏雲字二十四號卷子，亦演佛出生成道事，標曰八相變。以破魔降魔皆因事立目不標舉經名例之，則此卷或亦名八相變。然文中未出"八相"二字，不敢臆測，今姑闕疑。

　　此本正説後録唄讚二十七行，以紙壞其半，所缺文句甚多，其結末四句云：

　　　　高（"高"疑"適"字之誤）來和尚説其真，修行弟（下疑脱"子"字）莫因□；□□□□□□□，□□□莫阿婆嗔。

倫敦大英博物院藏三身押座文後附書四句與此相似，文云：

　　　　今朝法師説其真，坐下聽衆莫因循；念佛急手（疑係誤字）歸舍去，遲歸家中阿婆嗔。

此直以諢語入讚，信乎其爲俗講矣。

　　以上破魔變及失名變文，皆有押座文，其押座文皆有"經題名目"之語。至降魔變雖今本未有押座文，然其卷端本有缺文，其釋題出金剛般若波羅蜜經題目，度其前亦當有押座文。是此三本講時皆唱經題，其爲講經之本可知。唯押座文後皆不出經名，只以"經題名目"四字代之。與日本僧空海所撰諸開題式同（空海本於勸請發願諸儀後應書經名處皆以"經題"二字代之）。蓋所説之經題目字或稍多，不欲全書之，因懸書其名，亦如文人撰文應書己名處以某字代之，爲人作碑板文，嫌其子孫名多，應書名處以某某代之也。至於卷子標題亦不書經名唯作某某變文者，蓋所講祇是經中神變之事，既不存文句，以事爲主，故不妨從實標以某某變耳。

一九三五年北京大學講義

原載一九五一年六月現代佛學第一卷，第十期，題爲讀變文雜識

中國短篇白話小説的發展

中國白話短篇小説的發展，由唐至明，經過三個階段：一是"轉變"，二是"説話"，三是短篇小説。轉變唐朝最盛。説話宋朝最盛。短篇小説明末才有，亦以明末爲最盛。現在就依着朝代的次序説明這三件事。

轉　　變

"轉變"這個名稱，現在稍微生疏一點，必須説明一下。"轉"等於"囀"，意思是囀喉發調。淮南子脩務訓："秦楚燕魏之歌，異轉而皆樂。"高誘注："轉音聲也。"唐朝太樂及教坊樂人叫音聲人。可見轉就是歌。"變"當奇異非常解。白虎通第四卷災變篇："變者何謂？變者非常也。"文選第二卷張平子西京賦："盡變態乎其中。"薛綜注："變，奇也。"第四十卷繁欽與魏文帝牋："耳目所見，僉曰詭異。"李善注引説文曰："詭變也。"非常之事，通謂之變。非常事性質屬於神異者，便叫"神變""靈變"。非常事性質屬於怪異者，便叫"變怪""妖變"。非常事性質屬於伎巧者，便叫"變巧"。籠統的説，亦可以稱作"變異"。廣弘明集第三十卷上薩陀波崙讚題下注云："因畫般若臺，隨變立讚。"隨變立讚，猶言隨事立讚。可見轉變就是歌詠奇事。歌詠奇事的本子，就叫作"變文"。"變文"亦可簡稱爲"變"。

我們現在看到的燉煌寫本的變文，都是唐五代時寫的。根據這些變文，我們知道唐五代的變文分兩種：一種是演佛經故事的，我名之曰"經變"。"經變"二字，始見梁書第五十四卷扶南國傳。説"大同中造諸堂殿，其圖諸經變並吳人張（僧）繇運手"。唐張彦遠歷代名畫記、段成式酉陽雜俎寺塔記，記兩京寺觀畫壁及爲古今畫家作傳，屢稱"經變"。梁書名畫記説的是畫，不是文。其實，畫與文都是寫經中之事，圖之則爲變相，演之則爲變文。畫可稱經變，文亦可稱經變。所以，我毫不躊躇的用了這個稱呼。一種是演世間塵俗故事的，這一種，至今無適當稱呼，我打算名之曰"俗變"。但這個稱呼，不很妥當，所以我不敢用。現在對於這兩種變文分別説一説。

"經變"是唐朝和尚通俗講演之一種（當時專名詞叫作"俗講"）。唐、五代俗講本分兩種：一種是講的時候唱經文的。這一種的題目照例寫作"某某經講唱文"，不題作變文。它的講唱形式，是講前唱歌，叫押座文。歌畢，唱經題。唱經題畢，用白文解釋題目，叫開題。開題後背唱經文。經文後，白文；白文後歌。以後每背幾句經後，即是一白一歌，至講完爲止。散席又唱歌，叫解座文。詳細情節，我已有文章在北京大學出的國學季刊（第六卷第二號）講過，現在不多講。一種是不唱經文的，形式和第一種差不多，只是不唱經文。內容和第一種也有分別。第一種必須講全經。這一種則因爲沒有唱經文的限制，對於經中故事可以隨意選擇。經短的便全講。經長的，便摘取其中最熱鬧的一段講。然而在正講前也還要唱出經題。所以這一種也是講經之一體，但照例題作變文。因此，我想：俗講不唱經文的辦法，固然是佛教教條允許的，但從形式上看，是一種解放。這種解放的意義，是故事從今可以獨立講，不必依傍經文了。講佛經故事而題作變文,這是名稱的解放。這種解放的意義,是現在講經變,只是利用佛經中神異故事,作講談的材料。講談的重點在故事不在乎經。既然重點不在乎經,何妨逕題作變文。所以,俗講中的經變,在保留唱經題這一點上看,固然仍可以認作講經,而其實等於宋朝"小説人"之説靈怪小説。不過所説的限於佛經故事而已。

再進一步解放,便是講變文不向佛經中尋求故事,而向教外的書史文傳中尋故事。現在,我們見的燉煌本變文,有説列國志的,有説漢書的,這是講史;有舜子至孝變,有昭君變,這是小説傳奇;有唐太宗入冥變,這是小説靈怪。甚而有把眼前的人作爲講談材料的,如説張義潮、張懷深。張義潮和他姪子張懷深,是唐末的民族英雄。我們現在看的兩個關於他叔姪的變文,就是對本人説的(我疑心是他們叔姪生日作齋會導師念誦的唱導文)。這是寫士馬金戈的小説,並且是現實的,更進步了。這一批變文,就是我所擬而不敢即用的"俗變",是經變外的另一種變文。變文由"經變"發展到"俗變",方面更廣了,内容更豐富了。中國白話小説的基礎,至此完全奠定了。

説　　話

宋朝的"説話",即元明人所謂"平話"、"詞話",近人所謂"説書"。"説話"之"話",不當話言解,當故事解。我已有文章在師大月刊(第十期)講過,現在也不必再講。"説話"雖是宋人習語,但此語並不始於宋。唐朝郭湜作的高力士外傳,記"上皇在南内,力士轉變説話,冀悦聖情"。元氏長慶集第十卷酬翰林白學士代書一百韻詩自注:"嘗於新昌宅(聽)説一枝花話,自寅至巳,猶未畢詞。"一枝花即白行簡李娃傳之李娃。可見唐朝已經以説故事爲説話。我疑心唐朝人所謂説話，是專指説塵俗事的，所以高力士外傳中，以轉變與説話對舉。但今所見演塵俗事的燉煌卷子，也題變文。又似乎我推測的不對。大概轉變、説話，細分別則各有名稱，籠統的説則不加分別。唐朝轉變風氣盛，故以説話附屬於轉變，凡是講故事不背經文的本子，一律稱爲變文。宋朝説話風氣盛，故以轉變附屬於説話，凡伎藝講故事的，一律稱爲説話。這是名稱的問題，不必細講。最可注意的是，説故事在宋朝，已經由職業化而專門化。宋以前和尚講經，本不是單爲宣傳教義，而是爲生活。唐五代的轉變，本不限於和尚，所以吉師老有看蜀女轉昭君變詩。但唐朝的變場、戲場，還多半在廟裏，並且開場有一定日子。而宋朝説話人則在瓦肆①開場，天天演唱。可見説故事在宋朝已完全職業化。宋朝説話的家數，據夢華録、夢粱録等書所記，有講史書，有小説，有説經。小説又分煙粉、靈怪、傳奇、公案、説鐵騎兒數派。講史是用長時間去講的，説經限於佛書，不在本文討論範圍之内。小説，即後世短篇小説所託始。看他分門別派如此之嚴，知道宋朝的説話，已經專門化。因爲專門化，所以技藝更精。

　説話人所用的本子，叫作話本。小説人用的本子，經過若干時期以後，有人把這種本子重訂一下，去詞留白，印出來供人閱覽，這便是初期的短篇小説。

短篇小説

　單行的宋人話本，明朝人見的還不少，現在没有。現在我們看的宋人話本，都是選輯本。選輯宋人小説的書，有京本通俗小

---

①瓦肆即現在所謂市場。

説,有清平山堂所印話本,有三言。京本通俗小説至多是元末明初編的,因爲裏邊有瞿佑的詞①。瞿佑是元末明初人(一三四一——一四二七)。清平山堂印小説在嘉靖間(一五二二——一五六六)。三言印在泰昌、天啟間(一六二〇——六二七)。三書所收的宋話本,都是重訂本,都没有白文中間的唱詞。宋話本在元末明初,已有重訂無詞之本,爲什麽不説短篇小説出於元末明初,而偏説明末才有呢?這個問題容易答覆。因爲重訂不是作,自作的短篇小説,明末才有。明末人作短篇小説,是學宋元話本的。因此,明末人作的短篇小説,從體裁上看,與現存的宋元話本相去甚微。但論造作的動機,則明末人作短篇小説,與宋元人編話本不同。宋元人編話本,是預備講唱的;明末人作短篇小説,並不預備講唱,而是供給人看。所以,魯迅先生作中國小説史略,稱明末人作的短篇小説爲"擬話本",不稱話本,甚有道理。因爲,他只是作小説擬話本之體,不是真正話本。

明末人擬話本作的短篇小説集子,著名的有馮夢龍的三言(三言是選集,但其中也有編者自撰的小説)、凌濛初的二拍,有無名氏之石點頭、醉醒石、照世杯、幻影,有李漁的連城璧、十二樓,周濟的西湖二集。這些書都先後在泰昌(一六二〇)、順治間(一六四四——一六六一)出現,從明朝泰昌元年到清朝順治十八年,不過四十二年,就出了十幾部集子三百多篇的短篇小説,其餘不很著名的尚不算。在小説史中,這是極可注意的事。

明末短篇小説的發達,是有歷史基礎的。這個基礎,是由東晉到明初,一千多年,許多在家出家有名無名的男女伎藝人築成的。現在研究起來,從藝術的發展上看,没有晉南渡後至唐五代

①即馮玉梅團圓篇所載"簾捲水西樓"詞。此詞瞿佑作,見明田汝成西湖遊覽志餘卷二十五。

的轉變説話，就不可能有宋朝的説話，元、明的詞話。没有宋朝的説話，元、明的詞話，就不可能有明末的短篇小説。從文字上看，中國短篇小説之發展，是由模印話本，重訂話本，進而爲短篇小説的寫作。一個研究中國白話小説史的人，必須對這種白話小説與樂藝的密切關係有了解。若不了解這種小説與樂藝的關係，便無法研究中國白話小説史。

一九五一年四月二十二日作

原載文藝報四卷三期

宋朝説話人的家數問題

一　四科説的討論

元人詞話平話及明以來的通俗演義，都從宋人“説話”出。考查起來，不唯其氣息體裁與説話有密切關係，即其門風宗派也顯然是説話人的遺留。如三國及五代史在當時爲專門之學，即説話中講史之一家；水滸傳當出於公案；西遊記等出於靈怪；講婦女的種種小説出於煙粉、傳奇。又凡言征戰諸事，則鐵騎兒一派所揣摩演説者。寶卷即説經之苗裔。如此一一求其根源，不但沒有附會之嫌，而且是極穩便的話頭。凡對於通俗文學史留心之人，都不會否認。説話對於通俗小説，既有如此的淵源，則研究當時説話人及説話之情形如何，在今日當然成爲極有趣味的工作，而且，在小説史上也是重要的。

在中國，則魯迅先生首先注意説話人的家數問題。他在小説史略第十二篇規定宋朝説話人有四科。即：

一　小説　名銀字兒

二　談經

三　講史書

四　合生

他的説法，根據吴自牧夢粱録，但同時即發生了文字上的問題：即現行的夢粱録本子，如學津討原本、知不足齋叢書本、武林掌故叢編本，都没有“合生”二字。校以都城紀勝之文，知道是脱去了，其實應當有的。夢粱録文：

……蓋小説者能講一朝一代故事，頃刻間捏合，與起令隨令相似，各占一事也。

就文理上説，“起令隨令，各占一事”，與小説之頃刻間捏合，意思不相連屬，必有脱誤。夢粱録此文，本都城紀勝，再看都城紀勝文：

……蓋小説者能以一朝一代故事，頃刻間提破。合生，與起令隨令相似，各占一事。

原來都城紀勝之“頃刻間提破”，在夢粱録改作“頃刻間捏合”，鈔書人又把合生一段文字，接連上文寫在一處，結果成了“蓋小説者能講一朝一代故事，頃刻間捏合。合生與起令隨令相似，各占一事也”。後來讀書的人不知合生之義，覺得兩個合字不妥，索性把“合生”二字勾銷，於是乎夢粱録遂無“合生”之文。但究竟是脱去了，不是真没有。魯迅先生補此二字，是對的。然而四科的問題，並不在這種文字增訂上，而在四科所屬諸子目之如何分配。魯迅先生四科之目，根據夢粱録。倘夢粱録原文恰如魯迅先生所説，那當然是毫無問題。但細考校下去，夢粱録之文，並不如魯迅先生所説之明白正確，而且第四“合生”之外，還有第五“商謎”；這不能不啟人疑竇了。因此，四科問題遂仍有重復申明之餘地。現在不憚瑣細，將夢粱録原文引在下面。夢粱録卷二十小説講經史篇：

> 説話者，謂之舌辨。雖有四家數，各有門庭。且小説名
> "銀字兒"，如煙粉、靈怪、傳奇、公案、朴刀桿棒發發踪參之
> 事；(按：文有誤。當云：説公案皆是朴刀桿棒發跡變泰之事。)有譚淡子、
> 翁二郎、雍燕、王保義、陳良甫、陳郎婦棗兒、徐二郎等，談論
> 古今，如水之流。談經者，謂演説佛書。説參請者謂賓主參
> 禪悟道等事，有寶庵、管庵、喜然和尚等。又有説諢經者戴
> 忻庵。講史書者謂講説通鑑漢唐歷代書史文傳興廢爭戰之
> 事；有戴書生、周進士、張小娘子、宋小娘子、邱機山、徐宣
> 教。又有王六大夫元係御前供話，爲幕士①，請給②，講諸史
> 俱通，於咸淳年間，敷演復華篇③及中興名將傳，聽者紛紛。
> 蓋講得字真不俗，記問淵源甚廣耳。但最長小説人。蓋小
> 説者能講一朝一代故事，頃刻間捏合。(合生)與起令隨令
> 相似，各占一事也。商謎者先用鼓兒賀之，然後聚人猜詩
> 謎、字謎、戾謎、社謎，本是隱語。……如有歸和尚及馬定齋
> 記問博洽，厥名傳久矣。

此説説話有四家數。四家數之下，舉了小説、談經、説參請、説
諢話、講史書、合生六目。合生之下，還有商謎。共是七種。
應該用什麽方法把這七種或六種分配於四家數之下，這是值
得注意的。夢粱錄此文，全本都城紀勝。都城紀勝瓦舍眾伎
篇云：

> ……説話有四家。一者小説謂之銀字兒，如煙粉，靈
> 怪，傳奇。説公案皆是搏刀趕棒及發跡變泰之事。説鐵

———————

① 幕士是禁衛軍之直殿廷者。
② "請"當"領"解，唐宋人謂領俸禄爲請給。
③ 復華篇當作福華編，乃賈似道門客廖瑩中作，以諛似道援鄂之功。

騎兒謂士馬金鼓之事。説經謂演説佛書。説參請謂賓主
參禪悟道等事。講史書講説前代書史文傳興廢爭戰之
事。最畏小説人，蓋小説者能以一朝一代故事頃刻間提
破。合生與起令隨令相似，各占一事。商謎舊用鼓板吹
"賀聖朝"聚人，猜詩謎字謎戾謎社謎，本是隱語。有道
謎……

説説話有四家，一者小説。小説之下有説公案、説鐵騎兒、説經、
説參請、講史書、合生、商謎，與夢粱録同，只多了説鐵騎兒一種。
但二者三者以至四者，還是不知其名目。

都城紀勝、夢粱録都是説南宋杭州的事。至於記東京的衆
伎情形，還要數夢華録。夢華録卷五京瓦伎藝篇云：

　　……孫寬、孫十五、曾無黨、高恕、李孝詳講史；李慥、楊
中立、張十一、徐明、趙世亨、賈九小説；……毛詳、霍伯醜商
謎；吳八兒合生；張山人説諢話；……霍四究説三分；尹常賣
五代史。……其餘不可勝數。……

這裏講史與小説毗連，合生與商謎毗連，與夢粱録、都城紀勝同，
但無説經。此外有説諢話，疑亦説話之一支。有説三分，説五代
史，二者實亦講史，特以其爲專門之學另爲立目。在這書中，並
無四家之説。因爲不説有四家，關於四家的分配問題，亦無從
説起。

與夢粱録同時的武林舊事，在第六卷，也有諸色伎藝人
一篇：

　　……

演史：喬萬卷等二十三人
説經諢經：長嘯和尚等十七人

小説：蔡和等五十二人

……

彈唱因緣：童道等十一人

……

説諢話：蠻張四郎一人
商謎：胡六郎……

……

合笙：雙秀才一人

……

説藥：楊郎中……

演史、説經諢經、小説毗連，和都城紀勝、夢粱録一樣。而合笙（合笙即合生，魯迅先生謂武林舊事無合生，非也）、商謎則與其他伎藝攙雜。別出彈唱因緣一目，當亦説經者流。説藥似是演説藥名。宋元人有用藥名作詩填詞的。金院本有神農大説藥，見輟耕録。

總括起來，則四書所叙有如下文：

（一）孟元老東京夢華録：無説話四家説。講史與小説毗連，合生與商謎毗連。無説經，別出説諢話、説三分、五代史三目。

（二）灌園耐得翁都城紀勝：始云説話有四家。一者小説如煙粉、靈怪、傳奇。小説下舉説公案、説鐵騎兒、説經、説參請、講史書、合生、商謎七目。但哪是二者、三者、四者，並未明言。

（三）吳自牧夢粱録：謂説話有四家數，與都城紀勝同。下列小説、談經、説參請、説諢經、講史書、合生、商謎七目。小説下舉煙粉、靈怪、傳奇、公案四目。分四家之意，較都城紀勝爲明了，但亦未明言其次第。無説鐵騎兒，有説諢經。

（四）周密武林舊事：無説話四家説。演史、説經諢經、小説

毗連。説諢話、商謎、合生與其他伎藝攙雜。別出彈唱因緣
一目。

以上四書，唯都城紀勝、夢粱録所記，分別部居，不相雜
厠；其餘二書排列的均不規則，而且各書所記，此出彼入，頗爲
參差。但在不統一之中，卻有共同之點，即：（一）小説、説經、
講史毗連，諸書完全相同（夢華録無説經）。（二）合生、商謎毗
連，除武林舊事外，亦皆一律。由此知都城紀勝、夢粱録，以説
話統攝小説、説經、講史、合生諸目，是極有意思的，並非偶然。
四家之説，亦自係當時事實，雖然同時的武林舊事没有提起。
但説話四家之綱目次第如何，因書中語意不明，尚有待於
討論。

都城紀勝雖有四家之説，而僅小説上冠以數字（以意推之，
無舉一數字之理，其餘必係脱落）。以下諸目並列，無由知其統
系。至於夢粱録雖目亦相同，而其文稍有條理可尋，故魯迅先生
即據之以定四科之目。但細按之，亦有困難。如所云説話有四
家數，以下舉小説及煙粉靈怪傳奇公案諸子目，以譚淡子等七人
承之，此當爲第一類。次舉談經、説參請，以寶庵等三人承之，又
附帶着舉説諢經之戴忻庵一人，此當爲第二類。次舉講史書以
戴書生等七人承之，此當爲第三類。次舉合生無業人（大約合生
一科，業之者少，如夢華録及武林舊事合生下亦僅各有一人），此
當爲第四類。次舉商謎，以有歸和尚、馬定齋二人承之。如此已
得五類，仍不足以解釋四家之説。據我個人的意思，商謎如後來
之燈謎，其性質與説話本不相近，在都城紀勝，夢粱録或以其無
類可歸，姑附於説話之後，不入四家。但其性質或類合生，或以
商謎附合生後與合生同爲第四類，亦未可知。總之，因記載之簡
古及文字方面尚待於考證，今日欲確定其説，誠不免有多少困
難。今斟酌魯迅先生之説，以夢粱録爲主，參以各書，姑定四科

之綱目如下：

説話四家

（一）小説，即銀字兒。

　　　煙粉　靈怪　傳奇　説公案　説鐵騎兒

按：傳奇二字，疑是通稱。如清平山堂簡帖和尚篇題"公案
傳奇"是也。然武林舊事諸宮調下注云："傳奇。"則謂其説唱者
爲傳奇，似傳奇實有此一目。今姑與諸子目並列。

（二）説經（此據都城紀勝，夢粱録作談經）。

　　　説參請　説諢綏　彈唱因緣

（三）講史書。

　　　講説通鑑、漢唐歷代書史文傳興廢爭戰之事。專門有
説三分、説五代史。

（四）合生、商謎（説諢話擬附此科，合生之解見下文）。

夢華録、都城紀勝、夢粱録、武林舊事所記説話諸目，列表
於後：

東京夢華録	都城紀勝	夢粱録	武林舊事
1 小説（2）	1 小説 　煙粉 　靈怪 　傳奇 　説公案 　説鐵騎兒	1 小説 　煙粉 　靈怪 　傳奇 　公案	1 小説（3）
2　缺	2 説經 　説參請	2 談經 　説參請 　説諢經	2 説經諢經（2） 　…… 　彈唱因緣（4）
3　講史（1） 　…… 　説三分（6） 　説五代史（7）	3 講史書	3 講史書	3 演史（1）

續表

東京夢華録	都城紀勝	夢梁録	武林舊事
……			……
4 合生(4)	4 合生	4 合生	4 合生(7)
説諢話(5)			……
商謎(3)	商謎	商謎	説諢話(5)
			商謎(6)

　　説明:數目字示四家次序,數目字加"( )"示原書先後次序。"……"示在原書中與上目不毗連。

二　銀字兒與合生

　　上文所説,"説話四家":一小説名銀字兒,二説經,三講史,四合生商謎。講史、小説、説經、商謎,事皆易明,唯"銀字兒"與"合生"之意不明。今參之載籍,間出己意,略爲考釋如後:

　　"銀字"見新唐書卷二二禮樂志:

　　　　自周陳以上,雅鄭淆雜而無別。隋文帝始分雅俗二部,至唐更曰部當。凡所謂俗樂者二十有八調。……其後聲器寖殊,或有宫調之名,或以倍四爲度,有與律吕同名而聲不近雅者。其宫調乃應夾鐘之律,燕設用之。絲有琵琶,五絃,箜篌等;竹有觱篥,簫,笛;匏有笙;革有杖鼓,第二鼓,第三鼓,腰鼓,大鼓;土則附革而爲鞄,木有拍板、方響,以體金應石,而備八音。倍四,本屬清樂,形類雅音而曲出於胡部,復有銀字之名,中管之格,皆前代應律之器也。後人失其傳而更以異名,故俗部諸曲悉源於雅樂。……

　　銀字,唐詩中屢見。白樂天詩"高調管色吹銀字"(白氏長慶集卷五十六南園試小樂詩),"月中銀字韻初調"(白氏長慶集卷六十四秋夜聽高調涼州詩）。杜牧之詩"調高銀字聲還側"（樊川文集卷四寄珉笛與宇文舍人詩）。李宣古詩"霜簫調清銀字管"（雲谿友議卷中"澧陽讌"條引）。皆此銀字也。宋東西班樂，樂器獨用銀字，霜簫，小笛，小笙。見宋史卷一四二樂志。銀字乃管色之一。清戴長庚律話卷中銀字管考，謂"銀字管乃内狹之管，可以平吹，制如近世之雌笛。"徐養源管色考銀字中管條，謂"銀字中管，兩器。中管高調，銀字平調"。又引或者説云："鏤字於管，鈿之以銀，謂之銀字管，乃管色之總名，不論平調高調。"以爲此説亦通。其書具在，今不詳引。至中管屢見宋張炎詞源。宋沈括夢溪筆談卷六記燕樂，明史卷六十三樂志記十二月按律樂歌，亦有中管。蓋别於頭管而言。頭管即霜簫也。説話第一類之小説，既以銀字兒命名，必與音樂有關。大概説唱時以銀字管和之。銀字外也許還有其他樂器，可惜現在不能詳考。

"合生"始見新唐書卷一一九武平一傳：

> 後宴兩儀殿，帝（中宗）命后兄光禄少卿嬰監酒。嬰滑稽敏給，詔學士嘲之，嬰能抗數人。酒酣，胡人襪子、何懿等唱合生，歌言淺穢。因倨肆欲奪司農少卿宋廷瑜賜魚。平一上書諫曰："……伏見胡樂施於聲律，本備四夷之數。比來日益流宕，異曲新聲，哀思淫溺。始自王公，稍及閭巷，妖伎胡人，街童市子。或言妃主情貌，或列王公名質，詠歌蹈舞，號曰'合生'……"

據武平一所説，合生：（一）是胡樂；（二）是舞曲；（三）詠事實人物。指目妃主，在唐朝是常有的事。李肇國史補卷上，載貞元十二年，駙馬王士平與義陽公主反目。蔡南史、獨孤申叔播爲樂曲，號"義陽子"，有"團雪散雲"之歌。德宗聞之，怒，欲廢科舉。"義陽子"大概就是"合生"一類的樂曲。

宋張齊賢洛陽搢紳舊聞記卷一"少師佯狂"條也談到"合生":

> 有談歌婦人楊苧羅,善合生雜嘲,辨慧有才思,當時罕
> 與比者。少師(楊凝式)以姪女呼之,每令謳唱,言詞捷給,聲
> 韻清楚,真秦青、韓娥之儔也。少師以姪女呼之,蓋念其聰
> 俊也。時僧雲辨能俗講。雲辨於長壽寺五月講。少師詣講
> 院,與雲辨對坐,歌者在側。忽有大蜘蛛於簷前垂絲而下。
> 雲辨笑謂歌者曰:"試嘲此蜘蛛。如嘲得著,奉絹兩匹。"歌
> 者更不待思慮,應聲嘲之,意全不離蜘蛛,而嘲戲之辭正諷
> 雲辨。少師聞之,絕倒久之,大叫曰:"和尚取絹五匹來!"雲
> 辨且笑,遂以絹五匹奉之。歌者嘲蜘蛛云:"喫得肚緊撐,尋
> 絲繞寺行;空中設羅網,祇待殺衆生。"蓋譏雲辨體肥而肚大
> 故也。

嘲是中國魏晉以來的風俗。嘲的對象,或是人,或是物。嘲的語
言:或韻,或不韻。大抵以敏捷見長。太平廣記有"嘲誚"類,專
記此事。合生是胡樂,二者本不同源,但唱合生人若把當時人的
姓名事跡編入歌詞,出言輕俳浮薄,便與嘲一樣。所以張齊賢以
合生雜嘲相提並論,不甚分別。這是五代的事。宋洪邁夷堅支
乙集卷六"合生詩詞"條:

> 江浙間路歧伶女,有慧黠知文墨,能於席上指物題詠,
> 應命輒成者,謂之合生。其滑稽含玩諷者謂之喬合生。蓋
> 京都遺風也。

下舉一例,是詠詩:

> 張安國守臨川;王宣子解廬陵郡守印歸,次撫。安國置
> 酒郡齋,招郡士陳漢卿參會。適散樂一妓言學作詩。漢卿

語之曰："太守呼爲五馬，今日兩州使君對席，遂成十馬。汝
意作八句！"妓凝立良久，即高吟曰："同是天邊侍從臣，江頭
相遇轉情親。瑩如臨汝無瑕玉，暖作廬陵有脚春。五馬今
朝成十馬，兩人前日壓千人。便看飛詔催歸去，共坐中書布
化鈞。"安國爲之嘆賞竟日，賞以萬錢。

又舉一例，是唱曲子：

> 予守會稽。有歌諸宮調女子洪惠英正唱詞次，忽停鼓
> 白曰："惠英有述懷小曲，願容舉似！"乃歌曰："梅花似雪，剛
> 被雪火相挫折。雪裏梅花，無限精神總屬他。梅花無語，只
> 有東君來作主。傳與東君，且與梅花作主人。"歌畢，再拜
> 云："梅者惠英自喻，非敢僭擬名花，姑以借意。雪者指無賴
> 惡少者。"官奴因言其人在府，一月而遭惡子困擾者至四五，
> 故情見其詞。在流輩中誠不易得。

這是南宋的事。洪邁所謂"指物題詠，應命輒成"，與洛陽搢紳舊
聞記所記嘲蜘蛛事合；與都城紀勝、夢粱録所云"合生與起令隨
令①相似"者，意思亦極相近。今以都城紀勝、夢粱録所釋合生
測之，言"起令隨令"，則似唱和；言"各占一事"，則非一人。新唐
書記襪子、何懿等唱合生，似亦非一人之事。大概合生以二人演
奏。有時舞蹈歌唱，鋪陳事實人物；有時指物題詠，滑稽含諷。
舞蹈歌唱，則近雜劇；鋪陳事實人物，則近説話；指物題詠，滑稽
含諷，則與商謎之因題詠而射物者，其以風雅爲游戲亦同。所
以，我假設合生是介乎雜劇、説書與商謎之間的東西。太和正音
譜卷下中吕篇引無名氏散套内剔銀燈曲云："折末商謎、續麻、合
笙，折末道字、説書、打令，諸般兒樂藝都曾領。"道字即字謎，所

_____

①令指酒令言。

謂拆白道字。頂針續麻①，元人常語。續麻似指聯句。凡詩詞前後二篇，後篇首句首字與前篇末句末字同者爲頂針。此曲所叙諸樂藝，皆性質相近者，可以證明我的假設是對的。夢華錄、武林舊事叙合生與衆伎雜厠，不加分別，可以是解釋之；都城紀勝、夢粱錄以合生入説話，可以是解釋之；都城紀勝、夢粱錄把合生放在小説講史説經之後，商謎之前，亦可以是解釋之。

　　合生在宋朝也叫"唱題目"。見高承事物紀原卷九。金、元時教坊院本有"唱題目"。所以元陶宗儀輟耕録卷二十五，記院本名目，有"題目院本"；關漢卿金線池雜劇第三折，記杜蕊娘行酒令，也有"止（指）題目當筵合笙"②之語。並且北曲調名有"喬合笙"，南曲調名有"合笙"。這是譜"合笙"的唱聲入曲。更可以證明合笙有唱詞了。

附：

　　董解元西廂記，記張生向紅娘誦鶯鶯所贈五言八句詩一段内，有喬合笙曲。其曲有唱有和。唱者爲生。唱詞衍鶯鶯詩爲七言八句。和者爲紅娘。自第一句和起至第七句止，皆泛聲。可見合生之體。曲在通行暖紅室刊本第三卷，在新出明刊張羽序本第五卷。今據張羽序本録此段詞白於下：

　　　　（生曰）汝欲聞此妙語，吾能唱之，而無和者奈何？（紅娘曰）妾和之可乎？（張生曰）可。

　　　　【仙呂調河傳令纏】不須亂猜這詩中意思，略聽我欵欵

①續麻即緝麻。爾雅釋詁："緝，繼也。"郝懿行義疏此詩："授几有緝御。"箋云："緝猶續也。有相續代而侍者。"劉後村宿莊家詩："鄰嫗頭如雪，燈前自續麻。"見後村大全集卷四。
②此句在醉高歌曲内。"止"字據顧曲齋本，元曲選作"正"。

地開解。誰指望是他劣相的心腸先改。想咱家不枉了爲他害。　紅娘姐姐且寧耐。是俺當初堅意，這好事終在。一句句唱了，須管教伊喝采。那紅娘道：張先生快道來！

【喬合笙】休將閑事苦縈懷。和哩哩囉哩哩囉哩哩來也。取次摧殘天賦才。和不意當初完妾命。和豈防今日作君災。和仰酬厚德難從禮。和謹奉新詩可當媒。和寄語高堂休詠賦。和今宵端的雨雲來。

【尾】那紅娘言：休怪。我曾見風魔九伯，不曾見這般箇神狗①乾郎在。

一九三〇年原作
原載學文第一期，一九五三年至一九六二年三次校訂

---

①神狗，詬罵之詞。東坡居士艾子雜説："艾子顧犬而罵曰：'這神狗猶自道我是裏！'"

説 話 考

宋灌圜耐得翁都城紀勝、吳自牧夢梁録，記當時伎藝有"説話"。以故事敷演説唱，即後來之"説書"。曰"説話"，曰"説書"，古今名稱不同，其事一也。然"説書"之義甚明；"説話"今不通行，宜有解釋。今按話有排調假譎意。釋慧琳一切經音義卷七十："話，胡快反。廣雅：話，調也。謂調戲也。聲類：話，訛言也。"王念孫廣雅疏證卷四上謂：話與憇音義同。引哀二十四年左傳：是憇言也。服虔注云："憇僞不信言也。"凡事之屬於傳説不盡可信，或寓言譬況以資戲謔者，謂之話。取此流傳故事敷衍説唱之，謂之説話。業此者謂之説話人。"説話"乃隋唐以來習語，不始於宋，太平廣記卷二四八引隋侯白啟顏録：

> 侯白在散官，隸屬楊素。（楊素）愛其能劇談，每上番日，即令談戲弄，或從旦至晚始得歸。纔出省門，即逢素子玄感，乃云："侯秀才可以①玄感説一箇好話。"白被留連不獲已，乃云："有一大蟲欲向野中覓肉"云云。

侯白，隋初舉秀才，以儒林郎於秘書修國史。卒於隋。見隋書卷五十八陸爽傳、道宣高僧傳卷二達摩笈多傳。今廣記引啟顏録

---

①"以"疑"與"字之誤。

有唐事，蓋後人所加。“説一箇好話”，言説一箇好故事也。唐郭湜高力士外傳：

> 太上皇移仗西内安置。每日上皇與高公親看掃除庭院，芟薙草木。或講經論議（議當作義）、轉變説話，雖不近文律，終冀悦聖情。

“轉變”，謂講經中神異事。“説話”，謂講人間俗事也。元氏長慶集卷十酬白學士詩“光陰聽話移”自注云：

> 嘗於新昌宅説一枝花話。自寅至巳，猶未畢詞。

一枝花即李娃，見明梅鼎祚青泥蓮花記李娃傳注。“説一枝花話”，謂説一枝花故事也。太平廣記卷二五一引嘉話傳：

> 劉禹錫牧連州，替高寓。寓後入〔爲〕羽林將軍。自京附書曰：“以承眷輒舉自代矣。”劉答書云：“昔有一話。”（下文“曾有老嫗山行見大蟲”云云）

嘉話傳，疑即唐韋絢著劉賓客嘉話録。然今行顧氏文房小説本嘉話録無此條。廣記所引，蓋是佚文。“昔有一話”，言昔有一事也。同書卷二五七引五代王仁裕王氏見聞録：

> 馮涓恃才傲物，甚不洽於僞蜀主。後朱梁遣使致書於蜀。（蜀主）命諸從事韋莊輩具草。呈之，皆不愜意。左右曰：“何妨命前衙判爲之。”遂請復職，便亟修迴復。涓一筆而成，大稱旨。於是卻復前歡，因召諸廳，同宴。飲次，涓斂衽曰：“偶記一話，欲對大王説可乎？”（下文“涓少年多游謁諸侯。每行，即必廣齎書册，驢亦馱之，馬亦馱之”云云）

“偶記一話”，言偶記得一事也。宋蘇軾志林卷一“塗巷小兒聽三國話”條：

> 王彭嘗云："塗巷中小兒薄劣，其家所厭苦，輒與錢令聚
> 坐聽説古話。至説三國事，聞劉玄德敗，顰蹙，有出涕者；聞
> 曹操敗，即喜，唱：'快！'"

"聽説古話"，言聽説古事也。洪邁夷堅三志己集序：

> 一話一首，入耳輒録。

言聽一箇故事，即寫文一首也。金董解元西廂記卷一：

> 此本話説唐時這個書生姓張名珙。……

"此本話"，言此一本故事。"説"字，屬卜讀。下文云云，即所説
之事也。又同書卷一：

> 生曰："月終略備錢二千，充房宿之費。未知吾師允
> 否？【吳音子】"暫時權住兩三月，欲把從前詩書溫閲。"若不
> 與，後而今没這本話説。

末句作者注解之詞。言生若不與房金，則不當僧意，所謀難就，
後而今將没有這本故事説也。今小説開篇皆作"話説"云云。
"話説"二字上，似省"此本"或"這本"字樣。言本書所説之事如
此。"話説"二字，以起下文，亦内典"如是我聞"之比也。宋人書
又多云"小話"。王明清揮塵録餘話卷二"東坡記發冢小話"條：

> 東坡先生出帥定武，黃門（蘇轍）以書薦士往謁之。東坡
> 一見云："某記得一小話子。"（下文"昔有人發冢，極費力方透其穴"
> 云云）

岳珂桯史卷七"朝士留刺"條：

> 王仲荀者，以滑稽游公卿間。一日，坐於秦府賓次。朝
> 士雲集待見，稍久。仲荀在隅席，輒前白曰："今日公相未出
> 堂，衆官久俟。某有一小話，願資醒困。"（下文"昔有一朝士出謁

未歸，有客投刺于門"云云）

同書卷九"鼈渡橋"條：

> 虞雍公允文，卻逆亮于采石。還至金陵，謁葉樞密義問
> 於玉帳。警報沓至，蓋亮將改圖瓜州。葉酌卮醪以前曰：
> "舍人威名方新，士卒想望，勉爲國家卒此勳業。"雍公受卮
> 起立曰："某去則不妨，然記得一小話，敢爲都督誦之。"（下文
> "昔有人得一鼈，熾火使釜水百沸，橫篠爲橋，與鼈約曰：'能渡此則活汝。'"
> 云云）

施元之注東坡寄諸子姪詩"他年汝曹笏滿牀，中夜起舞踏破甕"
句云：

> 世傳小話："一貧士家惟一甕。一夕，心念：苟富貴，當
> 以錢若干營田宅、蓄聲妓。不覺歡適起舞，踏破甕。"

觀以上四例，知宋人言"小話"，亦與故事同義。警世通言第三卷
王安石三難蘇學士篇，叙荆公問東坡"如意君安樂否"這句書怎
麽講。東坡不知。荆公道，"这也不是什麽秘書，如何就不曉得？
這是一椿小故事。"小故事即小話也。事之資談劇無關宏旨者，
謂之"小話"。今河北人猶言"說小話"。或書"小"字作"笑"，則
非。以俚言"說小話"，指說故事言，不專謂笑謔也。明周憲王慶
朔堂雜劇第二折：

> 那其間脫離了這風塵，教人做話兒講。

此處"話兒"亦當作故事解，不可釋爲話言之話。劇演妓女甄月
娥與范仲淹相愛事，曲即月娥之詞。教人做話兒講者，言若脫籍
從良，則人嘆許之，爭傳其事也。如釋爲話言之話，則無意義矣。

　　說話謂講故事。說話亦可逕作故事解。古今小說第三卷新
橋市韓五賣春情篇入話叙陳後主、隋煬帝、唐明皇皆因女色傾國

事，論云：

　　　　且如説這幾個官家，都只爲貪愛女色，至於亡國捐軀。
　　如今愚民小子，怎生不把色慾警戒！説話的，你説那戒色慾
　　則甚？自家今日説一個青年子弟，只因不把色慾警戒，去戀
　　著一個婦人，險些兒壞了堂堂六尺之軀，丟了潑天的家計，
　　驚動新橋市上，變成一本風流説話，正是：好將前事錯，傳與
　　後人知。

"驚動新橋市上，變成　本風流説話"，即驚動新橋市上變成一木
風流故事。可證。

一九三三年
原載師大月刊第十期

詞　話　考

一　詞話乃元明習語

錢曾也是園目有"宋人詞話"十六種。繆荃孫跋京本通俗小說云：

> ……書即也是園中物。錯斬崔寧、馮玉梅團圓二回，見于書目。而"宋人詞話"標題，"詞"字乃"評"字之訛耳。

此竟疑"詞話"之"詞"字爲錯字。王靜安先生跋大唐三藏取經詩話云：

> ……也是園書目有"宋人詞話"十六種。"詞話"之名，非遵王所能杜撰者。此有詩無詞，故名"詩話"……皆夢粱錄、都城紀勝所謂説話之一種也。

按：取經詩話乃説經之本。其本有詞偈，有説白。詞偈即詩之流，故名"詩話"。余藏明天啟本歷代史略十段錦詞話，乃楊慎所撰。其下卷第十段"説元史"詞云：

> 一段詞，一段話，聯珠間玉；一篇詩，一篇鑑，帶武間文。

此處上下聯同意。"一篇詩"即"一段詞"，"一篇鑑"即"一段話"。

知"詩話"即"詞話"。靜安先生區"詩話""詞話"爲二,非也。又曲録一録燈花婆婆等十二本,釋題云:

> 右十二種錢曾也是園目編入戲曲部,（按:宜云附劇曲部。）題曰:"宋人詞話。"遵王藏曲甚富,其言當有所據。

靜安先生反覆引"詞話"二字,信其不誤。然未言"詞話"二字出處。今按夢粱録卷十九閒人篇,記閒人所習業,有唱詞白話。似"詞話"之稱,宋已有之。然未詳。以余所知,則"詞話"二字,始見元史。卷一百五刑法志禁令章云:

> 諸民間子弟不務正業,輒於城市坊鎮演唱詞話,教習雜戲,並禁治之。

二字亦見元曲。關漢卿救風塵雜劇第三折滾繡球么篇云:

> ……你則是忒現新,忒妄昏,更做道你眼鈍。那唱詞話的有兩句留文:"嗟也曾武陵溪畔曾相識,今日伴推不認人。"我爲你斷夢勞魂。

此則出其目,並用其詞。漢卿,金末元初人,則至少元時已有"詞話"之名矣。"詞話"二字,明人尚沿用之。有目宋人小説爲詞話者,見錢希言獪園及桐薪。獪園卷十二"二郎廟"條云:"宋朝有紫羅蓋頭詞話,指此神。"桐薪卷一"燈花婆婆"條云:"宋人燈花婆婆詞話,甚奇";卷三"公亦"條云:"考宋朝詞話有燈花婆婆,第一回載本朝皇宋出了三絶,第一絶是理會五凡公亦上底"云云。紫羅蓋頭、燈花婆婆,即也是園目著録題曰"宋人詞話"者也。有目時行小説唱本爲詞話者,見錢謙益列朝詩集甲集卷十六王行傳,云:"行爲人市藥,籍記藥物應對如流。迨晚,爲主嫗演説稗官詞話,背誦至數十本。"有目戲文副末開場語爲詞話者,見明刊李九我評本破窰記第一齣,眉評云:"凡傳奇開場詞話,須要冠冤，包括本文始終事情，勿落俗套爲妙。"有編説唱本名"詞話"者，如諸聖鄰之唐秦王傳詞話，楊慎之十段錦詞話。古今小説卷一蔣興哥重會珍珠衫篇入話云："看官，則今日聽我説珍珠衫這套詞話，可見果報不爽。"亦其例。有著書擬説唱本名"詞話"者，如無名氏之金瓶梅詞話。有其書非唱本，而讀者稱詞話已慣猶呼之爲"詞話"者，如熊大木大宋演義中興英烈傳自序云："楊湧泉謁於余曰：敢勞代吾演出辭話，庶使愚夫愚婦亦識其意思。"李大年序熊大木秦王演義（即唐書志傳通俗演義）云："詞話中詩詞皦書，頗據文理，使俗人騷客披之，自亦得諸歡慕，豈以其全謬而忽之。"明錢希言桐薪卷三云："金統殘唐記載黃巢事甚詳，而中間極誇李存孝之勇，復稱其冤。爲此書者，全爲存孝而作也。後來詞話，悉倣由此。"是也。靜安先生謂"詞話"二字，非遵王所能杜撰。今徵之諸書，知其確有依據如此。則繆荃孫謂也是園目"宋人詞話"，"詞"字乃"評"字之訛，其爲臆説明矣。

二　元之詞話即宋之説話

宋人書記雜伎，無云"詞話"者。"詞話"二字，蓋起於金元之際，逮元明遂成習語，如上所述。然元之雜伎，固承受宋金之舊者。元之"詞話"與宋之"説話"，是否爲一事，此極重要之問題也。王靜安先生跋三藏取經詩話云："詩話詞話，皆夢粱録、都城紀勝所謂説話之一種。"意謂"詞話"即"説話"。然未舉其證據。余則以元夏伯和青樓集時小童傳證之。傳云：

> 善調話，即世所謂小説者。如丸走坂，如水建瓴。女童亦有舌辯，嫁末泥度豐年，不能盡母之技云。

"調話"二字，長沙刊本如此作。今按話雖可訓調戲，而元明人書

無以"調話"二字連文者，"調話"必"詞話"之誤。明人尚名小説
爲"詞話"，可證也。伯和謂"詞話"即"小説"，雖據當時語言之，
而其所記實與宋人言"説話"及"小説"者如出一口。此可以二事
明之：（一）文云女童有"舌辯"。"舌辯"二字，本宋人目説話者之
詞，夢粱録卷二十小説講經史篇所謂"説話者謂之舌辯"是也。
（二）文中形容時小童"詞話"之美，謂"如水建瓴"。此亦宋人喻
小説人之語。夢粱録小説講經史篇云：

> ……且"小説"名"銀字兒"……有譚淡子、翁二郎、雍
> 燕、王保義、陳良甫、陳郎婦棗兒、徐二郎等，談論古今，如水
> 之流。

據此，知元之"詞話"一名"小説"者，即宋之"小説"無疑。宋之
"小説"，在元時既有"詞話"之稱；宋之"講史"、"説經"在元時是
否可以"詞話"概之，此亦值得討論者。余意"詞話"二字，指説話
時唱詞、吟詞而言，本是通稱。"小説"既名"詞話"，則"講經史"等
在宋時一律屬之"説話"者，在元時亦可一律稱之爲"詞話"，此亦
無問題。今之唐秦王傳詞話演唐初事，十段錦詞話演歷代史事，
是講史；則元人云"詞話"，當等於宋人云"説話"，凡敷演故事用説
唱之體者皆稱之，固未必限於專門演煙粉靈怪公案之事者也。

元之"詞話"即宋之"説話"，證以青樓集而知之矣。宋之"説
話"，即唐五代之"俗講"。俗講演世間事之"變文"，在宋則爲"小
説""講史"；俗講"講唱經文"，及演佛經故事之"變文"，在宋則爲
"説經"。宋"説話"之"小説""講史"及"説經"，既相當於元之"詞
話"；然則唐之"俗講"實亦"詞話"也。宋以來又有"平話"。紀昀
謂優伶敷演故事者謂之"平話"，明清人書或作"評話"。據李斗
揚州畫舫録所記，"評話"與"平詞"有別。"平詞"爲不吟唱者，則
"評話"當爲吟唱者。然則"評話"，亦"詞話"也。是故同一演唱

故事雜伎,在唐謂之"俗講";在宋謂之"説話",又謂之"平(評)話";自元以來謂之"詞話";今謂之"説書",亦有云"評話"者。以其品目言之,謂之"俗講";以其演説故事言之,謂之"説話";以其有吟詞唱詞言之,謂之"詞話";以其評論古今言之,謂之"平(評)話";以其依傍書史言之,謂之"説書":其名稱不同,其事一也。

三　詞話詞字之解

元明人所謂"詞話",其"詞"字以文章家及説唱人所云"詞"者考之,可有三種解釋:

(一)詞調之詞

宋郭茂倩樂府詩集所載漢、魏、六朝舊曲,或目以歌詞,或云曲詞,如"相和歌詞""企喻歌詞"等是也。此皆相沿舊稱。是以曲文爲詞,由來已久。然後世於此等概云樂府,因未嘗有詞之專稱。隋、唐以還,燕樂代古樂而興,俗部二十八調用之聲歌,廣布人間。天寶以來,文人有依其聲製曲者,於是有長短句之體,而世人別於詩謂之爲詞。宋世樂曲色目雖多,要之因樂以立詞者,通謂之詞,當時習慣固如此也。以詞曲演唱故事者,宋有諸宮調小令。諸宮調金、元尚有之,如西廂記、劉智遠、天寶遺事,人所習知。小令如趙德麟侯鯖録所載逍遥子商調蝶戀花詞,寫張生、鶯鶯事,自叙云"鼓子詞"。其體後世亦有之,如清平山堂本之蔣淑貞刎頸鴛鴦會用商調醋葫蘆小令寫之,是也。"鼓子詞",當因所用樂器有鼓得名。武林舊事載"淳熙十年,車駕入宮,起居太上。後苑小廝兒打息氣,唱道情。太上云:此是張掄所撰鼓子詞"(卷七)。息氣即簡子。則道情亦謂之"鼓子詞"。舊事所載又有"彈詞",彈詞亦當説唱故事。今説書人猶呼之可證也。演故事之小令,明人謂之詞話。錢希言桐薪卷三云:"逍遥子商調蝶戀花十一首,蓋宋朝詞話中可被絃索者。以後逗漏出金人董解元北西廂來,而元人王實父、關漢卿又演作北劇。"小令既稱詞話,諸宮調亦可稱詞話。然則元之詞話,似可爲諸宮調及小令之體,所謂詞者是詞調。此一解也。

　　(二)偈讚之詞

　　此等歌詞,考其文體,大抵原於唄讚。譯述者祖述梵音,而句法則采中國之詩歌形式。其初古音傳寫,尚有師承。嗣則以意爲之,新聲滔蕩,殆與時曲俗調無別。而俗講僧尤喜用之,於叙説中多附歌讚,意在疏通經講,兼以娛衆;後世説書者效之,遂於詩歌詞曲外另成此種文體。今追求其本,命之曰偈讚詞。固無不妥也。考唐五代俗講本,有二體,一曰"講唱經文",一曰"變文"。講唱經文,其體先引經文,次説解,次歌讚。經曰唱,歌讚曰吟,説解曰白。變文則例不引經,只以説解與歌讚結合而成。故其文有白,有吟,而無唱。其歌讚,句或五言,或七言。或三言兩句後,繼以七言三句;三言兩句後,繼以七言七句。短者略似律絶,長者乃如歌行。當時亦逕稱之曰詞,或曰詞文。此等詞,爲講唱經文及變文所必需,與説白相輔而行,不可缺一。後世雜伎敷演故事者,其詞亦以用偈讚詞者爲多。唯其體有不純者:如明人宣卷例不誦經,正文每段偈讚後,多附詞調。其詞調或疊唱一曲,或一曲之後更易他曲,亦不一律:此兼用偈讚詞與詞調者也。又如明本唐秦王詞話,其詞爲偈讚詞,而於形容服飾相貌之處,則間着詞調,如鷓鴣天、西江月、臨江仙等:此以偈讚詞爲主而間以詞調者也。但此等皆有偈讚詞,與趙德麟之蝶戀花詞,無名氏之鴛鴦會醋葫蘆小令,純用詞調者異。其體雖不純,固猶是變文之緒餘也。若後世整本之鼓兒詞彈詞,大抵純用偈讚詞,不間以詞調,則與唐之變文無異矣。要之,偈讚之詞,在古今説唱本中所用最廣。其歷史自唐至今,亘千餘年,亦至爲悠久。宋元説唱情形，今雖難詳考，然以意揣之，宋之説經，即唐五代之轉變，亦即後世之宣卷；其事既同，其詞體亦當不至歧異。宋之小説講史，即唐五代講人間俗事之變文，亦即元明之詞話。其事既同，其詞體亦當不至歧異。則謂元以來詞話，詞字當指偈讚詞言之，亦甚合理，且尤近於事實。此又一解也。

（三）駢儷之詞

話本中有稱駢文爲詞者，如以下所舉三例：

1. 西湖三塔記開篇説西湖風景云："説不盡西湖好處"，吟有一詞云：

> 江左昔時雄勝，錢塘自古榮華。不惟往日風光，且看西湖景物。有一千頃碧澄澄波漾琉璃；有三十里青娜娜峰巒翡翠。春風郊野，淺桃深杏如妝；夏日湖中，綠蓋紅渠似畫。秋光老後，籬邊嫩菊堆金；臘雪消時，嶺畔疏梅破玉。花塢相連酒市；旗亭縈遶漁村。柳洲岸口，畫舡停棹喚游人；豐樂樓前，青布高懸沽酒帘。九里喬松青挺挺；六橋流水綠粼粼。晚霞遥映三天竺；夜月高升南北峰。雲生在呼猿洞口；鳥飛在龍井山頭。三賢堂下千潯碧；四聖祠前一鏡浮。觀蘇堤東坡古跡；看孤山和靖舊居。杖錫僧投靈隱去；賣花人向柳洲來。

2. 同上，又有小詞單説西湖好處：

> 都城聖跡；西湖絶景。水出深源；波盈遠岸。沉沉素浪，一方千載豐登；疊疊青山，四季萬民取樂。況有長堤十里，花映畫橋，柳拂朱欄；南北二峰，雲鎖樓台，煙籠梵寺。桃溪杏塢，異草奇花；古洞幽岩，白石清泉。思東坡佳句，留千古之清名；效杜甫芳心，酬三春之媚景。王孫公子，越女吳姬，跨銀鞍寶馬，乘骨裝花輱。麗日烘朱翠，和風蕩綺羅。

3. 諸聖鄰秦王詞話第三十三回前附駢文①一首,題曰"詞":

　　　碧草成茵砌帶牆,萬紫千紅鬥爭妍;芳菲漸入詩人境,試詠東風第一篇。

　　　水浮鴨綠,山疊螺青。花柳呈奇,園林選勝。良辰美景,裁紅剪翠助春容;霽色韶光,簇錦堆霞供賞客。泥融飛燕子,一雙雙遠棟穿簾;沙暖睡鴛鴦,一對對依洲傍渚。金勒馬緩嘶原上草;玉釵人笑折路旁花。尋香粉蝶好,花迷蝶,蝶迷花;擲柳黃鶯新,柳戀鶯,鶯戀柳。謝安石攜妓東山,杜工部曲江春宴。

西湖三塔記,也是園目著錄,以爲宋本。諸聖鄰秦王詞話,自舊本出。據此二書,知宋明演說家有以駢文爲詞者。此又一解也。

上所說三種詞,以古今話本證之,如宋、元、明舊本之以說白與詞曲結合者,後世說散本妝點處偶附小詞數首或只一首者,其詞均詞調之詞也。唐人講唱經文變文與後世詞話說書,以五七言吟詞與說白結合者;所着吟詞,皆偈讚之詞也。後世說散之本,妝點處所附詩,形式略同講唱經文變文中之短偈,詩之與偈,華夷異語,其事相類,則此等以文論固亦可謂偈讚之詞也。如說散本妝點處所附四六短文,則爲駢儷之詞,此數者文體不同,皆可以詞括之;此不可不辨者也。又自聲音關係言之,則此等詞文區別,亦屬必要。唐之俗講,謂背誦經文爲唱,以經聲之抑揚抗墜言之也。謂歌讚爲吟,歌讚即唄喔,實亦唱也。必別於誦經而謂之吟者,蓋腔調之異耳。明人宣卷,於詞調謂之唱,於偈讚謂之念,亦訛稱爲白;念白實亦吟也,必別於詞調而謂之念白者,亦腔調之異耳。要之,詞調曰唱,歌讚曰吟曰念曰白,皆聲文也。

①秦王詞話第三十八回、第三十九回前附詞亦皆駢文,不具引。

則此等所謂詞者，皆是歌詞，緣其歌聲有異，故賦予之字不同耳。而説話人所謂詞，尚有不必歌者。駢文如釋家之懺疏，道家之青詞，皆可歌。余曾見硬黃紙青詞，其字旁着工尺，與曲譜同。在話本，則四六短文，似以聲節之，而與唱有別，故曰吟。其律詩絶句與聯對，當亦諷誦而止，與唱有別。至宋以來話本之用偈讚體或説散體者，其所附小詞隻曲，當時是否倚聲歌之，今亦無從考究。大抵散樂全盛之時，伎藝人之知音者多，且歌場奏伎，非只一人，其説話時遇此等詞頗有倚聲歌之之可能。至後世音多失傳，話本之附隻曲小詞者亦少，文中及開篇，偶見詞調，則逕以諷誦出之，與詩句及四六短文同科。則詞調之本可唱者，亦變爲諷誦之詞矣。是故，同一詞也，有唱詞，有吟詞，有諷誦之詞，有本屬唱詞，因不能唱而出以諷誦之詞。亦不可不辨者也。

四　詞話之體製

詞話詞字之解，與其所以爲詞者有種種不同，上文言之已詳。今綜合古今話本，包此諸詞，從而辨其體製。約言之，可得以下六體：

（一）以經文，白文，與偈讚結合而成話本者，如唐之講唱經文。其事爲：唱（經聲）加白加吟……

（二）以白文與偈讚結合而爲話本者，如唐之變文及後世之鼓兒詞彈詞。其事爲：白加吟……

（三）以白文與詞調結合而成話本者，如宋之鼓子詞及宋元諸宮調。其事爲：白加唱……

（四）以白文偈讚與詞調結合而成話本者，如明之寶卷。其事爲：白加吟加唱……

（五）以白文與偈讚結合而成話本；間綴以詞調、詩、聯對摘句,及四六短文者,如明之唐秦王傳詞話。其事爲:白加吟加誦……

（六）話本以白文演成;間朥以詞調、詩、聯對摘句、四六短文者,如明以來以説散爲主諸小説。其事爲:白加誦……

凡伎藝人説話,門庭甚多,或大同小異,或以意製作,出此入彼,原不可以一定形式概古今諸體。至文人造作小説,尤可隨意爲之（如金瓶梅詞話,就大體觀之爲第六體,然亦兼第二第三兩體,實包數體而成書者）。是則以上所舉六體,亦不足以盡詞話之體製。唯要其大端,不外此六種而已。明人演世間事之詞話,今尚存明刻二三種,可微見其體製。較古之元人詞話,以原本之存於今者甚少,不能詳言之。惟以意揣之,上文所舉第二至第五體,當皆在元人詞話範圍之内。蓋元之雜伎,上承唐宋,下啟明清,其時所謂詞話,其體製派別,當介於宋明之間而相去不遠,此可斷言也。又見存京本通俗小説,繆荃孫謂其本爲景元鈔本,而詞意近似宋人。除碾玉觀音、西山一窟鬼、定山三怪外,着歌詞者甚少。其號爲宋本之五代史平話,亦是説散本,無歌詞。倘此等非由吟唱本改作者,則後世不唱詞調不吟偈讚之平詞一門,似宋元間亦有之。則謂上文所舉第二體至第六體,悉在元人詞話範圍之内,固亦無不可者。惟稽之元史,於詞話曰"演唱",關漢卿雜劇所引詞話遺文,亦確是唱詞。後來平詞一門,雖與説唱並行,而就一般以説散爲主之話本而言,其所從出底本,大抵爲説唱之本。則説話之唱詞調與吟偈讚二體,其用實較平詞爲廣。宋之説話,小説一名銀字兒,可知其用銀字管;有彈詞,可知其用弦索;有鼓子詞,可知其動鼓板。宋元爲散樂雜伎最發達之世,其時所謂詞話,似當以唱詞吟詞與説白結合者爲主也。

一九三三年

三國志平話與三國志傳通俗演義

　　吾國通俗小說之作，到了宋元才漸漸地發達起來。現在看起來，那時的短篇小說在描寫方面相當的細，語言亦够瀏利；可惜存的篇數不多。至於講史像五代史平話、宣和遺事和元刻幾種平話，除五代史稍使我們滿意之外，其餘諸作都是事實僅存概略而沒有作意，是坊間傳鈔湊合的本子。和文人鋪張的著作比起來，實在相去甚遠。到了明朝，經過文人的潤色改訂，這時中國的通俗長篇小說才有斐然可觀的。此等重編風氣，明朝最盛，而最著者便是羅貫中。

　　貫中是羅氏的字。他的名有人說叫"本"，是否也無從考據。他的別號是"湖海散人"。祖籍太原。生於元至正間，到明永樂時仍健在（據明初某氏錄鬼簿續編）。性孤高，長於樂府詞曲。所作雜劇，有趙太祖龍虎風雲會、忠正孝子連環諫、三平章死哭蜚虎子（蜚虎子即李克用）三本。但現在存的只有風雲會一本。他所編的小說也有數十種（見田汝成西湖遊覽志餘二十五）。但今所見明本小說署"羅貫中"的只有五種。這五種裏頭有三種是講史：

　　一、三國志傳通俗演義

二、隋唐兩朝志傳
三、殘唐五代史演傳

這三種書的文筆不很一樣。第二種和第三種行文草率，約略相似；唯第一種比較細膩得多，羅氏的名價甚高，完全因爲這部書。現在姑且把後二種擱起，專談一談三國演義。

三國志傳通俗演義，嘉靖刊本題"晉平陽侯陳壽史傳"，"後學羅本貫中編次"。陳壽晉泰始十年爲平陽侯相，見蜀志諸葛亮傳壽進諸葛亮集表所具名銜。平陽侯國，見晉書地理志。晉書陳壽傳但云壽由佐著作郎出補陽平令，撰諸葛亮集奏之。不云壽爲平陽侯相，偶誤。演義題平陽侯陳壽，乃是"侯"字下脫"相"字。這箇錯誤不小，不可不糾正。貫中摭拾舊聞，編訂此書，關於三國的史事差不多應有盡有。其書自漢靈帝無道黃巾起事起，一氣的說到晉武帝受禪王濬平吳而止。其間關於劉曹孫的創業始末，魏蜀吳的交聘征伐，都源源本本的說出來，娓娓動人。並且裏面還加了許多遺聞佳話，奇節至行，作本書的點綴。文淺事實，雅俗共賞。在我國舊小說中，像三國志傳通俗演義流行之廣，恐怕找不出第二部了。

其實演說三國故事的書，早已有之。元時有至治刊三國志平話三卷，雖文章作得不好，傳錄又多訛誤，但其中事蹟太半都從書史中來，三國大事也大致具備，根柢不淺，未可厚非。羅氏的志傳，長至二百四十節，文字較平話多了數倍，可是仔細一考查，志傳的間架結構，仍和平話一樣。近來有人說：平話採俗說；志傳採史實，是真的講史。我以爲說這類話的人，至少對於這兩部書沒有深刻的研究過。倘使稍加比較，就知道志傳所演還大半取資於平話，讀者看以下所列舉的便明白了。

　　志傳裏面所演的故事，多有和元明舊劇相同而事實卻荒唐無稽的。這些故事，雖不見於書史，但因爲都是舊有的傳聞，歷史很久，已深深印在世人的腦子裏，差不多比正史的勢力還大。因此作演義的人便不能不採它們當材料。所以關於這一類的故事，凡平話有的，志傳也有，志傳不過更加意的渲染一番而已。今舉其目如下：

元明雜劇	平　話	志　傳
劉關張桃園三結義 也是園目今無名氏	桃園結義（卷上）	祭天地桃園結義（卷一）
虎牢關三戰呂布 元武漢臣、鄭德輝均有劇，鄭劇今有孤本元明雜劇本	三戰呂布（卷上）	虎牢關三戰呂布（卷一）
錦雲亭美女連環計 元無名氏	王允獻董卓貂蟬（卷上）	司徒王允説貂蟬（卷二）
關雲長千里獨行 元無名氏，今有孤本元明雜劇本	關公千里獨行（卷中）	關雲長千里獨行（卷六）
壽亭侯五關斬將 也是園目今無名氏	（無明文）	關雲長五關斬將（卷六）
關雲長古城聚義 也是園目今無名氏	古城聚義（卷中）	劉玄德古城聚義（卷六）
諸葛亮博望燒屯 元無名氏，今有孤本元明雜劇本	孔明祭風（卷中）	諸葛亮博望燒屯（卷八）
七星壇諸葛祭風 元王仲文	（有事無目）（卷下）	七星壇諸葛祭風（卷十）
諸葛亮石伏陸遜 也是園目今無名氏	西上秋風五丈原（卷下）	八陣圖石伏陸遜（卷十七）
諸葛亮秋風五丈原 元王仲文		孔明秋風五丈原（卷二十一）

　　志傳裏的故事有本之書史而加以敷衍的,在平話和戲曲中也有。目如下:

元明雜劇	平　話	志　傳
老陶謙三讓徐州 也是園目古今無名氏	(有事無目)(卷上)	陶恭祖三讓徐州(卷三)
勘吉平 元花李郎	曹操勘吉平(卷中)	曹孟德三勘吉平(卷五)
斬蔡陽 雍熙樂府卷六粉蝶兒節遇端陽套引有此目	關公斬蔡陽(卷中)	雲長擂鼓斬蔡陽(卷六)
白門斬呂布 元于伯淵	白門斬呂布(卷中)	白門曹操斬呂布(卷四)
臥龍崗 元王曄	(有事無目)(卷中)	劉玄德三顧茅廬玄德風雪訪孔明(卷八)
關大王單刀會 元關漢卿,今有元刊雜劇三十種本、孤本元明雜劇本	關公單刀會(卷下)	關雲長單刀赴會(卷十四)

　　此外志傳中還有取正史、雜史所載有趣的事,加以敷衍而成的一部分。本來,裴松之注三國志,所引雜書小記就是小說,三國志、後漢書所載也不少富有文學趣味的故事;貫中就採取這些事加以敷衍,方法是很對的。但這類的故事,在平話、志傳二書中,也彼此都有。例如:

志　傳	平　話
呂奉先轅門射戟(卷四)	(有事無目)(卷上)
青梅煮酒論英雄(卷五)	(有事無目)(卷中)
雲長策馬刺顏良(卷五)	關公刺顏良(卷中)
雲長延津誅文醜(卷上)	(有事無目)(卷中)
玄德躍馬過檀溪(卷七)	先主跳檀溪(卷中)

續表

志　傳	平　話
長坂坡趙雲救主(卷九)	趙雲抱太子(卷中)
張益德據水斷橋(卷九)	張飛據水斷橋(卷中)
趙雲截江奪幼主(卷十三)	(有事無目)(卷下)
張益德義釋嚴顏(卷十三)	張飛義釋嚴顏(卷下)

　　志傳新增入的故事,如孫策大戰太史慈(卷三)、孔明遺計救劉琦(卷八)等也都是實事。因爲平話沒有,所以不列入此目。

　　由上所舉的看起來,知道志傳中所有的重要節目,平話也有。不過,志傳比平話細密,雖然襲取平話中的故事,而參考書史,加以潤色。所以大改舊觀,成了一部有價值的講史書。在平話中有承戲曲及説話人所演,失之太陋太疏的地方,志傳也毅然删掉了,不加以沿襲。現在舉五個例子:

　　(一)張飛單人獨騎到杏林莊招安黃巾事,平話上卷有。孤本元明雜劇有無名氏的張翼德大破杏林莊。志傳中没有此事。

　　(二)平話上卷在虎牢關三戰呂布之後,更有張飛獨戰呂布。孤本元明雜劇有無名氏的張翼德獨戰呂布,同演一事。志傳嫌其繁複不取,在三戰呂布之後,並没有張飛獨戰呂布一事。

　　(三)平話上卷有張飛三出小沛,説是呂布圍了小沛,張飛帶十八騎三闖重圍。孤本元明雜劇有無名氏的張翼德三出小沛,事同。志傳無此事。

　　(四)平話中卷赤壁破曹之後,有周瑜邀皇叔過江宴于黃鶴樓,打算害他,誰知劉皇叔用了軍師計策,竟逃走了。孤本元明雜劇有元朱凱的劉玄德醉走黃鶴樓,演此事。今京戲尚有黃鶴樓。志傳不採。

　　(五)平話下卷有一段,説龐鳳雛嫌歷陽令官職太小,掛冠而去，向各處游説，致沿江四郡皆反，後來軍師派麋竺前往招安，龐統才和魏延商量一同歸降西蜀。孤本元明雜劇有無名氏的走鳳雛龐統掠四郡，事同。志傳也不採。

由此看起來，志傳對于平話，很下了一番去取的工夫，並非漫無別擇。至于稱謂以及職官地理，平話之錯誤者，志傳改的也不少。其所以能盛行世間取舊本平話而代之，是很有道理的，並非偶然。

其次平話本側重蜀事，於魏吳則語焉不詳。如武侯死後緊接着便是吳蜀滅亡，未免過於簡略。志傳參考史書，把武侯殁後三國間發生的事一一補出，較爲完善。現在把志傳所補的部分，也寫在後面：

（一）一至四卷（相當於平話上卷）。與平話比，大致沒有很大出入，但增出孫策略定江東一事。

（二）五至十一卷（相當於平話中卷）。在六卷七卷中，魏增出禰衡及曹操滅袁氏定遼東等事。六卷至八卷，吳增出吉及孫權繼有江東與破黃祖等事。十卷中赤壁之戰，增闞澤下書，龐統進計，及孟德橫槊賦詩等事。

（三）十二卷至二十四卷（相當於平話下卷）。魏吳增曹操殺伏后，破張魯，張遼戰逍遙津，甘寧劫魏營，左慈、管輅、耿紀、韋晃等事，凡一卷（第十四卷）。又增華陀、曹植及秦宓聘吳，魏主伐吳等事。武侯殁後增出之事：蜀如姜維用兵，魏吳如司馬父子兄弟專權，諸葛恪之敗，孫休之廢，以及壽春之役，皆詳言之，凡二卷（第二十二、第二十三卷）。魏平蜀吳如鄧艾、鍾會、杜預、王濬等事，亦係增出，平話所無。

所以志傳對於平話，一是加細，二是刪訂，三是增補。故事在平話中之僅具雛形者則充實之，易以實際的敘述。其事之輪廓雖因平話之舊，而潤色修飾，實亦等於重編。至其引用史籍，大抵以通鑑爲主,而范陳二家之書以及裴注,也確曾參考。鎔俗説史實於一書,而驟觀之亦無不調合之弊,其經營組織有足多者。然在今日,以文學眼光論之,則三國志傳可議之處仍甚多:一曰性格之誤。書中人物性格,皆承襲戲曲詞話之舊,出於市人的臆説虛構。因爲非直接得之於史,所以浸失本真。例如,魏武雄才大略,用兵如神,"登高必賦",寫來乃純然小人面目。又如劉備爲人"有度而緩"(劉曄對魏文語),書中有意推崇,反而令人疑其爲人不誠實。更如諸葛武侯熱心輔導幼主,申明法紀,其人格功業,實在伊呂申商之間。書中誇其才幹不過權詐,行徑也大似妖道一流。這些地方都令人不滿意。二曰記叙之疏。貫中作此書雖云參考史籍,然不過隨手翻檢,尋些材料罷了。至於事之異同,人之得失,並没有參互比較,完全弄明白了,有知人論世之識;所以,結果弄得雜糅並陳,説不上體例。若再進一步探討一下,則其引用史書,也有許多錯誤。今分述如下:

甲　沿平話之誤未曾改過的。例如:

(一)鞭打督郵,本先主事,以屬之張飛。

(二)玄德未嘗與盧植、皇甫嵩共討黃巾,乃言預兹役且有功。

(三)矯詔討董卓爲橋瑁事,以屬之魏武。

(四)徐庶辭先主在建安十二年當陽之敗時,這時諸葛已出山事劉,乃云訪諸葛在庶去之後。

(五)吉本(訛作吉平)謀害魏武在建安二十三年張魯降曹後,劉曹爭漢中之時,乃云建安五年與董承同謀。

乙　重編時參考史傳而仍誤的。例如:

(一)董卓嗾呂布殺丁原,在卓欲行廢立之先,另爲一事,乃云卓與丁因議溫明而生隙。

(二)關羽斬蔡陽在先主奉袁紹命偕羽往汝南之後,乃云羽就先主於紹軍,蔡陽來追,因殺之。

（三）袁安本袁紹高祖,乃云紹爲安之孫。

（四）董太后本靈帝生母,爲解犢亭侯萇夫人,生靈帝。靈帝即位,尊萇爲孝仁皇,陵曰慎陵。后卒京師,表還河間,合葬慎陵（見後漢書董皇后紀）。乃云何進使人酖董后於河間,舉柩回京,葬於文陵。按:文陵乃靈帝陵。誤以靈帝生母爲靈帝之后,太可笑了。

（五）斬華雄乃孫堅事,以屬之關羽。

（六）玄德不從的盧妨主宜贈他人之言,實是晉庾亮事（見世説德行篇）。此屬之先主,乃借用。

（七）東阿七步之詩,本爲六句三十言,見世説文學篇（太平廣記一七三俊辯類引世説文同）。至唐時,始有人摘句以七步詩爲二十字詩者:唐李匡乂資暇集上云:"陳思王七步所成詩,即燃箕煮豆之二十字也。"可證。演義中七步詩亦是四句二十言,與原文不合,世人誦七步詩,多據三國演義。

綜上所舉,可見此書之錯誤隨在皆是。清儒章學誠譏之爲七實三虛,其實虛的真虛,實的也不見得實。總之,是稗官野史之言,其虛實真僞,不能用分數估計也。

現在的嘉靖本三國志傳,雖署"羅貫中"作,然觀其雜鈔史書,非常瑣碎,删節處語多不通（如第一卷董卓議立陳留王節録范曄論贊,祭天地桃園結義節録蔡邕對）;又正文中贅附注解,或是史鑑原注,或爲無關之浮詞,叢雜已甚;這恐怕是後人所爲,不是貫中原本所有的。又書中雖不標回數,而演説一事大段節目終了,例有起下文之詞,如"且聽下回分解","下回便見",或"且聽下回分解,便知端的","下回便見分曉"……如是等字樣,在書中凡一百四十五見。其出見次第,很爲參差——密者一節一見,疏者隔兩三節甚至六節一見。因疑原本乃以百餘回演之。又有人偶於回中增入文字,故所包之節數多少極不一律。後人把每回中諸節分開,讓它們各自獨立,才成了二百四十節。在嘉靖本,凡原本一回中有數節者,每節結尾,都作詰問的口氣。舉第八卷爲例:

首節,玄德定計取樊城結云:

> 操大怒,叱武士執徐母斬之。性命如何?

二節,徐庶走薦諸葛亮結云:

> 正不知玄德來請孔明,還是如何?

三節,劉玄德三顧茅廬結云:

> 上馬來謁孔明,未知見否,還是如何?

四節,玄德風雪訪孔明結云:

> 再往臥龍崗謁諸葛孔明。時關張聞之不悅,乃挺身攔住而諫之。未知其言,還是如何?

五節,定三分亮出茅廬結云:

> 孔明曰:可令人渡江探聽虛實。玄德從之。使人往江東探聽。未知還是如何?

六節,孫權跨江破黃祖結云:

> 未知黃祖性命如何? 且聽下回分解!

首節和二節敘徐庶母及庶薦孔明事,三至五節敘玄德三顧孔明事;六節折入孫權事,乃至務頭,此演說即告停止。是知自首節至六節爲一回,每一節等於每一回中的一段說白。每節末句,例作詰問語,凡變文及諸宮調的說白多半如此。或者在前後二節之間,本有歌詞;後來去詞存白,又每節各立標題,遂成了今日之三國志傳。原本或者是三國詞話，也未可知。

　　三國志傳這部書明嘉靖以後曾有好幾種刻本，但都是二百四十節。到崇禎時吳觀明刻此書，才標出回數，以二節爲一回，共得一百二十回。於是舊本分回之跡，不可考見了。可是這種回數，僅標在前面，其二節仍然分立，除了標回數之外，其標題分節，仍然是嘉靖本二百四十節的舊式。後來到了清康熙時有一位毛宗崗先生評定此書，才把前後二節的文字聯綴起來，合前後二節的標題爲一回的標題，便成了現在通行一百二十回的三國演義了。

　　毛宗崗字序始，長洲人，他所評的三國，今通行諸本前面，都有順治甲申（元年）金聖嘆的序。本書除署宗崗名字外，並有"聖嘆外書""聲山別集"等字樣。聲山是宗崗的父親，就是琵琶記的批評者。或者毛聲山曾批評過三國沒作完，宗崗繼而成之，也未可知。宗崗和聖嘆是同鄉，看到了聖嘆評水滸自託古本，頗得一般人的稱贊，於是他也效顰取三國舊本增訂起來。現在考起來，他所增入的事實，有關羽秉燭達旦、孫夫人投江、管寧割席、曹操分香等瑣事八九條。所增入的文字，有陳琳討曹操檄、孔融薦禰衡表。改正的地方，如舊本曹后助兄斥獻帝，改爲斥曹丕。刪削的地方，如舊本載孔明欲並燒魏延於上方谷及諸葛瞻得鄧艾招降書猶豫不決二事，宗崗以爲誣罔，都刪去了。至於文詞方面，也改了不少。但皆云據古本所改。其實，宗崗所削改的，都是小節目，甚而原書中大的錯誤，他仍然沒看出來。如舊本誤以董后爲靈帝之后，宗崗改爲靈帝之母，但仍叫他們合葬文陵。此外他還有一種偏見，就是祖劉而抑曹。如志傳云劉備好犬馬音樂，事本蜀志，宗崗卻諱而不書。劉備常得同宗元起的資助，元起妻謂"各自一家，何能常爾！"志傳載之，亦本蜀志。此亦人情之常，不足爲病，宗崗也删去了。則因左袒劉備爲備掩飾之故，並袒及其同宗之妻。至曹操本曹參之後，曾祖節，父嵩，俱有令名。舊本載之，本魏志裴松之注（引司馬彪後漢書）；宗崗也删去了這一段。因爲憎惡曹操並抹殺其先世，這實在無聊的很，大可不必。雖然毛先生評此書，自己非常得意，動不動斥原書爲俗本，其實他的古本與舊的俗本，不過五十步百步之差罷了。但是他的功績也有不可磨滅之處：就是他能把舊本的文字加以潤色，比較文章簡潔了許多。評語雖然不出選家之見，卻也頗投時尚，所以毛評本竟替代舊本盛行於社會間。至於説三國是"第一才子書"，則毛本前面所載金聖嘆序有這樣的話，實在没有道理。但因此説三國是"第一才子書"，也成了民間習語；這也可以看出毛評本在民間的勢力了。

一九三四年

水滸傳舊本考

——由明新安刊大滌餘人序本百回本
水滸傳推測舊本水滸傳

　　一九二四年，北京有人購得明刊百回本忠義水滸傳。其書雕刻甚精。半葉十行，行二十二字。卷首有圖五十葉。記刻工姓名，或曰"新安黃誠之刻"，或曰"新安劉啟先刻"；知是書非刊於徽州，即延徽州刻工刊是書。其序署大滌餘人識；大滌山在杭州，則出貲刊書者或爲杭州人。其板至清初猶存，故李漁芥子園所印李卓吾評忠義水滸傳，即是書板片；亦載大滌餘人序。憶一九三一年，余曾一見是書，爲之動心駭目。是時友人方集貲印行小說，屬余請於藏書人，欲借是本景印，已獲同意。後以事未能借得。集貲印行小說事旋亦中輟。明新安刊大滌餘人序本忠義水滸傳，今人所閱者唯一九二五年排印本，且此排印本今市間亦不多見，其可惜也。

　　水滸傳自明以來，行世者有數本：一叙事詳，其所演有征遼而無征田虎王慶事。今所見百回本是。一文字極略，即從百回本節出，其所演於征遼外更增入征田虎王慶事。今所見百十五回、百十回諸本是。一即百回本增加二十回，此二十回演田虎王慶事雖據百十五回等本，而文加藻飾，頓異舊文，今所見袁無涯刊本百二十回本是。一爲刪定本，即金聖嘆七十回本。此四本中要以百回本爲近古。以其出於郭勛刊本，勛刊書在嘉靖時，在諸本中最爲先出也。百回本水滸傳余所見亦有數本：如日本則有容與堂刊李卓吾評本，其書百卷百回。有鍾伯敬評本，其書亦百卷百回。以此二本與大滌餘人序本較，雖評語不同或間有出入，而內容文字實無大異同，不妨視爲一本。故百回本水滸傳，吾國所存雖只有新安刊大滌餘人序本，及自大滌餘人序本出之芥子園本；實則對於水滸傳研究尚無何等不便。以諸百回本文字大致相同，實出一源也。百回本水滸傳在諸本中既爲近古之本；則嘉靖前舊本水滸傳雖不可見，試以今百回本文字考之，或亦可約略窺知舊本水滸傳之事。余嘗即新安刊本反覆尋求，其文之關涉舊本者有四事。今略述之。

一

　　舊本水滸傳，應爲分卷之本。百回本水滸傳，日本所存李卓吾評本、鍾伯敬評本，皆百卷百回。此以一回爲一卷也。今新安刊本不分卷。然余於此本第四十五回中，卻發現其所據底本確爲分卷之本。此回記潘巧雲爲其先夫作道場事，於敘事中着議論云：

　　　　爲何說這句話？且如俗人出家人都是一般父母所生。……這上三卷書中所說"潘×鄧小閒"，唯有和尚家第一閒。

今按"潘×鄧小閒"一語，見新安刊本第二十四回。此引其語，云係上三卷書中所說；則新安刊本第一至第二十四回之文，在所據底本中應是第一至第三卷之文也。新安刊本第一至第二十四回，在舊本中既爲第一至第三卷；則舊本分卷決不與李卓吾、鍾伯敬評本同作百卷甚明。然則新安刊本，其書不分卷，固與舊本乖異；日本所存李卓吾、鍾伯敬評本，以一回爲一卷合作百卷者，亦非舊本本來面目也。舊本分卷，既不作百卷，其書應是若干卷？此問題甚重要。然非今日所能推測，因舊本分卷，若以新安本八回當舊本一卷計之，則今新安本百回在舊本當贏十卷；然舊本内容未必與今所見百回本同（今百回本所記，如征遼等事，皆有後增之嫌），則居今日推測舊本卷數，固不得以今百回本爲據。其可據者，唯新安刊百回本第四十五回，引上三卷書中之語，是舊本原文，此可證舊本原爲分卷之本。其事彰然明白無可疑耳。又考花草粹編卷十，引金丰亮念奴嬌詞“天丁震怒”云云。詞末有雙行小注云：“水滸傳三卷。”此詞見新安刊本百回水滸傳第十一回“朱貴水亭施號箭”篇。花草粹編，乃明萬曆間陳耀文所纂。知耀文在萬曆間所讀水滸傳，亦是分卷本。其分卷方法亦非如李卓吾本、鍾伯敬本之作百卷。蓋亦萬曆前舊本也。

二

　　舊本水滸傳應爲詞話。詞話之稱始見於元史刑法志，而明人習稱之。今所見前人説唱之本，其詞有爲偈讚之詞者：如唐五代變文及後世之鼓兒詞、彈詞是。有爲詞調之詞者：如宋趙德麟之以商調蝶戀花詞演會真傳是。有爲南北曲詞者：如金之董解元西廂記諸宮調，劉致遠諸宮調及明之莊子嘆骷髏詞是。此等所唱之詞，雖其體格聲調不同，而其爲唱詞則一，故兼説白與唱詞言通謂之“詞話”。詞話爲通俗小説之先河。凡吾國舊本通俗小説，皆自詞話出。凡後世文人所撰通俗小説供案頭賞覽者，其唱詞雖有存有不存，要之皆是擬詞話之體。水滸傳故事演説，源於宋時。其修正編刊盛於明代。其前身應是詞話無疑。顧水滸傳之爲詞話前人未有言者，近人言水滸者亦未見及此，何也？以水滸傳詞話今無其本也。夫論事貴有證據。水滸傳詞話今無其本，固不得輕言水滸傳爲詞話。然余於新安刊百回本水滸傳第四十八回，卻發見一證：即此回中所載有唱詞一段，其詞確爲一段偈讚之詞是也。凡通俗小説之本爲詞話者，舊時刊行多刊落其詞。此一段詞爲刊落未淨者。今引其詞並摘録其前後相關之文如後：

> 且説宋江親自要去做先鋒，攻打頭陣。引着四個頭領，一百五十騎馬軍，一千步軍，直殺奔祝家莊來。於路着人探路，直來到獨龍岡前。宋江勒馬看那祝家莊時，果然雄壯。有篇詩讚便見祝家莊氣象：
>> 獨龍山前獨龍崗，獨龍崗上祝家莊。
>> 遠崗一帶長流水，週遭環匝皆垂楊。
>> 牆内森森羅劍戟，門前密密排刀槍。
>> 對敵盡皆雄壯士，當鋒都是少年郎。
>> 祝龍出陣真難敵，祝虎交鋒莫可當。
>> 更有祝彪多武藝，咤叱喑嗚比霸王。
>> 朝奉祝公謀略廣，金銀羅綺有千箱。
>> 白旗一對門前立，上面明書字兩行：
>> “填平水泊擒晁蓋，踏破梁山捉宋江。”
> 當下宋江在馬上看了祝家莊那兩面旗，心中大怒，設誓道：“我若打不得祝家莊，永不回梁山濼。”衆頭領看了，一齊都怒起來。

此一段詞，余斷爲舊本説白中所着唱詞。請以二事明之。此詞前一段説明有引下語云：“有篇詩讚便見祝家莊氣象。”今按此一段詞，可勉稱爲讚；而尚非一般人所謂長篇歌行。何以言之？唐之俗講，其説明中間例着偈讚。其偈讚之短者略如律絶；長者亦略似歌行。是則僧侶所唱偈讚與文人之詩，語其旨趣，本無不同。唯施用有別，故體格亦微異耳。易言之，俗講本中之偈讚，其詞之佳者亦雅近歌行。文人所撰歌行，其詞不能工，反有類乎俗講本中之偈讚者。至於後世詞話，其造句措詞大抵以琢煉爲工，且似有一定之格。其與歌行異體，可一望而知。如此一段詞，其煞尾突然而止，全不照應。其意態詞氣，大似今之鼓兒詞；與他處之泛着詩篇，云"有詩爲證"者異。明此一段詞爲説話人所唱之詞。此其一。凡話本説白中所着唱詞，其作用有二。一爲詠嘆。此類詞但將上一段白所説之事編爲歌詞，約略重述之。此以聲論雖屬不可少，以文論則可有可無。設有人欲易詞話爲散文小説，於此類詞可遝去之。以詞與白所述皆是一事，棄之固無妨也。一爲叙事。此類詞非重述上文，乃承上一段白之後而別有所述，其下一段白，即承此一段詞言之。此於詠歌之中兼有叙事作用。以聲論固屬不可少，以文論尤屬不可少。設有人欲易詞話爲散文小説，必須將此類詞譯爲散文，始與上下文密合無間。否則語意不相屬。以其承上啟下，無此詞則文不貫穿也。以新安刊本水滸傳言，此一段詞其上段白説宋江引兵打祝家莊，至祝家莊前看景物，其宋江眼中所見，如門前豎旗一對，旗上書字兩行，皆在此一段詞中。其下一段白説宋江見旗上所書字大怒云云，乃承此詞而言，不承此詞上一段白而言。設無此詞，則宋江大怒之言爲無根。由此知此一段詞是舊本原文無疑。此其二。水滸傳舊本之爲詞話。可以是明之。其詞話本今雖不存；得此一證，世之治水滸者，於水滸傳本爲詞話之事，或可釋然不復致疑也。

三

水滸傳詞話應爲元時書會所編。今欲證明此事，須先述宋元以來水滸詞話之編唱情形，及元人詞話與今行百回本水滸傳之關係。按：梁山濼故事編唱，至少起於南宋之時。此可以宣和遺事載梁山濼事及三十六人姓名，周密癸辛雜識載三十六人姓名，云"其事見於街談巷語"證之。其北朝之金，當亦有梁山濼故事流行編唱。此雖無顯證，然關漢卿緋衣夢演汴京故事，其末折調笑令曲即有"比及拿王矮虎，先纏住一丈青"一語。漢卿至元大德間人，及見金遺老。此劇不知作於何時。然觀其曲用梁山濼掌故，以王矮虎、一丈青爲夫婦，與今水滸傳同；似是梁山濼故事流傳已久，故漢卿習而用之，則梁山濼事在金，固應早流傳編唱矣。如余所説不誤，則水滸故事當宋金之際，實盛傳於南北。南有宋之水滸故事，北有金之水滸故事。其伎藝人之所敷演，雖不必盡同，亦不至全異其趣。以靖康之禍，宋南渡，而金得宋中原地。宋中原人，金謂之南人。金南人之爲藝人者，對梁山濼事必熟悉。以事發生於本地，耳聞目見，可采者多也。宋高宗居臨安，北人多奔赴行在。北人之在臨安或他處爲藝人者，對梁山濼故事亦熟悉。以宣和間事多所閱歷，且炎紹間梁山濼人物在南朝受招安爲官者尚多，可供描寫也。及元平金宋，南北混同。其時梁山濼故事之在南北，當亦因政治之統一而漸成混合之象。南人説梁山濼故事，可受北人影響。北人説梁山濼故事，亦可受南人影響。故水滸故事源於北宋，分演於南宋金源，而集大成於元。以本論，水滸傳詞話不唯有宋本，且有金本。至元乃更有元本。元時所行水滸傳詞話，當不只一本。其諸本内容，亦不必盡同。唯此諸本（宋本、金本在元時翻刻者除外）其文應較宋金本爲繁。以其説承宋金之後，當奄有宋金之長；且水滸故事續演於元百年之間，其事除沿襲宋金者外，仍當遞有增飾也。元本水滸傳詞話，今無一存者。然明嘉靖前舊本水滸傳，其本必自元詞話之某一本出。明嘉靖前舊本水滸傳，今亦不可見。然今行百回本水滸傳，其本應自嘉靖本出。由元本水滸傳詞話至今行百回本水滸傳，其中間當有幾許變化。然今行百回本水滸傳，除刪去若干唱詞不論外，其叙事白文中當有不少元本詞話原文，則可斷言也。讀者如疑吾言爲不可信，請引新安刊本百回本水滸傳證之。此本第二十二回記宋江事云："且說宋江，他是個莊農之家，如何有這地窖子？原來故宋時爲官容易，做吏最難。……那時做押司的，但犯罪責，輕則刺配遠惡軍州，重則抄扎家產結果了殘生性命。以此預先安排下這般去處躲身。又恐連累父母，教爹娘告了忤逆，出了籍册，各戶另居，官給執憑公文存照，不相來往。卻做家私在屋裏。宋時多有這般算的。"此釋宋人作吏事，稱宋爲"故宋"。明是元人語。其證一。第三十八回記宋江配江州與戴宗相見事云："說話的，那人是誰？便是吳學究所薦的江州兩院押牢節級戴院長戴宗。那時故宋時金陵一路節級，都稱呼家長。湖南一路節級，都稱呼院長。"此釋院長二字，稱宋爲"故宋"。明是元人語。其證二。又此本第八回記林冲事，云林冲刺配滄州，防送公人爲董超、薛霸。董超登程前，在家有酒保來云："董端公，有一位官人在小人店中請說話。"釋云："原來宋時的公人都稱呼端公。"又記陸謙向薛霸道："明日到地了時，是必揭取林冲臉上金印回來作表證。"釋云："原來宋時但是犯人徒流遷徙的，都臉上刺字。怕人恨怪，只喚做打金印。"又云："宋時途路上客店人家，但是公人監押囚人來歇，不要房錢。"又釋野猪林云："宋時這座林子内，但有些冤讎的，使用些錢與公人帶到這裏，不知結果了多少好漢。"此但言宋，不言"故宋"。然玩其詞意，與他處稱"故宋"者同。可斷爲元人語。其證三。以此三事推之，知今百回本水滸傳，其文雖蹐駁不純，然其中猶有不少元詞話原文。其祖本爲元人詞話實無可疑也。

何以知元人詞話爲書會所編也？按書會二字，在今百回本水滸傳凡兩見。其一在第四十六回。此回記石秀殺姦僧事,云僧死後,薊州好事子弟作成一調嘲之。其詞爲“叵耐禿囚無狀”云云。此調後更附一詞。此詞前有白文一行記撰曲始末則云:

> 後來書會們備知了這件事,拿起筆來,又做了這隻臨江仙詞。

其詞爲“淫行沙門招殺報”云云。此處載詞二首,云其一爲好事子弟所編,其二爲書會所編。實則二詞如出一手,如第二首詞爲書會所編,則第一首詞亦必爲書會所編。書會製詞,乃本書中紀事之語,固不足以爲是書出書會之證。然叙事而及書會,其暗示吾人者,則爲方書會先生編是回書時,兼製此詞,則不覺將書會二字入文也。其二在第九十四回。記宋江討方臘,復秀州;盧俊義復湖州;柴進做間諜等事,其頭緒甚繁。説話人於此處提醒觀衆,作疏解語云:

> 看官聽説,這回話都是散沙一般,先人書會流傳,一箇箇都要説到,只是難做一時説,慢慢敷演關目,下來便見。看官只牢記關目頭行,便知衷曲奥妙。

此一段話,與第四十九回“解珍解寶越獄”篇篇首所附疏解語同:

> 説話的,卻是甚麽計策?下來便見。看官牢記,這段話頭原來和宋公明初打祝家莊時一同事發。卻難這邊説一句,那邊説一回。因此權記下這“兩打祝家莊”的話頭,卻先説那一回來投入夥的人。“乘機會”的話,(“有機會”乃吴用語,見上文。)下來接着關目。

此皆説話人當場交代語也。説話人當場繳清關目,而云其話是先人書會流傳。則其所據話本出於書會,實毫無可疑。水滸傳詞話之本爲書會編本,於此豈不得一明證乎?

　　余謂水滸傳詞話爲百回本水滸傳祖本,其本是元時書會所編,其言似非無據。唯當下有一事應問:即元百年之間,書會所編詞話當不只一本。此水滸傳詞話爲明刊百回本水滸傳祖本者,應是何時書會所編乎? 又有一事應問:即元時書會徧於諸路,當時南北當各有詞話演梁山濼故事。此水滸傳詞話爲明刊百回本水滸傳祖本者,應是何處書會所編乎? 此二事甚重要,不可不講求明白。余今更據個人所見述其梗概如後:

　　元水滸傳詞話爲明百回本水滸傳祖本者,余疑其本係元末南方書會所編。何以明之? 余前言水滸傳詞話宋有宋本,金有金本,元有元本。宋本所演與金本必不盡合,以國異也。元本所演與宋本、金本亦必不盡合,以時異也。同一元本,其所演事亦不必盡合,以元本有自金本出者,有自宋本出者,其系統不相同;且百年之間遞有演變,其事當增於舊也。宋本與金本如何不合,今無可考。元本與宋本不合,可以今所見元人雜劇演水滸傳故事者,與宣和遺事比較而知之。元本與元本不盡合,可以今百回本水滸傳所載梁山泊頭領事,其文疑似原文者,與元人所演水滸傳故事劇比較而知之。今舉晁蓋、宋江事爲例:

　　元人演水滸傳故事之劇,其本易得易見者今有五劇:曰高文秀黑旋風雙獻功,曰李文蔚燕青博魚,曰康進之李逵負荊,曰李致遠還牢末,曰無名氏爭報恩。爭報恩宋江白無實事,今不取。其雙獻功、燕青博魚、李逵負荊、還牢末四劇,宋江上白皆述行蹟。宋江與晁蓋事,在此諸白中約略可見。今錄其文於後:

　　雙獻功第一折:

　　　　〔宋江上云〕某姓宋名江,字公明,綽號及時雨。幼年曾爲鄆州鄆城縣把筆司吏。因帶酒殺了閻婆惜,被告到官,脊杖六十,送配江州牢城。因打此梁山經過,有我八拜交的哥哥晁蓋知某有難，領僂儸下山，將解人打死，救某上山。就讓我第二把交椅坐。哥哥晁蓋三打祝家莊身亡。衆兄弟拜某爲頭領。……寨名水滸，泊號梁山。

燕青博魚第一折楔子：

〔宋江上云〕某姓宋名江，字公明，綽號順天呼保義。曾爲濟州鄆城縣把筆司吏。因帶酒殺了閻婆惜，一腳踢翻燭臺，燒了官房；被官拿某到官，脊杖了六十，送配江州牢城軍營。因打梁山經過，遇着晁蓋哥哥。打開枷鎖，救某上山。就讓某第二把交椅坐了。不幸哥哥晁蓋三打祝家莊中箭身亡，衆兄弟就推某爲首。

李逵負荆第一折：

〔宋江上云〕某姓宋名江，字公明，綽號順天呼保義。曾爲鄆州鄆城縣把筆司吏。因帶酒殺了閻婆惜，送配江州牢城。路經梁山過，遇見晁蓋哥哥救某上山。後來哥哥三打祝家莊身亡，衆兄弟推某爲頭領。

還牢末第一折楔子：

〔宋江上云〕我乃宋江是也，山東鄆城縣人，幼年爲把筆司吏。因帶酒殺了娼妓閻婆惜，送配江州。路打梁山泊經過，有我結義哥哥晁蓋，知我平日度量寬洪，……讓我坐第二把交椅。哥哥三打祝家莊身亡之後，衆兄弟讓我爲頭領。

此四劇所載宋江白，江上場自述個人經歷以及與晁蓋關係，其語皆同。知此四劇宋江白所言宋江、晁蓋事，乃當時人習聞共知之事。其事口耳相傳，已成定論。故高文秀四人撰劇，於此等皆不敢違異。按曲家譜梁山濼事，可任意拈一事，乃不成系統者。說

話人説梁山濼事，當具始末，乃成系統者。然則此高文秀等四劇
所引宋江、晁蓋事，當出於詞話無疑也。此四劇作者，高文秀、康
進之、李文蔚皆見録鬼簿上卷。凡録鬼簿上卷所録，大抵爲延祐
以前人。其每人所值時代，今雖不能一一詳考；然如高文秀至元
十七年爲溧水縣達魯花赤（元大德前漢人多有爲達魯花赤者，余
别有小文論之），見至正金陵新志。李文蔚名見白仁甫天籟集，
李致遠名見仇遠金淵集，亦均爲至元間人。此三人劇引宋江、晁
蓋事，其所據詞話當是元中葉傳唱本，無可疑也。以元劇引宋
江、晁蓋事勘宣和遺事。遺事稱宋江爲鄆城縣押司。其舊相識
妓閻婆惜與吳偉打暖，不睬宋江，江忿而殺之。鄆城縣巡檢領弓
手去宋公莊上捉宋江，而江已逃匿九天玄女廟中，根捕不獲，與
元劇稱江"殺婆惜，燒官房，被捕到官，脊杖六十，配江州牢城"者
不同。遺事又稱江逃避後，旋糾合朱同、雷横、李逵、戴宗、李海
（即他書之李俊）等九人，投梁山濼尋晁蓋。及至梁山，晁蓋已
死。時吳加亮、李進義（即他書之盧俊義）方爲首領。江至，以得
天書事告。加亮等乃共推宋江爲首領云云。與元劇稱"江配江
州，路經梁山。晁蓋知其事，因劫殺公人救江上山"者又不同。
此元中葉水滸詞話與南宋詞話之不同也。以元劇所載宋江、晁
蓋事勘今百回本水滸傳。今百回本水滸傳稱：江殺婆惜後，畏罪
逃之滄州，依柴進。旋赴白虎山，依孔太公。又赴清風寨，依花
榮。其抵清風寨前，則有遇燕順之事。抵清風寨後，則有閙青
州降秦明、黄信之事，又有對影山收吕方、郭盛之事。與俱投
梁山。中路，江潛返鄉，爲軍校偵知，緝捕到官。脊杖二十，配江
州牢城云云。江殺婆惜後配江州前，其間有許多事端，此皆元中
葉詞話所無者。以元劇載江事，但云江殺婆惜，燒官房，被捕到
官，決杖六十，配江州牢城；無江殺婆惜後逃走，復潛還家被捕之
事。其語直截明白，固非記江州事有所省略也。又稱：江配江

州，路經梁山，晁蓋等勸之入夥，不許。竟之戍所。在江未抵江州前，有逢李俊、穆弘、穆春及張橫之事。抵江州後，有逢戴宗、李逵、張順之事。又有吟反詩，劫法場，白龍廟小聚會之事。此等事亦爲元中葉詞話所無。以元劇記江事，但云江配江州，路經梁山，晁蓋劫殺公人迎江入山，使坐第二把交椅；無江赴江州之事。其語明白，亦非有所省略也。又稱江在江州遇救後，上梁山。還家迎其父，又爲軍校偵知。江匿九天玄女廟中得免。晁蓋等來迎江，擊退士兵。自此江入山始爲頭領。江匿九天玄女廟中，事雖見宣和遺事，然元中葉所唱詞話似無其事。以元劇記江殺婆惜後即被捕，不得更着江匿九天玄女廟中事也。按以上所舉宋江事，今見百回本水滸傳者，疑皆舊本詞話原文。請以三事證之。今百回本水滸傳記江事有極不合理者：如記江大鬧青州後，忽接家書回鄉，大鬧江州後，又親回鄉迎其父。江雖勇銳，亦不肯出此。此殆編者採衆本而爲書，欲記江游清風寨前後諸事，則不得不云江亡命江湖。欲記江配江州諸事，則不得不使江還鄉受縛。不肯捨舊說江匿九天玄女廟中事，則又不得不使江還鄉被迫逃匿。此緣編輯時不暇潤色，故文不周密如此。然今百回本水滸傳記江事，唯此等爲疵眚。其餘諸事大抵詳密可觀，文筆亦勝。尤以記江配江州始末一段（自第三十六回逢李俊起，至四十一回取無爲軍止），最爲勝文，絕非明中葉人所能措手者。明此諸回爲詞話原文。其證一。宋元人演唱詞話，每說一事，皆因事立題，所謂話題也。話題於開話時道出，亦於臨了時道出。今百回本水滸傳第十六回記晁蓋等劫生辰綱事了，釋云：“這箇喚做智取生辰綱。”此繳代題目也。第四十回記梁山濼諸頭領劫法場後，擁宋江至白龍廟，釋云：“這箇喚做白龍廟小聚會。”小聚會與忠義堂受天文大聚會相映。此亦繳代題目也。余所見明本小秦王詞話，其諸回中記事亦有臨了繳清題目之例。知今百回本水滸傳着此等語,實是舊本詞話應有之體。明爲詞話原文。
其證二。余前云今百回本水滸傳中間保存元人口吻。曾舉三例
證之。其第一例在第二十二回,所演乃宋江殺閻婆惜畏罪逃避
事。第二例在第三十八回,所演乃宋江配江州後與戴宗相會事,
明江殺閻婆惜後亡命及配江州等事,乃元人詞話原文。其證三。
據此三證,可知今百回本水滸傳所記宋江事,自殺閻婆惜起至取
無爲軍止,其中間諸事大抵爲元人詞話原文。顧以元劇所記江
事核之,其差別乃至鉅。此元本詞話與元本詞話之不同也。更
以晁蓋事考之。元劇記晁蓋事,云晁蓋二打祝家莊中箭身亡。
據百回本水滸傳,晁蓋乃未參加祝家莊之役,晁蓋實於打祝家莊
後若干時因打曾頭市中箭身亡。同爲中箭身亡,而其事乃大異。
按:宣和遺事云宋江殺閻婆惜,逃之梁山尋晁蓋,其時晁蓋已亡。
此記晁蓋亡時最先。元劇言江上梁山時,晁蓋尚儼然爲首領,
以副座畀江。其後三打祝家莊,始中箭身亡。此記晁蓋亡已移
後。今百回本水滸傳則言江三打祝家莊時晁蓋尚未亡,其後打
曾頭市,始中箭身亡。其記晁蓋亡已更移後。由此知晁蓋之
亡,自宋以還,其時逐漸移後。此可悟話本產生之時不同,其記
事亦不同。然果如今百回本水滸之説,則以晁蓋之儼然爲梁山
灤主,而自四十二回宋江上山起至五十九回閙西嶽華山止,十八
回中乃毫無晁蓋事蹟,甚不合理。(金聖嘆批宋江權詐,竊晁蓋
之柄,説即由是而起。)倘依元劇晁蓋説,姑承認今百回本水滸傳
所記宋江祝家莊始末即元中葉所傳晁蓋打祝家莊始末;則晁
蓋打祝家莊,其事由楊雄、石秀亡命,燒祝家莊房舍;楊雄之亡
命,由於在薊州殺人。自四十四回楊雄遇石秀起至五十回三打
祝家莊止,此一段事蹟涉晁蓋,以晁蓋爲主。則宋江上山後不
久,即有晁蓋打祝家莊之事。蓋死而江代之,故祝家莊以後事皆
涉宋江,以宋江爲主。如此記事,不唯閙江州後晁蓋不寂寞,且

亦深得事理也。凡詞話後出之本，其本如非節本，其所演故事大抵視舊本爲繁。以其事增於前，故内容因而豐富；以其貪多鶩廣，不暇持擇，故文字亦不免齟齬。水滸傳之着晁蓋打曾頭市故事，其一例也。然今百回本水滸傳晁蓋打曾頭市一節，其文似尚非明中葉人所爲。且晁蓋身亡後，即有吳用賺盧俊義，張順水上報寃，時遷燒翠雲樓等事。俊義上梁山，副宋江，旋即立功，爲晁蓋報寃。其事與晁蓋相關涉。今百回本水滸傳所載吳用賺盧俊義等事，審其文斷非明中葉人所爲；則今百回本水滸傳所載晁蓋打曾頭市事，疑亦舊本詞話原文。顧以元劇所記晁蓋事核之，其事之相乖異乃如此。斯又元本詞話與元本詞話之不同也。

高文秀等撰雜劇所引宋江、晁蓋事，余斷定出於元中葉所傳水滸傳詞話。以所引核今行百回本水滸傳，其事大異。以詞話後出本多事增於舊例之，則今百回本水滸傳所祖詞話，疑是元末編本。余爲此説，其所持理論似非不可通者。唯今百回本水滸傳所載宋江事，與元劇所引宋江事相去太遠。自元中葉至末造，不及百年，而宋江故事繁興如此，雖非不可能，但推究其故，完全以爲由於時代之演進，恐尚不足以屬人意。余意元末水滸故事之繁興，除時代關係外，應尚有地方關係。其地方關係爲何？即今百回本水滸傳所祖詞話應是元末南方書會編本，其本應從南宋本出，在元時則是南本也。何以知之？以宣和遺事所載宋江事，與元劇所引宋江事距離較遠，與今百回本水滸傳所載宋江事距離較近知之。遺事載宋江殺閻婆惜後，匿九天玄女廟中，得天書。帶領朱同、雷橫、李逵、戴宗、李海等九人直奔梁山濼。此謂宋江逃走，曾糾集多人入山。元劇則謂江配江州，路經梁山，爲晁蓋所救。此人不合。今百回本水滸傳有江殺閻婆惜逃走事，亦有江州事，似調停舊本異説。然元劇載江配江州，實未抵其地。今百回本水滸傳，則謂江實至江州。且因配江州之故得結識若干英雄。如在揭陽嶺所逢李俊，即遺事之李海。在江州所識李逵、戴宗，與遺事所載人名同。此三人於鬧江州後，皆隨江上梁山。此可謂與遺事大致相合。則百回本水滸傳所祖詞話，應從南宋本出。緣其本與南宋本同一系統。故其記宋江此事，尚與遺事大致相合。緣元末去宋已遠，故其記他人他事與遺事不能一一全合。然由其合者觀之，則知其與宋人所說近，與元中葉人所說遠，其本應是元末南本，淵源於宋人詞話，實無可疑也。至高文秀等四人劇引宋江事，所據詞話，余疑爲元中葉所傳北本詞話。余所持理由甚簡單，以錄鬼簿載高文秀爲東平人，李文蔚爲真定人，康進之爲棣州人，皆北人。其所據詞話應是北本。北本水滸傳詞話應從金本出，與宋本詞話不同系統，故所說與今百回本水滸傳所祖南本詞話異也。余前謂元混一南北，南人所唱詞話，亦可受北人影響。今百回本水滸傳所祖詞話，是南本。其所演水滸事亦有採自北本者否？曰：有！其事爲何？余疑即三打祝家莊事是也。晁蓋三打祝家莊身亡事，見於元劇稱引。遺事謂宋江上梁山尋晁蓋，晁蓋已死。明宋人詞話無三打祝家莊事。今百回本水滸傳有之，而其事屬宋江，不屬晁蓋。蓋所祖南本詞話本有晁蓋打曾頭市身亡之說，後據北本增祝家莊事，兩事並存，則打祝家莊事不可屬晁蓋，故以宋江易之。其以宋江易晁蓋雖與北本異，而其事出於北本實無可疑。至今百回本水滸傳所載楊雄、石秀事，本爲打祝家莊先聲，則楊雄、石秀事或亦出於北本也。以是言之，則今百回本水滸傳所祖詞話，以宣和遺事所載宋江事徵之，知爲南本；以元曲所引晁蓋事徵之，知其兼採北本。語其編纂之時，則應在元末。其編纂之人，明人所傳有羅貫中與施耐庵說。貫中太原人，曾客浙江。施耐庵或以爲即施惠，惠錢塘人。此二人皆元末人。以水滸傳詞話編纂時言之，固可謂相當。然求之於百回本水滸傳，其昭示吾人者，僅爲"先人書會流傳"一語。故以水滸傳本文論，只能認爲書會所編。水滸傳詞話如與施羅真有關係者，亦緣施羅曾加入書會，刻書者因逕題施羅之名。實則書會乃文社，施羅如與水滸詞話有關，亦不過以社員資格從事編纂，不得獨擅其名也。

今百回本水滸傳所祖詞話，余以水滸傳本文與宋元傳來之晁蓋、宋江事參互比較，知爲元末南本。其說如上。抑此詞話之爲南本，不唯徵之於故事而已，即以語言論，亦有可徵者焉。凡詞話小說編纂，雖例用通行常語，然其本爲北人所編者，則其中不免有北方方言；其本爲南人所編者，則不免着南方方言。曹霑北人，嘗至江南。而其編石頭記，其吐詞則純是北京語。文康北人，嘗官江南。而其編兒女英雄傳，其吐詞亦全是北京語。此小說地方性之不可否認也。吳承恩爲山陽人，則西遊記多着淮安方言。吳敬梓爲全椒人，則儒林外史多着滁州方言。此又小說地方性之不可否認者也。以今本水滸傳言，其行文所用語言，雖是宋元間習語；其描摹北人，雖亦肖其口吻；然而細察之，其中卻糝雜不少南方俚語歌謠。且此等俚語歌謠，以今考之，確帶有地方性，非可通用於北方者。故余疑舊本水滸傳詞話爲今百回本所遙自出者，其本應編於南方，決非北方人揣摹肄習之本。請以今百回本水滸傳證之。新安刊本第二十五回載鄆哥嘲武大事云：

　　鄆哥道："我前日要糴些麥稃，一地裏沒糴處。人都道你屋裏有。"武大道："我屋裏又不養鵝鴨，那裏有這麥稃？"鄆哥道："你說沒麥稃，怎地棧得肥膵膵地，便顛倒提起你來也不妨，煮你在鍋裏也沒氣！"武大道："我的老婆又不偷漢子，我如何是鴨？"

據此知鴨是惡語。婦不貞，則譏其夫爲鴨。其爲是語，定方言也。顧以鴨喻人之帷薄不修者，是何處方言？魯迅先生曾據宋莊綽鷄肋編釋爲兩浙方言。原文當一九二六年間，曾載之語絲，題爲"馬上支日記"（忘是語絲第幾期。此文曾收入華蓋集續編。今編入魯迅全集，在第三卷中）。今但引綽言如下：

> 浙人以鴨兒爲大諱。北人但知鴨作羹，雖甚熱亦無氣。後至南方，乃知鴨若只一雄，則雖合而無卵。須二三始有了。其以爲諱者，蓋爲是耳，不在於無氣也。（鷄肋編卷中）

據此知諱鴨是當時浙俗。余曾以此事詢之浙人。據云：今紹興人譏人之婦不貞者，謂其室中養鵝。台州黃巖一帶尚諱鴨。是其俗至今猶存。今百回本水滸傳所載武松殺嫂、十字坡、快活林、鴛鴦樓等事，定是詞話原文。據小說，松兄弟是北人；以上所舉松遭遇之事，亦無一不在北方。詞話說北事而忽着浙語，其編纂必在南方可知也。然今百回本水滸傳之着南方語，尚不只此一處。以余所知，他處尚有其例。如第二回記高俅事云：

> 高俅無計奈何，只得來淮西臨淮州，投奔一個開賭坊的閒漢柳大郎，名喚柳世權。他平生專好惜客養閒人，招納四方干隔澇漢子。

漢子是賤稱。見陸游老學庵筆記（卷三）。"干隔澇"三字費解。余按清光緒二年鄞縣志七十三方言篇有"瘑疨"。釋云：

> 集韻：瘑疨，疥病。蜀語：疥瘡曰瘑疨。音杲老。土音作格澇。

鄞志所云土音，即寧波土音。然此語實不限於寧波。余詢之浙人，知杭州紹興皆有之。蓋是浙中通行語。又鄞志所引蜀語，當是李實蜀語。今蜀人謂疥曰乾瘡，又曰乾格澇。然則格澇、乾格潦,均是方言目疥之詞,此作疥解之"乾格潦",必即水滸傳之"干隔潦"。蓋以疥喻小人,謂其行爲不檢如疥之不潔也。此"乾格潦"一詞,北方無之。知是南方語。水滸傳高俅遭際端王一段,據清王士禛考,是高俅實事。今審其文,亦確是詞話原文。其云高俅未發跡時,曾依柳世權於淮西臨淮州,不知是實事否?然即如其所説,宋之臨淮在今安徽北境,地亦近北方。詞話記北人北事,而忽用南方語。此又詞話編於南方之證也。又如第二十四回載王婆對西門慶語云:

> 老身爲頭是做媒,又會做牙婆,也會抱腰,也會收小的,
> 也會説風情,也會做馬泊六。

今按"馬泊六"乃吳語。清褚人穫堅瓠集廣集卷六"馬泊六"條云:

> 俗呼撮合者曰馬泊六,不解其義。偶見群碎録,北地馬
> 群每一牡將十餘牝而行,牝皆隨牡,不入他群。故稱婦曰媽
> 媽。愚合計之,每百牝馬用牡馬六匹,故稱馬泊六耶?一説
> 馬交必人舉其腎納於牝馬陰中,故云馬泊六。蟻亦不入他
> 群,故曰馬蟻。

人穫釋"馬泊六"得名之由,甚附會。但"馬泊六"爲吳語目撮合人之稱,可由人穫此條知之。以人穫長洲人,所稱俗語,定是吳語也。今百回本水滸傳不唯有吳語,尚有吳歌。如第六回記魯智深遇道人丘小乙事,載小乙嘲歌云:

> 你在東時我在西,你無男子我無妻。我無妻時猶閒可,
> 你無夫時好孤悽!

此歌載褚人穫堅瓠集癸集卷三"吳歌"條,其言曰:

吳歌惟蘇州爲佳，往往得詩人之體。如"月子彎彎"之歌，瞿宗吉採以爲詞，葉文莊載之水東日記。他如："送郎八月到揚州，長夜孤眠在畫樓；女子拆開不成好，秋心合著卻成愁。"此賦體也。而黃山谷之詞先有之。又："約郎約到月上時，看看等到月蹉西；不知奴處山低月出早，還是郎處山高月下遲?"此詞雖屬淫奔，然怨而不怒，愈於鄭風狂童之訕。又："你在東時我在西，你無男子我無妻；我無妻時猶閒可，你無男子好孤悽!"此賦體也。

人穋引"你在東時我在西"一歌，非採自水滸傳，乃據當時流行吳歌書之甚明。水滸王婆説風情一段，其事雖褻，其文當是詞話原文。魯智深遇丘小乙一段，亦不似明中葉人筆墨，疑亦詞話原文。且據小説，此二事具在北方。詞話説北人北事而忽着吳語吳歌，此又詞話編於南方之證也。

今百回本水滸傳，其文似是詞話原文；中有吳越土語，余取以爲舊本水滸詞話編於南方之證。聞者或疑吾言之未的，曰：此亦可謂北人編唱詞話偶着南方語，何以必云詞話編於南方乎？余曰：不然。北人編詞話，固將向北人演説者。如詞話所説爲南人事，或可戲肖其語。余所舉水滸諸條，所記皆北人北事。設此諸條其文本爲北人所編者，殊無故意用南方語之必要。唯其編於南方，故説北事往往於無意中用南方語。且亦不虞聽者之不易曉也。按水滸故事，當宋金時代，曾分演於南北。其行於北朝者，自當用北語，今勿論。其行於南朝者，以臨安論，其時中原士夫雲集行在，即百工伎藝亦往往渡江而南，於行在覓生理。臨安之説水滸故事者，有北人，當亦有南人。北人説水滸，其始當用北語。久之，亦雜有南語。南人説水滸，其説北人北事或亦間效其口吻，如其風俗，然其敘説，無意中必雜以南語。如是水滸詞話之在南朝,當因北人寓南及南北人雜處之故,積漸成爲南北語言混合之文學。不唯語言也,即描寫居處習尚,亦兼南北而爲言。今之水滸傳可徵也。及元混一宇內,南本水滸詞話,當承宋本詞話而遞有發展。其故事當增於舊而屢變其面目。其說北人北事着南方語以及兼南北風俗習尚而爲書,當與宋同。以時雖異,其爲南人所說則一也。以是言之,則今百回本水滸傳,其文之着吳語越語者,居今日而言,固不能指爲何時所加,謂其語沿宋本詞話之舊也可(宣和遺事記梁山濼事一段,係從詞話節出者,故其事粗具崖略,其文亦不繕完。其所載但可代表南宋時梁山濼故事,而不能代表南宋時梁山濼詞話),謂其語係元時南本詞話新增者亦可。要之,今百回本水滸傳既有着吳語越語之例,可斷其所祖詞話係南本而非北本。今行百回本水滸傳,以文論非純粹南方文學,亦非純粹北方文學;其書底本固不可謂純屬北客寓南者所作,亦不可云純屬南人所作,乃自南宋以來南方書會遞相傳授肄習之本。其最後成書,當在元末。其易詞話本爲說散本,似在明熙宣之後,正嘉之前。今行百回本水滸傳,當自明嘉靖時郭勛本出。郭本當自嘉靖前舊本出,此舊本似已非詞話。余爲此說不敢云一一盡是,然去事實或不甚遠也。

　　水滸本子,自宋金至元末,爲詞話時期。自明中葉以還迄於明季,爲說散本通俗演義時期。今明其始末,更爲一表如後:

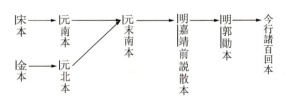

一九四一年十二月

跋金聖嘆本水滸傳

周亮工書影卷一云："水滸傳相傳爲洪武初越人羅貫中作，又傳爲元人施耐庵作。近金聖嘆自七十回之後斷爲羅所續，因極口詆羅。復僞爲施序於前，此書遂爲施有矣。"按水滸傳自明以還傳本非一。其著者有百回本，有百十回本，有袁無涯刊之百二十回本。聖嘆此本即從袁無涯刊之百二十回本出。觀楔子開端"試看書林隱處"一詞即襲袁本引首文可知。唯將袁本之引首與袁本第一回全文、第二回之洪太尉回京一小段合併爲楔子。以袁本第二回記高俅事者爲第一回。又删去袁本第七十二回以下之文不録，遂成聖嘆所云貫華堂古本水滸傳。周亮工與聖嘆乃同時之人，其書發聖嘆作僞事，今以其言驗之，皆確，可謂有關水滸之重要文獻。至聖嘆本文字，以袁本、百回本勘之，如第四回"與莊客唱箇喏"。注云："俗本作打箇問訊。"今按袁本、百回本並作"與莊客打箇問訊"。同回"起身唱箇喏。"注云："俗本亦作打箇問訊。"今按袁本、百回本並作"起身打箇問訊"。又同回"引小僧新婦房裏去"。注云："處處自稱洒家，此獨云小僧者，爲新婦房裏四字合成妙語以發一笑也。"今按袁本、百回本並作"引洒家新婦房内去"。又同回"只見二頭領口裏説道：'哥哥救我一救。'只得一句。"注云："'只得一句'四字，畫出氣急敗壞人。俗本恰失此四字。"今按袁本、百回本並無"只得一句"四字。第五回"那和尚便道：'師兄請坐，聽小僧'智深睜着眼道：'你説！你説！'説在先敝寺十分好箇去處。'"注云："説字與上聽小僧本是接着成句。智深自氣忿忿在一邊，夾着你説你説耳。章法奇絶，從古未有。"今按袁本、百回本並作"那和尚便道：'師兄請坐，聽小僧説。'智深睜着眼道：'你説！你説！'那和尚道：'在先敝寺十分好箇去處。'"叙事明白平妥，並無所謂章法奇絶者。第二十一回武松道："我不信今日早與兄長相見。"注云："俗本改作我不是夢裏麼？"今按袁本、百回本並作"我不是夢裏麼？"第二十六回武松偽作喫了藥酒，眼緊閉，倒在凳邊。其後孫二娘之言語動作，皆是武松聽出。故屢用"只聽得"、"聽得"、"聽他"字樣。眉批云："俗本無八箇聽字，故知古本之妙。"今按袁本、百回本皆不用聽字。蓋此二本本謂武松眼虛閉倒在凳邊，其後孫二娘之言語動作，是武松偷睜眼所見及作者叙事之詞，與聖嘆本異也。第二十七回"張青長武松九年"。注云："俗本九年作五年。"今按袁本、百回本並作"長武松五年"。第二十八回施恩問道："此間是箇村醪酒店，也算一望麼？"注云："也算一望句，俗本作哥哥喫麼？"今按袁本、百回本並作"哥哥飲麼？"第三十回"四道寒光，旋成一團冷氣"。注云："竟是劍術傳中選句，俗本改去，何也？"今按袁本、百回本並作"兩口劍寒光閃閃，雙戒刀冷氣森森"。第三十一回"武行者……倒撞下溪裏去，卻起不來。黄狗便立定了叫"。於"黄狗"句下注云："黄狗得意。俗本落此句。"今按袁本、百回本皆無"黄狗"句。同回"卻見那口戒刀浸在溪裏，亮得耀人"。注云："俗本落此句。"今按袁本、百回本皆無"亮得耀人"四字。又同回燕順嚷道："你莫不是山東及時雨宋公明殺了閻婆惜逃出在江湖上的宋江？"宋江道："你怎得知？我正是宋三郎宋江。"注云："看他連用無數宋江字押腳，有漁陽摻撾之聲，能令滿座動色。俗本訛。"今按袁本、百回本作燕順道："你莫不是山東及時雨宋公明殺了閻婆惜逃出在江湖上的宋江麼?"宋江道:"你怎得知? 我正是宋三郎。"燕順問"宋江"二字下多一"麼"字,宋江答"宋三郎"三字下則無"宋江"二字。皆不用宋江字押腳。又同回"便抱在虎皮交椅上,便叫王矮虎、鄭天壽快下來,三人納頭便拜"。句下注云:"上七宋江字押腳,此四便字提頭。文筆盤飛踢跳。俗本訛。"今按袁本、百回本作"抱在中間虎皮交椅上,喚起王矮虎、鄭天壽快下來,三人納頭便拜"。兩句皆不用"便"字提頭。第三十三回宋江答秦明:"若是没了嫂嫂夫人,化知寨自説有一令妹甚是賢慧,他情願賠出立辦裝奩,與總管爲室。如何?"注云:"妙絕花榮,不惟善用兵,又善用將,乃至又善用其妹也。俗本訛。"今按聖嘆本謂花榮自願以妹嫁秦明,不關宋江事。袁本則謂宋江願主婚,文爲:"若是没了嫂嫂夫人,宋江恰知得花知寨有一妹甚是賢慧,宋江情願主婚,陪備財禮,與總管爲室。如何?"(百回本文與袁本同。惟"若是没了嫂嫂夫人",作"雖然没了嫂嫂夫人"。"情願主婚",作"情願主媒"。"如何",作"若何"。)詞意與聖嘆本不同。此聖嘆所謂訛也。同回"花榮仍請宋江在居中坐了。秦明道:好!"注云:"妙絕花榮,不唯戡定禍亂,又能正名定位,真是極寫之矣。俗本皆訛。"今按袁本、百回本此處文皆作:"衆人都讓宋江在居中坐了。"無"秦明道好"四字。謂定坐位是衆人事,不專屬花榮。此聖嘆所謂皆訛也。第三十六回"不愛交游只愛錢"。注云:"俗本訛。"今按袁本、百回本此句並作"不怕官司不怕天"。第三十九回:"説時遲。"注云:"'説時遲那時快'六字,固此書中奇語也,乃此處又作兩半用,更奇絕。"今按袁本、百回本文云:"説時遲,一箇箇要見分明。那時快,鬧攘攘一齊發作。"並不作兩半用。第四十一回:"天然妙目,正大仙容。"注云:"絕妙好辭,諸書所無。"今按袁本、百回本此段插附詞偈有云:"臉如蓮蕚,天然眉目映雲環(鬟)。唇似櫻桃,自在規模端雪體。正大仙容描不就，威嚴形象畫難成。”此乃節取詞中語。凡此等金本文字與袁本、百回本異者，皆聖嘆所改，其稱俗本，實舊本也。又有依袁本而斥百回本者：如第十三回劉唐云：“奪回那銀子送還晁蓋，也出一口惡氣。”注云：“俗本作‘平白騙了十兩銀子。我奪來還了他，他必然敬我。’此成何等語。”按聖嘆此文與袁本同。所稱俗本成何等語，實百回本之文。袁本於百回本偶有潤色，此特爲聖嘆所許耳。觀以上所舉諸例，聖嘆所改雖多，亦未有絕勝處，且有時專在字面上弄狡獪，細察之並無意味。而其注動斥俗本，揚己之善，沾沾自喜，殊可不必。又聖嘆本浮華之士，學問甚疏。其所評論，以淺而易曉，特爲世人所喜。然往往有不知其義而妄説者：如第六回：“赤口上天，白舌入地。”“赤口白舌”本宋元人習語。宋吳自牧夢粱錄卷三五月條，載端午士宦等家，以生硃於午時書“五月五日天中節，赤口白舌盡消滅”之句。義與此同。乃評云：“八字成文，其中無有而外燁然。”第十九回：“原來宋江是個好漢，只愛學使鎗棒，於女色上不十分要緊。這閻婆惜水也似後生，況兼十八九歲，正在妙齡之際。因此宋江不中那婆娘意。”“水也似後生”，謂青年婦女性情不定，如水之流。元馬致遠任風子劇第二折白：“婆娘家性如水。我三兩句話，説的他回去了。”岳伯川鐵拐李劇第四折紅繡鞋曲：“蓋世間那箇不是水性女裙衩，把親夫殯擡出去不曾將後老子招將來？”無名氏浮漚記第四折沽美酒曲：“元來你箇水性婆娘易轉移。乾着我生受了半世。眼睜睜看你做歹人妻。”金評水滸傳第六十八回：“娼妓之家，迎新送舊，陷了多少好人。更兼水性無定。”是其例。乃於“水也似後生”句評云：“如何譬？卻譬得妙絕。只是講解不得。”真胡云矣！第二十回：“不怕你教五聖攝了去。”五聖、五通，本宋時民間所信妖神。陸游入蜀記、洪邁夷堅丁志均記之。乃評云：“確是識字看曲本婦人語。”第二十八回記武松至快活林，早見丁字路口一箇大酒店，簷前立着望竿，上面掛着一箇望子，寫着四箇大字道“河陽風月”。酒家望上書“河陽風月”，乃汴京舊俗。厲鶚等所編南宋雜事詩卷二特採其事入之歌詠。乃評云：“看他加出四箇字。”第三十八回酒旆書“潯陽江正庫”。考宋時官酒庫原有正庫之名。如夢梁錄卷十所載，點檢所官酒庫有金文正庫，錢塘正庫，藩封正庫。浙西安撫司所管酒庫有德清正酒庫。此自據當時名目。乃評云：“奇語。”不知有何奇處。又第三十八回潯陽樓聯：“世間無比酒，天下有名樓。”此聯小兒元曲。馬致遠岳陽樓劇第一折，以爲岳陽樓聯。蓋當時傳誦之句，小説偶然採用，並無深意。乃評云：“暗將八字挑動宋江雄才異志，絕妙之筆。”又第六十一回：“今夜晚間只要光前絕後。”“光前絕後”，前人爲文多用之。一九七二年二月陝西乾縣出土大唐故雍王（李賢）墓誌銘序：“光前絕後，莫之與京。”①唐李玫纂異記載酒徒鮑生於歷陽定山寺遇江文通謝希逸之鬼，文通稱希逸月賦曰：“足下賦云：‘斜漢左界，北陸南躔。白露曖空，素月流天。’可謂光前絕後矣。”（據太平廣記卷三四九“韋鮑生妓”條引。）元宮大用范張雞黍劇第三折柳葉兒曲云：“你如今光前絕後。”王曄桃花女劇第一折：彭大白：“他的卦無有不靈，無有不驗，真箇是光前絕後，古今無比。”正旦唱柳葉兒曲：“你賣弄他光前絕後，不由我不鄧鄧火上澆油。”四字本非創語。乃評云：“只將絕字換過耀字，而光字亦換卻矣。換古之妙，至此方是出神入化。”凡此皆不能推究本原，但就字面批評數語，強作解事。殊可笑也。

　　　　　　　　　　　一九三五年稿，一九六一年十二月改訂

---

① 按：此例據一九七二年孫楷第自存校本補。——編者

三言二拍源流考

　　昔余讀魯迅先生小說史略，始知有所謂三言及拍案驚奇者。聞高閬仙師有醒世恒言，因即假觀，以一週讀完，甚善之。嗣又爲師範大學購得拍案驚奇一部，於是馮凌著書，粗得瀏覽，而通言終未得寓目。一九二九年，因奉中國大辭典編纂處之命編輯小說書目，識馬隅卿先生，盡讀平妖堂藏書，則中有所謂通言者焉。馬先生爲斯學專家，收藏極富，於三言、二拍之學尤爲研究有素。余工作之暇，輒就款談，聆其議論，有所啟發，默而識之，因得細心校理，識其塗徑。三〇年夏，調查既竟，爰即舊稿加以排比，讀書有得，兼附鄙見，撰爲解題。成"宋元小說部"一卷，"明清小說部"上二卷。荏苒至今，未及刊布。值館刊編輯向余索稿甚急，猝無以應，因節取三言、二拍部分塞責，別出篇題，即爲此文。其中板刻及諸本同異，皆夙昔聞之馬先生相與講求討論者，此所謂三言、二拍學仍當屬之先生，余不得掠美也。生平師友至善，拳拳服膺，校稿既竟，誌其緣起如此。

導　　言

都城紀勝、夢粱錄記宋朝說話人四家：一小說，即銀字兒，二説經，三講史書，四合生商謎。説經專限於佛書，合生商謎其性質與小説、講史稍異。就此四家言之，若置説經及合生商謎不論，其爲今之通俗演義所祖述者，僅小説、講史二家而已。講史書，講説通鑑、漢唐歷代書史文傳興廢爭戰之事，專門有説三分、説五代史。銀字兒色目有煙粉、靈怪、傳奇、説公案、説鐵騎兒。準是而言，則後來小説諸體多備於銀字兒。歷史小説如三國演義、隋唐演義諸書直接出於講史，餘皆銀字兒之苗裔也。都城紀勝謂講史者“最畏小説人，蓋小説者能以一朝一代故事，頃刻間提破”。今以意揣之，演述史書，理非一時所能盡。銀字兒所説當爲閭里見聞，古今奇蹟，事係於一人，頃刻之間，可具首尾，較之演説數十百年之事者爲更易於聚來人而新耳目，故爲講史者所忌。此二者一説史鑑，一雜説古今事；一則動費時日，一則一次了了，至多不過十數次而止。此其別也。然則，説話人話本如煙粉、靈怪、公案等初皆短言。鴻篇鉅製，唯講史一種爲然。其後文人輩起，逞其才華，水滸記朴刀桿棒事屬公案，西游記神仙妖異屬靈怪，金瓶梅記男女情事屬煙粉，而皆馳騁文藻多至百回，性質爲銀字兒，體製爲講史，始突破宋人家法而爲一朝新制。自兹而後，作者日繁，雖言非一科，詞有長短多寡不同，要皆從心所欲，自爲文章，除極少數人外已不復知銀字兒與講史體製之別。夫列朝製作，遞有變遷，不相沿襲，無制度文藝皆然。況在小説，其始不過説話人之所揣摩，書會編纂，風尚所同自少變例；及其入文人之手，隨其才力所及自由施展，自無墨守古憲之理。以是言之，固不得泥古非今，挾拘墟之見，如經生所爲，高談門戶，校論短長也。然百家六藝，咸有宗祧。吾輩讀書，貴能知其源流、辨其體例。在吾國小説，其古今體製不同如此，疏而明之，是亦不可以已乎？講史一科，歷代所傳，皆乏高致，是以古今瑰麗之作，若遺貌取神，胥當係之於銀字兒而爲其徒屬。宋市井説話之銀字兒，如夢粱錄等書所記，已爲特盛。高宗內禪，居德壽宮，説話人多於御前應制。演史爲張氏、宋氏、陳氏；説經爲陸妙慧、妙靜；小説爲史惠英。皆女流也（元楊維楨東維子集卷六送朱女士桂英演史序）。於時高宗后吳氏尤愛神怪幻誕等書（張端義貴耳集上），故宋代靈怪小説最發達。下逮元明，詞話演唱，此風未泯，話本之流傳亦夥。而文人好事，復有造作，於是銀字兒之流益以曼衍。即就現存種數論之，亦足以分講史及其他長篇小説之席矣。其見於載籍者：元周密志雅堂雜鈔記所借北本小説靈怪內，有四和香、豪俠張義傳、洛陽古今記事等數種，今皆無傳。明晁瑮寶文堂目子雜類有小説數十種，其爲京本通俗小説、清平山堂及三言所已收者，不及半數。錢曾也是園目卷十錄宋人詞話十六種，現存者亦祇八種。然則宋元明短篇小説，今之埋没者多矣。吾輩生今日，所見宋明短篇小説總集，除繆荃孫所刊景元本京本通俗小説殘存七種，明洪楩清平山堂嘉靖間所刊六十家小説殘存二十七種外；其在明季，唯馮夢龍三言，及凌濛初初二刻拍案驚奇所收短篇小説最多，其在小説史上之地位亦至重要。請得略而言之。吾國小説至明代而臻於極盛之域，長篇如三國演義、水滸傳皆有最後完本。金瓶梅、西遊記則出嘉隆間名士之手。四者號爲奇書，雄視百代，而莫不與文人有關。若短篇小説，則自宋迄明似始終不爲世人注意，其與文人發生密切關係，自馮凌二氏始。馮氏三言，彙集宋元舊作，兼附自著，實爲彙刻總集性質。凌氏二拍，則純爲自著總集。二人者，生當明季，並有文名，其趣味嗜好同，其書爲當時人所重視亦同。而馮氏於此尤爲獨造孤詣。猶龍子以一代逸才，多藏宋元話本，識其源流，習其口語，故所造作摹繪聲色，得其神似，足以摩宋人之壘而與之抗衡，不僅才子操觚染翰，足爲通俗文生色而已。以二人名譽之高，足以轉移一世之耳目，故書出即盛行，作者繼起，爭相仿效,遂開李漁一派之短篇小説,其遺澤至於清初而未斬。此關於一時之風氣者一。古今小説及通言、恒言所收小説共一百二十種(宋元舊種亦蒐括略盡)。凌氏二拍亦八十種。自來通俗小説總集,篇帙無如是之多者。今者宋元小説,流傳至少,欲研究中國短篇小説自不得不以三言、二拍爲基礎。此關於短篇小説史料者二。綜斯二端,則三言、二拍在小説史上地位之重要,自不難想見。日本鹽谷溫氏目爲寶庫,誠非過譽也。書在當時,刻本已多。其後選輯本出,或割裂原書,別爲標目,又或襲其名稱而與本人無涉。時至今日明刻舊本存者無幾,又非如四部之書各家有詳細記載可以援引;欲述其板刻源流,已匪易事。今以三言、二拍爲主,並擇其有關係者著於篇。至諸書篇目,馬隅卿先生、鄭振鐸氏及日本鹽谷溫氏並有調查及專門論文,學者可於本文求之,本不必贅附。唯今欲於三言、二拍爲一貫之叙述故並録入,以便觀覽。博雅君子,或無譏焉。

三　言

　　三言者,一爲喻世明言,二爲警世通言,三爲醒世恒言。如斯名稱在明季已流行,至今日益爲研究小説者之時髦名詞。然馮氏藏古今小説一百二十種,先後刊行,其第一刻即名古今小説。逮重刻增補本古今小説出,題喻世明言,世遂與警世通言、醒世恒言並稱。三言之名著而古今小説之名反致隱晦。殆如李漁著書本名十二樓,品目爲覺世名言,其後書肆重刊,輒以品目名書,十二樓之名反晦也。今兹所記,從古今小説起,其明言以下三言以次述之。

　　全像古今小説　四十卷四十篇

　　明天許齋精刊本

　　此書唯日本内閣文庫及前田侯家尊經閣各藏一部,此土未見傳本。封面識語:"小説如三國志、水滸傳稱巨觀矣,其有一人一事可資談笑者,猶雜劇之於傳奇,不可偏廢也。本齋購得古今名人演義一百二十種,先以三之一爲初刻云。天許齋藏板。"卷首序略稱:"南宋供奉局有説話人。泥馬倦勤,以太上享天下之養,仁壽(疑當作德壽)清暇,喜閲話本。於是内璫輩廣求先代奇蹟及閭里新聞,倩人敷演進御,以怡天顔。然一覽輒置,卒多浮沉内庭,其傳布民間者,什不一二耳。然如翫江樓、雙魚墜記等類,又皆鄙俚淺薄,齒牙弗馨焉。皇明文治既郁,靡流不波,即演義一斑,往往有遠過宋人者。而或以爲恨乏唐人風致,謬矣。唐人選言,入於文心;宋人通俗,諧於里耳。天下之文心少而里耳多,則小説之資於選言者少,而資於通俗者多。茂苑野史氏家藏古今通俗小説甚富,因賈人之請,抽其可以嘉惠里耳者,凡四十種,畀爲一刻。余顧而樂之,因索筆而弁其首。"(以上節録序文)後署"緑天館主人題"。茂苑野史當即馮夢龍氏,緑天館主人不知何人。而序文議論宏通,諒非別人所能,或亦馮氏所作也。書四十篇可考知爲舊本者約十九篇。其餘二十一篇,今尚未發見其與他書之關係。然大部分當爲明人及馮氏撰著。凡此雜收古今,與古今小説之名相符。書成不知何時,而泰昌刻馮增補平妖傳有天許齋批點(張無咎序平妖傳謂傳於泰昌改元之年,日本内閣文庫有明嘉會堂刊本,内封面題新平妖傳,疑即泰昌年刊),此亦爲天許齋刊,則書成當在泰昌天啟之際矣。

　　古今小説目録:

卷　　　一　　蔣興哥重會珍珠衫

　　　　　　　　情史卷十六云:小説有珍珠衫記。

卷　　　二　　陳御史巧勘金釵鈿

典作陳巡檢妻遇白猿精），見徐渭南詞敘錄。

卷二十一　臨安里錢婆留發蹟

卷二十二　木綿菴鄭虎臣報寃

卷二十三　張舜美元宵得麗女

　　　　　熊龍峰刊四種收，題作張生彩鸞燈傳，寶文堂目作彩鸞
燈記。

卷二十四　楊思温燕山逢故人

　　　　　寶文堂目子雜類有燕山逢故人鄭意娘傳，未知即此本否？
按：元沈和有鄭玉娥燕山逢故人雜劇，見太和正音譜。

卷二十五　晏平仲二桃殺三士

　　　　　寶文堂目子雜類作齊晏子二桃殺三學士。

卷二十六　沈小官一鳥害七命

　　　　　寶文堂目子雜類有沈鳥兒畫眉記，當即此本。

卷二十七　金玉奴棒打薄情郎

卷二十八　李秀卿義結黃貞女

　　　　　話本結末云：有好事者得此事編成唱本說唱，其名曰販香記。

卷二十九　月明和尚度柳翠

　　　　　田汝成西湖遊覽志餘卷二十引平話有柳翠，云或近世擬
作。按：元李壽卿有度柳翠劇。

卷　三　十　明悟禪師趕五戒

　　　　　清平山堂話本收，題作五戒禪師私紅蓮記。寶文堂目子
雜類作五戒禪師私紅蓮。按田汝成西湖遊覽志餘卷二十引平
話有紅蓮，云或近世擬作。金瓶梅七十二回亦載姑子彈唱五
戒禪師覓紅蓮事。

卷三十一　鬧陰司司馬貌斷獄

卷三十二　游酆都胡母迪吟詩

卷三十三　張古老種瓜娶文女

　　　　　寶文堂目、也是園目俱作種瓜張老。

卷三十四　李公子救蛇獲稱心

　　　　　　　敧枕集收，題作李元吳江救朱蛇。寶文堂目子雜類著録
　　　　　　　本題與敧枕集同。

　　卷三十五　簡帖僧巧騙皇甫妻
　　　　　　　清平山堂話本收，題作簡帖和尚，注云亦名胡姑姑，又名
　　　　　　　錯下書。寶文堂目、也是園目俱作簡帖和尚。

　　卷三十六　宋四公大鬧禁魂張
　　　　　　　寶文堂目著録作趙正侯興。

　　卷三十七　梁武帝累修成佛

　　卷三十八　任孝子烈性爲神
　　　　　　　寶文堂目子雜類作任珪五顆頭。按正音譜古今無名氏雜
　　　　　　　劇有任貴五顆頭。

　　卷三十九　汪信之一死救全家

　　卷　四　十　沈小霞相會出師表

喻世明言　二十四卷二十四篇　重刻增補古今小説

　　衍慶堂刊本

　　書亦日本内閣文庫藏一部，此土無傳本。題"可一居士評，墨浪主人較"，均不知何人。按恒言有隴西可一居士序，與此可一居士當是一人。其隴西或指地域，或爲族望，亦不可知。序同古今小説。封面識語云："緑天館主人初刻古今小説□十種，見者侈爲奇觀，聞者爭爲擊節，而流傳未廣，閣置可惜。今板歸本坊，重加校定，刊誤補遺，題曰'喻世明言'，取其明白顯易，可以開□人心，相勸於善，未必非此道之一助也。藝林衍慶堂謹識。"欄外橫題"重刻增補古今小説"。然全書僅二十四篇，所收古今小説二十一種，其餘三篇則一篇見於警世通言(二十三卷之假神仙大鬧華光廟與通言二十七卷重)，二篇見於醒世恒言(一卷之張廷秀逃生救父與恒言二十卷重，五卷之白玉娘忍苦成夫與恒言十九卷重)，與重刻增補之名不符。按衍慶堂本警世通言四十

篇中，即有古今小説四篇（詳見下文），書亦題二刻增補。疑是板
歸衍慶堂時已有缺壞，其古今小説僅得二十五篇，通言亦缺四
篇。因割裂原書，勉强分配，通言收古今小説四篇，已得四十篇，
古今小説祇剩二十一篇，遂不避重複，以通言、恒言文配補，然亦
僅得二十四篇，是爲今之喻世明言也。

喻世明言目録：

別本喻世明言

馬隅卿藏本

此本殘存卷四至卷六三卷，不知其板刻源流。卷四爲蔣興哥重會珍珠衫(衍慶堂本同)，卷五爲范巨卿鷄黍死生交(衍慶堂本無)，卷六爲新橋市韓五賣春情(衍慶堂本同)。但即此殘本考之，知與衍慶堂重刻增補本非一本矣。

警世通言

此書今所知見者，有兼善堂、三桂堂、衍慶堂三本，分識如後：

三桂堂王振華刊本警世通言　四十卷四十篇

孔德圖書館藏本

馬隅卿藏本

題"可一主人評，無礙居士較"，封面識語"平平閣主人"，"閣"字缺壞。末署"三桂堂謹識"。有豫章無礙居士序。此三桂堂本今所見者，均缺第三十七卷以下四卷(目錄三十七卷以下刪去)，僅得三十六卷三十六篇。日本舶載書目著録之四十卷本，雖載其全目，其本至今未發見。然今所見本雖缺四卷，其軼文仍可於他本得之：如三十七卷之萬秀娘仇報山亭兒，三十八卷之蔣淑貞刎頸鴛鴦會，兼善堂本及衍慶堂二刻增補本均有之(鴛鴦會亦見清平山堂)。三十九卷之福禄壽三星度世亦見於兼善堂本。所餘唯第四十卷之葉法師符石鎮妖，今未見其文耳。

金陵兼善堂本警世通言　四十卷四十篇

日本蓬左文庫藏本　即鹽谷温所稱尾州本，此土未見。

　　題"可一主人評，無礙居士較"，封面識語："茲刻出自平平閣主人手授"云云，末署"金陵兼善堂謹識"。有豫章無礙居士序。據目錄，則篇目次第與三桂堂本無大差異（目錄次第與正文所題不盡同），唯以三桂堂二十四卷之卓文君慧眼識相如一篇，作爲本書六卷俞仲舉題詩遇上皇之入話；別出玉堂春落難逢夫一篇，爲二十四卷。第四十卷爲旌陽宮鐵樹鎮妖，此爲不同。餘同三桂堂本。

　　三桂堂本、兼善堂本警世通言目錄（二本目今合爲一表，以　　便觀覽）：

		三桂堂本	兼善堂本
卷	一	俞伯牙摔琴謝知音	同
卷	二	莊子休鼓盆成大道	同
卷	三	王安石三難蘇學士	同
卷	四	拗相公飲恨半山堂	同

　　　　　　京本通俗小説第十四卷收，題作拗相公。

卷	五	呂大郎還金完骨肉	同
卷	六	俞仲舉題詩遇上皇	同（入話爲卓文 君奔相如事）
卷	七	陳可常端陽仙化	同

　　　　　　京本通俗小説第十一卷收，題作菩薩蠻。

卷	八	崔待詔生死寃家	同

　　　　　正文題下注云："宋人小説題作碾玉觀音。"京本通俗小説第十卷收，題與此注相同。寶文堂目子雜類作玉觀音。

卷	九	李謫仙醉草嚇蠻書	同
卷	十	錢舍人題詩燕子樓	同
卷	十一	蘇知縣羅衫再合	同

　　　　　正文結云"至今閭里説蘇知縣報寃唱本"，知出於詞話。

卷 十 二　　范鰍兒雙鏡重圓　　　　同

　　　　　　原名雙鏡重圓。京本通俗小說第十六卷收,題作馮玉梅團圓。也是園目題同。寶文堂目作馮玉梅記。

卷 十 三　　三現身包龍圖斷冤　　　同

　　　　　　文甚質古,各家未見著錄。醉翁談錄小說開闢篇引小說有三現身,疑即此篇。

卷 十 四　　一窟鬼癩道人除怪　　　同

　　　　　　正文題下注云:"宋人小說舊名西山一窟鬼。"京本通俗小說第十二卷收,題與注同。

卷 十 五　　金令史美婢酬秀童　　　同

卷 十 六　　張主管志誠脫奇禍　　　同(正文作小夫人金錢贈年少)

　　　　　　京本通俗小說第十三卷收,題作志誠張主管。

卷 十 七　　鈍秀才一朝交泰　　　　同

卷 十 八　　老門生三世報恩　　　　同

　　　　　　馮夢龍序三報恩傳奇云:"余向作老門生小說,政謂少不足矜而老未可慢。"當即此本。

卷 十 九　　崔衙內白鷂招妖　　　　同

　　　　　　正文題下注云:"古本作定山三怪。又名新羅白鷂。"京本通俗小說有此本,題作定山三怪,見繆跋。

卷 二 十　　計押番金鰻產禍　　　　同

　　　　　　正文題下注云:"舊名金鰻記。"寶文堂目題同。按押番宋職官有之,疑亦出自宋本。

卷二十一　　趙太祖千里送京娘　　　同

卷二十二　　宋小官團圓破氈笠　　　同

卷二十三　　樂小舍拼生覓喜順　　　同

　　　　　　正文標題"喜順"作"偶",下注云:"一名喜順和樂記。"情史七載此事,云"事見小說",似亦曾單行。

卷二十四　　卓文君慧眼識相如　　　玉堂春落難逢夫(正文

注："與舊刻王公子奮志
記不同。")

正文作卓文君巨眼奔相如。寶文堂目、清平山堂話本俱
題作風月瑞仙亭。

卷二十五　桂員外途窮懺悔　　　同

卷二十六　唐解元出奇玩世　　　同

卷二十七　假神仙大鬧華光廟　　同

卷二十八　白娘子永鎮雷峰塔　　同

田汝成西湖遊覽志餘卷二十引平話有雷峰塔，云或近世
擬作，然所云三折殿直，雖是宋朝武職，坊巷橋道宮觀亦皆實
有，與夢粱錄諸書合，則亦有所承受，不盡出時人捏造也。

卷二十九　宿香亭張浩遇鶯鶯　　同

寶文堂目作宿香亭記，青瑣高議曾載此事。

卷三十　　金明池吳清逢愛愛　　同

卷三十一　趙春兒重旺曹家莊　　同

卷三十二　杜十娘怒沉百寶箱　　同

卷三十三　喬彥傑一妾破家　　　同

雨窗集收，題作錯認尸。

卷三十四　王嬌鸞百年長恨　　　同

卷三十五　況太守斷死孩兒　　　同

卷三十六　趙知縣火燒皂角林　　同(正文作皂角林大王
假形)

（以下四篇據舶載書目補）

卷三十七　萬秀娘仇報山亭兒　　同

正文結云："話名只喚做山亭兒，亦名十條龍陶鐵僧孝義
尹宗事跡。"寶文堂目、也是園目俱作山亭兒。篇首云："話說
山東襄陽府唐時喚做山南東道。"按宋襄陽府本襄州，唐屬山
南東道，節度使治之。宋屬京西南路，鎮號仍爲山南東道節度
使。此云山東襄陽府，"山東"二字定誤。玩其語意，似當爲宋

人作也。

卷三十八　蔣淑貞刎頸鴛鴦會　　　　同

　　　　　寶文堂目、清平山堂俱作刎頸鴛鴦會。清平山堂題云：
　　　　　"一名三送命，一名寃報寃。"

卷三十九　福禄壽三星度世　　　　　　同

卷　四　十　葉法師符石鎮妖　　　　　旌陽宫鐵樹鎮妖

衍慶堂二刻增補本警世通言　四十卷四十篇

旅大市圖書館藏本

　　題"可一居士評，墨浪主人較"，封面欄外横題有"二刻增補"字樣。識語"閣"字完好。末署"藝林衍慶堂謹識"。有豫章無礙居士序。據馬隅卿先生調查所得，以與三桂堂本比勘，則此本删去三桂堂本四篇（一、樂小舍拚生覓喜順；二、卓文君慧眼識相如歸併於六卷俞仲舉題詩遇上皇篇，作爲六卷之入話；三、假神仙大鬧華光廟；四、白娘子永鎮雷峰塔），加入古今小說四篇（卷十九之范巨卿鷄黍死生交、卷二十之單符郎全州佳偶、卷二十九之晏平仲二桃殺三士、卷三十之李秀卿義結黄貞女皆從古今小説選出）。卷四十爲旌陽宫鐵樹鎮妖，與三桂堂本不同，而與兼善堂本一致。其餘三十五篇，雖目同三桂堂本，而自七卷以下，除三十九卷外其次序完全顛倒。按衍慶堂本之喻世明言既增改天許齋之古今小説，衍慶堂本之二刻增補警世通言又頗異三桂堂及兼善堂本，唯醒世恒言與他本無大出入耳。

　　衍慶堂二刻增補警世通言目録：

卷　　五　呂大郎還金完骨肉

卷　　六　俞仲舉題詩遇上皇（入話爲卓文君奔相如事）

　　　　　以上六篇次第與三桂堂本、兼善堂本同。

卷　　七　蘇知縣羅衫再合

卷　　八　范鰍兒雙鏡重圓

卷　　九　三現身包龍圖斷寃

卷　　十　一窟鬼癩道人除怪（正文題下原注：“宋人小説舊名西山
　　　　　一窟鬼。”）

卷　十　一　金令史美婢酬秀童

卷　十　二　張主管志誠脱奇禍（正文題作小夫人金錢贈年少）

卷　十　三　鈍秀才一朝交泰

卷　十　四　老門生三世報恩

卷　十　五　崔衙内白鷂招妖（正文題下原注：“古本作定山三怪，又云
　　　　　新羅白鷂。”）

卷　十　六　計押番金鰻産禍（正文題下原注：“舊名金鰻記。”）

卷　十　七　趙太祖千里送京娘

卷　十　八　宋小官團圓破氈笠

　　　　　以上卷七至卷十八，三桂堂本及兼善堂本次爲卷十一至
　　　　　卷二十二。

卷　十　九　范巨卿雞黍死生交

　　　　　古今小説卷十六。

卷　二　十　單符郎全州佳偶

　　　　　古今小説卷十七。

卷二十一　桂員外途窮懺悔

　　　　　三桂堂本、兼善堂本卷二十五。

卷二十二　唐解元出奇玩世（正文題作唐解元一笑姻緣）

　　　　　三桂堂本、兼善堂本卷二十六。

卷二十三　萬秀娘仇報山亭兒

三桂堂本、兼善堂本卷三十九。

卷　四　十　旌陽宮鐵樹鎮妖(有目無書)

卷第篇名與兼善堂本同，三桂堂本目爲葉法師符石鎮妖。

此三本評者皆題"可一主人"(衍慶堂本"主人"作"居士"稍異)。較者則三桂堂本、兼善堂本題"無礙居士"，衍慶堂本題"墨浪主人"。其封面題識及序文皆無不同。題識云："自昔博洽鴻儒兼採稗官野史，而通俗演義一種，尤便於下里之耳目。奈射利者尚取淫詞，大傷雅道，本坊恥之。茲刻出自平平閣主人手授，非警世勸俗之語不敢濫入，庶幾木鐸老人之遺意，或亦士君子所不棄也。"(封面題識後署名，因板刻而不同。)叙稱"隴西君海內畸士，與余相遇於棲霞山房，傾蓋莫逆，各叙旅況，因出新刻數卷佐酒，且曰：尚未成書，子盍先爲我命名！余閱之，大抵如僧家因果説法度世之語，譬如村醪市脯，所濟者衆，遂名之曰警世通言，而慫恿其成"。後署"時天啟甲子(四年)臘月豫章無礙居士題"。三本書皆四十篇。除衍慶堂本省三桂堂本四篇，入古今小説四篇外，可考知爲舊本者約十八篇。其餘二十二篇未詳。觀其文質不同，繁簡有異，似仍非一人一時所著。約言之，則稱宋者或出舊本，語明者當屬近製，或竟爲馮氏著作。至老門生三世報恩篇爲墨憨齋作，則馮氏自言之矣。

醒世恆言

此書今所知見者，有葉敬池、衍慶堂二本，亦分述之：

葉敬池刊本醒世恆言　四十卷四十篇

日本內閣文庫藏本

題"可一居士評，墨浪主人較"，卷首有隴西可一居士序。有圖。正文半葉十行，行二十字。封面無題識，中央大書"醒世恆言"，右上題云"繪像古今小説"，左下署"金閶葉敬池梓"(旅大市圖書館獲葉敬溪刊本恒言，封面亦無題識，中央大書"醒世恒言"，右上祇剩"繪像"二字，左下署"金閶葉敬溪梓"。與日本內閣文庫所藏葉敬池本是一本。按葉敬池乃明季有名書賈，新列國志及石點頭皆經其梓行）。據日本長澤規矩也氏校勘此本卷二十三金海陵縱慾亡身篇所載海陵與闞懶唱和詩有四首，比衍慶堂本多二首。

衍慶堂本醒世恒言　四十卷四十篇

通行本

題"可一居士評，墨浪主人較"，有隴西可一居士序。無圖。半葉十二行，行二十二字。封面有題識。此衍慶堂本亦有二本：其一卷二十三爲金海陵縱慾亡身，如孔德圖書館所藏即爲此本。其一將金海陵篇删去，析第二十卷張廷秀逃生救父爲上下二卷，分入卷二十及卷二十一兩卷中，而以原第二十一卷之張淑兒巧智脫楊生補入第二十三卷。今所見者多是此本也。（又見坊刻小字本卷二十三爲金海陵篇尚未改，因殘缺無從勘其文字。）

二本皆題"可一居士評，墨浪主人較"。衍慶堂本封面識語云："本坊重價購求古今通俗演義一百三（當作"二"）十種，初刻爲喻世明言，二刻爲警世通言，海內均奉爲鄴架珍玩矣。茲三刻爲醒世恒言，種種典實，事事奇觀，總取木鐸醒世之意，並前刻共成完璧云。藝林衍慶堂謹識。"叙略云："六經國史而外，凡著述皆小説也。而尚理或病於艱深，修詞或傷於藻繪，則不足以觸里耳而振恒心。此醒世恒言四十種所以繼明言、通言而刻也。明者，取其可以導愚也。通者，取其可以適俗也。恒則習之而不厭，傳之而可久。三刻殊名，其義一耳。"後署"天啟丁卯（七年）中秋隴西可一居士題於白下之棲霞山房"。全書四十篇（删金海陵篇者祇三十九篇），其中八篇似原有單行本。餘三十二篇未見他書著録。

醒世恒言目録（葉敬池本、衍慶堂本同）

按馮夢龍纂輯三言，蘇州府志藝文志不載。唯葉敬池刊新
列國志封面識語云："墨憨齋向（當作曩）纂新平妖傳及明言、通
言、恒言諸刻，膾炙人口。"即空觀主人序初刻拍案驚奇云："獨龍

子猶氏所輯喻世等諸言，頗存雅道。"又姑蘇笑花主人序今古奇觀云："墨憨齋主人增補平妖，窮工極變，至所纂喻世、警世、醒世三言，極摹人情世態之歧"云云。皆以爲馮夢龍作。而綠天館主人序古今小説稱"茂苑野史氏家藏古今通俗小説甚富，因賈人之請，抽其可以嘉惠里耳者，凡四十種，畀爲一刻。"日本鹽谷溫氏謂茂苑野史即馮夢龍氏。則此三言爲馮氏編次，無可疑也。唯馮氏纂輯諸小説，第一刻實爲古今小説，諸家序皆云三言，不及此書，殊不可解。此或因語言便利，竟以三言統之，而初刻之古今小説遂不幸爲世人忽略。伹衍慶堂本喻世明言別題"重刻增補古今小説"，已明承認其底本爲古今小説，葉敬池本恒言亦題"繪像古今小説"。是則告朔餼羊，猶存舊制，不難窺知其消息也。然而古今小説與三言之關係問題，究不能因此等摹略之解釋而使人滿意。吾人於此，應更爲深刻之探索，而一思及喻世明言稱謂及其卷數問題，即"喻世明言"之稱是否爲衍慶堂主人所錫予，二十四卷本喻世明言之外是否尚有四十卷本喻世明言之可能也。今之衍慶堂本喻世明言（重刻增補古今小説），實比古今小説原書少十九篇。如上所述，凌濛初、葉敬池等並有馮氏輯三言之語，此數人皆與馮氏同時，而濛初爲馮氏社友，敬池常爲馮氏刻書，與馮氏之關係尤深，其於馮氏纂輯古今小説事必知之甚悉，即喻世明言之非馮氏原書，亦必不待今日學者之校勘而始證明；以同志合作交往素密之人，置馮氏手自編次之全書不論，而第取坊間隨意刊落殘闕不完之喻世明言稱之：此事之不可解者一。更以今古奇觀考之，今古奇觀一書爲選輯三言、二拍而成者，姑蘇笑花主人序謂"墨憨齋纂喻世、警世、醒世三言，即空觀主人有拍案驚奇兩刻，合之共二百種，抱甕老人選刻四十種"云云。按今之三言，以衍慶堂本明言、兼善堂本通言、葉敬池本恒言論之，刪其重複不過一百零一種，若以衍慶堂一家刊三言而論,删其重複亦不過一百零二種,合之凌氏兩刻,僅得一百八十一種或一百八十二種,與序二百種之言不符。以是言之,則序所謂喻世明言者斷非今之二十四卷本。而自今古奇觀篇目考之,其所選輯頗有溢出於今之喻世明言之外而爲古今小說所有者(如第十二卷羊角哀捨命全交,第十三卷沈小霞相會出師表,第三十二卷金玉奴棒打薄情郎,皆二十四卷本喻世明言所無,而古今小說有之);其笑花主人序之前半,語意亦全襲綠天館主人古今小序;則所謂喻世明言者即是古今小說,其事甚明。所據者爲完整之古今小說,而以至不完整之喻世明言當之,以同時同里之人,紀事屬文,顛倒至此:此事之不可解者二。持是二端,頗疑古今小說與喻世明言本爲一書異名,今之衍慶堂本明言,如係初印刷時即因板不全而苟且裝訂,而非經過若干時後板已缺壞爲後人勉強分配者,則衍慶堂二十四卷明言之外當有同古今小說之四十卷本,題爲"喻世明言"(小說同書異名乃至平常之事,如笠翁十二樓出不久,即改題覺世名言是)。凌濛初、葉敬池等所稱道者指此,抱甕老人、笑花主人所引所據,亦皆是此本。"喻世明言"之稱,當先於通言、恒言而稍後於天許齋刊古今小說若干時,作始者固非衍慶堂主人也。(喻世明言余未得目覩封面題識或用舊文而改署堂名亦未可知,如通言有兼善堂、衍慶堂、三桂堂三本,其封面題識文字皆同,唯署名不同,此固可能之事也。)余爲此說,固不免臆測,然按之情理,似應如此;但無徵不信,倘最近數年間能有四十卷本喻世明言出現(馬氏平妖堂即藏有別本明言,惜是殘本,不能知其全書篇目),庶可證余說之不謬耳。(今古今小說天許齋本,明板。喻世明言衍慶堂本,明板。通言則兼善堂與衍慶堂二刻增補本,疑亦明板,以此二本刻工咸有劉素明字樣,與明本古今小說刻工同也。三桂堂本係覆本。恒言葉敬池本,明板;衍慶堂本,清板。衍慶堂本明言、通言,與兼善堂本通言、葉敬池本恒言，行款皆同，唯衍慶堂本恒言與葉敬池本恒言行款不同。以衍慶堂本所印明言、通言皆非足本證之，其購得古今小説及通言板片，似尚在葉敬池刊恒言之後。恒言明板，衍慶堂或終未到手。所云購得古今小説一百二十種之語，非事實，以其恒言乃重刻，非後印也。）

馮夢龍選刻古今通俗小説一百二十種，初刻爲古今小説，再刻爲警世通言，三刻爲醒世恒言。若二十四卷本之喻世明言實爲不完之書，且所收無出以上三書之外者，可不必注意。吾人今日研究馮氏纂集小説，自當以古今小説及通言（通言不取衍慶堂本）、恒言爲主。三書所收，共一百二十種，其可考知爲舊本者，則古今小説十九種，通言十八種，恒言以舊本在初二刻中收羅殆盡，僅得八種。三刻可考者共四十五種，約佔全部三分之一而強。其餘諸篇中，容亦有舊本存在，今不可考。三書所演故事，往往見於情史。情史署"江南詹詹外史評輯"，有馮夢龍序，世亦謂馮氏所作，其與通俗小説之關係頗可注意。考情史有明言見小説者：如卷十六珍珠衫條結云："小説有珍珠衫記，姓名俱未的。"（古今小説有蔣興哥重會珍珠衫）卷七樂和條結云："事見小説。"（通言有樂小舍拚生覓喜順）卷五史鳳條附錄云："小説有賣油郎"云云（恒言有賣油郎獨占花魁）。卷二吳江錢生條附錄云："小説有錯占鳳凰儔，沈伯明爲作傳奇。"（按即望湖亭。恒言有錢秀才錯占鳳凰儔）同上崑山民條附錄云："小説載此事，病者爲劉璞"云云（恒言有喬太守亂點鴛鴦譜）。就其口氣論之，似馮氏著書時已有此話本，故特爲注出，否則詹詹外史縱屬假託，亦可云龍子猶有某某小説（如卷十三馮愛生條"龍子猶愛生傳"云云，卷二十二萬生條"龍子猶萬生傳"云云），不必故爲如是狡猾也。有不注見小説者：如卷十八張灝條，頗與古今小説之陳御史巧勘金釵鈿相似。卷四裴晉公條（出太平廣記一六七引玉堂閒話），古今小説之裴晉公義還原配演之。卷二單飛英條,古今小説之單符郎全州佳偶演之。同上紹興士人條,古今小説之金玉奴棒打薄情郎演之。卷十九張果老("果"字疑衍)條(出太平廣記十六引續玄怪録),古今小説之張古老種瓜娶艾女演之(此篇見也是園目)。卷四沈小霞妾條,古今小説之沈小霞相會出師表演之。又卷一金三妻條,通言之宋小官團圓破氈笠演之。卷二玉堂春條,通言(兼善堂本)之玉堂春落難逢夫演之。卷五唐寅條,通言之唐解元出奇玩世演之。卷十金明池當壚女條(出夷堅志),通言之金明池吴清逢愛愛演之。卷四婁江妓條,通言之趙春兒重旺曹家莊演之。卷十四杜十娘條,通言之杜十娘怒沉百寶箱演之。卷十六周廷章條,通言之王嬌鸞百年長恨演之。卷十二勤自勵條(出太平廣記四二八引廣異記),恒言之大樹坡義虎送親演之。卷十陳壽條,恒言之陳多壽生死夫妻演之。卷二劉奇條,恒言之劉小官雌雄兄弟演之。卷十草市吴女條(出夷堅志),恒言之鬧樊樓多情周勝仙演之。卷十八赫應祥條,恒言之赫大卿遺恨鴛鴦縧演之。同上張藎條,恒言之陸五漢硬留合色鞋演之。卷二程萬里條(出輟耕録),恒言之白玉娘忍苦成夫演之。卷十七金廢帝海陵條,恒言之金海陵縱慾亡身演之(此篇京本通俗小説已收)。卷九黃損條,恒言之黃秀才徼靈玉馬墜演之。又智囊補一書亦馮氏作。卷十僧寺求子條與恒言之汪大尹火燒寶蓮寺所演全同。同上臨海令條與恒言之陸五漢篇事亦相類。卷四沈小霞妾條,與情史文同,而古今小説演之(見前)。皆不云見小説。疑此等或皆馮氏所演,其諸經情史注明見小説者,當另論之。然猶龍子本長小説,所增補平妖傳、列國志等,均爲青出於藍,其文思魄力,殆爲獨步當時。凡此諸篇,縱非馮氏所作,亦必大部分經其潤色增益,而馮氏得心應手之作,亦當於此三集求之。總之，宋元明通俗小説及馮氏作品，均賴此三集而保存，誠可謂文苑之英華、小説之寶庫者也。

二 拍

二拍者，一者初刻拍案驚奇，二者二刻拍案驚奇，共八十卷八十篇，皆凌濛初撰。書名拍案驚奇，略稱"二拍"，頗有語病，似不如逕稱爲"二奇"反爲彼善於此。但約定俗成，不可改易，且與後來之二奇合傳混淆。今姑仍之。

初刻拍案驚奇

明尚友堂刊四十卷原本

封面題金閶安少雲梓行。卷首有序，與通行本同。有凡例五則，爲通行本所無。（日本日光晃山慈眼堂藏。此土未見此原本。）

日本内閣文庫藏明季刊三十六卷本

清初消閑居刊本　原書未見（覆本三十六卷）

通行大字三十六卷本（覆尚友堂本、松鶴齋本、文秀堂本）

坊刊小字十八卷本（三十六篇）

坊刊小字二十三回本（實二十六回）

卷首序略云："宋元時有小説家一種，多採閭巷新事爲宮闈談資，語多俚近，意存勸諷，雖非博雅之派，要亦小道可觀。近世承平日久，民佚志淫，一二輕薄惡少，初學拈筆，便思污衊世界，廣摭誣造，非荒誕不足法，則褻穢不忍聞，得罪名教，種業來世，莫此爲甚。而且紙爲之貴，無翼飛，不脛走，有識者爲世道憂之。以功令屬禁，宜其然也。獨龍子猶氏所輯喻世等諸書，頗存雅道，時著良規，一破今時陋習，而宋、元舊種，亦被蒐括殆盡。肆中人見其行世頗捷，意余當別有秘本，圖出而衡之，不知一二遺者,比其溝中之斷,蕪略不足陳已。(馬隅卿云"一破今時陋習"
至"不足陳已"五十餘字坊本之尤劣者多刪去,以"龍子猶氏所輯
喻世等言頗存雅道時著良規"與下文"復實是'因'字取古今來雜碎
事"句銜結,遂若此序爲馮夢龍而作,代述其作書始末者然。魯
迅先生所據,殆即此等本,因懷疑初拍文字不類馮氏。其所以刊
落之由,則因舊序草書,不能辨識,因刪去之也。)因取古今來雜
碎事可新聽睹佐談諧者,演而暢之,得若干卷"云云。末署"即空
觀主人題於浮樽"。即空觀主人,王靜安宋元戲曲考定爲明烏程
凌濛初。近經馬隅卿先生詳細考訂,遂爲定論。濛初字玄房(湖
州志避清諱作元房),號初成(四庫提要作稚成),烏程人,生於萬
曆八年,崇禎四年始以副貢授官,歷任上海縣丞、徐州判等職。
崇禎十七年卒,年六十五。按濛初崇禎壬申(五年)二刻拍案驚
奇小引稱:"丁卯之秋,事附膚落毛,失諸正鵠,遲迴白門,偶戲取
古今所聞一二奇局可紀者,演而成説,聊舒胸中磊塊。……同儕
過從者,索閱一篇竟,必拍案曰:奇哉所聞乎! 爲書賈所偵,因以
梓傳請,遂爲鈔撮成編,得四十種。"似初刻成書在天啟七年,然
尚友堂原本初刻拍案驚奇凡例後署"崇禎戊辰初冬即空觀主人
識",紀年與二刻序不合。蓋濛初編是書開始於天啟七年秋而成
書在崇禎元年冬,二刻序追述五年前事,故摹略不清。初刻凡例
作於書殺青之時,故所記獨得其實也。

　　尚友堂原本初刻拍案驚奇目録:

卷三十三　　張員外義撫螟蛉子　　包龍圖智賺合同文

　　　　　　寶文堂目作合同文字記,清平山堂題同。此所演尤與元
　　　曲爲近,蓋即舊本而加以修改者也。

卷三十四　　聞人生野戰翠浮菴　　靜觀尼晝錦黃沙衖

卷三十五　　訴窮漢暫掌別人錢　　看財奴刁買冤家主

卷三十六　　東廊僧怠招魔　　黑衣盜奸生殺

卷三十七　　屈突仲任酷殺眾生　　鄆州司馬冥全內侄

　　　　　　(自第三十七卷以下至第四十卷凡四卷通行本缺)

卷三十八　　占家財狠壻妒侄　　延親脈孝女藏兒

卷三十九　　喬勢天師禳旱魃　　秉誠縣令召甘霖

卷　四　十　　華陰道獨逢異客　　江陵郡三拆天書

二刻拍案驚奇　　三十九卷三十九篇附宋公明鬧元宵雜劇一卷

明尚友堂原刊本

日本內閣文庫藏此書,完全無缺。我國北京圖書館所藏則缺卷十三至卷三十。首壬申(崇禎五年)冬日睡鄉居士序。又濛初自撰小引,稱"賈人一試之而效,謀再試之。……乃先是所羅而未及付之於墨,其爲柏梁餘材,武昌剩竹,頗亦不少,意不能恝,聊復綴爲四十則"云。後署"崇禎壬申冬日題於玉光齋中"。內容除雜劇外,實得三十九篇。

二刻拍案驚奇目錄:

卷　　一　　進香客莽看金剛經　　出獄僧巧完法會分

卷　　二　　小道人一着饒天下　　女棋童兩局注終身

卷　　三　　權學士權認遠鄉姑　　白孺人白嫁親生女

卷　　四　　青樓市探人踪　　紅花場假鬼鬧

卷　　五　　襄敏公元宵失子　　十三郎五歲朝天

按初二刻拍案驚奇均爲濛初自著之書，與馮夢龍氏選輯衆本者不同。何以見之？初刻自序盛稱龍子猶氏所輯喻世等諸言，以爲頗存雅道，一破今時陋習，如宋元舊種，亦被蒐括殆盡，此外偶有所遺亦比溝中斷，蕪略不足陳。及叙自書，則云："取古今來雜碎事可新聽睹佐談諧者，演而暢之。"二刻自序，亦謂"偶戲取古今所聞一二奇局可紀者，演而成説"。又太息於所著小説本支言俚説，不足供醬瓿，而翼飛脛走；其嘔血琢研之作，反不見知。此明謂自著。一也。二刻睡鄉居士序稱濛初"出緒餘以爲傳奇，又降而爲演義，……其所捃摭大都真切可據。"與濛初説合。二也。更以所見本書觀之（初刻及今古奇觀所選），其文筆前後一致，顯與三言有別。三也。凡諸家書目及舊選本所載，見於馮書者多，見於凌書者絕少（僅初拍三十三卷包龍圖智賺合同文篇及二十一卷之入話與清平山堂略同，然三十三卷似本元曲改作），以此益知凌氏書之爲創作而非選輯。此與三言性質之不同者也。其用事之可考者：

初拍如卷三劉東山誇技順城門，本宋幼清九籥集。

卷五感神明張德容遇虎，本集異記（太平廣記四百二十八引）。

卷八烏將軍一飯必酬，見情史十八邵御史條。

卷九宣徽院仕女鞦韆會，本李昌祺鞦韆會記（剪燈餘話）。

卷十一惡船家計賺假屍銀，本夷堅志補卷五湖州薑客條。

卷十二陶家翁大雨留賓，本祝允明九朝野記。

卷十四酒謀財于郊肆惡，本沈瓚近事叢殘卷一冤鬼報官條，乃萬曆間事。

卷十七西山觀設籙度亡魂，本唐劉肅大唐新語卷四，斷案者爲李傑；宋鄭克折獄龜鑑亦載之。

卷十八丹客半黍九還，本王象晉丹客記（剪桐載筆）；智囊補卷二十七丹客條所記略同。

卷十九李公佐巧解夢中言，本李公佐謝小娥傳（太平廣記四百九十一引）。

卷二十李克讓竟達空函演劉元普事，本陰德傳（太平廣記一百十七引）。

卷二十一袁尚寶（忠徹明史有傳）相術動名卿，見清初精刊本太上感應篇圖説土集。

卷二十二錢多處白丁橫帶，本南楚新聞（太平廣記四百九十九引）。

卷二十三大姊魂游完宿願，本瞿佑金鳳釵記（剪燈新話）。

卷二十四鹽官邑老魔魅色，本續豔異編卷十二大士誅邪記。

卷二十五趙司户千里遺音，見西湖遊覽志餘卷十六，情史卷二趙判院條亦載之。

卷二十七顧阿秀喜捨檀那物，本瞿佑芙蓉屏記（剪燈新話）。

卷二十九通閨闥堅心燈火，見情史二張幼謙條，明無名氏石榴花傳奇亦演之。

卷三十王大使威行部下演李生冤報事，本宣室志（太平廣記一百二十五引）。

卷三十二喬兌換胡子宣淫，本明邵景詹覓燈因話卷二卧法師人定錄。

卷三十三張員外義撫螟蛉子,本元無名氏合同文字劇。

卷三十四聞人生野戰翠浮菴則與明末人撮合圓傳奇所演同。

卷三十五訴窮漢暫掌別人錢入話及本文,全襲元曲冤家債主、看錢奴兩劇。

卷三十六東廊僧怠招魔,本集異記(太平廣記三百六十五引)。

二拍如卷二小道人一着饒天下,事見夷堅志補卷十九蔡州小道人條。

卷十二硬勘案大儒爭閒氣演朱熹勘台州妓嚴蕊事,其事多見宋人記載,而周密齊東野語卷二十所記尤詳。夷堅支庚卷十吳淑姬嚴蕊條亦載之。

卷十四趙縣君喬送黃柑,事見夷堅志補卷八李將仕條。

卷十五韓侍郎婢作夫人,事見不可錄,乃弘治時太倉吏員顧某事。

卷二十九贈芝麻識破假形,明劉仲達鴻書卷九十一引廣豔異編:浙人蔣常悅一馬姓女,狐即幻作女往就之。久之病甚。友人盧金贈芝麻二升,囑以貽狐女,果見原形。狐亦貽草三束,一愈蔣病;一撒馬氏屋上,其女即生癩;一以治癩。竟娶馬女爲婦,乃天順間事。

卷三十瘞遺骸王玉英配夫,事見明王同軌耳談類增卷二十三王玉英條。

卷三十四任君用恣樂深閨,本夷堅支乙集卷五楊戩館客條。

卷三十七疊居奇程客得助,本蔡羽遼陽海神傳,乃正德時徽商程某事。

此諸篇出處,乃余一九三一年考得者,時尚未讀二拍原書也。

又如卷三權學士權認遠鄉姑,本葉憲祖丹桂鈿盒雜劇。

卷五襄敏公元宵失子入話,本夷堅志補卷八真珠族姬條,正傳本岳珂桯史卷一。

卷六李將軍錯認舅,本剪燈新話卷三翠翠傳。

卷七呂使君情媾宦家妻,本夷堅支戊卷九董漢州孫女條。

卷八沈將仕三千買笑錢,本夷堅志補卷八王朝議條。

卷九莽兒郎驚散新鶯燕,本葉憲祖素梅玉蟾雜劇。

卷十趙五虎合計挑家釁,本齊東野語卷一十莫氏別室子條。

卷十一滿少卿飢附飽颺,本夷堅志補卷十一滿少卿條。

卷十六遲取券毛烈賴原錢,本夷堅甲志卷十九毛烈陰獄條。

卷二十賈廉訪贗行府牒,本夷堅志補卷二十四賈廉訪條。

卷二十二癡公子狠使噪脾錢,本覓燈因話卷一姚公子傳。

卷二十七偽漢裔奪妾山中,本耳談類增卷三十二汪太公歸婢條。

卷三十二張福娘一心貞守,本夷堅志補卷十朱天錫條。

卷三十三楊抽馬甘請杖,本夷堅丙志卷三楊抽馬條。卷三十六王漁翁搶鏡崇三寶,本夷堅支戊卷九嘉州江中鏡條。

此諸篇出處,乃余一九三一年赴日本觀書回國後二十年間所陸續考得者。

方余在日本觀書時,以有遼東之變,歸心甚急;且聞上海商務印書館影印是書及古今小說行將出版;於是書未細讀,故不能一一詳考。然前後所考,亦十得七八矣。然則如凌氏著書,亦不免有所依傍,非如金瓶梅、水滸傳、紅樓夢作者有深刻之經驗,磅薄鬱塞,發爲文章,如前人所謂"驚心動魄,一字千金"者也。唯在吾國小說,論其性質,本有二種:一以人麗於事,一以事附於人。人麗於事者,重在事之描寫,於故事中人物之個性不甚注意(其性情人格,雖有種種色類,要不難於同一時代同一環境中求得之），其所寫一以故事之趣味爲主。如宋明諸短篇小説，皆是此種。事附於人者，則於舖陳故事之外，尤專心致志爲個性之描寫。此在短篇中不多見，長篇名著，往往如此。此二者其用意不同，成就亦異，要皆爲一代藝文，極人情世態之變，其在小説史中地位孰高孰下，亦難遽言。唯如第一種之以故事趣味爲主者，其裁篇較易，其取材稍難；事係於篇，説非一事，羅輯取盈，自不得不於古今記載中求之。以是摭拾舊聞，自宋時京瓦説唱即已難免，後來作家如馮夢龍所著亦多有所本（余別有考），不獨凌氏一人爲然。要其得力處在於選擇話題，借一事而構設意象；往往本事在原書中不過數十百字，記叙瑣聞，了無意趣，在小説則清談娓娓，文逾數千，抒情寫景，如在耳目；化神奇於臭腐，易陰慘爲陽舒，其功力實亦等於造作。自非才思富贍，洞達人情，鮮能語此，不得與稗販者比也。魯迅先生小説史略評此書，謂其“叙述平板，引證貧辛”。所論甚是。余謂凌氏二拍，多是蹇拙之繙譯。間有可觀者，亦僅能清通明順而已。以視三言，不免有遜色。然前後二集，取材頗富，四十年來，研究白話短篇小説者多稱“三言二拍”，其書亦不可廢也。

別本二刻拍案驚奇　　三十四卷三十四篇
法國巴黎國家圖書館藏本

此本唯巴黎國家圖書館藏一部，他處未見傳本。以鄭振鐸氏所録目録觀之，第一卷至第十卷皆二刻拍案驚奇所有，篇題偶有改動。如卷二“江愛娘神護做夫人　顧提轄聖恩超主政”，二拍爲十五卷，題云：“韓侍郎婢作夫人　顧提控掾居郎署”。其事見不可録。顧本太倉吏員，故有“提控”之稱。此作提轄，顯係誤字。不知原書即如此，或是鄭氏迻録之誤也。卷三“男美人拾簪得婚　女秀才移花接木”，在二拍爲十七卷，題云：“同窗友認假

作真 女秀才移花接木"。別本改上聯，有意求工，反爲拙對。
餘二十四卷，今無考。以意揣之，殆是後人湊合之本，即襲其名，
欲以屬之凌氏，未必凌氏著書，於二拍之外別有此本也。然難考
其源流。今附於二拍之後。（宋陳善捫蝨新話謂東坡集多羼入
他人著作，書肆逐時增添改換，以求速售，而官不之禁。即歐公
集亦有續添之文，然則改換求速售殆書肆常習，在小説則尤難
免也。）

別本二刻拍案驚奇目録：

　　附記:此外尚有三刻拍案驚奇一書,一名型世奇觀,共八卷三十回,題夢覺道人編輯。日本亨保十二年(當吾國雍正五年)舶載書目曾著錄此書。自來未見傳本。去歲馬隅卿先生始於廠肆收得一部。鄭振鐸氏所藏幻影，題夢覺道人、西湖浪子同輯。其書殘存第一回至第七回。核其文與三刻拍案驚奇全同。疑是一書。書名幻影者，是原本三刻拍案驚奇乃後來改題也。夢覺道人有鴛簪合傳奇，見清黃文暘曲海目，在清傳奇中。而明祁彪佳遠山堂曲品有王國柱之鴛簪，入"能品"。疑夢覺道人即王國柱，其人乃由明入清者。（三刻拍案驚奇前載癸未年序，無年號，癸未疑即崇禎十六年。幻影題夢覺道人、西湖浪子同輯。西湖浪子與西湖佳話所署同。佳話乃清康熙時書也。）三刻拍案驚奇之稱，似續凌濛初書，然實與凌氏無關。今附著於此。

選 輯 本

今古奇觀　四十卷四十篇

通行本

題"姑蘇抱甕老人輯，笑花主人閱"。首姑蘇笑花主人序，不記年月，然當在明季（序"皇明"二字提行）。魯迅先生以爲成於崇禎時，近是。序前半即取古今小説序意爲之，其述選輯之由，則謂馮氏三言及凌氏拍案兩刻"合之共二百種。卷帙浩繁，觀覽難周。且羅輯取盈，安得事事皆奇？故抱甕老人選刻四十卷，名爲古今奇觀。"（原文如此，蓋書本名古今奇觀也。）又謂"忠孝節烈善惡果報無非恒言常理，以其不多見，則相與驚而道之。則夫動人以至奇者，乃訓人以至常者也"云云。自此書輾轉流行，原書二百卷，遂漸不爲世人所知。今以所輯觀之，其選擇標準，亦可得其梗概：一曰著果報；二曰明勸懲；三曰情節新奇；四曰故典瑣聞，可資談助。而大致歸於人情世故，如序所云。故於宋元靈怪小説，悉屏而不取，即公案之涉靈怪者亦去之（中唯羊角哀捨

命全交及灌園叟晚逢仙女二卷事涉靈怪),然宋人小説亦有曲盡
人情者,今亦未見選録。而述古呆板之作,如羊角哀、俞伯牙等
諸篇,皆屬入其間,未見其爲擷英抉華也。故以此選本論之,則宋
元舊本悉被擯棄,與馮氏輯古今小説之旨大相違異。唯明人精密
之作,則多數收入,在吾等未得見凌、馮書之前,猶借此本以窺知
明代短篇小説内容及其作風,斯則不無可取。全書四十卷,收古
今小説八篇,收警世通言十篇,收醒世恒言十一篇,收初刻拍案驚
奇八篇,收二刻拍案驚奇三篇。(凡初二拍以儷語標目者,此書皆
取其一句,亦有改題者;即通言、恒言目,其文字亦偶有變動。)

今古奇觀目録:

覺世雅言　八卷

法國巴黎國家圖書館藏明刊本

　　此據鄭振鐸氏調查所録,他處今亦未見傳本。書凡八卷,第二卷、第四卷出古今小說,第六卷出警世通言(兼善堂本、衍慶堂本),第一卷、第五卷、第七卷、第八卷出醒世恒言。第三卷出初刻拍案驚奇。鄭氏疑此本爲古今小說前身,乃三言之祖。按明人屢言三言,不及此種。觀其所收即雜採三言及初刻拍案驚奇文,卷三誇妙術丹客提金且襲今古奇觀篇名,則爲後來選輯本無疑。其緑天館主人序即是警世通言豫章無礙居士序,自"所得未知孰贋而孰真也"以上全同,唯"隴西茂苑野史"以下六十二字不同,而語意連屬則較通言所載爲勝。今所傳警世通言俱非原本,頗疑此序乃警世通言原序,他本結尾俱經改過(或名稱既定後剟改亦未可知),而此本乃首尾俱保存原文,一字未易。但其取通言序是實,非古今小說及三言之外,更有覺世雅言一書也。

　　覺世雅言目録:

删定二奇合傳　十六卷四十回

咸豐辛酉刊大字本

光緒戊寅刊小本

　　不知撰人。以書選今古奇觀及拍案驚奇,故以"二奇"名書。大字本,首咸豐辛酉元旦芸香館居士序。序稱"抱甕老人之選今古奇觀主於醒世，而有涉誨淫者，則所宜擯。或委曲以成其志而先不免於失身者，皆可弗録。其先師鳌正是書而未果，已躍而成之。書經再訂，舊題可不襲。不襲而其所謂奇者終不可易，故命曰二奇合傳"云。觀其所叙，用意已屬陳腐，至謂"即空觀主人著書二百種，抱甕老人删存四十種，今古奇觀與拍案驚奇本爲一書"，則直同囈語。其書四十回，爲今古奇觀已選者二十六回，取今古奇觀選餘之初刻拍案驚奇十二回。第三十四回曾孝廉解開兄弟劫、第三十六囘毛尚書小妹換大姊未知所出，所演故事，與聊齋志異曾友于、姊妹易嫁二篇同，而觀其文字曉暢，仍不失明人丰度，似並非出於聊齋，而聊齋所記轉係摭拾當時傳聞，有如此文所述者。按此書所輯不出初拍及今古奇觀之外。初拍吾國所傳本皆不全。近年，日本發現初拍原本，無二奇合傳所選曾孝廉、毛尚書篇。或二奇合傳所據是初拍別本，亦未可知。

二奇合傳目録：

第 四 十 回　俞伯牙痛友焚琴（今古奇觀卷十九）

續今古奇觀

小説史略引三十卷本　未見

石印本　六卷三十回

不著撰人。中二十九篇全收今古奇觀選餘之初刻拍案驚奇二十九篇（今古奇觀收初拍七篇）。唯二十七回爲娛目醒心編卷九文。魯迅先生云：同治七年江蘇巡撫丁日昌禁小説，拍案驚奇亦在禁中，蓋即禁書後書賈所爲（按丁目：今古奇觀亦在禁列，唯係抽禁，較寬）。此書剽竊舊本，改題名目，實不足云選本。今附諸書之後，其目録不列舉。

凡書非目覩及非中國所有者，其板刻篇目，咸據各家記載。引用各條，文中不及一一注明，今列舉姓名及著作於後，並致謝意。

明代之通俗短篇小説

日本鹽谷温撰，見改造雜誌現代支那號。馬隅卿譯，附考證，見孔德月刊第一、第二兩期。

關於明代小説三言

日本鹽谷温撰，見斯文雜誌第八編第五號至第七號，汪馥泉譯。

宋明小説傳流表

日本鹽谷温撰。

巴黎國家圖書館中之中國小説戲曲

鄭振鐸撰，見小説月報第十八卷第十一號。

大連滿鐵圖書館所藏中國小説戲曲

馬隅卿撰，見圖書館學季刊第二卷第四期。

京本通俗小説與清平山堂

日本長澤規矩也撰，見東洋學報十七卷二號。馬隅卿譯，附考證，見AC第一期至第三期。

幻影

鄭振鐸撰，見小説月報第二十卷第四號。

警世通言三種

日本辛島驍撰，見斯文雜誌九編一號，汪馥泉譯。

明刊四十卷本拍案驚奇及水滸志傳評林完本出現

日本豐田穰撰，見斯文雜誌第二十三編第六號。

參考書目

日本內閣文庫漢籍書目

寶文堂書目北京圖書館藏鈔本

一九三一年

原載北平圖書館館刊五卷二號

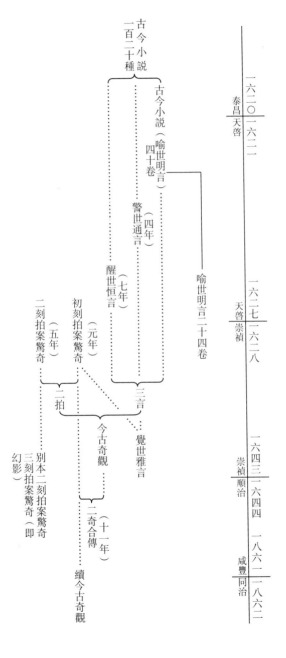

三言二拍流傳表

傀儡戲考原

一　漢朝人所謂魁櫑

傀儡戲之始，有謂起於周之偃師者，如宋陳暘樂書是。周穆王時有工人偃師偕倡來見，歌合律，舞應節。剖散之，皆傅會革木爲之。事見列子湯問篇。列子僞書不可信，則謂傀儡戲起於周之偃師者非也。有謂起於陳平六奇解圍者，如唐段安節樂府雜録及宋灌圃耐得翁都城紀勝是。樂府雜録之言曰："傀儡子自昔傳云起於漢祖在平城，爲冒頓所圍。其城一面即冒頓妻閼氏。陳平知閼氏妒忌，即造木偶人，運機關舞於陴間。閼氏望見，謂是生人，慮下其城，冒頓必納妓女，遂退軍。後樂家翻爲戲。"按：陳平刻木爲美人之説，漢人書無明文。史記陳丞相世家集解引桓譚新論曰："高帝見圍七日，陳平往説閼氏，必言：漢有好麗美女。爲道其容貌，天下無有。今困急，已馳使迎取，欲進於單于。單于見此人，必大好愛之。愛之，則閼氏日疎。不如及其未到，令漢得脱去。"據此文，則陳平奇計非譚所能知，所設陳平説閼氏之言，純爲想當然之詞。且其設詞"漢有美女"云云，乃指真人，非假人也。漢書高帝紀顏師古注引應劭曰:"陳平使畫工圖美女,間遣人遺閼氏,云漢有美女如此,今皇帝困厄,欲獻之。閼氏畏其奪己寵,因謂單于曰:漢天子亦有神靈,得其土地,非能有也。於是匈奴開圍一角,得突出。"云云。應劭生漢末,所言如此。知陳平奇計解圍,至是已由測想而變成事實。然尚云圖美女,不云刻木爲美人也。以是言之,則陳平刻木爲美人之説,純屬後人傅會,羌無故實。傀儡戲既非起於周之偃師,又非起於陳平,然則傀儡戲果何由起乎?

舊唐書音樂志云:"窟礧子亦云魁礧子,作偶人以戲,善歌舞。本喪家樂,漢末始用之於嘉會。"通典卷一四六文同。史書記事當不誤。然不言所據。王靜安先生宋元戲曲考引通典,亦未暇考其出處。此二書出處,余近讀續漢書五行志,始於劉昭補注中發見之,蓋所本乃應劭風俗通文也。志"靈帝數游戲於西園"條,有昭注引風俗通云:

> 時京師賓婚嘉會皆作魁櫑。酒酣之後,續以挽歌。魁櫑,喪家之樂;挽歌,執紼相偶和之者。天戒若曰:國家當急殄悴,諸貴樂皆死亡也。自靈帝崩後,京師壞滅,戶有兼屍蟲而相食。魁櫑挽歌,斯之效乎?

昭注引風俗通此文,今通行本風俗通無之。清嚴可均輯全後漢文録風俗通佚文,已收此條,見卷四十一。劭,靈帝中平三年舉高第,六年拜太山太守。所言乃當時事,極可信。其"魁櫑喪家樂"一語,至可注意。惟喪家樂所用魁櫑是否爲偶人?魁櫑所象何事?劭均未之及。此不可不考者也。

古者送葬明器有象人。象人始束茅爲之,所謂芻靈也。其後或刻木爲之,所謂俑也。俑即偶人。説文:偶,桐人也。謂以桐木爲人。以木爲人,固近乎後世之傀儡矣。然古人説俑字,尚有以聲訓，謂取踊躍義者。禮記檀弓篇云："孔子謂爲芻靈者善；謂爲俑者不仁，殆於用人乎哉。"鄭玄注："俑，偶人也。有面目機發，有似於生人。"孔疏引皇氏云："機識發動踊躍，故謂之俑也。"疏引皇氏即梁皇侃。蓋侃禮記義疏、禮記講疏中語。此經生之言也。廣韻腫韻注"俑"字云："木人。送葬設關而能跳踊，故名之俑，出埤蒼。"埤蒼乃魏張揖撰。此小學家之言也。段玉裁注說文"俑"字云："許君俑訓痛，此乃本義。明器之俑，乃偶之假借字。假借之義行而本義廢矣。廣韻引埤蒼説，木人送葬設關而能跳踊，故名之俑。乃不知音理者强爲之説。"按段氏所論，乃聲音訓詁問題，今不暇論。以明器之俑言，縱令鄭、張、皇諸氏所訓，未必得古人命名之義，而其人在漢魏六朝時既以設關踊躍釋俑，卻暗示吾人，使吾人今日悟漢魏六朝時之俑，乃有設機關發動，更近於生人者。此與後世之傀儡益相近矣。則風俗通所謂魁欟，豈非俑乎？

余爲此想，初自以爲是。後乃捨之，更求其他解釋。余之取銷前一説，其理由如下：蓋傀儡爲歌舞戲。凡歌舞戲之起，皆有所仿象，擬某種事狀而爲之。如唐之"撥頭戲"出西域。胡人爲猛獸所噬，其子求獸殺之，爲此舞以象。"踏搖娘"出隋末河内。有人醜貌而耽酒，醉歸，必毆其妻。其妻美色，善歌，爲怨苦之辭。河朔演其曲而被之絃管，因寫其妻之容。妻悲訴每搖頓其身，故號"踏搖娘"。是其例。喪家所用明器，如：車、馬、食器、樂器、軍器等，皆示神明所御，與生人不殊。其象人之俑亦然。太平御覽卷五五二引王肅喪服要記曰："魯哀公喪父。孔子問曰：寧設桐人乎？哀公曰：桐人起於齊人虞卿。虞卿遇惡，繼母不得養，父死不得葬。知有過，故作桐人。吾父生得供養，何用桐人爲？"據此，知古桐人之設，爲神得供養，其用意至平凡，其俑設關發動，亦第求其象生人，初無戲劇意味也。喪家之俑既不含有戲劇意味,則風俗通所云魁欞爲喪家樂者,必非指俑可知。故余今日考漢之魁欞,寧捨俑而更於喪禮中他事物求之。其事爲何?余謂即"方相"。今說明如下:

古者儺與喪皆有方相。周禮夏官司馬:"方相氏掌蒙熊皮,黄金四目,玄衣,朱裳,執戈,揚盾,帥百隸而時難,以索室毆疫。大喪,先匶;及墓,入壙,以戈擊四隅,毆方良。"(鄭注:"方良,罔兩也。"按:"方良"御覽九五四引風俗通作"魍像",云魍像好食亡者肝腦。)此周事也。後世尚遵行之。其用於大儺者,如續漢書禮儀志大儺篇專記此事。今録其文於後:

先臘一日大儺,謂之逐疫。其儀選中黄門子弟年十歲以上十二以下百二十人爲侲子,皆赤幘,皁製,執大鼗。方相氏黄金四目,蒙熊皮,玄衣,朱裳,執戈,揚盾。十二獸有衣毛角。以逐惡鬼於禁中。乘輿御前殿。黄門令奏曰:"侲子備,請逐疫。"於是中黄門倡,侲子和曰:"甲作食歾,胇胃食虎,雄伯食魅,騰簡食不祥,攬諸食咎,伯奇食夢,强梁祖明共食磔死寄生,委隨食觀,錯斷食巨,窮奇騰根共食蠱。凡使十二神追惡凶。"(十二神疑是十二時之神。唐制喪葬明器有十二時,見會要卷三十八可證。)"赫女軀,拉女幹,節解女肉,抽女肺腸。女不急去,後者爲糧。"因作方相與十二獸儺。嚾呼周徧前後省三過。持炬火送疫出端門。……百官官府各以木面獸能爲儺人師訖。

此文記大儺之儀甚詳。然據張衡東京賦,則執事人除侲子外,尚有巫覡。據東京賦及續漢書禮儀志劉昭注引漢舊儀,其法物尚有桃弧棘矢,及以赤丸五穀播灑之事。皆此文所不載。又此文十鬼名以東京賦校之,其名全異。不知何故。或文人炫博,取古書鬼怪名當之。今不詳論。漢之大儺驅疫,乃假設有十鬼。方相與十二獸儛，各作驅捉之狀。此與今日喇嘛廟之打鬼同。不謂之舞劇，殆不可也。其行於喪禮者：如續漢書禮儀志大喪篇載：“方相黃金四目，蒙熊皮，玄衣，朱裳，執戈，揚盾，立乘，四馬，先驅。”此天子喪有方相也。御覽卷五五二引蔡質漢官儀曰：“陰太后崩，前有方相及鳳皇車。”此太后喪有方相也。又引晉公卿禮秩曰：“上公薨者，給方相車一乘。安平王孚薨，方相車駕馬。”此諸侯王貴人喪有方相也。唐會要卷三十八載元和六年條流文武官及庶人喪葬事。文武官三品以上用方相，以合轍車載之。文武官四品以下及庶人並用魌頭，亦以合轍車載之。（會昌元年條流略同。）魌頭即方相別稱，說見下。此文武官及庶人喪有方相也。諸書記喪禮用方相之事，視大儺爲簡。然儺與喪之用方相，用意皆在驅除惡凶；則喪禮中方相行事必與儺不甚遠。大儺方相行事，既等於舞劇；喪禮方相行事，當亦等於舞劇。然則靈帝時京師嘉會之用魁櫑，以其爲舞劇耳。緣重其伎，故不復以喪家樂爲嫌。且方相大儺亦用之，不限於喪家樂。應劭目魁櫑爲喪家樂，蓋大儺每於歲末舉行，而人間喪事則不如此。據其常行者言之，自無妨耳。

　　應劭所云魁櫑爲喪家樂者，余謂即是方相。顧方相何以謂之魁櫑？魁櫑一詞與方相有何關係？此不可不說明者也。方相能逐疫，蓋古威猛之神。周禮夏官司馬：“方相氏狂夫四人。”鄭注：“方相猶言放像可畏怖之貌。”康成在漢世，亦不知方相爲何神，但言放像可畏怖之貌而已。黃金四目，可畏之至也。方相，漢又謂之顅頭。鄭注夏官司馬“方相氏掌蒙熊皮”云：“蒙，冒也。冒熊皮者，以驚驅疫癘之鬼，如今魌頭也。”淮南子精神訓：“視毛嬙西施猶顅醜也。”高注：“顅頭也。方相氏黃金四目，稀世之顅貌。顅醜，言極醜也。”說文九上：“顅，醜也。今逐疫有顅頭。”顅、魌字同。從許、高之說，則方相之稱顅頭，得義於醜。御覽卷五五二引風俗通云"俗説亡人魂氣浮揚,故作魌頭以存之。言頭體魌魌然盛大也。或謂魌頭爲觸壙,殊方語也。"(此條今通行本風俗通亦無之。)按魌無盛大義。應意蓋讀魌爲仾。説文:仾,勇壯也。詩皇矣:"崇墉仾仾。"毛傳:"仾仾猶言言也。言言,高大也。"是其義。從應氏之説,則方相之稱魌頭,得義於盛大。通此二説,則知方相之頭既大且醜,其體亦長大。吾因此而悟方相之可稱魁欘也。漢書卷七十鮑宣傳:"朝臣亡有大儒骨鯁白首者艾魁壘之士。"顏注引服虔曰:"魁壘,壯貌也。"魁壘一作崛嵂、崛礨。司馬相如上林賦"丘墟崛嵂"。史記正義曰:皆堆壘不平貌。(按:丘墟亦訓壯大,見史記留侯世家集解引應劭説。)大人賦:"洞出鬼谷之堀礨崴魁。"漢書顏注引張揖曰:"堀礨不平也。"(史記所載大人賦作崌礨。)又作嵬嵒、磈礧。左思魏都賦:"或嵬嵒而複陸。"李善補注:"嵬嵒不平之貌。"五臣注:"高下貌。"言山川或高下重疊。郭璞江賦:"玄蠣磈礧而碨䃀。"善注:"磈礧、碨䃀,不平之貌。"又作嵬磊、磈磊、魁瘣。爾雅釋木:"瘣木,苻婁。"郭璞注:"謂木病尪傴,瘿腫,無枝條。"郝懿行義疏:"釋文樊引詩云:'譬彼瘣木,疾用無枝。'苻婁者,尪傴内病,磈磊無枝也。"又釋木:"枹,遒,木魁瘣。"郭璞注:"謂樹木叢生,根枝節目盤結磈磊。"郝懿行義疏:"釋文魁字亦作磈。郭盧罪反。則與瘣木之瘣異音。磈磊本或作傀儡。"磈磊、傀儡,音近字通。郭以磈磊釋魁瘣,亦音近字通者也。倒文則作壘塊、磊砢。世説新語任誕篇:"阮籍胸中壘塊,故須酒澆之。"(明秀集一念奴嬌詞注引作胸中嵬磊。)賞譽篇:"王右軍目陳玄伯壘塊有正骨。"言語篇:"其人磊砢而英多。"李善注上林賦"水玉(水精)磊砢",引郭璞曰:"磊砢,魁壘貌也。"注王延壽魯靈光殿賦"萬楹叢倚,磊砢相扶",云:"磊砢,壯大之貌。"(按:説文九下云:"砢,磊砢也。"慧琳一切經音義卷十六引説文云:"磊砢,衆石貌也。"玉篇二十二:"砢,磊砢;衆小石兒。"砢本溪母字,與塊音近。後轉爲來母字,讀洛可切,與落音近。故磊砢即壘塊,亦即磊落。)由上所引觀之,知物不平曰魁壘,人不羈亦曰魁壘。物之壯者曰魁壘,人之有氣性者亦曰魁壘。凡物之壯大而不平者,多成奇景異象,令人情駭神竦。人之軒昂磊落者,是爲大丈夫,其令人情駭神竦亦同。故魁壘之義與魁相通。稱魁櫑猶之稱魌頭云爾。或疑方相稱魌頭,漢人書有明文。稱魁櫑無明文。事既無徵,寧可信乎?余謂方相亦稱觸壙,觸壙蓋取以戈擊壙四隅之義。此僅見於應劭書,許鄭諸君所未道也。蓋古書多亡。方言市語,前人著書亦不能一時盡載。唐段成式西陽雜俎記魌頭有"蘇"、"狂阻"、"觸壙"三別名。狂阻疑本作狂夫阻。晉語:"且是衣也,狂夫阻之衣也。"韋昭解狂夫,謂是方相氏之士,説本周禮,近是。而讀阻爲詛,殊爲牽強。余謂狂夫阻即狂且。詩鄭風山有扶蘇:"不見子都,乃見狂且。"毛傳:狂,狂人也。且,辭也。狂夫之稱狂夫阻,與狂人之稱狂且同,語有緩急耳。雜俎所舉魌頭三別名,惟"蘇"無考。然成式在唐以博洽稱,其言必有所本。不得以"蘇"之一詞,今所見漢人書無之,遂疑成式杜撰也。余疑魁櫑是漢時燕樂之名,魌頭是逐除與喪家樂之名;方相是舊稱。名雖不同,其事則一耳。

　　吾謂魁櫑即方相,以方相行事考之而得其解,以魁櫑魌頭字義考之而通其説。其言似可信矣。然應劭"魁櫑爲喪家樂"之言,究未明指爲方相。恐聞者猶不信也。上文已引西陽雜俎,請更以是書證之。雜俎前集卷十三云:

　　　　世人死者有作伎樂,名爲樂喪。魌頭所以存亡者之魂
　　　氣也。一名蘇,衣被蘇蘇如也。一曰狂阻。一曰觸壙。四
　　　目曰方相,兩目曰傲。據費長房識李娥藥丸,謂之方相腦,
　　　則方相或鬼物也。前聖設官象之。

據此，知唐時人間有死者，作伎樂，名爲樂喪，其樂正用方相。唐事如此，又何怪漢世喪家用方相之爲伎樂乎？喪家搬戲，近世尚有其俗。明姚旅露書卷八云：“青州俗原奢侈，其流至於不情；如初喪之家，里社群集，開筵演戲，以與孝子破悶，名之曰伴坐。”金瓶梅詞話載西門慶喪妾李氏，首七，親友女眷祭奠，有地弔鑼鼓。（按：地弔，即地上搬演之戲。聊齋志異七鞏仙篇：道士探袖中出美人，置地上，向王稽首已。道士命扮瑤池宴。女子弔場數語。道士又出一人，自白：“王母”。少間，董雙成、許飛瓊一切仙姬次第俱出。末有織女來謁，獻天衣一襲。云云。弔場即作場，乃樂家習用語。字又作調。金瓶梅詞話第八十八回云：守備使人門前叫了調百戲的貨郎兒進去，耍與他觀看。又云，直教老爺門前叫了調百戲貨郎兒，調與他觀看。調即耍也。）靈前弔鬼判隊舞，戟將響樂。三七，親友女眷與喪主吳月娘伴宿，在靈前看偶戲。四期發引，前一日，歌郎並鑼鼓地弔來靈前參靈。弔五鬼鬧判、張天師着鬼迷、鍾馗戲小鬼、老子過函關、六賊鬧彌勒、雪裏梅、莊周夢蝴蝶、天王降地水火風、洞賓飛劍斬黃龍、趙太祖千里送荆娘，各樣百戲。堂客都在簾內觀看。又載西門慶死，二七，街坊夥計主管等二十餘人叫了一起偶戲，在大捲棚內擺設酒席伴宿，提演的是孫榮孫華殺狗勸夫戲文，堂客都在靈旁廳內，放下簾來，擺放桌席，朝外觀看。至送祭送葬，亦用百戲。詞話載李氏之喪，首期喬大户來上祭，其祭品共五十餘槓，有地弔、高橇、鑼鼓細樂，吹打喧闐而至。四期發引，送葬除明器有開路鬼、險道神（即方相）、八洞仙、四毛女外，尚有地弔鬼、採蓮船、高橇、走解。（以上據詞話第六十三、第六十五、第八十回引。）此雖小説，而可見明中葉山東人飾終之風俗實如此。凡富貴之家，喪事以奢靡爲尚，踵事增華，古今一理。漢之崇喪，如桓寬、王符皆言其失，其喪家用伎樂之事，雖不能詳，然如史記絳侯周勃世家云：

“常爲人吹簫給喪事。”集解：“如淳曰：以樂喪家，若俳優然。瓚曰：吹簫以樂喪賓，若樂人也。”按絳侯吹簫給喪事，乃秦末微時事。如淳三國魏人，瓚西晉人，所說如此，蓋如鄭玄注禮，於古事之可通於今者，即以今時事釋之。由此知秦漢以來喪家已有娛人之伎樂。則應劭所指靈帝時京師賓婚嘉會用魁欞者，其事亦無足怪。蓋魁欞性質既近乎百戲，則用之何必喪家！賓婚嘉會可用百戲，亦安見其不可用魁欞也？“四目曰方相，兩目曰倛”。唐楊倞注荀子非相篇引韓愈説同，其字作供，音欺。樂府詩集載吳曲讀曲歌字作欺。欺倛亇同，皆魁之別構也。太平廣記卷三二一“庾亮”條引晉戴祚甄異録，稱：“亮鎮荆州，登厠，忽見厠中一物如方相，兩眼盡赤。”據此，知晉時方相有二目者。然依酉陽雜俎説及楊倞荀子注，則文應言倛，不應言方相。今逕稱方相，知通言無別也。費長房識李娥藥丸事，見續漢書五行志“武陵充縣女子”條劉昭注引干寶搜神記。識李娥藥丸，應作識李娥戚劉佗所得藥丸。“方相腦”，余所讀涵芬樓景印宋本作“方相臨”。方相臨則鬼不敢近。於義爲長。今附記於此。

　　周禮方相氏黃金四目。王靜安古劇腳色考謂即面具。按唐之大儺，如漢制。新唐書卷十六禮樂志載大儺方相氏假面黃金四目，則王氏面具之説可信。續漢志記大儺，稱百官官府各以木面獸能爲儺人師。則漢之方相及十二獸所戴假面，以木爲之。然余意木面二字似未可拘看。續漢志所稱木面或是假首。以漢人稱方相爲魁頭，正據頭言之也。余此言似不誤，尚可以六朝人書證之。荊楚歲時記稱十二月八日村民打細腰鼓戴胡公頭以逐除。引小説孫興公嘗着戲頭與逐除人共至桓宣武家。宣武覺其不凡，推問乃驗云。逐除即儺。胡公頭戲頭當即魁頭別稱。證一。樂府詩集卷四十六載讀曲歌有云“鹿轉方相頭，丁倒欺人目”。此以下句釋上句，欺即魁頭。方相頭可轉，則是假頭，非假面也。證二。御覽卷五五二引幽明録，稱廣陵村人夜見鬼怪，異形醜惡。發掘之，入地尺許，得一朽爛方相頭。訪之故老，云嘗有人冒雨葬，至此遇劫，一時散走，方相頭陷没泥中云云。此稱方相頭，明係假頭。證三。以是言之，則漢方相所戴木面容是假頭，不必定爲假面。其雕飾頭面，凸凹瘦腫不平，或重疊委積若石之攢聚然，故又有魁壘之目也。

　　近代傀儡有二派：一以真人扮演，如宋之傀儡"舞鮑老""耍和尚"等是也。"舞鮑老""耍和尚"戴假首，與漢之舞方相同。今戲臺扮鬼神及元夕扮傀儡，尚存此制。一以假人扮演，如宋之傀儡棚戲所作杖頭懸絲諸傀儡是也。此二者性質不同而皆謂之傀儡。以真人戴假頭扮傀儡，始於漢之舞方相。以假人扮傀儡始於何時，與舞方相亦有關否？此爲不易解答之問題。余謂喪家樂扮方相，是舞劇，而非寓人。喪家之俑，設關發動，類乎後世傀儡戲所用寓人，而實非舞劇。此二者固判然有別，然若喪家設寓人象方相，或進一步設關發動，以象其執戈、揚盾、刺擊、騰挪之狀；則此時寓人與舞劇合而爲一。以方相入明器，即以假人扮傀儡戲所由始矣。惟此論關鍵，在漢魏時明器果用方相與否？漢魏明器中是否有方相，余於此事不甚明瞭。幽明録所載方相頭，其爲寓人之頭抑或爲真人所戴假頭，今亦不易判斷。惟太平廣記卷二四七引楊松玢談藪云：徐之才嘗以劇談調僕射魏收。收熟視之曰：面似小家方相。之才答曰：若爾便是卿之葬具。由此知北齊明器有方相。小家勢微力薄，其飾方相貌，當視名家貴族所飾爲簡。面似小家方相，謂貌不驚人也。卷三七一引牛肅紀聞，載太原城東北有鬼，身長二丈。有竇不疑者，逐而射之。明日，尋所射，得一方相身，則編荆也。自注：今京中方相編竹，太原無竹，用荆作之。又同書卷三七二引裴鉶傳奇，稱盧涵夜遇怪，見有物如大枯樹而趨，舉足甚沉重。其名曰方大。明日搜柏林中，見一大方相骨云云。由是知唐明器有方相。其方相骨以木爲之，身則編竹編荆爲之。紀聞、傳奇所記方相皆甚高大。縱人隱其中設關發動，然運動必甚遲滯，不足以當舞蹈戲。然云大方相，則尚有小者可知。（吾鄉舊時仕宦人家送葬，明器設方相，身高大，俗謂之險道神。庶民送葬，明器則設開路鬼，高僅數尺，執鞭，立於方木盤之上。盤有輪，役人牽之以行。開路鬼像體中有轉關，貫以繩索。停留時，役者急曳索，則像旋轉如風，作奮擊之狀，惟片刻即止，且所能演者僅此一勢而已。）北齊隋唐間明器有方相，疑漢魏亦有之。漢魏明器如有方相，則應劭所謂京師賓婚嘉會皆作魁櫑者，其爲以真人扮演之戲，抑爲以假人扮演之戲，今尚不易判明。惟以續漢志考之，漢時喪葬所用方相，尚是以真人扮演者。今引應劭此語，姑釋爲以真人扮演之戲，似覺稍有把握耳。

二　漢以後之傀儡戲

裴松之注魏書杜夔傳，引傅玄所叙馬鈞事，稱魏明帝時，有上百戲者，能設而不能動。鈞因受詔作木人，使木人擊鼓、吹簫及作跳丸、擲劍、緣絙、倒立等戲。此即傀儡戲。而其法乃以大木雕構使其形若輪，平地施之，潛以水激發。所憑者水力而非人工，與後世之傀儡戲旨趣異。此魏事也。南齊書卷九禮志“三月三日曲水會”條，稱“晉元帝詔罷三日弄具。今相承爲百戲之具，雕弄技巧，增損無常”。西陽雜俎卷一載“後魏李同軌、陸操聘梁。梁主宴之於樂游苑。殿上流杯，池中行酒具。……又圖象舊事，令隨流而轉，始至訖於坐罷，首尾不絕”。所云“雕弄技巧”，“圖象舊事”，似即水傀儡。梁江禄有木人賦，見南史卷三十六。此齊梁事也。

　　北齊武成嘗命崔士順於仙都苑北海構堂，周迴二十四架，以大船浮之，以水爲激輪。堂三層。下層木人七，奏伎樂。中層木僧七，行香。上層爲佛堂，帳上刻飛仙右轉，紫雲左轉，往來交錯，終日不絶。見元迺賢河朔訪古記。士順巧思，亦馬鈞之流亞矣。至武成子後主緯，爲著名嗜傀儡戲者。舊唐書音樂志稱："窟礧子作偶人以戲，善歌舞。齊後主高緯尤所好。"然言之尚未詳也。樂府詩集卷八十七雜歌謠詞，載邯鄲郭公歌一首。序引樂府廣題曰："北齊後主高緯雅好傀儡，謂之郭公，時人戲爲郭公歌。"據此，知緯所嗜乃"郭公"戲。"郭公"唐有之。酉陽雜俎前集卷八云："高陵縣鏤身者，右臂上刺葫蘆，上出人首，如傀儡戲郭公者。"樂府雜録則稱"郭郎"。其言曰："傀儡子戲，其引歌舞有郭郎者，髮正禿，善優笑，凡戲場必在俳兒之首。"據酉陽雜俎所記，似郭公體至肥，其狀臃腫。據樂府雜録所記，則郭公髮禿而善優笑，乃淳于髡一流人物。由此知"郭公"乃滑稽舞劇也。"郭公"宋亦有之，與舞鮑老同科。百回本水滸傳第三十三回，載宋江在清風鎮賞元宵，有舞鮑老。文曰："那舞鮑老的，身軀扭得村村勢勢的。宋江看了，呵呵大笑。"江之笑非以其藝之疏，正賞其藝之精也。蓋鮑老之舞，以村沙可笑爲本色，與"郭公"同。宋陳師道後山詩話引楊大年傀儡詩云："鮑老當筵笑郭郎，笑他舞袖太郎當；若教鮑老當筵舞，轉更郎當舞袖長。"此詩甚得鮑老、郭公之意。故師道稱之，以爲語俚而意切。"郎當"者，不整治之謂。唐明皇幸蜀，聞牛鐸聲，問黃幡綽："鈴作何語？"幡綽因作戲語讖明皇曰："謂陛下特郎當。"是也。以諸書所記考之，則北齊郭公戲之爲滑稽舞戲甚明。高緯嗜之，不過賞其滑稽耳。然郭公、鮑老皆以真人扮，非木偶人戲。舊唐書音樂志記窟礧子，始云："作偶人以戲。"繼云："齊後主高緯尤所好。"一似緯所好乃木偶人戲者，乃行文之疏也。

漢之魁櫑舞方相，至北齊時，所行傀儡戲已爲舞郭公。此爲傀儡戲之一大變化，至可注意。顏氏家訓書證篇云：

> 或問：俗名傀儡子爲“郭秃”，有故實乎？答曰：風俗通云：“諸郭皆諱秃。”當是前代人有姓郭而病秃者，滑稽戲調，故後人爲其象，呼爲“郭秃”。猶“文康”象庾亮耳。

> （按：文康，樂名。晉庾亮卒，其伎追思亮，因假爲其面，執翳以舞，象其容，取其諡以號之，謂之爲“文康樂”。隋平陳得之，爲七部伎之一。以諸樂終則陳之，故又曰“禮畢”。唐貞觀丨一年黜去之。樂遂亡。見隋書音樂志。舊唐書音樂志、唐會要卷三十二同。）

顏氏所稱“郭秃”，即“郭公”無疑。然梁宗懍荆楚歲時記載逐除人又有“胡公”。其文云：

> 十二月八日，村民打細腰鼓，戴胡公頭及作金剛力士以逐除。禮記云：儺人所以逐疫鬼也。呂氏春秋季冬紀注云：今人臘前一日，擊鼓驅疫，謂之逐除。金剛力士，世謂佛家之神。案河圖玉版云：天立四極，有金剛力士，共長三十丈。此則其義。

逐除即儺。據懍此記，則梁時人間驅疫，其制度稱謂與漢已小異。漢方相戴假頭，謂之魁頭。此稱胡公頭，不稱魁頭。一也。漢驅疫有方相，有十二獸，此無方相、十二獸之目，而有金剛力士。二也。然朝廷百司之禮多遵前代故事，民間之俗則往往隨時地而異。唐李綽撰秦中歲時記記唐末長安之俗云：歲除日進儺，皆作鬼神狀。內二老兒，其名皆作儺公儺母。此亦極不典者也。（據原本説郛卷七十四引。直齋書録解題六引咸鎬故事作鬼神大者號儺公母。）懍所記乃荆楚村俗，其事與續漢書禮儀志異，實不足怪。胡公頭據原本說郭卷二十五引。御覽卷三十三引作明頭。明乃胡字之誤。胡公頭之稱，不知緣何而起。或所扮是胡神，或本是方相，村民以方相貌醜類胡，因呼魁頭爲胡公頭。是亦未可知也。余初疑胡公與郭公相涉，以胡郭古雙聲字，形亦相近，轉讀傳寫易誤也。後思之，知其不然。蓋郭公即郭禿，亦即郭郎。郭公之郭，定非誤字，即不得以胡易郭。胡公用於逐除，所象者神，與郭公之主調笑者異，即不得以郭易胡。且懷與之推爲同時之人，同事梁元帝。懷世居江陵，之推亦早入西府。荊楚俗逐除有胡公，之推定知之。傀儡子俗名郭禿，懷亦當知之。今觀懷著書釋逐除，不涉郭禿；之推釋郭禿，不涉逐除。明胡自胡，郭自郭，二者固判然有別也。胡公既不同郭公，然則郭公戲之起，果如之推之說，象前人姓郭而病禿，滑稽戲調者歟？

　　余謂之推“傀儡子郭禿象前人姓郭者”之說，理或有之。其引風俗通“諸郭皆諱禿”一語，似以爲郭公戲出於漢之證。此亦揣度之詞，未爲的據。以風俗通明言魁櫑喪家之樂，最初喪家樂宜與郭公無涉也。故今論傀儡戲之始，但據之推郭禿之論，尚不能取銷吾之舞方相說。然之推語固亦可備一解。今論傀儡戲乃有二元。此論非則彼論是，豈非衝突歟？余曰：是又不然。蓋舞方相雖本爲喪家樂，及其移用於嘉會，則已失卻驅凶疫之本來意義而以娛樂爲主。既以娛樂爲主，則嘉會扮魁櫑即不必始終限於舞方相一節。意者魁櫑舞郭公出現，在嘉會舞方相後若干時。久之，舞方相衰，而漸以郭公代之。後世人不知魁櫑本舞方相，遂認郭公戲爲傀儡之始。優戲以郭公居俳兒之首，蓋重其爲本來之傀儡戲，猶近時優伶之重丑腳云爾。以是言之，則郭公者，漢嘉會舞方相之變，是戲劇也。胡公者，漢大儺舞方相之遺，是戲禮也。戲劇出於戲禮，而方其爲戲劇時，已不必盡依戲禮。久之，世人且忘其出於戲禮。戲禮雖非戲劇，而自他人觀之，實無異於戲劇。是二者之分別甚微。然今論戲劇之原，固不可舍戲禮而徒言戲劇。此余所以認方相爲傀儡戲之始，雖顏黃門有說，終不敢以郭公易方相也。

以上魏晉南北朝

唐杜寶於貞觀中撰大業拾遺稱：隋煬帝使黃袞造水飾。用木人長二尺許，衣以綺羅，裝以金碧，皆能運動如生，隨曲水而行。所記木人有扮演故事者，如"劉備過檀溪"、"周處斬蛟"等，總七十二勢。有作百戲者，又有奏音樂者，皆如生無異。此以戲論，與宋之水傀儡已極相似。然木人仍以水激發之，則與魏馬鈞、北齊崔士順所造同，與宋之水傀儡異。隋之傀儡戲，今所知者，僅此一事。然余疑隋時已有以人操縱之木偶戲。隋書卷七十六孫萬壽傳載萬壽高祖時配防江南。行軍總管宇文述召典軍書。萬壽不樂從軍，作五言詩贈京邑知友，有"飄飄如木偶，棄置同芻狗"之句。飄飄如木偶，謂受人指使也。又卷五十八柳䛒傳稱：煬帝在東宮時與䛒親狎。及嗣位，帝每與嬪后對酒，時逢興會，輒遣命之。至與同榻共席，恩若友朋。帝猶恨不能夜召，於是命匠刻木偶人，施機關，能坐起拜伏，以像於䛒。帝每在月下對酒，輒令宮人置之於座，與相酬酢而爲歡笑。此雖爲帝一時之戲，然其事與近代傀儡戲已極相似。夫木人之憑水力激發者，縱匠人所造至爲工巧，其木人之活動，亦必不能盡如人意。蓋其活動爲機械的規律的，與用人工手法者不同也。今觀帝所飾柳䛒，則置酒與之酬酢，當起即起，當伏即伏。設非有關捩使人操縱之，何能如帝之意不失時機？故余疑隋時已有以人駕使之傀儡戲也。

舊唐書音樂志稱：散樂有窟礧子等戲。玄宗以其非正聲，置教坊於禁中以處之。窟礧子乃人間俗戲。玄宗謂非正聲，是也。

乃置之禁中，立內教坊以處之。可知玄宗意非屛之，乃好之至也。唐之傀儡戲今見於唐人書者，語皆不詳。其事之可徵者，如"郭公"戲沿北朝之舊，已見上文。唐又有"盤鈴傀儡"，見韋絢劉賓客嘉話錄。盤鈴即今之鈸，本出胡中。盤鈴傀儡疑亦隊舞。其木人設關動作者，如封氏聞見記卷六"道祭"條，稱天寶後送葬，祭盤高至八九十尺，用牀三四百張，窮極技巧。大曆中，太原節度使辛雲京葬日，諸道節度使人脩祭。范陽祭盤最爲高大，刻木爲尉遲鄂公突厥鬥將之戲，機關動作，不異於生。祭訖，靈車欲過，使者請曰："對數未盡。"又停車設項羽與漢高祖會鴻門之象。良久乃畢。繰経者皆手擘布幕，收哭觀戲。事畢，孝子陳語於使人："祭盤大好，賞馬兩匹。"云云。此所云木偶戲，似有人操縱之。然據所記，則以木人置於高大祭盤之上，其事意略如後世之擡閣，與戲棚中之懸絲杖頭諸傀儡較，亦尚有別。至宋計有功唐詩紀事卷二十九引明皇雜錄，稱李輔國矯制遷明皇西宮，高力士竄嶺表。帝戚戚不樂，日一蔬食。吟詩云："刻木牽絲作老翁，鷄皮鶴髮與真同；須臾弄罷寂無事，還似人生一夢中。"此是詠傀儡詩，所詠與後世通行之傀儡戲乃無以異矣。

　　以上隋唐

　　宋之傀儡戲，其以真人扮演者，大抵爲舞隊。此種舞隊，多以元宵出現。周密武林舊事卷二曾載其名目。然密所列乃以傀儡舞隊與其他舞隊合書，混淆不清。閱之，不能確知何者是傀儡舞隊，與傀儡舞隊究有若干。然考其名目之近似傀儡者，尚得二三十種，亦云衆矣。宋之傀儡舞隊自唐出，其發達之狀，不知視唐事如何。然至少無遜於唐，則可以斷言。凡傀儡舞隊皆巡迴演之。其非游行戲而在一定處所舉行，且扮演故事者；據夢華錄諸書所記可區爲五類：一曰杖頭傀儡；二曰懸絲傀儡；三曰藥發傀儡;四曰水傀儡;五曰肉傀儡。此五類除藥發傀儡不詳其事外,餘皆爲演故事之劇。水傀儡且兼演百戲。杖頭傀儡,今北京猶有之,謂之"托偶"。其傀儡較大、扮演時人物尤多者,謂之"大臺宮戲"。今北京已少見。懸絲傀儡,明人謂之"提偶"。今北京市上少見。京外尚多有之。水傀儡其事意等於隋之水飾。然隋之水飾,其木人設關激水發之。宋之水傀儡,似全憑手法運轉。此其異也。明有水傀儡,見劉若愚酌中志。清亦似有之,見單學傅海虞詩話。至肉傀儡,乃宋特有之戲。余嘗考其事,乃以大人擎小兒,效木人活動之狀。或逴以後生爲之,不須人擎,則與近代大戲初出科之小班無異矣。凡傀儡舞隊,都邑及鄉村社火皆有之。蓋爲人間流行之伎,不必專門。若杖頭、懸絲、水傀儡、肉傀儡則不然。業此者在宋皆專門名家。其伎稱於士大夫之口,其名字見於簡策。蓋伎難非人人所能學,業精則豪傑之士往往有以自見。理宜然也。故今日言宋傀儡,其精華所在,斷推此數種,而舞隊不與。懸絲傀儡,唐已有之。明皇詠梁鍠詩所謂"刻木牽絲"者是也。然唐人詩文關於是類伎之記載絕少。意其時尚不甚發達。完美之杖頭懸絲傀儡,蓋至宋始有之。故以傀儡戲言,宋之傀儡戲,乃承唐之後,由醞釀而成熟,爲中國傀儡戲之黃金時期。不可不注意者也。

　　以上宋

三　傀儡戲與其音樂

　　漢大儺有詞,有舞,有樂。其詞中黃門唱,侲子和。續漢志所載自"甲作食殟"至"後者爲糧"是。其舞者爲方相與十二獸。其樂,續漢志所載,僅有侲子執鼗之文,餘不詳。漢喪禮舞方相,其詞與樂皆不詳。故應劭所云漢喪家樂魁櫑,雖可知爲舞方相,而究以何樂和之不可知也。然余疑漢魁櫑樂當是短簫鼓吹。何以知之？短簫鼓吹是軍樂。方相驅疫，有征伐之象，宜用鼓吹。一也。唐大儺用鼓吹，疑漢亦然。二也。漢魏故事，柩以鼓吹導從。方相先柩，其職務正是導駕。三也。短簫鼓吹本爲軍樂，然漢魏世嘉會亦用之。嘉會魁櫑用鼓吹，適合當時之事。四也。以此四事言之，則余謂漢魁櫑樂用鼓吹，其言似非毫無理由也。以余所知，漢之鼓吹曲，其樂工行事尚有與相和曲合者。樂府詩集卷十六引伎録云：“長簫短簫並絲竹合奏，執節者歌。”沈約宋書樂志云：“相和歌絲竹更相和，執節者歌。”以此知短簫鼓吹有絲音，其樂兼絲竹音，執節者歌，與相和同。相和絲聲用琴、瑟、琵琶、箏，瓠聲、竹聲用笙、笛。此用簫，又有金聲用鐃，稍異。然考其行事固與相和爲近。相和是俗樂，鼓吹是黄門樂，部黨不同。然因此可想街陌舞魁櫑，固未嘗不可以相和樂代鼓吹。惟此乃純屬余個人臆説，不敢信爲必是耳。

北齊時盛行之郭公戲，用何樂？今不明。唐之傀儡，其樂之可知者，亦僅盤鈴傀儡一種。則由北齊至唐，其傀儡樂殆不可考。由北齊至唐，爲胡樂最盛時期。此時傀儡戲所用樂殆胡樂乎？余曰：是又不然。傀儡出於漢末，其始爲民間俗樂，後則貴族亦用之。民間俗樂，當朝廷尚胡樂之時，雖不敢謂絲毫不受胡樂影響，要之，必非全部受影響。今之民間俗樂，尚不受西樂影響，可證也。故余謂由北齊至唐，此一時期之傀儡樂雖不可知，然大體當保留幾許漢魏舊音。此可以遼史證之。遼史卷五十四樂志散樂篇云：“今之散樂，俳優歌舞雜進，往往漢樂府之遺。”傀儡戲乃散樂之一。遼之散樂，得自後晉。而五季用唐樂。遷流至宋，樂調稍變，而遼樂猶是唐之舊。以是知余言不甚誤也。

宋之傀儡樂，以其爲散樂，在音樂上不佔重要地位，故前人亦無言之者。然其事尚約略可知。余所能知者三事，今分述如下：

（一）武林舊事所記傀儡樂。

卷二元夕篇云：

> 二鼓，上乘小輦幸宣德門。其下爲大露臺。百藝群工，
> 競呈奇伎。內人及小黃門百餘，皆巾裹翠蛾，傚街坊清樂傀
> 儡，繚繞於燈月之下。

據此，知宋時街坊傀儡，所用是清樂。明田汝成西湖遊覽志餘卷
三引此文，删"傀儡"二字。非是。清樂之名，見都城紀勝瓦舍眾
伎篇。其文云：

> 清樂比馬後樂加方響、笙、笛，用小提鼓。其聲亦輕
> 細也。

清樂，吳自牧夢梁錄卷二十伎樂篇作清音。其言曰："若論動清
音，比馬後樂加方響、笙與龍笛，用小提鼓。其聲音輕細清雅，殊
可人聽。"所記與紀勝同，惟笛作龍笛而已。馬後樂見武林舊事
卷四乾淳教坊樂部篇。其樂器有拍板、觱篥、笛、提鼓、扎子（扎
子不詳）。而宋史所記則有駕後樂。駕後樂見宋史卷一四四儀
衛志。志載宋初行幸儀衛，駕後動樂三十一人。又見宋史卷一
四七儀衛志。志載紹興鹵簿駕後部，駕後樂東西班三十六人，鈞
容直三十一人，並騎。東西班樂太平興國中選東西班習樂者立。
樂器獨用銀字、觱篥、小笛、小笙。每騎從車駕而奏樂。鈞容直
亦太平興國中籍諸軍之善樂者立。本名引龍直。每巡省游幸，
則騎，導車駕而奏樂。其樂工初同雲韶部，後增龜兹部如教坊，
與東西班樂不同。見宋史卷一四二樂志。據樂志，鈞容直僅用
以導駕。據儀衛志，則紹興鹵簿從駕亦用之。或鈞容直從駕，是
中興以後事，亦未可知。金史卷四一儀衛志載天德五年，海陵遷

都於燕，其行仗第七節，中道，駕後，輔龍直三十一人：拍板一，篳
篥十五，笛十四人，員一人。注云：長行三十人，樂器自備，並騎。
人員執骨朵。此即宋之駕後樂。其樂品頗近宋之東西班樂。以
宋史、金史所記與紀勝較，宋東西班樂、金海陵幸燕行仗第七節
駕後樂，皆無方響。紀勝云："清樂，比馬後樂加方響。"此一端相
合。然笛、笙，宋東西班樂有之。笛，金駕後樂有之。皆不合。
不知何故，今姑不論。而清樂尚有獨奏龍笛者。紀勝是篇又載
淳熙間德壽宮龍笛使臣四十名。每中秋或月夜，令獨奏龍笛，聲
聞人間，嘆爲真清樂。是也。要之，武林舊事元夕篇所云清樂，
即都城紀勝所云清樂。宋之傀儡樂係清樂無疑。清樂二字，非
宋名詞，乃隋唐人目漢魏舊音及江左新聲之詞。隋平陳，得江左
樂，置清商署以處之，總謂之清樂。唐因隋樂，故亦有清樂之稱。
清樂至唐中葉所存無幾。都城紀勝記當時樂猶有清樂，何也？
余謂史稱開元中清樂歌闕者，蓋舉其大略而已，非謂音全亡也。
唐因隋樂有法曲。隋之法曲，金石絲竹以次作，其音清而近雅。
蓋即清樂，經何妥輩整理，遂別爲一部。唐玄宗酷愛法曲，選坐
部伎及宮女自教之，號梨園弟子。是時法曲宛轉多新態，而未嘗
與夷音相參錯。天寶十三載，始詔道調法曲與胡部新聲合作。
識者異之，明年禄山反。元稹詩所謂"法曲胡音忽相和，明年十
月燕寇來"者也。至文宗太和末，復詔太常采開元雅樂脩雲韶法
曲，遇內宴乃奏。謂大臣曰：笙磬同音，沈吟忘味，不圖爲樂至於
斯。又常以賜有功臣僚。於是法曲士大夫家亦有之（據新唐書
卷二十二禮樂志、白氏長慶集卷三法曲篇、元氏長慶集卷二十四
法曲篇及立部伎篇自注）。雲韶法曲後改名仙韶曲。是唐開元
後樂部中自有清樂也。唐李肇國史補卷下稱"舟船之盛盡於江
西。洪、鄂之水居頗多，與屋邑殆相半。凡大船必爲富商所有，
奏商聲樂從婢僕以據柂樓之下。"袁郊甘澤謠陶峴傳，稱峴開元

末家於崑山，不謀仕宦。有女樂一部，常奏清商曲。（甘澤謠小說家言，而此傳所載峴友焦遂見於杜甫詩，知此傳所敘多實事。）是唐吳楚間民間猶保存清樂也。宋沈括夢溪筆談卷五稱“古樂有清商三調。今樂部中有三調，樂品皆短小，惟道調小石法曲用之。”是宋樂部中猶有清樂也。武林舊事卷七載淳熙三年五月駕詣德壽宮進香。移宴清華，看蟠松。宮嬪五十人皆仙妝奏清樂。又載淳熙九年八月駕過德壽宮。晚宴香遠堂。池南岸列女童五十人奏清樂。是宋禁中女樂有清樂也。宋街坊有清樂社，見都城紀勝社會篇云：“此社風流最盛。”武林舊事卷二社會篇有清音社。夢粱錄卷十九社會篇有女童清音社。清音清樂義同。是宋民間猶有清樂也。金蔡松年明秀集卷三雨中花詞序稱在汴招友小集，而樂府有清音人雅善歌雨中花。元史卷一四七史天倪傳，稱天倪曾祖倫，金末以俠稱於河朔。倫卒，河朔諸郡結清樂社四十餘，社近千人，歲時像倫而祠之。倫金中都大興府永清縣人。是不惟宋有清樂，即金大都市及郡邑亦皆有清樂也。清樂本漢魏六朝俗樂。至隋，以其聲清近雅，謂之清樂。胡樂在隋唐世是新聲，以其爲宴私之樂，謂之讌樂。又對雅樂言，謂之俗樂。實則雅俗隨時勢而異，非定稱。若傀儡戲乃真正俗樂。自漢以來，始終爲散樂；其伎不列於樂部，人不齒於正員。顧其音乃獨清。豈非古道猶存於鄉里，俗之中固有雅者在歟？然武林舊事所云“街坊清樂傀儡”，似指舞隊言，不兼杖頭懸絲諸傀儡言之。余謂杖頭懸絲諸傀儡所用樂，應與舞隊無異。觀黃山谷詩云：“世間盡被鬼神誤，看取人間傀儡棚；煩惱自無安腳處，從他鼓笛弄浮生。”味詩意，所詠乃扮演雜劇之傀儡。詩但就鼓笛言，是杖頭懸絲諸傀儡所用樂，亦以鼓笛爲主，與舞隊同也。

　　吾因此而思及一問題：即宋元以來南曲與北曲，其音何以不同是。南曲輕清，北曲沉着，其判別顯然。清儒之論樂者如凌廷堪等,皆謂南曲本出清樂。夫清樂乃漢魏六朝之樂,南曲乃元明樂。元明樂何以與漢魏六朝樂發生關係?且南曲曲名同於唐宋詞調者十之五六。唐宋詞調是讌樂。曲名同唐宋讌樂,何以音反出於漢魏六朝清樂?此言乍聞之似有理,細按之則滯礙甚多。余久疑此事,今日論傀儡樂,於此問題乃似有開悟。蓋肉傀儡出於杖頭或懸絲傀儡;南曲戲文北曲雜劇,又出於肉傀儡。弄傀儡人所唱詞本無曲名。去此等詞而以有曲名之時行曲子出於唐宋讌樂者代之,則成南北曲劇本。設易其詞而保留其樂,歌時行曲子詞,而以傀儡戲之清樂和之,則成南曲矣。設易其詞而兼廢其樂,歌時行曲子詞,而以其本來樂之同於唐宋讌樂者和之,則成北曲矣。北曲以琵琶爲主,與唐宋讌樂同。明其與讌樂同源也。南曲以笛爲主,與傀儡戲所用清樂同。明其與傀儡戲清樂同源也。故余謂:清儒云南曲出於清樂,其論本非錯誤。但中間尚隔一層。南曲與清樂發生關係,乃以傀儡戲爲媒介。此清儒所未想到者。南曲曲名多出於唐宋讌樂。讌樂自讌樂,清樂自清樂,二者本無關係也。有媒以合之,則無關係者可發生關係。不唯發生關係而已,且融而爲一,另成一種新音樂。此余之説也。余此説自謂有理。以明人論曲之言證之,益覺言之不誤。明之徐文長號爲知音。其撰南詞叙錄稱"南曲本無宮調,亦罕節奏,徒取順口可歌而已。"文長之論南曲如此,可謂深切著明。然南曲何以無宮調?文長尚未言其故。余今爲文長更進一解。南曲所以無宮調者,以南曲所用樂與傀儡戲清樂同,清樂本無宮調也。本無宮調,而强以隋唐讌樂之宮調合之,則滯矣。此南曲譜等書之可以不作也。謂南曲直接出於清樂,此清儒之説也。清儒之説,固亦未嘗無理。然無以解南曲曲名同讌樂而音反近於清樂之故。今之南曲,果保有六朝遺音否?其保存成分究有若干?已不可知。然其聲清而近雅,固是事實。依余之意,南曲若果與六朝清樂有關如清儒所說，則南曲戲文興於南宋之末，上距梁陳已七八百年，在此期間，梁陳清樂，其未散亡者縱可保留於南方，不至絶響；然當唐宋讌樂盛行之時，此種清樂必爲讌樂壓倒，退而爲民間俗樂，或爲民間俗樂所吸收。傀儡戲者，民間俗樂之一。南曲戲文扮演，既出於傀儡戲，則其音之近於六朝清樂，自必因所從出之傀儡戲爲清樂之故。其事固甚明也。清儒以北曲詞音雄遠，出於唐宋讌樂；遂謂與之相反之南曲，出於六朝清樂。實則南曲與六朝清樂之比，尚非如北曲與唐宋讌樂之比。以北曲即讌樂，而南曲非即六朝清樂也。且南曲與六朝清樂之間，尚有宋之街陌清樂，與隋唐時南方之民間俗樂。此等樂與六朝清樂之關係，視南曲與六朝清樂之關係當更密切。而清儒之論南曲者，於此等樂全未顧及。故余謂尚隔一層也。南曲既不同唐宋讌樂，又非即六朝清樂。其在聲樂上之地位果居何等？余謂：南曲曲名既從唐宋讌樂出，則其歌之曲折，與讌樂非毫無關係。特採讌樂中曲子而以當時之清樂和之，其音遂與讌樂不同，與自讌樂出之北曲亦不同。以是言之，則南曲乃讌樂曲子之入清樂者耳。移讌樂曲子入清樂，則已非讌樂。故其曲雖出於讌樂，而音反與六朝之清樂近。元以來南北曲，其音何以不同，爲近代戲曲史上一大問題。明人知其不同，而不能言其故。清人欲推尋其故，而所知尚不徹底。近人研究戲曲，似尚無暇注意及此。余今因論傀儡戲，偶然思及此問題。乃欲憑其私見發已往之覆，亦可謂不自量度矣。閉門積思，何敢云鑿破此片田地。姑錄存於此，以俟知者。

　　（二）夢溪筆談所記叫子。

　　卷十三權智篇云：

　　　　世人以竹木牙骨之類爲叫子，置人喉中吹之，能作人言,謂之顙叫子。嘗有病瘖者,爲人所苦,煩寃無以自言。
聽訟者試取叫子,令顙之作聲如傀儡子,粗能辨其一二。其
寃獲申。此亦可記也。

據此,知宋人扮傀儡戲用叫子。叫子又見宋徐夢莘三朝北盟會
編卷一三五。云建炎三年,邵青與周虎戰,口吹叫子。此則作號
令軍士用者,與筆談所記異。清俞正燮癸巳類稿卷二簧考謂簧
即哨子,喇叭、瑣吶、口琴皆有之。其單用者則曰哨子,亦曰叫
子。引宋陳暘樂書之言"今民間有鐵葉簧,削銳其首,塞以臘蜜,
橫之於口,呼吸成聲"云云。正燮所考,其爲明悉。按百回本水
滸傳第四十九回載樂和之言曰:"人見我唱得好,都叫我做鐵叫
子樂和。"以樂和善唱,目之爲鐵叫子,猶言口如簧耳。水滸傳是
元人書,知元有鐵叫子,不獨宋也。叫子可象人聲,亦作樂器用。
宋之傀儡戲用叫子,爲作人言乎? 爲作樂器用乎? 如夢溪筆談
所記,則似專爲作人言之用。然據都城紀勝、夢粱錄,宋之傀儡
戲,敷衍煙粉、靈怪、鐵騎、公案、史書歷代君臣將相故事。其話
本或講史,或作雜劇,或如崖詞。講史乃説話之一門。崖詞即陶
真,陶真亦説唱故事。由此知宋之傀儡戲,其話本演唱近乎今之
説書。説書人演説不用口,唯用叫子代口舌之用,此事殊不近
理。故余疑宋傀儡戲叫子,未嘗不作樂器用。其用叫子作人言,
似但於肖某種聲口時偶一爲之,非演説一律用叫子。此可以今
事證之。今北京街頭所見小規模傀儡戲,俗謂之"苟利子"。其
樂器無管絃,僅有叫子及鑼鼓。其叫子以銅爲之,業是者呼爲口
琴子。其扮戲有大出有小出。小出者滑稽小劇也。其大出用叫
子有三途:一、凡導木偶人上場及送木偶人下場皆吹叫子。其木
偶人上場舞蹈步趨時亦以叫子和之。二、歌謳時以叫子和之。
三、以叫子象某種聲音,如雞聲及小兒啼哭聲之類是。其小出有

白無唱。凡扮小出，於語言對答時，此代言用口語，則彼用叫子
作人言。蓋一人不能作二人語聲，故肖另一人語聲，即以叫子爲
之。所以示語音有別耳。今之傀儡戲用叫子或象人聲禽聲；或
作樂器用。宋之傀儡戲想亦如此。然則夢溪筆談所云瘖者不能
言，聽訟者使用叫子作聲如傀儡子者，特就叫子象人聲一端言
之，非謂宋傀儡戲叫子不作樂器用也。宋之傀儡戲係清樂，其樂
器中有叫子，此事頗可注意。蓋由此可發生一疑問：即樂用叫
子，是否限於清樂？傀儡戲用叫子，是否以其爲清樂之故也？叫
子即唐之吹葉，俞正燮癸考已言之。新唐書卷二十一禮樂志載
清商伎有吹葉。其文云：

> 清商伎者，隋清樂也。有編鐘、編磬、獨絃琴（舊唐書二十
> 九音樂志作“三絃琴”）、擊琴、瑟、秦琵琶（殿本“秦”作“奏”，誤）、卧箜
> 篌、筑、箏、節鼓：皆一。笙、笛、簫、篪、方響、跋膝：皆二。歌
> 二人，吹葉一人（舊書音樂志作“葉二”），舞者四人。

樂府詩集卷四十四清商曲辭序云：

> 清商樂器有鐘、磬、琴、瑟、擊琴、琵琶、箜篌、筑、箏、節
> 鼓、笙、笛、簫、篪、塤等十五種爲一部。唐又增吹葉而無塤。

據新書，似吹葉本南朝清商伎所固有。據樂府詩集，則吹葉乃唐
所增。其不同如此。然樂府詩集言唐清樂無塤。檢新、舊書果
無此器。知樂府詩集之言可信。新、舊書記清樂，皆據唐事言之
耳。唐時吹葉，不僅用於清樂，即讌樂亦有之。如新唐書卷二十
一禮樂志載高宗製景雲河清歌，其樂有吹葉是也。遼所用大樂，
即唐景雲樂。故遼史卷二十三樂志載大樂樂器亦有吹葉。宋傀
儡戲之用吹葉，今不能證明以其爲清樂之故。故吹葉之用於傀
儡戲與否，與傀儡戲之爲清樂並無密切關係。特傀儡用吹葉，僅

見於夢溪筆談，他書不載。今述之，亦可資異聞云。

（三）宋元明樂之出於傀儡戲者。

宋柳永樂章集有仙呂郭郎兒近拍。北曲大石調有憨郭郎。此出於郭公戲者也。北曲中呂有鮑老兒，有古鮑老。南曲黃鐘過曲有鮑老催，近詞有耍鮑老。此出於"舞鮑老"者也。"郭公""鮑老"皆隊舞。金董解元西廂諸宮調卷四有傀儡兒。此所寫必爲杖頭懸絲等四種傀儡之歌詞唱聲。蓋傀儡隊舞皆有隊名，故柳永製曲及南北曲採其聲，俱以隊名名之。今可考之杖頭懸絲等四種傀儡，皆在戲幄中扮演之戲；既非如隊舞之有隊名可稱，又不可以劇之題目名之，故但稱爲傀儡兒曲耳。諸傀儡歌聲，在肉傀儡戲未進而爲戲文雜劇之前，已爲知音者採其聲入曲子詞。及進而爲戲文雜劇，遂與他曲子詞同爲編劇者所採用。戲文雜劇，本排斥傀儡兒詞以時行曲子代之者，今則傀儡兒詞歌聲，反藉戲文雜劇以傳。斯亦異事矣。

一九四四年九月

附記

本文第二章所引荊楚歲時記"胡公頭"，亦見梁書五十四。云："倭男女皆露紒。富貴者以錦繡雜采爲帽，似中國胡公頭。"又云："于闐王玉冠金幘，如今胡公帽。"據此，知梁時逐除人所戴胡公頭，其頭上施帽，帽以錦繡雜采爲之也。

一九五二年六月八日記

近世戲曲的唱演形式出自傀儡戲影戲考

一　唐以前之傀儡戲

傀儡戲、影戲與崑弋亂彈諸大戲，今尚鼎足而三。傀儡戲人物，雕木爲之。影戲人物，雕皮爲之。皆寓人也。元明雜劇戲文與後之崑曲亂彈等，其人物以真人充之，此與傀儡戲、影戲絕對不同者。然其設爲種種人物以之扮演故事則一也。以真人扮戲，在古已有俳優侏儒。魏晉以降，有弄參軍，有弄假婦人。宋有雜劇，金元有院本。宋又有戲文，元又有雜劇。其名目紛紜，大抵因時因事而異。其事之見於前人載籍班班可考者，王靜安先生宋元戲曲考述之已詳。至傀儡戲之始，宋元戲曲考引通典，以爲本喪家樂，漢末始用之於嘉會。又引顔氏家訓傀儡子一名"郭秃"之説，謂即唐傀儡戲之"郭郎"。又引封氏聞見記："大曆中太原節度使辛雲京葬日，諸道使人脩祭。范陽祭盤最高大，刻木爲尉遲鄂公突厥鬥將之象，機關動作，不異於生。又設項羽與漢高祖鴻門會之象，良久乃畢。"靜安先生所引只此三條。以余所知，則尚有出於靜安先生所引之外者。裴松之注魏書杜夔傳云："時有扶風馬鈞，巧思絕世。"以下據傅玄所序馬先生事書云："鈞字德衡，魏明帝時人。有上百戲者，能設而不能動。帝問鈞：

可動否？對曰:可動。受詔作之。以大木雕構使其形若輪,平地施之,潛以水發焉。設爲女樂舞象,至令木人擊鼓吹簫。作山嶽,使木人跳丸、擲劍,緣絙倒立,出入自在。百官,行署,舂磨,鬥鷄,變巧百端。"宋元戲曲考"上古至五代戲劇"章,引魏略所記明帝引穀水過九龍殿前水轉百戲事,當與此爲一事。(魏明帝青龍三年秋,洛陽崇華殿災,令有司復崇華。時郡國有九龍見,故改名曰九龍殿。見三國志魏書卷三明帝紀及卷二十五高堂隆傳。)此魏之傀儡戲也。元葛邏禄迺賢河朔訪古記卷中載"後趙石虎華林苑在臨漳縣。至高齊武成間增飾之,改曰仙都苑。苑中有四海。北海之密作堂,周迴二十四架,以大船浮之,以水爲激輪。堂爲三層。下層刻木人七:彈筝、琵琶、箜篌、胡鼓、銅鈸、拍板、弄盤等,衣以錦繡,進退俯仰,莫不中節。中層刻木僧七人:一僧執香盒立東南角;一僧執香爐立東北角;五僧左轉行道,至香盒所,以手拈香。至香爐所,其僧授香爐於行道僧。僧以香置爐中,遂至佛前作禮。禮畢,整衣而行。周而復始,與人無異。上層作佛堂,旁列菩薩衛士。帳上作飛仙右轉,又刻紫雲左轉。往來交錯,終日不絕。皆黃門侍郎博陵崔士順所製。奇巧機妙,自古罕有。"不言所本。疑出唐馬温鄴都故事。崔士順,北齊書、北史無專傳。其事跡分見魏書卷五十七、北史卷三十二崔挺傳、北齊書卷十六段榮傳、卷三十一王昕傳。合諸傳觀之,知士順乃後魏名臣崔挺之孫,崔孝直之子。魏末爲儀同開府行參軍。仕齊,爲文宣所親。文宣怒中書舍人李文師,賜士順爲奴。後主時,位太府卿,儀同三司。勅濬京城北隍,尚書右僕射段孝言典監作。士順與將作大匠元士將等,並在孝言部下典作。蓋名家子而以伎進者也。河朔訪古記"仙都苑",北齊書後主紀武平三年、北齊書卷三十七、北史卷五十六魏收傳,均作"玄洲苑"。北齊書卷十二樂陵王百年傳作"玄都苑"。疑河朔訪古記"仙都苑”，乃傳寫之誤。此北齊之傀儡戲也。太平廣記卷二二六水飾圖經條引大業拾遺，載“隋煬帝以三月上巳會群臣於曲水，以觀水飾。扮神龜負八卦出河授伏羲，呂望釣磻溪，劉備乘馬過檀溪，周處斬蛟，秋胡妻赴水，巨靈開山等，總七十二勢，皆刻木爲之。或乘山，或乘平洲，或乘盤石，或乘宮殿。木人長二尺許，衣以綺羅，裝以金碧，及作雜禽魚鳥，皆能運動如生，隨曲水而行。又間以妓航，航長一丈，闊六尺。木人奏音聲，擊磬，撞鐘，彈箏，鼓瑟，皆得成曲。及爲百戲跳劍，舞輪，昇竿，擲繩，皆如生無異。雕裝奇妙，周旋曲池，同以水機使之。”按：廣記引拾遺，不言煬帝上巳觀水飾在何年何地。據通鑑卷一八三，始知事在大業十二年，其地乃東都西苑。大業拾遺乃杜寶撰。寶隋學士，入唐官著作郎。其書宋人所傳有十二卷本，有十卷本，書名亦不一致。王明清揮塵餘話卷一作大業幸江都記，云書十二卷，明清家有之，承平時揚州印本也。直齋書録解題卷五，作大業雜記，云書十卷，引其序言“貞觀脩史未盡實録，故爲此書以彌縫闕漏”。通鑑記水飾事，與廣記引拾遺同。而考異但引雜記，不引拾遺，雜記拾遺當是一書二名。寶此文稱“水飾皆出自黃袞之思。寶時奉勅撰水飾圖經，及檢校良工圖畫。既成，奏進。（據此水飾圖經乃圖畫本。魯迅先生古小說鉤沈引寶此文目爲水飾圖經，是以寶大業拾遺記爲水飾圖經也。）敕遣寶共黃袞相知，於苑内造此水飾。故委悉見之。”黃袞名見隋書卷六十八何稠傳，云“時有黃亘者及其弟袞俱巧思絕人。煬帝每令其兄弟直少府將作。凡有所爲，何稠先令亘袞立樣。當時工人皆稱善，莫能有所損益。”袞所造水飾，有妓樂，有百戲，與馬鈞崔士順所造同。而更有扮演故事之劇，較馬鈞崔士順所造尤爲複雜。惟木人之活動，仍以水機發之，與後世之藉手法運轉者不同。此隋之傀儡戲也。唐之傀儡戲，其發達狀況如何，今不能詳考。然如舊唐書卷九音樂志載散樂歌舞戲有大面、撥頭、踏搖娘、窟礧子等戲。玄宗以其非正聲置教坊於禁中以處之。此唐時禁中有傀儡之證。孫光憲北夢瑣言卷三，稱唐崔侍中安潛鎮西川，頻於宅使（宅使疑當作使宅。使宅者節使之宅，唐人書中多有此語。）堂前弄傀儡子。軍人百姓，穿宅觀看，一無禁止。安潛大中三年進士。乾符五年，繼高駢鎮西川。廣明元年罷府。在蜀僅三年。舊書卷一七七、新書卷一一四有傳。據北夢瑣言此條所記安潛事，可爲唐時傀儡戲承應貴邸之證。韋絢劉賓客嘉話録，稱大司徒杜公在維揚，嘗召賓幕閑語：我致政之後，必買一小駟，飽食訖而跨之。著一粗布襴衫，入市看盤鈴傀儡足矣。後致仕，果行前志。大司徒杜公即杜佑。佑貞元間爲淮南節度使。元和元年，册拜司徒。故以司徒稱之也。盤鈴，胡樂器之名。新唐書卷二一七下黠戛斯傳云：“其樂有笛、鼓、笙、觱篥、盤鈴。”梁元帝夕出通波閣下觀妓詩云：“胡舞開齋閣，鈴盤出步廊。”樂府詩集卷四十九載南朝無名氏共戲樂曲云：“腰鼓鈴柈各相競。”鈴盤當即盤鈴。新唐書卷二二二下驃國傳，載貞元中驃國王雍羌所獻樂有鈴鈸。云“鈴鈸二，制如龜兹部，周圓三寸，貫以韋，擊磕應節。”余初疑鈴鈸即鈴盤。而黠戛斯與驃，一接北庭，一在西南徼外，相去絶遠，不容樂器相同。及讀文獻通考卷一三四樂考，載“銅鈸亦謂之銅盤。其圓數寸，中間隆起如浮漚。出西戎南蠻扶南、高昌、疏勒之國。大者圓數尺，以韋貫之，相擊以和樂。唐之燕樂清曲有銅鈸相和之樂。今浮屠氏清曲用之”云云。乃悟盤鈴、鈴盤、鈴鈸，實是一物，即今之鈸也。嘉話録所謂盤鈴傀儡者，乃緣當時扮傀儡所用樂器有盤鈴得名。佑京兆萬年人，甲第在安仁里。此唐時京師市上有弄傀儡伎之證。舊唐書卷一七七崔彦曾傳，稱龐勛叛，每將過郡縣，先令倡卒弄傀儡以觀人情。此唐時弄傀儡伎已普及於州縣之證。段安節樂府雜録，稱傀儡子始於陳平用計，爾後樂家翻爲戲。其引歌舞有郭郎，髮禿善優笑，凡戲場必在俳兒之首。段成式西陽雜俎前集卷八，載傀儡戲有郭公。云高陵縣鏤身者右臂上刺葫蘆，上出人首，如傀儡戲郭公者。郭公當即郭郎。安節乃成式之子。據其父子所記，知唐時弄傀儡有郭郎，與六朝時同。郭郎乃引歌舞者，可爲唐隊舞有傀儡之證。唐之傀儡戲，余所能言者止此。至於影戲，則宋以前無聞。宋元戲曲考引高承事物紀原云：宋仁宗時，市人有能談三國事者，或採其説加緣飾作影人。始爲魏吳蜀三分之象。是謂影戲起於宋仁宗時。按宋之伎藝多承唐五代之舊。如小説後世相傳，云起於宋仁宗時。而唐之俗講，實爲小説之先河。影戲雖不見於唐五代載籍，然稽其原始，果真起於宋仁宗時否，尚未易言也。

二　宋人記雜伎藝之書

唐之雜書小記多言伎樂，而罕及雜伎藝。故今欲考傀儡戲影戲之事，求之於唐人書，苦不能詳。而宋人言風土之書，多有記雜伎者。其家數門庭以及扮演之人，雖在今日，猶可考見。故今述傀儡戲影戲於宋爲詳。此非宋宜詳而唐可略也，以宋有其書而唐無之耳。宋人記風土之書，今可見者五種：一曰孟元老東京夢華録，前載紹興十七年丁卯自序。二曰灌園耐得翁都城紀勝，前載端平二年乙未自序。三曰西湖老人繁勝録，此書無序，不知何年作。余所閲涵芬樓秘笈本有孫毓脩跋云："作者姓名，闕焉不詳。以書中慶元油錢一條（按：見"街市點燈"條）考之，其人當生於寧宗時。耐得翁書，據其自序成於理宗端平二年。老人生世，當先於耐得翁。"余按是書稱寧宗聖節，金國奉使賀生辰畢，觀江潮。云云。稱廟號，知書成在寧宗之後。其所記伎藝人多與吳自牧夢粱録同。夢粱録書成在度宗之後，而記伎藝人多是理宗淳祐以後人。故余疑繁勝録成書，至少當在淳祐後。而都城紀勝成書，在理宗端平二年，以時考之應較繁勝録爲早。毓脩謂老人生世先於耐得翁，殊未必然。故余寧置此書於都城紀勝之後。四即夢粱録。四庫全書提要釋是書云：“首有自序，云緬懷往事殆猶夢也。故名夢粱録。末署甲戌中秋。甲戌爲宋度宗咸淳十年，其時宋未亡，意甲戌字乃傳寫訛錯。”余按自牧此書，實成於度宗之後。卷三皇帝初九日聖節篇云：“四月初九日度宗生日。”卷八宗陽宮篇云：“齋曰會真，澄妙，常淨；俱度廟奎藻。”稱廟號，其證一。卷五郊祀年駕宿青城端誠殿篇云：“向於咸淳年間，度宗親饗南郊，祀用正月朔，正係上辛日行事。”此追憶咸淳事，其證二。度宗紀元雖止於咸淳十年，然下距臨安之破僅二年。是時國事已非。其序署甲戌，或是書後成序先作，或紀年傳寫有誤，則不可知矣。五曰周密武林舊事。其自序不紀年，書成實在宋亡之後。以上東京夢華録記汴京事，都城紀勝以下四書皆記行都臨安事。以其事考之，夢華録所書，皆宣政間事也。都城紀勝所書，乃寧宗理宗時事也。繁勝録、夢粱録所書，皆理度間事也。武林舊事則雜取諸書，間據耳目聞見書之。故其記樂部及雜伎藝人，卷四則有乾淳教坊樂部名單；卷一則有理宗朝禁中壽筵樂次及祗應人名單；卷六諸色伎藝人篇，則又有記南渡後諸色伎藝人之分類名單。此分類名單，余以本書及他書參互考之，知其人之值乾淳世者少，值理度世者多。且有乾淳時人至理宗時猶存者。則緣據當時見聞書之，第取其著者近者，故於乾淳間伎藝人不能備書也。此五書，夢華録可代表北宋，都城紀勝以下四書可代表南宋。今以此五書爲主，刪繁舉要，略述宋朝傀儡戲影戲之事。

三　宋之傀儡戲

夢華録卷五京瓦伎藝篇云："杖頭傀儡任小三（余所閲津逮秘書本，"杖頭"誤作"枝頭"），每日五更頭回小雜劇，差晚看不及矣。懸絲傀儡張金線。李外寧藥發傀儡。"所舉凡三目。而他處所載，尚有水傀儡。即本書合觀之，實有四目。此處杖頭傀儡、懸絲傀儡，皆先舉伎藝名目，後舉擅是藝之人。獨藥發傀儡，則先舉人後舉其所擅之藝。句法參差。余斷定"李外寧藥發傀儡"爲一句。"李外寧"應屬下讀，不屬上讀。以本書卷六元宵篇稱"李外寧藥法傀儡"，與此合。卷七池苑縱人關撲游戲篇稱："隨駕藝人池上作場者，宣政間李外寧水傀儡。"知李外寧實以藥發傀儡而兼水傀儡者也。"藥發"亦作"藥法"，其藝今不詳。

都城紀勝瓦舍衆伎篇，載傀儡有四目：曰懸絲傀儡，曰杖頭傀儡，曰水傀儡，曰肉傀儡。肉傀儡始見此書。所舉四目，除肉傀儡外，餘皆見夢華録。夢華録尚有藥法傀儡，此不舉之。然考上文，所舉雜手藝中實有藥法傀儡。則斯書所記傀儡戲實得五目也。繁勝録瓦市篇，稱杖頭傀儡陳中喜、懸絲傀儡盧金線（涵芬樓秘笈本"盧"誤"爐"），水傀儡劉小僕射，而無弄肉傀儡及藥法傀儡之人。所舉僅三目。

夢粱録卷二十百戲伎藝篇，記傀儡亦三目，與繁勝録同。其言曰："懸絲傀儡，今有金線盧大夫、陳中喜等，弄得如真無二，兼之走線者尤佳。更有杖頭傀儡，最是劉小僕射家數果奇。其水傀儡者，有姚遇仙、賽寶哥、王吉、金時好等，弄得百憐百惜。"按夢粱録所舉藝人，如陳中喜、劉小僕射，昔見繁勝録，又見於武林舊事。以此二書考之，則所記實有誤。陳中喜，武林舊事傀儡條不注其擅何傀儡。然繁勝錄明言杖頭傀儡陳中喜,不云懸絲傀儡。此或兼長二藝,二書任舉其一,亦未可知。劉小僕射,繁勝錄云其人長水傀儡。武林舊事所注亦同。俱不云長杖頭傀儡。當時長杖頭傀儡者,武林舊事所載有張小僕射。然則夢粱錄所云杖頭傀儡劉小僕射者,應是張小僕射之誤。其水傀儡王吉,繁勝錄、武林舊事述傀儡俱無之。然吉實承應內庭之人。夢粱錄卷三宰執親王上壽篇卷二十伎樂篇並有王吉。據此二處所記,吉乃景定咸淳間臨安府衙前樂撥充脩內司教樂所雜劇色人員。蓋以雜劇色而兼長水傀儡者也。

　　武林舊事卷六諸色伎藝人篇,傀儡下注云:"懸絲、杖頭、藥發、肉傀儡、水傀儡。"所注五目,與都城紀勝全同。下舉十人。其人名下注杖頭者張小僕射也。注水傀儡者,劉小僕射也。劉小僕射名已見繁勝錄。注肉傀儡者,張逢喜、張逢貴弟兄也。餘六人無注。然有不煩注者:如陳中喜名見繁勝錄,又見夢粱錄,所長非杖頭傀儡即懸絲傀儡。陳中貴乃其兄弟行。以張逢喜、張逢貴例之,其習業必與中喜同。如盧金線、張金線,一見而知爲長懸絲傀儡之人。盧金線名已見繁勝錄。夢粱錄有金線盧大夫,當是一人。余疑其人則是盧逢春,乃理宗朝祗應人。何以知之?武林舊事卷一聖節篇,載理宗天基聖節排當樂次,盧逢春凡兩見,其承應之藝皆爲傀儡。此樂次後所附祗應人名單,又書"弄傀儡盧逢春等六人"。武林舊事所載藝人,多爲理度間人;而度宗在位僅十年。則繁勝錄、武林舊事所稱盧金線,夢粱錄目爲"金線盧大夫"者,殆是逢春無疑也。武林舊事所書弄傀儡藝人名,較他書爲詳。然夢粱錄所載弄水傀儡之姚遇仙、賽寶哥、王吉、金時好四人,則並未之及。

　　以上五書所記傀儡戲色目,繁簡不同。今合爲一表,以資比較:

	東京夢華録	都城紀勝	西湖老人繁勝録	夢粱録	武林舊事
杖頭傀儡	有	有	有	有	有
懸絲傀儡	有	有	有	有	有
藥發傀儡	有	有			有
水傀儡	有	有	有	有	有
肉傀儡		有			有

其諸書所記伎藝人，今亦各從其藝，合爲一表。其在汴京與行都者，分別書之：

京師

　　　杖頭傀儡　　　任小三

　　　懸絲傀儡　　　張金線

　　　藥發傀儡　　　李外寧_{宣政間御前祇應人}

　　　水　傀　儡　　李外寧

行在

　　　杖頭傀儡

　　　　　陳中喜　　　陳中貴　　　張小僕射

　　　懸絲傀儡

　　　　　盧金線_{盧大夫疑即盧逢春，理宗時御前祇應人}

　　　　　張金線_{名見武林舊事，與夢華録所載張金線不知是一人否}

　　　藥發傀儡

　　　　　藝人不詳

　　　水　傀　儡

　　　　　劉小僕射　　王　吉_{度間御前祇應人}

　　　　　姚遇仙　　　賽寶哥　　　金時好

　　　肉　傀　儡

　　　　　張逢喜　　　張逢貴

不知所專何藝二人名見武林舊事卷六諸色伎藝人篇傀儡門

鄭榮喜　　劉　貴武林舊事卷四乾淳教坊樂部雜劇色和顧
　　　　　　　人有劉貴，豈即此人乎

以上據夢華錄等五書述傀儡戲色目及擅長之人，考其同異，辨其訛誤，並列表以明之。讀者於宋傀儡戲之門庭家數，已可明了，然於傀儡戲諸色目尚未加以解釋也。按：宋之傀儡戲，諸書所記，至多者不過五色。此五色如杖頭傀儡，今猶可於街頭見之，北京人謂之托偶；其傀儡較大扮演時人物尤多者，則謂之大台宮戲，今已少見。懸絲傀儡，即後世之提偶，清末猶行於京內外各處，今北京已少見。然年事稍長之人固曾見之，能言其事。此二者皆不煩解釋。藥發傀儡，疑與煙火有關；然事難質言，今亦可勿論。其應加以解釋者，唯水傀儡及肉傀儡二種。今詳述之：

水傀儡者，其事意等於隋杜寶大業拾遺所云水飾。隋之水飾據寶所記，乃運用機關，激水發之。宋之水傀儡則不如此。其運動木人似全憑手法。夢華錄卷七駕幸臨水殿觀爭標錫宴篇，載殿前設水傀儡之事甚詳。今錄其文如後：

　　近殿中列兩船，皆樂部。又有一小船，上結小綵樓，下有三門，如傀儡棚，正對水中樂船。上參軍色進致語。樂作，綵棚中門開，出小木偶人，小船子上有一白衣人垂釣，後有小童舉棹划船，繚繞數回，作語。樂作，釣出活小魚一枚。又作樂，小船入棚。繼有木偶築毬舞旋之類，亦各念致語，唱和。樂作而已。謂之水傀儡。

此文記水傀儡之排當雖詳，而語未明晰。尋繹其詞，其事似爲小船中貯水。上結綵棚，綵棚中門開，有等於砌末之小船子出。此小船上有一木偶人白衣垂釣，後有童子划船。旋釣得活魚一枚。

其釣舟旋轉數回，其木偶人且有人代之作語。此雜劇也。惜不舉其名。小船入棚，繼有木偶築毬舞旋，此百戲也。水傀儡扮雜劇，亦兼演百戲，南渡後猶然。如夢粱錄百戲伎藝篇，稱水傀儡有姚遇仙等，弄得百憐百惜。兼之水百戲往來出入之勢，規模舞走，魚龍變化奪真，功藝如神。是也。其弄傀儡人當隱於棚後。其參軍色進致語者，當在棚前真船上。其云結綵樓下有三門如傀儡棚者，事甚異。凡戲樓裝置，其門有二：一爲腳色上場所經；一爲出場所經。未聞有三門者也。此或綵棚臨時縶縛，因事制宜，或宋之傀儡棚自有二門。今不可知。宋之水傀儡伎，每呈於御前。夢華錄此條所記，與余上文所引夢華錄李外寧弄水傀儡事，或是一事。其承應在金明池，乃宣政間事。南渡後車駕觀潮及内宴，亦皆呈此伎。武林舊事卷七，載淳熙十年八月，駕詣德壽宮，奉迎太上觀潮閱水軍。市兒弄水者，持綵旗踏浪，至海門迎潮。又有水傀儡水百戲等，各呈伎藝。又載淳熙九年八月，駕過德壽宮，起居太上。同過射廳觀御馬院使臣打毬，進市食，看水傀儡。是其例也。車駕每歲三月幸金明池及八月觀潮，皆爲故事。水傀儡與他伎俱呈，不足爲異。至禁中泛索小宴，亦呈此伎，則似上皇於水傀儡特感興味矣。元時内庭承應戲，不知有水傀儡否。蘇天爵滋溪文藁卷二十三故嘉議大夫江西湖東道肅政廉訪使董公行狀稱：“工曹專掌營造。近侍請於禁中海子爲傀儡之戲，擬築水殿以備乘輿游觀。公言聖明在上，豈宜作此。宰臣是其言，遂罷其役。”董公即董訥。訥仁宗時爲工部主事、工部郎中。則訥建言罷水殿役，乃仁宗時事也。據此知元時確有水傀儡戲。惟宮廷承應是否有之，今不可知耳。明季則宮廷特尚之。毅宗數於玉熙宮觀水傀儡。及聞李自成入開封，宗藩被殺，乃罷不觀。其制則劉若愚酌中志卷十六載之甚詳，可與夢華錄參看。今錄其文如後：

水傀儡戲，其制用輕木雕成海內四夷蠻王及仙聖將軍士卒之像，男女不一。約高二尺餘，止有臀以上，無腿足，五色油漆，彩畫如生。每人之下平底，安一榫卯，用三尺長竹板承之。用長丈餘闊一丈深二尺餘方木池一箇，海山仙館本作“長寸餘闊數尺”，誤。今據舊鈔本改。錫鑲不漏，添水七分滿。下用凳支起。又用沙圍屛隔之。經手動機之人，皆在圍屛之內自屛下游移動轉。水內用活魚、蝦、蟹、螺、蛙、鰍、鱔、萍藻之類浮水上。聖駕陞座向南，則鐘鼓司官在圍屛之南，將節次人物各以竹片托浮水上，游鬥頑耍。另有一人執鑼在旁宣白題目，替傀儡登答讚導喝采。讚導海山仙館本作道揚，今據舊鈔本改。或英國公三敗黎王故事，或孔明七擒七縱，或三寶太監下西洋，八仙過海，孫行者大鬧龍宮之類。唯暑天白畫作之。其人物器具，御用監也。水池魚蝦，內官監也。圍屛帳幔，司設監也。大鑼大鼓，兵仗局也。乍觀之似可喜。如頻作之，亦覺繁費無味。

以若愚所記與夢華錄較，夢華錄記水傀儡謂於小船上行事，此云用方木池。蓋一承應於池上，一承應於殿陛。其承應之地不同，故貯水之方亦異。宋之綵棚，明以紗圍屛代之。宋之弄水傀儡有參軍，明不然。此排當節次之稍異者。要其大端無何等差別耳。

宋之水嬉尚有教舞水族。此亦百戲之一，與教飛禽同科，而此尤難。周密癸辛雜識後集“故都戲事”條載一事云：“呈水嬉者，以髹漆大斛滿貯水，以小銅鑼爲節，凡龜鼈鰍魚皆以名呼之，即浮水面，戴戲具而舞。舞罷即沉。別復呼其他，次第呈伎焉。”密記此事，云垂齠時隨其父在故都（臨安）所見，自後不復有之。按：此戲在宋亦爲承應雜伎，其事即見密所撰武林舊事中。卷七

載淳熙十一年六月，車駕過宮起居太上。進大金盆一簡，盛七寶
水戲。並宣押趙喜等教舞水族。卷三載淳熙間，壽皇每奉德壽
三殿游幸湖山。承平日久，樂與民同。凡游觀買賣，皆無所禁。
其趕趁人如教水族飛禽，水傀儡等不可指數云。教舞水族，即癸
辛雜識所稱水嬉。淳熙時既有此戲，後此宜必有之。顧密乃幼
時僅得一見，自後不復有見，何耶？趙喜，理宗時猶存。武林舊
事卷一，載理宗壽筵樂次，其初坐第七盞再坐第九盞雜手藝項
下，再坐第十五盞巧百戲項下，又衹應人笛色內，並出趙喜名。
知其人歷事孝、光、寧、理四朝，恩遇不淺，堪稱老供奉矣。教舞
水族與水傀儡雖同爲水嬉，而事不同。今因述水傀儡附記教舞
水族之事於此。

　　肉傀儡者，都城紀勝肉傀儡下注云："以小兒後生輩爲之。"
此八字甚可貴。以余文所引宋人雜記風土五書，唯都城紀勝、武
林舊事出肉傀儡之名，而武林舊事無解釋，余今日釋肉傀儡，僅
賴此八字知之也。然此八字猶嫌簡略。所謂肉傀儡"以小兒後
生輩爲之"者，將如何扮演？紀勝未作進一步之解說。余幸於夢
粱錄、武林舊事中尋得類似之事，似可間接說明肉傀儡扮演之
狀。雖不敢云確，當去事實不遠。夢粱錄卷二十妓樂篇云：

　　　　街市有樂人三五爲隊，擎一二女童舞旋，唱小詞。專沿
　　　街趕趁。元夕放燈，三春園館賞玩，及游湖看潮之時，或於
　　　酒樓，或花街柳巷妓館家衹應。但犒錢亦不多。謂之荒
　　　鼓板。

樂人三五爲隊，擎一二女童舞旋，唱小詞。舞旋當屬女童。方女
童之舞，擎者當隨其勢，自下助之。其唱小詞者，將爲女童乎？
將爲地上之樂人乎？此問題甚重要。惜夢粱錄未作詳細說明。
武林舊事卷二元夕篇云：

　　都城自舊歲冬孟駕回，則已有乘肩小女，鼓吹舞綰者數
十隊，以供貴邸豪家幕次之翫。自此以後，每夕皆然。三橋
等處，客邸最盛，舞者往來最多。每夕樓燈初上，則簫鼓已
紛然自獻於下。酒邊一笑，所費殊不多。往往至四鼓乃還。
自此日盛一日。

密詞人，其撰武林舊事，每叙景物，輒喜引詩詞證之。雖多浮詞，
間亦資考據。此處引姜白石詩二首，今錄於後：

　　燈已闌珊月色寒，舞兒往往夜深還；只應不盡婆娑意，
更向街心弄影看。

　　南陌東城盡舞兒，畫金刺繡滿羅衣；也知愛惜春游夜，
舞落銀蟾不肯歸。

次引吳夢窗玉樓春詞一首，亦錄於後：

　　茸茸狸帽遮梅額。金蟬羅翦胡衫窄。乘肩爭看小腰
身，倦態强隨閒鼓笛。　問稱家住城東陌。欲買千金應不
惜。歸來困頓殢春眠，猶夢婆娑斜趁拍。

夢窗此詞，今汲古閣本夢窗甲藁有之，題爲“京師舞女”。白石詩
所詠，亦盡是舞態，不關歌詞。知乘肩女童但舞而不歌，其歌者
乃地上樂人。且女童不惟不歌而已，其舞也尤須地上人爲之助。
以是言之，則此乘肩女童實肉傀儡也。其與肉傀儡異者，乃一爲
隊舞，一爲扮演故事之劇；一則向各處趕趁，一則在傀儡棚中扮
演。然其利用者皆爲小兒，故似異實同。故今日述肉傀儡扮演之
狀，無妨以擎女童之隊舞爲例。此等隊舞利用小兒，既以大人擎
之，則肉傀儡劇之以小兒爲傀儡，揣情度理，自當以大人擎之也。

　　樂人擎小兒舞，唱小詞，不惟宋有之，即清初猶然。故余之
釋肉傀儡，不僅於宋求其似，亦可於清初求其似。其似者爲何？

則清劉廷璣在園雜志所謂連像是也。廷璣記連像,在在園雜志卷三凡兩見。今備引之:

> 古者童子舞勺,蓋以手作拍,應其歌也。成人舞象,像其歌之情事也。即今里巷歌兒唱連像也。若雜劇扮演,則又踵而真之矣。

此第一條但謂連像合乎古人舞勺舞象之意,尚未言其事也。其第二條云:

> 小曲有節節高一種。節節高本曲牌名,取接接高之意。自宋時有之。武林舊事所載元宵節乘肩小童是也。今則小童立大人肩上,唱各種小曲,做連像。所駝之人,以下應上,當旋即旋,當轉即轉,時其緩急而節湊之。想亦當時鷓鴣天、柘枝之類。今日諸舞失傳,徒存其名。烏知後日之節節高,不亦今日之鷓鴣、柘枝也哉?

廷璣此條記連像,以武林舊事乘肩小童為比。是矣。顧其論連像,前則以舞勺舞象擬之,似謂舞而不歌。後則云小童立大人肩上,唱各種小曲,又似謂小童亦舞亦歌。何其無定論也? 余曾以廷璣所記連像語李君鑫午。李君者,北京人,余在輔仁大學授課所識。其人通時行諸曲子,意緒風流,且熟知清末歌舞之事。謂余:廷璣所稱,清末猶有之。但謂之耍小孩兒,不名連像。凡扮耍小孩兒,以一大人擎小兒,以下應上,作種種舞態。其左,一人司鼓;其右,一人司節次;其後,六七人司樂。凡歌,小兒先起一句,而眾和之;或起三句,眾和之;或起七八句,眾和之。不等。凡小兒歌,伺鼓聲之起。眾和,則司節次人首唱。其梗概如此。然四城風尚不同,亦有小兒徒舞而不歌者。如李君言,則清末之耍小孩兒,即廷璣在清初所謂連像。其伎未絕。若吾鄉滄州,則元宵節亦有大人結隊擎小兒之事。其小兒亦舞亦歌，謂之落子。亦猶燕下之耍小孩兒也。凡爲此等伎，其稱呼雖或因時地因歌聲而不同，要皆與宋隊舞之擎女童意合。其乘肩小兒，若徒舞而不歌，則亦與宋肉傀儡戲之以小兒爲傀儡意合。以數百年前事之偶見於前人記載者，今以在園雜志所記及近世事徵之，猶絲毫不爽如此。此非事之偶然相合，乃藝之互相關連，同幹異枝；且古今事相去不遠，行於古者未必不行於今。凡民間風俗習尚，其事之通於古者何限？第人多習而不察耳。若靜以察之，則以今證古，往往能得其事理，明其本末，所謂禮失而求諸野也。至後生爲傀儡，或不須人擎。説詳下文。

宋之水傀儡，夢華録記之已詳；余以明事徵之而其事益顯。宋之肉傀儡，都城紀勝語焉不詳；余以宋人所記隊舞擎女童者徵之，以清劉廷璣所記連像徵之，而得其似。如上文所述。今更言宋傀儡戲演唱之事。此處所謂傀儡戲演唱之事有二義：一爲所演之事，一爲演唱時所用之本。此二者惟都城紀勝、夢粱録所記爲詳。今即據此二書加以解釋：

都城紀勝瓦舍衆伎篇云：

> 凡傀儡敷演煙粉、靈怪故事，鐵騎、公案之類。其話本或如雜劇，或如崖詞。大抵多虛少實。如巨靈神、朱姬大仙之類是也。

夢粱録伎藝篇釋傀儡，即本都城紀勝而加詳。其文云：

> 凡傀儡敷演煙粉、靈怪、鐵騎、公案、史書歷代君臣將相故事。話本或講史，或作雜劇，或如崖詞。大抵弄此多虛少實，如巨靈神、朱姬大仙等是也。

都城紀勝釋傀儡，但云敷演煙粉、靈怪故事，鐵騎、公案之類。夢粱錄則益以史書。都城紀勝是理宗端平初年書。夢粱錄是度宗咸淳後書。然則都城紀勝紀端平以前事，其時弄傀儡者，唯是敷演煙粉、靈怪、鐵騎、公案之事；夢粱錄紀淳祐咸淳間事，其弄傀儡者已增演史書也。按：宋之傀儡戲如都城紀勝、夢粱錄所記，實近於説話。請以三事説明之。凡説話有小説，有講史。講史者講説前代書史文傳興廢爭戰之事。小説者所講，不以一代之事蹟爲主，而以一人之事蹟爲主，其講説門類有煙粉、靈怪、鐵騎、公案等。此二者以前人撰著擬之，一爲編年之史，一爲雜傳記。其部黨不同，而皆有以見長。今傀儡戲亦兼此二種。此家數同也。凡説話人講史説歷代興廢之事，其事繁，故所説之回數多。小説説一人之事，其事簡，故所説之回數少。易説話爲傀儡戲，則煙粉、靈怪、鐵騎、公案，皆説話人所謂小説者，其劇當不過數折而止。此後世所謂雜劇也。設其敷演者爲史書歷代君臣將相之事，此説話人所謂講史書，其劇當累若干折。此後世所謂本戲也。然則宋之傀儡戲，以體言當有雜劇與本戲二種，亦猶詞話之有短篇長篇然。此體格同也。凡説話人所用之本曰話本。凡劇本不稱話本，以其爲代言之體，與説話人演説不同也。今都城紀勝、夢粱錄記傀儡演唱之本皆曰話本，明其本之同於説話人用本也。其曰話本或如雜劇者，蓋有時如雜劇，而不必盡如雜劇。其曰話本或講史或作雜劇者，蓋謂傀儡演史事，則其本逕如説話人講史；設所演非史事而爲其他故事，則間似作雜劇云爾。此詞文之相似也。都城紀勝、夢粱錄記傀儡戲本子，又曰“或如崖詞”。按：“崖詞”一作“涯詞”。繁勝錄云：“涯詞只引子弟聽陶真，盡是村人。”繁勝錄此處語意不甚明晰，疑有脱誤。“陶真”者，説唱之一種。明田汝成西湖遊覽志餘卷二十云：

　　杭州男女瞽者多學琵琶，唱古今小説以覓衣食，謂之陶真。大抵說宋時事，蓋汴京遺俗也。瞿宗吉過汴梁詩云：
"陌頭盲女無愁恨，能撥琵琶説趙家。"其俗殆與杭無異。

明郎瑛七修類稿卷二十二亦謂：

> 小説起宋仁宗時。故小説得勝頭回之後，即云話説趙
> 宋某年。閭閻陶真之起，亦曰"太祖太宗真宗帝，四帝仁宗
> 有道君"。

如田汝成、郎瑛所述，則陶真乃汴京遺俗。南宋唱崖詞，必沿汴
京之舊。然則都城紀勝、夢粱録所謂傀儡話本或如崖詞者，其事
有所承，由來舊矣。

都城紀勝、夢粱録謂傀儡話本似崖詞，蓋以聲音格律言，不
以敷演之事言。以傀儡敷演之事有煙粉、靈怪、鐵騎、公案，又有
講史，與説話同。二書已明言之也。崖詞今無聞。陶真今江南
猶有之，然其聲未必爲宋之舊。則宋之傀儡詞，其聲殆不可考。
然余於金董解元西廂諸宮調卷四，卻發見傀儡兒詞二首。董解
元采此詞入諸宮調，必是寫當時扮傀儡人之唱聲無疑。今録其
詞於後：

> 【傀儡兒】妾想那張郎的做作，於姐姐恩情不少。當初
> 不容易得來，便怎肯等閑撇掉。鄭恒的言語無憑準，一向把
> 夫人説調。爲姐姐受了張郎的定約，那畜生心頭熱燥。對
> 甫成這一段兒虛脾，望姐姐肯從前約。等寄書的若回路，便
> 知端的；目下且休，秋後便了。

此傀儡兒詞僅見董西廂諸宮調，元北曲已不用。故其詞之存於
今日，甚可寶貴。以此乃宋金對立時之真正傀儡兒調也。惟董
西廂諸宮調，其音久不傳。元鍾嗣成至正中撰録鬼簿（嗣成録鬼
簿序作於至順元年，然其書成實在至正時）已云董解元西廂記能

歌者已稀，惟杭人胡正臣能之。清乾隆中和碩莊親王撰九宮大成南北詞宮譜，采董西廂詞幾備。此傀儡兒調二首，録入卷五十二南呂調隻曲中。細訂旁譜，用意至善。然此乃後世曲家以意訂之譜，於董西廂詞之原來唱法殆無與。故今日言宋之傀儡詞，僅可於董西廂中見其詞格，雖乾隆間有譜，究不能彷彿其聲也。

宋之傀儡戲，其色目既多，可因人所好，隨意施爲；兼之出奇爭勝，代有能手；故其伎爲時人所重。以風行言，蓋不下於雜劇。其最堪注意者，爲當時傀儡戲承應之多。如水傀儡承應，余上文述水傀儡已言之。然以諸書考之，宋之傀儡承應實不止如上文所述。武林舊事卷一理宗天基聖節篇，載排當樂次再坐第七盞，弄傀儡；第十三盞，傀儡舞鮑老；第十九盞，傀儡群仙會。此大宴有傀儡也。卷八人使到闕篇，載北使朝見之二日，與伴使偕往天竺寺燒香，賜齋筵。次日，又賜内中酒果，風藥，花餤；赴守歲夜筵，用傀儡。此夜宴有傀儡也。齊東野語卷三，載寧宗時韓侂胄出入宮掖，居中用事。嗾伶人刻木爲朱熹等像，峨冠大袖，講説性理，爲戲於禁中。宋史卷四七四賈似道傳載理宗時内侍董宋臣、盧允昇進倡優傀儡以奉帝爲游燕。文獻通考卷一四六樂考，載宋雲韶部有傀儡八人。雜劇用傀儡。雲韶部係黃門樂，其員以内臣充之。是禁中内宴有傀儡也。其屢用傀儡者，蓋緣傀儡自魏晉已來，宮廷宴饗，設百戲已用之，目爲雅戲。至於民間風尚，亦有可言者。如夢華録卷五京瓦伎藝篇，載瓦肆伎藝杖頭傀儡任小三，每日五更頭回小雜劇，差晚看不及。小雜劇者，蓋是滑稽小劇，與當時以真人扮演之雜劇同。小者，別於煙粉、靈怪、鐵騎、公案諸傀儡戲而言；非因當時以真人扮演之雜劇有大小之分，移稱於傀儡戲其明。蓋當時以真人扮演之雜劇，其劇無不小者，不得於小劇之中更分別大小也。傀儡戲每日演煙粉、靈怪、鐵騎、公案諸事，其開場第一回爲小雜劇。此與近時扮大戲多以玩笑戲居首同。小雜劇非傀儡戲精華所在，而人或有特嗜之者，故須每日五更絕早起入市候之；否則頭回已過，不復能看。故曰：差晚看不及也。此雖小事，而可以見傀儡戲之號召力。蓋爲官者五更早朝，自淡於名利者視之，已以爲至苦。今以平人之不須早起者，至因要看傀儡戲頭回小雜劇之故，甘心五更絕早起入市候之，亦可見其陷溺之深矣。此构欄之傀儡戲也。其不在构欄中舉行者，如元夕及諸廟神聖誕日，則傀儡舞隊與其他伎藝俱出，各有社會。如武林舊事卷二元夕篇，載舞隊有大小全棚傀儡。其名色自“查查鬼”起，至“交袞鮑老”止，凡二十八目，至爲繁多。夢粱錄卷一元宵篇載官巷口蘇家巷二十四家傀儡，衣裝鮮麗，細旦戴花朶，□肩（肩字上必有脱字。今不知所作，姑以空圍代之），珠翠冠兒，腰肢纖裊，宛若婦人。細旦，武林舊事卷二作細姐，蓋與元劇細酸同意，而與武林舊事卷二所載麤妲相反。元劇細酸，謂文綯小生；則此細旦即標致旦兒。傀儡戲腳色之可知者僅此。官巷即壽安坊俗稱，屬禁城左二廂所管。官巷口蘇家巷傀儡社最著，見夢粱錄卷十九社會篇。凡此皆可以想見當時傀儡戲之勝概也。

四　宋之影戲

影戲之始，宋高承事物紀原云起於仁宗時。承元豐間人，其言若可信。然余意影戲殆仁宗時始盛耳。若溯其源，則唐五代時，似已有類似影戲之事。余作此想，實因讀燉煌寫本王昭君變文而起。今燉煌本昭君變分上下二卷。其上卷叙昭君入番事，下卷叙昭君憂死漢使來弔事。其上卷説唱訖作過階語云：“上卷立鋪畢，此入下卷。”“立鋪”二字費解。余友向覺明君數年前曾舉以問余，余倉猝無以解。後思之，“立鋪”者，蓋以畫像言。凡鑄像塑像畫像皆曰鋪，如西陽雜俎續集卷六"崇義坊招福寺"條云："長安二年，内出等身金銅像一鋪。"唐楊授述撰隴西李府君修功德碑記云："貿工塑涅盤像一鋪，如意輪菩薩，不空冒索菩薩各一鋪。畫報恩，天請問，普賢菩薩，文殊師利菩薩，彌勒上生下生，如意輪，不空冒索等變各一鋪"（沙州文録）。宋郭若虛圖畫見聞志卷三李元濟傳云熙寧中召畫相國寺壁。命官較定衆手，推元濟爲第一。其間佛鋪，多元濟之蹟。宣和畫譜道釋門，有唐尉遲乙僧佛鋪圖（卷一），辛澄佛鋪圖，姚思元孔雀佛鋪圖（卷二）；有五代朱繇兜率佛鋪圖（卷三）。是也。雕刻風景人物亦曰鋪。如圖畫見聞志卷五"盧氏宅"條載唐德州刺史王倚家有筆一管，中間刻從軍行一鋪，人馬、毛髮、亭臺、遠水，無不精絕。每一事刻從軍行詩兩句。是也。昭君變文，係當時僧侶對衆宣講之文。其過階語應云："上卷講畢，此入下卷。"今云："上卷立鋪畢，此入下卷。"明當時俗講有圖像設備。蜀韋轂才調集卷八載吉師老看蜀女轉昭君變詩，有"畫卷開時塞外雲"之句。可證。講時有圖像設備，則圖像爲講説而設者，此時講説，反似説明圖像。故曰"立鋪畢"，不曰"講畢"也。凡齋講於白晝行之，亦於清夜行之。俗講供像事，既可於昭君變中窺其消息；余因疑唐五代時僧徒夜講，或有裝屛設像之事。如余言果確，此當爲影戲之濫觴。宋人記影戲云："京師初以素紙雕鏃，後用彩色裝皮爲之。"蓋俗講始用圖像，此時像爲平面的，尚非真正影戲也。其後生心作意，改圖像爲紙人。又後改爲皮人。此時像爲立體的。其像以人擎之，可隨人之意活潑動轉，始是真正影戲。（今行影戲，通用細鐵杖三條，杖之上端曲爲鉤，一鉤綮於影人之領，二鉤綮於影人之腕，演時，藝人持杖挑弄之，運轉極靈，蓋宋以來相傳舊法。）自是俗講分爲二派：其由用圖像改爲用紙人皮人者，謂之影戲；其始終不用圖像者，謂之説話。説話與影戲，僅講時雕像有無之異，其原出於俗講則一也。以是言之，則影戲之始，即如高承所說，自宋仁宗時始有之；而溯其源，則在唐五代時已有其朕兆。設無唐五代俗講僧之於講筵設圖像者，則宋之影戲或即無由發生。此不可不知者也。

抑影戲之於唐俗講有關，不必定於古書中求其故，即以今影戲觀之，亦有可徵者焉。今北京所行影戲，俗稱"灤州影戲"。其詞曰"影詞"。其影詞有五言者，有七言者。今所見燉煌俗講本實兼此二體。此猶可謂偶同也。其七言詞有平韻與側韻二種。唐俗講本亦然。其全用側韻者，謂之"硬唱"，即唐人所謂"側吟"也。其詞有所謂襯字句者，其格：第一句三言，第二句三言，第三句七言，第四句五句皆七言。以下循此例，至尾爲止。今燉煌俗講本吟詞中甚多此例。此詞之相似也。凡影戲唱者在帷後，皆置本於前誦之。古者僧徒講經，無不臨文。釋贊寧高僧傳卷七智佺傳，稱佺講百法論百許徧。登法座，多不臨文，懸述辯給。佺後周顯德時人，以不臨文見稱；則前此及並時僧講，皆臨文可知。今影戲唱亦臨文。此制度之相似也。不獨此也。影戲扮演故事，其腳色唱詞宜用代言體。今觀其詞，則措詞造語，多講演口氣，不純爲代言體。明其體本出於宣講。影戲本子，宜稱劇本。今藝此者皆稱其本曰"卷本"。明其稱謂尚沿舊時稱卷軸之例。以此觀之，則今之影戲，其造作施爲容有近乎唐人俗講者；而唐之俗講如余所考，其講時有設圖像之事，固已近乎影戲。則今之影戲或即從唐之俗講出，亦未可知也。

然近人論影戲，有謂自異域傳來者。夫考證之事，貴乎多聞廣識。余株守域中，遐方之事，即所不解。不解而强言之，則徒勞無益。故余於異域傳來說不敢深論。其能據以立論者，唯是此土記載。以中國載籍言，唐五代有類似影戲之事，如余所推測，即使有理，亦嫌證據寡薄；況所言乃一人私見，尤不敢信爲必是。居今日而言，影戲在宋以前既無可考，則論影戲宜自宋始；其前乎宋者，姑置而不論可也。宋人記影戲者，以余所知，以張耒明道雜志爲最早。今録其文如下：

> 京師有富家子，少孤，專財。群無賴百方誘導之。而此子甚好看弄影戲。每弄至斬關羽，輒爲之泣下，囑弄者且緩之。一日，弄者曰：雲長古猛將，今斬之，其鬼或能祟。請既斬而祭之。此子聞甚喜。弄者乃求酒肉之費。此子出銀器數十。至日，斬罷，大陳飲食，如祭者。群無賴聚享之。

耒皇祐政和間人。此記當時弄影戲有斬關羽事，可與事物紀原所載“仁宗時市人有能談三國事者，或採其説加緣飾，作影人”之言互證。然耒記影戲，但言所扮之事，尚未及其藝也。至夢華録卷五京瓦伎藝篇述影戲乃及藝人。其以弄影戲名者，有董十五等七人。以弄喬影戲名者，有丁儀、瘦吉等。此諸人，據夢華録，皆崇觀以來在京瓦市伎藝人。其時距仁宗時不過三十餘年，而影戲之盛已如此。至南宋人書述影戲，亦多及藝人。如繁勝録記北瓦弄影戲者有尚保義、賈雄二人。夢粱録卷二十伎藝篇記杭城弄影戲者，有賈四郎、王昇、王閏卿三人。而武林舊事卷六諸色伎藝人篇影戲門所書，則多至二十二人。此二十二人中，唯尚保義、賈雄，名見繁勝録；王昇、王閏卿，名見夢粱録；餘十八人，皆繁勝録、夢粱録所不載。按：繁勝録、夢粱録記藝人多是咸淳以來人。武林舊事卷六所記，則不限於咸淳以來，間有咸淳以上之人。其所書雖不必備，然略可代表南宋一代藝人。以影戲言，自崇寧至靖康不過二十餘年，而夢華録所書藝人之著者至九人。自紹興至德祐百餘年，而武林舊事所録，不過二十餘人。誠嫌過少。然此不足爲南宋影戲衰微之證。蓋夢華録撰於紹興中，其書追憶所見，不過崇寧以來二十餘年汴都之事。其時近，則記事易詳。武林舊事撰於元初,其書述乾淳以來之事,多采舊聞。其時遠,則記事苦不能周備也。以是言之,則影戲之在兩宋,奕世相承,代有能手,其術之精必多可紀。其話本之多,亦非吾人今日所能想像。惜乎紀載多闕,書籍不傳。以南宋言,湖山游豫,醞釀百年。其影戲發達之狀,必有過乎北宋者。此可以想像而知之者也。

宋人書之記影戲者,多舉其伎藝人名,而不詳言其事。其記影戲加以說明者,惟都城紀勝及夢粱錄二書。都城紀勝瓦舍衆伎篇云:

> 凡影戲乃京師人初以素紙雕鏃,後用彩色裝皮爲之。其話本與講史書者頗同,大抵真假相半。公忠者雕以正貌,姦邪者與之醜貌,蓋寓褒貶於市俗之眼戲也。

夢粱錄百戲伎藝篇述影戲全襲此文。惟改“用彩色裝皮爲之”爲“自後人巧工精,以羊皮雕形用,以彩妝飾,不致損壞”。然影戲人物之用羊皮雕形,卻賴夢粱錄改文知之。據都城紀勝,知影戲本子亦稱話本,其話本之近於說話人講史,與傀儡戲正同。其與傀儡戲異者:傀儡戲於演史外,亦演煙粉、靈怪、鐵騎、公案之事。而影戲據都城紀勝所記,似專演史。此以明道雜志所載影戲演三國事證之,可以知其不誤。且影戲演史不惟宋時如此,即明初亦然。田汝成西湖遊覽志餘卷二十引瞿佑看燈詩云:“南瓦新開影戲場,堂明燈燭照興亡;看看弄到烏江渡,猶把英雄說霸王。”此謂影戲演楚漢相爭事。然則影戲在宋明之際,第以演史爲主,鮮及史外之事。此與傀儡戲之兼演小說講史者大異其趣也。

夢華錄載影戲名目有“喬影戲”。以無注釋之文,不知其義。按:宋時伎藝名目,多有著“喬”字者。其“喬”字有取滑稽義者:如洪邁夷堅支乙集卷六“合生”條稱:“江浙間路歧伶女,有慧黠知文墨，能於席上指物題詠應命輒成者，謂之合生。其滑稽含玩諷者，謂之喬合生。"此藝之命名取義於滑稽也。有取虛僞義者：如<u>武林舊事</u>卷二元夕篇，載舞隊有喬三敎、喬迎酒、喬親事、喬樂神（原注云馬明王）、喬捉蛇、喬學堂、喬宅眷、喬像生、喬師娘、獨自喬等。其釋喬宅眷云："國忌樂日，則有裝宅眷，籠燈前引，珠翠盛飾，少年尾其後訶殿而來。卒然遇之，不辨真僞。"此藝之命名取義於虛僞也。然人之甘於作僞者，自他人視之，往往可笑。故滑稽與虛僞，其誼雖有別，而事實相成。夢華錄所稱"喬影戲"，常不出虛僞滑稽二義。惟"喬影戲"如何敷演，則不得而知。余按<u>武林舊事</u>所載有"大影戲"。"大影戲"亦見<u>元夕</u>篇。其文云：

> 節後，隊舞漸有大隊。如四國朝、傀儡、杵歌之類，日趨於盛。或戲於小樓，以人爲"大影戲"。兒童誼呼，終夕不絕。

此所謂"大影戲"者，事易明。蓋影戲所用影人，本雕羊皮爲之，其狀眇小。今以人爲之，則遽然長大，異乎世之所謂影戲者，此其所以爲"大影戲"也。以人爲"大影戲"，猶是影戲。然以人言則真，以影人言則假。且以人爲影人，其事較之普通影戲，尤爲滑稽幻怪。則"大影戲"豈非喬影戲乎？故余疑夢梁錄所謂"喬影戲"，即<u>武林舊事</u>所謂"大影戲"。據其形言謂之"大"，據其質言謂之"喬"。名雖有二，其實一也。以是言之，則"大影戲"之興諒不始於南<u>宋</u>之世，自北<u>宋</u>已有之。如余所說影戲出於俗講供像之言屬實；則影戲之在<u>宋</u>，初易畫像爲影人，繼以真人爲影人，又以羊皮影人代紙影人；可謂出奇無窮，極藝術之能事者也。

　　大影戲與影戲雖同是影戲，然其所以爲影人者既異，其家數亦必不盡同。故業此者各有專門。宋之影戲，其詞無可考。若大影戲則今所見元徐畽殺狗記、元無名氏張協狀元中，各有大影戲詞一首；九宮正始引元無名氏吳舜英傳奇有大影戲詞二首。今錄其詞於後：

殺狗記第三十一齣：

【大影戲】嫂嫂行不由徑。應是我不開門。自來嫂叔不通問。休教人説上梁不正。忽聽得一聲唬了我魂。戰戰兢兢，進退無門。心裏兒好悶。我便猛開了門。任兄長打一頓。

張協狀元：

【大影戲】今日設個几案。些兒事要相干。靠歇子有個猪頭至，斟些酒食須教滿。怕張協貧女討校杯（珓杯），是他夫妻，是它夤緣。千萬宛轉。有猪頭，看猪面，看狗面。

吳舜英傳奇（九宮正始中呂宮過曲篇引）：

【大影戲】奴家花容嬌媚。風塵裏有聲譽。品竹更兼彈絲。曲遏雲共鼓板皆會。迎新踢舊未遇時。何日從良嫁箇夫婿。（合）姻緣相際。永諧比翼。盡今世效連理。

【前腔換頭】聽啟。一言説與。姻緣事果非容易。待時過箇知音的。同心縚對天説誓。隨緣隨分且慶時。惜鶯老花殘迅速如飛。（合前）

大影戲詞，明人傳奇已罕用。張協狀元、殺狗記、吳舜英皆南戲。元之南戲出於宋之戲文。則此大影戲詞之爲戲曲采用，度亦在宋時。是此調淵源甚古，至可寶貴。然張協狀元之大影戲詞，明以來諸詞譜已不引。殺狗記之大影戲詞，諸譜俱引。而殺狗記舊時伶人鮮有肄習之者，其音久不傳。清莊親王九宮大

成譜卷十一南詞中呂宮正曲,引殺狗記大影戲,有旁譜。然此與
訂董西廂傀儡兒詞譜同,亦以意訂之,非當時猶能通曉其音。故
大影戲詞之見於殺狗記,今亦與董西廂之傀儡兒詞同,俱不能彷
彿其音,特其詞格猶可考見而已。

　　宋之影戲,蓋爲民間流行之戲。其伎藝人據諸書所記,無供
奉內庭者。宋之宮中曾否有此伎,在宋人書中,亦殊不見其痕
跡。惟元楊維楨東維子集卷六送朱女士桂英演史序稱"宋孝宗
奉太皇壽,一時御前應制多女流。影戲爲王潤卿"云云。維楨名
流,所言必有據。則宋宮中實有影戲,惟燕饗是否用之不可知
耳。至宋影戲之在民間,殆與傀儡戲勢均力敵。請以當時事證
之:宋時諸神聖誕日,社會最盛。諸行人視其所業,爭致珍品奇
物於獻臺,以相誇耀。以伎藝言,傀儡則有傀儡社,見夢梁錄。
夢梁錄不載影戲有社,余初以爲無足稱耳。及閱武林舊事,乃知
有"繪革社",見卷三社會篇。繪革社必以影人彩飾雕鏤之工自
炫。此賽神日之有社會同也。宋之元夕,諸伎畢呈。此時傀儡
隊舞最爲活躍。南宋人書多記元夕之盛,然於影戲無所描寫。
初以爲影戲非游行之戲,在元夕無所施其伎,故隱匿不出耳。及
讀夢華錄,乃知其不然。卷六稱元夕諸門皆有官樂棚。每一坊
巷口無樂棚去處,多設小影戲棚子,以防本坊游人小兒相失,以
引聚之。此等施爲,或出官府之命。凡瓦舍弄影戲人盡徵之,使
於各坊巷口呈伎。南渡後多修汴京故事,此制在元宵或猶行之。
此參與慶賞同也。至有宋一代弄傀儡弄影戲藝人之多寡,今亦
有可資比較者:如夢華錄卷五載弄傀儡人之著者三人,而載弄影
戲人之著者多至九人。武林舊事卷六載弄傀儡人之著者十人,
而載弄影戲人之著者,多至二十二人。其差別頗鉅。以是言之,
則影戲之在宋,以伎藝人論,其生理營業當有勝於弄傀儡者。此
亦言宋代戲曲史者所不容忽略者也。

　　宋之弄影戲人，在諸書中，以夢華録、武林舊事所記爲最詳。文中不能全引，今具書其人名於後：

<table>
<tr><td>董十五</td><td>趙　七</td><td>曹保義</td><td>朱婆兒</td><td>没困駝</td></tr>
<tr><td>風僧哥</td><td>俎　六 <small>以上弄影戲</small></td><td></td><td></td><td></td></tr>
<tr><td>丁　儀</td><td>瘦　吉 <small>以上弄喬影戲</small></td><td></td><td></td><td></td></tr>
</table>

以上京師藝人，見夢華録。

<table>
<tr><td>賈　震</td><td>賈　雄</td><td>尚保義</td><td>三 <small>賈偉、賈儀、賈佑</small></td></tr>
<tr><td>三 <small>伏伏大、伏二、伏三</small></td><td>沈　顯</td><td>陳　松</td><td>馬　俊</td></tr>
<tr><td>馬　進</td><td>王三郎<small>昇</small></td><td>朱　祐</td><td>蔡　諮</td><td>張　七</td></tr>
<tr><td>周　端</td><td>郭　真</td><td>李二娘<small>隊戲</small></td><td>王潤卿<small>女流</small></td></tr>
<tr><td>黑媽媽</td><td></td><td></td><td></td></tr>
</table>

以上行在藝人，見武林舊事。内賈雄、尚保義，又見繁勝録（繁勝録保義誤作保儀）。王昇、王潤卿，又見夢粱録（夢粱録潤卿誤作閏卿）。夢粱録有賈四郎，武林舊事不載，疑其人非賈震即賈雄。李二娘蓋以隊舞人兼擅影戲者。元楊維楨送朱桂英演史序，載宋伎藝人應制者有隊戲李瑞娘，當與李二娘是一人。

五　宋之傀儡戲影戲與宋元以來戲文雜劇之關係

　　宋之傀儡戲影戲，在當時悉是雜伎，士流著書，於此等宜不必注意。其猶見於夢華録等五書者，蓋緣此五書皆爲記風土之書，其記汴京臨安事，務求其備，細大不捐耳。惟其爲記風土之書，故不遺傀儡戲與影戲。惟其爲記風土之書，而尚非專門記伎藝之書，故記傀儡戲影戲亦不能特詳。然今日言宋之傀儡戲影戲，舍此五書外，固難更求得豐富之資料；故余即據此五書鉤稽事實，加以排比。其水傀儡、肉傀儡、喬影戲、大影戲等，更即諸書參互比較，徵之近事而得其事狀。所述雖不能詳，亦粗具條貫矣。然宋之雜伎藝，除傀儡戲影戲外，尚有雜劇。南宋新興之戲，尚有戲文。元新興之劇，尚有北雜劇。宋之雜劇，即元明之院本；其事意略如今雜耍場中之對口相聲、彩唱雙簧等，非大戲。可勿論。至宋元以來之戲文雜劇，今所謂南北曲者，實爲中國戲曲之骨幹。其在宋元之際與傀儡戲影戲之關係如何，今亦不可不一述之也。

傀儡戲影戲與雜劇，在宋時同是雜伎藝。然傀儡戲影戲所用皆寓人，此與宋元以來之戲文雜劇絕對不同者。宋之雜劇以真人扮演，此與宋元以來之戲文雜劇全同者。故今欲考察宋元以來戲文雜劇與傀儡戲影戲之關係，須先考察宋元以來戲文雜劇與宋雜劇之關係。蓋宋元以來之戲文雜劇如與宋之雜劇關係極深者；則其體似即從宋之雜劇出，與傀儡戲影戲當無涉。設宋元以來戲文雜劇與宋雜劇之關係不深；則吾人今日視線，似可轉移於傀儡戲影戲，而思及其與宋元戲文雜劇之關係矣。以常理言，宋之雜劇與宋以來之戲文、元以來之雜劇，既皆爲用真人敷演者，其關係似應密切。而以余考之，則不然。宋之雜劇即元明之院本。宋之雜劇本子，今無一存者。然武林舊事卷十尚載其目。今讀其目，知其命題多取村俗鄙俚之事，有出處者極少。其優人扮演之狀，以及場上往復之語，凡宋人所記見收於宋元戲曲考及優語錄者至多。今以宋元戲曲考、優語錄所載考之，知當時所謂雜劇雖敷演事狀，而以諢諧爲主，與宋元以來之戲文雜劇扮演社會上歷史上種種故事，極世態人情之變者大異其趣。此不同者一也。宋之雜劇，元之院本，其扮戲之重要腳色爲副淨。副末次之。元之雜劇，以末、旦爲重要腳色。其劇非旦本，即末本。戲文雖主從不分，然大致亦以旦末爲主。若淨則在南北曲中，均不佔重要地位。無論南曲北曲,統全劇觀之,決無以淨爲主如宋雜劇元院本之所爲者。此不同者二也。宋雜劇元院本,其登場人物極少。如武林舊事、夢粱録、輟耕録等書所載,其腳色不過戲頭、引戲、副淨、副末四人。其裝孤、裝旦,可有可無。而戲頭、引戲,尚非參加扮演者。實則一劇之演,有二人即可成立。若宋元以來之戲文雜劇,其腳色名目雖亦不出旦、末、孤、淨四種,而外腳極多。雖以北劇之短,其登場人物有多至十人以上者。明之雜劇,其登場者則多至數十人。若南戲統全劇觀之,其登場之人物亦衆。皆與院本迥異。此不同者三也。宋之雜劇元之院本,其事既簡質,其文應極短。宋雜劇今無其本。元院本之單行者今亦不傳。然以李開先園林午夢院本與明周憲王花月神仙會、金瓶梅詞話所引院本考之,其文至多不過當元雜劇之一折。而元雜劇則以四折爲度,其長者有多至六折乃至十餘折者。至戲文之長者,更疊至數十折。此不同者四也。凡院本以做作念白爲主,而雜劇以唱爲主。故元明人習語,於院本曰做曰念,而於雜劇曰唱。王實甫麗春園劇第一折淨李圭白:“也會做院本,也會唱雜劇。”明教坊編八仙過海頭折淨移山大聖白:“我念不的諸般院本,唱不的各種雜劇,自小裏是觔陡腳色出身。”(明鐘鼓司有觔陡房,見元曲選本硃砂擔劇第三折白。)明李開先閒居集文卷之六寶劍記後序曰:“何以謂之知音?曰:知雜劇,知戲文,知院本。”謂其體不同也。同卷西野(袁崇冕)春游詞序,則叙其不同之故,曰:“音多字少爲南詞,音字相半爲北詞,字多音少爲院本。”“音多字少”,謂唱多於白。“音字相半”,謂唱與白之分數相等。“字多音少”,謂白多於唱。以今存院本驗之,如金瓶梅詞話所載院本,純白無唱。花月神仙會所載院本,則白比唱多五之三(其唱詞唯醉太平四小曲)。園林午夢院本,則白比唱多五倍(其唱詞亦只四曲)。皆嘲哳之文也。又元人撰雜劇,多以嘲哳小文串入其中，實即院本（其文或省，逕以院本二字代之）。此等院本，例低數格書之，以示與正劇有別。其唱詞不過小曲一二隻。由此知開先論院本之言極確。其言南詞"音多字少"，北詞"音字相半"，以今存永樂大典本戲文及元人諸雜劇驗之，亦合。然則院本與雜劇戲文體格有別，乃元明人所共知；後人不察，乃有呼雜劇戲文爲院本者，不可不辨。此不同者五也。以宋元以來之戲文雜劇與宋元之雜劇院本較，從各方面觀察，其不同者如是之多。乃謂宋元以來之戲文雜劇應從宋之雜劇及元明人所謂院本者出，無斯理也。

顧以宋之傀儡戲影戲較宋元以來之戲文雜劇則何如？宋之傀儡戲，據都城紀勝、夢粱錄所記，乃敷演煙粉、靈怪、鐵騎、公案、史書歷代君臣將相故事，其話本或如雜劇，或如崖詞，或講史。影戲據都城紀勝，其話本與講史書者頗同。由此觀之，傀儡戲影戲決不與當時之所謂雜劇者同，以詼諧爲主。且考其名目，不惟與説話人之小説講史者同，即元雜劇戲文，所敷演者亦不出煙粉、靈怪、公案、鐵騎、史書五種。明寧獻王撰太和正音譜，取當時雜劇所演之事，判爲十二科。此十二科者，余覽其目，與都城紀勝、夢粱錄所記傀儡戲影戲敷演之事幾全同。今引其目於後：

　　　雜劇十二科

　　　　一　神仙道化

　　　　二　隱居樂道<small>原注：又曰林泉丘壑。</small>

　　　　三　披袍秉笏<small>原注：即君臣雜劇。</small>

　　　　四　忠臣烈士

　　　　五　孝義廉節

　　　　六　叱奸罵讒

　　七　　逐臣孤子

　　八　　鐵刀趕棒原注：即脱膊雜劇。

　　九　　風花雪月

　　十　　悲歡離合

　　十一　　煙花粉黛原注：即花旦雜劇。

　　十二　　神頭鬼面原注：即神佛雜劇。

　獻王此目，頗嫌瑣碎。如一神仙道化與十二神頭鬼面即神佛雜
劇者，實無大區別。此二目併爲一，即靈怪也。十一煙花粉黛即
花旦雜劇。凡劇中花旦，多爲蕩婦及妓女之薄情者。以獻王之
言考之，則劇演此等事者，是煙粉也。九風花雪月，謂四時游賞
劇。十悲歡離合，當指才人思婦言之。據日本印本醉翁談録卷
一小説開闢篇，所舉傳奇爲鶯鶯傳、鴛鴦燈、王魁負心、章臺柳、
李亞仙、崔護覓水等。此諸傳奇所演之人皆有所慕，或歷坎坷而
終得好合，或遭際不倫，竟乖素願。要即正音譜所謂風花雪月、
悲歡離合之事。此二目合併，即傳奇也。八鐵刀趕棒，據都城紀
勝，其事涉公案，即公案也。二隱居樂道、四忠臣烈士、五孝義廉
節、六叱奸駡讒、七逐臣孤子，此皆都城紀勝所謂書史文傳中之
事，應與三披袍秉笏即君臣雜劇者，同隸講史。此六目合併，即
講史也。由是觀之，正音譜所定雜劇十二科，夷考其實，其第一、
第八、第十一、第十二，不過當傀儡戲之煙粉、靈怪、公案三科；第
十，不過當醉翁談録小説開闢篇之傳奇一科。而鐵騎一科，正
音譜無之；風花雪月、悲歡離合二科，都城紀勝、夢粱録述傀儡戲
無之。此其異者。按：鐵騎謂士馬金鼓之事，今元雜劇中實有此
一體。正音譜不載，非也。其第二、第三、第四、第五、第六、第
七，則以影戲之專演史事，當盡包括之；傀儡戲亦演史，或亦可兼
此六目。然則宋之傀儡戲影戲，以其扮演之事類言，可謂與元雜

劇同也。其事類既同，其人物登場之數與夫脚色之配置亦必相近。此可斷言者。又元之雜劇與戲文，僅歌聲之異；其劇本性質，實無大差別。觀其隸事取材往往相通，甚有所取劇名全同者，可以知之。宋之傀儡戲影戲，其事既多與元雜劇合；則與戲文亦必有許多相似者。以是言之，則宋元以來之戲文雜劇，與宋之傀儡戲影戲乃同一系統者。其事明白易見，無待煩言。顧以宋元以來之戲文雜劇，其扮戲用真人不用寓人，與宋之傀儡戲影戲迥然不同者；其關係乃密切如此。此真戲曲史上極有趣味之問題，其故不可不詳思之也。

　　余謂宋元以來之戲文雜劇與宋之傀儡戲影戲接近，必自肉傀儡與大影戲始。蓋肉傀儡與大影戲者，傀儡戲影戲發展之極則，而宋戲文、元雜劇之所由起也。余此説未經人道過。今驟言之，恐令人驚疑。然其理似不可易。請詳言其故。宋之傀儡戲，其人物初以木偶爲之。木偶人不能自動，故須以線提，以杖擎，由藝人耍弄之，使象真人活動之狀。木偶人不能自語，故須另有人代之道達宣揚。此傀儡戲之最初形式也。其後改爲肉傀儡。其傀儡以小兒爲之。此時藝人所擎者爲真人而非木人，固已近乎後之扮戲矣，然小兒之舞轉，仍須地上人爲之助。且不得有語，其讚導者另有人。此爲傀儡戲之第一次變化。其以小兒爲傀儡，雖近乎後之扮戲，然動必須人，言非己出，則去木偶人仍無幾也。其後稍趨簡易，以後生爲之。後生者年少之稱。論語子罕篇：後生可畏。何晏注後生謂年少也。宋龔頤正續釋常談："鮑明遠少年時至衰老行篇云：寄語後生子，作樂當及春。今俗小少年者，稱爲後生子。文士往往笑之。不謂此乃古語。"（原本説郛三十五）宋吕本中官箴："後生少年乍到官守，多爲猾吏所餌。"百回本水滸傳第二十回："這閻婆惜水也似後生。"第六十五回："見篷底下一箇瘦後生在那裏向火。"古今小説蔣興哥篇：原有兩房家人，只帶一箇後生些的去，留一箇老成的在家。後生皆謂年少。後生爲傀儡，其動作可由己，不須人擎。此更近乎後之扮戲矣。然既爲傀儡，則仍不得有言。其讚導另以他人司之。此時傀儡戲以實質言，已可謂之啞雜劇（啞雜劇之名，見夢華錄卷七駕幸寶津樓諸軍呈百戲篇），不必定謂之傀儡戲。然其制既出於傀儡，則不得不謂之傀儡戲。此爲傀儡戲之第二次變化。其以後生爲傀儡，取消用人擎之制，固近乎後之扮戲，然仍遵守不言之律。此時人之在場上扮戲者，能動而不能言，猶是一半木偶人也。其後更求簡易，以讚導之事付之人之爲傀儡者。此時人之在場上扮戲者，動作言語皆由己出，遂與後來扮戲無異。然所言者猶是讚導之詞，所歌者猶是傀儡兒調。此在名義上仍當屬傀儡戲。設有人焉改易其詞，以南北曲詞代傀儡兒詞，則南曲戲文北曲雜劇於焉產生。所謂傀儡戲者至是完全爲南北曲所掩，一變而爲戲文與雜劇矣。此宋戲文元雜劇與傀儡戲之發生密切關係，其故可得而思者也。宋之影戲，其影人初雕紙爲之，後雕皮爲之。紙人皮人皆非能言動者。故須人擎之，以手法牽引，使象真人活動之狀。其讚導則另以人司之。此是弄影戲之本等辦法。然當影戲用紙人之時，已有大影戲。大影戲之影人，以真人爲之。此時人之爲影人者，不須人擎，但在場上游移動轉，肖影人之狀。此亦近乎後之扮戲矣。然大影戲最初之爲影人者，當不得有言。蓋言則非影人矣。其後或趨簡易，以讚導之事付之人之爲影人者。於是影人亦有言。此時弄大影戲已與後來扮戲無以異。然其言當襲讚導之詞，其唱聲當猶是本來之大影戲詞調。此在名義上仍可謂之大影戲。設有人焉改易其詞，以南北曲詞代大影戲詞，則戲文雜劇於焉產生。而所謂大影戲者至是名實俱不存，一變而爲戲文與雜劇矣。此宋戲文元雜劇與影戲之發生密切關係，其故可得而思者也。以是言之，則宋之戲文元之雜劇，殆由傀儡戲影戲蛻變而來。宋之戲文，元之雜劇，實即肉傀儡或大影戲也。其不名肉傀儡或大影戲者，乃緣聲音之異。設所唱者非南北曲而爲舊傀儡兒詞及大影戲詞，則仍是肉傀儡與大影戲。宋之肉傀儡大影戲，即後之戲文雜劇也。肉傀儡大影戲逐漸解放，去駕使之人而動作歸於一，去讚導之人而語言歸於一，值機會之來，以新詞代舊聲，則爲戲文與雜劇。故宋之戲文元之雜劇，謂以肉傀儡大影戲之質而加之以新鮮衣服者。余爲此説，或不免弔詭之譏，然以宋戲文元雜劇與傀儡戲影戲關係之深，舍此殆無由解釋。凡一種藝術之發生，往往幾經嬗變而後有後日之結果，決非突然而起毫無因由者。元之雜劇，正音譜以爲創始於關漢卿。漢卿以一人創雜劇，果有此魄力否？令人實不能無疑。以今思之，縱令漢卿創雜劇，亦不過以北詞易傀儡兒詞或大影戲詞耳。大影戲北宋已有之。肉傀儡始見都城紀勝，恐其戲亦非南朝所獨有。大影戲肉傀儡自北宋末至元初，歷百餘年，已完全具戲曲規模。故漢卿得而利用之。但易其詞，其事甚易，雖非漢卿者亦可爲之。此固不得謂之首創雜劇也。

　　余之論傀儡戲影戲與宋元戲文雜劇之關係，據肉傀儡及大影戲爲説，謂宋之戲文元之雜劇即出於肉傀儡及大影戲。其所持理由似非不可信者。而聞者或疑之，曰：子之言辯矣。然所説猶偏於理論方面，恐未足以堅人之信也。如子之説，宋之戲文元之雜劇，即出於肉傀儡及大影戲。宋之戲文，今無存者。元之南戲，今尚存十餘種；至元明雜劇今存者尤多，可資參考。子之説在元明劇本中亦有可徵者乎？近世崑弋諸戲，猶是戲文雜劇之緒餘。其亂彈諸戲雖是俗響，而其扮演之事猶與崑弋相通。子之説，以晚近扮戲之事言之，亦有可徵者乎？有徵則可，無徵則子言雖辯，吾斯之未能信。余曰：有！余之爲此論，正以其事求之於元明劇本而有徵，求之於近世戲曲扮演之事而仍有可徵也。

請以五事明之！

宋元以來戲文雜劇之出於傀儡戲影戲，在元明劇本中，其可徵者有二：

一曰偈讚詞之使用　此事牽涉傀儡戲影戲唱詞問題。今欲闡明此事，對傀儡戲影戲唱詞問題，須先加以解釋。傀儡戲影戲唱詞，以聲言當無關詞調。故董西廂諸宮調、殺狗記、張協狀元等曲引其詞，遂名其詞曰"傀儡兒"及"大影戲"。此爲聲音問題，今勿論。今論詞之字句問題。傀儡戲影戲唱詞，余謂其詞當沿唐五代俗講偈讚之體。何以明之？傀儡戲話本，據都城紀勝、夢粱録，知其敷演故事與説話人爲近。其話本或講史，或如崖詞。講史乃説話之一種。宋人説話，其詞當是偈讚體；以前之唐人俗講爲説話所自出者，後之元明人詞話即出於宋人説話者，其詞皆用偈讚體明之。崖詞即陶真，亦説話之一體。陶真今猶有之，其詞固是偈讚體也。影戲，都城紀勝謂其話本與講史書者同，其詞應是偈讚體。且以余所考，影戲出於唐之俗講。今之影戲，其唱詞猶與唐之俗講本詞格同。其詞之爲偈讚體更無可疑也。如余上文所引董西廂之傀儡兒詞，其詞格固近於偈讚者。若所引殺狗記、張協狀元之大影戲詞，其詞似以六言爲骨幹而稍變化之。唐俗講本偈讚，以七言者爲多。似不合。然非無六言者。如今所見醜女變即多用六言詞。余考其體，實與殺狗記等所引大影戲詞爲近。今摘録數首如後：

> 皇帝坐於寶殿。宰相曲躬來見。前時奉勅覓人，今日得依王願。門前有一兒郎，性行不妨慈善。出來好個面模，只是有些舌短。

> 不要稱怨道苦。早晚得這親婦。況即容貌不強，且是國王之女。況今並是小年，又索得當朝公主。鬼神大曬（同

煞)僂儸,不敢偎門傍户。

　　王郎指手歡喜。走報大王宮裏。丈人丈母不知,今日
渾成差事。少娘子如今變也,不似舊時精魅。欲識公主此
時容,一似佛前菩薩子。

　　公主因佛端正。事須慚謝大聖。明朝速往祗園,禮拜志
□恭敬。於是槍旗耀日,皂纛隱映。百僚從駕,千官咸命。同
赴祗園,謝公主貌端正。

　　　　以上所引四首,原文間有訛誤者,今以意訂之。

以此諸詞與余所引殺狗記大影戲詞較:

　　【大影戲】嫂嫂行不由徑。應是我不開門。自來嫂叔不
通問。休教人説上梁不正。忽聽得一聲唬了我魂。戰戰兢
兢,進退無門。心裏兒好悶。我便猛開了門。任兄長打
一頓。

句法實大致相似。故余認此大影戲詞,即從醜女變之六言偈變
化而出。然大影戲唱詞,或未必僅限於此六字調者,即七言等詞
亦或有之。殺狗等曲第采此六字調者入曲耳。何以知之? 以宋
張戒歲寒堂詩話所記知之。詩話卷上評張耒詩載一條云:

　　往在柏臺,鄭亨仲、方公美誦張文潛中興碑詩。戒曰:
此弄影戲語耳。二公駭笑問其故。戒曰:"郭公凜凜英雄
才,金戈鐵馬從西來。舉旗爲風偃爲雨,灑掃九廟無塵埃。"
豈非弄影戲乎?

此嘲耒讀中興頌碑七言古詩,以爲似弄影戲語。正可見當時弄
影戲,其詞有七言者也。然則宋之影詞有七言者,亦有六言者,
其體與唐俗講本變文之偈讚正同。傀儡詞影詞既皆用偈讚體,
其影響於元雜劇戲文者當何如? 以理度之,由傀儡戲影戲改爲

雜劇戲文，乃逐漸接近，非一蹴而就者。由傀儡詞影詞改爲南北詞，亦當逐漸接近，非一蹴而就者。自唱傀儡詞影詞人言，其始似可於吟傀儡詞吟影詞之外，兼唱南北曲；如明之宣卷於念偈讚詞外，兼唱金字經、楚江秋、山坡羊、皂羅袍等牌子曲然。自編雜劇戲文人言，其始似可僅就傀儡戲影戲話本改編，增入南北曲詞；於原來之傀儡詞影詞，或不暇删落淨盡。余爲此假設，似極合理。但今所見元明雜劇戲文本子，果有保留傀儡詞影詞之例否？如有其例，則余僥倖言中。如無其例，則余之言將永遠爲假設。余之言果能中否？此真饒有趣味之問題也。

然今人言事，往往能中。余之言亦何必不中。元曲今家有其書。然一般人之論元曲者，第以爲元曲之白所以聯絡曲詞，劇情藉是以表現而已。無他異説也。其實元曲之白，尚非純粹白文。在諸白中，往往藏有若干吟詞，其吟詞皆爲偈讚體。如薛仁貴、漁樵記、酷寒亭、瀟湘雨、凍蘇秦等劇中，皆有其例。明周憲王曲如牡丹園、得騶虞、豹子和尚中皆有極長之偈讚。凡此等劇本，皆雜有吟詞或數念詞，非純用北詞者。人多不注意耳。其尤顯著者，爲瀟湘雨與凍蘇秦二劇。今瀟湘雨第三折内，此等詞二見，第四折内八見。凍蘇秦第二折内五見，第四折内一見。其文甚繁，不能全録。今於瀟湘雨第四折内，凍蘇秦第二折内，摘録若干首爲例：

瀟湘雨第四折：

〔興兒出見驛丞詞云〕我將你千叮萬囑。你偏放人長號短哭。如今老爺要打的我在這壁廂叫道呵呀，我也打的你在那壁廂叫道老叔。

〔驛丞嗔解子詞云〕雖然是被風雨淋淋渌渌。也不合故意的喃喃篤篤。他伴當若打了我一鞭，我也就拷斷你娘的脊骨。

〔解子詞云〕只聽的高聲大語。開門看如狼似虎。想必你不經出外，早難道慣曾爲旅。你也去訪個因由，要打我好生寃屈。不爭那帶長枷、橫鐵鎖、愁心淚眼的臭婆娘；驚醒了他這馳驛馬，掛金牌，先斬後聞的老宰輔。比及俺忍着飢，擔着冷，討憎嫌，受打拷，只管裏棍棒臨身；倒不如湯着風，冒着雨，離門樓，趕店道，別尋個人家宵宿。

〔正旦詞云〕隔門兒苦告哥哥，聽妾身獨言肺腑。但肯發慈悲肚腸，就是我生身父母。且休提一路上萬苦千辛，只腳底水泡兒不知其數。懸麻般驟雨淋漓，急箭似狂風亂鼓。定道是館驛裏好借安存，誰想你惡哏哏將咱趕出。便要去另覓個野店村莊，黑洞洞知他何方甚所。若不是逢豺虎送我殘生，必然的埋葬在江魚之腹。頃刻間便撞起響璫璫山寺曉鐘，且容咱權避這淅零零瀟湘夜雨。

凍蘇秦第二折：

〔孛老詞一〕不由我哭哭啼啼。思量起雨淚沾衣。且休說懷耽十月，只從小偎乾就濕。幾口氣擡舉他偌大，恰便是燕子銜食。今日箇攛他出去，呸！那裏也"孟母三移"。蘇大，趕你兄弟去！

〔孛老詞二〕共乳同胞本一身。猶如枝葉定連根。門戶興衰須並守，祖宗田產莫爭分。禽逢水食猶相喚，豈可人爲資財便沒恩。只你那碗剩飯殘羹能值幾，呸！早忘了腳踷頭稍兄弟親。大的個媳婦，趕你小叔叔去！

〔孛老詞三〕他弟兄從來不疎。況堂上現有公姑。做哥哥的狠着要打，你也去奪了碗大叫高呼。逼的他忍飢受冷，

並不敢半句支吾。俺蘇秦也做不的"孫二"，你這做嫂嫂的，
呸！你可甚"楊氏女殺狗勸夫"。小媳婦兒，你趕你丈夫去！

〔孛老詞四〕做甚一家骨肉盡生嗔。都只爲那不圖家業
恨蘇秦。雖然堂上公婆親做主，你也不合容他便出門。只
今強扶難骨投何地，你敢巧畫蛾眉別嫁人。萬一將他逼去
飢寒死，呸！可不道的"一夜夫妻百夜恩"。

〔卜兒詞云〕不是我炒炒鬧鬧。痛傷情搥胸跌腳。那蘇
秦不得官羞歸故里，怎當的一家兒齊攢聒噪。做爺的道：
"學課錢幾時掙本。"做媳婦的道："想殺我也五花官誥。"做
哥的纏入門便嗔便罵，做嫂嫂的又道是"你發跡甕生根驢生
笋角"。老賊你道："再回來我決打你二百黃桑棍。"可甚的
叫做"父慈子孝"。俺一家兒努眼苦眉，只待要逼蘇秦險些
上吊。這早晚不知大雪裏跌倒在那個牆邊，教我着誰人訪
尋消耗。不爭凍餓死了俺這臥冰的"王祥"，兀的不沒亂殺
你那"太公家教"。蘇秦兒也！則被你痛殺我也！

據以上所引瀟湘雨、凍蘇秦二劇詞偈觀之，知其劇若除去北詞不
論，實與今之傀儡戲影戲本子同。故余疑此等詞即傀儡詞影詞
之未刪者。瀟湘雨元楊顯之撰。顯之元初人，與關漢卿莫逆交。
漢卿有詞，每求顯之點定，時號"楊補丁"。凍蘇秦不知何人作。
然觀其詞甚質古，決非元明之際人所爲。則瀟湘雨、凍蘇秦二劇
之多着偈讚詞，或即緣其劇據傀儡戲影戲話本改編。以其詞有
可采，因之未予刊削。或元初雜劇作風，猶沿宋金後期傀儡戲影
戲話本之體，其編雜劇本兼偈讚詞與北詞二者而爲曲，亦未可
知也。

南戲如蔡伯喈琵琶記、金印合縱記，其白中亦有偈讚詞。琵
琶記第十六齣內，此等詞三見；第十七齣、第二十六齣、第二十八

齣内，各一見；合縱記第三齣、第十八齣内，各一見。今於琵琶記第十六齣、第二十六齣、第二十八齣，合縱記第十八齣内，各摘録若干詞爲例：

琵琶記（據元刊巾箱本，下同）第十六齣：

〔末張大公駡里正詞〕官司差設你爲里正，交你管着鄉都。義倉乃豐年聚斂，以爲荒歉之儲。你卻與社長偷盜，致令賑濟不敷。比及這娘子到來請穀，倉中已自空虛。相公督併你賠納，於理不亦宜乎？你顛倒半途與他奪去，又將他推倒街衢。卻不道救人一命，勝造七級浮屠？他公公見説要投井死，我倘若來遲，他險喪溝渠。你這般不仁不義，謾自家有贏餘。空吃人的五穀，枉帶人的頭顱。身着人的衣服，一似馬牛襟裾。我歷數你從前過惡，真箇罪不容誅。動不動逞凶行惡，你那些箇恤寡憐孤？我若早來一步，放不過你這橫死蠻驢。拚着七十年老命，和你生死在須臾。休，休，人知的只道我好心睹事，不知我的道我恃老無籍之徒。小娘子，你丈夫當年出去，把爹娘分付與老夫。今日荒年饑歲，虧殺你獨自支吾。終不然我自飽暖，教你受飢寒勤劬。古語救災恤鄰，濟人須濟急時無。我也請得些糧在此，小娘子，分一半與你，將去胡亂救濟公姑！

琵琶記第二十六齣：

〔末張大公詞〕只見松柏森森繞四圍。孤墳新土掩泉扉。五娘子，你空山獨自無人問，爲築墳臺有阿誰？

〔旦趙五娘詞〕夢裏有神真怪異，陰兵運土與搬泥。築成墳了親分付，教尋取兒夫往帝畿。

〔丑小二詞〕公公，自古留傳多有此，畢竟感格上天知。

長城哭倒稱姜女，娘子，他日芳名一處題。

〔合〕正是善惡到頭終有報，只爭來速與來遲。

琵琶記第二十八齣：

〔末張大公囑付趙五娘詞〕蔡郎元是讀書人，一舉成名
天下聞。久留不知因箇甚，年荒親死不回門。小娘子，你去
京城須仔細，逢人下禮問虛真。見郎謾說千般苦，只把琵琶
語句訴元因。未可便說是他妻子，未可便說死雙親。若得
蔡郎思故舊，可憐張老一親鄰。我已如今七十歲，比你公婆
少一旬。你去時猶有張老送，你回來未知張老死何存。我
送你去呵，正是和淚眼觀和淚眼，斷腸人送斷腸人。

合縱記第十八齣：

〔外蘇秦叔上白〕我這幾日不曾到哥嫂處。今日去。他
若有好顏，就送姪兒回去。（見介）哥嫂，（拜揖）姪兒，姪婦。
呀，爲何一家都不保我？

〔淨蘇秦父詞〕蘇三，你分明賺我孩兒去，功名不遂把家
私費。看你所爲太不良，那些箇親情真好意！

〔丑蘇秦母詞〕蘇三，你家積玉堆金真富貴，他没潦丁窮
出屁。分明是箇陷人坑，人面獸心真小輩。

〔末蘇秦兄詞〕叔叔，你家有萬廩千箱，我兄弟少柴没
米，多承叔叔好心腸，想他不是成家子。

〔外蘇秦叔白〕你也來說我。

〔貼蘇秦嫂詞〕叔公有田園萬頃，叔叔無立錐之地。熱
心閑管是非多，空落得這場嘔氣。

〔外蘇秦叔詞〕哥哥嫂嫂休錯見，異日須把門楣換。

〔淨丑蘇秦父母詞〕一似張果老倒騎驢，永世不見畜生面。

琵琶記元高則誠撰。合縱記明蘇復之撰。高則誠元至正五年進士。蘇復之見正音譜；明張萱西園存稿卷十六竹林小記序，數國初詞曲名流，亦有其人。顧其劇於白中着偈讚詞，乃古質如此。故余謂琵琶記、合縱記皆自舊本出。其所從出之本，非傀儡戲即影戲也。

二曰説話口氣之保留　宋之傀儡戲，其話本或如雜劇，或如講史。宋之影戲，其話本尤與講史爲近。此二者以詞言，皆不盡爲代言體，應摻雜説話口氣。以傀儡戲影戲雖扮演故事，而其扮演與講唱本分爲兩事，其講唱固可適用説話體也。及傀儡戲改木人爲真人，以講唱之事付之真人之爲肉傀儡者；影戲以真人代紙人，以講唱之事付之真人之爲大影戲者；此時講唱與扮演爲一事。扮演之人，即講唱之人。以理言，其話本固應一律改爲代言體。然將話本一一追改，其事至煩，非人情所樂爲者。此時所用話本，或猶是舊本。縱有改動，亦不過一部分而已。其話本之摻雜説話口氣如故也。宋之戲文元之雜劇，以余所考，實即肉傀儡及大影戲，不過以南北曲詞代傀儡兒詞及影詞耳。當戲文雜劇造作之始，或即就傀儡戲影戲話本改編。其執筆時，話本文句，固不暇一一刪除；話本之體，或猶徘徊於胸中，不能一時忘淨。則戲文雜劇中，宜必有説話口氣。此事余在戲文中未發見，而元雜劇中卻有其例。其最著者，爲扮腳人之宣念劇名。其戲名有於末折正曲之末一曲唱出者；有於末折正曲後吟詞中念出者。其劇名在末折正曲唱出者，如楊梓承明殿霍光鬼諫第四折：

【落梅風】滅九族誅戮了笤櫬。（按：當作龆齔。）斬全家抄估

了事産。可憐見三十年公幹。墓頂上灩灩土未乾。這的是
"承明殿霍光鬼諫"。

此劇主腳是正末霍光。此落梅風曲即正末所唱。正末扮霍光，
宜以霍光自居。曲云："這的是承明殿霍光鬼諫。"劇演霍光，非
霍光所能知。劇取何名，亦非霍光所宜言。今竟着此語，明是説
話人口氣也。其劇名於末折正曲後吟詞念出者，元曲多有之。
今舉元王實甫呂蒙正風雪破窰記、尚仲賢洞庭湖柳毅傳書、秦簡
夫東堂老勸破家子弟、無名氏王矮虎大鬧東平府四例：

破窰記（趙清常鈔本）第四折：

〔寇準云〕住，住，住。你今日父子完聚，聽我下斷：世間
人休把儒相棄，守寒窗終有崢嶸日。不信道到老受貧窮，須
有箇龍虎風雲會。齋後鐘設計忿題詩，度發的即赴科場内。
黄金殿奪得狀元歸，窮秀才全得文章力。作縣尹夫婦享榮
華，糟糠妻守志窮活計。則爲這"劉員外雲錦百尺樓"，結末
了呂蒙正風雪破窰記。

柳毅傳書（柳枝集本）第四折：

〔洞庭君詞云〕姻緣乃天地無殊，宿緣在根蒂難除。你
今日巧成夫婦，難道是人天兩途。不至誠羞稱鱗甲，有信行
能感豚魚。這的是"涇河岸三娘訴恨"，結末了洞庭湖柳毅
傳書。

東堂老（息機子本）第四折：

〔正末云〕楊州奴，你聽者！銅斗兒家緣家計，戀花酒盡
行花費。我勸你全然不保，則信着兩箇交契。受付與家財
收取，還着你成家立計。這的是"西鄰友生不肖兒男"，結末
了東堂老勸破家子弟。

東平府(趙清常鈔本)第四折：

〔宋江云〕衙內，你聽者！俺梁山五夜排尊俎，買花燈親自聽吾語。到城中奮氣露臺前，打倒人又把花燈取。您趕他特地向城東，憑接應捉獲難飛鞏。仗仁義不殺放回歸，到今朝方識吾豪富。今日箇慶喜賞無邊，把清風永播千萬古。這的是"呂彥彪打攛元宵節"，結末了王矮虎大鬧東平府。

以上四劇，破窰記寇準，柳毅傳書洞庭君，皆是外腳。東堂老正末李茂卿是主腳。東平府宋江是外腳。其念詞者之腳色雖不同，而其念詞道出劇名則一。結末了某某劇者，言此劇已了。劇之了與否，與諸人無涉。今竟着此語，明是說話人口氣也。

夫劇以代言。以扮腳人吟詞唱曲，而中有說話人口氣。此元曲詞意之疏。然即其疏者考之，其體例可見也。凡說話人演說，每一段終了，多繳淸題目。如宋人小說馮玉梅團圓，第一段入話敘徐信劉俊卿互易其妻事訖，釋云："此段話，題做'交互姻緣'。"萬秀娘仇報山亭兒結云："話名只喚做'山亭兒'，亦名'十條龍陶鐵僧孝義尹宗事跡'。"崔衙內白鷂招妖結云："這段話本，則喚做'新羅白鷂定山三怪'。"百回本水滸傳第十六回，記晁蓋劫生辰綱事訖，釋云："這個喚做'智取生辰綱'。"第四十回記晁蓋等劫法場擁宋江至白龍廟訖，釋云："這個喚做'白龍廟小聚會'。"百回本水滸傳，書編定在元末。其爲此等語，定是沿宋人說話舊例。宋之傀儡戲影戲，其事既近於說話，其話本每演一事訖，亦當繳代題目，如水滸傳云云。其繳代題目或於白詞中道出，或於唱詞中道出，其事固非一定。然既曰話本，必有繳代題目之事，則可以斷言。然則元曲臨了以扮腳人宣念劇名者，乃沿傀儡戲影戲話本之體也。按：元曲正劇之後本有打散。其題目正名，即由打散人宣念之。余已有說。今觀以上所舉諸例，則是劇名先由扮腳人道出，後又由打散人道出。其事不免重複。然由扮腳人道出者，是劇中唱詞吟詞；由打散人念出者，是收拾正劇。其事不同。故不必以重儓爲嫌。至扮腳人所道劇名，有於末折正曲中見之者，有於末折正曲後吟詞見之者，殊不一律。余疑於正曲中見之者是變格，於吟詞中見之者是正格。以諸吟詞皆是偈讚體，傀儡詞影詞如余上文所考，正是偈讚體也。此臨了所念詞偈，等於唐俗講之有解座文。傀儡戲影戲於劇臨了時誦此詞，其事必遥有所承。而元雜劇爲新興之劇，亦承用此體，不能遽廢，亦可見舊習之不易打破矣。

　　劇本之承用説話體，在元曲中尚有一事，余疑亦與傀儡戲影戲話本有關。其事爲何？即當場扮腳人之往復對答是也。夫語言往復，乃扮戲應有之義，宜無足怪。然此乃特殊者：其問也例屬賓白，其答也例用唱詞，頗似説話人講唱節次。故余疑與話本有關。此例在元尚仲賢漢高皇濯足氣英布、無名氏尉遲恭單鞭奪槊二劇末折最明顯。明周憲王關雲長義勇辭金第三折、神后山秋獮得騶虞第三折，尚沿用此格。氣英布末折，與單鞭奪槊末折格局全同。今但舉單鞭奪槊爲例：

單鞭奪槊（元明雜劇本）第四折：

　　〔徐茂公白〕好探子也。我則見金環雙插雉雞翎，背控金梢鵲畫弓。兩隻腳行千里路，一身常伴五更風。金字旗拿鮮紅桿，長鎗抖擻絳紅纓。兩家相持分勝敗，盡在來人啟口中。兀那探子！單雄信與唐元帥怎生交鋒？你喘息定了，慢慢的説一遍！

　　〔探子唱〕【喜遷鶯】……

　　〔徐茂公白〕單雄信與段志賢交馬。兩員將撲入垓心，不打話來回便戰。三軍發喊，二將爭功。兩陣數聲轟鼓擂，軍前二騎馬相交。馬盤馬折，千尋浪裏竭波龍；人撞人衝，萬丈山前爭食虎。一個似摔碎雷車霹靂鬼，一個似擘開華岳巨靈神。誰輸？誰贏？再説一遍！

〔探子唱〕【出隊子】……

〔徐茂公白〕誰想段志賢輸了也！背後一將厲聲高叫，敬德出馬。好將軍也！他是那：虎體英雄將相才，六韜三略在胸懷。遇敵只把單鞭舉，救難荒騎劃馬來。捉將似鷹拏狡兔，挾人如抱小嬰孩。有如真武臨凡世，便是黑煞天蓬下界來。俺尉遲恭與單雄信怎生交戰？你慢慢的再説一遍！

〔探子唱〕【刮地風】……

〔徐茂公白〕敬德手搭着竹節鋼鞭，與單雄信交戰。好鋼鞭也！軍器叢中分外別，層層疊疊攢霜雪。有如枯竹根三節，渾似烏龍尾半截。千人隊裏生殺氣，萬衆叢中損英傑。饒君更披三重鎧，抹着鞭梢骨節折。敬德舉鞭在手，喝聲"着"！單雄信丟了棗槊，飛星而走。好將軍也！鞭起處如烏龍擺尾，將落馬似猛虎離山。此時俺主唐元帥卻在那裏？探子，你喘息定了，慢慢的再説一遍咱！（"此時"以下二句，元明雜劇本缺，據元曲選補。）

〔探子唱〕【四門子】……

〔徐茂公白〕單雄信輸了也！便似那撥番牙裏箭，扯斷綠鵙絛。撞倒麒麟和獬豸，衝開猛虎走奔彪。好敬德也！他有那舉鼎拔山力，超群出世雄。鋼鞭懸鐵塔，黑馬似烏龍。上陣軍兵怕，廝殺氣騰騰。挾人唐敬德，勅賜"鄂國公"。那時敬德不去，唐元帥想是休了。兀那探（子）你説一遍！

〔探子唱〕【古水仙子】……

如是循環問答，而劇以結束，此折所演，爲探子報前方軍情事。徐勣既急欲聆其報告，則問之也固宜。然觀此折所演，絶非尋常問答方法，其神情意態，乃大似説話人在場上講唱問答者。又勣白皆爲偈讚之詞。故此折詞文，與其謂之爲北曲，無寧謂之爲話本。元曲有此體，其必受話本影響甚明。其話本將爲説話人話本歟？抑爲傀儡戲影戲話本歟？今皆無從證明。然余意若認爲效傀儡戲影戲話本之體，則尤適宜也。又此體惟適用於北曲，南曲不得沿用。以北曲每折只以一人唱，其相對講談者爲賓，與古人講唱之制合也。余謂北曲賓主之制，亦沿影戲扮唱之制。何以明之？影戲傀儡戲講唱之制，宋人書不載，余意當同説話。而影戲則更同唐人俗講，以影戲似出於俗講也。説話講唱之制，宋人書亦不載，余意定同唐人俗講；以宋人説話，即從唐俗講出也。凡俗講之講經文者，其制以一人司唱經，謂之都講；以一人司講解，謂之法師；以一人司吟詞偈，謂之梵唄。其不講經文惟演經中故事者，則都講似可省。其以一人司講一人司吟詞偈則如故。此一人司講一人司吟之制，當即後世影戲説話講唱之制。以影戲言，方其以紙人爲影人時，耍弄者在前，講唱者在後。此自後行言之，猶唐之講諸變也。及以真人爲影人，並以講唱之事付之，則講唱之事，由後行移於戲場。此時困難，不在方位之轉移，而在講唱之如何分配。蓋話本之以説唱爲主者，其唱詞不必盡寫一人之事。或此段寫甲事，彼段寫乙事。或甲乙事在同一段唱詞中。此在扮演與講唱分離之時，並無問題。以無論所寫爲何人之事，皆可由司唱者一人口中唱出之也。今以講唱之事付之戲場扮腳人，則講唱分配，即大有問題。將照舊維持一人唱之制歟？則腳色有定，此腳色不能作他腳色語。將使各腳分擔講唱之事歟？則事又與古制不合。當影戲解放之始，此一問題必爲扮戲人所最感煩惱者。然事之解決，不外古制度從違問題。

從古則有從古辦法，變古則有變古辦法。從古辦法，其事必將話本刪節。先拿定主意，以話本某一卷之某一人爲主。凡唱詞之屬於此一人者存之，其不屬於此一人者盡去之。餘卷亦如是處理。如是則戲場扮演，其唱者仍爲一人。唱者兼白，白者不唱。此是以話本遷就扮腳人辦法，即北曲之以旦末爲主者是也。其變古辦法，話本可不必刪節。其話本唱詞屬甲者，即以腳色之充甲者唱之。其話本唱詞屬乙者，即以充乙者唱之。其話本唱詞兼包甲乙者，即使充甲充乙者同唱或遞互唱之。此是以腳色遷就話本辦法，即南曲分唱、接唱、合唱，諸法所由起也。故以講唱制度言，則北曲近乎守舊，而南曲則敢於變古。守舊則以唱屬一人，可維持一定之音節格律。變古則生旦淨丑，一時並作。腳色不同，聲亦雜亂。其結果將無律可守。凡明人之知曲者，皆謂南曲俚俗，本無宮譜。余謂南曲開始時之以腳色遷就話本，即爲乖聲律之一大原因。凡前人之言南北曲者，皆以聲言之。余則以講唱制度言之，且歸本於影戲之遷變。其語可謂不經矣。

　　以北曲言，其講唱之制如余所説，可謂本之影戲。然溯其源亦可謂本之唐人俗講。凡俗講變文，每一段白，其結語皆爲"若爲陳説"，或"當爾之時有何言語"。其吟詞偈者，即應此句而開始吟唱。"若爲"即如何（"爲"古讀如匣母字），乃南北朝習語，隋唐人詩文猶多用之。通鑑卷一三三宋紀：王景文自表解揚州。明帝詔報曰："人居貴要，但問心若爲耳。"胡注："言但問其存心如何耳。"是也。或云："當爾之時，有何言語？""爾"猶如是也。"當爾之時"，猶言當如是之時。北史卷四十四崔亮傳："昔有中正，品其才第，上之尚書。吾謂當爾之時，無遺才無濫舉矣。"顏氏家訓勉學篇："梁朝全盛之時，貴游子弟多無學術。從容出入，望若神仙。當爾之時，亦快士也。及離亂之後，施諸世而無所用。當爾之時，誠駑材也。"是其例。亦南北朝以來相沿習語也。

俗講此等問，後世講唱猶遵行之。如董西廂每講一段訖，必結云
"如何如何"。是也。講者可請可問，而唱者唯以唱詞作答。此
是自唐以來説唱相沿一定之例。元曲之以一人司唱，餘人唯白，
不得有唱。其事與古人講唱之制合。元曲之以外腳頻頻發問，
主腳依其問一一以唱詞答之，如余此文所舉似者；其事亦與古人
講唱之制合也。

　　宋元以來戲文雜劇之出於傀儡戲影戲，以近世扮戲之事言
之，其可徵者有三：

　　一曰自贊姓名

　　凡元雜劇及戲文，其腳色初次上場，皆念詩詞。念訖，自道
姓名。此事今藝人猶懍懍遵行之。若一腳色同他腳色一齊上
場，則視其關係身份，由其中一腳色先自道姓名訖，然後爲其他
腳色道姓名。此事在元曲爲變格，今亦不常行之。夫自贊或代
贊姓名，非扮戲亦有之。然惟舊時臣僚，遇朝廷有慶賀大典，其
班首或使臣跪致詞，有自贊姓名之事。其掌禮儀之禮直官等，有
代贊姓名之事。此外，如小官初參大僚，亦有自贊或代贊姓名之
事。若皇帝御正殿便殿，以及文官昇廳武官昇帳，決無自道其朝
代、年號、姓名、祖貫之理。設有之，必是有心疾。至於士庶尋常
交際，苟非遇不相識之人問姓名，或介紹友人於其素不相識之
人，亦鮮有自贊或代贊姓名者。設有人焉，不在此等情形之下，
或出而交際，或入而燕居，於几席之間突然自贊其姓名；或介紹
友人於其素相識之人，突代之贊姓名；則人莫不以風狂目之。今
藝人扮戲，即不在此等情形之下，循例自贊姓名者，豈非不合理
之甚者乎？

　　然今藝人扮戲之自贊姓名，本出於元雜劇及戲文。元雜劇
及戲文，亦當有所承。則其事雖不合理，而其爲之也或自有其來
歷，不可遽認爲近世藝人之過。其來歷將如何？元雜劇戲文之

前,其劇有宋人所謂雜劇,有傀儡戲及影戲。宋雜劇即以真人扮演故事者,其腳色上場有自贊姓名之事否,今不可知。然宋之雜劇,其所演者大抵爲村俗鄙俚之事,演古傳記者極少。其中人物多不必有姓名。今以金瓶梅詞話所引院本考之,其登場之節級、副末,在院本中,皆但以腳色稱之,無姓名。此緣以優人扮優人,節級、副末即其稱呼。猶可言。其淨之扮秀才者,秀才亦無姓名。此雖爲明人院本,可悟宋之雜劇以諢諧爲主者,其所扮人物,原不必有姓名。然則元雜劇戲文腳色上場自贊姓名之事,必不出於宋之雜劇也。顧以傀儡戲影戲考之則何如? 傀儡戲影戲演煙粉、靈怪、鐵騎、公案之事。此所演以事實爲主,非以諢諧爲主甚明。煙粉、靈怪、鐵騎、公案,據醉翁談録小説開闢篇,知所演皆古人事;其事多見於古傳記,其所扮之人,必須有姓名。傀儡戲又演史,影戲則以演史爲主;其所扮之人,更須有姓名。然則元雜劇戲文腳色之自贊姓名,宜出於傀儡戲影戲無疑也。

　　傀儡戲影戲,其始皆以假人扮演,後改用真人扮演。其前後所扮人物之姓名,以何方法道出? 其事果合理否? 此問題最關重要,不可不一述之。按:宋之影戲蓋出於唐之俗講。唐之俗講,似有在講筵設圖像之事。圖像本爲點綴俗講而設,而講時既有圖像,則講説反似説明圖像。意當時俗講不但講唱故事而已,對於圖像,亦當指點説明之。余此言雖屬臆測,然不妨以後世事證之。清俞樾九九消夏録卷十二載明楊東明所繪河南饑民圖,繪饑民之狀,各繫以説,末一圖乃東明拜疏之象,亦有説曰:“這望闕叩頭的,就是刑科右給事中小臣楊東明。”又載明薛夢李教家類纂,其書有圖,係之以説云:這一個門内站的人是某朝某人。云云。此以文字代語言。人情相去不遠。疑是當時俗講,對於圖像亦當如是説也。如余説果確,此爲讚姓名之權輿。及俗講由圖像改爲影人,此時所設假人由人駕使,依事之節次出現,較之一幅畫圖尤爲逼似真人。則當每一假人之出現，其後行之講者，應更遵前代俗講之意，一一道其姓名。如項羽出，則當依古傳云："項籍字羽，下相人。"美人出，則曰："籍之美人名虞。常幸從。"關羽出，則曰："關羽，字雲長，河東解人。"關平出，則曰："名平，羽之子。"且不唯一一道其姓名而已。其每一重要人出，爲使衆歡慕起見，或先奏樂以迎之，念詞偈以讚之，如讚諸佛名號然。此即後世定場詩所由起也。及大影戲之興，以真人代紙人。此時腳色上場，肖古人之狀益爲逼似；蓋急欲有言矣。然既爲影人，則不得有言。其姓名仍由講者道出之。及後行講唱制取消，即以其事付之人之爲影人者；於是道姓名之事不復由他人行之，即由扮腳人自行之。此時人之爲影人者，不唯肖古人之貌，兼亦肖古人之言；其志誠得矣，而不料其開口即誤也。蓋人之擬項羽之言者，不得言"某姓項名籍，字羽，下相人"。亦不得言"此美人名虞，某之愛姬"。項羽之敗垓下，無是言也。人之擬關羽之言者，不得言"某姓關名羽，字雲長，河東解人"。亦不得言"此人是某之子，名平"。關羽之敗臨沮，無是言也。是言也，由後行講談人道出之則可。以其爲講漢書講"三分"，不妨鼓脣弄舌，效孟堅承祚口吻也。由扮腳人道出之則不可。以其爲擬項羽擬關羽，不得以孟堅承祚之言爲項羽關羽之言也。當是時，人之爲影人者，第以爲吾今兼行司唱司講者之職務而已。彼如是云云，吾亦如是云云，不自知其言之誤也。其舊司講人司唱人，亦第以爲吾今以講唱之事付之人之爲影人者而已。吾如是云云，彼如是云云者，亦任之，亦不知其言之誤也。自宋之弄大影戲者誤於前，遂使元之扮雜劇扮戲文者誤於後。其誤歷明至清，迄於今而未改。誠大誤也。然其誤也有由，近世藝人固不負其咎。其不誤者，有唐之俗講宋之影戲在。余故考其原而辨之如此。至宋之傀儡戲，其肉傀儡逐漸解放結果，與大影戲全同。其劇中人物姓名，由他贊改爲自贊，即可以釋大影戲者釋之。今不復贅。

二曰塗面

近世藝人扮戲之塗面，自研究新劇者視之，乃極不合理者。然其事淵源甚古。至少，唐五代時扮戲，已有塗面之事。自此而後，歷宋元明三朝，相沿不廢。今據往籍所載，約略述其事：

唐之弄參軍戲，其爲參軍者約略當於後世之副淨，當時亦塗面否，今不可知。王靜安先生古劇腳色考餘説三塗面考，謂唐時舞曲塗面。不言參軍戲。然引五代史伶官傳，謂後唐莊宗自傅粉墨，稱“李天下”，其事已在唐後。按伶官傳但云莊宗別爲優名以自目，曰“李天下”，無自傅粉墨語。北夢瑣言卷十八載莊宗自爲俳優名，曰“李天下”，雜於塗粉擾雜之間，時爲諸優撲挾摑搭。據此，知莊宗所爲，即弄參軍戲。其時去唐不遠，疑唐之參軍亦塗面矣。宋之扮雜劇，其副淨一色主發科取笑，即元明院本中之副淨。元明院本，其副淨皆塗面。宋之副淨，亦應塗面。而都城紀勝等書皆不載其事。宋徐夢莘三朝北盟會編卷三十一載王黼同蔡攸每朝罷出省，時時召入禁中爲談笑，或塗抹粉墨作優戲。卷一三五載建炎三年邵青與周虎戰，青令其衆用墨抹搶於眼下，如伶人雜劇之戲者。知宋雜劇人確塗面。古劇腳色考“丑生”條，引輟耕録所載宋徽宗見爨國人來，敷粉墨，使優人效之爲戲事，以爲宋“五花爨弄”敷粉墨之證。引宋史奸臣傳所載蔡攸侍曲宴，塗抹青紅，雜倡優侏儒事，以爲宋時五采塗面之證。其言亦有據。然宋時塗面尚不只雜劇，即舞曲百戲亦然。宋羅大經鶴林玉露地集卷六，載紹興中王鈇帥番禺，有狼藉聲。朝廷除韓璜爲廣東提刑，往按之。韓至，王強邀入別館劇飲。韓醉甚，不知所以，即索舞衫，塗抹粉墨，跟蹌而起，忽跌於地。云云。據此，知宋時舞曲塗面，與唐事正相類。夢華録卷七駕幸寶津樓諸軍呈百戲篇，稱有面塗青碌（疑是“緑”字）戴面具金睛者，謂之硬鬼。或執刀斧，或執杵棒。作腳步蘸立爲驅捉視聽之狀。又稱有百餘人，以黃白粉塗其面，謂之抹蹌。各執木掉刀，成行列，出陣格鬥。云云。據此知宋時諸軍百戲，亦五采塗面。此五代宋事之可知者也。

　　元扮戲塗面之事，古劇腳色考塗面考所說甚略。以余所知，元優人之塗面者有二色：一曰"淨"。此色，元院本、雜劇、南戲皆有之。在院本則曰副淨。然稱謂雖略異，其爲一色則同。凡元明人形容副淨，皆以"抹土搽灰"爲言。胡祗遹紫山大全集卷七贈伶人趙文益詩："抹土搽灰滿面塵，難猜公案這番新；世間萬事誰真假？要學長安陌上人。"杜善夫莊家不識構欄套："滿臉石灰，更着些黑道兒抹。"高安道嘲行院套："搽灰抹土胡孱儑。"（朝野新聲太平樂府卷九）南戲張協狀元："若會插科使砌，何吝搽灰抹土！"宦門子弟錯立身："情願爲路歧，管甚麼抹土搽灰！"明周憲王復落娼雜劇："付淨的取歡笑，抹土搽灰。"是也。"抹土搽灰"，似謂塗抹粉墨。元李京雲南志略（據原本說郛卷三十六引）謂"金齒白夷，以赤白土傅面，絕類中國優人。天寶中隨爨歸王（爨歸王乃戎州首領，名見張曲江集卷十二勑爨仁哲書）入朝於唐。今之爨弄，實原於此。"爨弄即院本別稱，見輟耕錄卷二十五院本名目條。然則元院本副淨更有以赤白土傅面者矣。元雜劇南戲，淨之外又有丑。其所扮之人，與淨相通。丑似由淨分出。以意度之，元曲丑之塗面，蓋類今之丑。其淨之塗面，或類似今之花面。此元曲淨塗面事之可考者。一曰"搽旦"。元夏伯和青樓集云："凡妓以墨點破其面者爲花旦。"點破見漢宮秋劇，猶言塗抹。北齊書卷四十四儒林傳載："後主在東宮，張景仁爲侍書。後主登祚，除通直散騎常侍。及奏，御筆點除通字，遂正常侍。"點除即點破也。（爾雅釋器："滅謂之點。"晉郭璞注云："以筆滅字爲點。"宋邢昺疏云："今猶然。"）古劇腳色考"末旦"條，謂"花旦”即元曲之“色旦”、“搽旦”。余按楊顯之酷寒亭劇，以搽旦扮鄭孔目妻蕭娥。其第二折載趙用訴蕭娥之詞云：“這婦人搽的青處青，紫處紫，白處白，黑處黑，恰便似成精的五色花花鬼。”此正對搽旦而言。是搽旦塗面本用數種色。古劇腳色考塗面考，謂五彩塗面元時無聞。今以酷寒亭劇考之，知其不然。然則元曲搽旦之塗面方法，亦有類似今之花面者矣。此元曲搽旦塗面事之可考者。且以余所知，尚不止此。元耶律楚材湛然居士集卷五，有在西域贈蒲察元帥詩云：“筵前且盡主人心，明燭厭厭飲夜深；素袖佳人學漢舞，碧髯官妓撥胡琴。”“碧髯官妓”四字，意不明。然卷六又有贈蒲察元帥詩，其句有云：“歌姝窈窕髯遮口，舞妓輕盈眼放光。”考金劉郁北使記，謂“回紇國婦人衣白，面亦衣，間有髯者，並業歌舞音樂”。間者，偶然之詞。若謂楚材所見妓悉有髯，則無如是之巧。故余疑楚材詩所述是女扮男腳，帶假髯（元藝人扮戲帶假髯，見輟耕錄卷二十三“盜有道”條）。然髯是碧色，頗不尋常。蓋所扮爲夷使天神之類。今藝人扮戲，其假髯猶不限於黑、白及糝白三色。元時扮戲，髯既可碧，則面之可青可紫，亦何足疑？此元事之可知者也。明之扮戲塗面，明人書不詳言。然明初扮戲，其塗面之事，當與元同。中葉以後，或更緣飾增繁。今泰興梅氏藏有舊本臉譜，識者謂是明譜。其譜每一面相，皆旁注某神某人之名。知其相有一定，法度甚密。其勾臉之條紋片段，視今之臉譜差簡，然形式與今譜已極相似。以是知今藝人扮戲，其譜全自明出。而明人扮戲塗面，其事又承元之舊也。

　　以上所舉宋元明扮戲塗面事，其塗面雖同，而劇有別。元之南戲雜劇，即明之南北曲。近世崑弋諸戲，又自明南北曲出。此同系統者。宋之雜劇，乃滑稽小劇，與元之南戲雜劇不同系統。宋之舞曲百戲，與元之南戲雜劇更不同系統。夫伎藝之不同系統者，苟其事相距非甚遠，固未嘗不可互受影響。以宋雜劇言，宋雜劇之副淨，即元院本之副淨無疑。元院本之副淨，即元南戲雜劇之淨無疑。此腳色之相同者。則元南戲雜劇之立淨色，未必非仿效宋雜劇之制。其淨之抹土搽灰，亦未必非效宋之副淨也。至於舞曲百戲，其性質與戲曲有別，而後世戲曲亦未必不受其影響。姑以百戲言。夢華錄卷七，記宋諸軍百戲有百餘人塗面，各執木掉刀一口，成行列。變陣子數次，成一字陣。兩兩出陣格鬥，作奪刀擊刺之態百端訖。一人棄刀在地，就地擲身，背着地有聲，謂之"板落"。如是數十對訖，始易他戲。今藝人扮戲相打，猶是如此做作。就地擲身，背着地有聲，今謂之"摔窠子"，即宋人所謂"板落"。由此知今之武戲相打，其作始必仿宋之百戲。又載有人假面披髮，口吐狼牙煙火，如鬼神狀。又載有假面，長髯，展裹，綠袍，靴簡，如鍾馗像者，傍一人以小鑼相招，和舞步，謂之"舞判"。今之"跳判"、"火判"，亦如是作。由此知今之鬼神戲，其作始亦仿宋之百戲。又夢華錄此篇載百戲每一伎呈之前，大都先放爆仗，繼則煙火湧出，其弄伎者即隨而上場。則又今戲場以火扇放煙火之制所由起。今之扮戲，其諸般做作既多出於宋之百戲；則今之藝人塗面作種種異狀，亦安知不自宋百戲人之塗面出？凡近世戲曲之事，皆出於明。明之扮戲，其制又出於元。元之雜劇南戲，其扮演之事，蓋兼收並包，糅合宋雜劇百戲之事爲之。故以腳色言，則淨與宋雜劇同。以奏伎及場上之事言，以今事徵之，亦多與宋之百戲通。此等事在當時既相沿襲，則塗面之事，在當時亦必受宋雜劇百戲影響，可斷言也。

　　然事有未可一概論者。元扮戲之塗面，居今日而言，謂其應受宋雜劇舞曲百戲影響則可；謂其舍此以外，別不受他伎藝影響，則殊未必然。何以知之？以元雜劇腳色塗面，不盡同宋雜劇，亦不盡同宋舞曲百戲知之。宋雜劇之副淨，以詼諧爲主，故所扮多爲庸猥儒緩、怯懦卑陋之人①。以此等人可笑事至多也。元雜劇淨色所扮，雖亦以此等人爲多，然實不限此一流。黃粱夢、合汗衫、浮漚記，皆以淨扮邦老。邦老乃惡人，故三劇皆稱其惡相。此已與宋副淨所扮不類。連環記以淨扮董卓。董卓是奸臣，與宋雜劇副淨亦不類。②　元刊本竹葉舟，以淨與正末、孤，同扮四仙人。其人以元曲選考之，乃列禦寇、張良、葛洪、呂岩四人。不知何人以淨扮。如是列禦寇，似緣列子著書多寓言而起。然如此已近曲解矣。又元刊本單刀會，關公上場前，其前導者三人。其一書"關舍人"，其二書"淨"。以趙清常鈔本考之，知三人乃關平、關興、周倉。鈔本三人不書腳色。元刊本淨二人，其一定是周倉。淨扮周倉雖與後世同，而以宋雜劇之副淨言，則益不類矣。凡此諸人，其地位不同，性格不同，而元曲皆以淨扮之。疑此諸淨塗面應有分別。否則性格、地位不同之人，其貌相卻同也。不獨此也。元劇之淨，尚有同在一劇同在一場者。如元刊本公孫汗衫記頭折，有淨上。其人以元曲選考之，乃邦老陳虎，惡人也。又有外淨趙興孫上。趙興孫以外淨扮，元曲選已改爲外，義人也。末折記云："孤趕淨上。"又云："淨待下，外淨沖上拿住。"以元曲選考之，孤是陳豹，官提察使；淨是陳虎；外淨沖上拿陳虎者，正是趙興孫。二淨同在一場，豈面相完全相同，僅以服裝別之？必不然也。故余疑元曲淨之塗面，必有種種塗法；正如今之淨有種種塗法然。縱使宋之副淨塗面亦不只一種塗法；而元曲淨之塗面，其複雜必遠過於宋之副淨。此與宋雜劇之不同者一也。元曲腳色之塗面者，淨之外有搽旦。餘無聞。然余疑

---

①補注：然武林舊事卷十，載官本雜劇段數有浮漚傳永成雙，有浮漚暮雲歸，所演與浮漚記或是一事。此猶可謂宋雜劇副淨亦扮惡人。
②補注：此猶可謂奸臣亦有可笑者。

元曲腳色之塗面者，實不限淨與搽旦二色。正音譜載雜劇有"神頭鬼面"。今之藝人扮神頭鬼面劇，有時戴面具，有時塗面。元劇想亦如此。其扮神頭鬼面劇之塗面者，不必皆以淨充之也。又有"披袍秉笏"，"忠臣烈士"。自古帝王，史書所載，多云有異相。忠臣烈士亦然。其著者尤多神話。如扮關羽，元刊本單刀會謂之扮"尊子"。"尊子"者，神也。元刊本博望燒屯贊關羽之貌云："高聳聳俊鷹鼻（"鷹"原作"鶯"。趙清常抄本改作英，亦非），長挽挽臥蠶眉。紅馥馥雙臉烟脂般赤（"烟脂"當作"胭脂"），黑真真三柳美髯垂（"黑真真"趙清常抄本作"黑蓁蓁"，近是）。"此所寫正與今藝人扮關公之狀同。尉遲敬德，單鞭奪槊贊其貌云："有如真武臨凡世，便是黑煞天蓬下界來。"此所寫亦與今藝人所扮敬德之狀同。元曲演包拯者甚多。其上場詩多云："咚咚衙鼓響，公吏兩邊排。閻王生死殿，東岳攝魂臺。"直以閻羅、太山府君目之。此三人流俗相傳，皆有異相。元曲皆以正末為之。正末扮此三人，亦應塗面無疑。而宋雜劇之末泥，在元曲謂之末或亦謂之末泥者；其職為戲頭，乃導演人，應無塗面之事。此大不合。故余謂元曲腳色之塗面者多，與宋雜劇腳色之惟副淨一色塗面者異。① 以其演史書傳記之事，人物衆多，每一腳色皆有塗面機會也。此與宋雜劇之不同者二也。元雜劇與宋雜劇皆演故事；而其塗面之制，以今考之，已不同如此。至於宋之舞曲，本非扮演故事。宋之百戲，但鬥耍肖鬼神之狀，亦非扮演故事，與元曲性質皆不合。其塗面制之必不盡同又可知。以是言之，則元曲腳色之塗面，雖應受宋雜劇舞曲百戲影響；而於宋雜劇舞曲百戲之外，應尚有所承。其與所承受者之關係，視宋之雜

---

① 補注：元據冲末、淨搽白臉見李壽卿伍員吹簫劇。此劇冲末扮費無忌，費無忌是奸臣；淨扮費得雄，乃費無忌長子，助費無忌為惡者。

劇舞曲百戲或更親切。此不可不知者也。

其所承者爲何？余謂仍是傀儡戲及影戲。傀儡戲影戲，皆以假人扮演。宋之戲文、元之雜劇南戲，皆以真人扮演。真人扮戲塗面，何以反與假人發生關係？請言其故：宋之傀儡戲，其腳色據夢梁錄、武林舊事，有細旦，有麤旦。麤旦者，猶元曲之搽旦也。既有細旦、麤旦，則末、淨、孤諸色宜必有之。凡傀儡戲所用木偶人，皆彩畫之。此諸腳色當雕造之時，其貌相妍媸之係於骨格者，須藉刀法表出之。其妍媸之係於膚色肌理者，須藉諸種顏色及刀劃或筆劃之線紋表出之。凡塑像雕像，皆先立畫樣。此傀儡戲木偶人宜有臉譜也。宋之影戲，其腳色不詳。以意度之，當與傀儡戲無大異。其所用影人，據都城紀勝、夢梁錄云："公忠者雕以正貌，姦邪者與之醜貌。"雖未言其貌何似，其醜可知也。凡影人亦以采飾。都城紀勝謂："影戲初以素紙雕鏃，後用彩色裝皮爲之。"尋繹其言，似謂影人初以紙爲之時，惟是素描。後改用皮爲之，始以彩畫。按：影戲紙人若不施采，則燈下演之，殊不美觀。疑宋之影戲紙人，未嘗不彩畫。其施采當在裝皮之前。都城紀勝謂施采與裝皮同時，語殊可疑。然即如其言紙人初惟素描，要其素描時，於諸腳色之或妍或媸，肌理膚澤，亦必用淺深墨色及線紋表出之。其雕皮施采者更勿論。凡塑像雕像，皆先立畫樣。此影人宜有臉譜也。及肉傀儡戲以真人代木人，大影戲以真人代紙人皮人；則采繪之法，前之施之於木人紙人皮人之面者，至是遂不得不施之於真人之面。此即藝人扮戲塗面之所由起也。夫塗面，宋之雜劇舞曲百戲亦有之，何獨取於肉傀儡大影戲，以爲藝人塗面之始？此問題甚重要。請更以四事明之：宋雜劇腳色之塗面者，唯副淨一色。其副淨之塗面方法，亦至簡單。以其爲滑稽小劇，其事簡質，登場人物至少也。若傀儡戲影戲則不然。傀儡戲影戲演史書及小說、傳奇、煙粉、靈怪、鐵騎、公案之事，無所不備。其事既繁，其登場之人物必衆。其以妍媸區別人物，以及善神惡鬼，何方？何界？何人之靈？咸須有安排計較，不可雷同。故其雕形飾貌，經緯百端，應遠較宋雜劇之塗面爲複雜。宋之戲文元之雜劇，其敷演事類，既皆與傀儡戲影戲同，則傀儡戲影戲彩畫人物之法，宜必爲宋戲文元雜劇所取則。況宋戲文元雜劇，即從肉傀儡大影戲出；其塗面之法取之肉傀儡大影戲，較之取之其他伎藝尤爲容易。此其一。宋雜劇副淨之塗面，不過故爲猥瑣之狀以博一笑耳，無他深意也。宋舞曲之塗面，當沿唐制；諸軍百戲之塗面，或受唐以來驅儺影響（唐驅儺塗面，見孟東野詩集卷一絃歌行）。然舞曲百戲均非扮演故事，其塗面雖有所承，當亦無深意可言。若傀儡戲影戲以扮演故事爲主，其木人影人貌像之妍媸，視所扮人之品類而定。是則以像別賢愚，以像覘地位，以像辨性情。其爲物也，近乎相法。名爲臉譜，實人譜也。以人譜爲臉譜，則其法嚴意密，必有一定之規則。今之藝人塗面，自外人視之，雖斑爛駁雜不堪一顧，而在彼爲之，亦實有法脈，非一味塗抹者。是其術必有所承。其所承者爲何？溯其源不謂之肉傀儡大影戲不可也。此其二。宋雜劇中之副淨及舞曲百戲，雖皆有塗面之事，而傀儡戲影戲所用木偶人影人，其裝形之法，卻不必受宋雜劇舞曲百戲影響。蓋宋之傀儡戲，本承唐傀儡戲之舊。唐傀儡戲雕飾之事今雖不可考，然大業拾遺所記水嬉木偶人，其裝形備諸鬼神賢聖及蠻王四夷之狀。唐之木偶人疑亦應爾也。其木偶人不用於戲劇者，宋以前尚有木雕仙佛像及明器等。此皆可影響於傀儡戲木偶人雕裝之法，不待言也。至影戲似源出於唐俗講之設圖像。唐俗講變文有二種：其一演經中神異事，即經變。講經變時所設圖像，等於畫家所繪變相。凡變相繪古佛梵僧及諸天神魔鬼，皆有種種怪相。如吳道玄畫地獄變，其變狀陰怪，至令人見之髮豎（見西陽雜俎續集

卷五），其險怪可知。其二演塵俗事。所設像即如畫家所畫古今
人物像。此類圖像雖不似變相之險怪，然亦當窮形盡態，極人物
妍媸之妙。當俗講由設圖像改爲用紙人時，其舊圖像中所繪鬼
神人物之狀，當一一爲雕繪紙人者所採用，亦不待言也。以是言
之，則宋傀儡戲影戲所用木偶人影人，其雕形飾貌，本自有模楷，
不待他求。且所依爲模楷者，其式樣之多，更遠過於宋雜劇舞曲
百戲人之塗面。傀儡戲影戲雕繪人物，其初奇形怪狀，蓋僅以貌
神鬼及番人。其後更進一步，凡人之有異相醜相惡相者，漸以貌
神鬼之法貌之。由是人之有異相醜相惡相者，在傀儡戲影戲中，
其貌乃幾與神鬼無異。及肉傀儡以眞人代木偶人，大影戲以眞
人代紙人皮人，此時人之爲肉傀儡爲大影戲者，遂完全襲取舊時
所用木偶人紙人皮人之相貌。由是藝人之塗面，奇形怪狀，無所
不有。名爲扮人，實則似神似鬼。其事相沿，至於今日而不改。
以現代人眼光視之，遂益覺其不合理，大爲研究新劇者所詬病
矣。此其三。今之藝人塗面，即不徵之過去歷史，其事之出於傀
儡戲影戲，亦有可揣猜者。以余所見，約有二端：一、凡傀儡戲所
用木偶人，皆彩畫，加油漆其上。影戲所用影人，則雕形施彩之
後，更以蠟塗之，故其像有光澤可喜。今藝人淨色塗面，其調色
無不用油者，故自臺下望之，其光采燁燁非常。此肖木偶人影人
也。二、凡傀儡戲影戲，其木人皮人皆雕畫爲之；故其貌似塑像
雕像，不能盡如眞人。今藝人之爲生爲旦者雖不塗面，而其面貌
皆經特別做作，故其眉稜眼角皆與常人異。此自臺下視之，爲肖
眞人乎？爲肖木偶人影人乎？吾謂必肖木偶人影人無疑也。此
其四。以此四事言之，知宋元以來戲文雜劇，其扮演時藝人之塗
面，應直接自肉傀儡大影戲出。其宋雜劇舞曲百戲人之塗面，雖
亦可影響於宋元人之扮戲文扮雜劇者；而所予影響，必不如肉傀
儡大影戲之深。以戲文雜劇自肉傀儡大影戲出，不自宋雜劇舞

曲百戲出也。若弄肉傀儡弄大影戲人之塗面，則又沿懸絲杖頭諸傀儡及影戲之舊。則謂自宋戲文元雜劇發生以來，藝人扮戲之塗面即出於傀儡戲影戲可也。

三曰步法

今藝人扮戲之臺步，自研究新劇者視之，亦認爲極不合理者。蓋其腳色上場，步趨皆有一定方式，不可逾越。將謂無意義歟？則其法有一定，顯與常人之步趨異。將謂有意義歟？誰使爲之？此真不可解者也。余嘗與城南杜君言及此事。余謂：此等極不自然之事，而藝人行之卻似極自然者。其事之起當有由。以余意測之，恐與懸絲傀儡有關。杜君大是余言。因舉似曰：凡藝人上場，行至戲臺上正面依科範或念或白訖，若赴案後就座位，則其行也須移身向下場門行，轉至案後就座。此定例也。若扮腳者一時失智，忽移身向上場門行，轉至案後就座，此爲背規矩可恥，謂之反線。事以線言，君之言爲有理矣。又藝人之在臺上，其行也非循自然行路之法由後向前移，乃先舉足自下而上，又自上降而下，若線之一張一弛然。如是左右足互易，向前進行。豈非子之言有驗乎？余聞杜君之言，慰甚。以爲所說偶中，幸不悖於事實也。杜君又謂其本人所說，乃聞之王瑤卿先生者。王瑤卿先生乃梨園界老前輩，以戲曲知識豐富著名於時。以王先生之資格說本行之事，其言尤可信。故余斷定近世扮戲人之臺步自傀儡戲出。其所以出於傀儡戲之故，則緣以人扮之肉傀儡本學習提線寓人之行動者也。

以上所舉五事，如劇本中有偈讚之詞，劇本中偶然保留話本講唱口氣，此二事惟舊本元明雜劇有其例。後人仿元曲作雜劇，已不復有此例。其優人扮戲之塗面與自贊姓名，乃古事之通於今者。登臺扮戲有特別步法，元明人書未言之，然其事應亦非近世扮戲所特有。此三事皆不限於近代，以其事在今日猶行之，人所共知，故不妨目爲近事耳。余謂宋元以來戲文雜劇出於宋之肉傀儡戲及大影戲。人之聞之者或疑之，以爲其言尚偏於理論。余今更舉此五事爲例，其言恐不得謂之無徵。蓋此五事者皆是特殊之事。苟以吾言釋之，則其事顯而易解。苟不以吾言釋之，則其事頗不易了解也。余釋此五事逾萬言，有時且若以文爲戲，殊嫌詞費。然古劇扮演之事，故書未有詳細記載。後世藝人傳習，亦鮮知其意。若欲窮究始末，須盡物情，不得以詞簡爲尚。故寧長言之，亦有所不得已也。

原載輔仁學誌第十一卷第一第二合期

附記

余此文作於一九四〇年秋。其第五章言宋元時唱傀儡兒詞唱影詞人，可兼唱南北曲，以明清劇本證之，雖持論似不誤，而尚未於其他書中求得證據。後讀清海寧吳騫拜經樓詩話，其書卷三言及影戲，云：“影戲或謂昉漢武時李夫人事。吾州長安鎮多此戲。查嚴門岐昌古鹽官曲：‘豔説長安佳子弟，熏衣高唱弋陽腔。’蓋緣繪革爲之，熏以辟蠹也。”岐昌字藥師，慎行孫，與騫並乾隆時人。據此，知清乾隆時海寧長安鎮影戲唱弋陽腔。弋陽腔固兼南北曲者也。古今事理相去不遠。此雖清事，可爲余説添一佐證。

一九五二年六月十八日記。

騫引或人言“影戲昉漢武李夫人事”，聯想甚有理。漢武李夫人事，見漢書卷九十七外戚傳。云：李夫人卒，上思念不已。方士齊人少翁言能致其神。迺夜張燈燭,設帷帳,陳酒肉,而令上居他帳。遥望見好女如李夫人之貌,還幄,坐而步。又不得就視。上愈益相思悲感。爲作詩,令樂府諸音家絃歌之。上又自爲作賦以傷悼夫人。按南史卷十一后妃傳所載宋孝武殷淑儀事,與漢武李夫人事絶相類。云:殷淑儀薨,追贈貴妃,諡曰宣。上痛愛不已,精神罔罔。有巫者能見鬼,説帝言貴妃可致。帝大喜,令召之。有少頃,果於帷中見形如平時。帝欲與之言,默然不對。將執手,奄然便歇。帝尤哽恨。於是擬李夫人賦以寄意焉。此漢宋兩孝武,相去五百餘年,而所遇之同如此,亦可異矣。余謂方士、巫之所以能售其奸者,正緣漢宋世人間尚無影戲耳。如有之,則此二孝武縱思念其嬖妾,精神罔罔,亦不至便信爲真也。

一九五五年十二月,自大連回北京,偶檢傀儡戲影戲考藁,又書此。

傀儡戲影戲補載

窟礧子高麗國亦有之。

【通鑑卷一九四唐紀、太宗貞觀七年十二月】

工部尚書段綸奏徵巧工楊思齊。上令試之。綸使先造傀儡。上曰："得巧工庶供國事，卿令先造戲具，豈百工相戒無作淫巧之意邪？"乃削綸階。

太宗此事，後世傳之以爲美談。元仁宗時，近侍請於禁中海子設水傀儡，築水殿，以備乘輿游觀。董訥在工部，言於宰相，以爲不可，引唐太宗事喻之。宰相是之，遂罷其役。

以上唐

【宋楊侃皇畿賦（呂祖謙皇朝文鑑卷二）】

其西則有池鑿金明，波寒水殿。時或薰風微扇，晴瀾始暖。命樓舡之將軍，習昆明之水戰。別有浮泛傀儡之戲，雕刻魚龍之質。應樂鼓舞，隨波出没。鑾輿臨賞以盡日，士庶縱觀而踰月。

【宋劉筠大酺賦（呂祖謙皇朝文鑑卷二）】

　　　　二月初言,春日載陽。皇帝乃乘步輦,出披香。御南端
之嶢闕,臨迴望之廣場。百戲備,萬樂張。木女發機於曲
逆,鳥言流俗於冶長。復有俳優游、孟,滑稽淳于。詼諧方
朔,調笑酒胡。縱橫譃浪,突梯囁嚅。混妍醜於戚施,變舒
慘於籧篨。乃至角抵、蹋踘,分朋列族。其勝也氣若雄虹,
其敗也形如槁木。

以上二賦並真宗時作。楊侃,楊億弟兄,建州浦城人。筠字
子儀,大名人,宋史有傳。

【宋史卷二九〇楊崇勳傳】

　　　　楊崇勳字寶臣,薊州人。性貪鄙。久任軍職。當真宗
時,每對,輒肆言中外事。喜中傷人,人以是畏之。在藩鎮
日,嘗役兵工作木偶戲人,塗以丹白,舟載鬻於京師。

崇勳仁宗時屢典大藩。以帥臣而鬻傀儡,可鄙之至。故史
家特書之以示貶。然因此知當時京師用傀儡甚多,故崇勳規以
爲利也。

【宋胡仔苕溪漁隱叢話卷二十七引復齋漫録】

　　　　錢穆父試賢良對策日,東坡往迓其歸,置酒相勞,各舉
(令)爲文。穆父得"傀儡除鎮南軍節度使制"。首句云:"勤
勞王家,出入幕府。"東坡見此兩句,大加歎賞。蓋世以傀儡
起於王家也。

穆父對制策,乃熙寧中事。所擬傀儡除節度使制,乃游戲之
文,猶後梁王琳之爲䱷表也。宋之洪州爲節鎮,郡號曰"豫章",
軍號曰"鎮南"。今云傀儡除鎮南軍節度,豈以"豫章"木名,而木
爲傀儡所自出耶?

【宋樓鑰攻媿集(清内聚珍本)卷十二】

有戲和適齋絕句三首，其一爲傀儡。詩云："假合陰陽有此身，使形全在氣和神；王家幻戲猶堅固，線索休時尚木人。"

【宋劉克莊後村詩話前集（後村先生大全集卷一七四）】

端平初，除拜一新。趙南塘起散地，掌內制。元夕觴客，客散家集，有觀傀儡詩云："酒闌有感牽絲戲，也伴兒童看到明。"

趙南塘即趙汝談。汝談，太宗八世孫，居餘杭。淳熙十一年進士。嘉定末爲江西提舉常平。寧宗崩，理宗立。以疾數匄祠。授江西轉運判官，辭不獲命。之官一月，以言者罷。杜門著述。端平初，以禮部郎官入對，改秘書少監兼權直學士院，即後村所謂起散地掌內制也。汝談官至權刑部尚書卒。宋史卷四一三有傳。

【宋徐夢莘三朝北盟會編卷一九九紹興十年二月引遺史（按即趙甡之中興遺史）】

先是，單州碭山縣染户宋從，因販棗往南京界，劉婆家得一小兒曰遇僧，以棗博歸，養之。有金人之出戍於碭山者，見之，曰："此小兒似趙家少帝。"染人不以爲然。稍長，令學雕花板。有京師販猪人張四見之，曰："此人全似少帝。"遇僧心中暗喜，每看影戲唱詞，私記其"宮禁中殿閣下龍鳳"之語。會三京路通，有詔尋訪宗室，令發遣赴行在。遇僧乃自謂是少帝第二子。從告於縣。遇僧略言宮禁中事，縣信之，聞於知單州葉夏卿，遂津遣赴行在。至泗州，知州王伯路具事奏聞。送閤門司及閤門諸處勘當，淵聖皇帝並無第二子。用金字牌付轉運副使胡昉，令委清彊官就泗州取勘。獄具。決脊杖二十，刺配瓊州牢城。遇僧經過來安縣，題詩於興國寺曰：“三千里地孤寒客，十七年前富貴家；泛海玉龍驚雪浪，權藏頭角混泥沙。”

宋史卷二四六宗室傳記此事作“留遇僧”，無看影戲唱詞語。按：紹興九年正月，金人以“三京”，壽春府，宿、亳、單、曹州，及陝西、京西地歸宋。故十年二月有詔訪宗室，而遇僧於是時自詭爲少帝子。是年五月，金人敗盟，戰爭復起，旋失曹單。十一年議和，以大散關及淮水中流爲界。於是九年金所還諸地，復爲金有。遇僧雖獲罪杖配，得爲宋民亦已幸矣。

【宋洪邁夷堅三志辛卷三普照明顛條】

華亭縣普照寺僧惠明者，信口談人災福，一切多驗，因目曰“明顛”。好作偈頌，間有達理處。其末輒顛錯不可曉。嘗遇手影戲者，人請之占頌。即把筆書云：“三尺生綃作戲臺，全憑十指逞詼諧；有時明月燈窗下，一笑還從掌握來。”此篇蓋最佳者。

以上宋

【三朝北盟會編卷七十七】

靖康二年正月二十五日，金人來索御前祗候方脈醫人、教坊樂人、内侍官四十五人；露臺祗候妓女千人；蔡京、童貫、王黼、梁師成等家歌舞宮女數百人。又要雜劇、説話、弄影戲、小説、嘌唱、弄傀儡、打筋斗、彈箏琵琶、吹笙等藝人一百五十餘家。令開封府押赴軍前。開封府軍人爭持文牒亂取人口，攘奪財物。自城中發赴軍前者，皆先破碎其家計，然後扶老攜幼竭室以行，親戚故舊涕泣叙別離相送而去，哭泣之聲徧於里巷。如此者日日不絶。（三朝北盟會編靖康二年正月二月間屢書金人取樂工樂器及市優樂，今但錄靖康二年正月二十五日事。）

金有太常樂，有教坊樂，有散樂，皆遼宋故物。後晉天福三年，遣劉煦以伶官歸於遼。遼有散樂自此始。金伐遼，滅之。得遼教坊四部樂及散樂，用於燕饗。金有散樂自此始。及降汴宋，又大索汴京市樂及諸般百戲雜戲人。金散樂於是益盛。惜金史樂志叙散樂極略，而上京、中都又無記風土之書如宋之夢華、夢粱者傳於今日，致金百二十年散樂發達之狀不詳耳。

宋樓鑰北行日錄上（清内聚珍本攻媿集卷一百十一）：乾道五年十二月九日，入東京城，改口南京。十日陰，晴。歇泊。承應人多是市中提瓶人，言倡優尚有五百餘，亦有旦望接送禮數。此金世宗時南京樂人數之可知者也。

　　以上金

【元曾瑞卿紅繡鞋曲詠風情（明鈔本樂府群珠第三册）】

　　實鏝的剮皮割肉。虛恩情撇閃提齁。訕喬敷演幾時休。妝砌末招人謗哮（“哮”字疑誤）。孛郎見人羞。强折證剛道他有。

瑞卿曲“提齁”，即明人所謂“提偶”，“齁”“偶”一音之轉。今河北省吳橋縣多傀儡伎户，其人猶呼傀儡戲爲吼戲。

【元楊維禎東維子文集卷十一朱明優戲序】

　　百戲有魚龍、角觝、高絙、鳳皇、都盧尋幢、戲車、走丸、吞刀、吐火、扛鼎、象人、怪獸舍利、潑寒（胡）蘇莫（遮）等伎，而皆不如俳優侏儒之戲或有關於諷諫，而非徒爲一時耳目之玩也。窟礧家起於偃師獻穆王之伎。漢户牖侯（陳平始封户牖侯後封曲逆侯）祖之以解平城之圍，運機關舞埴間，關支以爲生人。後翻爲伶者戲具，其引歌舞亦不過借吻角呦唧聲，未有引以人音至於嬉笑怒罵備五方之音，演爲諧諢嚘啞而成劇者也。玉峰朱明氏世習窟礨家。其大父應俳首駕前。明手益機警，而辨舌歌喉又悉與手應，一談一笑真若出於偶人肝肺間，觀者驚之若神。松帥韓侯宴余偃武堂。明供群木偶，爲尉遲平寇、子卿還朝，於降臣民辟之際不無諷諫所係，而誠非苟爲一時耳目玩者也。韓侯既賚以金，諸客各贈之詩，而侯又爲之乞吾言以重厭伎。於是乎書以遺之。時至正二十六年三月二十有三日。

【元貝瓊清江貝先生詩集卷三玉山窟儡歌】

　　玉山窟儡天下絕，起伏進退皆天機。巧如驚猿木杪墜，輕如快鶻峰尖飛。流蘇帳下出新劇，河梁古別傳依稀。黃龍磧裏胡雛語，李陵臺前漢使歸。當筵舞劍不辟客，頓足踏地爭牽衣。玉簫金管靜如水，西夏東山（西夏似謂鼓吹，東山謂絲竹。西夏鼓吹有唐遺音，宋金史西夏國傳俱言之）相是非。昔聞漢主出大漠，七日始脫平城圍。當時論功孰第一？木偶解走單于妃。奇兵百萬竟何事，將軍賜級增光輝。龍爭虎戰亦同幻，尊中有酒君勿違。更呼左家雙鳳和我曲，玉斗碎落千珠璣。

　　瓊詩有“龍爭虎戰”之語，蓋亦元末寓松江時所作。元江浙省地以“玉山”名者：如信州路有玉山縣；紹興路新昌縣有玉山鄉。而平江路有崑山州（元崑山州以今太倉縣爲治所），崑山人稱玉山，亦謂之玉峰。疑瓊詩“玉山”，維禎文“玉峰”，皆指崑山言之也。

【元陳孚陳剛中詩集卷二交州藁】

　　藁有安南即事排律一篇，爲使安南而作。自注云：嘗宴於其集賢殿。男優女倡各十人，皆地坐，有琵琶、篥、箏、一絃之屬，其謳與絃索相和。殿下有踢弄、上竿、杖頭傀儡。

陳孚字剛中，台州臨海人。至元二十九年吏部尚書梁曾使安南，孚以翰林國史院編修官攝禮部郎中爲副。三十年正月至其國。元史有傳，在卷一九〇儒學傳内。四庫全書總目觀光、交州、玉堂三藁提要謂孚元史無傳，其出使始末載梁曾傳中。非也。

　　以上元

【明瞿佑上元節看燈詞（詩十五首，其五爲傀儡，據西湖遊覽志餘卷二十引）】

　　　傀儡裝成出教坊，綵旗前引兩三行；"郭郎""鮑老"休相笑，畢竟何人舞袖長？

佑所詠乃明初杭州事。志餘云："詞中所言風俗與今無異。"
【明宋懋澄九籥別集卷三御戲】

　　　院本皆作傀儡舞。雜劇即金元人北九宮。南九宮亦演之内庭。

【明宋懋澄九籥集卷一順天府宴狀元記（萬曆丁未三月）】

　　　酒初獻。止樂。教坊官致辭畢。有優人戴判官面目而上，手持數籠。兩綺服人從傍贊辭。判官持籠照耀數番，提一壽星出，復納其中，籤弄再三，若復有所出，竟杳然而散。二獻，則上絃索調，唱"喜得功名遂"，乃吕聖功破窰記末齣也。迨三獻，則一人手持三丸弄之，良久。四獻，更事絃索。五獻，則二人戴鍾吕假面，作胡旋舞。六獻，復陳絃索。七獻，奏細樂。止獻。

順天府宴狀元，用教坊伎。御戲用鐘鼓司伎。鐘鼓司伎與教坊伎相通。故知此記所叙戴假面作場者即院本傀儡舞。

【明孫繼芳磯園稗史卷二】

　　京師東大市一指揮，晨有賣肉者至其家。一人割肉入久之，不出償價。賣肉者不免誼譟。其主人出，謂家未曾買肉也。問名誰何。賣肉者云："是一服花衣人，曰孫二哥。"主人怪之。越二日，於偶戲傀儡箱中獲肉。蓋傀儡取人精氣日多故耳。指揮與信陽張鴻臚署丞有姻婭。張親語予云。偶忘其姓名。

繼芳明正嘉間人。據此條，知明京師有力人家蓄傀儡伎，與清京師王公貴邸蓄傀儡伎正同。

【金瓶梅詞話第四十二回】

　　西門慶分付來昭，把煙火架攏出去。玳安和來昭將煙火安放在街心裏。須臾點着。果然紮得停當好煙火。但見：

　　一丈五高花椿，四圍下山棚熱鬧。最高處一隻仙鶴，口裏銜着一封丹書。乃是一枝起火，起去萃山（"山"當作"出"）律，一道寒光，直鑽透斗牛邊。然後正當中，一個西瓜砲迸開。四下裏人物皆着。臛剝剝萬個轟雷皆燎徹。彩蓮舫、賽月明、一個趕一個，猶如金燈沖散碧天星。紫葡萄，萬架千株，好似驪珠倒掛水晶簾泊。霸王鞭，到處響喨。地老鼠，串遶人衣。瓊盞玉臺，端的旋轉得好看。銀蛾金彈（"彈"疑當作"蟬"），施逞巧妙難移。八仙捧壽，名顯中通。七聖降妖，通身是火。黃煙兒、綠煙兒，氤氳籠罩萬堆霞。緊吐蓮、慢吐蓮，燦爛爭開十段錦。一丈菊與口煙蘭相對，火梨花共落地桃爭春。樓臺殿閣，頃刻不見巍峨之勢。村坊社鼓，彷彿難聞歡鬧之聲。貨郎擔兒，上下光焰齊明。鮑風車兒，首

尾迸得粉碎。五鬼鬧判，焦頭爛額見猙獰。十面埋伏，馬到
人馳無勝負。總然費卻萬般心，只落得火滅煙消成煨燼。

玉漏銅壺且莫催，　星橋火樹徹明開；

萬般傀儡皆成妄，　使得游人一笑回。

金瓶梅詞話此一段文，"但見"二字以下，有小文描寫煙
火。小文後繫以詩。詩云："萬般傀儡皆成妄，使得游人一笑
回。"是以煙火爲傀儡也。余前撰近代戲曲原出傀儡戲影戲
考，謂"藥法傀儡疑與煙火有關"。今以金瓶梅詞話此一段文
證之，其言似極有理。吾鄉滄州，舊時元宵所放煙火，亦有作
人物形象者。其法，於高處懸一物如蓋，有簷。先以火藥捏成
人物形象，如呂洞賓背劍、寶瓶及天下太平字樣，貫以藥線，重
疊附着於蓋之裏。以火香焫藥線，則形象突然墜下，距地數尺
而止，懸於空中，五采絢爛可愛。燒盡，復有形象墜下。如是
者數次。謂之盒子。

以上明

【清黃竹堂日下新謳（單學傅海虞詩話卷八引）】

傀儡排場有數般，居然優孟具衣冠。絲牽板託竿頭戳，
弄影還從紙上看。自注：傀儡之戲不一。有從上以長絲牽引者，爲提偶。
有以板託平移者，爲推偶。有置竿上自下持之運動者，爲戳偶。別有剪紙象
形張隔素紙搬弄於後，以觀其影者，爲影戲。

竹堂所謂提偶，懸絲傀儡也；戳偶，杖頭傀儡也；推偶，以
板託平移，當即水傀儡。竹堂乾隆嘉慶間人，所言如此，則乾
嘉間京師確有水傀儡矣。余所識東城某翁，梅蘭芳先生之友
也。十餘年前爲余言，清末山東濟南市上尚有演水傀儡者，彼
親見之。

以上清

滄 州 集

下 册

中 華 書 局

元曲新考

折

　　元曲不限四折，而四折者占多數。今所見明刊元雜劇總集，所收大抵是四折雜劇，以曲一套爲一折。此人所共知者也。然以元刊雜劇考之，則曲一套並不標一折。明正統本周憲王誠齋傳奇亦然。故近人有疑北曲本不分折者。然録鬼簿元人鍾嗣成所撰。其注張時起賽花月秋千記云："六折。"注開壇闡教黃粱夢云："第一折馬致遠，第二折李時中，第三折花李郎學士，第四折紅字李二。"其汪勉之傳，又稱"鮑吉甫編曹娥泣江，内有公作二折。"夫劇不分折，則不得分撰。是元曲未嘗不分折也。明寧獻王權，周憲王有燉之諸父也。其撰太和正音譜，摘録元曲，備注其曲爲某人劇中之某折。是寧獻王所見元曲亦未嘗不分折也。且以余所考，周憲王自刻所爲誠齋傳奇雖不標折數，然王之意並非謂劇不分折。其瑤池會八仙慶壽雙調新水令套内自注科範云：“辦四仙童舞唱蟠桃會第三折內青天歌一折了。”①考憲王蟠桃會劇南呂一枝花套次第三。其套曲前賓白內所插小曲有仙童仙女唱青天歌共爲篇爲八曲。是憲王刻所爲曲雖未明標折數，而未嘗不承認北曲有分折之實。今所見元刊雜劇不標折數，亦是省略不書，非本不分折也。今所辨者，凡録鬼簿、正音譜所謂折者，乃以北曲一套爲一折。今人所稱元曲每劇四折者，亦指曲四套言之。此是普通説法。實則北曲云折，尚有不以套論者：如元刊雜劇中任風子劇開端云：“等衆屠户上一折下。等馬（馬丹陽）上一折下。”其次爲正末扮任屠上，唱第一套仙呂點絳唇詞。衣錦還鄉開端云：“駕上開一折，淨（張士貴）上一折。外末（薛仁貴）一折。”其次爲正末同老旦上，末唱楔子端正好詞。魔合羅楔子後注云：“旦下。二外一折。”其次爲末上唱第一套仙呂點絳唇詞。此在楔子或套數之前各有若干折。所云一折是一場或一節，皆指白言之也。元刊本張鼎勘魔合羅劇黃鍾醉花陰套（第二套）內神仗兒曲後注云：“外一折了。”周憲王誠齋傳奇牡丹園劇仙呂點絳唇套（第一套）內注云：“淨相見發科一折了。”又越調鬪鵪鶉套（第三套）內注云：“辣淨淡淨做相打擂一折了。”復落娟劇南呂一枝花套（第二套）內注云：“貼淨改扮江西客上，與正旦相見説鄉談一折了。”又正宮端正好套（第三套）內注云：“辦孤上一折了。”香囊怨劇南呂一枝花套（第三套）後注云：“相爭相打一折了下。”煙花夢劇雙調新水令套（第四套）內注云：“二淨上告娶紅葉兒一節了。官喚紅葉。旦上云一節了。”此在套數中間或套數後各有若干折或若干節。折、節意近。所云一折或一節，指科與白言之也。四時花月劇正宮端正好套（第三套）內注云：“衆仙上歌舞十七換頭一折了。”牡丹品劇仙呂點絳唇套（第一套）內注

---

① 補注：又，（新安徐氏）周憲王曲江池雙調新水令“淨扮媒上一折了”。

云："簫笛旦吹簫一折了，笛一折了。"又注云："唱旦唱一折了。舞旦舞一折了。"此在套數中間亦各有若干折。所云一折是一遍，指劇中插入歌舞曲或樂曲言之也。以是言之，則北曲所謂折應有三意：一以套曲言，所謂一折等於一章。一以科白言，所謂一折等於一場或一節。一以插入之歌曲舞曲樂曲言，所謂一折等於一遍。凡後世所刻劇本，但明標樂章之折，其科白之折以及插入之歌曲樂曲等折，皆不明白區劃，一一標舉（插入之曲，元曲選皆低一格書之，示與套曲有分別。然他本竟有不加分別與套曲平行者），遂致劇之節次不明。此則後人刻書之失也。

凡北曲之折，舊籍所書皆是"折"字。明人刻曲間有書作"摺"者，如富春堂本敬德不服老雜劇書"折"字作"摺"。是也（今所見南曲刻本，亦有不稱出而稱折稱摺者）。所謂摺似即經摺紙摺之摺。元明時伶人溫習曲子輒用小冊子書其詞，謂之掌記。如元無名氏宦門子弟錯立身戲文載女優王金榜教延壽馬溫習雜劇。帶來掌記若干本，一一舉其戲名。又載延壽馬能抄掌記，語甚詳。明周憲王花月神仙會劇所載院本有付末與淨念詞云："東方朔學踏徠爨，呂洞賓掌記詞篇。"是其事也。掌記之稱，似起唐宋間。周密武林舊事卷六記小經紀出賣品他處所無者，有掌記冊兒。其冊子雖不能大，然高寬若寸寸，亦無一定。如宋周必大所見孝宗手持掌記，以方寸紙爲之，微偃兩旁而中摺之，上書事目及朝士姓名（汲古閣本益公題跋卷七），乃掌記之極小者。然唐韋絢劉賓客嘉話錄序，稱"投謁中山劉公，命坐與語。退而默記，在掌中梵夾者百存一焉。"此即掌記，而用爲綴文記事稿本，其冊子必不能甚小。則與伶人記詞篇之掌記無異矣。近世伶人業曲，爲便於誦習計，每將劇中諸腳色詞白各依其人分別輯出，彙爲若干冊子。謂之單頭，亦謂之單腳本。北曲以旦末爲主腳，其劇非旦唱，即末唱。意當時伶人習曲，除主角旦末唱詞應有掌記不論外，其餘貼外諸腳色念白之詞以及插入之歌曲等，或亦用別紙分別疏出，如近世伶人所用單頭然。故今所見元刊本雜劇及周憲王誠齋傳奇，於賓白皆分若干折。其插入之歌曲禾詞等，亦以折論。以當時所錄原是若干摺也。北曲分折之事如作是解，則"折"字本應作"摺"。然余以誠齋傳奇考之，如所書"吹簫一折了"，"相打擂一折了"，則似是循例或尋常做作，可於場上自由運用，不必定出掌記者。故余疑元明演劇，其按習時雖有掌記，然其掌記未必如後世所用之繁。縱令如後世單頭將劇中各腳應白應念之詞一一疏出者；其所謂折亦或另有義，未必便作紙摺解。以吹簫不必旋打譜，相打亦不必有一定格範也。如折字不定作紙摺解，余之意以爲"折""摺"同字。折者斷也，屈也，分也。取義於斷，則蹭蹬不遇，謂之折倒。取義於屈，則積累重複，謂之折疊。取義於分，則調適亭平，謂之折中。皆恒語也。北曲之折，似當以段落區劃言。凡樂章有節次，故唱詞以一套爲一折。動作言語有先後本末，故賓白科諢以一場爲一折。其插入之歌曲舞曲等，雖非正唱，亦樂章之比，故以一遍一回爲一折。然則折者段落節次之通稱，不必屬一色也。後世不知此義，乃以折專屬詞，且專屬於當場正唱之詞。遇曲本之目賓白爲折者，則瞿然怪之。如臧懋循元曲選序摘屠隆曇花記白終折無一曲，以爲謬之甚者。不知徵之舊本曲，但有白而無曲，亦可自爲一折。所謂一折者，不必其中定有曲也。今所見明富春堂本呂蒙正風雪破窯記，其第十六折白僅四行六十六字，無曲。富春堂刊本香山記，其第二十七出白只三行，第二十八出白只五六行，第三十出白十行，皆無曲。破窯記、香山記是傳奇。可見傳奇之折或出，亦不專以詞言。阮大鋮春燈謎傳奇，有閏三十六齣。此齣有白無曲。以未填詞，標曰留餘。留餘者，俟日後補完也。自序云："爲齣凡三十有九，閏一，示餘也。"此亦大可不必。無曲亦得，何必云閏乎。

原載香港星島日報俗文學，一九四一年

楔　　子

　　元曲在套曲之前，時有一二隻曲。其曲牌大抵爲端正好或賞花時。間有用他曲牌者，其例殊少。此世所謂楔子也。在元刊雜劇，遇此等曲雖録其詞，不標楔子之名。明寧獻王太和正音譜下引"既相別難留戀"一曲。曲牌端正好下注云："楔兒。"又注云："無名氏拂塵子楔兒。"是則元曲本有楔子之稱。元刊雜劇第省而不書，非無其語也。然楔子二字宜作何解？其在楔子前後之賓白，將與端正好賞花時同目爲楔子乎？抑僅端正好賞花時曲爲楔子，其前後賓白不得徑謂之楔子乎？此事世人未有的解。余考明周憲王誠齋傳奇其諸劇中凡稱楔子皆與曲牌連文。如桃園景及煙花夢劇南呂一枝花套（並是第二套）前所書，有"楔子端正好"。牡丹園劇仙呂點絳唇套（第一套）、越調鬪鵪鶉套（第三套）、香囊怨劇正宮端正好套（第二套）前所書，並有"楔子賞花時么篇"。悟真如劇仙呂點絳唇套（第一套）前所書，有"楔子三轉賞花時"；中呂粉蝶兒套（第四套）前所書，又有"楔子端正好"。得騶虞劇仙呂點絳唇套（第一套）前所書，有"楔子賞花時么篇"；商調集賢賓套（第二套）前所書，又有"楔子端正好"。曲江池劇仙呂點絳唇套（第一套）前所書，有"楔子賞花時么篇"，又有"楔子端正好"。義勇辭金劇正宮端正好套（第四套）前所書，有"後庭花帶過柳葉兒楔子"。凡所書楔子皆與牌名相連，明其意以楔子屬曲，與賓白無涉也。而按之元曲選，則諸劇標楔子者直目爲一章，與標折者等夷。一折之中，有曲有白。一楔子之中，亦有曲有白。如秋夜梧桐雨劇所標楔子內有二場。（按：依元明雜劇本顧曲齋本，此處實是三場。元曲選文有刪節，故只二場。）第一場為沖末張守珪審淨安祿山。第二場為正末唐宣宗釋安祿山，欲相之，以大臣諫改授漁陽節度使。正末唱端正好么篇在第二場。則依元曲選例，以賓白附曲並稱楔子，應只限於第二場。其第一場張守珪事本與唱詞無涉。今一律目為楔子，未免太疏闊矣。此元曲選所錄梧桐雨劇，余曾以顧曲齋本元明雜劇本（即新安徐氏刊本）校之，則亦於正宮端正好下注楔子，不涉賓白，與誠齋傳奇正同。知顧曲齋本元明雜劇本所錄，尚依舊本形式，不曾臆改，故與元曲選異也。按：北曲所重在詞，不在白。元鍾嗣成錄鬼簿所稱劇共幾折，明寧獻王權太和正音譜所稱曲在某劇第幾折，皆以詞言；則楔子亦當以詞言，不兼賓白言之。凡楔子用末唱者，其劇即為末本；用旦唱者，其劇即為旦本。余嘗徧考元曲，殊少例外。以是言之，則北曲唱楔子與唱四套大曲，同是主腳之事，與外、貼等色在劇中插唱小曲或姬隊歌舞者不同。楔子之設，乃所以補套曲之不足，其用僅次於套曲。明乎此，然後楔子之義始可得而言也。楔者，木楔。說文櫼、楔互訓（大徐櫼音子廉切，楔音先結切）。慧琳一切經音義卷四十六"木楄"下云："楄又作楔，同。說文：楔，櫼也。子林反。今江南言櫼，中國言楄（側恰切）。楔，通語也。"段玉裁注說文櫼字，引玄應書同此。釋云：木工於鑿枘相入處，有不固，則砍木扎楔入固之，謂之櫼。按：段說是也，而猶未盡。凡木扎供彌縫填補之用者，皆可謂楔，不必鑿枘相入處。唐李肇國史補卷中載蘇州重玄寺閣一角忽墊，計其扶薦之功甚鉅。有游僧砍木為楔，日取楔數十登閣，敲柷其間。未逾月，閣柱悉正。盧氏（盧言）雜說載唐一尚食局造餤子手，用大臺盤一隻，木楔子三五十枚。四面看臺盤；有不平處以一楔填之，候其平正。餤子熟，取出，拋臺盤上，旋轉不定。云云。（據太平

廣記卷二三四引。)據此知楔子之用,所以彌縫填補,與戲曲之着
楔子意同。吳瞿安先生跋明周憲王牡丹園劇云:"門限兩旁小木
曰楔,所以安置門限者。凡劇中情節略繁,必用楔子。所以佈置
一劇中之情實,不致畸輕畸重。故以楔爲喻。"按爾雅釋宮:"根謂
之楔。"郭注:"門兩旁木。"郝懿行爾雅義疏云:"根者,釋文及詩正
義引李巡曰:根謂梱上兩旁木。皇侃論語疏云:門左右兩樨邊各
豎一木,名爲之根,根以禦車過,恐觸門也。"門兩旁木謂之楔,乃
古宮室之制,與後世俗言楔者不同。北曲楔子應取俗語,不得用
古義也。先生跋牡丹園、得騶虞等劇,又謂一劇中不可用兩楔子。
余考元孔文卿東窗事犯劇,第一折仙呂點絳唇套前有端正好、么
篇二曲,是楔子。第三折越調鬭鵪鶉套前有賞花時、么篇二曲,
亦是楔子(元刊本)。張國賓羅李郎劇第一折仙呂點絳唇套前有
端正好、么篇二曲,是楔子。第二折南呂一枝花套前有賞花時一
曲,亦是楔子(據新續古名家雜劇本,元曲選本同)。無名氏馬陵
道劇,第一折仙呂點絳唇套前有賞花時、么篇二曲,是楔子。第二
折正宮端正好套前有賞花時一曲,亦是楔子。抱妝盒劇,第一折
仙呂點絳唇套前有端正好、么篇二曲,是楔子。第三折雙調新水
令套前有賞花時一曲,亦是楔子。符金錠劇,第一折仙呂點絳唇
套前有賞花時一曲,是楔子。第四折雙調新水令套前有賞花時一
曲,亦是楔子。是元曲一劇中未嘗不可用兩楔子(符金錠似是明
曲)。惟此例不多。先生之言不爲無見也。

原載香港星島日報俗文學,一九四一年

北曲劇末有楔子

北曲雜劇楔子,所以補正曲之不備。其着楔子,以在第一折

內套曲前者，最爲普通。其在第二折第三折內套曲前者，亦有之。在第四折內套曲前者，亦間有之。此人所習知者也。其楔子唱曲，以用端正好、賞花時者最爲普通。間有用他曲者，如元高文秀黑旋風雙獻功第二折內套曲前楔子，其唱曲爲金蕉葉、么篇。明周憲王關雲長義勇辭金第四折內套曲前楔子，其唱曲爲後庭花帶過柳葉兒。是也。然此例無多。北曲雜劇楔子，其唱曲要以用端正好、賞花時者爲最多。此亦人所習知者也。以余所考，則北曲雜劇楔子尚有在第四折套曲後者。此事知之者少，前人論曲，亦未嘗有之。今舉其例，略爲發明之如後：

元刊本東窗事犯第四折端正好套後，有後庭花、柳葉兒二曲，其詞云：

【後庭花】見一日十三次金字牌。差天臣將宣命開。宣微臣火速臨京闕，以此上無明夜離了寨柵（“柵”原誤“冊”）。馳驛馬，踐塵埃。度過長江一派。臣到朝中，怎掙揣。想秦檜，無百劃（“百”即“擘”字），送微臣大理寺問罪責。將反朝廷名□揣。屈英雄淚滿腮。臣爭戰了十數載。將功勞番（“翻”同）做罪責。

【柳葉兒】今日都撇在九霄雲外（“雲”字原闕，今以意補之）。不能勾位三公日轉千階。將秦檜三宗九族家族壞。每家□讎大，將秦檜剖棺槨（“槨”原誤“郭”）到尸骸。憑的呵恩和讎報的明白（“明”字原缺，“白”字原殘壞作“日”字，今以意補“明”字，“日”字改作“白”）。

此二曲余定爲楔子。以元曲楔子所以補正曲之不備。唱楔子與唱正曲者，例用同一腳色。此劇是末本。其第一折楔子端正好、么篇二曲與正曲點絳唇套皆是岳飛唱。第二折正曲粉蝶兒套是呆行者葉守一唱。第三折楔子賞花時、么篇二曲是虞侯何宗立唱，正曲鬬鵪鶉套是岳飛唱。第四折正曲端正好套是何宗立唱。岳飛、葉守一、何宗立，據劇所標腳色，皆是正末。此第四折正曲端正好套後之後庭花、柳葉兒二曲，審其詞是岳飛口氣；且後庭花詞云"見一日十三次金字牌"，與第一折內楔子端正好詞"見一日帝王宣十三次"之言正相應，同是正末岳飛唱詞，不謂之楔子不可也。

明周憲王桃源景第四折端正好套後，亦有後庭花過柳葉兒曲。其詞如後：

> 【後庭花過柳葉兒】今日箇坐琴堂官爵臨。受恩波寵渥深。捱了那十載虀鹽運。證了這百年眷愛忱。想當日爲知音。將瞞兒陡恁。撲魯，鷰鳳散遠岑。可塔，雲迷的楚岫陰。吉丁，掂拆了碧玉簪。支楞，絃斷了焦尾琴。忽郎，腕鬆了寶釧金。撲通，銀餅落井底沉。疏刺，朔風寒駕鳳枕。〇忽刺八粉淡了花容香沁。捱孤寒守到如今。若不是感深恩洪福把微軀蔭。這其間貧窮甚。不能禁。誰承望到今日美姻緣稱了歡心。

此後庭花過柳葉兒曲，余亦定爲楔子唱詞。以此劇是旦本，其第一折楔子賞花時、么篇二曲正曲點絳唇套，第二折楔子端正好一曲正曲一枝花套，第三折正曲鬬鵪鶉套，第四折正曲端正好套，並是旦桃源景唱。此第四折正曲端正好套後之後庭花過柳葉兒曲，亦是旦桃源景唱。不謂之楔子亦不可也。

以上所舉東窗事犯、桃源景劇，其末折套曲後，皆有後庭花柳葉兒曲，余定爲楔子。然元曲末折套曲後尚有着沽美酒、太平令曲者，如元刊本關漢卿單刀會即其例。其詞今錄出如後：

> 【沽美酒】魯子敬沒道忙也我來喫筵（"筵"原誤"延"，今逕改）席。誰想你狗幸（疑當作"狗肺"）狼心使見了（"見了"疑當作"見

識”）。偷了我衝敵軍的軍騎。拿住也，怎支持！

【太平令】交下麻繩牢拴子（“子”疑當作“了”），行下省會。
與愛殺人□烈關西，用刀斧手施行，可㪍到（“到”字疑誤）爲。
疾快將斗來大銅□準備。將頭稍定起。大□□□隻打爛大
腿。尚古目豁不子（“子”當作“了”）我心下惡氣。

此二曲亦楔子也。漢卿此劇係末本四折。以元本所存簡單賓白
考之，其第一折點絳唇套是正末喬國老唱，諫孫權勿聽魯肅之計
索荆州也。第二折端正好套是正末司馬德操唱，辭魯肅不肯與
宴，且勸其宴關公時宜恭順而不可造次也。第三折粉蝶兒套是
正末關公唱，自矜威猛無敵，以肅之設宴爲不足畏也。第四折新
水令套亦正末關公唱，則舟中觀江景，登岸赴肅宴，席上以理折
肅，及發覺其有伏兵，力挽肅使相送至船上也。其離亭宴帶歇指
煞曲云：“早纜解放岸邊雲，船分開波中浪，棹攪碎江心月。”此返
棹之詞，蓋宴畢回荆州矣。而此沽美酒、太平令二曲在第四折新
水令套後者，亦爲正末關公唱。審其詞，似公回荆州後，亦設宴
邀肅，謝之。肅至乃盜公追風騎，欲寘公。發覺拿住，遂見縛也。
此是單刀會餘波，乃劇末之楔子無疑。今所見明趙清常鈔本單
刀會，竟刪此二曲。不惟情節減少，非漢卿原本之舊；即漢卿撰
曲於劇末着楔子之體，亦因是而不可見。設非有元本可校，又安
能知漢卿劇原有此二曲；設非有元本東窗事犯及明周憲王桃源
景劇可憑，又安能知此二曲之果爲楔子乎？

夫楔子所以補正曲之不備。楔子之在第一折套曲前居劇之
首，與楔子之在第四折套曲後居劇之末，其事一耳。惟楔子之在
第一折套曲前者多，在第四折套曲後者少。世之讀元曲者，看慣
劇首有楔子之例，忽見劇末有楔子者，或茫然不得其故。故余特
爲拈出，說明之如此。

又明周憲王尚有福祿壽仙官慶會劇。其劇是末本。第一折第三折是正末鍾馗唱。第二折是末、付末神荼鬱壘唱。第四折是正末探子唱。其第四折正曲後有後庭花、柳葉兒二曲，當亦是楔子。唯唱者是末辦福祿壽三仙官，在劇中是外腳，與東窗事犯、桃源景劇末之着楔子微有不同耳。

原載大衆新年特大號第二期第三號，一九四三年

開

今所見元刊雜劇，記腳色登場作語，每用"開"字。明周憲王誠齋傳奇、明息機子刊元人雜劇選亦然。此開字宜作何解？數年前，有人以此質余。余倉卒無以對。後思其義，乃知開者腳色初上場時開端語也。後漢書馮衍傳："開歲發春兮，百卉含英。"李賢注：開，發，皆始也。廣雅：發，開也。釋名：發，撥也，撥使開也。凡僧人開始講某經謂之開演，謂之開講。開始誦某經謂之開經（講經亦曰開經），謂之開讀。講經前釋題目，謂之開題。累見於前人著述。在樂藝，則初陳百戲謂之開伎巧（見宋王得臣塵史卷下都城相國寺條）。說唱詞話，引首數語謂之開話（見百回本水滸五十一回插翅虎打白秀英篇）。此皆以始爲義也。戲曲腳色登場念白，其事本在講誦之間，故腳色初上場語亦謂之開。元刊雜劇出"開"字最多。今一一按之，其義例猶可見。有數腳色同在一場而皆謂之開者：如看錢奴劇第一折（元本不標折數，今循他本例稱之），先記淨扮賈弘義上開，做睡科。次記聖帝一行上，開了。問淨云了。尊子（謂神，即聖帝）云了。淨云了。次記正末披秉扮增福神上，開。云云。此處淨、聖帝（不出腳色按當是外末）、正末同在一場，而皆謂之開。以不同人也。有同一腳色在一劇中上場

數次，而皆謂之開者：如蕭何追韓信劇第一折，末背劍冒雪上開。
第二折正末背劍查竹馬兒上開。第三折正末上開。此劇正末扮
韓信，在三折內言開者三次。霍光鬼諫劇，第一折正末扮霍光帶
劍上開。第二折正末騎竹馬上開。第三折正末作暴病扶主（字疑
誤）開。第四折正末扮魂子上開。此劇正末扮霍光，在四折內言
開者四次。前後上場同是一人，而皆謂之開。以出現不在一折中
也。凡開或指念，或指白。其指念者下文爲詩。如周憲王群仙慶
壽蟠桃會劇第一折（憲王劇原不標折數，今循他書例稱之）外扮二
仙女上開云。下文即“華堂今日玳筵排”七律一首。息機子本陳
摶高臥第一折，沖末趙大舍上開。下文即“志量恢弘納百川”一
絕。是也。其指白者，下文爲通姓名道本末之語。如周憲王群仙
慶壽蟠桃會劇第一折，金母引隊子上開云：“妾乃九靈太妙龜山金
母之仙。即今瑤池蟠桃熟，請群仙赴此會。”云云。是也。後人刻
曲，不知開字之意，於舊本某人上開其意指開念詩句者，一律改爲
某人上詩云。於舊本某人上開指開白者，一律改爲某人上云。雖
誦詩通姓名不誤，而浸失開始之意。此不可不辨者也。又戲曲言
開尚有贊導意。此例唯周憲王劇有之。如天香圃牡丹品劇第四
折，演藩府賞牡丹合樂事。先是俠合樂上。次付末念滿庭芳訖。
次色長開云：某某之曲。則眾合樂唱。如是循環往復，至第十五
曲樂住。此諸曲在劇中爲插附樂章。所云色長開，乃是贊導，與
他處開爲腳色誦詩通名姓道始末者異。要亦開始意之引申也。

原載香港星島日報俗文學，一九四一年

竹　馬

今演戲所用砌末，象獸者殊少。以乘馬論，行人代步，將士

出征，則但揚鞭示其磐控之狀，無所謂駿良駃騠者也。然余考元明舊曲，知當時演戲，馬確有砌末。其制如何？即今之竹馬是也。今舉其例：如元刊本蕭何追韓信劇所記科範，第二折有正末（韓信）背劍查（蹻）竹馬兒上，蕭何查竹馬兒上。第四折有竹馬兒調陣子上。元刊本霍光鬼諫劇第二折有正末（霍光）騎竹馬上。此元時演戲場上用竹馬之證也。明寧獻王卓文君私奔相如劇第四折有末旦騎竹馬上。周憲王關雲長義勇辭金劇，第三折有四探了騎竹馬上，正末（探子）騎竹馬上。第四折有末（關雲長）騎竹馬、旦俠坐車上，末（關雲長）騎竹馬唱。至周憲王曲江池劇第三折，記騎竹馬之狀尤爲詳悉。其科範云：末（鄭元和）旦（李亞仙）喚六兒牽馬科，六兒將砌末上，末旦騎竹馬白。云云。末旦騎竹馬下。此明初演戲場上用竹馬之證也。今也是園古今雜劇中，有明息機子刊本生金閣劇。其劇趙琦美曾以明内本校一過。又據内本鈔“穿關”三頁附後。此“穿關”載戲第三折正末包拯扮像，有一字巾等四項。其所用砌末有躍馬兒，即竹馬。趙琦美鈔校元曲在萬曆末，所據内本乃鐘鼓司承應之本。此明萬曆時禁中演戲，場上猶用竹馬之證也。不特此也，明凌濛初刊西廂記，自云出於周憲王本，周王本分五本，本各四折。又云其書悉遵周王原本，一字不易置增損（見凡例）。其第二本楔子内科範，有“將軍（杜確）引卒子騎竹馬調陣”之文。按：濛初所云五本本各四折者，必非周王原本如此。以原本西廂第二劇，本五折。濛初將原本第二劇之第二折（正宮端正好套）改題楔子，始立五本本各四折之説。今所見周憲王曲江池劇即五折。周王自作劇如此，斷不改西廂第二劇五折爲四折。其事甚明。然若因此謂其本不出於舊本，則又不然。以其第二本楔子有“竹馬調陣”之文。竹馬兒調陣子已見元刊雜劇，是當時演戲實況。又有“杜將軍引卒子上開”，“卒子引惠明和尚上開”之文，開字亦見元刊雜劇,是當時演劇用語也。(王伯良刊古本西廂記以劇爲折,以折爲套。五劇改稱五折。每折分四套。將第二劇之第一折第二折合爲一套。其稱五折雖與濛初異,而每折必分四套,實亦泥於元曲每劇四折之説,與濛初意正同。但其書中竹馬調陣杜將軍上開之文亦保存不去,知亦出舊本。)又臧懋循刻元曲選雖多擅改之處,然其書本自明内府本出,故"躍馬""跚馬"亦屢見。如伍員吹簫劇第四折楔子有正末(伍員)躍馬兒上。馬陵道劇第四折有龐涓躍馬領卒子上。趙氏孤兒劇第五折有正末(程勃)躍馬仗劍上。氣英布劇第四折有正末(英布)引卒子跚馬上。小尉遲劇第三折有劉無敵(即尉遲保林)跚馬兒領番卒上。單鞭奪槊劇第三折有單雄信跚馬引卒子上,段志賢跚馬上,正末(李世民)跚馬上,徐茂公跚馬慌上,敬德跚馬上。不一而足。(按:踏、躍、跚與踏、蹋同義。躍音所解反。魏都賦:"邯鄲躍步。"跚同躍,乃俗字之後起者。蹋即踐蹋之蹋,本音徒合反。俗作踏,字同。後世讀蹋踏爲舌上音。遂另造蹉字。)此爲懋循所認爲不必删落者,實原文也。然則元明演劇砌末有竹馬,其事可由元刊雜劇,明内府鈔藏本雜劇,及明寧獻王周憲王所爲劇考得之。臧懋循凌濛初等所刊元曲,雖不得與舊本並論,以其書中猶存竹馬調陣、躍馬、跚馬之文,亦可信其出於舊本。由舊本考竹馬,復因竹馬證舊本,雖戲曲中一事之微無關宏旨,亦可謂饒有趣味者矣。

原載香港星島日報俗文學,一九四一年

駕頭雜劇

元夏伯和青樓集載當時名娼,記其色藝。其記諸人所擅雜劇,且分別言之,舉其色目。中有所謂"駕頭雜劇"者,在本書中凡四見。今具引於後：

珠簾秀傳：

雜劇爲當今獨步。駕頭，花旦，軟末泥等悉造其妙。

順時秀傳：

雜劇閨怨最高，駕頭，諸旦本，亦得體。

南春宴傳：

長於駕頭雜劇。

天然秀傳：

閨怨雜劇爲當時第一手。花旦，駕頭，亦臻其妙。

馮沅君先生古劇四考注引青樓集"南春宴"條而釋之云：駕頭雜劇應與皇帝有關。其所舉例證，一爲陸游老學庵筆記，一爲沈括夢溪筆談。此二書所記，今亦據馮君所引備書於後：

老學庵筆記卷二（馮君引作卷一，蓋排印之誤）：

駕頭，舊以一老宦者抱繡兀子於馬上。高廟時猶然。今乃代以閤門官，不知自何年始也。

夢溪筆談卷一：

正衙法座，香木爲之，加金飾，四足，墮角。其前小偃，織籐冒之（馮君所引無"織"字）。每車駕出，則使老内臣馬上抱之，曰駕頭。

陸游述駕頭但稱繡兀子而已，沈括則以爲正衙法座，所記較陸游爲詳。馮君據之以爲駕頭當與皇帝有關，其言甚是。顧正衙法座何以謂之爲駕頭？雜劇之關涉皇帝者，何以謂之駕頭雜劇？馮君文以非專述駕頭雜劇，未及詳言。余今踵馮君之後，就個人所知略申論之。

何云乎正衙法座也？按：宋人言正衙本沿唐人之舊。唐以宣政殿爲前殿，謂之正衙。以紫宸殿爲便殿，謂之閤，亦謂之內衙。正衙每日見在京文武官職事五品以上，謂之常參；朔望日見在京文武官職事九品以上，謂之大朝。或藉口朔望陵寢薦食，有思慕之心，不能於前殿視朝，則於紫宸便殿視朝，喚正衙仗自東西上閤門入，百官亦隨之入，謂之入閤。自天寶亂後不復於宣政視朝，而正衙立仗之禮廢。宋因唐制，以文德殿爲前殿。以朔望於文德殿視朝，謂之正衙視朝。如沈括所言，則駕頭本是正衙法座；車駕出，則載之以行，爲儀衛中法物之一。顧正衙法座在儀衛中何以謂之駕頭乎？此不可不究明者也。

宋史卷一四八儀衛六云：

> 駕頭：一名寶牀。（困學紀聞卷十五引國史輿服志作七寶牀。疑宋史脱“七”字。）正衙法座也。香木爲之，四足琢山以龍卷之。坐面用藤織雲龍，四圍錯采繪走龍，形微曲。上加緋羅繡褥，裹以緋羅繡帕。每車駕出幸，則使老內臣馬上擁之，爲前驅焉。不設，則以朱匣韜之。

又云：

> 扇筤：緋羅繡扇二，緋羅繡曲蓋一。並內臣馬上執之。駕頭在細仗前，扇筤在乘輿後。大駕、法駕、鸞駕（按即小駕）常出，並用之。

據此知駕頭爲車駕之前驅。又宋史卷一四四儀衛二云：

> 仁宗康定元年，參知政事宋庠言：車駕行幸，非郊廟大禮具陳鹵簿外；其當日導從，唯前有駕頭，後擁繖扇而已。殊無禮典所載公卿奉引之盛。步輦之後，但以親事官百餘

人執摣以殿，謂之禁衛。諸班勁騎，頗與乘輿相遠。……

此引宋庠奏言，謂駕頭在乘輿之前，繖扇在乘輿之後。與卷一四八所記合。由是知宋時正衙法座謂之駕頭者，乃因車駕出時此法座常在乘輿前之故。以其在乘輿前，故臣寮見駕頭至，則知乘輿將至。迎駕起居，宜於此際戒備行之也。東京夢華錄卷六載正月十四日車駕幸五嶽觀事云：

> 駕將至，則圍子數重外有一人捧月樣兀子，錦覆於馬上。天武官十餘人簇擁扶策，喝曰：“看駕頭！”

夢粱錄卷一載正月十七車駕詣景靈宮孟饗事云：

> 駕將至，有一員紫裳官係閤門寄班，乘馬，捧月樣繡兀子覆於馬上。文武官（一作天武中官）十餘擁簇扶策而行。衆喝曰：“駕頭！”

武林舊事卷一載四孟駕出事云：

> 車駕所經，諸司百官皆結綵門迎駕起居。俟駕頭將至，知班行門喝：班到，排立！次喝：躬身，拜！再拜！（原注云：駕回不拜，值雨免拜。）班首奏聖躬萬福，唱喏，直身立。

由此三條觀之，知駕頭在儀衛中最爲尊嚴。以駕頭本正衙法座，爲視朝時所用；車駕出，則以駕頭導駕，在乘輿之前，最近皇帝也。正衙法座名爲駕頭之故，其事既明，今再言抱駕頭及扶駕頭之事。抱駕頭之人，初爲老内侍。宋史卷九十八、卷一四八及夢溪筆談所記皆然。陸游謂高宗時猶以宦官抱駕頭。後乃代以閤門官，不知自何年始。余按周密武林舊事所記朝廷禮儀，多是乾淳舊事。其卷一記四孟駕出，注駕頭云：閤門祇候乘騎捧駕。是以閤門官易内侍，其事當始於乾道淳熙之際。宋陳世崇身事理、度兩朝，其撰隨隱漫録在元初。其書卷三記孟享駕出，亦云閤門宣贊（按即宣贊舍人）捧駕頭於馬上。則以閤門官捧駕頭，自乾淳以還迄於宋末不改也。又駕頭尚有扶翼之人，其事蓋始於宋仁宗時。宋史卷九十八載嘉祐六年至睦親宅，内侍捧駕頭，墮馬，駕頭壞。御史中丞韓絳奏請嚴儀衛。事下閤門太常禮院議。遂合奏：車駕出，請以閤門祗候及内侍各二員扶駕頭左右（卷一四四所記同）。宋史卷一四六載政和大駕鹵簿有天武駕頭下一十二人。卷一四七載紹興鹵簿駕頭下天武官二十二人。孝宗省爲十七人。按：天武，禁軍之名；其軍隸殿前司。天武官乃環衛官。此所記以天武官置駕頭下，與夢華録所記駕頭有天武官十餘人簇擁扶策之言合。蓋扶駕頭初用閤門官及内侍，其後悉易以天武官。自政和以還迄於南渡，其事遂相沿不改也。至駕頭所始，困學紀聞卷十五引江休復雜志云：“駕頭初即祚所坐。王原叔（王洙）曰：此坐傳四世矣。”翁元圻注引葉大慶愛日齋叢鈔云：“舊制駕頭，未詳所始。相傳更一朝即加覆黃帽一重。”又引孔氏談苑云：“駕頭者祖宗即位時所坐也。相傳寶之。”夢粱録卷五駕宿齋殿篇云：“明禋行禮前三日，平章宰執率百官恭請主上宿大慶殿致齋。寄班舍人殿上親警蹕。上御駕出，繡錦包兀子安於殿中御榻上。蓋太祖受位之初，累帝明禋郊祀俱坐之。三年一次，增錦包一層耳。”隨隱漫録云：“駕頭乃太祖即位所坐。”蓋太祖即位時曾用之。自此相傳，凡新君即位，必用此坐。凡朔望日正衙視朝，亦用此坐。凡禋祀郊祀宿大慶殿致齋，亦用此坐。凡車駕出，必以此座導駕在乘輿之前。蓋珍重之，示不忘祖宗耳。宋遭靖康之禍，法物盡亡。而南渡後仍有此坐者，蓋肖承平時駕頭舊制爲之。必非太祖即位時所用，至南宋時猶保存未失也。

　　駕頭本正衙法座，乃皇帝所用，故唯車駕出時儀衛有之。若

皇太后皇后皇太子俱非皇帝之比，故其鹵簿無駕頭。東京夢華
録卷四"皇后出乘輿"條云：

> 皇太后、皇后出乘者謂之輿，比擔子稍增廣，花樣皆龍。
前後簷皆剪棱，儀仗與駕出相似而少，仍無駕頭警蹕耳。

夢華録此條，本記皇后車輿之制。故其文涉及駕頭，但以皇太后
皇后鹵簿與皇帝鹵簿比較，而不及皇太子。實則皇太子鹵簿亦
無駕頭，皇太子妃鹵簿，其制度更殺於皇太后皇后，故亦無駕頭。
宋之駕頭，惟一人鹵簿有之，餘人不得有也。

由上所舉諸條徵之，知駕頭本爲御座。以是太祖即位時所
用，故列朝重之。其出則載之以行，以車駕出時，此坐在乘輿之
前，故通稱駕頭。又駕頭唯皇帝儀衛有之，皇太后皇后皇太子儀
衛皆不得有。由此知駕頭雜劇信與皇帝有關，馮君之言可謂得
其實矣。然劇演帝王事何以必謂之駕頭雜劇？按：元人雜劇，凡
腳色之扮帝王者，例稱爲駕。幼主則稱小駕（太子亦稱小駕）。
劇演帝王事而稱駕頭雜劇，蓋指車駕出時儀衛言之。如漢宮秋
第三折，所扮爲駕出灞陵橋餞明妃事。梧桐雨第三折，所扮爲駕
赴蜀事。此在場上當別有舖張，皆可謂之駕頭雜劇。反是，劇所
演雖涉帝王事，而中無車駕出行關目，則不得謂之駕頭雜劇。駕
頭是法座。元之演帝王劇，果真如宋事在駕未上之前，先扮一老
内臣或閤門祇候騎竹馬抱一小兀子上，更有天武官若干人左右
翼衛之，以示車駕之將至否？此事在今日已難質言。以意揣之，
元劇演帝王事，既有駕頭雜劇之目，則當時場上，未必無扮内官
或閤門官抱駕頭之事。以駕頭雜劇之稱，甚非偶然。其得名似
即因所扮儀衛有駕頭也。宋之抱駕頭者，初爲内侍後爲閤門祇
候，宋之閤門祇候司贊謁之事，爲武臣清選。其天武官之扶駕頭
者，亦是武臣。持是而言戲劇，則在駕未上前，有内侍及武臣上

爲前驅；縱令所扮無內侍或閤門官抱駕頭之事，而內侍武臣固皆爲駕頭下之人，則以事言，亦不妨權稱爲駕頭雜劇也。又以余所考，元之儀衞已無駕頭之名。元史卷七十九輿服志儀仗篇有杌子。釋云：四腳小牀，銀飾之，塗以黃金，崇天鹵簿篇載控鶴第二隊，有捧金杌子一人。卷八十進發册寶篇記儀仗亦有金杌。其儀仗篇釋杌子雖與宋之駕頭略同，然不出駕頭之名，知非所重。唯金史儀衞志仍有駕頭。其書卷四十一載天眷三年熙宗赴燕法駕，有抱駕頭官一人，駕頭天武官一十二人。天德五年海陵遷都於燕，用黃麾杖，分八節。其第六節有駕頭下抱駕頭內侍一人，廣武官十二人（駕頭下原注云：御牀也）。卷四十二載世宗大定十一年有事南郊，增損黃麾仗爲大駕鹵簿，仍分八節。其六節駕頭一十五人。與宋事全同。蓋仿宋制爲之。元無駕頭之稱，而劇之演帝王事者，世猶謂之駕頭雜劇，蓋優人扮戲習慣猶沿宋金之舊耳。

原載香港星島日報俗文學，一九四一年

腳　色

通鑑卷一八〇隋煬帝紀載虞世基事云：

大業二年，牛弘爲吏部尚書，不得專行其職。別勅蘇威、宇文述、張瑾、虞世基、裴蘊、裴矩參掌選事。然與奪之權，世基獨專之。受納賄賂，多者超越等倫，無者注色而已。

胡注云：“注其入仕所歷之色也。宋末，參選者具腳色狀，今謂之根腳。”説郛卷二十引周密浩然齋視聽鈔“秦璽”條云：“韃靼有拗哥者元係大根腳，其家陵替。”言其家根底不淺，原係世族也。根腳猶言根底，腳色狀之腳，當解作根底。唐人選調亦或稱腳。舊唐書卷九十二韋陟傳云：

> 爲吏部侍郎，常病選人冒名接腳，闕員既少，取士良難，正調者被擠，僞集者冒進。

冒名接腳者，言冒他人名，以他人腳色爲己之腳色也。至宋人入仕求舉均供腳色。今略引諸書證之。

龐元英文昌雜録卷四"降賊腳色"條：

> 熙寧中，福建賊廖恩聚群黨於山林。招撫久之，方出降。朝廷赦其罪，授右班殿直。既至，有司供腳色，有一項云：歷任以來，並無公私過犯。見者無不笑之。

魏泰臨漢隱居詩話：

> 張鑄性滑稽。爲河北轉運使，以事謫知信州。是時屯田員外郎葛源新得提舉銀銅坑冶，信州在所提舉。源欲爲鑄發舉狀，移牒使鑄供歷任腳色狀。鑄不平，作詩寄之，曰："銀銅坑冶是新差，職任催綱勝一階；更使下官供腳色，下官踪跡轉沈埋。"源有慙色。

徐夢莘三朝北盟會編卷一百六十八紹興五年六月：

> 岳飛擒楊欽，授欽武翼大夫。遺史（趙甡之中興遺史）曰："欽最桀黠。既授以官，公論皆不與之。欽出身腳色曰：'鍾相楊么作亂，欽等聚集強壯，保守鄉村，候官軍到鼎州，乃同共破賊有功。'見之者無不大笑。"

張端義貴耳集卷上：

> 自嘉泰嘉定以來，百官見宰相，盡不納所業。至端平，衒袖書啟亦廢。求舉者納腳色，求闕者納闕劄而已。

元英、泰所記皆北宋事，其時已有腳色狀，胡氏注通鑑謂是宋末事，不然也。宋時腳色狀，似注形貌。王明清揮塵前録卷三云：

> 本朝及五季以來，吏部給初出身官付劄，不唯著歲數，兼說形貌，如云：長身品，紫棠色，有髭髯，大眼，面有若干痕。或云：短小，無髭，眼小，面瘢痕之類。以防偽冒。至元豐改官制，始除之。靖康之亂，衣冠南度，承襲偽冒盜名字者多矣，不可稽考。乃知舊制不爲無意也

承襲偽冒盜名字，即舊書韋陟傳所謂接腳也。明清所記，是初出身官付劄。付劄所著諸項，當據腳色狀。故余疑宋時選人所具腳色狀，當著形貌。腳色既著形貌，世俗即以腳色爲形貌之替代詞。京本通俗小說碾玉觀音篇記崔寧事云：

> 崔寧兩口在建康居住，依舊開個碾玉作鋪。渾家道：今日也好教人去行在取我爹媽來這裏同住。崔寧道：最好。便叫人來行在取它丈人丈母，寫了它地理腳色與來人。

地理謂住處，腳色謂形貌也。

優人扮戲所稱腳色，其義當與碾玉觀音同，皆謂形貌。宋元劇本，對優人之扮男子者謂之末，扮女者謂之旦。男與女形貌有別也。末有大末沖末小末。大末扮老人，沖末扮中年人，小末扮少年人。老年人中年人少年人形貌有別也。旦有花旦，凡花旦皆用墨點破其面。末之外有淨，凡淨皆塗面。點面塗面，所以示其醜，與旦末之例不塗面者異。此貌美惡之別也。今人習知扮戲有腳色，而鮮通其義，俗書且訛腳爲角矣。

捷譏引戲

明寧獻王太和正音譜卷上記雜劇院本腳色凡七色（按：原文所記爲九色，其中鴇與猱非腳色之名，實只七色），中有捷譏。注云："古謂之滑稽，院本中便捷譏謔者是也。俳優稱爲樂官。"王靜安先生古劇腳色考云：

> 太和正音譜腳色中有捷譏。此名亦始於宋。武林舊事卷六"諸色伎藝人・商謎"條，有捷機和尚。捷機即捷譏，蓋便給有口之謂。明周憲王呂洞賓花月神仙會雜劇所載古院本猶有捷譏色。所扮者爲藍采和，自號樂官。即正音譜所謂"俳優稱爲樂官"者是也。

考憲王此劇，藍采和白但云呂洞賓邀采和扮樂官，與韓湘、張果、李岳四人過張行首家飲酒。其下文做院本之淨、捷譏、付末、末泥四色，即采和等四人所化。采和等四人，何人扮何色，書中無明文。且據憲王此劇，是采和等做院本扮捷譏諸色，非院本中捷譏扮采和。其采和白自稱扮樂官，猶言扮作伶人。劇載院本做場訖，末雙生（呂洞賓所化）云："深謝四位伶官。"可證。則憲王花月神仙會劇所載做院本之捷譏，雖即正音譜所記腳色中之捷譏，而憲王花月神仙會劇藍采和白自稱辦樂官一語，卻與正音譜"捷譏俳優稱爲樂官"之義無涉。捷譏之名，果取義於便給有口如王先生所説否？又俳優對於捷譏，何以稱之爲樂官？其事尚須重加解釋也。

明時捷譏之稱，以余所考，有二義：其一，員吏謂之捷譏，明周憲王宣平巷劉金復落娼雜劇及李妙清花裏悟真如雜劇中並有其例。今引其文於後：

復落娼第四折：

〔正旦辦茶三婆上云〕老身是這富樂院(妓院名)門前賣茶
的白婆兒。開着這茶房。往來舍人、捷譏、郎君、子弟每來
此歇馬。

悟真如第一折：

【混江龍】若是要世人知重，只除是漏花名脱離了綺羅
叢。赤緊的長官每不分貧富，捷譏每不辯秋冬。他則待刮
馬般祇承常不歇，每日家竹節似官身不曾空。

第一例，捷譏與舍人郎君子弟並稱。按：舍人本官名。宋元之
際，民間通以爲貴介子弟之稱。唐以來縉紳子弟謂之子弟；尊
之，亦謂之郎君。此以捷譏與舍人郎君子弟並列，則捷譏並非平
人可知也。第二例，捷譏與長官對舉。長官捷譏皆常喚官身，妓
女苦於承應不暇。則捷譏當爲員吏之屬又可知也。其二，優人
當場扮官員者謂之捷譏，亦見復落娼劇。其第一折混江龍曲云：
“捷譏的辦官員，穿靴戴帽；付淨的取歡笑，抹土搽灰。”是也。以
是言之，則明初言捷譏，有屬於戲曲者，有不屬於戲曲者。其屬
於戲曲者，優人辦官員謂之捷譏，此假官也。其不屬戲曲者，直
以爲官吏之稱，是真官也。以意度之，當時官吏既有捷譏之稱，
則優伶之稱捷譏，必緣所辦官是捷譏得名。然則捷譏在官吏中
是何色目人？此不可不加以説明者。余謂捷譏者節級之訛。節
級者，唐宋時軍中小校之稱也。唐會要卷九十七吐蕃篇載大中
三年收復三州七關，勅云：“將士等櫛風沐雨，動皆如意。宜賜
絹。差人押領，送至本道。分付充節級優賞。”又云：“三州七關，
除授刺使關使後，三五月內，差人巡檢。有如修築部署課績殊
尤，並訓練有度者，其刺使關使雖新授官爵，亦更與超升；其官健

節級更與優賞。"舊唐書卷十九上懿宗紀載咸通十年九月制云："徐寇竊弄干戈,擅攻州鎮。今既平寧,四面行營將士,宜令次第放歸本道。如行營人,並免差科色役。如本廂本將今後有節級員闕,且以行營軍健量材差置,用酬征伐之勤。"徐寇謂龐勛也。據此知唐時軍中已有節級名目。至宋史兵志所載,則廂兵、鄉兵,皆有節級。其屬廂兵者,如卷一八九載大中祥符元年詔云:"廂軍軍頭以下至長行,準勒犯流免配役並徒三年上定斷,只委逐處決訖。節級以上,配別指揮長行上名長行決訖,配別指揮下名收管。"是其例。(宋之廂軍,本以供役使,不用於征戰。在京諸司及京外諸州諸務雜役,並有其額。)其屬鄉兵者,則諸路多有其例。如卷一九〇"河北河東强壯"條,卷一九一"荊湖路義軍"條,"嘉祐中補涪州賓化縣夷人爲義軍"條,"邕欽溪洞"條,所載鄉兵軍校之名並有節級。熙寧中王安石改義勇軍爲保甲,於鄉兵軍校舊稱亦尚存而不廢。宋之鄉兵將校階級,史書所載,有以指揮使、正副都頭、節級爲四階者。有自正副都指揮以下至節級爲八階者。有自正副指揮使以下至左右節級甲頭爲九階者。殊不一致。據宋史卷一九六慶曆五年真定府定州路都總管司奏:"舊例軍中選節級,以挽强引滿爲勝。"熙寧六年十月詔:"軍士選爲節級,取兩常有功者。功等以先後。又等以重輕。又等以傷多者爲上。"知當時節級由軍士選補,實小校也。復落娼、悟真如劇所云捷譏,即節級,蓋是衙兵胥吏之有年勞資級者。此等人非長官,而差遣出使,其威實不下於長官。妓女對此等人,自當小心承應,不敢違其意也。又宋時殿內親從,往往補節級。教坊伶人亦有帶節級銜者。蓋是寄祿,如明之嬖倖侍臣多補衛官之例。如宋史卷一九六載至和三年詔,"親從官入殿滿八年者,補節級"。武林舊事卷四"乾淳教坊樂部"條所載伶人,如陳嘉祥、孫子昌(副末)、吳興祖(拍板色)、魏國忠(嵇琴色)、宋世寧

（笙色）、仇彦、王恩（並觱篥色）、張守忠、楊勝、王喜（並笛色）、高宣（杖鼓色），並是節級。時世俊（拍板色）、李祥（觱篥色）、趙俊（笛色）、孟文叔（杖鼓色），並是守闕節級。宋徐夢莘三朝北盟會編卷一一四載建炎元年知密州趙野棄城去，有守衞節級杜彦、樂將節級李逵、小節級吳順，因民洶洶謀作亂。樂將屢見唐宋人書，乃管營妓者。知當時教坊伶人補節級者多；州鎮樂將亦以節級充之。伶人及管伶人者既多爲節級，後世因以節級入劇，爲扮伶官者之稱。此正音譜注捷譏所以云“俳優稱爲樂官”之故也。或曰：子之論節級，其言繁矣。但正音譜周憲王劇皆書作捷譏，不作節級。今以捷譏爲節級，亦有證乎？曰：有！明田汝成西湖遊覽志餘卷二十熙朝樂事篇記立春之儀云：

> 前期十日，選集優人戲子小妓裝扮社夥，如昭君出塞、學士登瀛、張仙打彈、西施採蓮之類。至日，郡守率僚屬往迎，前列社夥。其優人之長，假以官帶，騎驢叫躍。以隸卒圍從，謂之街道士。遇襤褸猥漢，衝其節級，則據而杖之，亦有謔浪判語，不敢與較。

所謂節級即優長。此以優長扮節級之證一也。今所見明萬曆本金瓶梅詞話第三十一回，載西門慶生子得官，宴客用教坊伎，其教坊司俳優所扮有笑樂院本。笑樂院本者，以滑稽譁笑爲主，乃院本之一種。明沈德符野獲編補遺卷一“禁中演戲”條，稱：“內庭諸戲劇隸鐘鼓司，習相傳院本，其事與教坊相通。又有所謂過錦之戲，聞之中官，必須濃淡相間，雅俗並陳，全在結局有趣，如人説笑話只要末語令人解頤，蓋即教坊所稱耍樂院本意也。”耍樂院本即笑樂院本。據此條，似笑樂院本乃明時教坊用語。然百回本水滸傳第五十一回載雷橫入勾欄，看戲臺上卻做笑樂院本。水滸傳乃元人筆，是笑樂院本之稱，其來已久，不始於明。

詞話載此院本凡七百餘字。其腳色有外（外末）扮節級；有副末（原作傅末）扮節級所轄樂匠；有淨扮秀才冒充唐王勃。當場三人。以校周憲王花月神仙會所載院本腳色，僅少末泥一色，餘全同。今錄此院本一節於下：

> （外扮節級上開）法正天心順，官清民自安；妻賢夫禍少，子孝父心寬。小人不是別人，乃上廳節級是也，手下管着許多長行樂俑匠。昨日市上買了一架圍屏，上寫着滕王閣的詩。請問人。説是唐朝身不滿三尺王勃殿試所作。只 (原誤"自") 説此人下筆成章，廣有學問，乃是個才子。我如今叫傅末抓尋着請得他來，見他一見。有何不可？傅末的在那裏？（末云）堂上一呼，階下百諾。稟復節級，有何命令？（外云）我昨日見那圍屏上寫的滕王閣詩甚好。聞説乃是唐朝身不滿三尺王勃殿試所作。我如今□□ (原脱二字，疑是"給你"二字) 這個樣板去，限 (原誤"恨") 即時就替我請去。請得來，一錢賞賜。請不得來，二十麻杖，決打不饒。（末云）小人理會了。（轉下去）節級糊塗。那王勃殿試從唐朝到如今，何止千百餘年！教我那裏去抓尋他去？不免來來，去去。到於文廟門首，遠遠望見一位飽學秀士過來，不免動問他一聲。先生，你是做滕王閣詩的身不滿三尺王勃殿試麽？（淨扮秀才笑云）王勃殿試乃唐朝人物。今時那裏有？試哄他一哄。我就是那王勃殿試！……

此做院本之節級，即周憲王花月神仙會所載做院本之捷譏無疑。此以優長扮節級之證二也。按：大明會典卷一零四（禮部六十二）載教坊司"額設奉鑾一員，左右韶舞二員，左右司樂二員。共五員。遇缺以次遞補。又有協同官十員，實授俳長辦事色長十二名，及鈔案執燈色長等。亦以次遞補"。無節級之名。明之武

職,亦無節級之名。志餘載優人扮社夥（火）有節級。詞話載笑
樂院本有節級,必是俳優扮戲相沿如此。又據詞話所載院本,其
發科打諢者爲淨,而節級實爲發端指使之人。與宋吳自牧夢粱
錄卷二十妓樂篇所稱"雜劇中末泥爲長",做雜劇"末泥色主張"
者意合。夢粱錄"末泥",武林舊事卷四"雜劇三甲"條作"戲頭"。
似戲頭以末泥色充之。詞話節級,其本色爲外末。外末與末雖
有正額額外置之分,其身份則一。然則明院本之以外末扮節級,
亦猶宋雜劇之以末爲戲頭也。明湯舜民筆花集中有贊教坊新建
构欄哨遍"聖遍飛龍"一套。其二煞云:"捷譏每善滑稽,能設
戲。"（今天一閣本誤倒作"戲設"）設戲即主張之謂,是節級職務
在於舖關串目,當場導引啟發以成笑柄。正音譜所謂"捷譏是院
本中便捷譏謔者",其言亦不盡誤。惟捷譏之得名,自當由於優
人扮節級。書者不知其義,但取同音字以捷譏當之,
遂訛作捷譏。其始捷譏二字,僅施於優人扮假官者。後乃真官員
之稱節級者,亦書作捷譏。捷譏之義遂愈不能明矣。觀詞話所
載院本,節級上場開曰,明言"小人是上廳節級,手下管着許多長
行樂俑匠"。則捷譏之應爲節級,實毫無可疑。今日言捷譏,固
不得依正音譜立説,近於牽强附會也。

　　元陶宗儀輟耕錄卷二十五云:"金有院本、雜劇,其實一
也。國朝院本、雜劇,始釐而二之。院本則五人:一曰副淨,一
曰副末,一曰引戲,一曰末泥,一曰裝孤。"王靜安先生宋元戲
曲史第十三章述元院本節録輟耕錄此條。其下録周憲王花月
神仙會所載院本全文。釋云:"此中腳色,末泥、付末、付淨,三
色與輟耕錄所載院本腳色同。惟有捷譏而無引戲。按上文説
唱,皆捷譏在前,則捷譏或即引戲。"按:先生之説非也。正音
譜記腳色,有捷譏,又有引戲。明非一色。筆花集哨遍"聖遍
飛龍"套二煞所詠腳色凡八,其一爲捷譏（原誤捷劇）,其二爲

引戲。其贊引戲云：“引戲每叶宮商，知禮儀。”是引戲職務爲掌儀範，協樂律；與捷譏之以滑稽設戲見長者不同。不可混而爲一也。凡朝廷宴饗，諸般樂伎並陳，其事既繁，須有節次。殿陛尊嚴，尤慮訛誤。故樂有領樂，舞有引舞。樂作止則有持麾之人；伎進退則有勾放之事。其關於儀式者，如武林舊事卷四所載且有專掌儀範之人。大明會典卷一零四所載有看節次色長。皆所以慎重其事。院本中之引戲，蓋在場中爲導引或贊相之人。即夢粱録妓樂篇述雜劇所謂“引戲色吩咐”者也。周憲王花月神仙會所載院本，無引戲。金瓶梅詞話所載笑樂院本，亦無引戲。此或臨文省略，或私宴承應省此一色，要不足爲明時院本無引戲之證。至正音譜釋引戲云：“院本中旦也。”其意不可曉。按：武林舊事卷四“雜劇三甲”條，載雜劇有戲頭，有引戲。戲頭似以末爲之，引戲本色無考。然武林舊事所載引戲潘浪賢，據上文雜劇色名單，其人乃以引兼末者。疑引戲色亦以末爲之。元之扮戲，有旦本，有末本。其旦本之正旦，例以女人爲之，名妝旦色。末本之正末，例以男子爲之，名末尼色（見夏伯和青樓集誌）。其外脚，則男子似可扮女人，今張炎山中白雲詞有滿江紅詞贈韞玉，所詠乃傳奇男扮女脚者，可證。女人亦可扮男子，故青樓集記諸女優有旦末雙全之語。意元明院本引戲多以女優充之，正音譜因謂引戲爲院本中之旦。其稱旦與稱女優同意，不專指妝旦色。又考杜善夫莊家不識构欄套（太平樂府卷九引），其四煞、三煞，寫莊家初入构欄時所見臺上情狀云：“一箇女孩兒轉了幾遭，不多時引出一火。中間裏一個央（殃）人貨。裏着枚皁頭巾，頂門上插一管筆，滿臉石灰更着些黑道兒抹。知他是如何過。渾身上下則穿領花布直裰。”（以上四煞）“念了回詩共詞，説了會賦與歌。無差錯。唇天口地無高下，巧語花言記許多。臨絶末,到了低頭撮。卻爨罷將么撥。”(以上三煞)按:此所謂拴焰爨也。莊家所見一火人中,一人皂巾簪筆穿花布直裰者,即拴焰爨之人。(據此文滿臉石灰兼抹黑道,其本色當爲付淨。)拴焰爨乃院本之前段。其下文寫莊家所見臺上情形,乃演張太公謀取年少婦女被賺事。蓋即本套上文六煞所謂院本調風月也。“一個女孩兒轉了幾遭,不多時引出一火”,此女孩兒蓋即引戲。引戲乃職司之稱,非腳色。亦如節級,乃優人所扮員吏之稱,非腳色也。

原載香港星島日報俗文學,一九四一年

書　會

宋元間人結社有書會。宋周密齊東野語卷十七:“朱唐交奏本末”條云:“朱晦庵按唐仲友事,或云:呂伯恭嘗與仲友同書會,有隙,朱主呂,故抑唐。”此儒者講學有書會也。至好事文人相與講求討論編寫談諧歌唱之詞,亦有書會。其所編寫者甚繁,非一體。今所見舊本戲曲有爲書會所編者:如南戲小孫屠,題“古杭書會編撰”。南戲宦門子弟錯立身,題“古杭才人新編”。(錯立身乃元人筆,白云:“你課牙此不得杜善甫”,杜善甫乃元初人,可證。)南戲張協狀元雖不題書會編,其戲中末念詞有“這番書會要奪魁名”,生唱有“九山書會近日翻騰”(燭影搖紅曲)之語,則亦書會所編。(張協狀元乃宋元舊本,錯立身引傳奇有張協斬貧女。)宋元南戲今存者無多,然以諸書所引考之,其目尚不下數十種。此小孫屠等三種戲文既皆爲書會所編,則其他戲文必尚有爲書會所編者可知也。雜劇如藍采和末唱詞云:“甚雜劇請恩官望着心愛的選。這的是才人書會剗新編。”(第一折油葫蘆曲)又云:"但去處奪利爭名,依着這書會社恩官求些好本令。"(第二折梁州曲)藍采和劇所譜,即優人扮雜劇事。讀其詞,知伶人爲衣食名譽計,必須依賴書會中人,向之求本令;則雜劇必多爲書會所編又可知也。宋周密武林舊事卷六"諸色伎藝人"條載書會之著者六人。其一爲李霜涯,注云:"作賺絕倫。"霜涯乃宋理宗嘉熙時人,見元楊瑀山居新話。賺之體與套數爲近,亦敷演故事。周密癸辛雜識別集下"銀花"條載高疎寮慶元間得婢銀花,善小唱嘌唱,凡唱得五百餘曲。又善雙韻(彈),彈得賺五六十套。可見當時賺曲之盛。據武林舊事此條,知書會所編不只劇本,即散詞令章亦有極可觀者。則宋元時書會與詞曲之關係可謂至密切也。然當時書會所編,不僅詞曲而已。以余所知,則詞曲外尚有隱語;隱語外尚有詞話。書會製隱語,見周密齊東野語卷二十"隱語"條。今録其文於下:

> 古之所謂廋詞,即今隱語,而俗所謂謎。雜説所載,間有可喜。有以今人名藏古人名者,云:"人人皆戴子瞻帽。"(原注云:仲長統)"潞公身上不曾寒。"(原注云:溫彦博)此近俗矣。若今書會所謂謎者,尤無謂也。

密,宋遺民。齊東野語成於元世祖至元中。其記書會編隱語,雖泛云近事,亦可視爲元時事實。元鍾嗣成所撰録鬼簿(按:嗣成録鬼簿序作於至順元年。而書中記事有元統至正間事。知其書續有輯補,非成於一時)載當時曲家多長隱語,且有編次成集者。明初某氏所撰録鬼簿續編記諸家才藝,尤多以隱語爲言。知當時隱語與曲並重。凡曲家未有不能隱語者。書會中既多製曲之人,則隱語必多爲書會所編。書會編詞話,見水滸傳小説。今所見百回本水滸傳第九十四回記宋江復秀州,盧俊義復湖州,柴進作間諜等事,附以按語云:

　　看官聽説，這回話都是散沙一般。先人書會流傳，一箇箇都要説到。只是難做一時説，慢慢敷衍關目，下來便見。看官只牢記關目頭行，便知衷曲奧妙。

今行百回本水滸傳是散文小説。然原本實爲詞話。其書第四十八回宋公明兩打祝家莊篇有詩讚一首。此讚爲七言詞，共十八句，實是説話人所念詞偈可證（余別有文述之）。宋元詞話，造作頻繁。其風行實不下於曲。水滸傳詞話既爲書會所編，則其他詞話亦必多爲書會所編。然則宋元書會，除編詞曲外，又爲隱語詞話發源之處。此事世人或不盡知之也。按：隱語謂之詩禪，通謂之謎。當元明之際，雖盛極當時，而後世士夫不甚重之，爲之者殊少。今人亦無承認隱語有文學價值者。至詞話爲通俗小説所自出，亦爲白話文學之先河，在吾國文學史上本佔重要地位。唯宋元詞話，今存者無多。吾人在今日欲究悉宋元詞話，已絶少援據。書會編演詞話，其事雖爲吾人所不可忽略者，今亦可勿論。獨元人所撰雜劇，今存者尚有百餘種之多。自明以來，士夫咸知重其本。迄於近代，元曲儼然爲專門之學。其劇既多爲書會所編，則當時書會所給予戲曲之影響如何，誠不可不一述之也。

　　元雜劇造作之盛，爲古今所無。其詞之高妙，亦爲古今所無。此事近人皆知之。至元雜劇所以獨盛之故，則自明至今，尚無定論。明李開先張小山小令序云："元人作曲者，如關漢卿乃太醫院尹。馬致遠爲江浙行省屬。鄭德輝杭州小史。宮大用釣臺山長。其他屈在簿書老於布素者，不可勝數。當時臺省元臣，郡邑正官，及雄要之職，盡其國人爲之。中州人每沈抑下僚，志不獲展。宜其歌曲多不平之鳴。元詞所由盛，元治所由衰也。"其言近是。然元曲亦多閒情適意之作，非盡作不平鳴者。且元之上臺大僚，如胡祇遹、劉秉忠輩皆中州人，未嘗不撰曲（元大僚多作散曲,作雜劇者不多)。則亦何解於沈抑下僚之説也？王靜安先生之言曰："元科舉唯太宗九年八月一舉行。後廢而不舉者七十八年。至仁宗延祐元年八月,始復以科目取士。遂爲定制。沈德符萬曆野獲編、臧懋循元曲選序謂蒙古曾以詞曲取士,其説固誕妄不足道;余則謂元初之廢科目卻爲雜劇發達之因。蓋自唐宋以來,士之競於科目者已非一朝一夕之事。此種人一旦失所業,固不能爲學問上之事;而高文典册,又非其素習。適雜劇之新體出,遂多從事於此。而又有一二天才出於其間,充其才力。而元劇之作遂爲千古獨絶之文字。"(宋元戲曲史第九章"元劇之時地")余按:王先生之論善矣。然但可語於延祐以前,而不可語於延祐元年以後。蓋自延祐元年八月復科舉,以後相承不廢者,五十三年。(中惟順帝後至元二年後至元五年曾罷兩科,至正二年復興。)今以録鬼簿、録鬼簿續編所録諸人考之,録鬼簿下卷所録,大抵爲延祐至正間人。(録鬼簿下卷所記已亡之人,如趙君卿卒於天曆元年。金志甫廖宏道卒於天曆二年。周仲彬卒於元統二年。固亦可謂元貞大德間人。若喬夢符卒於至正五年,已不得逕謂之元貞大德時人。其餘存者,自當爲延祐至正間人也。)續編所録,皆至正間人。其時朝廷方以時舉行科舉,此諸人者顧不爲舉業,而依然怠荒,從事於曲,爲之不已。此又何説也？夫録鬼簿下卷所録諸人,固多爲無名宦之人;録鬼簿續編所録諸人,除一二人外,亦多爲無名宦之人。此輩功名不遂,無他計消遣,謂其應舉不第逃于曲則可;如先生言,謂因元初廢科舉失所業則不可。故先生之言雖卓,而於當時事理僅得其半,尚未可適用於有元一代。然則元代雜劇之盛究以何原因而致此乎？余謂一代文章藝術之發達,自當與政治有關。而其所以能普遍能久遠者,必其得群衆擁護,其學藝本身有爲人愛惜之理由,斷不全恃乎政治。以元雜劇言,元初科舉之廢,蒙古色目人之特被優遇，漢人南人入仕較難，因而從事於曲，如李開先及王靜安先生所說，皆屬於政治範圍者；此固不可完全否認。然尚有一事焉，爲二先生所未注意，即元之宮廷特尚北曲是也。元之北曲，在南方與南戲並行。然禁中所重唯是北音。明周定王元宮詞云："莫向人前唱南曲，內中都是北方音。"是也。禁中既尚雜劇，則教坊伶人之選試，劇本之編進，其事必稠疊。此於雜劇人才之培養及戲曲研究上，自當有種種裨益。且以宮廷習尚之故，而影響於臣民。則元雜劇之發展，亦未嘗不藉政治之力。唯此等政治力量所給予戲曲者，終有一定限度。蓋以理言，苟北曲不爲人好者，則雖至尊所嗜下則而效之，其事亦不能普遍不能維持永久也。故今言元雜劇發達之因，與其求之於政治，無寧於雜劇本身及社會求之。按：金之院本即宋之雜劇，亦即唐之參軍戲。其來歷本至久遠。然考其體不過滑稽小戲，以發科打諢爲主。其劇情聲音皆至簡質。此等劇積久不變，自不能滿足人對於藝術之要求。至金元間適有雜劇發生。其事唱、做、白三者並重，而所重尤在曲。其體每劇數折，每劇用一宮調，每宮調曲多至十曲以上。其劇情排場以及聲容之妙，皆遠非院本所能及。（宋元戲曲史第八章"元雜劇之淵源"，述元劇進步之事甚詳。）此爲新興之劇，自爲當時人所愛好。而其時適有書會爲編摩詞曲之所。社家文人之嗜曲者，與俳優密切合作，爲之撰曲，使舞臺上常有新劇出現。舞臺上新劇出現愈多，則愈引起觀者之興味。劇之按行者愈多，則作者興味亦愈感無窮。如是雜劇因新劇本不斷產生，而時時有其新生命；作者因導演之成功與戲場之需要，亦自然努力於新創作。元代戲曲之盛與劇本之多，其故當以此。然則以劇論，雜劇之盛於元，乃其劇本身適合乎時代之要求，有必然興起之理由。以社會論，書會乃元雜劇之研究推行機關，書會中人乃以戲曲研究人而兼戲曲運動人者也。元之書會組織情形，求之諸書，率無記載。其書會中人，又非如後世之復社等，有姓名可稽。故書會在元時雖有導達戲曲之功，而吾人在今日言書會，則苦不能詳。然亦非毫無可述者。如今所見天一閣本録鬼簿，凡簿中諸人鍾嗣成未作弔詞者，皆有賈仲明所補弔詞。其弔李時中詞云："元貞書會李時中、馬致遠、花李郎、紅字公（即紅字李二），四高賢合捻黃粱夢。"時中大都人，中書省椽，除工部主事。致遠亦大都人，江浙行省務官。花李郎、紅字李二皆教坊劉耍和婿，必是伶人。紅字李二，京兆人。花李郎里貫不詳。以上四人根腳，俱見曹棟亭本録鬼簿。（天一閣本録鬼簿李時中無小傳。於紅字李二，但云京兆人，不注根腳。餘二人略同。）時中、致遠余別有考。據仲明此詞，則李時中、馬致遠、花李郎、紅字李二皆大都書會中人也。元大都書會最有名。宦門子弟錯立身戲文延壽馬自詡能鈔掌記。詞云："我能添插更疾。一管筆如飛。真字能鈔掌記。更壓着御京書會。"御京當作玉京。玉京者帝京也。掌記乃優人練習唱曲所用小冊子。鈔掌記而擬御京書會，則大都書會之事事講究可知。其弔蕭德祥詞云："武林書會展雄才。"德祥杭州人，業醫，見録鬼簿。則德祥乃杭州書會中人也。明周憲王香囊怨劇第一折白云："玉盒記是新近老書會先生做的，十分好關目。"玉盒記乃明初楊文奎曲，見太和正音譜。正音譜不言文奎里貫。然據憲王此曲，知文奎亦爲書會中人。以上所舉三例，李時中、馬致遠等四人，乃元貞大德時人；蕭德祥乃至正時人；楊文奎乃元末明初人。可代表三時期。余疑録鬼簿、録鬼簿續編所録諸曲家，泰半爲書會中人。如余所疑不誤，則元代諸戲曲作家，一面撰曲，一面即爲努力倡導戲曲之人。今人詫元劇之盛，亟欲推求其原因。不知元劇之盛，其原因即在諸戲曲作家，不在他人也。

明初去元未遠，書會尚盛，觀周憲王諸劇屢言書會可知。其後諸般伎藝社俱無，獨小説尚有社。故明之小説浸盛，而一代文人之詞曲造詣大不如元也。

原載香港星島日報俗文學，一九四一年

路　　岐

"路岐"二字，見宦門子弟錯立身戲文（永樂大典戲文三種本），及風月紫雲亭雜劇（元刊本）第四折，漢鍾離度脱藍采和雜劇（新續古名家雜劇本）第一折。其文如後：

宦門子弟錯立身：

〔生白〕在家牙隊子，出路路岐人。〔唱〕【菊花新】路岐岐路兩悠悠，不到天涯未肯休。這的是子弟下場頭。挑行李，怎禁生受。〔唱〕【泣顏回】撞府共衝州。遍走江湖之游。身爲女婿，只得忍恥含羞。

風月紫雲亭：

【水仙子】路岐人生死心難忘。謝相公賁發覷當。直把俺遞配還鄉。

藍采和：

【仙呂點絳唇】俺將古本相傳。路岐體面。習行院。打諢通禪。習薄藝，知深淺。

【油葫蘆】甚雜劇，請恩官望着心愛的選。俺路岐每怎敢自專。這的是才人書會剗新編。

上所引三戲詞白中皆有路岐，知路岐是當時通行語。近馮沅君撰古劇四考（見古劇説彙）釋路岐爲宋元之際伶人自稱及他人呼伶人之詞。其言甚是。顧以字義言，路岐二字與伶人相去甚遠。當時伶人自稱路岐，他人亦以此稱之，此於路岐二字何所取義？馮君未之言。則伶人所以名路岐之故，尚有待於解釋。余謂路岐者，江湖流浪俳優妓女之稱。凡倡優奏伎，奔走各處，不專一地者，謂之路岐。其諸州府樂戶官伎常在本處奏伎者，不得謂之路岐。余爲此說，似去事實不遠。唯今欲闡明其說，須先於路岐二字之義加以解釋。何謂路岐？路岐者，岐路之倒文。文選卷二十八陸士衡樂府長安有狹邪行："伊洛有岐路，岐路交朱輪。"李善注引爾雅曰："二達謂之岐旁。"郭璞曰：岐道旁出也。"（按善引爾雅文見釋宮）是道旁出者謂之岐路。後漢書（卷五十二）崔寔傳載寔政論云："或猶豫岐路，莫適所從。"列子說符篇"岐路之中又有岐"，是其義也。然岐路可書作路岐。岐路本訓道旁出者，亦可爲道路之通稱。舊唐書懿宗紀（卷十九上）云："朕崇釋教，迎請真身。觀覩之衆，隘塞路岐。"言觀者隘塞途路。元稹傳（卷一六六）云："稹大爲路岐，經營相位。"言稹謀爲相，廣求途徑。（唐張固幽閒鼓吹："朱崖爲兵部尚書，自得岐路，必當大拜。"岐路疑本作路岐。）韋刺史集（卷五）答長寧令楊轍詩："但恐河漢沒，回車首路岐。"言夜宴歡甚，恐其人取道先歸。白氏長慶集（卷一）寄唐生詩云："賈誼哭時事，阮籍哭路岐。"此用晉書阮籍傳"籍率意獨駕，不由徑路。車跡所窮，輒慟哭而反"事。言途窮則哭。李玫纂異錄（太平廣記卷七十四引）載陳季卿應試詩云："舊友皆霄漢，此身猶路岐。"言舊友皆貴，己猶奔走風塵，在途路間。野人閒話（太平廣記卷一三三引）載章邵事云："邵爲商賈，巨有財帛。而終不捨路岐，貪猥誅求。"言邵爲賈雖富而猶蹩躠行路，嗜利不已。此唐人用路岐爲岐路之例也。宋龍明子葆光錄（卷二）載薛主簿事云："經歷路岐甚崎嶇。"王明清玉照新志（卷三）載种明逸詩云："樓臺縹緲路岐旁，共說祈真白玉堂。"簡

齋詩集(胡穉箋注本卷二十六)寄席大光詩云："近得會稽消息
否？稍傳荆渚路岐寬。"此宋人用路岐爲岐路之例也。然則路岐
即岐路。岐路本訓道旁出，唐宋人逕作道路解。義得相通，不拘
拘古訓也。其用岐路爲伎藝人之稱者：如宋洪邁夷堅志支乙集
(卷六)云："江浙間路岐伶女，有慧黠知文墨，能於席上指物題詠
應命輒成者，謂之合生。"夢粱録(卷二十)妓樂篇云："唱嘌耍令
如路岐人王雙蓮、吕大夫，唱得音律端正。"百戲伎藝篇云："百
戲，理廟時有路岐人名十將宋喜常旺兩家。"角觝篇云："瓦市相
撲者，乃路岐人聚集一等伴侣以圖摽手之資。"其例甚多。或作
岐路，義同。如宋王銍默記(卷下)云："晏元獻守潁州。一日有
岐路人獻雜手藝者，作踏索之伎。"金史(卷一零四)完顏寓傳云：
"賈耐兒者，本岐路小説人，俚語詼嘲以取衣食。"是也。然倡優
何以謂之路岐？按：吾國樂伎設官，自唐迄元，大抵雅樂則太常
禮院掌之。燕樂則教坊掌之。元之制教坊司隸禮部。其教坊所
屬有興和署，掌天下俳優之籍。而京外諸行中書省尚有行教坊
司。凡倡優隸諸行省及諸路樂籍者，但於本處奏伎。苟非脱落
名籍，不得輕往他處。此其居有定所，不得謂之路岐人。若伎自
他處來者，在所止州府無籍。停若干時後，或更轉而他去。其行
止無定，常在途路間。如是者謂之路岐人。夷堅三志己集(卷
七)載"路岐散倡邊換師游涉嘉興，就邸於闤闠中。"宋曾三異因
話録(明鈔本説郛卷十九引)"散樂路岐人"條云："散樂出周禮
注，云：野人之能樂舞者。今乃謂之路岐人。"其明證也。錯立
身之王恩深東平人，在河南府(元河南府治洛陽)做場，故爲路
岐人。完顏府尹子延壽馬戀恩深女之色，背其父私遁，從之。
流轉江湖，淪爲俳優，故亦爲路岐人。紫雲亭之韓楚蘭外路
人，在開封府做場。藍采和金陵人，在洛陽做場。故亦爲路岐
人。至錯立身延壽馬之白與詞："在家牙隊子，出路路岐人。"

"路岐（人）岐路（路）兩悠悠，不到天涯未肯休。撞府共衡州。遍走江湖之游。"紫雲亭韓楚蘭詞："這條衡州撞府的紅塵路，是俺娘剪徑截商的白草坡。"（第三折四煞）"直這般學成說唱。更則便受恩深處便爲鄉。"（第四折駐馬聽）與百回本水滸傳第二十七回所載張青語"小人多曾分咐渾家道：三等人不可壞他。第二等是江湖上行院妓女之人。他們是衡州撞府，逢場作戲，陪了多少小心得來的財物。若還結果了他，那廝們你我相傳，去戲臺上說得我等江湖上好漢不英雄。"皆妙極描寫，不啻爲路岐人作注解也。宋周密武林舊事卷六"瓦子勾欄"條云："或有路岐不入勾欄，只在要鬧寬闊之處做場者，謂之打野呵。此又藝之次者。"按：密之意蓋謂路岐藝之次者不入勾欄；非路岐人做場，皆不入勾欄。今錯立身之王恩深一家，藍采和之采和一家，皆在勾欄演戲，可爲路岐人演戲入勾欄之證。又錯立身載王恩深被喚入官府承應。藍采和第二折亦演州官喚采和事。可爲路岐人入官府承應之證。以是知路岐人藝之佳者，其身份與樂戶官妓亦不相上下。唯自一般人視之，或不免有低昂，如百回本水滸傳第二十四回載西門慶語云："唱慢曲的張惜惜，我見他是路岐人，不喜歡。"可見當時人視路岐伶女與官妓有別。雖小說所載不盡實事，要不妨以當時風俗視之也。觀以上所考，可知倡優雖有路岐之稱，而言倡優，言路岐，其義有廣狹之分。倡優中之某種人可呼爲路岐；而倡優不得盡謂之路岐。言倡優可以概路岐；言路岐不足以概倡優。此分別之至顯然者。馮君古劇考，釋路岐爲伶人，猶不免失之廣泛也。

原載香港星島日報俗文學，一九四一年

關漢卿行年考

　　録鬼簿卷上關漢卿小傳云："大都人，太醫院尹，號已齋叟。"意謂元時爲太醫院尹，然不言何朝。邾經青樓集序云：

　　　　我皇元初並海宇，而金之遺民若杜散人、白蘭谷、關已齋輩，皆不屑仕進，乃嘲風弄月，留連光景。

杜散人即杜善夫，與元遺山爲儕輩。由金入元，其卒在至元六年（一二六九）後，十三年（一二七六）前；年八十歲。其人半生在元，非金人。白蘭谷即白仁甫，生於金哀宗正大三年，即蒙古太祖二十一年（一二二六），大德十年（一三○六）；年八十一歲，更非金人。邾經以二人爲金遺民，蓋以其不仕耳。然漢卿固仕矣，今一例稱爲金遺民，非也。

　　明蔣一葵堯山堂外紀卷六十八云：

　　　　關漢卿金末爲太醫院尹，金亡不仕。

余所見諸本録鬼簿，無一作"金太醫院尹"者，此臆説尤不可信。然後世論曲者，率以漢卿爲金遺民。近人雖間有異説，而所言均無確證。余以元人詩文傳記考之，知漢卿爲至元、泰定間人，非金遺民也。請詳述於後：

　　明鈔説集本青樓集朱簾秀傳云：

　　　　姓朱氏，行第四；雜劇爲當今獨步，駕頭、花旦、軟末泥
　　　等悉造其妙。胡紫山宣慰嘗以沉醉東風曲贈……馮海粟亦
　　　贈以鷓鴣天……關已齋亦有南呂數套梓於陽春白雪①，故
　　　不錄出。

事又見輟耕録卷二十。説集本青樓集“關漢卿”以下十九字，乃
通行本青樓集及輟耕録所無，最可貴。青樓集諸妓多不書籍貫，
朱簾秀亦然。余疑爲大都人。然合諸書觀之，其蹤跡又似在江
淮間②。今難詳考。胡紫山即胡祇遹，元史有專傳。紫山大全
集有朱氏詩卷序，朱氏即朱簾秀。馮海粟即馮子振，元史附陳孚
傳。此外以余所知，王惲秋澗集有詩詞爲朱簾秀作，其題朱簾秀
序後詩更有“風流不似紫山胡”③之語。盧疏齋亦有與朱簾秀贈
答曲見太平樂府、樂府群玉。據此知漢卿與胡、王、馮、盧諸人同
時相值。

　　　紫山卒於元貞元年④。元史云至元三十年卒，誤⑤。其享年

---

①陽春白雪有二本，一元刊前後集十卷本，今通行本從此本出。一元刊不分集本，今
　殘存二卷，舊藏江蘇圖書館；所收詞較前後集本爲多。青樓集所引漢卿套數，不見
　今通行本中，所據必是不分集足本也。
②朱簾秀至元二十六七年間似乎隸揚州樂籍，因秋澗集卷七十七贈朱簾秀浣溪紗詞
　有“煙花南部舊知名”之句，“南部煙花”是揚州典故，可證。至元二十六年，江南諸
　道行御史臺由建康徙於揚州（元史世祖紀至元二十六年五月）。胡紫山爲浙西憲
　（此時置司於平江），王秋澗爲閩海憲（福州置司），他們赴任、離任、回里，都經過揚
　州，所以與朱簾秀相識。
③此詩蓋即題於紫山朱氏詩卷序後者，故有“風流不似紫山胡”語。
④紫山卒於元貞元年，其證有二。秋澗集附録載陳儼秋澗王公哀挽詩序云：“乙未紫
　山公卒。”乙未乃元貞元年。一也。又秋澗集卷四十三紫山先生易直解序云：
　“公没之三載，嗣子伯馳攜所著易解愬題其端。”此序作於大德二年，上距元貞元
　年，實三載。二也。
⑤紫山享年六十九，其證亦有二。紫山大全集卷七丁亥元日門帖子絕句有“今年六
　十一年人”之句，丁亥至元二十四年，下數至元貞元年，年六十九，與秋澗集卷四十
　三紫山胡公哀挽詩卷小序“紫山壽幾七秋”之言合。一也。又同書同卷有無題絕
　句十首，其第一首云：“七十衰翁與世疏”，知此詩必元貞元年作。六十九歲人作詩
　可自云七十，尤爲紫山享年六十九歲之證。二也。

爲六十九歲。當生金哀宗正大四年，小於白仁甫一歲。元史及劉賡紫山集序云年六十七，亦誤。紫山至元二十六年爲江南浙西道提刑按察使①，與行省議不合，未幾以疾歸。二十九年，詔徵耆舊十人入都，紫山爲首。元史及劉賡序均言辭以疾不赴。然秋澗集卷四十故翰林學士紫山胡公祠堂記，則云"仕至翰林學士，太中大夫"，蓋以翰林學士致仕，非仕止於浙西按察使也。朱氏詩卷序見全集卷八。文云：

> 以一女子，衆藝兼併，見一時之教養，樂百年之昇平。惜乎吐林鶯露蘭之餘韻，供終日之長鳴。雖可一唱而三歎，恐非所以惜芳年而保遐齡。老人言耄，醉墨歌傾。因冠群詩以爲鶯眞之序，又庶幾效歐陽文忠執史筆而傳伶官也。

元自太祖元年至世祖至元末，歷時爲八十餘年（一二〇六至一二九四），舉成數可云百年。故知此序作於至元末。其時朱簾秀尚在華年，而紫山已爲六十餘歲老人矣。

秋澗卒於大德甲辰（大德八年，公曆一三〇四），享年七十有八②，生年與紫山同。題朱簾秀序後詩見秋澗集卷二十一。此卷詩紀年有辛卯（至元二十八年，公曆一二九一）、壬辰（至元二十九年，公曆一二九二）、至元二十八年、至元癸巳（至元三十年，公曆一二九三）。考秋澗至元二十六年爲福建閩海道提刑按察使。二十七年以疾得告北歸。二十九年應召入都，授翰林學士，自是不復外任。此詩不紀年，然詩成必在紫山撰序後。以時考

---

① 元史及劉賡紫山集序均不言紫山爲浙西按察使在何年。惟白仁甫天籟集下有己丑送胡紹開（即胡紫山）、王仲謀（即王秋澗）兩按察赴浙右闓中任詞。己丑即至元二十六年，今據之。

② 秋澗集附錄大元故翰林學士王公神道碑銘序云："大德甲辰六月辛丑以疾薨於私第正寢之春露堂，享年七十有八。"又陳儼翰林王公哀挽詩序亦云："春秋七十八，實大德甲辰六月辛丑也。"

之,蓋亦至元末所作也。

馮海粟生卒年不詳,至元二十九年在大都,至大中(一三〇八至一三一一)爲待制,延祐七年(一三二〇)尚在。

盧疏齋幼給事世祖宮中,弱冠登仕版,敭歷中外垂四十年。成宗大德四年(一三〇四)年五十餘,當生於蒙古定宗或海迷失后稱制時(一二四六至一二五〇);至大元年(一三〇八)尚在。

貫酸齋陽春白雪序云:

> 近代疏齋媚嫵,如仙女尋春;馮海粟豪辣灝爛,不斷古今,心事又與疏翁不可同舌共談。關漢卿、庾吉甫造語妖嬌,適如少美臨杯,使人不忍對殢。

酸齋陽春白雪序作於皇慶末延祐初。此序以疏齋、海粟、漢卿、吉甫並列爲近代人,疑疏齋、漢卿、吉甫皇慶、延祐間尚在,與酸齋或相識也。

關漢卿、庾吉甫生卒年皆不詳,危太樸文續集所載王和卿,卒於延祐七年,余謂即輟耕錄與漢卿爲友之王和卿。如余言不誤,則漢卿卒年當在延祐七年以後。

周德清中原音韻自序云:

> 樂府之盛之備之難,莫如今時……其備則自關、鄭、白、馬,一新制作……諸公已矣,後學莫及。

周德清中原音韻序作於泰定元年(一三二四)。據此知泰定元年關、鄭、白、馬諸公已前卒矣。

以時推之,漢卿始末雖不能詳,其行輩當稍後於紫山、秋澗,而與海粟、疏齋、和卿相伯仲。

楊維楨鐵崖樂府云:

> 開國遺音樂府傳,白翎飛上十三弦;大金優諫關卿在,

伊尹扶湯進劇編。

論者謂關卿即關漢卿。然如其説，則必以白翎雀曲爲漢卿作，語意方貫。據輟耕録卷二十，白翎雀乃世祖在桓州時命教坊碩德閭所作①。（碩德閭似爲蒙古語譯音，元史卷二十六仁宗紀有晉王内史拾得閭。）關漢卿乃士大夫非教坊。故余疑進伊尹扶湯之關卿，乃教坊之由金入元者，本姓關，賜名碩德閭，非劇家官太醫院尹之關漢卿也。

　　如上所述，關漢卿非金遺民，其生當在蒙古乃馬真后稱制元年與海迷失后稱制三年之間（一二四八至一二五〇），其卒當在延祐七年以後，泰定元年以前。雖不敢云必是，應去事實不遠。

一九五四年三月

附記

　　本文所論，涉及杜善甫、白仁甫、馮海粟、盧疏齋、貫酸齋。此五人事蹟，將來有專文論之，故其事在此篇中者不加注釋。

---

①白翎雀曲的作者，除碩德閭外，又有河西伶人火倪赤説，見張光弼集白翎雀歌。但碩德閭説在元朝較通行，所以本文取此一説。

吳昌齡與雜劇西遊記

—— 現在所見的楊東來評本西遊記
雜劇不是吳昌齡作的

一

唐玄奘法師西行取經的故事,在元朝有吳昌齡先生作雜劇,在明朝有吳承恩先生作小說。這時代不同的兩位先生都高興把玄奘法師取經的事演成書,都以作這種書出名,並且都姓吳,可以說是巧極了。但二人著書情形有不同的地方,就是:吳承恩先生的西遊記小說流傳極廣,但他作小說的事最初就被人忽略了;到了清朝道光年間,丁晏始能據淮安舊志把西遊記小說還給吳先生。吳昌齡先生作唐三藏西天取經雜劇,差不多明以來研究戲曲的人人都知道。可是他的書自明萬曆以後即少見。清初的錢曾雖然還藏有其書,在他的也是園目中著錄了吳昌齡的唐三藏西天取經。但以後寂然無聞,就慢慢的隱晦下去了。直到清末王靜安先生作曲錄還是苦於未見其書。

這是一件憾事。愛好文學的人如周豫材先生、胡適之先生,也曾設法搜求吳昌齡唐三藏西天取經的遺文,推測納書楹曲譜裏邊所引的西遊記或者即是吳昌齡所作。但這是一種希求。吳昌齡原書是不可見了。

　　直到一九二八年，日本宮内省圖書寮發見了傳奇四十種，其中有明萬曆甲寅刊本楊東來評吳昌齡西遊記一書。一時傳遍了中外的學術界。日本鹽谷溫先生是研究戲曲的，遂把這書重印出來。這個重印本流傳到中國，大家都很重視；因爲這是吳昌齡的曲，這是中土久佚的劇本。

　　這部書的發見太重要了，從來没有人懷疑過。可是現在，重要而有趣味的問題發生了。就是：這部明刊本西遊記當真是吳昌齡作的麽？我懷疑這件事在三四年以前，曾經微微的向人説過。到現在，從各方面看，覺得我當初的懷疑是對的。並且，我有理由可以説明這部書並不是吳昌齡所作的曲，而是另一位元末明初人作的。吳昌齡的唐三藏西天取經曲實在不幸：雖然經過清初錢曾的收藏，雖然寂寞了二百餘年一旦競傳其存在，而現在看起來仍然是已佚之曲。

　　我這話或者令人乍聽了有點驚異。但令人驚異的話未必便不可信。到大家認爲可信時，便平淡無奇了。現在把我個人的意見寫在下面。是與不是，願讀者批評。

二

　　在范氏天一閣鈔本録鬼簿上卷，吳昌齡西天取經劇下，注著這樣兩句的題目正名：

　　　老回回東樓叫佛　　唐三藏西天取經

　　天一閣本録鬼簿特有的這兩句題目正名，非常重要（曹本録鬼簿無）。很顯明的道理，是吳昌齡的西天取經有回回叫佛事；没有回回叫佛事的，便不是吳昌齡曲。現在所稱的吳昌齡西遊記,有沒有這事呢? 我徧檢今本六卷二十四出的西遊記,竟沒有一處類似這件事的地方。這不令人恍然大悟麼?

明天啟四年甲子,止雲居士編的萬壑清音卷四,錄西遊記四折。其中兩折是今本西遊記所有的(擒賊雪讎在今本卷一,今本題第四出,篇名四字全同,收服行者即今本卷三第十出之收孫演咒),一折是今本西遊記沒有的;一折是與今本西遊記完全不同的。今本西遊記沒有的這一折便是回回迎僧;演老回回東樓閣上叫佛,下樓迎接唐僧事。無疑的,這是吳昌齡西天取經雜劇的一折。不過,這位編萬壑清音的止雲居士太糊塗了。他把來源不同的四折曲放在一個西遊記題目之下(此據目錄所書,正文不載劇名),好像這四折曲同出一劇似的。若不是有范本錄鬼簿注文可據,不但不知裏邊有吳昌齡的曲,並且對於今本西遊記也發生文字異同多寡的問題了。推測起來,他大概是根據別的選本或者傳抄的戲曲零齣移錄過來的(明清時伶人所抄舊曲零齣,今尚多有之)。他不但沒有見到全本的吳昌齡的西天取經,也許沒有見到和現在傳本一樣的西遊記。他看了這四折曲都演唐僧取經的事(他所據的本子,標題也許都是西遊記,也許名稱相似),便認爲同屬一劇了。他所選的回回迎僧這一折,後來李玉的北詞廣正譜、清莊親王的九宮大成南北詞宮譜、葉堂的納書楹曲譜也都選了。而且,所標劇名都是唐三藏,與他處引作西天取經或西遊記的有分別(九宮大成所引西天取經,納書楹曲譜所引西遊記,並同今傳本西遊記)。這也可證明萬壑清音把四折視同一劇的錯誤。我曾經把北詞廣正譜等三書所引的這一齣和萬壑清音所引細校一過,知道文字方面頗有出入;三書所訂牌名,也與萬壑清音不同。現在,我把萬壑清音所引回回迎僧一折的詞錄出來,讓大家看一看,這是吳昌齡的西天取經原文(白太繁從略)。

回回迎僧

<u>此章牌名依九宮大成納書楹曲譜所訂</u>

【洞仙歌】回回回回把清齋。餓得餓得叫奶奶。眼睛凹進去，鼻子鼻子長出來。（以上<u>小回回</u>唱。<u>廣正譜九宮大成納書楹</u>俱無。）

【雙調新水令】卻離了叫佛樓，我可也下得這拜佛梯，我這裏望西天叫佛了是他那一會。我將這四八噂哫在頭上纏，我將這別離行緊忙披。你這廝悮了兀的看經，你這廝悮了整十日。（自【新水令】以下八曲並<u>老回回</u>唱。）

【雁兒落】我喚你兀篤蠻來得緊，你便可引着些。好教我走不的行不的。可着我走不的行不的。走得我便力盡筋衰。氣喘得狼藉。

【沽美酒】與唐皇修佛力。與唐皇修佛力。與俺這眾生每發慈悲。師父你便取經到俺西天得這西下國，（<u>九宮大成納書楹</u>並作"西夏國"。）小回回你想波，（"波"原作"不"，據<u>九宮大成納書楹</u>改。）嗒師父他怎肯來到俺這裏。行了些没爹娘的歹田地。

【太平令】師父你便遠路紅塵不避。受了他幾場兒日炙價風吹。恰離了中華富貴。（"富貴"<u>廣正譜九宮大成納書楹</u>俱作"佛國"。）來到俺這塔獅蠻的田地。見吾師連忙頂禮。向前跪膝。忙道兩個撒藍撒藍的摩尼。師父你是必休笑話俺塔獅蠻的回回。

【川撥棹】這廝你便毁菩提。（"毁"原誤"悔"，據<u>廣正譜九宮大成納書楹</u>改。）向人前没道理。噯喀膝空提。唵闌遮呢。喀膝摩尼。噯喀膝吐哪，（"吐哪"<u>納書楹</u>作"也那"。）摩打狼哼臟的。再來時（"時"字原無，據<u>九宮大成納書楹</u>補。）你便休恁的。

【荳葉黃】嗒凡胎濁骨。俺須是肉眼愚眉。嗒師父怕憂愁思慮。戒了酒色財氣。與師父添香洗鉢舀淨水。（"舀"原誤"查",據廣正譜納書楹改。)向師父跟的。向師父跟的。念嚧哈般惹波羅密。啞得兒摩頂受記。

【喬牌兒】答獅蠻老回回。超度的救度的。看清涼(廣正譜作"青蓮"。)上下龍華會。俺凹嚓撒扒得兒吃。

【煞尾】俺只見黑洞洞升雲起。更那堪昏慘慘無了天日。願得箇大唐三藏取經回。也無那(九官大成納書楹作"再没有"。)外道妖邪近得你。

李玉北詞廣正譜十八帙引此折,除洞仙歌外,尚少新水令及煞尾二曲。所錄諸曲,爲胡十八犯、沽美酒帶過太平令、川撥棹、荳葉黃犯、春閨怨犯五曲。最可注意的,是每一曲下都注:向無題。可見他所見的本,這五曲是無牌名的(玉此卷本爲正謬訂訛而作,他所不錄的曲,應當是有題而牌名不錯的)。而止雲居士萬壑清音所錄,都有牌名。假定止雲居士所見本,也和李玉所見本是一樣的,則萬壑清音諸牌名,是止雲居士擬的。所以牌名與李玉等專家所訂大大不同。

後來九官大成南北詞宮譜六十七引唐三藏雙角套,納書楹曲譜續集二引唐三藏回回一齣,對北詞廣正譜所定牌名又有所更訂。這本是訂譜問題,與本文無關。但九官大成此套後面有附注一段談到吳昌齡,與本文大有關係,現在摘錄如下:

> 此套非吳昌齡所撰。據廣正譜注,無名氏撰。唐三藏劇原本已失,無從考正。度其文意,必是元人之筆。此曲相傳已久,向無題。廣正譜雖分句段牌名,皆爲牽強。今細爲分析,重定牌名。

在這段說明中,有三件事可注意:第一,此套是吳昌齡撰,而作譜的人卻說:"非吳昌齡撰。"我們曉得九官大成所收的西天取經即今本西遊記。當時修書人所見的西天取經本子,大概也題吳昌齡撰。因爲相信西天取經是吳昌齡作的，所以不信這一套唐三藏曲是吳昌齡作的。天一閣本錄鬼簿是近來才發現的，這不能怪他們。第二，說"唐三藏劇原本已失，無從考正"，知清乾隆初莊親王修九宮大成時所見的唐三藏劇只是單摺，並無整本。這可以幫助我上面說止雲居士選西遊記沒有見原本的話。清乾隆時莊親王以宗藩貴胄的力量，招集日華游客修書，尚無法見到唐三藏劇的全本；天啟時止雲居士選元曲僅據單摺零齣，實大有可能。第三，說"此套曲向無題"，知道莊親王修九宮大成時所見的本，與李玉作廣正譜時所見的本是一樣的。李玉所見的，自然也是單摺了。

　　萬壑清音引西遊記還有一折，其事爲今本西遊記所有而詞白完全不同，便是諸侯餞別一折。

　　今本西遊記的第五齣（卷二）詔餞西行，與萬壑清音的諸侯餞別，同演唐僧西行當時臣寮餞別事，但情節微不同。據今本卷一所演，唐僧俗名江流，法名玄奘，棄江後救他的是金山丹霞禪師。據萬壑清音本此折，唐僧自白法名了緣，救他的是金山平安長老。名字雖異，而父名陳光蕊，水賊是劉洪，生子拋江等事則同。這沒有多大分別。至唐僧所以西行取經之故，則兩本大不同了。據今本第五齣，是因長安大旱，虞世南受觀音菩薩的指示薦玄奘於朝，祈雨三日有效，奉旨赴西天取經。據萬壑清音本，則是"因唐天子……殺伐太重，命五百僧人在護國寺做了四十九日道場。從空中降下南海觀自在菩薩言曰：此經不足超度亡靈，除非是去西天五印（原作"蔭"）度取大藏金經。"因而奉旨西上。這與西遊記小說略同，與今本西遊記雜劇便差得遠了。又尉遲恭之子叫寶琳（見舊唐書尉遲敬德傳），元曲小尉遲劇書作寶林，字寫錯了一個，還不算大錯。今本西遊記雜劇說唐僧給尉遲恭起的法名叫寶林。以子之俗名爲父之法名，未免太滑稽。萬壑清音本唐僧與尉遲恭對話，有"恁孩兒尉遲寶麟"之語。琳作麟，說是尉遲恭子不錯。又群臣餞行，今本登場的是虞世南、秦瓊、房玄齡、尉遲恭四人。萬壑清音本則説唐家十八路諸侯都來餞行，而登場的是徐世勣等連尉遲恭共八人。今本唐僧和尉遲恭贈詩一節，萬壑清音本是没有的。兩本唱的雖然都是尉遲恭，而萬壑清音本所録詞，古樸雄渾，看來與回回迎僧是一副筆墨。不但今本的詔餞西行一折趕不上，即其他諸套亦無一相似者。所以，我疑心萬壑清音本的諸侯餞別，也是吳昌齡唐三藏西天取經劇中的一折。如果我猜想的不錯，吳昌齡唐三藏西天取經劇，現在能看到的已經有兩折了。

萬壑清音所引的諸侯餞別一折，納書楹曲譜正集二也引了，標題作北餞。綴白裘八集三引也作北餞。現在伶人所唱的十宰也是這一折。可見吳昌齡唐三藏西天取經劇，這一折不但至今存其文，而且存其音。這是很有趣味的事。此諸侯餞別一折，至今謳歌流布，本可以不必再引；但萬壑清音所據是明時流傳之本，且字句與納書楹等書所録亦有多少不同。所以，我依前例仍然照抄在下面。

諸侯餞別

【點絳唇】第一來是帝主親差。第二來是老夫年邁。持齋戒。把香火安排。送師父臨郊外。

【混江龍】遥望着幢幡寶蓋。見軍民百姓鬧咳咳。我引着一行步從，蕩散了滿面塵埃。坐下馬如同流水急，鞍心（原作"安心"，據納書楹改。）裏人似朔風來。俺這裏按幞頭挪金帶見師將禪心倚定，師父你將這慧眼忙開。

【油葫蘆】十八處都將年號改。俺扶起了唐家世界。師父道殺生害命罪何該。當日呵，尉遲恭怎想道持齋戒。今日箇謝吾師你便超度俺唐家十宰。我這裏整頓布袍，拂了土垓。就在這紅塵中展腳舒腰拜。師父行特地請箇法名來。

【天下樂】你救度眾生也是那離苦海。你那一片虔也麼心，（"虔"納書楹改"禪"。）我無掛礙亦無掛礙。你可也無掛礙。正按着救苦得救難，我可也觀自在。參透了色即是空，參不透空即是色，師父你那片修行心可便有甚歹。（"甚歹"納書楹作"甚麼得"，綴白裘作"甚麼的歹"。）

【金錢花】上陣時忽喇喇兩面綵旗搖，不喇喇馬到處陣衝開。只我這一鞭顛碎他一萬片天靈蓋。我如今說着折奈。不覺的鬢邊白。只我這槍尖上人性命，鞭節上血光在。果然是少年造下孽，福謝一時來。（此曲納書楹綴白裘並缺。）

【後庭花】（此曲述元吉等與太宗御園較射，謀害太宗，恭救太宗殺元吉事。）都只爲病秦瓊加利害。病秦瓊加利害。蓋因是尉遲恭年老邁。那一日相約定，這都是那杜如晦使的計策，我忿氣可不滿胸懷。都是俺唐家唐家十宰。那一日鼓不擂，鑼不節，箭不發，甲也不披。只聽得二更裏（納書楹綴白裘並作"耳根裏"。）人報來。御科園將暗計排。呀恨那無知無知呫耐。見一人倒在倒在塵埃。（指太宗。據白，元吉將害太宗，太宗失足倒地，敬德望見來救。）腳踏着胸脯可教他怎生龜鼉，也只是呫耐寒才。使的計策，待把那人殺壞。忿氣呵（納書楹綴白裘並作"可"。）不滿胸懷。老微臣一騎馬不喇喇的趕將來。扢搭撲揝住獅蠻帶。滴溜撲顛碎在地中，（"扢搭撲"，"滴溜撲"二句，納書楹綴白裘並無。）舉起水磨鞭打碎這廝天靈蓋。

【煞尾】師父你向佛道修行大善性兒分毫不采。梵王宮特地把金經取，與俺眾生消災滅罪，師父可不是個棟梁材。

俺須是濁骨凡胎。北極西天路利害。遥望見極樂世界。梵
王宮景界。（自"與俺衆生"句以下至此句止，納書楹綴白裘並略去。）願
你個大唐三藏早回來。

納書楹曲譜二集引此折，標題是北餞。目録引書名爲蓮花寶筏。
目録後附記云：“北餞氣盛辭雄，的係元人手筆，惜爲俗伶所删。
余未見原本，姑爲酌定。”照葉氏這一段話想，似乎他所見的是伶
人抄本，所以説爲俗伶所删。但蓮花寶筏，元明戲曲絶無此名；
是唐三藏西天取經劇的異名爲俗伶所擬的呢？是當時有蓮花寶
筏一書，中間抄了元曲的這一折，葉氏又轉引來放在譜中呢？
（蓮花寶筏，名字很像清内府承應戲，我疑心是昇平寶筏的舊稱，
但昇平寶筏現在看不到，無從考校。）現在不能明白。綴白裘八
集三引此折亦題北餞，而書名作安天會。安天會，黃文暘曲海目
曾著録抄本，在“清人傳奇無名氏中詞曲平無姓名”一類中。其
書我未見全本，不知安天會原書中是否有此北餞一折。

　　録鬼簿録吳昌齡劇，唐三藏西天取經只有一本，並無第二本
（凡元人作劇，對於某一故事一人連續作了兩本的，録鬼簿照例
兩收，如李壽卿吕無雙劇有兩個，録鬼簿便收了兩個，太和正音
譜也收了兩個，其他諸人曲尚有此例，不具引），這問題本是簡單
的。到了錢曾編他的也是園藏書目便麻煩了。他的書目，雜劇
類中有吳昌齡唐三藏西天取經，傳奇類中又有吳昌齡（述古目誤
書作“王昌齡”）西遊記四卷和西廂記、琵琶記放在一處。這顯然
是吳昌齡演唐三藏事，一人有兩個劇本了。王靜安既相信也是
園目所録是二書，又不敢相信吳昌齡作了兩個唐僧取經的劇，結
果，照也是園例，分别放在雜劇、傳奇兩部中，而加上一些游移
之詞，説：“西遊記也是園目四卷，棟亭書目有六卷抄本。遵王於
此本不編入雜劇部而入傳奇部，自是傳奇無疑。惟不知果出昌

齡否耳？"這是老實話，也是没有辦法的話。到了日本發現明本吴昌齡西遊記，大家更相信吴昌齡作了西遊記，因而相信吴昌齡西遊記便是吴昌齡唐三藏西天取經。日本鹽谷温先生的跋，便代表這個意思：

> 元吴昌齡所撰雜劇唐三藏西天取經一本，著録於鍾嗣成録鬼簿。王君國維曲録亦依之，而同書傳奇部别有西遊記一本。其實王君未見，徒爲臆揣之言而已。此書清初猶存。也是園書目有吴昌齡西遊記四卷，曹棟亭書目有西遊記六卷。其後存亡不可知。而偶得之我秘閣所藏傳奇四十種中。顧久佚於彼而纔存於我者，豈非天下希有之秘笈哉？

這不是承認吴昌齡西遊記就是録鬼簿所録的吴昌齡唐三藏西天取經嗎？其實在吴昌齡西遊記初發現的時候，也只有這樣想。不過，略一沈思，如果吴昌齡西遊記就是吴昌齡唐三藏西天取經，則錢曾登録自己書的時候，分明是一部書卻硬分作兩類，這不太糊塗了嗎？現在更根據萬壑清音所録的西遊記，萬壑清音的回回迎僧一折，是今本西遊記没有的；諸侯餞別一折，是與今本西遊記不同的；而其他二折，則與今本西遊記全同。如果承認萬壑清音所録四折，同出於一書；如果承認西遊記即唐三藏西天取經：則回回迎僧一折，是今本脱去了，還勉強可説；諸侯餞別一折與今本事同文異，則是在一劇之中作者把一件事重作兩折，這就説不過去了。況且吴昌齡唐三藏西天取經劇有"老回回東樓叫佛"標題，今有天一閣本録鬼簿可證。今本西遊記無此事，亦無此題。（今本西遊記是六卷六本，每卷後有正名撮卷中事略撰成四句。）則今本西遊記當然不是吴昌齡作的；其回回迎僧等折應屬於吴昌齡唐三藏西天取經劇。這是很容易明白的。所以，我的意思，西遊記是西遊記，唐三藏西天取經是唐三藏西天取經。今本西遊記不是吳昌齡作的，而署"吳昌齡"；這是刻書的人只知道吳昌齡有唐三藏西天取經，而不知他人尚有西遊記；認爲他所見的西遊記就是吳昌齡的西天取經。（太和正音譜録吳昌齡曲有西天取經，無西遊記，而此書卷首所附勾吳蘊空居士西遊記總論引太和正音譜作西遊記，可見他是誤認二書爲一書。）至於錢曾也是園目雜劇類録吳昌齡唐三藏西天取經，傳奇部又有吳昌齡西遊記，這箇問題也容易解釋。錢曾也是園目的錯誤，只是把西遊記誤屬之吳昌齡。在他的述古堂書目裏，西遊記注明是抄本。（也是園目不注版本，述古堂目係也是園目的初稿，余所見述古堂書目，爲江安傅氏藏述古堂原抄本。）這個抄本，也許是不著作者姓名的；也許是誤題"吳昌齡"的；也許就是根據萬曆甲寅楊東來評本西遊記抄的。總之，無論如何，是他誤信或猜錯了。因爲如此，便在他的書目上寫成"吳昌齡西遊記"；這和勾吳蘊空居士萬曆甲寅時刻西遊記題"吳昌齡"是一樣的錯誤。但他是誤二人爲一人，卻不曾誤二書爲一書。我們若因爲相信吳昌齡作西遊記的緣故，索性併二書爲一書，以爲吳昌齡西遊記就是吳昌齡唐三藏西天取經，便大大的錯了。

三

現在所見的楊東來評本西遊記，既不是吳昌齡作的，究竟是誰作的呢？在四年前，我從友人處看到天一閣抄本録鬼簿，後附録鬼簿續編一卷（此書已於一九三七年印行），續編中載楊景賢劇有西遊記。我當時想，天一閣本録鬼簿上卷載吳昌齡西天取經題目爲"老回回東樓叫佛"，其事爲今本西遊記所無。則今本西遊記必不出吳昌齡之手。而所附録鬼簿續編載楊景賢劇恰有西遊記。則今本西遊記或者是楊景賢作的。當時自己覺得有點道理。其後從各家戲曲選本中，又看到西天取經的軼文，便想作一文說説個人的意思，但楊景賢作西遊記，除了録鬼簿續編外，尚無他證。因此又因循下去，久未着筆。最近我看到傳是樓舊藏的一部抄本詞謔，其第二篇引楊景夏的玄奘取經第四齣，文與今本西遊記第四齣同。所稱楊景夏當然就是録鬼簿續編的楊景賢，（太和正音譜作楊景言，詞謔"景夏"當是"景言"之誤，詞謔是李中麓作的，説見下，中麓閒居集詩禪後序作"楊景言"，可證抄本詞謔作"景夏"之誤。明末有楊景夏，名弘，青浦人，著認氈笠、後精忠傳奇，見南詞新譜卷首作者名氏篇、參閲姓氏篇及沈永隆南詞新譜後序、寶敦樓傳奇彙考標目。其人於沈自晉爲後輩，清初猶存，與李開先時代不相及。）這證明我從前的假定是對的。詞謔今中華書局有排印本。抄本詞謔這一條，不見於排印本。這又發生了詞謔本子問題。所以在此處，我須要把這部抄本詞謔介紹一下。

詞謔有明嘉靖刊本。一九三七年，我在上海一位朋友家看見過。中華書局這個排印本，就從明嘉靖本出。嘉靖本不署名，無序；所以排印本也無序，也不署名（抄本亦然）。排印本卷首有盧冀野（前）先生序，説"撰者佚其姓氏，其人必知名"。其實，這書是明嘉靖時李中麓作的（中麓是李開先的號，開先字伯華，嘉靖己丑進士，官至太常少卿），本書開首第一篇就有證據。第一篇"冬夜李脈泉方伯過訪東野"條，脈泉入坐，請合歌一曲，因歌予冬夜悼内之作。考中麓有四時悼内詞，每時數曲，爲亡室張宜人作。今中麓集中尚有四時悼内序。"市井豔詞"條説：市井豔詞百餘，余所編集。中有改竄，且多全作者。今中麓文集中有市井豔詞序多至四首，其第一序説：山坡羊、鎖南枝小調譁於市井，直出肺肝，不加雕刻。余倣其體，並改竄傳歌未當者，積成一百。與詞謔亦合。這兩條排印本、抄本皆有，可以知道詞謔是中麓所作無疑。中麓室張宜人卒於嘉靖丁未，四時悼內詞作在其後，詞謔作當更在其後。凡中麓所作雜書，如拙對、詩禪之類皆有序，集中備載無遺；獨無詞謔序。不知是原書根本無序呢？或是這兩個本子都把序脫落了呢？如果原書不是無序的話，我假定詞謔書成在嘉靖丁巳閒居集刻成之後。

　　拿詞謔抄本校排印本，除抄本殘葉缺葉不論外，有幾處是不同的。上文所舉的"楊景言"一條，抄本在詞套篇鄭德輝倩女離魂中呂套之前，王實甫芙蓉亭仙呂套之後。排印本沒有。不但此一條，如谷子敬三度城南柳正宮套之前，抄本多出關漢卿閨怨仙呂一套。羅貫中龍虎風雲會正宮套後，抄本多出王實甫泛茶船中呂一套，及岳伯川羅光遠夢斷楊妃正宮一套。詞尾篇抄本仙呂尾"曬鞋"條後，抄本多出翰林風月同前調賺尾一曲。商調尾"良夜冷"條後，抄本多出王伯成般涉調尾一曲。這些條皆是排印本沒有的。但也有排印本有而抄本無的：如詞謔篇開首"西廂謂之春秋"以下五條，抄本就沒有，而從"王渼陂養一外戶"條起。至於篇章，兩本也不同。排印本所錄共四篇，標題為詞謔、詞套、詞樂、詞尾。抄本標題則為詞謔一、詞套二、詞尾三，無詞樂一篇。可見兩本體例根本不同，決不是同時編次的。我疑心抄本詞謔或者是中麓初稿。凡排印本沒有的，是中麓刊書時認為不必取刪去了。

　　這箇抄本每半葉八行，每行十八字（嘉靖本半頁九行，行十八字）。第一葉蓋着"傳是樓藏"四字的長方朱文印。所以知道這書是清初徐乾學藏過的。說起徐乾學所藏書，與李中麓大有關係。現在也要略說一說。李中麓是明朝的大藏書家，明史說他"好蓄書，李氏藏書之名甲天下"。當時宗藩如趙康王等，都派人借他的書；博雅如楊升庵，也從滇南來書託他代抄書。他的名價可想。當隆、萬之際，明宗室朱睦㰲曾購得了他一部分書。明

史諸王傳提過此事，但説睦㮰"得章邱李氏書"，不言何人。我疑
心即是李中麓的書。中麓卒於隆慶二年；睦㮰卒於萬曆八年，年
七十，是和中麓同時相知之人。不知他得書在中麓未卒之前，或
中麓已卒之後，原因也不明。其餘經中麓後人保存，直到清初才
散出。一部分歸常熟毛扆（斧季），錢曾讀書敏求記卷二"夢粱
録"條記其事，説：斧季從輦下回，得秘本二百餘帙，乃中麓舊藏。
一大部分歸崑山徐乾學，朱彝尊靜志居詩話卷二"李開先"條紀
其事。現在把朱彝尊的話引在下面：

> 中麓藏書之富甲於齊東。先時邊尚書華泉、劉太常西
> 橋亦好收書。邊家失火，劉氏散佚無遺。（按：此據中麓詩自注。）
> 獨中麓所儲百餘年無恙。近徐尚書原一（按：原一，乾學字。）得
> 其半。

王士禎帶經堂全集卷九十二（蠶尾續文卷二十）跋山谷精華録
也説：

> 予與李中麓太常爲鄉里後進。曾購其藏書目録，累年
> 不可得。厪於京師慈仁寺市得小冊西漢文鑑一種，朱印宛
> 然。後數年間，聞其書盡捆載歸崑山徐司寇矣。

王士禎説中麓遺書盡歸徐乾學，應當修正説：除毛斧季收得若干
種外，餘盡歸徐乾學。有人根據王士禎這段話，説中麓書盡爲徐
乾學所有，是錯了。徐乾學的傳是樓書目樂類録詞譜一卷，不注
板本，大概就是指這部抄本而言。但抄本不署名，書目上卻書李
開先作，殊不可解。這大概是徐乾學知道這部書是李中麓所作，
編目時添注的。以徐乾學書與李中麓書關係之深，這部抄本詞
譜卷首雖然沒有中麓印記，當時或者竟從章邱李氏傳出亦未
可知。

　　抄本詞謔引楊景言玄奘取經第四齣雙調一套，非常重要。我曾以今本西遊記第四齣校一過，其文字微有不同。現在我把抄本詞謔這段原文並我的校注一並抄出，引在下面。

玄奘取經

第四齣

楊景夏作

【雙調新水令】則俺囚龍（"囚龍"今本作"困龍兒"。）須有上天時。可成了俺報仇之志。（今本作"成了俺報寃仇丈夫之志"，無"可"字。）寸心渾如火，（今本作"渾似火"。）兩鬢漸成絲。當日個（今本作"往常時我"。）貌似（今本作"比"。）花枝。體若凝脂。今日也（今本"也"作"箇"。）繡裙翻過三兩摺。（今本作"裙掩過兩三袿"，無"繡"字。按：袿、摺字同。）

【駐馬聽】怪不道（三字今本無。）鵲噪花枝。卻原來（三字今本無。）報仇恨的孩兒敢來到此。龍蟠泥滓。受辛勤母娘困於此。（今本"母娘"作"娘母"，"於此"作"於斯"。）天公不滿半米兒私。（今本作"想天公不受半分私"。）則怕閻王注定三更死。（今本此句下多"這廝怎能勾亡正寢全四肢"一句。）少不得一刀兩斷停街市。（今本作"誅在都市"。）

【得勝令】長老便是正名師。這便是喚江流的小孩兒。（今本"這便是"作"這箇是"，無"喚"字。）今日箇敗草（今本作"死草"。）重滴翠。（今本作"交翠"。）殘花再發枝。當時已趁英雄志。不索尋思。（今本"不索"上有"你"字。）則要怎填還俺夫婿死。

【雁兒落】（今本雁兒落在得勝令之前。）神道般官吏使。虎狼般公人至。我不申口內言，你自想心間事。

【川撥棹】江上設靈祠。用三牲作祭祀。浪捲風嘶。風裊楊枝。（今本下多"鬼吏參差，簇捧屈死的孤窮秀士"二句。）十八年雪霜姿。我蒼顏，他似舊時。（今本川撥棹下多七兄第一曲，其文亦錄於此："他說罷口內詞。官人每三思。一箇箇痛嗟容。雲頭上顯出白衣士。市廛閭間誅了綠林兒。賊巢中趁了紅裙志。")

【梅花酒】都賴着佛旨。水府内爲師。旱地上當事。塵世上官司。那海龍王報救命恩,小和尚説因緣事。十八年離城市。(今本重"離城市"三字。)到龍祠。(今本重三字。)住偌時。(今本重三字。)再回之。

【收江南】今日個(今本"日"字上有"呀"字。)大官司輸與小孩兒。(今本重"小孩兒"三字。)虧殺老禪師。(今本重"老禪師"三字。)慧眼識天時。領着這水月(今本無此五字。)觀音旨。(今本作"觀音佛法旨"。)取經卷(今本作"着取西天經卷"。)到京師。

我們把詞謔原文和校注比較一下,知道在七曲之中,異文並不少。這當然是李中麓改的。李中麓以詞曲自負,他曾經大改元詞,"刪繁歸約,改韻正音",選了十六種付印,名爲改定元賢傳奇(現在存的只有六種,這六種錢曾述古堂目著錄過)。臧懋循選元曲,人人知其改;而他不肯公然承認是改。中麓則逕稱其書爲改定元賢傳奇。這不是中麓的坦白,正是中麓的自負。至於詞謔體裁本是曲話,係評論前人詞曲之書,本可以不改了。但他書中所引各套,也是不依原文,隨時改訂,(書中引無名氏正宮"香塵暗翠幃屏"條,説:拗節生音,脫句誤字雖少,亦必費一番心力,前後套詞無有不經改竄者,豈但作詞爲難,選亦豈易事哉。可證。)這是明朝才子的脾氣。以現在看來,大可不必。不過這是著作問題,與現在我們的問題無關。換句話説,儘管他引楊景言的玄奘取經曲是改過了,但在他的書中給我們指出這曲是楊景言作的,在我們現在已經是够用了。

李中麓是明朝的古文學家,但也是詞曲家。他自稱"詞多於詩,詩多於文"。他作的曲有登壇、寶劍諸記,及園林午夢等院本,又散詞小曲不可勝數,他藏的金元詞曲甚多。據他自述有一千七百五十餘種。這箇數目在現在聽起來是驚人的。他在詞謔中引楊景言的玄奘取經（即今西遊記），他一定見到了楊景言玄奘取經的原本或舊本，上面有序跋可據，如現在我們所見的原本劉東生嬌紅記一樣，所以他在書中著了楊景言之名。我們現在考元明舊曲作者，苦於證據少，或者不知其人，或者知其人而不敢說一定是作曲的人。現在以李中麓這樣有資格的人來替我們作證見，說今名西遊記的玄奘取經是楊景言作的，這是的的確確最可徵信的了。

楊景言，錄鬼簿續編作“楊景賢”。陳與郊新續古名家雜劇、臧懋循元曲選錄劉行首劇也題作“楊景賢”。太和正音譜上古今群英樂府格勢及群英所編雜劇目兩處並作“楊景言”。詞林摘豔七及閒居集詩禪後序亦並作“楊景言”。錄鬼簿續編、正音譜都是明初的書。現在拿這兩部書考起來，正音譜楊景言名下錄風月海棠亭、史教坊斷生死夫妻兩劇；錄鬼簿續編楊景賢名下錄了古名家雜劇、元曲選所收的劉行首，也錄了正音譜所收的海棠亭及生死夫妻；可見正音譜所書的楊景言與錄鬼簿續編所書的楊景賢確是一人。（臧懋循不知景言、景賢是一人，在元曲選卷首據正音譜群英雜劇目錄了楊景言的風月海棠亭及史教坊斷生死夫妻；又據傳本在李致遠後張國賓前別出楊景賢的劉行首。把楊景言、楊景賢看作二人，這是大錯。）據錄鬼簿續編，楊景賢名暹，後改名訥，號汝齋，或者景賢是他未改名以前的字，景言是改名以後的字，其字因兩傳亦未可知。又錄鬼簿續編載景賢始末，說景賢“故元蒙古氏，因從姐夫楊鎮撫，人以楊姓稱之。善琵琶，樂府出人頭地。與余交五十年。永樂初與舜民一般遇寵。後卒於金陵”。明周憲王洪武中作烟花夢傳奇引說：“錢塘楊訥爲京都樂籍中伎女蔣蘭英作傳奇而深許之。”根據這兩段話，我們可以知道楊景言是錢塘人，永樂初他在南京做過官，與湯舜民是同寮（湯舜民有送景賢回武林雙調“花柳鄉中自在仙”一套，不知何時作），他和錄鬼簿續編作者是五十年的老朋友。續編作者是老於杭州之人，他也許在杭州住過一個長時期。他的姐夫楊鎮撫一定元時在江浙當鎮撫（元制諸行中書省下設都鎮撫司，諸行樞密院諸路萬户府下設鎮撫司，此不知爲何鎮撫）。因爲他姐夫著籍錢塘，所以他的里貫也是錢塘。又錄鬼簿續編有兩處稱太宗的諡法（文皇帝）；我們因此知道續編成書不在永樂時，按理講應當是洪宣之際。續編載楊景賢事兼及其卒，我們知道續編成書時，景賢已前卒。續編雖未明言景賢卒於何年，以續編成書在洪宣時推之，景賢卒似應當在永樂中，或者略靠後一點。他的壽數雖不可考，但根據續編作者與景賢相交五十年的話，其享年至少應當是六七十歲，決不是五十歲（因爲不能生即相交），他大概生於元至正中，如果是老壽的話，也許生於至正初。他所作的雜劇，據續編是十八種。陳與郊古名家雜劇、臧懋循元曲選都只收了劉行首一種。其餘不存。現在把西遊記算上，他的雜劇存的便有二種。吳昌齡的雜劇，現在也存二種（東坡夢、辰鈎月，有元曲選本）。這是恰巧一樣的。

　　明初錄鬼簿續編作者，和楊景言是五十年的老朋友，所以他知道楊景言作了一部西遊記。正嘉間的李中麓，不但他是弘治十五年生的，去永宣間不過六七十年，並且他親見了楊景言玄奘取經（今本名西遊記）的原本，所以他知道玄奘取經是楊景言作的。但到了萬曆以後就大大不同了。萬曆四十二年甲寅勾吳蕴空居士得了一部抄本的楊景言西遊記（總論云：西遊記僅見抄録秘本，未經鏤板刊行），也許抄本没有署名，他竟認爲是吳昌齡作的，把吳昌齡的名字替代了楊景言。不但如此，臧懋循刻百種曲在萬曆四十四年丙辰；在他的書卷首所引涵虚子群英雜劇目中（即太和正音譜群英所編雜劇目），他注吳昌齡的西天取經，竟然説是六本(凡曲名下小注,俱是臧懋循注的,太和正音譜没有)。這也是認吳昌齡西天取經即六卷本的西遊記了。以至於天啟四年甲子止雲居士選萬壑清音合吳昌齡曲於楊景言曲,總稱西遊記。再後孟稱舜選柳枝集,摘出今本西遊記第四卷別行,題爲豬八戒,亦署吳昌齡。及至錢曾編述古堂目,也是園目便不得不承認吳昌齡作了兩部玄奘取經的曲了。總之,明萬曆以後的人根本不知道楊景言作西遊記的事,他只知道吳昌齡作西天取經,而西天取經也不容易見到,即以楊景言西遊記當之。就是見到吳昌齡西天取經的人,也不敢否認西遊記是吳昌齡作。結果,沿誤承謬,直到清朝末年止,大家還是明萬曆後的見解。其所以如此之故,大概因爲:(一)原本不存,傳説多謬,抄書刻書人都不免錯標名字。(如百種曲所題人名,現今考就有好幾處是錯的,這不見得是臧懋循捏造的,因爲他所誤題的人名,有時別的選本也是一樣的錯。)(二)録鬼簿通行無注本,現在我們見的天一閣本注題目正名的録鬼簿以及所附録鬼簿續編,當時人都不曾見到。(三)兩書都演玄奘事,名稱亦容易混淆。如録鬼簿續編著楊景言曲是西遊記,而李中麓引楊曲稱玄奘取經。以此推之,楊曲既稱玄奘取經,則吳曲亦未始不可稱西遊記。有了這種種的時代環境關係,便教他們不得不承認西遊記是吳昌齡作的了。可是,我們現在不同了。我們見到天一閣抄本録鬼簿,可以由天一閣本所注題目正名知道吳昌齡戲曲裏邊所演的事;並且根據這事去尋求他的遺文。我們又見到了天一閣抄本録鬼簿續編,可以知道楊景言在明初別有一部西遊記。並且有傳是樓舊藏本詞謔作證。這是我們讀書便利比前人佔便宜的地方,並不是我們的智慧勝於前人。假使臧晉叔、孟子塞、錢遵王諸公生在現在,見到我們所見到的書,我相信他們一定也能知道西遊記不是吳昌齡作的。

　　至於吳昌齡的唐三藏西天取經，我以爲應當是幾折的短雜劇。不但劇情文章與楊景言西遊記有別，即體格亦有分別。這看錢曾的也是園目便知道。錢曾當日編他的藏書目錄，把吳昌齡唐三藏西天取經列在雜劇部，與馬致遠漢宮秋、王實甫的麗春堂等九十餘種雜劇放在一起。這些雜劇，現在我們能見到的有三之二都是四折雜劇。述古堂目、續編雜劇所載陳上言選刻本雜劇六種，除唐三藏西天取經外，目爲孟浩然踏雪尋梅、豹子和尚自還俗、黑旋風仗義疏財、惠禪師三度小桃紅、瑤池會八仙慶壽。這五種是明朝周憲王作的，也都是四折雜劇。而吳昌齡西遊記也是園目卻編入傳奇部，與王實甫西廂記、高則誠琵琶記並列。可見吳昌齡曲與楊景言曲在體裁上一個是漢宮秋式的北曲短劇，一個是西廂記式的北曲長劇，大不同了。吳昌齡曲今已不存。拿現在我們所能見到的遺文推測，諸侯餞別一折，開首唐僧上場開白通名姓，述唐僧家世及出身始末極詳，長至四百餘字。這或者就是吳劇第一折。因爲如上面還有劇文演唐僧的事，則此處白不必如此之詳。回回迎僧折唐僧白自稱從河西國來。上面演的或者是過河西國的事。“過河西國”如果是第二折，回回迎僧應當是第三折。回回迎僧折煞尾曲詠回回送唐僧行，臨別致詞，有“黑雲起昏慘慘無天日，願大唐三藏取經回，也無那（九宮大成、納書楹作“再沒有”）外道妖邪近得你”之語。細揣詞意，似謂唐僧登程之際，爲何種外道妖邪攝去。此話如不誤，則回回迎僧後必爲唐僧遭難、神靈相助平妖等事。又其次當爲取經東歸等事。依我個人的意見，吳昌齡劇既係短劇，其劇中情節必不能甚多；其文字以我想至多不過五六折，如錄鬼簿所錄張時起賽花月秋千記有六折之比，決不能如王實甫西廂記曼延至十餘折。因爲，如此便是後人所謂傳奇，也是園目錄其劇斷不入雜劇部了。

關於吳昌齡與西遊記問題，話已說得不少了。我現在再綜合以上的意思說幾句判斷的話。今本西遊記是明初人楊景言作的，有錄鬼簿續編及傳是樓舊藏本詞謔可證。今本西遊記以及其他書標舉著錄，書吳昌齡，是明萬曆以後人不知曲是楊景言作誤屬之吳昌齡的，其實吳昌齡曲情節文字體裁與今本西遊記皆不同，萬不能認為是一書。又吳昌齡曲自明時已少見，明末的錢曾雖然藏過此曲，錄此曲於也是園目，但也是園目諸曲之存於今日者，中無此曲。恐早已不存了。其遺文可以見到的，今有回回迎僧一折。又今所傳諸侯餞別一折，似亦是吳昌齡曲之一折。這是真正的吳昌齡唐三藏西天取經雜劇。

臨了，關於今本西遊記雜劇，我再補充幾句話。今本西遊記雜劇，並不因為他不是吳昌齡作的而減其價值。十年前日本明刊本楊東來評吳昌齡西遊記的發現，至今看起來，仍然是重要的發現。不過，要知道，那只是楊景言戲曲之發現而不是吳昌齡戲曲之發現而已。

附：

諸書稱引的西遊記與唐三藏西天取經

現在所傳的西遊記是明初楊景言作的，不是元吳昌齡作的。吳昌齡所作唐三藏西天取經雜劇，其本已佚；遺文現在能看到的只有二折。我已經作了一篇文章專論此事。那篇文章，宗旨是辨證事實，不是記敘書冊；所以對於諸家著錄摘選西遊記及唐三藏西天取經的事尚未能排比次第，作一系統的說明。現在更為一短文專述此事。

著錄吳昌齡三藏取經雜劇的，以元鍾嗣成錄鬼簿為最早。現在我們所見的錄鬼簿本子，大別之有二種：一種是略注本，也可以説是無注本，是每劇不注題目正名的。這一種通行的曹楝亭本可以代表。其餘的幾個傳抄本如説集本、尤貞起抄本、戴光曾抄本等雖文字與曹本間有異同，而體裁一樣，都不是特別本子。現在只能視同曹本。第二種是詳注本，是書中諸劇十之六七注題目正名的。這一種現在所見的只有天一閣抄本是如此。所以現在我們談吳昌齡曲引録鬼簿，須得將這兩種本子分開來説。

曹本録鬼簿録吳昌齡此劇作：

唐三藏西天取經

凡元劇標目皆是二句或四句，甚而至於有八句的。通常二句則起句叫題目，收句是正名。四句則前二句是題目，後二句是正名。八句準此。至於卷首卷尾所標大題，差不多都用收句或正名之最後一句。關於題目正名之稱，我另有解釋，現在無須説。曹本録吳昌齡此劇作唐三藏西天取經，是大題；即標目中之收句。

天一閣鈔本録鬼簿録吳昌齡此劇，原文是：

西天取經老回回東樓叫佛　唐三藏西天取經

這所録的特別詳細。曹本例不用簡稱；天一閣本則正文大字是簡稱，小字是題目正名。天一閣本這種簡稱，並不是稀奇的。明寧獻王的太和正音譜所録元曲，也都是簡稱。現在所見的元刊本雜劇，如趙氏孤兒，標目末句是"冤報冤趙氏孤兒"。風月紫雲亭，標目末句是"諸宮調風月紫雲亭"。這就是簡稱。元劇有簡稱的緣故，是因爲標目多是七言長句，若直用末句稱呼起來，未免太麻煩了。但著録家若録簡稱而不著標目，如正音譜則未免節目不詳。天一閣本既録簡稱，又注標目，這是他的體裁好的地方。我們知道吳昌齡西天取經雜劇中有回回叫佛的事，也正因爲他注了標目之故。太和正音譜上卷群英所編雜劇目，録吳昌齡此劇也作西天取經。可見當時簡稱是有定型的。

最奇怪的，是吳昌齡西天取經自從太和正音譜著録以後，除了明朝的幾位著作家偶然引録鬼簿、正音譜提到外，幾乎不見於明人選曲或登録戲曲的書；至少是我個人所知見的書。永樂時官書如永樂大典，嘉靖時私人藏書目如晁瑮寶文堂目，皆録了極豐富的戲曲（永樂大典劇字卷録元雜劇九十種，見大典目五十四），但其中並無西天取經。（這大概是偶然失收，偶然未見，不能說西天取經在當時少見，因爲明初元劇幾乎完全存在，尤其内府教坊是詞曲薈萃之地，晁瑮嘉靖時人，其時北曲尚未衰，舊本存者亦多。）明人的戲曲選集，現在看見的有七八種之多，也没有收西天取經的。只有明末錢曾編述古堂目，著録了一部抄本吳昌齡唐三藏西天取經。（按：錢曾抄本書直接得之於錢謙益，間接得之於趙琦美。）同書續編劇目載陳上言選刻劇六種，中有唐三藏西天取經。這一部抄本，一部刻本，現在我們都不能見了。可是看他的書名，與録鬼簿、正音譜皆合。這可以證明陳上言刻書、錢曾編目時根據的是原書，所以人名書名毫無參差。

但別的書就不然了。天啟中止雲居士選萬壑清音，竟然將兩折吳昌齡作的西天取經與兩折今本誤題吳昌齡作的西遊記合併，統稱曰西遊記。（按：止雲居士此書例不著撰人。）這是糊塗之至。所以我在吳昌齡與雜劇西遊記文中說他是輾轉抄録的四折曲子，他不但没見過完全的西天取經，也没見過完全的西遊記。到了清朝，李玉編的北詞廣正譜，莊親王編的九宮大成南北詞宮譜，葉堂編的納書楹曲譜都引了唐三藏一套。（按：此三書唯廣正譜著撰人，九宮大成、納書楹譜例不著撰人。廣正譜引唐三藏注無名氏撰,納書楹引唐三藏別標齣名曰回回。)這一套,三書所據都是抄本零折。其文與萬壑清音之回回迎僧折同,實即吳昌齡西天取經之一折。但標書名都作唐三藏,已與元明間習慣簡稱"西天取經"不合。假使我們不能考出來這一套是吳昌齡西天取經遺文,一定容易誤會這裏所引的唐三藏與天一閣本録鬼簿、正音譜所録的西天取經是兩部書。況且九宮大成譜因爲誤信西遊記是吳昌齡作之故,在附注中明説此套非吳昌齡撰。這更可以令人相信北詞廣正譜等三書所引的唐三藏,並不是録鬼簿、正音譜所録的吳昌齡西天取經了。

　　此外納書楹曲譜、綴白裘所引北餞,文與萬壑清音之諸侯餞別同,亦吳昌齡西天取經之一折。但納書楹標書名作蓮花寶筏,綴白裘標書名作安天會。這大概是蓮花寶筏、安天會先抄襲了這一套,納書楹曲譜、綴白裘又從這二書中引過來的。納書楹曲譜目録附注説此套是元曲,而不能指其劇名,又説未見原本,可見是迷了出處了。

　　黄文暘曲海目所附存目,有無名氏唐三藏。這個目録即據納書楹曲譜輯出,在此處没有討論的價值。

　　著録楊景言西遊記的,以録鬼簿續編爲最早。續編録楊景言曲十八種,西遊記便是其中的一種。這十八種曲,有五種是失注題目正名的。西遊記不幸偏在此數,無題目正名可考。今所傳萬曆甲寅刊本西遊記署"吳昌齡",其實是楊景言作的。其書六卷,每卷有正名四句,無隱括全書的總名目。這和元曲體例不合。(凌濛初刊王西廂,四本各自獨立,各有題目正名,無總題,與今本西遊記同。濛初自稱是舊本,其實王西廂是有總題的。天一閣本録鬼簿所注"鄭太君開宴北堂春,張君瑞待月西廂記"二句,即全書總題也。)按:續編"西遊記"三字,是簡稱;元曲簡稱,多取本劇標題末句末尾幾個字,這應當是末句正名的末三字。但也有取末句正名開首幾個字的，如馬致遠馬丹陽劇（此"馬丹陽"三字簡稱，據天一閣本錄鬼簿，元曲選簡稱"任風子"），末句正名是"馬丹陽三度任風子"。即其例。李開先詞謔引景言此劇作玄奘取經，我疑心這是末句正名之首四字。西遊記全書標題，末句也許就是玄奘取經西遊記。

晁瑮寶文堂目樂府類有西遊記，不著撰人。這應當是楊景言的西遊記。錢曾也是園目有吳昌齡西遊記四卷。目錄書記西遊記爲吳昌齡作，據我個人所知，以此目爲最早。這大概是受了萬曆甲寅勾吳蘊空居士刻西遊記書吳昌齡名的影響。今本西遊記是六卷，而錢氏此目作四卷。不合。近任二北先生校曲錄，疑也是園目四卷應爲四册。這是不對的。因爲，述古堂目錄此書抄本作"四卷一本"，所云"一本"，正是一册。是此書是四卷合訂一册。也是園目不過删去"一本"二字，並非著錄時以四册爲四卷。至於書分四卷與今本不同之故，卻不明白。也許是錢曾所藏西遊記抄本偶缺二卷，也許是曲不缺而書自是四卷本。楝亭書目曲類也有抄本西遊記，注云："元吳昌齡著，六卷，二册。"這不但作書人名與萬曆甲寅刊本合，並卷數亦合。這個本子，大概和萬曆甲寅刊本是同出一源的。今所見抄本傳奇彙考（原書日本京都帝國大學藏）中有北西游解題一篇。所釋事與萬曆甲寅本西遊記全同，但釋作者云元無名氏作，不云吳昌齡作。傳奇彙考有人說是黃文暘曲海總目提要的稿本，確否不可知，但書應當是乾隆時人作的。可見乾隆時所見西遊記，尚有不署吳昌齡之本。

曲海總目提要四十二也著錄了一部西遊記。關於此書，提要釋事甚略。只說"劇就西遊記小說中提出數節成編，未嘗別構鑪錘。……演義諸妖已具大略，可謂簡而該矣"。據此，知劇不甚長，且情節完全與小說同，似是後出之本。又說劇"相傳夏均

政撰，今此刻曰陳龍光撰。或當有二本”。夏均政是明初人，名
見明寧獻王太和正音譜上群英樂府格勢篇。正音譜説他的詞如
南山秋色，與楊景言等並舉目爲國朝一十六人。均政撰西遊記
劇，僅見此文，語可注意。但西遊記明人所作除楊景言北曲外，
尚有南曲唐僧西遊記，見徐文長南詞叙録。此相傳夏均政撰之
西遊記，意思指的是北詞呢？是南詞呢？如是北詞，恐是楊景言
誤傳爲夏均政。如是南詞，則南詞叙録所録的唐僧西遊記，是不
是夏均政作的呢？又曲海總目著録的陳龍光西遊記，是傳奇呢？
是雜劇呢？我疑心是傳奇而無證。近友人程君告余，解放後新
印的遠山堂曲品有陳龍光西游。余因程君言覆閲遠山堂曲品，
知陳龍光西遊記確是傳奇。

　　以上所舉著録西遊記的書六種。除曲海提要所録是陳龍光
本與楊景言曲無涉外，録鬼簿續編説西遊記是楊景言作的。續
編作者和楊景言是五十年的老朋友，他的話當然可信。晁瑮寶
文堂目是不著作者姓名的，目中雖有西遊記，是非現在無從説
起。錢曾也是園目、曹寅楝亭書目，西遊記誤書吳昌齡撰，這和
明萬曆後的人錯誤一樣。他們所藏的本子，至多是明萬曆後的
寫本。抄本傳奇彙考著録的一部西遊記竟是不署名之本，這令
我們現在看起來覺得反而近古了。

　　明止雲居士萬壑清音所收的西遊記共四折。其實止有擒賊
雪儺、收服行者二折是西遊記。其餘二折，是吳昌齡的唐三藏西
天取經。我在上文已説過。清莊親王所修九宫大成南北詞宫譜
選了西遊記詞九套，又草池春一曲。但引書不作西遊記而作西
天取經，其名稱與天一閣本録鬼簿、太和正音譜稱吳昌齡曲作西
天取經同。而且在他處他所收的唐三藏一套後面，注明：“此套
非吳昌齡所撰。”（按：九宫大成所收唐三藏套是吳昌齡曲，説已
見前。）這是否認了吳昌齡的唐三藏劇，承認西天取經是吳昌齡

作的。看作者的意思，是不但相信西遊記是吳昌齡作的，並且進一步將西遊記改作西天取經以求合於正音譜吳昌齡劇目中西天取經之文。（天一閣本錄鬼簿、九宮大成作者未見。）明萬曆甲寅蘊空居士刻西遊記，説是吳昌齡作的，引正音譜爲證。他以爲這是對的，別人也相信是對的。但正音譜究竟作西天取經，不作西遊記，尚未免啟人疑竇。到了九宮大成，便索性將西遊記改作西天取經。這麼一來，人名書名便契合無間，如果没有他書可勘，讀者斷不敢懷疑他在這裏所引的曲，並非吳昌齡作。這是作者的聰明，但荒唐卻更甚於前人了。葉堂編納書楹曲譜在續集中選了西遊記六套，在補遺曲譜中又選了西遊記四套。一共是十套。他引書名只作西遊記，不作西天取經，可見西天取經是編九宮大成的人改的。

　　清莊親王修九宮大成、葉堂編納書楹曲譜時，都見到西遊記全書，所以書中收西遊記詞特別的多。也因爲見了西遊記全書之故，對於當時僅見零折的唐三藏曲也分別得很清楚。九宮大成雖誤信西遊記是吳昌齡作的，而不曾把真正吳昌齡作的唐三藏一套與西遊記諸套混爲一書。作傳奇彙考的人也見到了西遊記全書，所以在他書中著錄了北西游，且能詳述始末。這三部書都成於乾隆時，（九宮大成成於乾隆十一年丙寅，納書楹曲譜成於乾隆五十七年壬子。傳奇彙考大概是乾隆時在揚州設局修改曲劇的別錄，其事在乾隆四十二年丁酉與四十六年辛丑之間。）我們因此知道西遊記在清乾隆時猶不少見，西遊記在中國失傳，不過清嘉慶以後百餘年之事而已。

　　諸選集所錄吳昌齡與楊景言劇，皆不著撰人；書名齣名，亦遞有改變。今爲二表附於後。大家看了這箇表，便很容易知道諸選集中所引的劇，哪個應屬吳氏哪個應屬楊氏了。

吳昌齡唐三藏西天取經雜劇

萬壑清音 引西遊記	北詞廣正譜 引唐三藏	九宮大成 引唐三藏	納書楹曲譜 引唐三藏	納書楹曲譜 引蓮花寶筏	綴白裘 引安天會
回回迎僧 （卷四）	雙調套自胡 十八犯起無 煞尾 （十八帙）	雙角套 （六十七卷）	回回套 （續集卷二）		
諸侯餞別 （卷四）				北餞套 （正集卷二）	北餞 （八集卷三）

楊景言西遊記雜劇

萬壑清音 引西遊記	九宮大成 引西天取經	納書楹譜 引西遊記	今本西遊記
	中呂 滿腹離愁套 （十五卷）	撇子套 （續集三）	逼母棄兒 （一卷二齣）
	商角 恁趁着這碧澄澄大江套 （六十卷）	認子套 （續集三）	江流認親 （一卷三齣）
擒賊雪讎 （卷四）			擒賊雪讎 （一卷四齣）
	仙呂 梅綻南枝套 （七卷）	餞行套 （補遺卷一）	詔餞西行 （二卷五齣）
	雙角 胖姑王留套 （六十七卷）	胖姑套 （續集三）	村姑演説 （二卷六齣）
	南呂 草池春曲 （五十二卷）		木叉售馬 （二卷七齣）
收服行者 （卷四）	南呂 包藏造化靈套 （五十四卷）	定心套 （補遺一）	收孫演咒 （三卷十齣）
	大石角 白頭蹀躞套 （二十一卷）	伏虎套 （續集三）	行者除妖 （三卷十一齣）

續表

萬壑清音 引西遊記	九宮大成 引西天取經	納書楹譜 引西遊記	今本西遊記
		揭鉢套 （補遺一）	鬼母皈依 （三卷十二齣）
	中呂　良夜沉沉套 （十五卷）		海棠傳耗 （四卷十四齣）
		女還套 （續集三）	導女還裴 （四卷十五齣）
		女國套 （補遺一）	女王逼配 （五卷十七齣）
	南呂　貪杯無厭套 （五十四卷）		迷路問仙 （五卷十八齣）
	高宮　我在巽宮套 （三十四卷）	借扇套 （續集三）	鐵扇凶威 （五卷十九齣）

　　附記：諸選集中惟萬壑清音、綴白裘詞白全錄。廣正譜、九宮大成、納書楹皆有詞無白。凡無白者，表中俱加"套"字以示區別。

原載輔仁學誌八卷一期，一九三九年六月

釋録鬼簿所謂次本

元鍾嗣成録鬼簿所録雜劇,有劇名同而作者不同的。後來或同時讀録鬼簿的人,對於這些同名的劇,要分別他的體格,便在録鬼簿劇名下加了若干的注。因爲注不出於一人之手,所以沒有一定的例。

有用腳色分別的,例如:

白仁甫的崔護謁漿。明鈔説集本注云:“末本。”

　　尚仲賢也有崔護謁漿。白仁甫的是末本,尚仲賢的該是旦本。

王實甫的呂蒙正風雪破窰記。説集本注云:“旦本。”

　　關漢卿有呂蒙正風雪破窰記。王實甫的是旦本,關漢卿的該是末本。現在涵芬樓印的孤本元明雜劇,第二册所收呂蒙正風雪破窰記,正是旦本。明趙清常定爲王實甫本,是對的。

楊顯之的蕭縣君風雪酷寒亭。説集本注云:“旦末本。”太和正音譜注云:“旦末二本。”按:説集本脱了一個“二”字。

　　根據天一閣本録鬼簿,花李郎也有酷寒亭。楊顯之酷寒亭,今有元曲選本是末本。如果元曲選題楊顯之是對的,花李郎作的該是旦本。酷寒亭有楊顯之的末本,又有花李郎的旦本;所以,説集本和正音譜都注旦末二本。可是,有問題:説集本和正音譜都没有花李郎的名字,花李郎在二書中既無其人無其劇,旦末二本的話從何説起呢? 我想説集本無花李郎,大概是書手脱落了。花李郎是教坊劉耍和的女婿。正音譜例不收倡夫作的劇,所以没有花李郎。但因此"旦末二本"四字便没有照應了。

趙子祥的風月害夫人。 天一閣本注云:"旦本。"

　　高文秀有風月害夫人。趙子祥的是旦本,高文秀的該是末本。

梁進之的于公高門。 曹棟亭本、天一閣本、尤貞起本都注:"旦本。"

　　王實甫有于公高門。元末王仲元也有于公高門。梁進之的是旦本,王實甫的可能是末本。

趙文寶的孫武子教女兵。 説集本、天一閣本都注:"旦本。"

　　周仲彬有孫武子教女兵。趙文寶的是旦本,周仲彬的該是末本。

有用曲名分别的,例如:

庚吉甫的麗春園。 説集本注云甘州者。

　　庚吉甫麗春園,天一閣本注題目正名,作"宋公明火伴梁山泊,黑旋風詩酒麗春園"。曹棟亭本作蘇小春麗春園。戴光曾本、尤貞起本作蘇小卿麗春園。"小卿"二字恐誤。高文秀也有麗春園,天一閣本注題目正名,與庚吉甫本同。王實甫也有麗春園,天一閣本劇下無注。説集本庚吉甫麗春園下注所云甘州者,甘州指八聲甘州言。八聲甘州是仙呂宮的曲。因此,知道庚吉甫麗春園的特徵是劇中有仙呂八聲甘州一套。别人的麗春園,是没有甘州的。

有用韻分别的,例如:

王實甫的販茶船。説集本注云："鹽甜韻。"

紀君祥的販茶船。説集本注云："第四庚清。"

王實甫、紀君祥同演販茶船劇。王劇中有一折用鹽甜韻，紀劇第四折用庚清韻。紀劇無鹽甜韻，王劇第四折不韻庚清。這其間有分別了。現在，我們見的雍熙樂府、盛世新聲、詞林摘豔，都引了販茶船的中呂粉蝶兒"這些時浪靜風恬"一套，用的正是鹽甜韻。這一套是王實甫的，沒有問題了。

用脚色曲名壓韻去區別同名不同本的劇，方法由録鬼簿的讀者任意選擇，隨便批注，所以，在諸本録鬼簿中，有種種批注，沒有一定的例。除了這三種注以外，還有一種注，就是次本。次本在録鬼簿諸本中，出現最多。次本是什麼意思呢？自來論曲者，無人提及。我在酉陽雜俎中，偶然尋到次本的出處。雜俎續集卷六"翊善坊保壽寺"條云：

本高力士宅，天寶九載捨爲寺。寺有先天菩薩幀，本起成都妙積寺。開元初，雙流縣百姓劉意兒年十一，云先天菩薩現身此地。因謁畫工，隨意設色，悉不如意。有僧楊法成自言能畫，意兒常合掌仰祝，然後指授之。十稔，工方畢。畫樣凡十五卷。柳七師者，崔寧之甥，分三卷往上都流行。時魏奉古爲長史，進之。後因四月八日賜高力士。今成都者，是其次本。

次本是對於原本説的，就是摹本。以戲曲言，一箇故事，最初有人拈此事爲劇，這本戲是原本。同時或後人，於原本之外，又拈此一事爲劇，這本戲便是次本。

現在，我把録鬼簿注次本的例舉出來。

有先後二劇一律注次本的，如：

李文蔚的謝安東山高卧。曹棟亭本、尤貞起本注云:"趙公輔次本,鹽咸韻。"説集本無"趙公輔次本"五字。

趙公輔的晉謝安東山高卧。曹棟亭本、尤貞起本注云:"汴本。"

"汴本"是"次本"之誤。再如:

武漢臣的虎牢關三戰呂布。曹棟亭本、尤貞起本注云:"鄭德輝次本。"

鄭德輝的虎牢關三戰呂布。曹棟亭本、尤貞起本注云:"末旦頭折次本。"

"末旦頭折"四字不曉何意。或者頭折登場的人物有旦色。現在涵芬樓印的孤本元明雜劇,第六册三戰呂布題鄭德輝,可是頭折並沒有旦上場。

有在前一劇注次本的,如:

王廷秀的周亞夫細柳營。説集本注云:"次本。"

鄭德輝有細柳營。鄭在王後,不得云王所作是次本。疑注本來作"鄭德輝次本",説集本脱了"鄭德輝"三字,便不通了。

有在後一劇注次本的,如:

武漢臣的曹伯明錯勘賍。曹棟亭本、尤貞起本注云:"次本。"

紀君祥有曹伯明錯勘賍,鄭廷玉有曹伯明復勘賍,君祥與廷玉同時。

尚仲賢的張生煮海。天一閣本注云:"次本。"

李好古有張生煮海。

尚仲賢的崔護謁漿。天一閣本注云:"次本。"曹棟亭本、尤貞起本注云:"十六曲次本。"

白仁甫有崔護謁漿。天一閣本注題目正名云:"四不知佳人訴恨，十六曲崔護謁漿。""十六曲次本"，謂劇是白仁甫劇次本也。

趙子祥的風月害夫人。曹棟亭本、尤貞起本注云："次本。"

　　　高文秀有風月害夫人。

趙子祥的太祖夜斬石守信。曹棟亭本、尤貞起本注云："次本。"

　　　王仲文有趙太祖夜斬石守信。

趙文殷的宦門子弟錯立身。天一閣本、曹棟亭本、尤貞起本注云："次本。"

　　　李直夫有宦門子弟錯立身。

李進取的司馬昭復奪受禪臺。天一閣本注云："次本。"

　　　李壽卿有司馬昭復奪受禪臺。

鄭德輝的迷青瑣倩女離魂。天一閣本注云："次本。"

　　　趙公輔有迷青瑣倩女離魂。

金仁傑的秦太師東窗事犯。天一閣本注云："次本。"

　　　孔文卿有秦太師東窗事犯。

楊景賢的兩團圓。天一閣本録鬼簿續編注云："次本。"

　　　高茂卿、楊文奎都有翠紅鄉兒女兩團圓。高劇見録鬼簿續編，楊劇見正音譜。這裏所注次本，或者認爲是高茂卿的次本。

湯舜民的嬌紅記。録鬼簿續編注云："次本。"

　　　王實甫有嬌紅記，見曹棟亭本録鬼簿。同時金文質、劉東生也有嬌紅記。

此外尚有注次本而原本不可考的，如：

鄭德輝哭晏嬰。天一閣本注云："次本。"

金志甫蔡琰還朝。曹棟亭本、尤貞起本注云："次本。"

錢吉甫宋弘不諧。天一閣本注云："次本。"

還有在天一閣本注二本,而二本並不見得是次本之誤的,如:

紀君祥的販茶船。

王廷秀的細柳營。

李好古的張生煮海。

梁進之的進梅諫。

孔文卿的東窗事犯。

天一閣本劇名下都注二本。就中販茶船、進梅諫,王實甫均有劇。紀君祥與李壽卿、鄭廷玉同時,梁進之與關漢卿世交,行輩似在王實甫之先。天一閣注君祥、進之劇都作二本,二本不敢定云是次本之誤。至於李好古張生煮海注二本,以尚仲賢張生煮海注次本參之,則二本分明是説此劇有兩個本子,並非誤書。王廷秀在鄭德輝之前,二人同有細柳營劇。廷秀劇注二本,二本亦決非次本之誤。孔文卿在金志甫之前,二人同有東窗事犯劇。天一閣本於孔劇注二本,於金劇注次本。意思更明白了。

注二本是説明劇的本數,注次本是説明劇的先後。一劇有二本,可以在前一劇劇名下注二本,計其本數。同時,亦可以於後一劇劇名下注次本,識其先後。我因此悟到正音譜注的二本。凡是元劇有二本的,正音譜於前後二劇的劇名下,一律着二本二字。這是抄書人抄錯了。正音譜原文,前一劇劇名下的注是二本,後一劇劇名下的注是次本。抄書人不知道二本、次本的意義不同,便一律寫作二本了。

　　　　　　　　　　　　　　　　　　一九四七年七月一日

輯雍熙樂府本西廂記曲文序

　　元微之會真記，將個人的經驗，寫成了一篇風光旖旎的傳奇，在當時雖然與蔣防霍小玉、白行簡李娃同是寫兒女情事的小說，沒有高下左右的分別，而易世之後，因爲作者的有名與隱約的自叙，引動了世人的注意，其結果，故事文篇，煊赫已極，超過了任何唐人傳奇之上。其故事既爲人所習知，樂府歌詞譜其事者，尤不可勝數。在宋，有趙德麟之商調蝶戀花詞，金有董解元諸宮調，宋元間南戲有崔鶯鶯待月西廂記，到了元朝，王實甫又根據董詞作了四本的北曲西廂記，連帶着關漢卿續的一本，成了通行的西廂五劇。雖然以後經過了多人的翻改重作，究竟是關王西廂記盛行，雖然累代有道學先生們目爲誨淫之書，而稍識文理之人，幾乎沒有一人不讀西廂記（連道學家説在內）。這可以想見此書在社會上勢力之大，與其在文學史上地位的重要了。

　　自從王實甫西廂記出世以來，元以後所刻的本子真是不知有多少。可是二十年前看西廂記的，翻來覆去只是拿金聖嘆改定本作爲唯一的讀物。在隨便看看的人們，固無心追求元曲的真面目，就是外行如金聖嘆所改的本子，已經滿意了。至於窮經稽古之流，則根本不屑用其心思於淫詞猥曲，校勘訓詁之學，可施之於經，施之於史，施之於雜史説部，而不可施之於俗文戲曲，過去幾十年前的人是這樣想的，絲毫不足驚異。可是這樣見解，居然在近十年間解放了。有名的學者王靜安，以純然史家的態度作了一部不朽的宋元戲曲史，又作了一部有價值的六卷的曲錄，並且意思說"要補三朝之志"，已經把事情看得太鄭重了。而且，更有好事之人，專門收藏珍玩小說戲曲，而小說戲曲，也居然有了所謂板本之學。在這種空氣中，淫詞如西廂記，也從厭薄鄙棄中解放出來，惹起世人的注意：從文學問題牽涉到語言文字問題，從文學和語言文字問題牽涉到本子問題。鄭衛之風的西廂記，差不多和孔子刪定的鄭衛之風，一樣被看重。

自元明以至於清初，西廂記的刻本究竟有多少呢？這話，誰也不能答覆。可是，現在知道的明清舊本，已不下二三十種。比較重要的，如明萬曆間刻的徐文長評點本，王伯良校注本，明末刻的六幻本和凌初成朱墨本，清初的毛西河評本；皆次第爲藏書家收得。就中如王伯良本，凌濛初本，毛西河本，並且有流通的本子，給與學者以不少的便利。雖然都是萬曆以來的本子，較之二三十年前僅以金聖嘆改本鑑賞西廂記，已是大有可觀，不可同日而語了。在這幾種舊本中，王伯良評注本是比較重要的本子。他刻此書時根據五種舊本（碧筠齋本，朱石津本，徐天池本，金在衡本，顧玄緯本），參以坊刻諸本，反覆校定，才刻成書的。此五種舊本中只有徐文長評本現在還存在，餘本皆未發見。而且碧筠齋本還是嘉靖本。在校刻方面講已經很有意義。並且在每一套曲後，附着他的校記，說明去取之故，間加考證。這種辦法，大有阮芸臺刻十三經的意味。這種精神是極可佩服的。不過王伯良究竟是明朝人，沒有清朝人校書那樣謹慎。現在看他的校記，頗有偏於主觀的地方。以此爲主而研究西廂記文字，不唯王實甫西廂之舊不可覩，即以窺嘉靖本之舊亦不可能。所以鄭西諦先生欲從雍熙樂府輯出，以爲樂府所載是比較接近原本西廂之舊。黎劭西師研究西廂記有五六年的歷史，曾經拿現在所得一切舊本仔細對勘，作成一部校勘記。並擬據聲韻轉變，文法遷流，例以元人習語，加以校釋；寫成的劄記，已經不少。研究的結果，認爲今所見明清諸本皆有擅改之處，對於西諦的意見也以爲是。於去年十月間，取雍熙樂府所引西廂套曲一一輯出來，使自爲一書，並校於王伯良本之上。又因雍熙樂府普通人極不易見，將輯本付印，裝成册子。從此西廂記諸本之外，又多此從雍熙樂府輯出之一本。在西廂記刊書的掌故中，可謂一段佳話，而且其本之重要更超過諸本之上。在翻書印書風行之今日，這當然是極有意思的了。

　　最近劭西師教我爲此書作一篇序，因將劭西師的以樂府校王伯良本重復看了一遍，將二本比較起來，雖然沒有大的變動，而文字異同的確不少。現在把我個人所得的結果約略報告一下，略供讀者的參考。

　　據王本卷首凡例，碧筠齋本刻於嘉靖癸卯，與萬曆戊子刻之朱石津本間有異同，而大致相似。此二本文同曰古本。各坊本曰諸本；或曰今本，俗本。書中每一套曲後校注稱呼，即依此例。嘉靖癸卯爲世宗二十二年，上距郭勳刻雍熙樂府只差十二年。現在拿樂府所載西廂字句與王氏校記勘對起來，知樂府所録與王氏所謂古本者多不合。試取王本第一、第二兩折校記所引爲例。

曲名	樂府	王本	校記
1　點絳唇	望眼連天	醉眼一折一套	古本"醉眼"今本俱作"望眼"。非。
2　天下樂	淵泉雲外懸	高源一折一套	俗本作"淵泉"。謬。
3　勝葫蘆么	恰便是嚦嚦鶯聲花外囀	無三字一折一套	諸本首句有"恰便似"三字。古本無。
4　醉春風	多情人	寡情人一折二套	今本作"多情"古本

"寡情"。

5	上小樓	您若是有主張	把小張一折二套	俗本改作"有主張"。謬。
6	耍孩兒三煞	粉香膩玉擦咽項	搓咽項一折二套	俗本作"擦咽項"。
7	尾	嬌羞花解語	誰想嬌羞花解語一折二套	古本首有"誰想"二小字。
8	德勝令	妖嬈滿面兒鋪堆着俏 苗條一團兒衡是嬌	苗條滿面兒堆着俏 妖嬈一團兒衡是嬌一折四套	俗本倒轉。非。
9	折桂令	似鶯轉喬林	同一折四套	古本作"林喬"。語生不從。
10	折桂令	心癢難撓	難猱一折四套	諸本作"撓"。
11	八聲甘州	早是傷神	多愁二折一套	俗本改"多愁"作"傷神"。
12	後庭花	諸僧衆污血痕 將伽藍火內焚	將伽藍火內焚諸僧污血痕二折一套	俗本"伽藍""諸僧"二句倒轉。今從古本改。
13	賺煞	嚇蠻書信	下燕的書信二折一套	俗本作"嚇蠻"。
14	滾繡毬	土漬塵緘	塵衡二折一套	古本"土漬塵含"俗作"塵緘"。
15	白鶴子	桿棒穰杈	桿杖火叉二折一套	俗本改爲"桿杖穰杈"。俱非。
16	白鶴子一煞	將腳尖踓	腳尖撞二折一套	今本作"踓",古本作"撞"。
17	粉蝶兒	一封書	一緘書二折二套	古本"半緘"。
18	脫布衫	啟朱扉	同二折二套	古本"啟蓬門"夏本作"朱扉"。
19	五供養	篆烟微	串烟二折三套	俗本作"篆烟非"。
20	慶宣和	讀得我倒趄	重倒趄二字二折三套	俗本有去二字者,非。

21 攬箏琶	一股那便結絲蘿	古那二折三套	俗本訛"古"作"股"。
22 甜水令	暢好是烏合	暢好烏合二折三套	古本"暢"作"常"。
23 又	星眼朦朧	同二折三套	古本四字上多"則見"兩字。
24 喬牌兒	黑閣落	同二折三套	古本"落"作"老"。
25 天淨沙	金鈎雙控	雙鳳二折四套	俗改作"雙控",非。
26 調笑令	莫不是梵王宮夜撞鐘	梵宮聲鐘二折四套	俗本上句增"王"字,下句改"聲"爲"撞"。
27 禿廝兒	鐵騎	同二折四套	古本作"鐵馬",非。
28 麻郎兒	芳心自懂	自融二折四套	俗本作"自懂"。
29 又	斷腸悲痛	同二折四套	古本作"傷心悲痛"。

以此二十九例觀之,則樂府所錄西廂之文,與王本不同者多(同者只六條),與校記所稱古本無一而同,與所稱俗本卻無一不合。更以曲牌觀之,則樂府所錄亦多與俗本同。

(一)一折四套後,王校記云,"俗本每折後各有僞增絡絲娘煞尾二句,皆俗工撏彈之詞。今並削之"。樂府本除卷四雙調新水令套無絡絲娘煞尾外,餘如卷十三之越調鬥鵪鶉二套曲,卷十二之雙調新水令一套曲,末均有絡絲娘煞尾。

(二)二折一套元和令曲。王校云,"此及下曲(後庭花)今本合作一套,並名後庭花"。今樂府本正同。

(三)又二折一套白鶴子、二煞、一煞。王校云,"俗本二調次序顛倒,今從古本更定"。今樂府本正顛倒。

(四)又二折一套耍孩兒及二煞。王校云,"今本俱混作白鶴子煞。諸本首‘駁駁劣劣’一調，而古本首‘欺硬怕軟’一調”。今樂府本正與所稱今本諸本同。

（五）二折二套滿庭芳曲。王校云，“此曲及上白，古本次四邊靜後。當從今本爲是”。今樂府正同今本。

如此看去，則樂府中所收的西廂，與王氏所稱之碧筠齋古本斷非一源，而與所稱坊間俗本者至爲接近。但接近之中，亦間有異文。試看以下三例：

	樂府	王本	校記
天下樂	也曾泛浮槎到日月邊	同一折一套	俗本益“張騫”二字從古本去之。
小梁州	六老	渌老一折二套	古本“六老”。
鵲踏枝	誰肯鍼兒將線引	誰肯把鍼兒線引二折一套	古本元作“誰肯把鍼兒將線引”。

此三例皆同古本，與俗本不同。又王本第五折第二套朝天子曲後，樂府多賀聖朝一曲。王校云：“舊本朝天子後有賀聖朝，宮調不論，乃小人竄入。”據凡例古今本文同曰舊本。是此曲各本皆有，王以己意删去之。

在二卷八套的曲文中，樂府與俗本同的，幾乎有三十條，而與古本同的只三條。我們可以知道，樂府本西廂是如何接近於萬曆間的俗本了。所以王書凡例中說“雍熙樂府亦今本，不足憑”。王氏校西廂，除了在第四折第四套錦上花曲校記中一引樂府，他處皆未引，足見他對於雍熙樂府本西廂，純取鄙視的態度。我們現在所認爲稀奇的樂府本，乃是王氏在萬曆間校書時落選之本。如此說來，則今日樂府本之還原，豈不是多此一舉，徒貽笑於地下的王氏嗎？

不過，天下事不是這樣簡單。關於古本俗本界說，我們可以向王先生質問：所謂碧筠齋古本者，是以其刻書之早而認爲古本呢？是以其本之出於原本而認爲古本呢？還是以其文字之勝於諸本而認爲古本呢？如以刻書時代論，則雍熙樂府刻於嘉靖辛卯，尚先於碧筠齋本十二年，如碧筠齋爲古本，樂府本當然更是古本。不應於碧筠齋則古之，於樂府本則今之。如以來源論，碧筠齋本今不可見，其來歷即王先生亦未說明，則碧筠齋本之來源，至今尚不分明，至多不過是嘉靖時代的一種刻本而已。如以文字佳勝論，則其間顯然含有危險的成分，因爲判斷文字優劣，是不容易的事，我們雖然佩服王伯良之曲學，卻不能因其曲學而過信其校勘學。所以退一步說，雍熙樂府本即是俗本，則今日拿唯一的嘉靖俗本西廂印出來，仍然是極有意義的。

現在要談王先生的校勘學了。細觀王氏校記，其對諸本之選擇去取以及是正原文之處，似有以下四種標準。

第一，斷之以律。例如第一折第一套賺煞曲文云：

餓眼望將穿，饞口涎空嗺，怎不透骨髓相思病纏？

“纏”字，樂府本作“染”。王校云：

諸本俱作“透骨髓相思病染”，染字屬廉纖，閉口韻，非。朱本作“相思病塞”，“塞”字亦生造不妥。金本作“相思怎遣”，又與前“難消遣”、“怎留連”，下“怎當他”重甚。蓋仙呂宮賺煞第三句末四字，法當用平平去上，此本調也。亦有間用平平去平者，如關漢卿玉鏡臺等劇及諸散套凡數十曲皆然（例從略）。故此曲斷爲平聲“病纏”之誤無疑。俗子本不識此格，欲求合上聲則爲“染”，而不知失韻。朱本明知其誤，卻求上聲韻中無可易者則强爲“塞”，而不知語不雅馴。金本易“怎遣”，於義稍妥，而不知重複之非體。此一字去聲既不可用，上聲又無可易，則求之平聲韻中無過"纏"字爲穩者。又"病纏"二字，見白樂天長慶集中，亦本詩語。今直更定。

因爲"染"字出韻，朱本之"蹇"，金本之"怎遣"，又文字不妥帖，以意逆之，改爲"病纏"。證以元人曲，既有此格，按之白傅詩篇，亦屬有據。王氏此條，可謂得意之筆。平心而論，如果一定不要"相思病染"，"病纏"當然比"相思病蹇"、"相思怎遣"好得多，所以李玉北詞廣正譜遂依王作"病纏"，真是王氏的知己。不過這只能算改得好，而諸本自作"病染"。不能說因"纏"字之叶韻，便以爲原本西廂一定如此（其實元人曲尚有不韻例）。按着校書規矩說，自當於正文存疑，仍從多數依諸本作"染"。"病纏"二字，在校記中作爲個人意見。但王氏卻是"斷爲病纏之誤"，"今直更定"。

又如第二折第一套鵲踏枝曲。樂府本是：

> ……誰肯鍼兒將線引，向東鄰通慇懃？

線因鍼而達，不因針而縋。女因媒而嫁，不因媒而親。見游仙窟。以針喻媒，語意甚明。但王校云：

> 古本元作"誰肯把（樂府無"把"字）針兒將線引"。"將"字與上"把"字礙，且於本調反多一字。今去之。

去的結果，成了"誰肯把鍼兒線引"，令人不明白是什麼意思了。王先生的理由，是於本調多一字，但樂府本無"把"字。即使多了，就不許是襯字嗎？

又各本第五劇中中呂粉蝶兒一套，朝天子後有賀聖朝一曲。此曲樂府本有，據王氏校記，則古今本皆有。但王氏以爲宮調不協，毅然刪去。校記云：

> 舊本朝天子後又有賀聖朝一調。賀聖朝係黃鐘宮曲。

此曲於本調復句字不叶。其爲小人竄入無疑。今直刪去。

說賀聖朝係黄鐘宫曲，又於本調字句不叶，固也。但北曲詞牌名同詞異者，其例甚多。即如賀聖朝，商調有之，中吕宫亦有之，其字句各不同，與黄鐘宫曲不同，與詩餘亦不同。此賀聖朝自是中吕宫之賀聖朝。讀古人書，宜於同中求其異，不可於異中强求其同。王先生是大戲曲家，但這樣的刪定元曲，不唯拘礙鮮通，而且失之疏略了。

以上三條還是根據曲律，還有一例，竟然離開律而硬行刊落。雍熙樂府卷十三鬥鵪鶉二套、卷十二新水令一套末各有絡絲娘煞尾一曲，共得三曲。俗本則每一本末折後均有此曲，共有四曲，比樂府本多一曲。太和正音譜下卷越調中引其“都只爲一官半職，阻隔着千山萬水”一曲全文，可見着絡絲娘曲其來已久。但王先生也刪去了，說是僞增。理由是：

　　　皆俗工搊彈引帶之詞。

這更可以知道王先生校書時所持的態度了。

第二，文字要工對整齊。例如王本第二折第一套混江龍曲，樂府本文如下：

　　　落花成陣。風飄萬點正愁人。池塘夢曉，蘭檻辭春。蝶粉輕沾飛絮雪，燕泥香惹落花塵。繫春心情短柳絲長，隔花陰人遠天涯近。香消了六朝金粉，清減了三楚精神。

王校云：

　　　首句，古本作“落花成陣”，與下“燕泥”句兩“落花”矣。秦淮海句“落紅萬點愁如海”。從今本作“落紅”是。（王本本文即作“落紅”。）

　　　自“池塘夢曉”以下對仗精整，不應以“清減”與“香消”作對，且與上“香惹”兩“香”字亦礙。“香消”蓋“消疏”之誤耳。今正。（王本本文即作“消疏”。）

　　二曲（以此混江龍曲合上八聲甘州言。）皆絶麗之詞。但二調中用三“春”字，三“花”字，兩“風”字，兩“香”字，兩“粉”字，既曰“落紅”，又曰“落花”，未免重疊過甚，爲足恨耳。

因爲古本“落花”，與下“落花”重，所以依今本作“落紅”。因爲“香消”與“清減”不對，又犯上“香惹”之香，所以拋開各本，改正作“消疏”。這樣校書不謂不細心。但“落花”改“落紅”後，“落紅”之“落”又與“落花塵”之“落”重複。而且兩調之中，尚有無數重字，已經改不勝改，王先生也廢然而返了。

　　王先生不但於文字之重，竭力趦避，即語句之重，亦極注意。如前所舉第五劇中之賀聖朝一曲，校云：

　　　“那裏取温柔這般才思”，又與前“彼一時此一時佳人才思”語重。首“宰相人家”二語，又與末套雁兒落“若説起絲鞭士女圖”二語前後重複。其爲小人擅入無疑。

最可怪的，王實甫關已齋作套曲，竟和後來作試帖詩一樣地小心謹慎，重字不能有，相似句也不能有。若例以唐宋人詩，一絶之中即有重字。長詩如杜甫夔府詠懷，既云“滿坐涕漎漗”，又曰“伏臘涕漣漣”。蘇東坡隱堂五詩，既有“坡垂似伏鼇”，又有“崩崖露伏龜”。語意皆重。又不知王先生對此如何校正？此所舉不過二例。大概西廂原文不對的地方與重文的地方，大部分都經王先生改過了。

　　第三，句要簡潔。例如第三折第一套勝葫蘆後么篇一曲，皆紅娘數落張生的話。以樂府本校王本，樂府本襯字比王本多十來個字。今將兩本一同抄出，比較一下：

樂府：

　　　你看人似桃李春風牆外枝。俺小姐不比賣俏倚門兒，我雖是婆娘家有些志氣。你則道：可憐見小生隻身獨自；我顛倒有箇尋思。

王本：

（你）看人似桃李春風牆外枝，（俺小姐不比）賣笑倚門兒。我雖是婆娘（家）有些志氣。你則合道可憐見小子一身獨自；（我）顛倒有箇尋思。

爲甚麼省去這八九個字呢？看王氏校記引乃師徐文長的話：

二曲（合上勝葫蘆言）妙在一氣急急數去，正與快口婢子動氣時傳神。俗本添許多嚲字，口氣便緩而懈矣。此可與智者道耳。

以我這不智者看去，俗本多若干嚲字，語意明暢，極足爲快口婢子傳神。今去了若干嚲字，不但不能傳神，反而減神了。況且刪去"俺小姐不比"五字，語意也大有分別。

元人嚲字本是很多的，其多者至十餘字。後來樂工唱時，亦一律施以工尺，不比明人傳奇，襯字極少。王先生大概也不知不覺地以當時填詞習慣繩元曲。所以有許多例在俗本有嚲字是明白的，在王本無嚲字，是不明白的。

樂府：

月兒沉，鐘兒響，雞兒叫。唱道是玉人兒歸去的疾，好事收拾的早。（按唱、暢字同，暢道猶言端的。）

王本（一折四套）：

月兒沉，鐘兒響，雞兒叫。玉人兒歸去的疾，好事收拾的早。

　　以上鴛鴦煞

樂府：

　　休將蘭麝薰！便將蘭麝薰盡，則索自温存。

王本(二折一套)：

　　休將蘭麝薰！蘭麝薰盡，則索自温存。

　　　　以上油葫蘆

樂府：

　　隔窗兒咳嗽了一聲，他那裏啟朱扉急來答應。

王本(二折二套)：

　　隔窗兒咳嗽了一聲，啟朱扉急來答應。

　　　　以上脫布衫

樂府：

　　則見他叉手忙將禮數迎，我這裏萬福先生。

王本(二折二套)：

　　則見叉手將禮數迎，萬福先生。

　　　　以上小梁州

樂府：

　　則你那眉眼傳情未了時，我中心日夜藏之。

王本(三折一套)：

　　咱人這眉眼傳情未了時，中心日夜藏之。

　　　　以上點絳脣套煞尾

餘例因改一二字牽動意義者尚多，不具引。

　　第四，以故典易常語。元人重本色，不甚用事。即用事，亦俗典多於古典。今欲其典雅，欲其出語有據，雖證明一字，不惜繁徵博引，是否有當於原文，固在不可知之數。況所引者仍未必可據，則事之功效愈微了。今略摘數條爲例。

（一）樂府五卷仙吕宮八聲甘州套尾聲云：

> 果然有出師表文，嚇蠻書信，張生也，則願你筆尖兒橫掃了五千人。

"嚇蠻"，王本作"下燕"。校云：

> 下燕書信魯仲連遺燕將書事。俗本作嚇蠻書信，緣元詞多用此語，如"嚇蠻書醉墨雲飄"之類，然杜撰無據。古注謂下燕是李左車事，亦謬。

> 按：嚇蠻書俗謂李白事，元曲用之甚多。王氏明知爲元人習語，卻依改本作"下燕"。是王氏校書，不以元人語例爲準，而以典故之古爲準了。

（二）樂府卷十二新水令套（王本三折三套）離亭宴帶歇指煞曲云：

> 再休題春宵一刻千金價，準備着寒窗更受十年寡，猜詩謎的社家。

"社家"，王改"杜家"，校云：

> 輟耕録雜劇名目有杜大伯猜詩謎。即古本亦誤作社家，今改正。

> 按校書以不輕改字爲正則，倘原文可通，斷不宜輕改。宋元時凡民間報賽事神，以及文士雅集諸行伎藝皆有社會。（謎社見都城紀勝"社會"條云：南北垕齋西齋，皆依江右謎法。）凡社會中人謂之社家。如法苑珠林卷九十二隋宜城人

皇甫遷條:"遷亡,託胎家內母豬腹中,經由三五月產一豘子。年至兩歲,八月社至須錢,賣與遠村社家。"百回本水滸傳第八十一回李師師對燕青云:"錦體社家子弟,那裏去問揎衣裸體。"是也。此是紅娘奚落張生,謂其錯解鶯詩,求歡不遂,如猜詩謎社中人猜詩謎不中殊爲可羞。故反言譏之,言好箇猜詩謎的社家也。且各本俱作社家,自以社家爲是。不可據輟耕錄劇名改。

(三)樂府卷十三鬥鵪鶉套(王本三折四套)東原樂曲有云:

> 至如今你不脱解和衣兒更怕甚? 不强如手執定指頭兒恁?

按:"手執定"三字下當有省字,因不欲質言,姑摹略云云。意若謂手執定某某,用指頭兒如彼如彼也。語意自明。今王本作"至如不脱解和衣兒更待甚? 不强如手勢指頭兒恁?"校記引五代史史弘肇酒酣爲手勢令。按見新史,云"史弘肇文人,不解爲手勢令",則是武夫所行酒令。洪邁容齋續筆卷十六"唐人酒令"條引皇甫松醉鄉日月有抛打令。云今人不曉其法,唯優伶家猶用手打令以爲戲,云云。則其事如今人之霍拳。窺王氏之意,蓋有取於"勢"字。"手勢"二字既本於史,而"勢"字用在此處,又天然湊合,妙無痕跡,文心至此,固亦可謂工巧。但此種伎巧,終應屬之王伯良,王實甫作西廂記,固未嘗想到五代史有此語,更不曾想到"勢"字在此處有如此妙用也。

以上三條,略指王氏求典雅求出處之過。但王氏對此書確曾用心,其每條之下詳引元曲董詞句例,亦甚見功力。不過校勘訓詁並用時,須要各種工具,其事甚難。最見學問,亦最易出笑話。以下再舉四條爲例,以見此事之不易,並非專與王先生爲難也。

（一）樂府卷十二新水令套（王本一折四套）德勝令曲有云：

> 妖嬈，滿面兒堆着俏。苗條，一團兒衡是嬌。

“妖嬈”“苗條”並疊韻字，形容美麗，本無分別。乃王將“妖嬈”“苗條”二字顛倒，校云：

> 苗與條皆嬌嫩之物，故借以形容其面之俏。妖嬈正與“嬌”字相屬。俗本倒轉非。

以此爲俗本倒轉不對之理由，真是語妙天下。這種地方，雖然王先生是曲家，不是小學家，也不能原諒了。

（二）樂府十二五供養套（王本二折三套）攬箏琶曲云：

> 他怕我是陪錢貨，兩當一便成合。據着他舉將除賊，也消得個家緣過活。費了甚？一股那便結絲蘿。

王本作“費了甚麼？古那便結絲蘿”。校云：

> 古，語詞。古本“費了甚麼”作句。“古那便結絲蘿”又作句。俗本訛“古”作“股”，又訛屬上句，遂既不叶韻，並文理亦不通。今改正。

按古本“費了甚麼”，樂府本作“費了甚”，雖少一字，其義則同。至“一股那”三字連文，多一“一”字，確是樂府勝處。今北平語有“一古腦”，意爲都總，當即元曲之“一股那”。“一股那便結絲蘿”，猶上文“兩當一便成合”也。王氏以“古”爲語詞，非是。即依其改正文讀之，仍然是文理不通。

（三）樂府卷十三鬥鵪鶉套（王本二折四套）天淨沙曲寫崔氏聽琴有云：

> 莫不是金鉤雙控，吉玎璫敲響簾櫳。

王本改“雙鳳”，校云：

　　"雙鳳"語俊。俗改作"雙控"，非。鉤上有雙鳳，故能敲響。若止金鉤，何緣有雙控成聲之理？渠自不思耳。

　　按：金鉤上即無雙鳳，何以便不能成響？此語難通。王書三折四套新水令曲有云："控金鉤繡簾不掛。"樂府本亦同。正作"控"字。似原文本作"雙控"。王先生改作"雙鳳"，正是求俊語之過。

（四）　樂府十二新水令套（王本三折三套）攬箏琶曲：

　　打扮的身子乍，準備着雲雨會巫峽。

王本作"詐"。校云：

　　古本作"乍"。打扮的詐，猶言打扮得喬也。"乍"字無據。今不從。

　　按乍與傷義同，乍傷一聲之轉，宜訓文雅波俏。楊顯之瀟湘雨第一折油葫蘆曲："穿衫裏帽身子兒傷。"天下樂曲："打扮的身子兒傷。"顧曲齋本喬夢符揚州夢第一折油胡蘆曲："拽扎起太學內體樣兒傷。"息機子本鄭廷玉看錢奴第一折六么序曲："紐捏著身子兒乍。"語例同。"乍"字亦作"窄"。康進之李逵負荊劇第二折白："帽兒光光，今日做個新郎。袖兒窄窄，今日做個嬌客。"百回本水滸第五回："帽兒光光，今夜做個新郎。衣衫窄窄，今夜做個嬌客。"光光窄窄，並貌華美。衣衫窄窄，猶言衣裳楚楚耳。此打扮得身子乍，亦指衣冠之盛言。董西廂："不苦詐打扮。"作詐亦同。（乍、詐、窄無定字。今北方語以舖張揚厲爲乍。如高興曰乍，張翼曰乍翅，腮腫曰乍腮，小兒振臂舞踏曰乍乍。）王解爲喬，是以詐爲詐僞之詐，意思便錯了。

歸結起來，王氏校西廂詩確有所蔽。大概遇到各本不同之字句，此工對彼不工對，則工對者爲是；此繁彼簡，則簡者爲是；此俗彼雅，則雅者爲是。而且以意刊定，直改原文，尚可時時發見例子。是以王本校對雖勤，而其不可信之程度，亦恰恰與之相抵。他最尊崇的是碧筠齋本，但碧筠齋本即有不的之處。如改"嚇蠻書信"爲"下燕書信"，即其一例。他所鄙棄之俗本，自今看來，儘多勝於古本之處。這種結果，大概是王先生想不到的。但，無論如何，王先生應當承認是失敗了。本來，校書事業是至平凡的，並不是什麼漂亮的職務。他所最需要的是忍耐細密，卻並不是聰明。如果王先生校刻此書時，老老實實的，以一種本爲底本，或者箋注，或者將校記附在每一套曲的後面，將各本異文，一律注在底本的某某字之下。有校改之字，注明今據某某本改。個人有發明或考證的地方，亦在校記中一一說明。如此，則我們得一此本，可以得許多本之用。就是後來讀者對王先生所改正的字，有不滿意的地方，仍可取所記的他本爲根據。這是最妥善不過的地方。無奈王先生校書時，精神專注在文章優劣一方面，把文字異同看得太輕了。雖然在本文或校記中有注出某一字某本作某字的，但王先生卻不能時時守此規矩。在王書本文中大部分文字現在對起來與樂府本不同的，竟不知王先生所據爲何本之字，是古本如是呢，或者是王先生以自己的意思寫作此字呢，時時引起疑問；雖然我們有時可以看得出，這分明是王先生的把戲。所以，我們敢大膽的說，王先生的校書至少是不科學的，或者竟是理想的。論起校讎的本義，本是如兩造公庭對簿，互相敵對，不含有改正的意味。到了學者和考證家的校讎，便一面是兩造，一面又是法官了。但校讎是校讎，考訂是考訂，雖一人兼演，其身份地位還是兩個，不相蒙蔽。像王先生的校書，校與改是沒有分別的，他所謂古本俗本也是以意升降，和時代先後沒有關係，書刻的源流，似乎也不甚注意。這樣的校書所產生的本子，當然不足爲善本，而令人失望了。

　　平心而論，俗人刻俗書，固亦難免有更改之處，但其改書之能力氣魄，遠不如文人學士，因此俗本之可信程度，卻在古文之上。雍熙樂府本西廂之有用，也就根據在這一點。所以，我奉勸有志校古曲的先生們，不必震於名人之名，而過重視名人的刻本，把俗本忽略了。

　　最後，還有幾句話，王本第二折第一套把八聲甘州、端正好二套曲，聯爲一套。結果，王實甫西廂記是四折十六套。關漢卿續的是一折四套。合爲五折二十套。後來也有作二十齣的。鄭西諦先生指出樂府是二十一段，以爲是近於原本之舊的，話很有理。我更爲鄭先生尋一證據：太和正音譜下引王本第四折第四套末所不收的絡絲娘曲，注云：王實甫西廂記第十七折。以王之一套爲一折，應云第十六折。今卻云第十七折，可見寧獻王權在洪武時所見的王實甫西廂記，原是以一套爲一折，八聲甘州一套與端正好一套是各自獨立的。至於鄭先生説元曲不分折的話，我不敢信。因爲録鬼簿李時中傳明言黃粱夢是四人合撰：第一折馬致遠。第二折李時中。第三折花李郎。第四折紅字李二。汪勉之傳亦云"鮑吉甫所編曹娥泣江，内有公作二折"。元曹紹安雅堂酒令（原本説郛卷五十六引）"岳陽三醉"條注云："唱三醉岳陽樓一折淺酌三杯。"此元雜劇分折之證。今所見元刊本三十種雜劇不標折數，是省而不書，並非元雜劇真正不分折。

一九三三年一月

跋明孟稱舜編柳枝集

　　孟稱舜選元明人曲，題曰古今名劇合選柳枝酹江集，共五十六種。此柳枝集前之序目已失去。所收曲以見存者數之得元劇十六種，凡：

　　　　鄭德輝二本，曰倩女離魂，曰翰林風月。

　　　　馬致遠一本，曰青衫淚。

　　　　喬吉三本，曰兩世姻緣，曰揚州夢，曰金錢記。

　　　　關漢卿二本，曰玉鏡台，曰金線池。

　　　　白仁甫一本，曰牆頭馬上。

　　　　楊顯之一本，曰瀟湘雨。

　　　　張壽卿一本，曰紅梨花。

　　　　李好古一本，曰張生煮海。

　　　　吳昌齡一本，曰豬八戒（按豬八戒乃楊景賢西遊記中之
　　　　　　一本，非吳昌齡作）。

　　　　石子章一本，曰竹塢聽琴。

　　　　尚仲賢一本，曰柳毅傳書。

　　　　無名氏一本，曰度柳翠。

　　明初人劇七種：

　　　　王子一一本，曰悞入桃源。

　　　　谷子敬一本，曰城南柳。

賈仲名二本，曰對玉梳，曰蕭淑蘭。

周憲王三本，曰小桃紅，曰慶朔堂，曰牡丹仙。

自著三種：曰眼兒媚，曰桃源三訪，曰花前一笑。選前人詞以己作附之，亦王逸楚辭章句之比。

明人改元曲由李開先開其端，至臧懋循而益甚。稱舜此編即以臧懋循元曲選爲底本，校以他本而斟酌損益之，不盡依原文，其失與懋循同。唯改定處多疏於上方，體例實較懋循本爲善。考懋循擅改元曲，世人多知其謬。如沈德符及葉堂等，皆先後抨擊。然自明以來唯百種曲盛行於世，凡百種曲中文字，何者爲原文，何者爲臧懋循所改，皆了不可知。雖今日秘本多出，如元刊本雜劇，如尊生館刊本陽春奏，如息機子雜劇選，如陳與郊正續古名家雜劇皆選元曲，可資校刊。其間有重至三四本者，固可援從衆之義定懋循本之非。然考異之書，至今無之。讀元曲選者，於其文之得失猶未能一一辨明之也。稱舜此編批注詳載去取始末。至今讀之，不唯稱舜之意旨可見，即懋循所增改者亦多藉以證明。今略舉數例。

如玉鏡臺三折耍孩兒曲後較懋循本多六煞、五煞二曲。批云：“此二枝正説珍惜之甚，斷不可少。吳興本盡刪去。今照原本增入。（按稱舜所謂原本，即古名家雜劇本，或顧曲齋本，詳余所著也是園古今雜劇考第三板本篇。此二本乃明本之近古者耳，非真原本也。）但五煞原本全説在打造車子上，似無謂，略爲改正。”

度柳翠第一折天下樂曲批云：“曲白大率俱從原本。長老唱西方讚及呪語三段，從吳興改本者，以此處太冷場不便搬演也。”

柳毅傳書第一折油葫蘆曲批云：“原本蘇武句下接‘黃犬又音乖’四句，而無天下樂一枝。看來此枝似不可少。今改從吳興本。”

瀟湘雨第一折醉中天曲批云："此枝原本所無，照吳興本增入。"第四折醉太平、尾煞批云："此二枝俱吳興本所增。"

張生煮海第三折批云："仙母作媒，吳興本改作石佛寺長老。今看曲詞與長老口角不肖，仍改從原本。"

竹塢聽琴第四折甜水令、折桂令批云："此二枝與末枝（按指離亭宴煞。）皆依吳興本增入。"

翰林風月第一折混江龍批云："鄭康成下咱祖父上，吳興本删此一段，但取中庸論語二聯而竄易之。"

倩女離魂第一折混江龍批云："吳興本於此枝删去將半，殊覺寂寂。"

金錢記第四折水仙子："今日可便輪到我粧么。"批云："只此一語便了。吳興本衍出數枝，似贅。"

對玉梳第四折落梅風後，較他本多水仙子曲。批云："此枝依吳興本增入。"又折桂令批云："原本自此枝止後覺精絶。吳興本增改數枝，又太繁冗。今特略爲删改。"（按折桂令後懋循增錦上花、么篇、清江引、離亭宴四曲，稱舜只取其清江引一曲，又另作收尾一曲。）

以上所舉皆其犖犖大者。其餘字句之異所批注者尚多，無一不有關於考證。其書中偶有未批注者，如：

金錢記第一折天下樂後那吒令、鵲踏枝、寄生草三曲，他本皆無之，唯此本與懋循本有。醉扶歸一曲，此本與懋循本同，他本皆是青哥兒曲。此二條當皆據懋循本增改。

又張生煮海第二折張生白前，此本有毛女歌出隊子一套，較正文低二格書之。此院本串入之體，誠齋樂府中多有之，當是原文。懋循棄而不録。此本保存之，亦爲可貴。（按張生煮海除此本與百種曲本外無第三本。）

又詩酒揚州夢第一折批云："此折係楊升庵重訂，故後人混收入升庵黃夫人集內。其中間有異同,則出吳興臧晉叔本也。"

風月牡丹仙頭折批云:"古質俊麗,與憲王他劇氣味稍別。若詠衆花仙折(按第三折)出元人虞伯生筆,而劇中略同。意元人原有此曲,此特是其改本耳。"第三折批云:"雍熙樂府載虞伯生十花仙。此劇俱出虞作無疑。"按永樂大典目五十四載雜劇有十詠水仙子,今佚。稱舜所云虞伯生十花仙,見雍熙樂府卷六。核其文與牡丹仙第三折全同。牡丹仙凡四折,雍熙樂府全引。其引他折或依原名題牡丹仙,或私標題目曰嘆賞。獨於此折題虞伯生詠十花仙。疑雍熙樂府此折據虞本錄出,故仍其舊題。稱舜之言殆不誤也。此二事,世人不盡知,賴此本發之。是其校勘文字極有裨於曲學,與懋循書不可同日而語。

然亦有沿懋循書而誤者,如:

牆頭馬上二折一枝花曲,"睡魔着末得荒"。"着末"本宋元人習語,宋彭汝礪詩、朱淑真詞,元耶律楚材詩皆用之。清王士禎居易錄卷十二所引甚詳。茲乃從懋循本改爲"纏繳"。不唯輕易古人語,亦殊嫌生澀。

亦有懋循依原文而此本改之反失者:

如揚州夢一折那吒令曲"雲無心雲也生愁",改爲"山有眉山也顰愁"。

金錢記一折金盞兒曲"嫦娥離月殿,神女出巫峽",改爲"水仙離洛浦,湘女下巫峽"。皆不免雕琢失真。至西遊記本六本,稱舜乃截取其第四本爲四折雜劇,題曰"豬八戒"。亦嫌割裂,不出明人刪節古書之習。

一九三四年稿,一九六一年十二月改訂

跋 曲 品

　　曲品二卷，清宣統間貴池劉世珩刊，題“東海鬱藍生撰，瑯琊方諸生閱”。“方諸生”即王驥德別號。“鬱藍生”即呂天成，見王驥德所著曲律，卷四云：“鬱藍生，呂姓，諱天成，字勤之，別號棘津，餘姚人。”又云：“今南戲繁多，不可勝計，鬱藍生已作曲品，行之金陵。”是其證也。曲品今行世者有二本。一石印曲苑本。其本以品題諸傳奇作者諸條爲一卷，目曰“曲品卷上”。次古人傳奇總目（疑當作“古今傳奇總目”）一卷，目曰“曲品卷中”。次爲舊傳奇評自琵琶至五倫爲一卷，目曰“曲品卷下”。次爲高奕撰之新傳奇品并奕自序凡五頁。後有光緒四年戊申王國維跋一頁。又宣統元年己酉吳下三儂跋一頁。又次爲新傳奇評，自紅蕖至筌笩凡二十二頁，亦自曰新傳奇品。傳寫失次，所標亦混淆不清。王國維謂新傳奇品五葉爲高奕所續，誤編在中卷之下、下卷之上（余所見曲苑本高奕新傳奇品，誤訂在曲品卷下之後，評紅蕖等新傳奇品之前）。其評紅蕖諸曲之新傳奇品，當入曲品下卷。所論甚是。唯據天成自序，其書本上下二卷，上卷品作傳奇者，下卷品各傳奇。王驥德曲律卷四謂“天成曲品所收傳奇過寬。俚腐諸本，宜竟黜不存。或盡搜人間之本，另列諸品之外，以備查考，未爲不可”云。是曲品原書本二卷，中無古人傳奇總目。國維乃並古人傳奇總目計之，謂曲品三卷，實非事實。一即劉世珩刊本。末載世珩跋,謂曾從曾習經處借得鈔本録之,王國維假去校補,定爲三卷。是曲苑所收與世珩此本所據皆是一本。世珩此本剔出高奕新傳奇品與古人傳奇總目,復天成二卷之舊,用意甚善。然其中文字有可補而不補者:如鈔本上卷之周螺冠,其人名履靖,秀水人。鈔本名里皆空白。此本亦未補出。有改鈔本之誤而仍誤者:如鈔本上卷之邱瑞吾,此本改爲吾國璋,側注云:邱瑞。不知吾邱是姓,瑞是名。國璋乃瑞字,非名也。有沿鈔本之誤而不改者:如鈔本下卷朱春霖後,書香裘等九曲。按春霖曲有牡丹記一本。香裘等九本乃金懷玉作。此殆抄寫時脱牡丹記曲名、金懷玉人名,因誤合二條爲一。此本竟仍之。又庚庚,字生子,鈔本下卷誤作庚生子,此本又仍之。校勘不精,未爲善本也。

一九三五年稿,一九六一年十二月改訂

跋新傳奇品

新傳奇品二卷,亦清宣統間貴池劉世珩刊本。上卷爲古人傳奇總目,下卷爲新傳奇品,並題山陰高奕撰。奕字晉音,一字太初。黃文暘曲海目及無名氏傳奇彙考並作會稽人。然此本載奕自序署"山陰高奕"。則當爲山陰人矣。古人傳奇總目,在曲苑本爲曲品中卷,與上卷品作者、下卷品傳奇同屬之餘姚吕天成。而天成序曲品,自云書二卷,不云有古人傳奇總目。唯王驥德曲律卷四論吕天成曲品,謂"可盡搜人間所有之本另列諸品之外以備查考"。蓋後人因驥德言爲此目附諸曲品後,本與吕天成曲品無涉。世珩刊吕天成曲品不取古人傳奇總目,甚爲有見。唯因高奕新傳奇品序有"但取現在所見聞者記之"一語,遂以爲古人傳奇總目即奕所作,殊嫌無據。考奕此書,於每一曲作家皆有評,評後復附所著曲目。奕序所云"但取現在所見聞者記之",正指評後所附曲目言,非謂於新傳奇品外更有古人傳奇總目之作也。且以新傳奇品所載勘古人傳奇總目,其一人互見者:如袁于令,總目載其傳奇有金鎖、西樓,新傳奇品則二本外尚有玉符記、珍珠衫、鸜鵒裘。馮夢龍,總目載其傳奇止有雙雄記,新傳奇品則有萬事足、風流夢、新灌園、無雙雄記。單槎仙,總目載其傳奇止有露綬,新傳奇品則露綬外尚有蕉帕。新傳奇品與古人傳奇總目,如同爲一人作,不應在新傳奇品有者,在總目反略而不書。以此知非一人所撰矣。世珩跋是本，疑奕新傳奇品於吳梅村僅取秣陵春一種，而臨春閣、通天台未載，爲補二種。不知奕所品以傳奇爲限，此二種乃雜劇，故不收，非遺落也。謂沈寧庵著屬玉堂傳奇二十一本。目衹載翠屏山、望湖亭、一種情、耆英會。餘十七種未著其名，兹爲補之。不知此四種乃沈自晉所撰。寧庵屬玉堂傳奇本十七種，非二十一種也。至吳石渠名後迤書范文若花筵賺等五種，當屬抄書者之誤，於石渠遺其曲，於文若遺其名，並非奕誤以范文若曲屬之吳石渠。世珩刊奕此書，於吳石渠後補西園記等五種，於花筵賺等五種前補范文若之名可也。今以西園記等五種代花筵賺等五種，於是奕書中無范文若傳奇矣。

一九三五年稿，一九六一年十二月改訂

九歌爲漢歌辭考

太史公屈原傳及贊，述屈原賦有離騷、天問、哀郢、懷沙、漁父、招魂共六篇。懷沙、漁父，並於傳中録其辭。漁父設論之文，猶東方朔答客難、揚雄解嘲耳，非實有其事。其辭俊快明暢，亦不似原辭之沈鬱，必非原辭也。太史公乃信爲實事，信爲原辭，入之傳中。由是觀之，太史公於當時所傳屈賦，固亦未能一一辨明之矣。然所引無九歌，是當時人尚不以九歌爲原作。以九歌屬原，似是後漢人見解。王逸九歌序云：

> 昔楚國南郢之邑，沅湘之間，其俗信鬼而好祠。其祀必作歌樂鼓舞以樂諸神。屈原放逐，竄伏其域，見俗人祭祀之禮，歌舞之樂，其詞鄙陋，因爲作九歌之曲。

謂原見俗人歌舞之樂其詞鄙陋，因作九歌，此是逸臆説，今九歌之辭逸以爲原作者，果雅贍乎？朱熹知逸之言不可通也，乃即逸説而斡旋之。其九歌序云：

> 蠻荆陋俗，詞既鄙俚，而其陰陽人鬼之間，又或不能無褻慢淫荒之雜。原見而感之，故頗爲更定其詞，去其泰甚，而又因彼事神之心，以寄吾忠君愛國卷戀不忘之意。是以

其言雖若不能無嫌於燕昵,而君子反有取焉。

以原假燕昵之詞寄其忠君愛國之意,此亦朱子之迂。九歌所以有燕昵之詞者,以其爲巫覡之詞,與忠君愛國無涉也。巫覡祠神,何以爲燕昵之詞? 請以晉書所紀説明之。晉書卷九十四夏統傳云:

> 統從父敬寗祠先人,迎女巫章丹、陳珠,二人並有國色,莊服甚麗,善歌儛⋯⋯甲夜之初,撞鐘擊鼓,間以絲竹。統諸從兄弟欲往觀之,難統。於是共紿之曰:從父間疾病得瘳,大小以爲喜慶,欲因其祭祀,並往賀之。卿可俱行乎? 統從之。入門,忽見丹珠在中庭,輕步佪儛,靈談鬼笑,飛觸挑柈,酬酢翩翩。統驚愕而走,不由門,破藩直出。歸責諸人曰:昔淫亂之俗興,衛文公爲之悲愌。⋯⋯季桓納齊女,仲尼載馳而退。子路見夏南,憤恚而抗愾。⋯⋯奈何諸君迎此妖物,夜與游戲,放傲逸之情,縱奢淫之行,亂男女之禮,破貞高之節! 何也! 遂隱牀上,被髮而卧,不復言。衆親蹴踏,即退遣丹珠,各各分散。

此真淳于髡所謂"州閭之會,男女雜坐,握手無罰,目眙不禁"者也。統畸人,以爲"縱奢淫之行,亂男女之禮"也固宜。統會稽人,後嘗入洛,見賈充。充卒於太康三年,而吳亡於太康元年。統實吳人也。傳所記雖三國吳事,而不妨以之説明九歌所以着燕昵語之故。然則九歌巫詞也,與屈原何涉乎?

九歌乃巫詞,非原作。近世儒者,已有先覺,非余創見。然則九歌殆秦以前古詞乎? 是又不然。余謂九歌非古,殆漢武帝時詞也。余此言似創,今據故書所記詳細討論之。

今九歌十一篇,實則十篇。以湘君、湘夫人二篇結語同,實一篇二疊也。此十篇,除末篇禮魂爲送神曲不主一神外,餘皆爲祀神曲。所祀神如太一，漢始祀之，見下文。如雲中君、東君、河伯，皆非楚所祀之神。離騷有豐隆，不云雲中君也；有羲和，不云東君也。天問固云河伯矣，然楚境無河。左傳哀六年：“昭王有疾。卜曰：‘河爲祟。’王弗祭。大夫請祭諸郊。王曰：‘三代命祀，祭不越望。江漢睢章，楚之望也；禍福之至，不是過也。不穀雖不德，河非所獲罪也。’遂弗祭。”雖至戰國，楚境亦無河。以昭王之不祀河，知楚人之必不祀河也。史記封禪書序秦并天下祠官所奉大川，水曰河，祠臨晉。漢興，高祖於長安置祠祀官女巫。其晉巫祠東君、雲中，皆以歲時祠宮中。其河巫祠河於臨晉。而褚先生所補滑稽傳，載魏西門豹爲鄴令，鄴之巫有爲河伯娶婦事。明東君、雲中爲晉所祀神，而漢因之；河爲秦及山東諸侯有河者所祀神，而漢因之也。其司命一神，名亦不見離騷天問。而封禪書載漢高祖宮中所祀，置祠祝官女巫者，有司命。司命，晉巫荆巫皆主祠之。似楚亦祀司命矣。然司命始見周禮大宗伯。周禮，漢武帝時河間獻王所獻先秦書之一，北方之書也。又見禮記祭法。禮記者，七十子後學者所記，北方之學也。風俗通八：“今民間祀司命。刻木長尺二寸爲人像。行者擔篋中，居者別作小屋。齊地大尊重之，汝南餘郡亦多有。皆祠以臘（同豬），率以春秋之月。”（説文示部：“祧，以豚祠司命也。漢律曰：祠祧司命。”）齊之長女不得嫁，爲家主祠，名曰巫兒。起齊襄公時，至漢成俗。見漢書地理志。故余疑祀司命本齊俗。汝南近齊，亦被其餘風。漢之汝南本楚魏分。明漢宮中祠司命，用荆巫，乃因汝南等郡有其俗。其戰國時楚之丹陽、郢，是否有其俗，固不可知也。其山鬼余疑即漢民家所祀山神。禮記祭法，王所立七祀諸侯所立五祀，並有厲。鄭注：“今時民家春秋祠司命行神山神，門竈在旁。山即厲也。民惡言厲，巫祝以厲山爲之。”元虞集道園遺稿卷二題李伯時九歌圖詩有云：“彼幽爲厲爲强梁，朝貍莫豹方鴟張。"以山鬼爲屬，正與余同。

　　九歌所祀十神，唯湘君湘夫人確是楚神。餘如雲中、東君、二司命、河伯皆北方所祀之神，漢高祖皆置祠祀官女巫祀之。其晉巫荊巫所祠，漢諸帝踵行之，至成帝建始二年，因匡衡張譚奏始罷。太一乃漢武所祀，其後相承不廢。漢祀山鬼，史無明文，然漢自高祖以來所置祠甚多。民間既有其俗，皇室或亦祀之。國殤，王逸謂死於國事者。小爾雅廣名篇："無主之鬼謂之殤。"漢文帝時，以二月施恩惠於天下，罷軍卒祠死事者。太子家令朝錯奏言以爲非時節。見漢書卷七十四魏相傳。鄭康成注周禮春官宗伯"衍祭"，引鄭司農云："衍祭，羨之道中，如今祭殤，無所主命，周祭，四面爲坐。"（殤與禓通。説文示部："禓，道上祭。"急就篇第二十五章："謁禓塞禱鬼神寵。"顏師古注："禓，道上之祭也。"）然則祭殤固漢俗。此可悟以湘君湘夫人與諸神並祀，乃漢事也。不獨此也。宋書樂志載相和歌陌上桑曲有今有人篇，其詞即九歌山鬼文而略有變化。凡宋書樂志所載曲，非魏三祖及東阿王詞者，皆漢舊歌。明九歌山鬼篇，實漢歌詞也。漢之説湘君湘夫人者，多以爲舜妃。據漢書地理志，右扶風陳倉縣即有舜妻育冢祠。故余疑九歌湘君、湘夫人篇，即漢於陳倉祠舜妻所歌詞。祠在京師近縣，而極寫南楚景者，以舜妻本楚神，擬其風物耳。以是而言九歌之爲漢歌詞，豈不彰然明白乎？

　　九歌首太一，明其爲貴神。然太一之祠，自秦至漢初無聞。秦祠四帝，不祀太一也。漢高祖祀五帝，不祠太一也。文帝因高祖舊，祠雍五時，又以趙人新垣平言，作渭陽五帝廟，親祠五帝。又於長門北立五帝壇。見封禪書。亦不云祠太一。惟漢書郊祀志載平帝元始五年王莽奏言，孝文十六年用新垣平，初起渭陽五帝廟。祭太一地祇，以太祖高皇帝配。日冬至，祠太一。夏至，祠地祇。皆並祠五帝，而共一牲。或自有據。然平不久伏誅，帝不復自親而使有司行事。則文帝時有太一之祠，亦不甚貴之。至武帝時則太一之祠史不絕書矣。自李少君以祠竈方進，上深信之。海上燕齊怪迂方士，多更來言神事。亳人謬忌奏祠太一方。曰天神貴者太一。太一佐曰五帝。古者天子以春秋祭太一東南郊。於是天子令太祝立其祠長安東南郊，常奉祠如忌方。其後人上書言古者天子三年一用太牢祠三一：天一，地一，太一。天子許之，令太祝領祠於忌太一壇上，如其方。此爲武帝興太一祠之始。然尚未親郊也。及元鼎四年，上幸雍：或曰：五帝，太一之佐也，宜立太一而上親郊之。明年，上幸甘泉，遂令祠官寬舒等，具太一祠壇。十一月辛巳朔旦冬至，天子始郊拜太一。泰畤壇令太祝領，秋及臘間祠。三歲天子壹郊見。自是遂爲定制。而漢之甘泉泰畤特重，在雍畤之上矣。逮成帝初，從匡衡張譚議，徙甘泉泰畤河東后土祠於長安南北郊。南郊祭天，北郊祭地。如禮記之言。其後成哀之際，衆議紛紛，長安南北郊罷復靡常。至平帝元始五年，從王莽議復長安南北郊如故。天神曰皇天上帝太一，兆曰泰畤。地祇稱皇地后祇，兆曰廣畤。自此南北郊之祠不改，遂爲漢以後列朝定制矣。甘泉，山名。甘泉在馮翊雲陽縣。見文選卷二張平子西京賦薛綜注。亳人謬忌，“亳”字封禪書亦書爲“薄”。如淳晉灼注郊祀志，皆以濟陰之薄縣解之。濟陰，故齊地。故余疑太一爲貴神之說，亦起於齊。由史記漢書所記祠太一事考之。知太一在漢，初不甚顯，至武帝時始貴。今九歌首太一，是以太一爲至貴之神矣。則九歌豈非漢武帝時歌乎？

　　漢武帝祠太一，有郊祀，有宮中之祀。其屬郊祀者，上文所叙甘泉泰畤，薄忌太一，三一，皆是也。此大祭也。其宮中之祀，封禪書所載有二處。一在甘泉宮。云元狩三年，上以齊人少翁言，欲與神通，作甘泉宮，中爲臺室，畫天地太一諸鬼神，而置祭具以致天神。居歲餘,其方益衰,神不至。乃誅少翁而隱其事。明年,天子病鼎湖甚,巫醫無所不致。游水發根言上郡有巫病而鬼神下之。上召祠之甘泉。及病,使人問神君。神君言曰天子無憂病。神君,即巫所下之神也。其神據下文,即太一之屬。此於甘泉宮祀太一諸神也。甘泉宮即桂宮,在未央宮北。見初學記二歲時部夏篇引潘岳關中記,及水經注卷十九渭水注。漢有祠甘泉宮樂人,見後漢書劉盆子傳。云:“盆子居長樂宮。有故祠甘泉樂人尚共擊鼓歌舞,衣服鮮明,見盆子叩頭言飢。盆子使中黃門稟之米,人數斗。”是也。一在壽宮及壽宮北宮。云上病良已,大赦,置酒壽宮(奉)神君。壽宮神君最貴者太一;其佐曰大禁司命之屬,皆從之。非可得見,聞其言,言與人音等。時去,時來。來則風肅然。居室帷中。時晝言,然常以夜。天子祓,然後入。因巫爲主人,關飲食。所以言,行下。又置壽宮北宮,張羽旗,設供具,以禮神君。神君所言,上使人受書其言,命之曰書法。太史公常入壽宮侍祠,神語,退而論次之,故此篇記壽宮事委悉如此。漢北宮中宮室有壽宮。北宮在長安城中,近桂宮,俱在未央宮北。見三輔黃圖卷二、卷三。此於壽宮及壽宮北宮祠太一諸神也。凡此並宮中小祭也。余疑九歌所祠諸神,除河伯祠臨晉,湘君湘夫人或祠陳倉,國殤或祠之道中,應別論外;餘皆爲漢武時宮中所祭。何以明之?據封禪書,壽宮及壽宮北宮皆武帝所置。今雲中篇云:“蹇將憺兮壽宮。”此雲中君祠於壽宮之明證也。祠雲中既在壽宮,則太一、司命,封禪書明言奉之於壽宮者,其詞亦必在壽宮所歌無疑。若東君,則高帝固嘗祠之於宮中矣。高帝於宮中祠之,武帝亦應於宮中祠之也。其證一。九歌多出“靈”字。東皇太一云:“靈偃蹇兮姣服。”雲中君云:“靈連蜷兮既留。”“靈皇皇兮既降。”湘夫人云:“靈之來兮如雲。”大司命云:“靈衣兮被被。”東君云:“思靈保兮賢姱。”“靈之來兮蔽日。"河伯云:"靈何爲兮水中。"山鬼云:"留靈修兮憺忘歸。"説文:"靈,巫也。"王逸注九歌,靈亦訓巫。鬼神附巫身所欲言行下於巫,故巫代表神。人因巫爲主人,與神通,故巫又代表人。巫有二重資格,故今九歌詞中有酬酢語,與封禪書所序壽宫中神與人關通之狀正合。明九歌大部皆壽宫歌詞。其證二。漢書藝文志歌詩類有泰一雜甘泉壽宫歌詩十四篇。余疑九歌十一篇即在其中。既曰"泰一"又曰"雜"者,以神君最貴者泰一,而尚有佐泰一諸神,神君不盡泰一也。曰甘泉壽宫者,以武帝祠泰一諸神在甘泉宫行之,亦在壽宫行之也。其歌詩本十四篇,後佚其三。讀者漫題爲"九歌"耳。王先謙乃以十四篇合下文宗廟歌詩五篇爲十九篇,以爲即禮樂志所載郊祀歌十九首。殆不然。以禮樂志所載郊祀歌十九首多爲泰畤、雍畤、河東后土祠而作,所謂大祀;以及登封所爲歌,皆與壽宫無涉,又無宗廟歌詩。不得以泰一雜甘泉壽宫歌詩當之,亦不得以宗廟歌詩當之也。藝文志歌詩類又有雜各有主名歌詩十篇、雜歌詩九篇。不知何指,似皆非今楚辭九歌。故余疑九歌,即藝文志所載泰一雜甘泉壽宫歌詩。其證三。則九歌之爲漢武帝時歌,不益可信乎?

原載大公報(上海)文史週刊第八期,一九四六年十二月

讀楚辭九辯

漢書藝文志録宋玉賦十六篇。漢志所録諸家賦，例不書賦名，故宋玉賦十六篇之目不得而知。王逸楚辭章句定宋玉賦二篇，一曰九辯，二曰招魂。招魂之爲宋玉作，後人多疑之，而竟欲屬之屈原，以史記屈原賈生列傳贊稱屈原賦有招魂也。其言之當否，不在本文討論範圍，容別論之。至九辯亦有主張屬之屈原者。其説較以招魂屬屈原説尤爲無據。今亦不欲反覆辯論。今所論者，乃九辯是否爲宋玉作也。

史記屈原傳稱："原死後，楚有宋玉、唐勒、景差之徒，皆好辭而以賦見稱。然皆祖屈原之從容辭令，終莫敢直諫。其後楚日以削，數十年竟爲秦所滅。"太史公記宋玉事止此。王逸九辯序則逕稱玉爲屈原弟子。夫玉之爲屈原弟子與否，誠不可知。然以太史公之言考之，則玉等皆楚人未嘗入秦，其生世當去屈原不遠爲原後輩可知也。玉等既去屈原不遠，爲原後輩，則其賦作風當與原爲近。然今以九辯考之，則殊不然。不唯不似原而已，其下字且有與漢人所造賦同例者。不唯下字與漢賦同例而已，其詞且有襲漢賦者。此余之所以不能無疑也。今舉二事爲證。

（一）"然"字當"乃"字用：此例在九辯中凡七見。第三章云（九辯王逸楚辭章句分十一章，朱熹楚辭集注分九章，此依朱熹所分）："收恢台之孟夏兮，然欲傺而沈藏。"第六章云："欲循道而平驅兮，又未知其所從。然中路而迷惑兮，自壓桉而學誦。春秋逴逴而日高兮，然惆悵而自悲。心搖悅而日幸兮，然怊悵而無冀。"第七章云："忠昭昭而願見兮，然霧曀而莫達。"第八章云："被荷裯之晏晏兮，然潢洋而不可帶。願沈滯而不見兮，尚欲布名乎天下。然潢洋而不遇兮，直怐愁而自苦。"凡此諸句，其句之着"然"字者，意皆與上文相反，或相承，故皆宜訓"乃"。余以屈原賦考之以"然"爲"乃"，在離騷中絕無其例。離騷中用"然"字甚少，僅兩見。一曰："鷙鳥之不群兮，自前世而固然。""然"猶如是也。一曰："鮌婞直以亡身兮，終然殀乎羽之野。""終然"與詩定之方中篇"卜云其吉，終然允臧"同例。"終然"猶既而也。（終然即既而，詳王氏經傳釋詞。）固然，終然，二字相連爲詞，皆自有義，與九辯之用"然"字爲"乃"字者不同。不惟離騷無此例也，即九章近人以爲不盡屈原作者，亦絕無此例。而以漢賦考之，則用"然"字爲"乃"字者，其例甚多。東方朔七諫怨世章云："年既過大半兮，然埳軻而留滯。"謬諫章云："卒撫情以寂寞兮，然怊悵而自悲。"嚴忌哀時命云："勢不能凌波以徑度兮，又無羽翼而高翔。然隱憫而不達兮，獨徙倚而彷徉。"又云："塊獨守此曲隅兮，然欲切而永嘆。"凡此諸例，其以"然"字當"乃"字用，皆與九辯同。以宋玉楚人距屈原不遠且師其意而爲賦，顧其下字與屈原賦不同，乃與漢東方朔七諫、嚴忌哀時命合，豈非事之可疑者乎？

（二）用東方朔七諫文：九辯第一章文獨勝，餘章多落窠臼。其第七章云："堯舜之抗行兮，瞭冥冥而薄天。何險巇之嫉妬兮，被以不慈之僞名。"此用九章哀郢文。哀郢云："彼堯舜之抗行兮，杳冥冥而薄天。衆讒人之嫉妬兮，被以不慈之僞名。"以此文校之，相差僅四字耳。第八章云："憎慍惀之修美兮，好夫人之慷慨。衆踥蹀而日進兮，美超遠而逾邁。"此亦用哀郢文，一字不易。哀郢，史記屈原賈誼列傳贊已引，今姑承認爲屈原作。近陸侃如先生撰中國詩史，云九辯此二段雖襲哀郢，於價值無損，不以爲九辯非宋玉作之證。然效屈原爲賦，當師其意，今逐錄其文，固已可疑矣。以余所考，則九辯尚有用東方朔七諫文者。九辯第五章云：

> 卻騏驥而不乘兮，策駑駘而取路。當世豈無騏驥兮，誠莫之能善御。見執轡者非其人兮，故駶跳而遠去。

七諫謬諫章文爲：

> 卻騏驥而不乘兮，策駑駘而取路。當世豈無騏驥兮，誠無王良之善御。見執轡者非其人兮，故駶跳而遠去。

以七諫此文與九辯較，僅此文“誠無王良之善御”，九辯改爲“誠莫之能善御”，數字之異耳。以宋玉楚人距屈原不遠，而其賦詞乃下與東方朔七諫同，豈非事之可疑者乎？

余之疑九辯，以多用“然”字代“乃”字同漢賦，及用東方朔七諫文爲證。世之信九辯爲宋玉作者，或可斥余言爲非是，以爲“然”字虛字偶同，不足爲九辯非宋玉作之證；其九辯文同七諫，乃七諫用九辯文，非九辯用七諫文也。是僅據此二事，證據尚不充分，不足以使人信。請更舉一事明之。九辯第六章云：“霰雪雰糅其增加兮，乃知遭命之將至。”（此“乃”字準九辯之例應作“然”，今作“乃”，或是後人所改。）遭命者，漢人語也。漢儒之言命者，以爲人命有三：一壽命，二隨命，三遭命。或云一壽命，二遭命，三隨命。其壽命亦稱正命。其遭命、隨命，亦別稱二命。其說散見各書，要其言出於緯。禮記祭法疏引孝經援神契云：

> 命有三科：有受命以保慶，有遭命以謫暴，有隨命以督行。受命，謂年壽也。遭命，謂行善而遇凶也。隨命，謂隨其善惡而報之。

此説三命次第，<u>班固白虎通德論</u>因之。卷八壽命篇云：

> 命者，何謂也？人之壽也，天命已使生者也。命有三科
> 以記驗。有壽命以保度；有遭命以遇暴；有隨命以應行習。
> 壽命者，上命也。隨命者，隨行爲命。遭命者，逢世殘賊。
> 若上逢亂君，下必災變暴至，夭絶人命；沙鹿崩於受邑是也。
> （按沙鹿崩見春秋僖十四年）

余所閲<u>白虎通</u>係<u>元大德本</u>。<u>禮記疏</u>係通行<u>阮氏十三經注疏本</u>。
以<u>白虎通</u>與<u>祭法疏</u>互校，知疏引孝經援神契受命，讁暴，當依<u>白</u>
<u>虎通</u>作壽命遇暴。<u>白虎通</u>保度當依<u>祭法疏</u>作保慶。其上命，據
他書，乃正命之誤。壽命一，遭命二，隨命三，謂之三命。此一三
命次序也。<u>太平御覽</u>卷三六〇人事部引<u>春秋元命苞</u>云：

> 天不殺，故立三命以垂策。命者天之令也，所受於帝。
> 行正不過得壽命。壽命，正命也；起九九八十一。有隨命。
> 隨命者，隨行爲命也。有遭命。遭命者，行正不誤，逢世殘
> 賊。君上逆亂，辜咎下流，災譴並發，陰陽散忤，暴氣雷至，
> 滅日，動地，夭絶人命，沙鹿襲邑是也。

此説三命次第，<u>王充論衡</u>因之。卷二命義篇云：

> 傳曰：説命有三。一曰正命，二曰隨命，三曰遭命。正
> 命，謂本稟之，自得吉也。性然骨善，故不假操行以求福而
> 吉自至，故曰正命。隨命者，戮（當作勠）力操行而吉福至，縱
> 情施欲而凶禍到。故曰隨命。遭命者，行善得惡，非所冀
> 望，逢遭於外而得凶禍。故曰遭命。

<u>論衡</u>述傳義與<u>春秋元命苞</u>同。壽命一，隨命二，遭命三。此又一
三命次序也。然次序雖異而以壽命、隨命、遭命爲三命則同。<u>白</u>
<u>虎通</u>叙三命之目，以遭命次第二，隨命次第三。而下文疏解，卻

先隨命而後遭命，知次第非所拘。三命之説本出於緯。白虎通壽命篇即用緯文，觀上文所引可知。論衡命義篇稱“傳曰”，傳亦指緯也。王逸注九辯“遭命”云：“卒遇誅戮，身顛沛也。”正以漢人解三命者解之，所本亦緯説也。圖緯之書，説者亦云起於孔子。然其言荒誕不經，其書至哀平時始流布。至後漢而益盛。鄭玄宋均咸深信其言，爲之作注。宋玉楚人，距屈原不遠，顧其作賦，乃採圖緯之言，與漢人之言三命者合，一似玉作賦時圖緯已盛行者，豈非可怪之事乎？

　　余以遭命疑九辯，然漢人言三命又繫之司命。鄭玄注祭法云：“司命主督察三命。”白虎通壽命篇云：“隨命者隨行爲命。若言怠棄三正，天用勦絶其命矣。又欲使民務仁立義，無滔天。滔天則司命舉過。”王符潛夫論卷三忠貴篇云：“德薄不稱其貴，文昌奠功，司命舉過。”此皆以三命繫之司命者也。司命星名。或以斗魁上文昌宮第四星當之。史記天官書云“文昌宮四曰司命”是也。或以斗魁下三台上台星當之。周禮大宗伯疏引武陵太守星傳“三台一名天柱，上台司命爲太尉”是也。司命又神名。大宗伯以櫑燎祀司中司命。祭法：“王爲群姓立七祀，諸侯爲國立五祀”，中並有司命。是也。周禮禮記並有司命，知司命祀在漢以前。史記封禪書載高祖置祠祝官女巫。晉巫荆巫所祠，並有司命。應劭風俗通卷八“司命”條稱司命齊地大尊重之。汝南餘郡亦多有。（元大德本作：齊天地大尊重之。劉昭注司馬彪後漢書祭祀志引風俗通無“天”字，是也。）漢汝南郡故荆地。知荆俗亦祠司命。祠司命既爲荆俗，則三命之説或與司命之祠俱起。宋玉荆人，其賦出“遭命”宜無足怪。又何必以爲疑乎？余謂祀司命本起於北方。應劭謂“齊地大尊重之”，明其爲齊俗也。齊多方士，故祠司命。汝南與齊近，故亦染其俗。至於楚之丹陽、郢，爲屈原宋玉故國者，其地是否有祠司命之俗，蓋不可知也。

離騷、天問，所出神名多矣，不言司命。離騷、哀郢、懷沙，怨悱極矣，不言遭命。明原時楚不祀司命且無三命之説也。宋玉及事楚襄王。襄王時郢破保於陳。陳在北，或祀司命。然三命之説，發生在後。宋玉時司命與三命亦未必相涉。三命之説，似起漢武帝時。董仲舒春秋繁露重政篇云："人始生有大命，是其禮也。有變命存其間者，其政也。政不齊，則人有忿怒之志。若將施危難之中而時有遭隨者，神明之所接，絶屬之符也。"時有遭隨，似即指遭命隨命言之。仲舒學本不純，其説或即圖緯家言也。然嚴忌景帝時人，擬屈原賦作哀時命，無遭命之言。楚辭九歌，余定爲武帝時歌詞，其詠大司命亦但言"壽夭在予"而已，無三命之言。則三命之説在景武之世猶未通行也。及緯書盛行，漢人著書之涉命數者，遂無不言三命，且以司命爲督察三命之神。據太平御覽卷三六〇引春秋元命苞云："天不殺故立三命以垂策。所以尊天一節三者，法三道之術。"天一者，北極之神，一曰太一。所謂天皇大帝者也。節三當作階三。三階即三台，大宗伯疏引武陵太守星傳所謂"上台司命爲太尉，中台司中爲司徒，下台司禄爲司空"者也。元命苞春秋緯不知起於何時。御覽引此條兼載其注。此非鄭玄注即宋均宋衷注。其書必不出於後漢，疑是西漢之書。觀其文以三命與天一三台並言，可知司命督察三命及司命舉過之説本出於緯書也。明乎三命説及司命督察三命説之出於緯書，則知宋玉楚人，其時代去屈原不甚遠，其造賦不應於賦中見遭命之文。今九辯竟云遭命，則九辯之非宋玉作或九辯九首之不盡爲宋玉作，其事亦彰然明白矣。

一九四七年十一月

原載輔仁大學文苑，後刊于文學雜誌第三卷第六期

清商曲小史

一 引論

　　蔡邕禮樂志（志已亡，據續漢書禮儀志注引）記漢明帝時樂四品：一大予樂即大樂，（漢明帝永平三年，從曹充言，改大樂官曰大予樂。見後漢書卷二顯宗孝明帝紀，及卷三十五曹褒傳。）二周頌雅樂，三黃門鼓吹，四短簫鐃歌，相和、清商不在內。相和始見馬融長笛賦，其樂品與清商相近。惟一分三調一不分三調爲異。宋書樂志云：“凡樂章古詞，如烏生十五子（相和歌）之屬，並漢世街陌謠謳。”吳兢樂府古題要解卷上引蔡邕語云：“清商其詞不足采。”可見相和、清商並是民歌俗樂。而南朝人論樂多言清商。所以此篇所論以清商爲主。

二 漢魏的清商曲

　　清商似源於古之商歌。淮南子道應訓記寧戚干齊桓公疾商歌。劉家立集證引許慎注：“商金，聲清，故以爲曲。”商於五行屬金，故曰商金。商較宮爲清，故曰聲清。淮南子修務訓高誘注：“清，商也。濁，宮也。”是其證。（寧戚謳歌事，又見離騷，呂覽離俗覽，淮南子主術訓、氾論訓，新序雜事篇，乃古代最普遍的傳說。）韓非子十過篇叙衞靈公時新聲琴曲，宋玉笛賦叙笛曲，均有清商（笛賦蓋秦漢間人擬作，全文見宋章樵注本古文苑卷二）。漢書禮樂志記哀帝時罷樂府，所罷有商樂鼓員十四人，商樂似即清商。至漢時用清商爲女樂，則張衡西京賦言之甚明。其詞曰："歷掖庭，適歡館。捐衰色，從嬿婉。促中堂之陜坐，羽觴行而無算。祕舞更奏，妙材騁伎。妖蠱豔夫夏姬，美聲揚於虞氏。嚼清商而卻轉，增嬋娟以此豸。"薛綜注："清商鄭音。""鄭音"即俗樂也。宋裴松之注三國志魏書齊王芳紀云："帝每見九親婦女有美色，或留以付清商。"魏清商，武帝時屬郎中令。文帝改郎中令爲光禄勳。清商則有令，有丞，屬光禄勳，見三國志魏書文帝紀、通鑑卷一三四宋昇明二年胡注（晉清商令屬光禄勳，與魏同）。魏武帝明帝皆好音聲。武帝遺令，使其婕好妓人皆着銅爵臺，節朔向靈帷作伎（即清商伎）。明帝時後宮習伎歌者有千數。此則宮中女伎，不在清商員内者也。因爲清商是女樂，内宴及宴私時常常演奏，所以魏三祖聽慣了，也高興自己作起詞來。至於鄴下名人，洛陽内職，因爲時常預宴聽慣了，也相率作這種詞。這完全是時尚的關係，並無何種稀奇。宋書樂志、晉書樂志都説："有因絃管金石造歌以被之，魏世三調歌詞之類是也。"可見魏三祖的樂府，是由樂以定詞，非選詞以配樂，等於後世之填詞。但魏三祖究竟不是伶官，作的詞未必盡合節奏，所以唱時必須增字添聲，觀宋書樂志所録可知。

三　清商曲由北入南

　　晉初清商猶盛。及永嘉之亂，五都淪覆，中原爲少數民族佔據，其音分散。獨張氏保有河西七十餘年，猶有清商。苻堅滅張氏,於凉州得之。宋武帝(劉裕)平關中,因而入南,由是中原不復存此樂。別有西凉樂者,亦起凉州。隋書卷十五音樂志云:"西凉樂起於苻氏之末,呂光、沮渠蒙遜據有凉州,變龜兹聲爲之。"舊唐書卷二十九音樂志云:"西凉樂蓋凉人所傳中國舊樂,而雜以羌胡之聲。"此樂魏、周重之,謂之國伎。至隋、唐不衰。其音較龜兹樂爲嫺雅,而與清商不同物。今附論之。

四　南朝的清商曲

清商是中原舊音,又經魏三祖製詞,所以江左甚重其伎,用於宴饗,目爲雅樂(南朝清商皆隸太樂。太樂乃太常所管)。至於吳歌西曲,是揚州和上游荆、雍二州的地方樂,並不是清商。南朝士大夫亦無承認吳歌西曲是清商者。今舉三例明之。沈約宋書樂志載清商三調歌詩,平調二曲,清調四曲,瑟調十三曲。中無一字涉及吳歌西曲。證一。王僧虔所撰大明三年宴樂伎録載當時所行平調七曲,清調六曲,瑟調三十八曲(伎録已佚,今據樂府詩集卷三十平調曲序卷三十三清調曲序,卷三十六瑟調曲序所載古今樂録文轉引)。吳歌西曲不在内。證二。南齊書卷三十三王僧虔傳載僧虔昇明(宋順帝年號)中上表云:"今之清商,實由銅爵,三祖風流,遺音盈耳。京洛相高,江左彌貴……而情變聽移,稍復銷落,十數年間,亡者將半。自頃家競新哇,人尚謡俗,務在噍殺,不顧音紀。……排斥正曲,崇長煩淫。宜命有司務勤功課,緝理遺逸,迭相開曉。所經漏忘,悉加補綴。"時齊高帝(蕭道成)輔政,乃使侍中蕭惠基調正清商音律。蕭惠基是清商專家。南齊書卷四十六蕭惠基傳云:"自宋大明(孝武帝年號)以來,聲伎所尚多鄭衛淫俗,雅樂正聲鮮有好者。惠基解音律,尤好魏三祖曲及相和歌,每奏輒賞悦不能已。"所稱新哇淫俗，即是吳歌西曲。證三。吳歌西曲之非清商，得此三證，可以了然矣。

五　清商曲由南入北

南朝的樂傳入北方凡四次。第一次是齊、梁之際，傳入後魏。見魏書卷一百九樂志云：“初高祖（孝文帝）討淮、漢，世宗（宣武帝）定壽春，收其聲伎，江左所傳中原舊曲，明君、聖主、公莫、白鳩之屬，及江南吳歌，荆、楚西聲，總謂之清商。”（清商也喚作吳音，魏書、隋書所稱“吳音”，即清商。以北朝人謂南朝爲“吳”，謂南朝人爲“吳人”。“吳音”猶言南方樂也。）第二次是梁末傳入北齊。見隋書卷七十五何妥傳云：“宋、齊已來，至於梁代，所行樂事猶皆傳古。三雍四始，實稱大盛。及侯景篡逆，樂師分散。其四儛三調，悉度僞齊。”第三次是西魏恭帝元年平荆州，大獲梁氏樂器，以屬有司。見隋書卷十四音樂志。（西魏所得，蓋只是梁雅樂與鐃吹，且未施行。至周武帝時始用之。）第四次是隋平陳，得南朝舊樂。見隋書卷十五音樂志。云：“開皇（隋文帝年號）九年，平陳，獲宋、齊舊樂。詔於太常置清商署以管之。求陳太樂令蔡子元、于普明等復居其職。”隋文帝極重清商，曾嘆爲華夏正聲。至煬帝時遂列清樂爲九部樂之一。將南方所行的中原舊曲，江左新聲，總謂之清樂。南朝樂入北，這是清商曲盛衰的關鍵，極可注意。因爲北朝的統治者爲鮮卑人或準鮮卑人，魏、齊、周雖有其聲而不知重視（齊雜樂有清商，其官有清商署隸太樂與梁同）。隋朝雖似注意，但是時西域樂在中國已佔了音樂的重要地位。至唐開元時西域樂的發展達於極點，清商樂便完全被西域樂打倒了。

六　隋唐的清商曲

　　後魏將傳來南朝的中原舊音，和吳歌西曲一律稱爲清商。這是北朝人不了解南朝的樂隨便亂稱。正如元人對遼、金遺民不論是契丹是女真是漢人，一律稱爲漢人一樣。但魏朝人雖不能辨，隋朝人還能辨。如隋書何妥傳載妥於文帝時上表，請考定音律，云：“臣少好音律，留意管絃。年雖耆老，頗皆記憶。及東土（齊）克定，樂府悉返，訪其逗遛，果云是梁人所教。今三調四舞，並皆有手。雖不能精熟，亦頗具雅聲，若令教傳授，庶得流傳古樂。”妥本梁人，江陵破，被虜入西魏，歷周至隋，所以他知道三調可貴。唐初人修隋書，也還能分別清商與吳歌西曲之不同。所以隋書卷十五音樂志説：“清樂，其始即清商三調是也。”清樂溯其始即清商三調。後來淫聲繼起，如吳歌西曲之類，與清商一同傳入北方，北方人因一律稱爲清商。隋時言清商，有時指三調，有時爲南方樂之總名。後又以清商爲清樂。於是清樂、清商兩稱並存。自清樂之名行，而清商之義愈晦，世人遂不知清商宜專指三調矣。唐初清商不但用於燕饗，即貴官家中亦有其伎。舊唐書卷六十八尉遲敬德傳云：“敬德末年嘗奏清商樂，以自奉養。”可證。但過了幾十年，清商殘闕了，樂工也散了。至開元時清商所餘無幾。這時不但普通人不明白清商與吳歌西曲的分別，連知識分子也不明白清商與吳歌西曲的分別。所以舊唐書音樂志叙唐朝的清商眉目不清，甚而把三調當作曲子名，不知是調名。後晉劉昫修舊唐書，代宗以前完全抄唐國史。玄宗朝國史，是玄宗在位時吳兢韋述修的。現在我們見的吳兢樂府古題要解，核其文，與樂府詩集所引樂府解題同，當是一書。此書以清商併入相和，而没三調之名。以吳歌西曲爲清商，分類是無條理的。因此我們知道樂府源流的不明，自<u>唐</u>中葉始。<u>宋郭茂倩</u>選的樂府詩集，分類與樂府古題要解同（惟三調名稱尚保留）。推測起來，他的錯誤大概是受了<u>唐</u>人的影響。

原載<u>文學研究</u>一期，一九五七年

絶句是怎樣起來的

絶句是怎樣起來的？一般人的答覆，都説是出於律詩。帶經堂詩話卷二十九，載長山劉大勤問絶句，漁洋山人答云：

> 所謂截句，謂或截律詩前四句，如後二句對偶者是也。或截律詩後四句，如起二句對偶者是也。

漁洋山人這幾句話，代表近世論詩人的説法。但，漁洋山人並不信這種説法一定對。所以他又説：

> 然此等迂拘之説總無足取。

王船山夕堂永日緒論内編説：

> 五言絶句，自五言古來。七言絶句，自歌行來。此二體本在律詩之前。有云："絶句者，截取律詩一半。或絶前四句，或絶後四句，或絶首尾各二句，或絶中兩聯。"審爾，瞖頭刖足爲刑人而已。不知誰作此説，戕人生理？

船山"絶句自五言古、歌行來"的話，極可玩味。可惜，他没有詳細地把所以然講出來。

我今日竊不自揣，願繼船山、漁洋之後，對絶句來源問題有所解釋。

絶句不出於律詩，這箇道理是容易明白的。因爲，現在人所謂律詩，導源於"永明體"。梁陳時才有類似律體的五言詩，唐初才有類似律體的七言詩。五言律體的成熟，在唐初；七言律體的成熟，在開天之際。而絕句在六朝時已先有此稱了。梁徐陵選的玉臺新詠卷十，有古絕句四首，有吳均雜絕句四首。南史卷八梁簡文帝紀載簡文帝爲侯景所廢，幽於永福省，有絕句五篇：

> 帝自幽縶之後，無復紙，乃書壁及板鄣，爲文自序。崩後，王偉觀之，惡其辭切，即使刮去。有隨偉入者，誦其連珠三首，詩四篇，絕句五篇。文並悽愴云。

絕句又簡稱"絕"，南史此例不少。如卷八梁元帝紀：

> 魏師至凡二十八日。徵兵四方，未至而城見剋。在幽逼，求酒飲之，製詩四絕。其一曰："南風且絕唱，西陵最可悲；今日還蒿里，終非封禪時。"其二曰："人世逢百六，天道異貞恒；何言異螻蟻？一旦損鵾鵬。"其三曰："松風侵曉哀，霜霧當夜來；寂寥千載後，誰畏軒轅臺？"其四曰："夜長無歲月，安知秋與春？原陵五樹杏，空得動耕人。"

卷五十一梁宗室傳蕭正德傳（附父臨川靜惠王宏傳）：

> 普通三年，以黃門侍郎爲輕車將軍。頃之奔魏。初去之始，爲詩一絕，內火籠中，即詠竹火籠，曰："楨幹屈曲盡，蘭麝氛氳銷；欲知懷炭日，正是履冰朝。"

卷六十四張彪傳：

> 彪始起於若邪，興於若邪，終於若邪，及妻、犬皆爲時所重異。……彪友人吳中陸山才嗟泰（沈泰）等翻背，刋吳昌門爲詩一絕曰："田橫感義士，韓王報主臣；若爲留意氣，持寄禹川人。"

卷七十二文學傳檀超傳：

> 又有吳邁遠者，好爲篇章。宋明帝聞而召之。及見，曰：“此人連（連句）絕（絕句）之外，無所復有。”

史書中也有書作“斷句”的，如南史卷十四劉昶傳：

> 廢帝（子業）即位，爲徐州刺史。帝北討，昶即起兵。統內諸郡，並不受命。昶知事不捷，乃夜開門奔魏。棄母妻，惟攜妾一人作丈夫服，騎馬自隨。在道慷慨爲斷句曰：“白雲滿鄣來，黃塵半天起；關山四面絕，故鄉幾千里！”因把姬手，南望慟哭。左右莫不哀哽。每節悲慟，遙拜其母。

也有書作“短句”的，如齊書卷三十五武陵昭王曄傳：

> 曄剛穎儁出，與諸王共作短句詩，學謝靈運體，以呈。上（齊高帝）報曰：“見汝二十字，諸兒中最爲優者。但康樂放蕩，作體不辯有首尾。安仁、士衡，深可宗尚。顏延之抑其次也。”

齊書這一段記載，很可注意。因爲，根據齊高帝的話，不但宋朝的顏延之、謝靈運有二十字的短句詩，晉朝的陸士衡、潘安仁已先有二十字的短句詩了。然則，絕句的産生，尚遠在“永明體”之前，如何説絕句出於律詩呢？

絕句既不出於律詩，絕句是如何發生的呢？我想，有兩條路。第一條路，出於二十字的歌謠或小樂府。漢朝的歌謠，多半是雜言，每句不限五字，每篇也不限四句。但三國時南方已經有二十字的歌了。世説新語排調篇：

> 晉武帝問孫皓：“聞南人好作爾汝歌，頗能爲不？”皓正飲酒，因舉觴勸帝而言曰：“昔與汝爲鄰，今與汝爲臣；上汝

　　一杯酒,令汝壽萬春。"

孫皓作的這首歌,是南方爾汝歌的體裁。(宋王歆之曾敎孫皓歌
作二十字詩答劉邕,見南史卷十五劉穆之傳。)可見南方的爾汝
歌是二十字的。至於樂府詩集卷四十四至四十七所載的"吳聲
歌曲",幾乎完全是二十字的。宋書卷十九樂志云:

　　　　吳歌雜曲,並出江東。晉、宋以來,稍有增廣。

晉書卷二十三樂志亦云:

　　　　吳歌雜曲,並出江南。東晉以來,稍有增廣。

又引子夜、前溪、團扇、懊憹等歌云:

　　　　凡此諸曲,始皆徒歌,既而被之管絃。

根據宋書樂志、晉書樂志的話,知道晉以前江東已有吳歌。也許
在晉以前,這種吳歌已被之管絃,文人聽這種歌謳慣了,便模仿
其體,作二十字的小詩。這種小詩,也許是南方人開頭作;不久,
北方人也學起來了。這就是後人所說的絕句了。

　　這一個說法最簡截。但,以之說明二十字詩之起源有餘;以
之說明二十字詩之所以被稱爲"絕句"或"斷句"之故,卻嫌不足。
所以,我又想到第二條路。第二條路,出於"相和""清商"及"雜
舞曲"。相和、清商,是魏晉最流行的樂,但最初是民間歌謠。宋
書卷十九樂志云:

　　　　凡樂章古詞,今之存者,並漢世街陌謠謳。"江南可采
　　　蓮","烏生十五子","白頭吟"之屬是也。

雜舞曲,也出自民間。樂府詩集卷五十三舞曲歌辭雜舞序云:

　　　　雜舞者:公莫、巴渝、槃舞、鞞舞、鐸舞、拂舞、白紵之類
　　　是也。始皆出自方俗,後寖陳於殿庭。蓋自周有縵樂散樂,

> 秦、漢因之增廣,宴會所奏,率非雅舞。漢魏已後,並以鞞、
> 鐸、巾、拂四舞用之宴饗。

這些歌舞曲,每篇都分若干解。每篇每解的句子,體不一定:有四言的、五言的、七言的、雜言的,但以五言者爲多。這一點我將另爲文説明,現在不多説。每解句數,也不一定:有兩句的、三句的、四句的、六句的、八句的、十句的、十四句的,甚而有二十句的;但以每解四句者爲多。我曾經根據宋書樂志所載清商三調歌詩研究過。研究結果,知道在諸篇諸解中,其以四句爲一解者,佔二分之一以上。目如下:

仰瞻:平調短歌行。魏文帝辭。四言八解。每解四句。

對酒:平調短歌行。武帝辭。五言六解。每解四句。

北上:清調苦寒行。武帝辭。五言六解。每解四句。

朝日:瑟調善哉行。文帝辭。五言五解。每解四句。

上山:瑟調善哉行。文帝辭。四言六解。每解四句。

朝游:瑟調善哉行。文帝辭。五言五解。每解四句。

古公:瑟調善哉行。武帝辭。四言七解。每解四句。

我祖:瑟調善哉行。明帝辭。四言八解。每解四句。

來日:瑟調善哉行。古辭。四言六解。每解四句。

王者布大化:大曲櫂歌行。明帝辭。五言五解。每解四句,後有趨亦四句。

明月:楚調怨詩。東阿王辭。五言七解。每解四句。

以上篇中諸解一律四句者

悠悠:清調苦寒行。明帝辭。五言五解。除第五解外每解四句。

自惜:瑟調善哉行。武帝辭。五言六解。第六解雜言,除第六解外每解四句。

赫赫:瑟調善哉行。明帝辭。四言四解。第四解雜言,除第四解外每解四句。

默默：大曲折楊柳行。古辭。五言四解。除第三解外每解四句。

園桃：大曲煌煌京洛行。文帝辭。四言第一解四句。

西門：大曲西門行。古辭。第四解第六解五言，每解四句。

白鵠：大曲豔歌何嘗行。古辭。第三解第四解五言，每解四句。

何嘗：大曲豔歌何嘗行。古辭。第五解四言四句。

白頭吟：大曲與櫂歌同調。古辭。第一解第三解第四解五言，每解四句。

以上篇中諸解，句數不一律。其中有以四句爲一解者，各注於本題之下。所注者，皆四言五言，雜言不在內。

以上篇中諸解一律四句者，得十一篇六十九解。篇中諸解句數不一律，而中有以四句爲一解者；在九篇中，得二十四解。如是，共得九十三解。其雜言一解四句者，尚不在內。而宋書樂志所載清商三調歌詩，共三十五篇一百八十一解。這可以看出樂府在漢、魏之際，趨向每解四句了。相和歌及雜舞曲，本來也是分解的。但，宋書樂志、樂府詩集，對於相和歌、雜舞曲都不在句下注明第幾解。晉書樂志所載鞞舞、拂舞詞，也一樣不注第幾解。所以，我只好舉清商三調歌詩作例子。

漢、魏樂府歌詩，其句法趨向五言；其每解句數，亦趨向四句。因此，我想：這類樂府，是可以和絕句發生關係的。絕句的產生方法，依我意見，和宋朝大曲的摘遍一樣。漢、魏樂府歌詩，用時有沒有摘遍的事呢？這箇問題的答覆，須要證據，不能空說。漢、魏的證據我沒有。南朝齊的證據，我卻有，就在齊書樂志裏。齊書樂志俳歌辭後附釋文云：

右侏儒導舞人自歌之。古辭俳歌八曲。此是前一篇二十二句。今侏儒所歌摘取之也。

古辭俳歌前一篇二十二句，齊侏儒所歌，只十句。這裏所謂摘取，即是摘遍。據齊書樂志所載，不但導舞的俳歌是摘遍的；當時所行雜舞，如拂舞、杯槃舞、巾舞諸歌都是摘遍的。今具引於後：

　　白鳩辭：

　　　　翩翩白鳩　　再飛再鳴　　懷我君德　　來集君庭

樂府詩集卷五十五齊拂舞白鳩辭序云：

　　　　晉白鳩舞歌七解。齊樂所奏是最前一解。

　　　　按：晉白鳩舞歌原文，見宋書卷二十二樂志、晉書卷二十三樂志、樂府詩集卷五十四。

濟濟辭：

　　　　暢飛暢舞　　氣流芳　　追念三五　　大綺黃

齊書曲後附釋文云：

　　　　右一曲。晉濟濟舞歌六解，此是最後一解。

　　　　按：晉濟濟舞歌原文，見宋書卷二十二樂志、晉書卷二十三樂志、樂府詩集卷五十四。齊書“最後一解”，當作“最前一解”，樂府詩集卷五十五齊拂舞濟濟辭序已言之。

獨禄辭：

　　　　獨禄獨禄　　水深泥濁　　泥濁尚可　　水深死我

齊書曲後附釋文云：

　　　　晉獨鹿舞歌六解，此是前一解。

　　　　按：晉獨鹿舞歌原文，見宋書卷二十二樂志、晉書卷二十三樂志、樂府詩集卷五十四。

碣石辭：

東臨碣石　　以觀滄海　　水何淡淡　　山島竦峙

樹木叢生　　百草豐茂　　秋風蕭瑟　　洪波湧起

日月之行　　若出其中　　星漢粲爛　　若出其裏

幸甚至哉　　歌以詠志

齊書曲後附釋文云：

右一曲魏武帝辭。晉以爲碣石舞歌詩。詩四章，此是
中一章。

按：魏武帝辭是大曲步出夏門行，曲四解，前有豔。原
文見宋書卷二十一樂志。齊拂舞所歌碣石辭是武帝辭之第
一解觀滄海章。宋書卷二十二樂志、晉書卷二十三樂志、樂
府詩集卷五十四載晉拂舞歌詩碣石篇四解全，前無豔。

淮南王辭：

淮南王　　自言尊　　百尺高樓　　與天連

我欲渡河　　河無梁　　願作雙黃鵠　　還故鄉

齊書曲後附釋文云：

晉淮南王舞歌六解。前是第一，後是第五。

按：晉淮南王舞歌原文，見宋書卷二十二樂志、晉書卷
二十三樂志、樂府詩集卷五十四。齊書“後是第五”，疑當作
“後是第四”。

以上拂舞

齊世昌辭：

齊世昌　　四海安樂　　齊太平

人命長　　當結久　　千秋萬歲　　皆老壽

齊書曲後附釋文云：

晉杯槃歌十解。其第一解首句云"晉世寧"。宋改爲
"宋世寧"。齊改爲"齊世昌"。後一解辭同。

按：晉杯槃歌原文，見宋書卷二十二樂志、樂府詩集卷
五十六。齊志所録，前三句當晉歌第一解，而文異。後三
句，是晉歌第十解。曲後釋文"後一解辭同"，宋蜀本齊書誤
作"餘辭同後一"。樂府詩集卷五十六齊世昌辭序，引南齊
書樂志釋文不誤。今從之。歌詞"當結久"，宋書樂志、樂府
詩集引晉杯槃舞歌皆作"當結友"。疑齊書亦誤。

以上杯槃舞

公莫辭：

吾不見公莫時　吾何嬰公來　嬰姥時吾

思君去時　吾何零　子以耶

思君去時　思來嬰　吾去時母那　何去吾

齊書曲後附釋文云：

晉公莫舞歌二十章，無定句。前是第一解，後是第十
九、二十解。

按：晉公莫舞歌原文，見宋書卷二十二樂志、樂府詩集
卷五十四，並不斷句，題作巾舞歌詩。"吾何零"，宋書、樂府
詩集引巾舞歌詩均作"意何零"。"母那何去吾"，宋書、樂府
詩集引巾舞歌詩均作"母何何吾吾"。

以上巾舞

這是齊朝舞曲歌辭摘遍的例。齊書樂志不載相和歌、清商
曲。我想，宋齊時樂工歌相和、清商，也不一定唱全曲。我這箇
想法，實因讀齊書王僧虔傳而起。傳載宋順帝昇明二年僧虔上

表云：

> 今之清商，實由銅爵，三祖風流，遺音盈耳。京洛相高，江左彌貴。……中庸和雅，莫復於斯。而情變聽移，稍復銷落，十數年間，亡者將半。……宜命有司務勤功課，緝理遺逸，迭相開曉。所經漏忘，悉加補綴。曲全者祿厚，藝妙者位優。利以動之，則人思刻厲。反本還源，庶可跂踵。(卷三十三)

讀僧虔此文，知宋末清商有遺逸的，也有漏忘的。逸是亡失，漏是不全。所以，我疑心宋、齊時唱清商，有摘遍之事。至於漏忘的原因，如僧虔所説，因情變聽移而樂工不勤功課，固然有理。但，事未可一概而論。漢樂府及魏三祖曲，有過長的。若依文全唱，不但唱的人費力，即聽的人亦費時。因此，樂工在某種情形之下，可以不唱全文，只摘取文字最精彩聲音最美的一二解唱。這種辦法，後世儘有，不足爲奇。一篇歌詩，可因摘唱久了而有所漏忘，但漏忘不一定是摘唱的原因。我可以舉箇例子。晉白鳩舞歌七解。齊樂所奏，是第一解。到了梁朝奏此曲，比齊樂多了一解。梁白鳩舞歌見樂府詩集卷五十五，文爲：

> 翩翩白鳩　　再飛再鳴　　懷我君德　　來集君庭
> 曖曖鳴球　　或丹或黃　　樂我君恩　　振羽來翔

“曖曖鳴球”，當依宋書樂志作“交交鳴鳩”，或依晉書樂志作“皎皎鳴鳩”。“曖曖鳴球”，以下四句，是晉白鳩舞歌的第三解。這一解，梁樂工能唱，齊樂工也該能唱，但齊樂工不唱這一解。這可以知道齊樂白鳩只奏第一解的原因，不盡是漏忘了。我所舉的，雖只是白鳩辭一箇例子，但可以推知其他諸曲齊樂不全奏，一定也不盡由於漏忘。因爲，摘唱往往是有意的。如果我説的話對，則當魏、晉清商曲極盛之時，對於古辭今辭，亦不見得沒有摘唱之事。樂府辭有若干解；魏、晉時樂工歌古今辭，有時不全唱，只唱一解。如果這一解是五言四句的，這就是二十字的短句詩了。

絕句出於漢、魏分章分解的樂府，這又是一箇説法。這箇説法，不但以之説明二十字詩的起源有餘；即以之説明二十字詩所以被稱爲"絕句"或"斷句"之故，亦絲毫不勉强。"短"與"斷"同音。在廣韻"短""斷"都音都管切。"斷"與"絕"同意。説文："絕，斷絲也。斷，截也。"釋名："絕，截也；如割截也。""短句"就是"斷句"，也就是"絕句"。一篇樂府有若干解，現在割裂其辭，只取一解，所以謂之"絕句"。

絕句最初只是樂府之一解。文人最初作絕句，或者要書明"當某曲第幾解"。有時圖省便，便把"絕句"二字作題目，替代了"當某曲第幾解"。但，這是文字的省略。作者心中，還想到，此一絕句出於何曲。到了絕句離開樂府獨立，成爲一種文體時，便不管出於何曲了。絕句本從樂府出。樂府的律，與沈約等所謂宮商，毫不相干。自沈約四聲譜出，梁、陳文人依其法作五言詩，於是有五言四韻或四韻以上的永明體詩。到這時，由漢、魏樂府出的二十字詩，也不能不受影響。所以，永明體的絕句也出來了。這種永明體的絕句，作的細一點，便入唐風，成了唐人絕句。後人不知絕句的來源，看見唐人絕句迴避聲病，作法與律詩無異，便認爲絕句出於律詩了。

一九四七年五月寫

原載學原第一卷第四期，一九四七年八月

晉雜舞歌的章句

宋書樂志，載晉鼙舞歌五篇，鐸舞歌二篇，拂舞歌五篇，杯槃舞歌一篇，巾舞歌一篇。鼙舞歌乃傅玄辭。鐸舞歌二篇，實是一篇，亦傅玄辭，我有考。拂舞歌五篇，内碣石一篇，是魏武帝辭，餘篇不知撰人。巾舞歌亦不知撰人。這幾篇不知撰人的，我疑心本是民歌，晉朝用時，修改過。

這幾類雜舞歌，除巾舞外，宋書樂志的寫法，都是一句一斷，讀起來很方便。可惜沒有照注清商曲的辦法，把每篇的解注出來，解就是章。因此，這些歌每篇分若干章，自某句起至某句止為一章，我們不能知道。幸而齊朝的雜舞用晉辭，齊書樂志載鼙舞歌三篇，鐸舞歌一篇，拂舞歌五篇，杯槃舞歌一篇，巾舞歌一篇，皆非全文。但有幾篇後面附的說明，提到晉歌是多少解，這是可喜的事。這幾篇歌詩和說明，現在照齊書抄出來：

濟濟辭

　　暢飛暢舞　　氣流芳　　追念三五　　大綺黄

　　　　右一曲晉濟濟舞歌六解。此是最前一解。（"前"宋蜀本齊書誤作"後"，今據樂府詩集卷五十四齊濟濟辭序改。）

獨禄辭

　　獨禄獨禄　　水深泥濁　　泥濁尚可　　水深殺我

　　　　右一曲晉獨鹿舞歌六解。此是前一解。

淮南王辭

　　淮南王　自言尊　百尺高樓　與天連　我欲渡河

　　河無梁　難作雙黃鵠　還故鄉

　　　　右一曲晉淮南王舞歌六解。前是第一，後是第五。

（“五”疑當作“四”。）

以上拂舞

齊世昌辭

　　齊世昌　四海安樂　齊太平

　　人命長　當結久　千秋萬歲　皆老壽

　　　　右一曲晉杯槃歌十解。第三解云：舞杯槃，何翩

翩，舉坐翻覆壽萬年。其第一解首句云“晉世寧”，宋

改爲“宋世寧”，惡其“杯槃翻覆”辭，不復取。齊改爲

“齊世昌”。後一解辭同。（“後一解辭同”，宋蜀本齊書誤作

“餘辭同後一”。今據樂府詩集卷五十六齊世昌辭序引齊書樂志改。）

以上杯槃舞

公莫辭

　　吾不見公莫時　吾何嬰公來　嬰姥時吾　思君去時

　　吾何零　子以耶　思君去時　思來嬰　吾去時母那何

去吾

　　　　右一曲晉公莫舞二十章，無定句。前是第一解，後

　　是十九二十解。

以上巾舞

齊書樂志拂舞白鳩辭後說明，不言晉歌若干解。可於樂府

詩集卷五十五齊白鳩辭序得之。補序云：

晉白鳩舞歌七解。齊樂所奏,是最前一解。

根據齊書樂志、樂府詩集,我們可以知道:

晉拂舞歌

白鳩篇七解

濟濟篇六解

獨祿篇六解

淮南王篇六解

晉杯槃舞歌

晉世寧篇十解

晉巾舞歌

公莫篇二十解

這六篇歌,公莫篇聲辭相雜,除齊書所舉第一、第十九、第二十解外,餘詞現在無法替他分解。其他五篇,我曾經審察每篇的句法、文義、用韻,試爲分解。不敢云全對,但希望大致不錯。這五篇,現在據宋書鈔在後面,其與齊書、晉書樂志、樂府詩集文不同者,並加校注。

白鳩篇

翩翩白鳩　再飛再鳴(齊書、晉書同,樂府詩集作"載飛載鳴"。)
懷我君德　來集君庭

第一解

白雀呈瑞　素羽明鮮　翔庭舞翼　以應仁乾

第二解

交交鳴鳩("交交"樂府詩集同,晉書作"皎皎"。)　或丹或黃
樂我君惠　振羽來翔

第三解

東壁餘光　魚在江湖　惠而不費　敬我微軀

第四解

策我良駟　習我驅馳　與君周旋　樂道亡餘（樂府詩集同，晉書作"樂道亡飢"，於義爲長，且飢與馳韻合，疑當從之。）

第五解

我心虛靜　我志霑濡　彈琴鼓瑟　聊以自娛

第六解

陵雲登臺　浮游太清　扳龍附鳳　日望身輕（"日望"晉書作"自望"，樂府詩集作"目望"誤。）

第七解

濟濟篇

暢飛暢舞　氣流芳　追念三五　大綺黃

第一解

去失有　時可行　去來同時（樂府詩集同，晉書文顚倒作"時同"。）　此未央

第二解

時冉冉　近桑榆　但當飲酒　爲歡娛

第三解

衰老逝　有何期　多憂耿耿　內懷思

第四解

淵池廣（樂府詩集同，晉書避唐諱作"深池曠"。）　魚獨希　願得黃浦　衆所依

第五解

恩感人　世無比　悲歌具舞（樂府詩集同，晉書作"且舞"。）無極已

第六解

獨禄篇

獨禄獨禄（晉書作“獨獨禄禄”，樂府詩集作“獨禄獨禄”，考齊書云：晉歌爲“鹿”字，則字作“鹿”。）　水深泥濁　泥濁尚可　水深殺我

第一解

雝雝雙雁（晉書、樂府詩集並作“雍雍”。）　游戲田畔　我欲射雁　念子孤散

第二解

翩翩浮萍　得風遥輕（晉書同，樂府詩集作“摇輕”。）　我心何合　與之同并

第三解

空牀低帷　誰知無人　夜衣錦繡　誰别僞真

第四解

刀鳴削中　倚牀無施　父寃不報　欲活何爲

第五解

猛虎班班（晉書此句與下第三句“虎”字避唐諱並作“獸”，樂府詩集“虎”同。）　游戲山間　虎欲嚙人　不避豪賢

第六解

淮南王篇

淮南王　自尊言（齊書、晉書、樂府詩集並作“自言尊”。）　百尺高樓與天連

第一解

後園鑿井銀作牀　金瓶素綆汲寒漿

第二解

汲寒漿　飲少年　少年窈窕何能賢　揚聲悲歌音絶天

第三解

我欲度河河無梁　願化雙黄鵠（“願化”樂府詩集同，齊書、晉

書並作"顧作"。）　還故鄉

第四解

還故鄉　入故里　徘徊故鄉　苦身不已（宋蜀本宋書"苦"
字缺，今據晉書、樂府詩集補。）

第五解

繁舞寄聲無不泰（"寄聲"樂府詩集同，晉書作"奇歌"。）　徘徊
桑梓游天外

第六解

晉世寧篇

晉世寧　四海平　普天安樂永大寧

第一解

四海安　天下歡　樂治興隆舞杯槃

第二解

舞杯槃　何翩翩　舉坐翻覆壽萬年

第三解

天與日　終與一　左回右轉不相失

第四解

箏笛悲　酒舞疲　心中慷慨可健兒

第五解

樽酒甘　絲行清　願令諸君醉復醒

第六解

醉復醒　時合同　四坐歡樂皆言工

第七解

絲竹音　可不聽　亦舞此槃左右輕

第八解

自相當　合坐歡樂人命長

第九解

人命長　當結友（樂府詩集同，齊書作“當結久”。按，“結友”見後漢書寇恂傳。）　千秋萬歲皆老壽

第十解

原載經世日報讀書週刊第四十期，一九四七年五月二十一日

宋書樂志今鼓吹鐃歌詞考

宋書樂志有"今鼓吹鐃歌詞"三篇。第一篇是上邪曲。第二篇是晚芝曲。第三篇是艾如張曲。這三篇不但我們看不懂,連沈約也看不懂。所以,他注了兩句,説:樂人以音聲相傳,詁不可復解。樂府詩集卷十九引古今樂録云:"凡古樂録皆大字是辭,細字是聲,聲辭合寫,故致然爾。"聲是樂聲,辭是歌詞。我們明白了,原來,這三篇是樂聲歌辭混在一起的。那時,沒有代表樂聲的符號,只用同聲的字去代表。代表樂聲的字和抒情達意的字合在一處,沒有分別了。並且,樂人以音聲相傳,連抒情達意的字,也多半以同聲字替代,不是本字了。所以,更不可解了。

既然不可解,便無從考知其時代作者。宋書對於這三篇,標題是"今鼓吹鐃歌詞"。意思是,今行的鼓吹鐃歌詞。樂工還能奏,不過,不知所奏的是何代的歌詞。樂府詩集逕題"宋鼓吹鐃歌",宋蜀本宋書樂志後所附校語,也作"宋鼓吹鐃歌",都是錯的。既然不可解,何以知道是"宋鼓吹鐃歌"呢?況且,劉宋承晉之後,並沒有自造鼓吹歌詞。所以,我疑心這三篇,不是漢魏舊曲,即是晉曲,這三篇雖不可解,並不見得不可考。於是乎,我設法去考了。

我考的方法,是把這三篇中代表樂聲的字或疑似代表樂聲的字,先用硃筆一一於字旁加點。剩下沒有點的字,假定是歌詞。然後,將我所假定的歌詞,與"漢鼓吹鐃歌"十八篇、魏繆襲造的鼓吹曲十二篇、晉傅玄造的鼓吹曲二十二篇,一篇篇的校對,看有沒有形同形似或音同音近的字。結果,我對出來了。第一篇是傅玄的大晉承運期篇。第三篇是傅玄的征遼東篇。第二篇我沒有對出來。現在,把第一篇、第三篇校對的結果寫出來,讓大家看看。

第一篇,我對出四十箇字來。這一篇最成功。爲求大家明白起見,把傅玄的大晉承運期原曲及宋書"今鼓吹鐃歌"之上邪曲都抄在後邊。在傅曲中凡字下加圈的,是與"今鼓吹鐃歌"上邪曲相當的字。在"今鼓吹鐃歌"上邪曲中,凡括弧裏的字,是傅曲中的本詞本字。

傅玄的大晉承運期:

大晉承運期,德隆聖皇。時清宴,白日垂光。應籙圖,陟帝位,繼天正玉衡。化行象神明。至哉,道隆虞與唐。元首敷洪化,百寮股肱並忠良。民大康。隆隆赫赫,福祚盈無疆。

宋書"今鼓吹鐃歌"上邪曲:

大竭(大晉)夜烏自云(運)何來堂吾來聲烏奚姑悟姑尊盧聖(聖)子黃(皇)尊來餽清嬰(時清晏)烏白日(白日)爲隨來郭吾微令吾

應龍(應籙)夜烏由道何來直(陟)子爲(位)烏奚如悟姑尊盧雞(繼)子聽(天)烏虎行爲(化行象)來明(明)吾微令吾

詩則(至哉)烏道祿(道隆)何來黑洛道烏奚悟如尊爾尊盧起黃華(洪化)烏伯遼(百寮)爲國日忠雨(忠良)(按:良諧聲作兩,又誤作雨)令吾

> 伯遼（百寮）夜烏若（當作"爲"）國何來日忠雨（忠良）烏奚
> 如悟姑尊盧面道康（民大康）尊録龍（隆隆）永烏赫赫（赫赫）
> 福胙夜（福胙盈）音微令吾

傅曲"百寮股肱並忠良"，宋書"今鼓吹鐃歌"改作"百寮爲國日忠良"。並且，疊此一句。這是不足爲怪的。因爲文人作的詞，唱的時候，往往不叶音律，所以必須改字或重疊其句。我們看漢魏的清商三調歌詞，時常發覺本詞和樂工歌的詞出入甚多，也是這箇道理。

第三篇我只對出十四箇字來。傅玄征遼東原曲和宋書"今鼓吹鐃歌"之艾如張曲，也照上一節的辦法寫出來。

傅玄的征遼東：

> 征遼東，敵失據。威靈邁日域。淵既授首，群逆破膽，咸震怖。朔北響應，海表景附。武功赫赫，德雲布。

宋書"今鼓吹鐃歌"艾如張曲：

> 幾令吾呼曆舍居（敵失據）執來隨咄武子邪令烏銜針（咸震）相風其右其右
>
> 幾令吾呼群議破葫（群逆破膽）執來隨吾咄吾子邪令吾今脮入海（海）相風及後
>
> 幾令吾呼無公赫（武功赫）吾執來隨吾咄武子邪令烏無公赫（武功赫）吾婣立諸布始布（布）

傅曲的"武功赫赫"，宋書"今鼓吹鐃歌"作"武功赫"，大概是脱了一箇"赫"字。"武功赫"句疊，和上文所舉的上邪曲一樣。傅曲"咸震"二字在"群逆破膽"四字下。此篇"咸震"二字在第一解，"群逆破膽"在第二解。位置變了。魏晉樂工，唱清商三調歌詞，對於本詞，也有掉換上下文的例。這不是錯。這一篇，我對出來

的字不多。但用作宋書"今鼓吹鐃歌"艾如張,即傅玄征遼東的
證據,也够了。

原載經世日報文藝週刊第三期,一九四六年九月一日

宋書樂志鐸舞歌詩二篇考

一

宋書卷二十二樂志，載鐸舞歌詩二篇，都不著撰人。

第一篇是聖人制禮樂篇。這一篇，宋書樂志的寫法，是每句一斷，共三十八句。句雖分明，而詞不能解。宋蜀本宋書，卷後附校記云：

> 聖人制禮樂一篇，巾舞歌一篇，按景祐（“祐”原誤“柯”，今迻改）廣樂記言字訛謬，聲辭雜書。

樂府詩集卷五十四，收聖人制禮樂篇，題古辭。前有鐸舞歌詩序云：

> 唐書樂志曰：鐸舞，漢曲也（舊唐書音樂志文，新唐書禮樂志同）。古今樂録曰：鐸，舞者所持也。木鐸制法度以號令天下，故取以爲名。今謂漢世諸舞，“鞞”“巾”二舞是漢事，“鐸”“拂”二舞以象時。古“鐸舞曲”有聖人制禮樂一篇，聲辭雜寫不可辨，相傳如此。魏曲有太和時。晉曲有雲門篇，傅玄造，以當魏曲。齊因之。梁周捨改其篇。隋書樂志曰：“鐸舞”傅玄代魏辭云“振鐸鳴金”，是也。

序引古今樂録，大概至"相傳如此"句止。古今樂録，以"聖人制禮樂篇"爲"古鐸舞曲"。序引古今樂録，文竟，繼云：魏曲有太和時，晉曲有雲門篇。看序的意思，是以"鐸舞""聖人制禮樂篇"爲漢曲。

　　第二篇是雲門篇。宋書樂志這一篇，寫法也是每句一斷，共二十一句。篇名下題云："鐸舞歌行，當魏太和時。"這一篇樂府詩集卷五十四也收了，題傅玄。齊"鐸舞歌"用傅玄辭。所以齊書樂志也收了這一篇。曲後附説明云：

　　　　右一曲傅玄辭，以代魏"太和時"。徵羽除"下厭衆目，上從鍾鼓"二句。

"徵羽"當作"徵羽下"。"厭"當作"饜"。玄辭"雜之以徵羽"句下，有"下饜衆目，上從鍾鼓"二句，齊鐸舞歌辭把這二句除去了，所以樂志説："徵羽下除""下饜衆目，上從鍾鼓"二句。宋蜀本齊書脱了一箇"下"字，便不好解了。樂府詩集卷五十四"齊鐸舞歌"序引南齊書樂志：

　　　　鐸舞歌一曲，傅玄辭，以代魏太和時。微用之除"下厭衆目，上從鍾鼓"二句。

"徵羽下"又錯成"微用之"。更不通了。

二

　　宋書樂志"鐸舞歌詩二篇"。第二篇雲門篇，是晉傅玄作的，沒有問題。第一篇聖人制禮樂篇，古今樂録以爲"古鐸舞曲"，樂府詩集題"古辭"。古的説法，雖不一定，但據樂府詩集的題法，無論如何，第一篇聖人制禮樂篇，是較第二篇傅玄雲門篇爲古。

可是，據我看，第一篇不但不古於第二篇，而且與第二篇實是一篇。第二篇是傅玄的本辭。第一篇是以傅玄辭與聲雜寫的，換句話説，就是帶聲譜的傅玄辭。我這樣説，並没有歷史上的記載作證據，但也並非無證據。證據就在這篇辭中。我曾經把這兩篇辭校對過。校對結果，發覺第一篇辭，有許多與第二篇有關的字。在這些有關的字中，有的是字完全相同，有的字形相近，有的字音相近，有的字義相近。仔細考察，是一篇無疑。現在，把這兩篇詞都抄在下面，讓大家看看。在第二篇傅玄辭中，字下加圈的，是與第一篇相當的字。在第一篇中括弧裏的字，是第二篇傅玄辭的本辭本字。正文字下加圈的，是與第二篇傅玄辭相當的字。

第二篇傅玄雲門篇（據宋書樂志，以齊書樂志、樂府詩集校）

黄雲門	唐咸池	虞韶武	夏夏殷濩
列代有五	振鐸鳴金	延大武	清歌發唱
形爲主	聲和八音	協律吕	身不虚動
手不徒舉	應節合度	周期叙	時奏宫角
雜之以徵羽	下厭衆目	上從鍾鼓	
樂以移風	與德禮相輔	安有失其所	

第一篇聖人制禮樂篇（據宋書樂志）

昔皇文（黄雲）武邪	彌（門）彌舍善
誰吾時吾（虞韶武）	行許帝道
衡來治路萬邪	治路萬邪
赫赫（夏夏）	意黄（殷濩）運道（代）吾（五）
治路萬邪	善道（振鐸）明（鳴）邪金（金）邪
善道（振鐸）	明（鳴）邪金（金）邪帝邪
近（延）帝武（武）武邪邪	聖皇八音（聲和八音）

偶邪尊來　　　　　　　　聖皇八音（聲和八音）

及來義邪同邪　　　　　　烏及來義邪

善草供國（奏宮角）吾　　咄等邪烏

近（延）帝邪武（武）邪　　近（延）帝武（武）邪武邪

應節合用（應節合度）　　武邪尊邪

應節合用（應節合度）　　酒期（周期）義邪同邪

酒期（周期）義邪　　　　善草宮國（奏宮角）吾

咄等邪吾　　　　　　　　近（延）帝邪武（武）邪

近（延）帝武（武）武邪邪　下音足木（下屬衆目）

上（上）爲鼓（鼓）義邪　　應衆（鐘）義邪

樂邪邪延否（樂以移風）

巳邪烏巳禮祥（禮相）　　咄等邪烏

素（此處"素"字疑當作"所"字，應在下文"其"字下）女有絕其（安有失其）聖烏烏武邪

看我的校對，大家對於我所說的兩篇是一篇的話，大概可以不懷疑了，宋書樂志，這兩篇都不著撰人。第二篇是傅玄作的，蕭子顯知道，沈隱侯也應當知道。這篇不著撰人，大概是他忘了，未把傅玄的名寫上去。至於第一篇，我斷定他決不知道與第二篇傅玄辭是一篇。我這樣斷，並不是有意和沈隱侯爲難，實在是有案可稽的。宋書樂志有今鼓吹鐃歌辭三篇。第一篇，是傅玄的大晉承運期。第二篇，是傅玄的宣皇輔政。第三篇，是傅玄的征遼東。我有考，曾在經世日報的副刊文藝發表過（在文藝中，我沒有提到第二篇宣皇輔政）。因爲這三篇也是聲辭雜寫不可解的，沈隱侯便不知道是傅玄的曲，一面在上文錄了包括這三篇的傅玄晉鼓吹歌曲二十二篇；一面又在韋昭吳鼓吹曲十二篇後，錄了今鼓吹鐃歌詞三篇。他既然不知道聲辭相雜的鼓吹歌是傅玄

的,如何知道聲辭相雜的鐸舞歌是傅玄的呢? 所以,我斷定他決
不知道。沈隱侯不知道的,這一次我又知道了。我之所以知道,
並不是我的聰明勝於沈隱侯;不過比沈隱侯多下了一點校對工
夫而已。

原載學原第一卷第五期,一九四七年九月

梁鼓角横吹曲用北歌解

宋郭茂倩樂府詩集卷二十五，錄梁“鼓角橫吹曲”三十三篇。其歌爲南北朝人作者四篇：梁武帝、吳均雍臺，江總橫吹曲，温子昇白鼻騧是也。其爲唐人擬作者六篇：温庭筠雍臺，張祐捉搦、白鼻騧，李白幽州胡馬客、白鼻騧，韋元甫續木蘭詩是也。其餘二十三篇，不知作者，大抵民間歌謠也。

此二十三篇，曲名出魏晉樂府者六，如：

紫騮馬

黃淡思

隴頭流水

東平劉生

紫騮馬（與前曲不同）

隴頭

曲名出魏晉樂府而審其詞確是虜歌者一，如：

折楊柳

曲詞所謂“我是虜家兒，不解漢兒歌”者也。又有折楊柳枝一篇，首章四句與此篇同，亦當是虜歌。不著曲名，但云某詩者一，如：

木蘭詩

曲名出虜中者十四，如：

企喻

琅琊王

鉅鹿公主

地驅樂

雀勞利

慕容垂

隔谷

淳于王

地驅樂（與前曲不同）

捉搦

幽州馬客吟

慕容家自魯企由谷

高陽樂人

隔谷（古辭）

　　就中慕容垂歌，乃燕慕容氏歌。企喻歌最後"男兒可憐蟲"一曲序云：古今樂録云是苻融詩。融，堅之弟。則苻秦時歌也。琅琊王歌最後云："誰能騎此馬，惟有廣平公。"序據晉書載記謂廣平公乃姚興之子弼。鉅鹿公主歌序引唐書樂志云："似是姚萇時歌。"則二歌乃姚秦時歌也。高陽王歌序引古今樂録云："魏高陽王樂人所作。"高陽王當是元雍。則元魏太和永安間歌也。

　　以上無名氏"橫吹曲"二十三篇，雖可依據曲名分別其部居，然如隴頭流水等六篇曲名出魏晉樂府者，其爲北方流行之曲抑爲南方流行之曲，尚不可知也。今更從體例研究之。古今樂録云："傖歌以一句爲一解，中國以一章爲一解。"（樂府詩集卷二十六引）傖者，江南人呼中州人之稱。慧琳一切經音義卷三十七"傖"（孔雀王神咒經上卷文）注云："士行反，中州人也。"卷六十五"傖吳"（善見律第十六卷文）注云："士衡反。晉陽秋曰：吳人

爲(謂)中國人爲傖人。俗又總謂<u>江淮</u>間雜楚爲傖。"<u>通鑑</u>卷一二
九宋孝武帝紀云:"上狎侮群臣,呼<u>王玄謨</u>爲老傖。"<u>胡</u>注:"<u>江南</u>
人呼中州人爲傖。<u>王玄謨太原</u>人,故呼之爲老傖。"是也。<u>古今
樂録</u>,陳沙門<u>智匠</u>撰。所謂中國即<u>江南</u>。以其時正統在<u>江南</u>也。
所謂傖即中州人。其時統治中州者爲虜人。其人民則有<u>漢</u>人有
虜人。傖歌蓋兼<u>漢</u>人與虜人言之,猶言北方人之歌耳,今以<u>樂府
詩集</u>所録無名氏"横吹曲"考之,其曲名出虜中者十四篇。十四
篇中,注曲解者九篇。此九篇共三十一曲,每曲四句,注云曲四
解。皆以一句爲一解:

<u>企喻</u>(四曲,曲四解)

<u>琅琊王</u>(八曲,曲四解)

<u>鉅鹿公主</u>(三曲,曲四解)

<u>地驅樂</u>(四曲,曲四解)

<u>雀勞利</u>(一曲,曲四解)

<u>慕容垂</u>(三曲,曲四解)

<u>幽州馬客吟</u>(五曲,曲四解)

<u>慕容家自魯企由谷</u>(一曲,曲四解)

<u>高陽樂人</u>(二曲,曲四解)

　其曲名出<u>魏晉</u>樂府者六篇。中注曲解者四篇。此四篇共十
六曲,每曲四句,注云曲四解。亦一句爲一解:

<u>紫騮馬</u>(六曲,曲四解)

<u>黄淡思</u>(四曲,曲四解)

<u>隴頭流水</u>(三曲,曲四解)

<u>隴頭</u>(三曲,曲四解)

由此觀之,則<u>樂府詩集</u>所録無名氏"横吹曲",不唯曲出虜中者,
是行於北方之曲;其曲出<u>魏晉</u>樂府者,亦是行於北方之曲。皆<u>古
今樂録</u>所謂傖歌也。

　　北歌在樂府詩集梁"橫吹曲"中,占三之二而强。餘歌十篇,如唐人歌詩六篇,乃郭茂倩所增,本與梁無涉。梁武帝、吳均二篇,當時入樂府否,已不可知。江總曾仕梁;温子昇魏人,文筆傳於江外,爲梁武所稱。然此二人所作二篇,恐亦是郭茂倩所增。是此十篇在梁"橫吹"中占三之一者,其實與梁"橫吹曲"之關係甚微。則今日謂梁"橫吹曲"全用北歌,亦非過言。夫梁自梁,北自北。梁爲正朔所在;且衣冠禮樂,梁武帝時最盛。顧其"橫吹曲"乃全用北歌。吾人讀樂府詩集是卷,幾疑以北歌編入梁曲,乃郭茂倩之誤矣。此疑甚有理。然細考之,則又知其不然。蓋樂府詩集是卷所録北歌,以及每篇小序解説,皆本古今樂録。茂倩北宋人,去梁已遠,編録詩歌難保其無誤。智匠陳人,去梁甚近,編録詩歌據當時所行,固不應誤也,樂府詩集是卷大序引古今樂録云:

　　　　梁鼓角橫吹曲有企喻、琅邪王、鉅鹿公主、紫騮馬、黄淡思、地驅樂、雀勞利、慕容垂、隴頭流水等歌三十六曲。二十五曲有歌有聲。十一曲有歌。

此節所舉諸曲名,樂府詩集均有其詞。又云:

　　　　是時樂府胡吹舊曲有大白淨皇太子、小白淨皇太子、雍臺、摻臺、胡遵利𩑡女、淳于王、捉搦、東平劉生、單迪歷、魯爽、半和、企喻、比敦、胡度來十四曲。三曲有歌。十一曲亡。

三曲謂淳于王、捉搦、東平劉生也。詞見樂府詩集。企喻,樂府詩集所録是新曲。此節所云企喻是舊曲,在已亡十一曲中。又云:

　　　　又有隔谷、地驅樂、紫騮馬、折楊柳、幽州馬客吟、慕容家自魯企由谷、隴頭、魏高陽王樂人等歌二十七曲。合前三曲，凡三十曲。

此節所舉諸曲名，樂府詩集亦均有其詞。地驅樂、紫騮馬，各有新、舊曲。樂府詩集兩載之。其曲在卷中初見者，是此節所云舊曲也。其曲在卷中再見，小序引古今樂録云“與前曲不同”者，是新曲也。古今樂録記梁“橫吹曲”有新曲，有舊曲。凡新、舊曲在智匠時未亡者，今樂府詩集並有其詞。則茂倩以北歌編入梁“橫吹曲”，實據古今樂録，非誤編明矣。

更以舊唐書音樂志考之。志論北歌最詳，亦涉梁“橫吹曲”。曲名外且涉及本子問題。其言曰：

> 自漢以來，北狄樂總歸鼓吹署。魏樂府始有北歌，即魏史所謂“真人代歌”是也。……周隋世與西涼樂雜奏。今存者五十三章。其名目可解者六章：慕容可汗、吐谷渾、部落稽、鉅鹿公主、白淨皇太子、企喻也。其不可解者，咸多可汗之辭。……北虜之俗皆呼主爲可汗，吐谷渾又慕容別種。知此歌是燕魏之際鮮卑歌。歌音辭虜，竟不可曉。梁有鉅鹿公主歌詞，似是姚萇時歌，辭華音，與北歌不同。梁樂府鼓吹又有大白淨太子、小白淨太子、企喻等曲。隋鼓吹有白淨皇太子曲。與北歌校之，其音皆異。開元初，歌工長孫元忠……代傳其業。……元忠之家世，相傳如此，雖譯者亦不能通知其辭。蓋年歲久遠，失其真矣。

志所舉諸曲，企喻、鉅鹿公主詞今存。大白淨太子、小白淨太子、古今樂録記梁“鼓吹”舊曲有之，在已亡十一曲中。而唐志記梁樂府有其本。蓋智匠撰書時其曲偶缺，後復得之也。慕容可汗、吐谷渾、步落稽，樂府詩集引古今樂録無其目。疑其歌未入江外。北朝虜歌據唐志所記有二本：一原文本，其詞虜音不可曉。

一梁樂府本，如鉅鹿公主歌已譯爲華言。原文本蓋周齊本，爲隋唐樂工承用者。梁樂府本則是陳本。隋平陳得其樂，並得其本。此二本唐史官修史時並見之，故言之明白如此。以是而言，則梁樂府虜歌，與北朝所行尚非一本。今日更不必疑樂府詩集以北歌入梁樂府乃郭茂倩之誤矣。

虜歌入南，往往譯爲華言。舊唐書所舉鉅鹿公主歌，是其例。然余疑虜歌中有本用華言不煩傳譯者。如企喻歌四曲，末曲乃苻融詩。融雖氐人，而下筆成章，升高必賦，朱彤、趙整等推其妙速，實漢化最深之氐人。此歌末曲既用融詩，其與末曲關連之前三曲，亦本爲漢文詩歌非譯爲漢文者可知也。其北歌名同魏晉樂府者，如折楊柳歌，詞已改。餘篇，余疑其中有漢魏舊歌沿而不改者。如紫騮馬歌小序引古今樂錄云："十五從軍征以下是古詩。"古詩謂漢魏樂府也。又如黄淡思歌本漢李延年造。樂府詩集所載，不知何時曲。然曲云"江外何鬱拂，龍舟廣州出。"（"舟"原誤作"洲"，今逕改）尋其意，乃婦人思江外情人之詞。此歌必中國人作。緣行于北，遂爲北歌。復展轉流入江南也。

梁樂府"橫吹曲"用北歌，余之考辨似已詳盡。至北歌何以入南？以何時入南？此亦人所欲問者。今於此事亦加以解釋。余謂北歌入南，必在南北用兵南師勝之時。晉太元中破苻堅，此一時也。義熙中劉裕滅南燕、後秦，此又一時也。梁武帝時魏諸元來降，此又一時也。史稱永嘉之亂，舊京樂没於劉石，後入關右。及晉破苻堅，獲其樂工，於是四廂金石樂始備，清商樂自晉朝播遷，其音亦分散。苻堅滅涼得之。傳於前後二秦。及劉裕平關中，因而入南。雅樂清商之爲中國樂者，既因南朝勝復入中國；則北歌"橫吹曲"之出於魏晉樂及虜中者，亦必因南朝勝入於南，無可疑也。余謂苻秦、姚秦、燕慕容氏諸曲入中國，必在東晉末。梁時所得，蓋惟後魏曲。今樂府詩集卷二十五所録諸曲，不盡梁時所得，而題梁“鼓角橫吹曲”者，蓋據古今樂録書之。此書作於陳時，陳承梁，用梁樂。固應如是題也。

原載輔仁學誌第十三卷第一、二合期，一九四五年

燉煌寫本張義潮變文跋

（上缺）諸川吐蕃兵馬還來劫掠沙州。奸（"奸"字疑當作"間諜"之"間"）人探得事宜，星夜來報僕射：吐渾王集諸川蕃賊欲來侵凌抄掠，其吐蕃至今尚未齊集。僕射聞吐渾王反亂，即乃點兵鑿凶門而出，取西南上把疾路進軍。纔經信宿，即至西同側近，便擬交鋒。其賊不敢拒敵，即乃奔走。僕射遂號令三軍：便須追逐。行經一千里已來，直到退渾國內，方始趁趁。僕射即令整理隊伍，排比兵戈。展旗幟，動鳴鼉。縱八陣，騁英雄。分兵兩道，裹合四邊。人持白刃，突騎爭先。須臾陣合，昏霧漲天。漢軍勇猛而乘勢，拽戟衝山直進前。蕃戎膽怯奔南北，漢將雄豪百當千處。

忽聞戎犬起狼心，	叛逆西同把嶮林。
星夜排兵奔疾道，	此時用命總須擒。
雄雄上將謀如雨，	蠢愚蕃戎計豈深？
十載提戈驅醜虜，	三邊獷狧不能侵。
何期今歲興殘害，	輒爾依前起逆心。
今日總須摽賊首，	斯須霧合已霑霑。
將軍號令兒郎曰：	尅勵無辭百戰勞。
丈夫名宦向槍頭取，	當敵何須避寶刀。
漢家持刃如霜雪，	虜騎天寬無處逃。

頭中鋒鋋陪壠土，　　　血濺戎屍透戰襖。

一陣吐渾輸欲盡，　　　上將威臨煞氣高。

決戰一陣，蕃軍大敗。其吐渾王怕急，突圍便走。登涉高山，把嶮而住。其宰相三人，當時於陣面上生擒。祇向馬前，按軍令而寸斬。生口細小等活捉三百餘人。收奪得駝馬牛羊二千頭疋。然後唱大陣樂而歸軍幕。燉煌北一千里鎮伊州城西有納職縣。其時回鶻及吐渾居住在彼，頻來抄劫伊州，俘虜人物，侵奪畜牧，曾無暫安。僕射乃於大中十年六月六日，親統甲兵，詣彼擊逐伐除。不經旬日中間，即至納職城。賊等不虞漢兵忽到，無準備之心。我軍遂列烏雲之陣，四面急攻。蕃賊麾狂，星分南北。漢軍得勢，押背便追。不過五十里之間，煞戮橫屍遍野處。

燉煌上將漢諸侯，　　　擊卻西戎朝鳳樓。

聖主委令權右地，　　　但是兇奴盡總雠。

昨聞獫狁侵伊鎮，　　　俘劫邊氓旦夕憂。

元戎叱咤揚眉怒，　　　當即行兵出遠收。

兩軍相見如龍鬪，　　　納職城西赤血流。

我將軍意氣懷文武，　　　威惵蕃渾膽已浮。

犬羊纔見唐軍勝，　　　星散迴兵所在抽。

遠來今日須誅剪，　　　押背擒羅豈肯休。

千人中矢沙場殯，　　　銛鍔劏剺（七彫反）墜賊頭。

捫鑠紅旗晶耀日，　　　不忝田丹縱火牛。

漢主神資通造化，　　　殄卻殘凶總不留。

僕射與犬羊決戰一陣，回鶻大敗，各自蒼黃拋棄鞍馬，走投入納職城，把牢而守。於是中軍舉畫角，連擊鉦錚，四面□兵，收奪駝馬之類一萬頭疋。我軍大勝，疋騎不輸。遂即收兵，卻望沙州而返。既至本軍，遂乃朝朝秣馬，日日練兵，以

備兇奴，不曾暫暇。先去大中十載，大唐差册立回鶻使御史
中丞王端章持節而赴單于。下有押衙陳元弘走至沙州界
内，以游弈使佐承珍相見。丞珍忽於曠野之中，迴然逢着一
人，猖狂奔走，遂處分左右領至馬前，登時盤詰。陳元弘進
步向前，稱是漢朝使命北入回鶻充册立使，行至雪山南畔，
被背叛回鶻劫奪國信，所以各自波逃，信腳而走，得至此間，
不是惡人。伏望將軍希垂照察。承珍知是漢朝使人，與馬
馱至沙州，即引入參見僕射。陳元弘拜跪起居，具述根由，
立在帳前。僕射問陳元弘使人：於何處遇賊？本使復是何
人？元弘進步向前，啟僕射：元弘本使王端章，奉勑持節北
入單于，充册立使。行至雪山南畔，遇逢背逆回鶻一千餘
騎，當被劫奪國册及諸勑信。元弘等出自京華，素未諳野
戰，彼衆我寡，遂落奸虜。僕射聞言，心生大怒。這賊爭敢
輙爾猖狂，恣行凶害。向陳元弘道：使人且歸公館，便與根
尋。猶未出兵之間，十一年八月五日，伊州刺史王和清差走
馬使至云：有背叛回鶻五百餘帳，首領翟都督等將回鶻百姓
已到伊州側。（下缺）

以上巴黎國家圖書館藏燉煌本失名卷子一本（北平圖書館藏影
本），編號二九六二。其紀事以說白與歌讚相間，乃變文之體。
蓋僧徒宣唱時事以頌軍府之功者也。第其本已不全，事不具首
尾。今以見存者觀之，其文初記吐渾國王鳩集吐蕃攻沙州，僕射
引軍取疾路由州西南進師，至西同側近，吐渾衆逃走。追逐一千
里，直抵退渾國内。決戰，斬其宰相，俘獲甚衆。然後唱大樂歸
軍幕。云云。次記回鶻吐渾衆居納職縣（按納職屬伊州）頻來抄
掠伊州。僕射以大中十年六月親與之戰，大勝而還。次記大中
十年，唐差册立回鶻使御史中丞王端章持節北入回鶻。行至雪

山南畔，爲回鶻千餘騎劫奪國信，使者與其屬各自逃奔。其押衙陳元弘信步至沙州界，州游弈使佐承珍以聞。僕射怒，擬攻之。未果。至十一年八月，伊州刺史王和清使報，有回鶻五百餘帳，其首領翟都督等將回鶻已到伊州境。文至此止，不知其究竟。按文所記三事，皆涉少數民族。其一爲吐渾吐蕃，其二爲回鶻吐渾，其三爲回鶻。沙州居河西西鄙，與此三族雜處，故此文叙事皆及之。然吐渾在唐初爲吐蕃所併，吐蕃回鶻至大中時皆已衰微。文中所記，乃其餘蘖。今約述其始末，以本文證之。

一　文於吐谷渾書吐渾，亦作退渾。按退渾乃唐末通稱，舊唐書吐渾傳所謂“今俗多謂之退渾，蓋語疾而然”是也。考吐渾以晉永嘉末西渡洮水，奄有今青海之地。至唐高宗龍朔中，爲吐蕃所滅。其可汗諾曷鉢內屬，居靈州境。帝爲置安樂州。餘衆詣涼甘肅瓜沙等州降。其後安樂州爲吐蕃攻入，其部衆又東徙，散居朔方河東境。自此而後，其首領之見於史者，貞元間有慕容復襲可汗。復死，停襲，封嗣遂絕。唐末有赫連鐸據振武靈州，得節鎮。爲李克用所滅。五代時蔚州有白承福，晉開運中爲劉知遠所殺。今新五代史唐晉漢周諸本紀，及遼史太祖本紀所稱吐渾，大抵皆內徙之朔方河東吐渾也。至吐渾故國爲吐蕃所有者，其餘部如何，史書未有記載。惟舊書吐蕃傳，於廣德元年後，屢書吐蕃以吐谷渾党項羌或羌渾之衆叩邊。新唐書吐蕃傳載吐蕃相尚與思羅，合蘇毗吐渾羊同兵八萬保洮河，以拒尚恐熱。蓋爲吐蕃所收，供其役使，無復部落可言。然如李吉甫元和郡縣志，及長慶中劉元鼎使吐蕃歸，述所經見，尚以吐渾爲言。元和郡縣志卷四十志瓜州云雪山南連吐谷渾界。又云冥水自吐谷渾界流入。舊唐書吐蕃傳載元鼎語云，莫賀延磧北自沙州之西乃南入吐渾國。今按憲穆之際，去吐渾之亡已百餘年。吉甫元鼎非不知之。此於文宜稱吐蕃，何以仍以吐渾爲言。若以其地係吐渾故地而稱之，則洮水以西，祁連以南，皆吐渾舊壤。顧何以他處不然，獨於瓜沙邊境稱吐渾？疑吐渾亡後，其族多居瓜沙南境，雖隸屬吐蕃，而吉甫等據其族稱之仍曰吐渾。此變文記吐渾在沙州西南，與劉元鼎之言合。蓋是時吐蕃已衰，其部有自立者，結吐蕃回鶻攻入沙州。使府既敗其軍，復窮躡之。故文中有吐渾國之名也。使余所説不誤，則吐渾餘部在吐蕃者，大中時尚有自立之事。雖其勢微弱無關史局，然亦吐渾民族之片段史料矣。至新唐書沙陀傳、新五代史唐紀俱稱李克用取雲州，赫連鐸亡入吐渾。通鑑繫其事於昭宗大順二年，云奔吐谷渾部，亦同。此吐渾殆指朔方河東間之吐渾舊帳，非沙州南之吐渾。因鐸出奔，旋歸幽州，復與李匡威合兵爭雲州，至乾寧元年卒爲克用所殺。其必非遠走可知也。[1]

　　二　吐蕃回鶻在唐號爲雄强。其吐蕃先并吐渾，與河隴接壤。及天寶以還，中原多事，乘機佔據邊城。歷肅代德三朝，河隴諸州以及安西北庭，先後爲吐蕃所陷。至會昌初，其勢始衰。至回鶻助討安史有功，唐待之甚厚，肅宗以來，每以和親“羈縻”之。至開成末，其國爲黠戛斯所滅，諸部潰散。其南徙近塞者爲烏介可汗，數擾唐北境。會昌三年爲河東節度使劉沔所敗，保於黑車子部。居三年，爲黑車子所殺。其西奔者，一支投安西，一支入河隴境，皆附於吐蕃。（以上據唐書舊唐書吐蕃回鶻二傳，及新五代史四夷附錄三，約略述之。）是時吐蕃亦大亂。渭州將論恐熱與鄯州節度使尚婢婢相攻不已。唐因之規復河隴諸州。大中三年，收秦原安樂及石門等七關。五年，沙州人張義潮復沙州，旋略定河隴諸州。朝廷因以義潮充歸義軍節度河沙甘肅伊

────────────

[1] 補注：赫連鐸乃大非川吐渾，見通鑑。大非川見晉書卷百二十五乞伏國仁載記然大非川不知在何地。擬在此暫不提大非川。

西等十一州管内觀察使。義潮鎮河西十餘年，至懿宗咸通八年入朝，始留京師。此文所載，皆大中十年左右之事，則文中稱僕射乃指義潮無疑。（羅振玉丙寅稿補唐書張義潮傳書大中五年十一月以義潮爲節度管内觀察處置押蕃落營田支度等使，金紫光禄大夫，檢校吏部尚書，兼金吾衛大將軍，乃義潮最初官階，據此文稱僕射，知義潮於大中十年前後曾加左右僕射也。）其與吐渾相結窺沙州之吐蕃，乃吐蕃殘部。雖不知爲何部，以尚婢婢部爲唐用而與論恐熱部積不相下推之，或即論恐熱部。其大中十年與吐渾窺伊州之回鶻，以及十一年伊州王和清所報回鶻首領翟都督等，以當時形勢言之，必爲安西回鶻，亦無可疑也。

　　三　王端章出使事，事關當時方略。端章所册封者，乃安西回鶻龐特勤。龐特勤乃回鶻可汗外甥。當開成中，回鶻爲黠戛斯所破滅，龐特勤與回鶻相馺職率十五部西奔葛邏禄，寓於安西。旋自立爲可汗。其稱可汗，不知何時。惟通鑑唐紀武宗會昌四年載李德裕奏，謂詗知回鶻上下離心，可汗欲之安西（按可汗謂烏介可汗，此時依黑車子），其部落言親戚皆在唐，不如歸唐。云云。似是時龐特勤在安西，已能安輯其衆。舊唐書迴紇傳，記烏介可汗之死，弟遏捻立，依於室韋。大中二年，黠戛斯相阿播率蕃兵七萬來取之，盡收其衆歸磧北。所存數帳散藏山林，盜劫諸蕃，皆西向傾心，望安西龐特勤之到。龐特勤已自立爲可汗，有磧西諸城云。是龐特勤之立爲可汗，至晚亦在大中二年之前。至宣宗遣使册封，事在大中十年。通鑑二百四十九頗載其事，唯所記不詳。近義寧陳寅恪先生見示，謂宋敏求唐大詔令集備載遣使制詔及册封之文，舊唐書卷十八下宣宗紀載王端章等三人貶逐事，皆較通鑑爲詳。今參合諸本，詳述其事如後。

　　唐大詔令集卷一百二十八載大中十年二月議立回鶻可汗詔云：

回鶻久爲與國，嘗建大勳，累申式配之儀。……會昌中，遠方喪亂，可汗淪亡。狼顧既困於歲牧，鼠竊或行於邊州。時姦臣當軸，懦將操戈，因樂禍以乘危，遂興戎而生事。不念救災之義，盡爲助順之功。驅彼流離，窘爲徒隸。朕每思報德，實用疚懷。所以頻詔遣書，俾勤尋訪。穹廬莫覿，甌脫已平。近有回鶻來款朔方，帥臣得之，送至闕下。又有回鶻隨黠戛斯李兼（按黠戛斯自稱李陵之後與唐同宗），至朝廷，各令象胥徵其要領。皆云龐特勤今爲可汗，尚寓安西，衆所悅附。□契素願，慰悅良多。俟其歸還衙帳，當議特舉册命。今遣使臣，且往慰諭。

此詔爲遣使宣撫回鶻而降。蓋其時回鶻有來者，稱安西龐特勤之立，因遣使往慰之。通鑑節錄此詔（作三月辛亥詔，與大詔令集作二月異。按陳援庵先生云，大中十年二月甲戌朔，無辛亥，當係今本詔令集之譌），而刪去“今遣使臣且往宣諭”之語。致用意不明。所遣使臣，兩唐書皆不載其人。以詔頒於三月領之，使者之出，亦當在此時。使臣行至靈武，適安西回鶻可汗亦遣使入貢，兼請册封。宣宗乃於大中十年十一月降詔（此據通鑑，唐大詔令集載遣使册回鶻可汗制作十二月），命衛尉少卿王端章充使，册爲“九姓回鶻嗢禄登里羅汩没密施合俱録毗伽懷建可汗”。其册文云：

……咨爾回鶻可汗生於貴族，能收既絶之燼，常懷再振之心。願嗣天驕，載歸地者。發使請命，誠辭可哀。既將還定舊封，用承墜緒。今遣使臣朝議郎檢校秘書監兼衛尉少卿御史中丞上柱國賜紫金魚袋王端章，副使朝議郎檢校尚書工部郎中兼國子禮記博士御史賜緋魚袋李潯，持節備禮……爾其服我恩榮，膺茲位號，勉修前好，恢復故疆。（唐

大詔令集一二九）

據此册文，正使爲王端章，副使爲李潯。舊書大中十一年宣宗紀，則載判官爲河南府士曹李寂。此燉煌本卷子，則出押衙陳元弘之名。當時出使之人可考者如此。端章等以大中十年十一月出使，路爲黑車子所阻，不至而還。十一年十月，因貶端章爲賀州司馬，潯彬州司馬，寂永州司馬。册回鶻始末，大概如是。而端章等竟坐此遭貶，則宣宗之重視此行亦可知也。

　　自此而後，未聞唐室有册立安西回鶻之事，疑其事終不行。今以唐大詔令集所載宣宗制詔觀之，知宣宗於安西回鶻可汗本有册封之意，會其使者來請，乃遣使行之。唯回鶻之意，乃沿蕃胡强大受中國册封舊例，冀得唐之册封以自重。宣宗之意則欲其還歸沙漠，恢復舊疆。觀前後制詔册文皆申此意可知。其十年三月詔，叙會昌舊事，以爲姦臣懦將樂禍乘危，不念救災之義，實爲李德裕及幽州太原諸鎮立功者而發。不知會昌時回鶻之爲唐患，僅次於吐蕃。德裕當時決策論兵，審度國勢，飭諸軍固關防，拒回鶻抄掠。亦不從黠戛斯共討回鶻之請。相機制勝，其爲國家謀甚當。若援救災之義，謂其時宜援回鶻以抗黠戛斯，無論唐當時萬無此力，即使能之，勞中國以與方興之黠戛斯爲仇，若戰而不勝，不惟虧威信，且有後患。凡此利害，大中君臣寧不知之。乃詔書明言以此爲罪，胡三省注所謂愛憎之論，誠不足以服人也。觀大中初德裕爲令狐綯、白敏中所搆，貶死珠崖。其石雄受德裕知屢立奇功，亦爲王宰、白敏中所排擯，至抑鬱以死。則所謂姦相懦將者固有其人，在此而不在彼矣。然則宣宗之册回鶻，固一反會昌之策，真有興滅繼絕之誠意乎？以余觀之，其旨殊不在是。蓋是時唐雖有河隴州郡，而其實破碎不完。如衝要之涼州，猶在吐蕃之手。直至懿宗咸通四年，始由張義潮收復之。（“四年”據通鑑，新唐書懿宗紀作三年，吐蕃傳又作二年。）其餘州郡仍多爲吐蕃部衆所據。姑以通鑑所載者言之。如論恐熱居廓州，尚婢婢居甘州，婢婢將拓拔懷光居鄯州，其西州亦爲吐蕃所居。至咸通七年二月，北庭回鶻僕固俊始克西州，獻俘於唐。十月，拓拔懷光始入廓州，斬論恐熱。武州亦至咸通間始收復（新唐書地理志）。又據通鑑懿宗紀咸通三年所書，自吐蕃論恐熱作亂，其屬嗢末多無主，相糾合爲部落，散在甘肅瓜沙河渭岷廓疊宕之間。吐蕃微弱者反依附之。是所謂河隴州郡者，仍爲吐蕃錯處之地。而回鶻衆之奔吐蕃者，仍散居河隴之間。其時黠戞斯興於西北，已受唐册封。宣宗之急於撫回鶻欲其返舊疆者，蓋回鶻可汗如肯東徙，則北可爲唐屏藩，遮斷黠戞斯；西則唯餘吐蕃殘部，勢單易治。且因可汗牙之東移，安西北庭亦可漸收爲唐有。如回鶻能從唐之命，爲計誠甚善。然回鶻累次爲黠戞斯所破，所居舊壤，已成窮荒。龐特勤居安西，將二十年。安土重遷，豈肯遽率其部東徙。是以宣宗之計不行，而回鶻之居安西如故。新唐書吐蕃傳、通鑑懿宗紀咸通十三年俱稱咸通後中原多故，王命不及河西，甘州爲回鶻所併。舊唐書迴紇傳，則稱龐特勤居安西，稱可汗，有磧西諸城。其後嗣君弱臣强，居甘州，無復昔時之盛。謂甘州回鶻爲龐特勤之後，不知確否。然回鶻亡後，其西奔部衆本分處安西與河隴境內。自五代以還，甘州回鶻每與西州回鶻並稱。疑攻甘州者，乃居河隴之回鶻，未必爲龐特勤後裔。至新唐書回鶻傳，載大中初龐特勤已自稱可汗，居甘州。則因改舊書而誤，尤不足置論也。

　　王端章册封回鶻事，史籍所載，略如上述。至燉煌本紀端章事，尤有可與史書互證者。如舊唐書及通鑑宣宗紀載端章出使，路爲黑車子所阻，不至而回。燉煌本作回鶻。按黑車子曾役屬於回鶻，此逕目爲回鶻，固亦無不可。然究以舊唐書\通鑑所書爲得其實。唯二書記此事，但云爲黑車子所阻，語太簡略。燉煌本則云背逆回鶻一千餘騎，劫奪國信。知端章等所賚之册文已失，有不得不折回之理由。又端章等出使，未有師旅護送，遇蕃虜千餘騎，勢不能抵禦。其事亦可原諒。其遭貶竄雖罪有攸歸，然宣宗因"羈縻"之意不得即遂，因怒責之，實未嘗思及端章等被阻之情形也。至端章被阻在何地，史書亦無明文。此則謂在雪山南畔。按雪山即祁連山別稱。山在河隴境内，隨處皆以"雪山"爲名。其在瓜州甘州境者，如元和郡縣志卷四十瓜州志載雪山在晉昌縣南一百六十里。甘州志載雪山在張掖縣南一百里。又文獻通考回紇考（卷三四七）載宋真宗咸平四年甘州回紇可汗遣使來朝，自言國東至黃河，西至雪山。皆是。其在涼州蘭州境者，如文獻通考吐蕃考（卷三三五）載咸平元年涼州吐蕃首領河西軍左廂副使折逋游龍鉢來朝，自稱其境南至雪山吐谷渾蘭州界。是。由上所舉諸例觀之，是祁連山在甘瓜涼蘭一帶者通名"雪山"。唐通安西大路，在河隴未失之前，本由長安西行出蕭關，歷秦蘭涼甘瓜沙以向安西。及河隴不守，則須北上經回鶻地西行。當大中之際，已復秦原，繼又得河西隴右十一州郡，似安西舊路已可通達。然終宣宗之世，涼州猶未恢復。故十年三月宣慰回鶻使者抵靈州，而與安西回鶻來使相值。端章等出使即在是年十一月，其赴安西似亦當北趨靈州，西行踰沙磧，經甘沙以入安西。是其行經胡地，故易爲黑車子所乘。然則端章被劫，或在甘瓜州境，故押衙陳元弘得以逃至沙州歟？至黑車子本北狄之一種，會昌三年春回鶻烏介可汗爲劉沔、石雄所敗，曾往依之，據會昌四年三月武宗與黠戞斯勑，稱其地在沙漠之中，去漢界一千餘里，自來漢兵未嘗到此。（册府元龜九九四載是勑作會昌三年九月，疑誤，今據通鑑。）其方向雖不甚明，以當時用兵形勢推之，似其地當西南直天德振武，而南直幽州（王靜安先生黑車子室韋考，據舊書迴紇傳謂黑車子即和解室韋，去幽州東北四五百里。按武宗賜黠戛斯勅，後於烏介可汗走依黑車子部年餘，明言去漢界一千餘里，先生之言，似不甚的），去河西甚遠。據舊書、通鑑及此燉煌變文，則黑車子乃於河西甘瓜界劫奪唐使，其事甚怪。蓋游牧民族，飄忽無常，其族帳雖遠在振武天德之極東北境，而游騎得馳至河西，亦意中事。觀遼史太祖紀書唐哀宗天祐間，太祖討黑車子伏勁兵桃山下，以誘盧龍軍之來拒者（按山在今萬全縣境內）。則雖至唐末，黑車子仍與契丹相持於幽州北界，其未嘗西南徙可知。固不得持此一端爲黑車子大中間曾西南徙之證也。

此燉煌寫本變文，述使主張義潮事，蓋即軍府設齋會時爲義潮所説之本。以事涉本州耳目切近，而史官紀事於邊州例不能詳；故其敷陳讚詠，足以考見當時之事者，較之史籍，反爲詳悉。斯雖斷爛俗文，亦未嘗無裨史學矣。凡此本所記賴史書疏通證明，及史書偶缺賴此本補之者，余私以己意闡發，具説如上。不敢云知當時之事，姑以問學所得，與賢者商略而已。抑余讀此文後有不能無感者。唐自至德乾元以後，盡失河隴，歷百餘年不能克復。至大中時，值吐蕃之衰，乃得漸次收復之。然三州七關，由州人之來降，瓜沙十一州，由張義潮義師之略定，非朝廷之因時奮發能自取之也。觀義潮略定諸州之後，質其兄義潭於京師（據燉煌本張氏勳德記）。蓋自知河西州郡，與蕃胡雜處，非區區一鎮所能支持，故獻悃誠，使朝廷不疑，冀有以扶助之耳。然朝廷於河西，除置軍設使以官爵縻義潮外，未聞有經理之計。其吐蕃回鶻居中國之地者，亦聽其自然，未嘗分別順逆，有以處置之。然則當時之於河西，徒有收復之名，其土地人民固不思撫而有之也。至王端章等以十年奉使，意在宣撫，然以是文考之，則軺車西上之日即義潮與回鶻、吐渾爭戰之時。則中國之與四裔所恃者國力，空言和好，固無益也。觀大中四五年間，河隴州郡大抵來歸，區區涼州一隅，爲關隴咽喉，獨爲吐蕃所據。是時取之當甚易，乃棄置不顧。歷十餘年之久，始由張義潮克復之，則當時君相之無能，蓋可知矣。而乃脩叔姪之舊怨，徇好惡之私情，姦臣懦將之言，徒爲見好遠人，而不自知其闇弱無能，坐失時機，貽後世以無窮之憂。自此而後，迄于五代，甘州爲回鶻所併，涼州則久爲吐蕃人生息之地，瓜沙一隅，懸在西陲，與中國之關係益淺。以迄于宋，終不能有河西。蓋當國者一時之得失，其關於民族之運命者，若是其鉅也。可勝慨哉！可勝慨哉！

附記

　　此文草創前後曾經陳寅恪先生、陳援庵先生指導，附書志謝。

原載大公報圖書副刊第一四五期

一九三六年八月二十七日

燉煌寫本張淮深變文跋

　　巴黎國家圖書館藏三四五一號卷子，首尾文句殘破不完，記安西回鶻侵犯唐境。（文云：“引旆奔衝過狄泉。”似犯肅州酒泉也。）尚書破之，降其首領，俘回鶻千餘人。表聞於朝。朝廷以回鶻子孫流落，旅居安西，不能堅守盟約，信任諸下。（原文作：“子孫流落□□□西，不□堅守□□，□信任諸下。”今以意逆之。）然欲結其心，宜厚遇之。乃遣使宣撫回鶻。復命散騎常侍李□甫、□（疑是“内”字）供奉官李全傳、品官楊繼瑀等上下九使之沙州，詔賜尚書，褒獎之。尚書承命，即縱生降回鶻使還。而唐使返朝，才過酒泉，回鶻王子復領兵西來，營於西桐海畔。尚書復將兵與戰，奏凱東歸。其大略如此。所以知爲安西回鶻者，以此本第十二行尚存“安西”二字，且記用兵在沙州以西也。西桐地名，張義潮變文記義潮征吐渾吐蕃，亦經此地，云取西南疾路，信宿即至。此本云回鶻王子領兵西來，尚書傳令出兵，不逾信宿，已近西桐，敵且依海而住。其頌讚有“獫狁從兹分散盡，□□歌樂卻東歸”之句。知西桐在沙州之西，地有澤泊，且距燉煌不甚遠。而徧檢古地志，迄無此名。其讚以桐與龍韻，又非誤字，蓋實當時地名而地志少見也。

　　至所稱尚書，當指張義潮姪淮深。何以明之？此文中篇末頌讚云：“自從司徒歸闕後，有我尚書獨進奏。持節河西理五州，

惠化恩沾及飛走。”按義潮以懿宗咸通八年二月入朝，朝命以爲
右神武統軍，賜第及田，留京師；命其姪淮深守歸義。新五代史
吐蕃傳及通鑑二百五十懿宗紀俱載之（今通鑑淮深作惟深）。此
本稱司徒歸闕後由尚書進奏，正指其事。其稱司徒者，蓋義潮大
中十年間曾官僕射，至咸通入朝之時，已進至三公也。又燉煌本
張氏勳德記（日本印燉煌遺書本）爲淮深修造寺像而作，即成於
淮深之世。其文稱淮深嗣其父義潭爲沙州刺史、左驍衛大將軍，
有治績，加授御史中丞，尋加授左散騎常侍兼御史大夫。太保咸
通八年歸闕之日（按：義潮卒贈太保），河西軍務封章陳款，總委
姪男淮深，令守藩垣。以下敘其理河西之績，書云加授戶部尚
書，充河西節度。又書云加授兵部尚書云云。據此勳德記之文，
知義潮歸闕後，猶遙領河西節度，而以淮深知留後。逮咸通十三
年義潮卒，乃以戶部尚書充河西節度。後又授兵部尚書。此本
屢稱尚書，與勳德記合，可爲尚書即淮深之證也。又據勳德記：
淮深父義潭與義潮同復河西，官沙州刺史，先身入質，壽終於京
永嘉坊私第。義潭歿雖不知何時，然淮深繼其父刺沙州，必在其
父入質之後，乃大中時事無疑。勳德記於淮深授兵部尚書後，總
敘其榮遇云：“恩被三朝，官遷五級。”由宣宗下數至僖宗，適爲三
朝。則勳德記之作，已在僖宗之世。此本但云尚書，不悉爲何
部。然頌讚云“去歲官崇總馬政”，則謂加授太僕。云“今秋寵遇
拜貂蟬”，則謂加授侍中或中書令（唐制侍中、中書令加貂蟬）。
侍中、中書令皆丞相官，較尚書爲高。則此本所記淮深加官事，
當在授兵部尚書後，其與安西回鶻戰亦是僖宗時事矣。唯僖宗
在位十餘年，此本成於僖宗何時，亦得言之否？按文讚使臣之來
云：“初離魏闕□霞靜，漸過蕭關磧路平；□爲遠銜天子命，星馳
猶戀隴山青。”蕭關縣名，屬原州平涼郡。其地當隴道之要。舊
書馬璘等傳贊所謂“璘等但能自守，而不能西出蕭關，俾十九郡

生靈淪於左衽”者是也。新唐書地理志（三十七）“原州”下書云：“廣德元年没吐蕃，大中三年收復，廣明後没吐蕃。”“武州”下云：“大中五年以原州之蕭關置。中和四年僑治潘原（按：潘原涇州屬）。”是原州及以蕭關縣所置之武州於大中間收復者，至僖宗中和間因黄巢之役復没於蕃。今此本記使臣經由蕭關，則其時蕭關尚未失可知。然則此本之作以其記事推之，至晚不得在中和四年以後。或當在乾符中未可知也。

　　兩唐書記張義潮事皆甚略。至淮深守河西，唯新書吐蕃傳有“命族子淮深代守歸義”一語，全無事蹟可見。羅振玉補唐書張義潮傳，於淮深僅據張氏勳德記書淮深嗣爲節度，加左驍衛大將軍，累加左散騎常侍兼御史大夫兵部尚書，亦不著其事蹟。今觀此本，則淮深禦敵奏捷及朝廷使命往還之事，粲然滿帙，不特可補張氏一家之事，且關涉當時邊情國勢，其所讚叙有極足注意者。今參考史籍，證以本文，標舉三目：一曰咸通間涼州之克復。二曰唐末甘州回鶻與安西回鶻。三曰唐大中以來沙州與河西隴右之關係。以下各就本題委曲討論之。

一　咸通間涼州之克復

　　此本篇末歌讚頌淮深之功云：“南破西戎北掃胡。”胡謂回鶻，西戎謂吐蕃，語意甚明。考吐蕃自大中間部落分散，河西隴右州郡，除涼州外，皆爲唐收復。其涼州克復，則遠在咸通之際。新書吐蕃傳書其事云：“咸通二年，義潮奉涼州來歸。”通鑑繫此事於咸通四年，云義潮自將蕃漢兵七千人復涼州，遣使入告。是涼州由義潮自將收復之，史書所記皆同，初無二義也。唯據此本所記，則克涼州者似爲淮深。如讚云：“河西淪落百年餘，路阻蕭關雁信稀；賴得將軍開舊路，一振雄名天下知。”按蕭關屬原州，爲要害之地,已見上文。原州不守,則通隴右河西之道斷隔。此大中以前之形勢也。然涼州在河西道之東境。涼州不復,則雖有關隴及其他河西州郡,河西長安舊路仍不能通,此大中已復河隴後之形勢也。由是而言,則歌讚所謂開舊路者,必指復涼州事無疑。然叙事不屬之義潮而屬之淮深,則克涼州之役必是淮深首功,而義潮以使主居其名。雖於義不乖,而其事賴此本詳之。此亦究唐末河西事者所宜知者也。

二　唐末甘州回鶻與安西回鶻

舊唐書迴紇傳,稱開成末迴紇爲黠戛斯所破,部衆散奔。龐特勒(新舊唐書、通鑑凡“特勒”皆誤作“特勒”,今引諸書悉仍其原文,不代改正。下同)等十五部西奔葛邏禄,一支投安西。又稱大中初,安西龐特勒已自稱可汗,有磧西諸城。其後嗣君弱臣強,居甘州,無復昔時之盛云。按甘州爲回鶻所并,事在唐末。新書二一六下吐蕃傳稱咸通後中原多故,甘州爲回鶻所并。新五代史七十四回鶻傳稱五代之際,回鶻有居甘州西州者,常見中國。而甘州回鶻數至,猶呼中國爲舅。以西州回鶻與甘州回鶻分言,不言其關係。若依舊書甘州回鶻乃安西回鶻龐特勒後裔之説,則當唐末安西回鶻有東徙甘州者,有留磧西者。緣分二處,故五代時中國人稱回鶻有甘州回鶻、西州回鶻之目。此姑以地爲分別,實非二部也。唯舊書紀事有可疑者。舊書迴紇傳稱大中初龐特勒稱可汗,有磧西諸城。新書突騎施傳(二一五下)稱斛瑟羅(按:西突厥阿史那步真子)餘部附回鶻。及其破滅,有特龐勒(按當作龐特勒)居焉耆城,稱葉護,餘部保金莎領(即金沙嶺,山在今新疆吐魯番北),衆至二十萬。又回鶻傳稱懿宗時回鶻首領僕固俊自北庭擊吐蕃,斬論尚熱,盡取西州輪臺等城。

是自大中初以至咸通之際，四鎮北庭之地，盡爲回鶻所有，其轄地廣遠，仍不失爲名蕃，固非退渾等弱小民族可比也。而據燉煌寫本張義潮變文及此張淮深變文，義潮爲歸義節度，屢破蕃渾及安西回鶻，淮深嗣立，亦屢摧安西回鶻之師，其英武不下於義潮。淮深卒於昭宗大順元年（據燉煌本張景俅撰張淮深墓誌銘），則在大順以前，安西回鶻殆無內徙甘州之事。又李氏再修功德記碑，植於乾寧元年，碑載義潮婿李明振子弘諫爲甘州刺史，則乾寧初甘州尚未入回鶻。唯哀宗天祐三年，燉煌人爲張奉撰龍泉神劍歌，始記張奉與甘州回鶻爭戰事。後梁乾化元年，沙州百姓上甘州回鶻可汗書稱“至今□□間，遇可汗居住張掖，東路開通，天使不絕。近三五年來，彼此各起讎心，遂令百姓不安”云云（以上龍泉神劍歌及沙州人民上甘州回鶻可汗書，并據北平圖書館館刊第九卷第六號所載王重民金山國墜事零拾引）。則回鶻之據甘州，當在昭宗乾寧之後，哀宗天祐之前。新書“咸通後甘州爲回鶻所并”之語，稍嫌廣泛，實則僖宗一朝，雖中原多故，河西州郡尚屬完整，實未有回鶻入據之事也。今按唐末西陲諸少數民族之據邊州者，多是內徙之人，久居其地，值中原多事，不能鎮懾，遂漸強大。如沙陀之居振武，因而據河東，浸假而爲後唐。党項之居夏、綏、銀、宥等州，因世守其地，五代之君皆不能徙。吐蕃、嗢末之居隴右、河西，因而陷河、湟諸州。蓋諸部內附，居中原之地，伺隙乘釁，其勢甚便。又生聚蕃衍，根底已深，州郡一旦爲所據有，即未易收復之。唐末諸州有歷五代至宋仍不能克復者，其故以此。安西回鶻雖號強蕃，然距甘州甚遠，越國鄙遠，究非易事。觀河西五郡，獨甘州爲回鶻所并，其餘四郡均不能有，則據甘州者疑非安西回鶻，而係回鶻夙居河西境內者。此徵之沙陀、党項、嗢末、吐蕃諸族，可以信其不誤。且考之史籍，則回鶻之居河西，其歷史甚悠久，其佔據甘州實非偶然者。則舊書甘州回鶻爲安西厖特勒後裔之説，實屬文字之偶疏，不可信也。

唐會要卷九十八紀迴紇事云：

> 顯慶三年，以迴紇故燭龍州刺史吐迷度子婆閏授左衛
> 大將軍。……婆閏卒，子比來栗代立。比來栗卒，子獨解支
> 立（按：舊書一九五迴紇傳云，永隆中獨解支。）其都督親屬及部落征戰
> 有功者，並自磧北移居甘州界。故天寶末取驍壯以充赤水
> 軍。獨解支卒，子伏帝匐立，爲河西經略副使兼赤水軍使
> （按：舊書迴紇傳，嗣聖中伏帝匐。）開元七年，伏帝匐卒，子承宗立。
> 承宗爲涼州都督王君㚟誣奏，長流瀼州而死。其部落猶存。

會要記迴紇部落自磧北移甘州界於獨解支立之後，似謂迴紇南
徙即在高宗永隆後獨解支爲酋長之時。然永徽顯慶中，迴紇婆
閏率其衆從漢兵平賀魯，又東侵高麗，所向有「功」；其部衆之受
唐官，居甘涼間，未必不在此時。則會要迴紇「都督親屬及部落
征戰有功者，並自磧北移居甘州界」一語，當總承上文，兼婆閏以
下三世言之，非謂即在永隆之際也。新唐書回鶻傳（二一七上）
記回鶻、契苾、思結、渾四部南徙事云：

> ……比栗（即比來栗）死，子獨解支嗣。武后時，（按：獨解支
> 與武后不相值，其子伏帝匐立在嗣聖中，開元七年卒，正當武后之時。）突厥
> 默啜方疆，取鐵勒故地；故回鶻與契苾、思結、渾三部度磧徙
> 甘涼間。然唐常取其壯騎佐赤水軍云。獨解支死，子伏帝
> 匐立。明年，助唐攻殺默啜。於是別部移健頡利發，與同
> 羅、霫等皆來。詔置其部於大武軍北。……

新唐書記回鶻四部南徙，由武后時突厥默啜之取鐵勒九姓地（回
鶻、契苾、思結、渾皆鐵勒九姓部落），與會要所載高宗時回鶻部
落因戰功南徙者不同；故不得認爲一事。然新舊唐書突厥傳，均

載默啜討九姓，九姓思結等部降唐事，與新唐書回鶻傳所記默啜取鐵勒地一段極相似；但其事在開元初，不在武后時。如舊唐書云：

> 開元二年。……明年秋，默啜與九姓首領阿布思等戰於磧北。九姓大潰，人畜多死。阿布思率衆來降。(新書突厥傳同，唯改"阿布思率衆來降"作"思結等部來降"。)

此開元三年事。舊唐書下文又載明年默啜之死云：

> 四年，默啜又北討九姓拔曳固，戰於獨樂河。拔曳固大敗。默啜負勝，輕歸而不設備，遇拔曳固迸卒頡質略於柳林中，突出，擊默啜斬之。便與入蕃使郝靈荃傳默啜首至京師。

通鑑二一一開元四年：

> 六月癸酉，拔曳固斬突厥可汗默啜首來獻。……懸其首於廣街。拔曳固、回紇、同羅、霫、僕固五部皆來降。置於大武軍北。(按：大武軍在朔州，開元十二年改爲大同軍。)

默啜死及諸部來降在開元四年，通鑑、舊書突厥傳、新書玄宗紀皆同。新書回鶻傳記默啜死及諸部降事，但作明年，上無所係，實文字之疏。而其上文記默啜取鐵勒地，回鶻思結等四部徙甘涼間；與新、舊書突厥傳所載開元三年默啜討九姓思結等部降唐事甚相似，似爲一事。而文特標武后時，頗難索解。然據通鑑二一一開元三年所書："九姓思結都督磨散等來降。己未，悉除官。遣還。"(通鑑書此事在九月之後十一月之前。)册府元龜九七四載(開元三年)十月己未，授北蕃投降九姓思結都督磨散、大首領斛薛移利殊功、契苾都督邪没施等七部首領爲將軍，並員外置，依舊兼刺史，放還蕃。則開元三年思結等部降唐，但授官而還，未嘗内徙。而新書回鶻傳載回鶻思結等四部内徙居甘涼間，以此知新書回鶻傳所載，與新舊唐書突厥傳所載開元三年事並非一事。舊書一九九下鐵勒傳云：

> （貞觀）二十二年，契苾迴紇等十餘部落以薛延陀亡散殆盡，乃相繼歸國。太宗各因其地土，擇其部落，置爲州府。……至則天時，突厥强盛，鐵勒諸部在漠北者漸爲所併。迴紇契苾思結渾部徙於甘涼二州之地。

此記迴紇、契苾、思結、渾四部以則天時徙居甘涼間，與新唐書回鶻傳正同。以此知武后時確有四部内徙之事，不得以新唐書“明年助唐攻殺默啜”一語偶犯上文而稍涉疑惑也。

由上所説，知迴紇等九姓部落，自高宗及武后時先後徙甘涼界，而唐常取其衆以充赤水軍。赤水軍在涼州。唐會要七十八節度使類：赤水軍置在涼州西城。武德二年七月，安修仁以其地降，遂置軍。新書四十地理志涼州注：赤水軍幅員五千一百八十里，軍之最大也。其軍使或以回鶻首領爲之，如伏帝匐以河西經略副使兼赤水軍使是。景雲以來，河西節度使每兼督察九姓使及赤水軍使；如楊執一、王君㚟、崔希逸、李林甫、哥舒翰等，皆帶督察九姓、赤水軍大使銜（楊執一銜見文苑英華八九五張説撰贈户部尚書楊君碑及會要七十八，王君㚟銜見張説之文集十七左羽林大將軍王公碑，崔希逸銜見文苑英華四五二授崔希逸左散騎常侍兼河西節度副大使制，李林甫銜見唐大詔令集五十二李林甫兼河西節度使制，哥舒翰銜見唐大詔令集六十隴右河西節度使哥舒翰西平郡王制），知當時重視其事。而九姓部落在河西地位之重要可以想見之也。

回鶻承宗事，亦見新唐書回鶻傳、舊唐書一百三王君㚟傳、通鑑卷二一三唐紀。而通鑑所記始末稍詳：

　　初，突厥默啜之强也，迫奪鐵勒之地。故回紇、契苾、思結、渾四部度磧徙居甘涼之間以避之。王君㚟微時，往來四部，爲其所輕；及爲河西節度使，以法繩之。四部恥怨，密遣使詣東都自訴。君㚟遽發驛奏四部難制，潛有叛計。上遣中使往察之，諸部竟不得直。於是瀚海大都督回紇承宗流瀼州；渾大德流吉州；賀蘭都督契苾承明流藤州；盧山都督思結歸國流瓊州。以回紇伏帝難爲瀚海大都督。……

通鑑記此事在開元十五年。承宗既貶，其族子瀚海州司馬護輸結黨數百人（張説之文集十七左羽林大將軍王公碑：俄而回紇内叛，以八九之從人，當數百之强虜），爲承宗報仇，襲殺君㚟。舊書迴紇傳稱開元中迴紇漸盛，殺涼州都督王君㚟，斷安西諸國入長安路。玄宗命郭知運迎戰，退保烏德健山。按：郭知運爲節度在君㚟之前，繼君㚟者乃蕭嵩，非郭知運。其説實誤，故通鑑不從之。至回鶻懷仁可汗實護輸後裔。新書二一七上回鶻傳，稱護輸久之奔突厥，死。子骨力裴羅立。天寶初，與葛邏禄、拔悉密共擊走突厥烏蘇米施可汗。天寶三年，裴羅自立爲可汗，南居突厥故地，徙牙烏德鞬山昆河之間，詔拜爲懷仁可汗云云。是護輸實歸磧北，而其子始并突厥地爲名蕃。然護輸殺君㚟，在開元十五年；裴羅自立，在天寶三年；中間相距十七年之久。而據通鑑及會要所載，承宗貶後，伏帝難嗣爲酋長，其部落猶存。唐天寶末且取涼甘界回鶻以充赤水軍，則回鶻居甘涼者，殆未嘗隨護輸歸漠北本部。其開元間從護輸離去者，不過數百人。舊書所載亦不盡合事實也。

　　新唐書三三下地理志載總章元年涼州都督府所轄回鶻部落州三，府一。其目爲：

　　　蹛林州（原注：以思結别部置。按：新書回鶻傳載貞觀中以阿布思爲蹛林州。）

金水州

賀蘭州（按：契苾州。）

盧山都督府（原注：以思結部置。）

舊書四十地理志載吐渾、突厥、九姓、思結等部寄在涼州界者有
八州府。目爲：

吐渾部落

興昔部落

閤門府

臯蘭府

盧山府

金水州

蹛林州

賀蘭州

所載盧山以下州三，府一，與新書同，皆九姓州府。其臯蘭府興
昔部落，據新書四三下，涼州都督府所屬有臯蘭州，注云：以阿史
德特健部置。有興昔都督府，無注（按：高宗時曾以西突厥阿史
那彌射爲興昔亡可汗，興昔部名疑本此），皆突厥州府。其閤門
府新書四三下地理志吐谷渾州目有閤門州，隸涼州都督府。當
與吐渾部落同爲吐渾州府。舊書記此八州府在涼州界共有戶五
千四十八，口一萬七千二百一十二。是戶口本不多。然新舊書
地理志所記蕃州大抵據高宗時版籍。及武后時突厥強盛，有回
鶻等四部徙甘涼間之事。開元天寶初因默啜之昏暴及突厥之
亡，諸部亦多內附。則至玄宗河西蕃落當甚衆多，決非如舊書所
記云云。今以他書考之，如會要、新書俱稱唐常以回鶻等部充赤
水軍，赤水軍管兵即三萬三千人（舊書三十八地理志鎮兵注）。

又姚汝能安禄山事蹟卷中載天寶十四載，"以河西隴右節度使西平王哥舒翰爲副元帥，領河隴諸蕃部落奴剌、頡跌、朱耶、契苾、渾、蹛林、奚結、沙陀、蓬子、處密、吐谷渾、思結等一十三部落蕃漢兵二十一萬八千人鎮于潼關"，以拒安禄山（思結，葉德輝刊本誤作"恩結"，今據通鑑考異卷十四引改。文云十三部，按實祇十二部）。所舉諸部，除西突厥十姓部落外，以鐵勒九姓部落爲多。又通鑑二一八肅宗紀至德元載載"河西諸胡部落聞其都護皆從哥舒翰没於潼關，故爭自立，相攻擊。上乃以周泌爲河西節度使，與都護思結進明等俱之鎮，招其部落"云云。則雖天寶以後，回鶻及九姓等部落在河西者爲數仍不少，可斷言也。

　　至德之後唐之河西隴右盡入吐蕃，回鶻等部落之居河西界者，是否依舊？故書不詳載。今固不得臆測。然諸部皆回鶻種落，其在河西與吐蕃之關係，正不妨以回鶻本部説明之。按回鶻爲唐與國，與吐蕃不同。當安史之亂，唐嘗資其衆以定河朔。及貞元以還，又利用之以牽制吐蕃。而回鶻以親唐之故，亦數出師擊吐蕃。通鑑卷二三三貞元七年：

　　　　吐蕃攻靈州，爲回鶻所敗，夜遁。九月，回鶻遣使來獻俘。冬十二月，甲午，又遣使獻所獲吐蕃酋長尚結心。（舊唐書卷一九五迴紇傳略同）

此時回鶻爲唐擊吐蕃，解靈州之圍，乃貞元四年和親之效。及貞元末，回鶻乃深入河西，據涼州而有之。通鑑考異卷十九引趙鳳後唐懿祖紀年録所載朱邪盡忠事云：

　　　　懿祖諱執宜，烈考諱盡忠。……貞元六年，北庭之衆劫烈考降於吐蕃。由是舉族七千帳徙於甘州（按：居甘州南，以新五代史于闐傳高居誨記證之），臣事贊普。貞元十三年，回紇奉誠可汗收復涼州，大敗吐蕃之衆。或有間烈考於贊普者云：沙

陀本回紇部人（按：沙陀十姓突厥部落，與回紇不同部）。今聞回紇
彊，必爲內應。贊普將遷烈考之牙於河外。懿祖白烈考曰：
吾家世爲唐臣，不幸陷虜，爲它效命，反見猜嫌。不如乘其
不意，復歸本朝。烈考然之。貞元十七年，率其部三萬東
奔。吐蕃追兵大至。自洮河轉戰至石門關，委曲三千里，凡
數百戰。烈考戰没。懿祖合餘衆至靈州。德宗因於鹽州置
陰山府，以懿祖爲都督。

　　（新唐書沙陀傳記盡忠東奔在元和三年，通鑑同。此謂
　　回紇奉誠可汗取涼州在貞元十三年，盡忠東奔在貞元十七
　　年。按：奉誠可汗卒於貞元十一年，所記恐有誤。惟新唐書
　　沙陀傳、通鑑俱不明載回紇取涼州之年，今姑據紀年錄。）

據此知回紇貞元中攻吐蕃有取涼州之事。其佔領涼州歷若干歲
時？何時復爲吐蕃所取？今不可知。然觀紀年錄所記，回紇以
貞元十三年取涼州，至貞元十七年沙陀朱邪盡忠懼其部爲吐蕃
所徙，始率部東奔歸唐，則回紇之於涼州，殆非短期佔領旋得旋
失者。而吐蕃以失涼州之故，至以沙陀爲回紇部人，懼其爲內
應，將徙其種落於他處；則事重大非偶然挫敗失一城者可比。因
疑其時回紇在河西界已有不可侮之勢力，其破吐蕃，據涼州，非
僅決勝於一時，乃其勢力在河西伸張之結果。按：天寶亂後，吐
蕃據隴右，廣德後又據河西。自是安西北庭路閉不通，且因河湟
形勢以窺近畿，爲患最烈。然吐蕃所得者似止其州縣，其河西北
路，轄境廣遠，承平時列置蕃州，立軍鎮以統之，皆是諸蕃部落所
居，吐蕃實未能有其地（唐河西州郡，州境雖狹，而軍界甚廣，如
赤水軍幅員五千里，寧寇軍在涼州東北千餘里，墨離軍在瓜州西
北千里）。而此等部落多與回鶻同種姓，易於接近。疑回鶻等部
落之居河西北路者，當與回鶻本部表裏。而回鶻因之以窺河西，

取涼府。故吐蕃震懾憂慮，雖沙陀之爲所用者，亦疑其將爲内
應，而欲遠徙之也。又按：吐蕃頻年犯唐，多出隴右道，河西回鶻
等部居河西北路，於吐蕃對唐用兵原無大妨礙，其族帳居河西
界，宜不足爲吐蕃重視。然其地介吐蕃與回鶻本部之間，若回鶻
因其衆以擾吐蕃所領之河西南路，實爲吐蕃肘腋之患。而吐蕃
自沙陀叛去，兵力稍稍減弱（新書沙陀傳），且連年用兵，未得大
逞其志，遂亦稍厭兵革。及長慶初遂有結盟之事。新書二一六
下吐蕃傳云：

> 長慶元年，聞回鶻和親，犯青塞堡。爲李文悦所逐，乃
> 遣使來朝，且請盟。詔許之。以大理卿劉元鼎爲盟會使。
> 明年，就盟其國。……是歲，尚綺心兒（吐蕃都元帥尚書令）以兵
> 擊回鶻党項。

此所稱回鶻，當指河西回鶻而言。觀此則吐蕃甫與唐訂盟修好，
即移師擊河西界回鶻，豈非惡其逼，乘東路無虞亟欲驅除之乎？
然吐蕃於河西界回鶻，似終未達其驅除之願。以新書他傳稽之，
則大和開成之際，河西回鶻諸部固猶是居河西。蓋自長慶以來，
吐蕃已漸衰替（新書二一六下吐蕃傳於元和開成間書云：可黎可
足立爲贊普幾三十年，病不事，委任大臣，故不能抗中土，邊埸晏
然。死，弟達磨嗣，政益亂），訂盟之後，與唐及本部回鶻皆無戰
事，河西諸回鶻部落，自當安居其間也。新唐書卷二一七下契苾
傳云：

> ……何力尚紐率其部來歸，時貞觀六年也。詔處之甘
> 涼間，以其地爲榆溪州。永徽四年，以其部爲賀蘭都督府，
> 隷燕然都護。太和中，其種帳附於振武云。

> （按：甘涼間契苾族帳附於振武，似在太和六年，舊唐書
> 卷十七下文宗紀：太和六年正月戊戌，振武李泳招收得黑山

外契苾部落四百七十三帳，可證。會昌大中間，有契苾通爲
蔚州刺史、振武節度使，乃何力五世孫。)

此契苾部於貞觀中來附者，居甘涼間，至太和中始附於振武；然
則太和以前此契苾部尚居甘涼間可知。其他回鶻等部自高宗及
武后時先後徙甘涼者，史未載其來歸，則雖太和以後，猶居甘涼
間抑又可知。然則河西回鶻等部，至德後非唐之政令所能及，其
地亦非吐蕃所能有。其中唯契苾一部太和中爲唐誘附，餘部大
抵遥倚回鶻，居河西界，未有變動。以諸書所記參互證之，殆爲
事實。至開成末回鶻破滅，其漠北部落分散乃多有逃至河西者。
舊唐書迴紇傳述其事云：

> 黠戛斯領十萬騎破迴鶻城，燒蕩殆盡。迴鶻散奔諸蕃。
> 有迴鶻相馺職者擁外甥龐特勒及男鹿并遏粉等兄弟五人一
> 十五部西奔葛邏禄，一支投吐蕃，一支投安西。又有近可汗
> 牙十三部，以特勒烏介爲可汗，南來附漢。

迴鶻西奔，一支投吐蕃。此吐蕃實指河西隴右之吐蕃而言。其
烏介南徙近塞，不得逞。至會昌中部衆亦離散，有降幽州振武
者，有投河西者。舊書迴紇傳記此事書云：

> 有特勒葉被沽兄李(?)二部南奔吐蕃。

此吐蕃亦指河西隴右，故新五代史四夷附録三回鶻傳(七十四)
書其事作：

> 回鶻爲黠戛斯所侵，徙天德振武之間。又爲石雄張仲
> 武所破。其餘衆西徙，役屬吐蕃。是時吐蕃已陷河西隴右，
> 乃以回鶻散處之。

觀上文知開成會昌之間，回鶻部落經殘破之後往往徙河西界。然

其徙河西者，未必以爲吐蕃可親，亦因其族落先有住河西者也。

回鶻徙安西者浸成大國。其徙河西者初附於吐蕃，如通鑑二四八載大中元年事云：

> 吐蕃論恐熱乘武宗之喪，誘党項及回鶻餘衆寇河西（按：此時唐尚未有河西道，所稱河西殆指河曲言之）。詔河東節度使王宰將代北諸軍擊之。宰以沙陀朱邪赤心爲前鋒，自麟州濟河，與恐熱戰於鹽州，破走之。

是時吐蕃雖大亂，而唐尚未復隴右河西，故回鶻之居河西者，猶爲論恐熱所用。及大中五年以後，河西隴右十一州復爲唐有，唐之威令已及河隴全境，非大中初年可比。以意揣之，其時河西回鶻部落當"羈縻"於唐。然其與他蕃部及唐之關係，史籍所載，殊不詳悉。唯新唐書二一八沙陀傳、通鑑卷二五二僖宗紀載回鶻事數條，疑皆河西回鶻事。今具引於後。

新唐書沙陀傳記朱邪赤心事云：

> ……龐勛平，賜氏李，名國昌。……回鶻叩榆林，擾靈、鹽，詔國昌爲鄜延節度使。又寇天德，乃徙節振武。

國昌賜姓，在咸通十年。授振武節度使，在咸通十一年（據舊書十九上懿宗紀及通鑑二五二）。此所記回鶻叩邊當是咸通十年及十一年間之事。通鑑僖宗乾符元年記回鶻事凡兩見：

> 十二月党項回鶻寇天德軍。

> （新書九僖宗紀同。舊書十九下僖宗紀：乾符元年十二月，党項迴鶻寇邊。不言天德，當係省文。按：乾符元年，党項回鶻寇天德軍，是時振武節度使仍爲李國昌。然距咸通十一年受命鎮振武，已五年之久。近吳廷燮唐方鎮年表以乾符元年爲國昌初任振武節度之年，蓋誤合新書沙陀傳及

通鑑乾符元年所書回鶻事爲一事。）

　　初，回鶻屢求册命。詔遣册立使郗宗莒詣其國。會回鶻爲吐谷渾嗢末所破，逃遁不知所之。詔宗莒以玉册、國信授靈鹽節度使唐弘夫掌之。還京師。

　　（此條在十二月党項回鶻寇天德軍之後，似宗莒還京師即十二月事。）

通鑑乾符二年：

　　回鶻還至羅川。十一月，遣使者同羅榆禄入貢。賜拯接絹萬匹。

以上所舉諸條前後相承，當互相關連。尋繹其文，似爲回鶻部落與他部不能相安，因請唐册立以鎮壓之。既不得遂所願，乃數叩邊境。沙陀素健鬥，爲九姓六州胡所畏（柳公綽語），朝廷乃畀李國昌節鎮以禦之。久之回鶻爲吐渾嗢末所破，失所依據，乃結党項窺天德軍，欲保其地（按會昌中回鶻烏介可汗請借天德城，不許，此窺天德殆仍是烏介故智），唐册立使至其國，而回鶻部衆遠撤，已不知所之。次年，其首領率衆至羅川（按唐寧州貞寧縣，隋羅川縣，天寶元年改爲貞寧），唐乃以絹帛拯濟之。其始末如此。依余之意，此諸條所記回鶻事，當皆屬河西界之回鶻，而非安西回鶻。因靈、鹽與河西相望，唐末党項居夏宥等州，去天德及甘涼等州均不甚遠。而羅川在關内。以當時形勢推之，自以結党項叩靈鹽窺天德榆林入羅川者，屬之河西界回鶻，爲最近於情理。反之如認爲安西回鶻，無論安西回鶻强大，吐渾嗢末在唐末微甚，其力未足以動搖安西；即使挫衂，亦無撤至羅川之理。且以此燉煌本張淮深變文考之，變文所述乃中和以前事，與通鑑卷二五二所記回鶻事同時，據變文則此時安西回鶻屢犯河西方與

歸義軍爭戰不已,何嘗有破國逃散之事?則通鑑卷二五二所記
回鶻事,乃河西界回鶻,實無可疑。其新唐書沙陀傳所載叩榆
林、犯靈鹽、天德之回鶻,亦可信爲河西回鶻。胡三省不察,乃於
通鑑乾符二年"回鶻還至羅川"條注云:"大中二年回鶻西奔,至
是方還。"真不得其解矣。

　　通鑑乾符二年"回鶻還至羅川"之語,意義不明。觀上文元
年載册立使郗宗莒詣其國,會其國破,詔宗莒以玉册、國信授靈
鹽節度使掌之,還京師。則回鶻國決不在羅川。通鑑所謂還羅
川者,蓋謂回鶻失國遠去,至是内徙,駐牙羅川耳。然回鶻駐羅
川似亦不甚久。因邠寧至五代至宋均爲中土州郡。徵之史籍,
未有言"寧州回鶻"者,而甘州回鶻屢見於五代史。因疑併甘州
之回鶻即通鑑所載叩天德徙羅川之回鶻。蓋其始也居涼甘界,
與嗢末吐渾錯處,曾一度爲蕃渾所逐,而内徙羅川。後移帳近河
西,卒得甘州,此亦理所宜有也。新唐書回鶻傳(卷二一七下)載
昭宗時回鶻事云:

　　昭宗幸鳳翔(按:天復元年十一月宦官韓全誨劫帝赴鳳翔),靈州
節度使韓遜表回鶻請率兵赴難。翰林學士韓偓曰:虜爲國
讎舊矣。自會昌時伺邊,羽翼未成,不得逞。今乘我危以冀
幸,不可開也。遂格不報。然其國卒不振,時時以玉馬與邊
州相市云。

此事新書韓偓傳不載。通鑑卷二六三昭宗天復二年書云:

　　(夏四月)辛丑,回鶻遣使入貢,請發兵赴難。上命翰林
學士承旨韓偓答書許之。乙巳,偓上言:戎狄不可倚信。彼
見國家人物華靡,而城邑荒殘,甲兵彫弊,必有輕中國之心,
啟其貪婪。且自會昌以來,回鶻爲中國所破,恐其乘危復
怨。所賜可汗書,宜諭以小小寇竊,不須赴難。虛愧其意,

實沮其謀。從之。

以上新書、通鑑所記回鶻請發兵赴難事，疑指河西回鶻而言。此時蓋已入據甘州矣。

甘州回鶻之爲舊河西回鶻部落，非自安西移來者；上文所論已詳。而遼史所記，尚有足以證明吾説者。遼史卷三十天祚帝紀附書耶律大石西奔事云：

> ……先遺書回鶻王畢勒哥曰：昔我太祖皇帝北征，過卜古罕城，即遣使至甘州，詔爾祖烏毋主曰：汝思故國耶？朕即爲汝復之。汝不能返耶？朕則有之。在朕猶在爾也。爾祖即表謝，以爲遷國於此，十有餘世，軍民皆安土重遷，不能復返矣。是與爾國非一日之好也。今我將西至大食，假道爾國，其勿致疑。

耶律大石此書與安西回鶻，而所述實甘州回鶻事。遼史卷二太祖紀載此事云：

> （天贊三年）十一月乙未朔，獲甘州回鶻都督畢離遏，因遣使諭其主烏毋主可汗。

天贊三年，即後唐莊宗同光二年。甘州回鶻可汗烏毋主此時自稱“遷國於此，十有餘世”。按回鶻并甘州，在昭宗乾寧以後。自後唐同光二年上數至唐昭宗乾寧元年，中間相距不過三十年，僅得一世，不得言十餘世。即上數至文宗開成五年回鶻爲黠戛斯所滅，其部落分投安西及河西吐蕃之時，相距不過八十四年，言十餘世亦嫌太多。若依會要所記回鶻部衆自高宗時内徙甘州界，則由同光二年上數至高宗顯慶、永隆之際，中間相距二百餘年，則十餘世之説殆勉强成立矣。由是而言，則唐時回鶻部落之居河西，殆與唐一代相終始。其入據甘州，稱可汗，亦乘唐之衰自立，非於其地毫無根據，由他處來取之也。然則舊唐書稱安西龐特勒率十五部西奔，一支投安西，一支投河隴界。則開成末回鶻之投河西者，固是龐特勒部衆。且龐特勒旋稱可汗，爲回鶻共主，雄視西域。則龐特勒後裔之說，唐末甘州回鶻自樂稱之，中國從其說亦以龐特勒後裔稱之，固無不可也。又以耶律大石遺安西回鶻書例之，安西回鶻，自是龐特勒後裔；而書稱“我太祖至廿州詔爾祖烏毋主”云云。唐末廿州回鶻、可汗，在遼末既可目爲安西回鶻之祖；則中唐時安西回鶻可汗，在唐末亦何不可目爲甘州回鶻之祖？是故以種族言，則甘州回鶻、安西回鶻同是藥羅葛氏之裔，其族既同，其後裔對於所互尊之祖即不妨通稱之。若以所佔之地域言，則甘州回鶻固與安西回鶻有別，據甘州者乃久居河西界之回鶻，而非安西回鶻；此不容混淆者也。

三　唐大中以來沙州與河西隴右之關係

唐之河西隴右，自天寶亂後，先後爲吐蕃所陷，歷百餘年之久，至大中五年，沙州人張義潮始克復瓜沙等十一州；至咸通四年，又克復涼州。於是河隴州郡盡歸於唐，在名義上悉復天寶之舊。此在唐末爲一重要之事，新唐書與通鑑俱載之。然河西隴右收復之後，其州郡情形如何，緣當時朝廷於西陲漫不加意，經營之事既無所聞，求之史書，亦遂全不能得其梗概。此本記：史臣到沙州後入開元寺拜玄宗遺容，“歎念燉煌百年阻漢，尚自敬禮本朝，餘留帝像。其餘四郡，悉莫能存。”又云：“甘涼□雄堞凋殘，居人與蕃醜齊肩；衣着□□於左衽。獨有沙州一郡，人物風華一同内地。天使兩兩相看，一時垂淚”云云。此謂涼甘諸郡蕃漢雜居，與沙州情形大異。然據後來史籍所記，則五代時涼州情形更有甚於此者：文獻通考吐蕃考記後唐明宗時西涼留後孫超遺使來。明宗召見。稱涼州舊有鄆人二千五百人爲戍卒（按咸通間張義潮復涼州，發鄆州二千五百人戍之，見新五代史四夷附錄三）。今城中漢戶百餘，皆戍兵之子孫。又言涼州郭外數十里，尚有漢民陷没者耕作，餘皆吐蕃云云。是則至後唐之時，涼州幾純爲吐蕃人蕃衍之地，而漢戶零落至此，殊可駭異也。按：唐河西隴右諸州以涼州爲最大，河西節度使治此。其節度副使則常以甘州刺使領之。據舊唐書地理志：涼州州戶二萬二千四百六十二，口十一萬二百八十一。甘州戶六千二百八十四，口二萬二千九十二（以上天寶戶籍）。沙州戶四千二百六十五，口一萬六千二百五十（以上舊戶籍。按舊唐書、新唐書沙州天寶戶籍均缺），是則以戶口而論，沙州且不及甘州，與涼州則相去遠矣。更以鎮戍兵考之。據舊唐書地理志及通鑑卷三一五玄宗紀天寶元年所書，河西節度使統鎮兵七萬餘人。其軍如赤水、大斗、建康、寧寇，其守捉如白亭（按白亭守捉，天寶十四載爲軍）、張掖、交城、烏城、蓼泉等，皆在涼州甘州界內，不下數萬人。而在沙州者不過城內豆盧一軍，管兵四千三百人而已。夫沙州之於涼州甘州，戶口戍卒相去懸絕如此；其經天寶亂後先後爲吐蕃所據又同。顧何以陷蕃百年之後，沙州則張義潮藉之以復河隴諸州，其子孫世守垂五十餘年；自五代以還，曹氏襲其餘蔭，保有瓜沙二州者又百餘年之久；而涼甘等州方大中吐蕃衰亂之時，已不能自拔，及其歸唐，又浸假爲吐蕃回鶻保聚之地，其故何歟？余今以私意試爲解說於下：

按唐之盛時，重兵多在西陲。自隴坻以西至四鎮北庭，屯戍相望。其牧監倉儲之制，均極講求。以之鎮懾西域，故常處於不敗之地。及安禄山亂作，盡徵河隴精銳入援，於内地置行營。吐蕃乘中土之虛，因次第攻諸州而有之。隴右先失，河西繼之，四鎮北庭最後。至河西涼、甘、肅、瓜、沙五郡陷蕃之年，元和郡縣志所載如下：

涼州：代宗廣德二年陷蕃

甘州：代宗永泰二年陷蕃<small>（按是年十一月改元大曆）</small>

肅州：代宗大曆元年陷蕃

瓜州：代宗大曆十一年陷蕃

沙州：德宗建中二年陷蕃

其攻入次第由東而西；凡方向逐漸西移者，其攻入時期亦與之俱後。蓋取切斷政策，以絕中土之援。至涼州之失，舊唐書吐蕃傳（卷一九六上）書其事云：

> 廣德二年，河西節度使楊志烈被圍，守數年，以孤城無援，乃跳身西走甘州。涼州又陷於寇。

通鑑卷二二三代宗紀廣德二年十月記僕固懷恩引吐蕃回鶻兵由靈武進逼奉天事，兼叙此事，較舊書爲詳。據通鑑所記，知當時志烈守涼州，不唯孤城無援，且曾分兵躡僕固懷恩之後以解京師之危。其兵既爲懷恩所敗，涼州遂愈不能守。今具錄其文於後：

> 懷恩之南寇也，河西節度使楊志烈發卒五千，謂監軍柏文達曰：河西銳卒，盡於此矣！君將之以攻靈武，則懷恩有反顧之慮，此亦救京師之一奇也。文達遂將衆擊摧砂堡、靈武縣，皆下之。進攻靈州。懷恩聞之，自永壽遽歸。使蕃渾二千騎夜襲文達，大破之，士卒死者殆半。文達將餘衆歸涼州，哭而入。志烈迎之曰：此行有安京室之功，卒死何傷？士卒怨其言。未幾，吐蕃圍涼州，士卒不爲用。志烈奔甘州，爲沙陀所殺。<small>（按志烈爲沙陀所殺，乃明年永泰元年十月事，見舊唐書代宗紀。通鑑附書之。）</small>

志烈既死，河西失其統帥。朝廷乃遣使巡撫河西，兼置涼、甘、肅、瓜、沙等州長史<small>（按此殆天寶亂後，諸州長史多缺而不補，至</small>

是請置之,蓋非常之時,慮刺史有失,可以長史領州事也)。迨大曆元年,楊休明繼爲河西節度使,乃徙鎮沙州。

通鑑卷二二四代宗紀:

> 永泰元年閏十月,郭子儀入朝,以河西節度使楊志烈既死,請遣使巡撫河西及置涼、甘、肅、瓜、沙等州長史。上皆從之。

> 大曆元年五月,河西節度使楊休明徙鎮沙州。

新唐書卷六七方鎮表:

> 大曆元年,河西節度徙治沙州。

是沙州當大曆元年已取得涼州之地位。然甘州、肅州復相繼於是年失守。則其時河西節度所領不過瓜、沙二州。然軍帥以二州之地與勍敵相持至十年之久。至大曆十一年瓜州復失,而沙州一州爲唐固守者猶五六年,至建中二年,始力屈而降。當時軍將之忠於爲國,不屈不撓,誠可矜式也。

由上所說觀之,沙州陷蕃,後於涼州者將二十年;後於甘、肅二州者亦十餘年之久。以情理揣之,當大曆元年節鎮西移,其鎮戍諸軍必多有隨至沙州者。其涼、甘、肅、瓜等州人民西走沙州者或亦不少。如沙州文錄所錄吳僧統碑記僧統父吳緒芝事云:

> 皇考諱緒芝,前唐王府司馬、上柱國、賜紫金魚袋,即千夫長使在列城百乘之軍。既效先鋒,窮髮留邊,末由訴免,因授建康軍使,二十餘載。屬大漠風烟,揚關(疑當作陽關)路阻,元戎率武,遠守燉煌。警候安危,連年匪懈。隨軍久滯,因爲燉煌縣人也。復遇人經虎噬,地没於蕃。元戎從城下之盟,士卒屈死休之勢。……猶鍾儀之見繫,時望南冠;類莊舄之執珪,人聽越謂。方承見在之安,且沐當時之教。

按建康軍管兵五千三百人，在甘州境。新唐書卷四十地理志：
"甘州西北百九十里祁連山北有建康軍。證聖元年，王孝傑以
甘、肅二州相距迴遠，置軍。"此碑記緒芝爲建康軍使，值元戎率
軍遠守燉煌，隨軍久滯，因爲燉煌縣人；可爲涼州失守後楊休明
移鎮沙州，曾發建康軍往戍之證。按唐鎮兵之制，大者爲軍，小
者爲守捉。河西節度所統，凡九軍八守捉。除豆盧軍在沙州城
內外，餘皆在涼、甘、肅、瓜境內。建康軍既移戍沙州，其他諸軍
當亦有西徙者。然則沙州因節度之來治及涼、甘、肅等州軍民之
移徙，其鎮兵戶口之數視承平時反有增加。在沙州未失守前，燉
煌一郡實爲河西人民保聚之地，此其異於其他諸州者也。

然即沙州爲吐蕃攻下之時，其人民所遭命運，亦有異於他州
者：新唐書卷二一六下吐蕃傳載周鼎（時以節度領州事）及閻朝
守城事云：

> 始沙州刺史周鼎爲唐固守。贊普徙帳南山，使尚綺心
> 兒攻之。鼎請救回鶻，逾年不至。議焚城郭引衆東奔，皆以
> 爲不可。鼎遣都知兵馬使閻朝領壯士行視水草。晨入謁辭
> 行，與鼎親吏周沙奴共射，轂弓揖讓，射沙奴即死。執鼎而
> 縊殺之，自領州事。城守者八年。出綾一端募麥一斗，應者
> 甚衆。朝喜曰："民且有食，可以死守也。"又二歲，糧械皆
> 竭。登城而譚曰："苟毋徙佗境，請以城降。"綺心兒許諾。
> 於是出降。自攻城至是，凡十一年。贊普以綺心兒代守。
> 後疑朝謀變，置毒韡中而死。州人皆胡服臣虜，每歲時祀父
> 祖，衣中國之服，號慟而藏之。

按貞元間吐蕃攻涇邠寧慶隴麟等州，所至皆毀其城郭廬舍，棄羸
老，虜丁壯而去。所俘分隸諸蕃部，質其妻子，厚其財貨，使蕃人
將之以攻中國。見兩唐書吐蕃傳。關內如此，隴右河西，當無二

致。據新唐書此條,則沙州以閤朝之約,其人民得不徙他境。雖
勢窮力屈,隸屬吐蕃,而漢人固猶是漢人。其風俗未改,種性猶
存:此與其他州郡又有不同者也。

　　新唐書此條甚關重要。舊唐書吐蕃傳不載。今再引百餘年
後沙州人之言,以證新唐書記事之真。燉煌本梁乾化辛未沙州
人民上甘州回鶻可汗書述沙州舊事云:

> 沙州本是善國神鄉,福德之地。天寶之年,河西五州盡
> 陷,唯有燉煌一郡,不曾破散。直爲本朝多事,相救不得,□没
> 吐蕃,四時八節,些些供進,亦不曾輒有移動。(據國立北平圖書館
> 館刊第九卷第六號所載王重民撰金山國墜事零拾引)

河西諸州陷蕃,唯沙州人民得保全;他州則殘破之餘,人物蕩然。
觀新唐書及沙州人民上回鶻可汗書,可以知之。然則自大曆貞
元以來,沙州不失其故,猶爲漢人生聚之地。而他州則漢人已失
其主要地位,漸以吐蕃回鶻諸部落易之,與沙州正相反。此點既
明,則此本變文所記"沙州人物風華一同内地,而涼甘諸州雉堞
凋殘居民與蕃醜齊肩"者,不足爲怪矣。且沙州人民之偶得保
全,其影響於後世者,不僅一郡之繁華而已;即河隴州郡之得恢
復,亦全基於此。據新唐書吐蕃傳載吐蕃大亂,"義潮陰結豪英
歸唐。一日,帥衆("帥"字據通鑑補)擐甲譟州門。漢人皆助之。
虜守者驚走。遂攝州事。繕甲兵,耕且戰,悉復餘州"。通鑑卷
三四九宣宗紀記義潮以沙州歸唐在大中五年正月;記義潮略定
十州以十一州圖籍入見,即在是年十月。去沙州之復,相去不過
數月。是隴右河西百年陷蕃,取之猶如反手,可爲非常之事,非
義潮之勇略,固不能如此。然隴右河西十有九郡,何以他州不能
乘吐蕃之衰率先自拔,而義師之起必始於沙州?以情理測之,必
因沙州漢人衆多,吐蕃自知不能守,因委之而去。而義潮徵兵整

武,得以略定諸州,亦全因沙州多漢人爲所用之故。然則沙州之收復與十郡之略定,皆可認爲民族意識之表現,不可以義潮爲首領之故盡認爲義潮一人之功也。

新五代史卷七四四夷附録第三于闐傳載晉天福三年高居誨使于闐歸,述所經行之地云:

> 自靈州過黄河,行三十里,始涉沙入党項界。……至涼州。自涼州西行五百里至甘州。甘州,回鶻牙也。其南山百餘里,漢小月支之故地也。有别族號鹿角山沙陀,云朱耶氏之遺族也。……西北五百里至肅州。渡金河。西百里出天門關。又西百里出玉門關,經吐蕃界。……西至瓜州沙州。二州多中國人。聞晉使來,其刺史曹元深等郊迎,問使者天子起居。……自靈州渡黄河至于闐,往往見吐蕃族帳。而于闐常與吐蕃相攻。

據居誨所記,所經河西五郡,甘州爲回鶻牙,其南有沙陀;肅州西爲吐蕃界;而瓜沙二州多漢人(按瓜州入蕃,在大曆十一年,後於涼甘肅者十餘年)。然則曹氏自五代以來,保有瓜沙二州,處複雜之環境中而能不失其地者,亦緣瓜沙二州多漢人,非盡關守禦之術也。

由上所説言之,則沙州一郡,大中時張氏藉其民以復河隴十一州;五代以還,曹氏藉其民以保二州之地;其所以致此,則因天寶亂後河西隴右陷於蕃手,州郡多殘破,而沙州人民因刺史閻朝與吐蕃之約獨得保全故也。夫河西隴右之陷,在州則十有九郡,民則百萬;以沙州下郡,軍民合計不過二萬餘人,其偶然保全不至分散者,其事亦可謂小矣。然而即因此一州之故,使百年陷蕃之河西隴右十一州郡一旦復爲唐有,以張氏之支持,邊疆無事者歷四朝五十年之久;其後曹氏繼之,處諸蕃包圍中保有二州之

地,歷五代至宋又百四五十年,至皇祐後始爲西夏所滅。斯則因
沙州一州之故使唐宋間漢人在河西歷史緜延至二百年之久,此
在我國歷史上固一極堪注意之事,不得以小事目之矣。

一九三七年原作

（載國立中央研究院歷史語言研究所集刊第七本第三分冊）

一九五二年三月重校訂

滄州集　卷六

評余冠英樂府詩選注

曩讀余冠英先生編樂府詩選，發覺其注間有不正確者，疑而不能定者，或應注而未注者。因摘出逐條辨明之，凡十六條，曾借友人名發表於一九五四年七月十八日文學遺產第十二期。今更補入當時有稿而未請求發表之十一條，合爲二十七條。初余爲此文，以古代方言俗語今人或不曉，古代風俗制度今日又非人盡知之，而辨論之文理應詳盡，故諸條中詞有稍繁者，今仍之不復删云。

一九五七年十二月一日記

少年見羅敷，脱帽著帩頭。（陌上桑　頁一三）

〔帩頭〕注云：即綃頭，是包頭髮的紗巾。古人以絲或麻織品束髮然後加冠。帽大約是戴在綃頭之上的，"脱帽著帩頭"是除下帽子又戴上，是無意的舉動，因爲看羅敷看癡了，所以如此。一説是少年自己衒耀的態度。

按：古人飾首之制，有冠、有幘、有巾、有帽、有帩頭（帩或作綃、幧、幧，字並同）。凡男子未冠則總角（總聚其髮以爲兩角）。十五以上將冠，則結髮爲髻（髻即紒，亦作紒）。結髮亦謂之束髮。其用以束髮者謂之總。總以絲縷爲之；

或以錦爲之（童子用錦）；有父母之喪則以布爲之。冠以冕爲貴，其餘名目甚多（庶人無冠）。幘本武士之服，其後文武貴賤通着之，但以形式顔色爲差等。巾爲庶人之服（東漢末士大夫亦着巾）。廣韻卷一真韻“巾”字注引釋名曰：巾，謹也。二十成人，士冠庶人巾，嘗自謹修於四教。帽爲野人之服，後亦上下通着之。至漢之帩頭所以斂髮，其制略同古人居喪時婦女之髻、男子之括髮。似帶，無裏，有邊緣。着時自項中而前，交於額上，卻繞紒。見儀禮喪服、士喪禮、禮記玉藻鄭注。（帩頭亦有不繞髻者，如後漢書向栩傳披髮着幓頭是也。此乃例外。）綃頭露髻，幘巾帽皆覆髻。綃頭無屋（物中空者謂之屋），幘巾帽多有屋。帩頭所以斂髮，幘巾帽所以韜髮。此其別也。凡大祭用冕，常朝用冠。凡冠皆以幘承之（秦漢以前無幘有纚）。急就篇卷三顏師古注所謂“幘常在冠下，或但單著之”，是也。後魏人喜着帽，會同時或以帽承冠。故褚緭爲詩誚之，有“帽上著籠冠”之語。（見梁書陳伯之傳。籠冠即武弁，乃侍臣及武官所服。）至漢時帩頭與巾帽之關係，今不能明。余先生謂“帽大約是戴在帩頭上的”，理或有之。然謂“脫帽著帩頭”是脫了帽又戴上，則恐不然。若詩人意思是脫了帽子又戴上，則當云脫帽又着帽，不當云脫帽着帩頭。若如余先生所言，則“脫帽着帩頭”必須解作：已經脫了帽子，卻又把帽子着於帩頭之上，則從古至今無此語法。其爲誤解甚明。予謂脫帽着帩頭，當是脫帽而露着帩頭。帩頭乃首飾之至簡者。戴帽覆髻，猶未爲淺露。若脫帽而但着帩頭，則露髻，非士君子之容矣。此極寫少年輕俠任誕之狀，猶杜甫詩詠張旭，所云“脫帽露頂王公前”耳。晉書輿服志、隋書禮儀志記救日蝕之儀並云：文武官皆免冠，着赤介幘，對朝服（朝服指冠言之），示威武以助於陽也。幘、帩頭不同物。幘以承冠，帩頭或承巾帽。然史書“免冠着赤介幘”一語，卻與此詩“脱帽着帩頭”文同一例。可證予言不誤。余先生此注，述束髮、帩頭、冠、帽之事，皆不甚明晰。故予略申論之。

好婦出迎客，顔色正敷愉。（隴西行　頁二四）

〔敷愉〕注云：顔色鮮麗。

按：敷愉，開舒貌，見文選賦注。顔色敷愉，猶言和顔悦色。此贊婦之有容止禮貌，非羨其色。余先生釋敷愉爲顔色鮮麗，誤。

伸腰再拜跪，問客平安不？（隴西行　頁二四）

〔再拜〕注云：古代婦女拜的姿態是兩膝齊跪，手和地接觸，頭和腰成一直線。

按：古人所謂坐，即今所謂跪。其坐法略如現在日本人之坐。故鄭玄注禮記，凡跪皆訓坐。有所敬則引身而起，謂之長跪。長跪即伸腰矣。至古時婦人之拜，以肅拜爲正。吉禮雖有君賜亦然。所謂肅拜，只是長跪，斂兩手，當心，稍下移之，身微俯，而不低頭。在漢時則謂之擖（據周禮春官宗伯太祝先鄭注及賈疏）。故姚鼐曰：手不致諸地曰肅拜；段玉裁曰：肅拜，婦人之拜，不低頭也（解放前舊家庭婦女之拜亦是手不至地不低頭）。此詩“伸腰再拜跪，問客平安不”。言直起腰來行禮，禮畢坐下，與客寒暄也。下文“卻略再拜跪，然後持一杯”。謂離席再拜。禮畢又坐下，然後持一杯也。古時婦女惟結婚時舅姑已歿，三日行奠菜禮，扱地拜。有丈夫與長子之喪，扱地拜。扱地，手至地也。婦人扱地，猶男子稽首，見儀禮士昏禮鄭注（解放前舊家庭婦女遇重喪亦是扱地拜）。除喪事外，婦女拜無手據地之事。余先生謂古代婦女拜的姿態，是手和地接觸，誤。

清白各異樽，酒上正華疏。酌酒持與客，客言主人持。

（隴西行　頁二四）

〔華疏〕注云：華是瓜果，疏就是蔬菜。上酒的時候，把果蔬
端正一下。

　　按：廣雅釋器：疏，杓也。杓同勺。説文：勺所以挹取
也。凡勺柄，刻其端形如龍頭者，謂之龍勺；形如鳧者，謂之
蒲勺；通刻其頭，謂之疏勺。見禮記明堂位鄭注。此文華疏
指勺柄，謂柄之有刻飾者也。古人燕饗之禮，其酒器有尊
（或用壺，謂之壺尊，壺尊乃周禮六尊之一）有勺。尊以盛
酒，勺以酌酒。尊有冪，冪以細布或細葛爲之。燕則啟冪，
加勺於尊。其勺柄向南，故儀禮士冠禮、士昏禮、鄉飲酒禮、
大射禮、少牢饋食禮，均有加勺於尊及加勺南柄之文。（凶
禮則勺北柄。按鄉飲酒禮、鄉射禮、大射禮二漢猶以時舉
行。）凡燕，賓東向，主人西向，而尊在主人側或在主人面前。
（據禮記玉藻、漢書樓護傳。）凡勸酒，主人洗爵，以勺酌酒於
尊，注之爵，以進於賓曰獻。賓飲獻畢，洗爵，而酌與主人曰
酢。主人飲酢畢，又酌自飲、卒爵。後洗爵而酌與賓曰酬。
此其大較也。至一尊一勺之制，至唐猶存。李匡乂資暇集
下云：元和初酌酒猶用樽杓。雖數十人挹酒而散，了無遺滴
是也。此詩酒上正華疏，上猶至也。（古謂到官曰上，未到
官曰未上。）言酒尊至，加勺於尊正其柄使南向也。酌酒持
與客，謂獻賓也。客言主人持，謂賓酢主人也。持作持酒
解。三國志吳書第十二虞翻傳：“孫權爲吳王，歡宴之末，自
起行酒。翻伏地，陽醉不持。”北齊書卷三十四楊愔傳：“長
廣王與諸勳胄約。行酒至愔等，我各勸雙盃。彼必致辭。
我一曰捉酒，二曰捉酒，三曰何不捉。”捉即持也。凡受獻受

酢皆有拜。此但言主人拜，不云客拜者，省文。凡獻酢，男女爵不相襲。男酢女必易爵，此詩所叙亦是婦獻賓用一杯，客酢婦又用一杯也。余先生注此詩，訓華爲瓜果，訓疏爲蔬。謂正華疏即正果蔬。按疏、蔬古字同。爾雅釋草“瓠棲瓣”，（陸刻本爾雅郭注義疏釋草第十三“瓠棲瓣”，郭注：瓠中瓣也。詩云“齒如瓠棲”，郝云毛詩作瓠犀，假借字也。）郝氏疏：瓠通作華。郊特牲：“天子樹瓜華。”鄭注：華，瓜果蓏也。是華讀爲瓠。瓠、華古音同。說文華或作荂。荂、瓠俱誇從聲，是其音同之證也。然以燕饗之事言，則酒上正果疏甚爲無義，且與上下文不貫。今特辯之。

談笑未及竟，左顧敕中廚。促令辦麤飯，慎莫使稽留。
（隴西行　頁二四）

〔左顧敕中廚〕注云：敕是吩咐。中廚是内廚房，别於外廚。廚房在東邊，從北堂東顧是面向左，所以説左顧。又左顧解做回顧，也可以通。

按：燕客於北堂上，侍者在主人左，故曰左顧。中廚謂宅中私役之廚。淮南子泰族訓：“今夫祭者，屠割烹殺、剥狗燒豕、調平五味者，庖也。”庖廚同義。庖人可稱庖，廚人亦可稱廚（今人猶呼廚子爲廚房）。左顧勅中廚，謂左顧侍者，使銜口勅告廚人，令速辦飯也。禮飲酒至二爵，即可以語，故曰談笑。（玉藻釋文引王肅語。此以漢魏禮釋古禮。）凡燕客，皆先行觴而後進食。故詩先云酌酒，後云促令速辦飯。余先生謂廚房在東，故左顧。是遙呼廚人矣。於理不合。又云左顧當回顧解，亦通。實亦不然。回顧則廚人當面。廚人當面，即應直接吩咐，不得云慎莫使稽留也。古焦仲卿妻詩“便可速遣之，遣之慎莫留”，與此文同一例。

兄弟兩三人，流宕在他縣。故衣誰當補，新衣誰當綻。

賴得賢主人，攬取爲吾組。(豔歌行　頁四○)

〔當〕無注。〔補、綻〕注云：補綴破洞叫做補，縫聯裂縫叫做綻。新衣是陪襯，没有意義。新衣本不須綻。〔組〕注云：就是綻字。

　　按：急就篇卷二顏師古注："修破謂之補，縫解謂之綻。"綻本作袒。説文："袒，衣縫解也。"廣韻裋韻同。玉篇："袒，縫解也。"或作綻、磔。禮記内則："衣裳綻裂。"注："綻猶解也。"凡裁衣而以線紩之謂之縫；其會合之處亦謂之縫。衣縫解謂之綻(今俗語猶然，亦云開線)；因其解而紩之亦謂之綻。新衣縫亦可解。余先生謂新衣不須綻，非也。綻又通璜。説文："璜，補縫也。"補綻通言無別(今俗語猶言綻補)。故此詩故衣言補，新衣言綻，下文又兩承之云："賴得賢主人，攬取爲吾璜。"當讀爲掌。掌者，主也，管也。故衣誰當補，新衣誰當綻，言補綻之事，有誰主之。乃詩人流宕之感也。

棗下何攢攢，榮華各有時。棗欲初赤時，人從四邊來。棗適今日賜，誰當仰視之！(咄喑歌　頁五三)

〔咄喑〕注云：嘆聲。〔適〕注云：猶若也。假設之辭。

　　按：經傳釋詞九：適猶若也。當即余先生所本。然施於此處則於義不合。以此詩所寫，乃榮悴之感。人當榮盛時，縱其人知足以滿盈爲戒，亦不至於預想及門户之衰而浩歌長嘆。故知此詩適字決非假設之詞。適古讀如敵。適者正也。正值其時則謂之適，正當其事亦謂之適。經傳中此例甚多。當者，將也。釋氏書謂將來爲當來。唐寒山子詩："誰當來歎賀？樵客累經過。""棗適今日賜，誰當仰視之。"言棗正值今日盡仰而視之者將有誰也。咄喑見文選卷二十四曹子建贈白馬王彪詩，云：“自顧非金石，咄唶令心悲。”又見三國志吳書第九吕蒙傳，云蒙疾發，孫權“見小能下食則喜，顧左右言笑。不然則咄唶夜不能寐”。史記信陵君列傳正義引聲類：“唶，大呼也。”玉篇：咄，叱也。咄唶乃大聲之嘆。益知詩不作於盛時。本事詩載唐開元末李適之罷相，爲詩云：“避賢初罷相，樂聖且銜杯；爲問門前客，今朝幾個來？”與此詩意同。李詩意切而詞緩，此詩語直而氣勁。較而論之，當以此詩爲勝。

三日斷五匹，大人（一作丈人）故嫌遲。（焦仲卿妻　頁六二）

〔丈人〕無注。

　　按：史記刺客列傳荆軻傳：“家丈人召使前擊筑。”索隱曰：“韋昭云古者男子爲丈夫（愛日齋叢鈔作“古者名男子爲丈夫”，疑此脱“名”字），尊父嫗爲丈人。故漢書宣元六王傳所云丈人，謂淮陽憲王外王母，即張博母也。故古詩云：三日斷五匹，丈人故言遲。是也。”宋葉大慶愛日齋叢鈔“丈人”條（據原本説郛卷十七，今四庫全書本愛日齋叢鈔無此條）引史記索隱文同。又引顔氏家訓而疏通之曰：顔氏家訓云：“古樂府歌詞，先述三子，次及三婦，是對舅姑之稱。其末云：丈人且安坐，調絃未渠央。丈人亦尊老人目，今世俗猶呼其祖考爲先亡丈人（以上引家訓語見卷六書證篇）。韋昭吳人，謂古以丈人尊父嫗，（與）之推之説合矣。”

媒人下牀去，諾諾復爾爾。（焦仲卿妻　頁七一）

〔諾諾爾爾〕注云：應聲也。

　　按：爾諾字通。諾喏古今字。故宋書卷九十四戴明寶傳附書奚顯度事云：“左右唱諾。”南史卷七十七戴法興傳附書奚顯度事作“左右唱爾”。“諾諾”即“爾爾”。古人語不嫌

複，猶近世左右人言"者者""是是"耳。"諾諾"爲應聲，人所
共知。"爾爾"爲應聲，則知之者稀。余先生於"爾爾"訓應
聲之故未有説明，故余略申論之。

其日牛馬嘶，新婦入青廬。（焦仲卿妻　頁七四）

〔青廬〕注云：青布搭成的棚，行婚禮用。〔牛馬嘶〕無注。

　　按：舊注多據西陽雜俎，謂"青廬"以青布幔爲屋，北朝
婚禮所用。考西陽雜俎，"青廬"兩見。其一在正集卷一禮
異篇，無出處。其二在續集卷四貶誤篇。云："今士大夫家
昏禮，露施帳，謂之入帳，北朝餘風也。聘北道記云：北方婚
禮，必用青布幔爲屋（卷一此句下多"在門内外"四字），謂之
青廬，於此交拜。"聘北道里記三卷，江德藻撰。見隋書經籍
志。江德藻陳書卷三十四有專傳，南史卷六十附父革傳，陳
書南史俱作北征道里記三卷。德藻以天嘉四年使齊，歸爲
此書。所記"青廬"，當是鄴下鮮卑之俗。然以青布幔爲屋
之文，殊可疑。且"青廬"漢婚禮即用之，不始於北朝也。世
説新語假譎篇："魏武帝少時與袁紹爲游俠。觀人新婚，因
潛入主人園中，夜叫呼云：有偷兒。青廬中人皆出觀。魏武
入，抽刃劫新婦。"此後漢時婚禮用"青廬"之證。唐會要卷
八十三嫁娶篇，載建中元年，勅禮儀使詳定公主、郡主、縣主
出降觀見之儀。禮儀使顏真卿等奏："相見行禮，近代設以
氈帳，擇地而置，此乃元魏穹廬之制。（顏師古注漢書揚雄
傳長楊賦云：穹廬，氈帳也。）合於堂室中置帳。請准禮施
行。"封氏聞見記卷五花燭條云："近代婚嫁，有卜地安帳之
禮，上自皇帝，下至士庶，莫不皆然。今上（唐德宗）即位，詔
有司約古禮。今儀使太子少師顏真卿中書舍人于邵等奏：
氈帳起自北朝穹廬之制，請不設，惟於堂室中置帳，以紫綾
幔爲之。"此"青廬"即氈帳之證。唐白居易爲詩，自紀其冬

日生活，屢言氈帳。其青氈帳二十韻詩，見於白氏長慶集卷六十四者，述氈帳之制甚詳。讀之，知其制與今蒙古包全同。詩稱氈帳不畏風雨，最宜施於霜後地。於庭户前設之，爲燕居及宴集賓客之所。又稱氈帳製出北戎，隨虜南移入中國。則謂唐士大夫家用氈帳，沿後魏俗。與顔真卿之言合。然則"青廬"得名，當緣所用帳是青氈帳。今西陽雜組"青布幔"蓋"青氈帳"之誤也。後魏以氈帳爲禮幄，不獨婚禮。北史魏孝武帝紀，載高歡求得帝於洛陽城西，將立之。迎入氈帳，陳誠泣下。遂即位於東郭外。可證。帝即位在夏四月，可見氈帳不論冬夏皆用之。氈帳亦作氈屋。北史西域傳，載嚈噠國俗與突厥同，以氈爲屋。南齊書高帝紀，載宋元徽五年七月七日，蒼梧王於仁壽殿東阿氈屋中寢。是南朝亦有氈屋。南朝氈屋，當來自河南（吐谷渾）。後漢氈屋，蓋由南匈奴傳入者。

"牛馬嘶"謂親友來觀禮者之衆。古之貴者，不乘牛車。漢武帝推恩之末，諸侯寡弱，貧者至乘牛車。其後稍見貴之。自靈獻以來，天子至士遂以爲常乘。見晉書輿服志。

附：白居易青氈帳二十韻

合聚千羊毳，施張百子卷。骨盤邊柳健，色染塞藍鮮。北製因戎剏，南移逐虜遷。汰風吹不動，禦雨濕彌堅。有頂中央聳，無隅四嚮圓。旁通門豁爾，内密氣温然。遠別關山外，初安庭户前。影孤明月夜，價重苦寒年。軟暖圍氈毯，鎗摐束管絃。最宜霜後地，偏稱雪中天。側置低歌座，平鋪小舞筵。閑多揭簾入，醉便擁袍眠。鐵檠移燈背，銀囊帶火懸。深藏曉蘭焰，暗貯宿香烟。獸炭休親近，狐裘可棄捐。硯温融凍墨，瓶暖變春泉。蕙帳徒招隱,茅庵浪坐禪。貧僧應歎羡,寒士定留連。賓客於中接,兒孫向後傳。王家誇舊物,未及此青氈。

樂天特喜氈帳,詩中屢及之。"年老不禁寒,夜長安可徹。賴有青氈帳,風前自張設。"集卷五十一別氈帳火爐詩也。"今冬閒氈帳,雪裏爲誰開?"集卷六十五酒熟憶皇甫十詩也。"水南水北雪紛紛,雪裏歡游莫厭頻。碧氈帳暖梅花濕,紅燎爐香竹葉春。"集卷六十七洛下雪中頻與劉李二賓客宴集因寄汴州李尚書詩也。"青氈帳暖喜微雪,紅地爐深宜早寒。"集卷六十七初冬即事呈夢得詩也。而此青氈帳二十韻詩,尤有史料價值。唐青氈帳,出於後魏,樂天知之,段柯古亦應知之。益知西陽雜俎"青布幔"之文爲後人妄改也。

郎爲傍人取,負儂非一事。攤門不安橫,無復相關意。
(子夜歌　頁八〇)

〔攤門〕注云:即摛,張開的意思。〔相關〕注云:以關門的關隱關心的關。就是説你的心好比敞着的門,連門閂都不安裝,再没有相關的意思了。

按:摛本訓舒。舒者布也。亦可訓開。然謂開門爲摛門,古書中無其例。予謂攤門即籬門。此作攤者訛俗字也。(攤有二音:一音丑支切,與摛同音。一音力支切,與籬同音。宋李誡營造法式云:"露籬名五。攤、栅、據、藩、落,今謂之露籬。")籬門見南齊書豫章王嶷傳、褚澄傳、始安王遙光傳、梁書武帝紀上、陳伯之傳、何點傳。南朝宋以來臺城外城設竹籬,有六籬門而無郛郭。故史書多言籬門。橫者橫木。玉篇門部關字注云:"以木橫持門户也。"籬門不安橫,則不足言關。此是一義。其另一義則喻人。關者,通也,交也。古者傳達言語謂之關。有事相聞,謂之相關。隱者不問世事,則曰不關人事,或云不交人間事。無復相關意,言信命贈遺,輒無答報,知交已絕也。梁蕭綜奔魏,不得意,作悲落葉詩云:凡昔共根本,無復一相關(梁書本傳)。言舊族本宗皆不復通問。與此文同一例。

郎作上聲曲,柱促使絃哀。(上聲歌　頁八四)

〔上〕注云:樂譜表示音調的名稱。上聲歌是哀思之音,或是舞曲。〔柱〕注云:琴瑟等樂器上繫絲的木柱。〔促〕注云:撐緊。

按:上聲者,清聲也。凡五音宮最濁,商角徵清,羽最清。故曰大不過宮,細不過羽。然每一音亦各自有清濁。古謂清者曰上聲,濁者曰下聲。新唐書禮樂志載祖孝孫在隋時與牛弘定雅樂,未施行。高祖受禪,詔孝孫定雅樂。孝孫乃以七音(宮商角徵羽加變宮變徵爲七音)十二律旋相爲宮。七音每音十二調共八十四調。其聲由濁至清爲一均。商調十二,下聲一。角調十二,下聲二。徵調十二,下聲三。羽調十二,下聲四(卷二十一)。又載唐俗樂二十八調,凡七宮,七商,七角,七羽。皆從濁至清,迭更其聲,下則益濁,上則益清。(卷二十二。按遼史卷五十四樂志散樂篇云:今之散樂俳優歌舞雜進,往往漢樂府之遺。散樂以四聲調四時之氣。春聲曰平,夏聲曰上,秋聲曰去,冬聲曰入。)唐段安節樂府雜錄,載太宗時胡部樂宮商角羽,並分平上去入四聲。商角同用,宮逐羽音。平聲羽,上聲角,去聲宮,入聲商。各有七調,謂之運。運即均也。其二十八調之目,與新唐書所載俗樂二十八調全同。由是知唐俗部樂胡部樂以音律旋相爲宮,亦用孝孫法。孝孫最號知音。其在隋時定雅樂,與陳樂官蔡子元、于普明等同參定。其上聲下聲之稱,必有所承。則此詩上聲即清聲無疑也。(考工記磬氏:"已上則摩其旁,已下則摩其耑。"二鄭注皆謂上下爲聲之清濁。詩大序箋:"聲成文者,宮商上下相應。上下即清濁。")柱促當作促柱。凡瑟、琵琶、箏皆有柱。凡施柱推移上下以定聲。絃有緩急,柱有前卻,故音不同而調屢變。若柱不移則調不改,只是一調,所謂膠柱鼓瑟也。文選卷十八馬融長笛賦"若絚瑟促柱"。樂府詩集卷七十引吳均行路難詩:"殷勤促柱楚明光。"謝宣城集卷一侍華光殿曲水宴詩:"秦箏趙瑟,殷勤促柱。"庾子山集卷二烏夜啼曲:"促柱繁絃非子夜。"白氏長慶集卷六十四聽高調涼州詩:"促張絃柱吹高管。"絚瑟者,張絃使急。促柱者,引柱使近。絃急柱促則聲清。聲清則哀。古人論樂,以哀爲貴。故曰:柱促使絃哀也。

花落逐水去,何當順流還?(前溪歌　頁八六)

〔何當〕注云:言何時可以沿流而返。

　　按:古詩往往以何當爲何時。世多知之,而罕有言其故者。予今略舉例以明之。時當古雙聲字。時之爲當,猶抵之爲當敵之爲當也。北齊書卷三十四盧潛傳:"陳主(嚴可均全陳文謂即陳宣帝)與其邊將書云:'盧潛猶在壽陽,聞其何當還北?'"何當還北,言何時還北也。南齊書卷三十一荀伯玉傳:"伯玉夢見上(太祖)兩掖下有翅不舒。伯玉問:'何當舒?'上曰:'卻後三年。'"何當舒,言何時舒也。同書卷四十六王慈傳:"謝超宗嘗謂慈曰:'卿書何當及虔公?'"虔公指王僧虔,即慈之父,以書名。何當及虔公,言何時及虔公也。(談藪載超宗此問,改爲卿書何如虔公,殊失原意。)吳競樂府古題要解下釋古詞"砧藁今何在"篇云:"何當大刀頭,刀頭有環,問夫何時當還也。"以予所知,釋何當爲何時者,以樂府古題要解爲最早。今附著於此。

江陵去揚州,三千三百里。已行一千三,所有二千在。

（懊儂歌　頁八七）

〔所有〕無注。〔評〕這詩真實、樸素、毫無描寫,自有情味,見民歌特色。分甘餘話云:"此詩愈俚愈妙。然讀之未有不失笑者。余因憶再使西蜀時,北歸,次新都。夜宿,聞諸僕偶語曰:'今日歸家,所餘道路無幾矣。'一人問:'所餘幾何?'答曰:'已行四十里,所餘不過五千九百六十里耳。'此語雖謔,乃得樂府之意。"

　　按:余先生引分甘餘話,見卷三。漁洋意似訓"有"爲"餘"。然不言其故。予今爲漁洋解之。儀禮鄉飲酒禮:"羞惟所有。"注云:"在有何物。"鄉射禮:"羞唯所有。"注云:"用時見物。"見、現字通。在有何物,謂視現在有何物而用之,與用時見物義同。予因悟凡經傳所有,皆據見在人物言之。周書卷四明帝紀元年十二月詔曰:"元氏子女,自坐趙貴等事以來,所有沒入爲官口者,悉宜放免。"言元氏子女自坐趙貴等事以來,現在沒入爲官口者,悉宜放免也。卷十武帝紀宣政元年三月,"詔柱國豆盧寧征江南,武陵南平等郡所有士庶爲人奴婢者,悉依江陵放免"。言武陵南平等郡現在士庶爲人奴婢者,悉依江陵例放免也。此詩所有,據現在之程言之。言全程三千三百里,除已行之一千三百里外,現在應行之程,尚有二千里在也。蓋久客思歸,極言其遠耳。語本平常,無何可笑之處。漁洋詞人,讀書但觀大意,故所評反在可解與不可解之間。以此知詩家與考據家非一途也。

語我不游行,常常走巷路。敗橋語方相,欺儂那得度?

（讀曲歌　頁九一）

〔方相〕注云：驅疫和送葬的像神。……出殯時抬着走在棺柩前面。〔欺儂〕注云：是雙關語，本該説"供儂"，就是"供人"，也就是方相。〔度〕注云：也是雙關語。供人渡河渡不過去，即要欺騙儂也騙不過去。

　　按：方相戴假面，象古逐疫之神，送葬用之。漢時俗謂之顑頭。顑一作魌。後或作欺，作供（供音欺）。四目曰方相，兩目曰魌，實則通言無別。漢魏時方相用人扮，後或用偶人。凡貴官喪葬用方相，卑官庶人喪葬用魌頭。凡方相魌頭皆以合轍車載之（唐會要卷三十八）。橋木朽壞，則不能度方相車。故設爲敗橋語方相之詞曰："欺，儂那得度！""欺"字逗，"儂那得度"四字讀斷。譯以今言，則爲："魌呀！我那能度你！"此顯義也。其隱義則爲"欺儂，那得度！""欺儂"二字逗，"那得度"三字讀斷。度渡字同。渡者濟也。濟者成也。凡事成曰濟，事不成曰不濟。譯以今言，則爲"你欺負我還成！"語頗激切，所以深誡之也。儂吳語。南朝人作吳語皆自稱爲儂。儂即我也。余先生訓供儂爲供人，不妥。餘所説亦未的。

新買五尺刀，懸着中梁柱。一日三摩娑，劇於十五女。
（瑯琊王歌　頁一〇八）
　　〔中梁柱〕無注。

　　按：廣韻平聲歌韻："娑"、"挲"、"挱"同音，素荷切。"娑"字注云："婆娑，舞者之容。""挲"字注云："摩挲。""挱"字同"挲"。廣韻平聲十八諄韻"掮"字注云："手相安慰。"上聲麌韻"拊"字注："拍也。説文揗也。"同韻"撫"："安存也。又持也。"拊、撫同音，方武切。又，平聲二十三魂韻"捫"字注云："以手撫持。"同韻"捵"字注云："捫捵，摸捺也。"平聲十一模韻"摸"："莫胡切。以手摸也。亦作摹。又音莫。"入

聲十九鐸韻“摸”注云：“摸捺。又莫胡切。”同韻“捺”：“摸
捺。蘇各切。”梁柱者承梁之柱。刀懸柱上，所懸處適當柱
之中央，故曰懸着中梁柱。古五架之屋，棟三，梁二。棟縱
貫屋之東西，梁橫貫屋之南北。梁之上受短柱以承棟。梁
之下有四柱以承梁。其最高之棟，古謂之宗，今亦謂之梁。
其兩梁古謂之大梁，今謂之柝。其在前二柱謂之楹，在後二
柱謂之柱，亦通稱爲楹。世説新語規箴篇：“陸玩拜司空。
有人詣之，得便自起瀉着梁柱間地，祝曰：當今乏才，以爾爲
柱石之用，莫傾人棟梁。”此以梁柱二字連文之例。

憎馬高纏鬃，遥知身是龍。誰能騎此馬，唯有廣平公。

（瑯瑘王歌　頁一〇八）

〔憎馬〕注云：應從左克明古樂府作快馬。憎訓嫌惡，不能作
爲馬的形容字。〔龍〕注云：古人稱馬高大爲龍。周禮馬八
尺以上爲龍。

　　按：憎、快假。憎，廣韻泰韻、夬韻兩收。其在泰韻者，
音烏外切。在夬韻者，音烏快切，與快同韻，故得借快爲憎
也。（憎快字相混，凡樂府詩憎字，宜隨其詩分別觀之，不可
一概而論。）身謂才品。北朝謂人之有才堪任使者曰人身不
惡，謂才疏不堪任使者曰惡人身。龍者第一流之稱。凡人
之俊者曰龍，如後漢荀氏有八龍、季漢李氏有三龍六龍、後
魏王氏有九龍是也。馬之駿者亦曰龍，如漢郊祀歌詠天馬
云：今安匹，龍爲友。後漢書明德馬皇后紀：“車如流水，馬
如游龍。”初學記卷二十九引宋劉義恭白馬賦：“龍馬宅人而
受轡。”齊謝朓送遠曲：“方衢控龍馬。”唐李賀歌詩編卷一送
沈亞之歌：“擲置黄金解龍馬。”是也。遥知身是龍，謂遥望
之即知其品不凡，神駿可喜。凡駿馬多有氣性，難馴（顔延
年五君詠“龍性誰能馴”）。不馴之馬，亦或駿逸。故下文承

之云："誰能騎此馬,惟有廣平公。"余先生釋龍據周禮爲説,頗失之拘。如云遥望之即知其身高大,則語甚無味,詩人之言,豈若是乎?

雨雪霏霏雀勞利,長嘴飽滿短嘴飢。（雀勞利歌　頁一一〇）

〔勞利〕注云:似寫鳥雀喧叫聲。長嘴,比社會上有憑藉有手腕的人。短嘴,比貧賤老實的人。

　　按:方言卷十:"囒哰,謰謱,拏也。"郭注:"言諸拏也。"玉篇:"嗹嘍,多言也。""諸詉,言不可解也。"或云覶縷(字亦作羅縷、覼縷)。玉篇:"覶縷,委曲也。"晉書傅咸傳咸上事云:"臣前所以不羅縷者,冀得從私願也。"左思吳都賦:"嗟難得而覼縷也。"或云陸離。廣雅釋訓:"陸離參差也。"揚雄甘泉賦:"聲駢隱以陸離。"江文通集卷二横吹賦:"啾寥亮於前衡,嘒陸離於後陣。"或云飀戾(字亦作飉戾、嘹淚)。鮑照集卷八蒜山詩:"參差出寒吹,飀戾江上謳。"謝宣城集卷二從戎曲:"嘹淚清笳轉。"白氏長慶集卷二十病中對病鶴詩:"但作悲吟和嘹淚。"或云懍悷。廣韻霽韻悷字注云:"懍悷,悲吟也。"或云嘍唳、嘍嘒。廣韻侯韻嘍字下注、屑韻唳字下注並云:"嘍唳,鳥聲也。"質韻嘒字下注云:"嘍嘒,言不了也。"(嘒音力質切,與栗同音。)囒哰,謰謱,覶縷,陸離,飀戾,懍悷,嘍唳,嘍嘒,勞利皆一聲之轉。其義或主多言,或主聲之抑揚錯綜。實則相通。此詩勞利,蓋謂叫不休耳。"長嘴"謂敏捷善覓食者,"短嘴"謂遲鈍不能覓食者。今河北省自天津以南,人家食時熟客至曰趕上飯碗。或便就食,人戲之則曰嘴長。若食甫畢而客至,則戲之曰嘴短。山東省北部語亦然。

摩捋郎鬚,看郎顔色。郎不念女,不可與力。（地驅樂歌　頁一一〇）

〔捋〕注云:撫摩也。〔不可與力〕注云:等於説不可勉强。

　　按:爾雅釋蟲第十五云:“强醜捋。”郭注:“以脚自摩捋。”廣韻入聲十三末:“捋,手捋也,取也,摩也。郎括切。”捋鬚示敬愛。諸書多作捋鬚。有作持鬚者,蓋字之誤。今各依其文具引於下:三國志魏書任城威王彰傳:“代郡烏丸反。彰北征,大破之。時太祖在長安,召彰詣行在。彰到,歸功諸將。太祖喜持彰鬚曰:黃鬚兒竟大奇也。”(白氏六帖事類集卷九鬚門引魏志作任城王彰討烏丸有功,太祖大喜,捋彰鬚。云云。)又吳書卷十一朱桓傳裴注引吳録曰:“桓詣建業治病,孫權令醫視護。數月,復遣還中(屯)。桓奉觴曰:臣當遠去,願一捋陛下鬚,無所復恨。權馮几前席。桓進前捋鬚曰:臣今日真可謂捋虎鬚也。權大笑。”南史卷三十一張稷傳(附祖裕傳):“帝(梁武帝)捋其鬚(涵芬樓印宋蜀本梁書捋誤埒)曰:張公可畏人。”北齊書卷二十二李元忠傳:“元忠捋高祖(高歡)鬚曰:止爲此翁難遇,所以不去。”北史卷五十三慕容儼傳:“文宣(高洋)捋儼鬚(宋蜀本北齊書卷二十儼傳作“持儼鬚”,誤。)嘆息久之,曰:自古忠烈,豈過此也。”周書卷四十王軌傳:“軌因內宴上壽,捋高祖(宇文邕)鬚曰:可愛好老公,但恨後嗣弱耳。”力者役也。謂役使之人。古者官有禄、有俸、有力。其力皆官與之(亦有得俸而不給力者)。魏收書卷一〇四自序:“優以禄力。”南史卷七十二鍾嶸傳:“宜嚴斷禄力。”其屬着私家,非給公役者,謂之私隸(急就篇卷三注)。南史卷七十五陶潛傳:“爲彭澤令,送一力給其子。”潛不應以官所與公役給其子。所送蓋私隸也。此詩所叙,蓋家客爲主人所愛,而主人慮其情不篤,捋鬚察其顏色,既愛之又疑之,所謂放心不下。“郎不念女,不可與力。”主人籌思之詞。念猶愛也。言郎若不愛女,

則不與役使之人。所以小報之，非有意絕之也。一本作“各
自努力”，則義相反，且與捋鬚看顏色之言不照應。蓋淺人
所改，不可從。

誰家女子能行步，反着袂襌後裙露。天生男女共一處，
願得兩箇成翁嫗。(捉搦歌　頁一一三)

〔能行步〕無注。〔袂襌〕注云：袂，夾衣。襌，單衣。

　　按：左思魏都賦：“邯鄲躢步，趙之鳴瑟。”劉淵林注：“趙
中山，鼓鳴瑟，趾躍。”五臣注銑曰：“邯鄲趙地，多美女，善行
步，皆妙鼓瑟。”能行步即善舞。袂與夾同。襌當作襜。廣
雅釋器：“襌襦謂之襜。”王念孫疏證七下曰：“方言：汗襦，陳
魏宋楚之間謂之襜襦，或謂之襌襦。郭注：今或呼衫爲襌
襦。又：偏襌謂之襌襦。注云：即衫也。釋名：襌襦，如襦而
無絮也。”是襜即衫，夾襜即夾衫。衫有單夾之異。單衫如
世說新語夙慧篇云：晉孝武年十二時，冬天晝日不著複衣，
但著單練衫五六重。是也。夾衫如唐段安節樂府雜錄云：
弄參軍始自後漢館陶令石耽。耽有贓犯，和帝惜其才，免
罪。每宴樂，即令衣白夾衫，命優伶戲弄辱之。經年乃放。
是也。凡舞者皆有舞衣。此詩所叙，蓋是州里之會，男女雜
坐，既醉而舞，不覺反着其衣。唐張籍張司業集卷一讌客詞
所謂“人人齊醉起舞時，誰覺翻衣與倒幘”者也。後裙露蓋
指偏後衣。五代蜀馬鑑續事始(原本說郛卷十引)：“古者衣
服短而齊，不至於地。後漢書梁冀始製狐尾單衣。”注：“後
裙曳地(今後書作後裾)，若狐尾。今婦人裙衫皆偏裁其後，
俗呼曰偏後衣也。”成翁嫗猶言成夫婦。後漢書卷四十一宋
均傳，載均光武帝中元間爲九江太守。浚道縣有唐、后二
山，民共祠之。衆巫遂取百姓男女以爲公嫗，歲歲改易，既

而不敢嫁娶。前後守令莫敢禁。均乃下書曰：自今以後爲
山娶者，皆娶巫家，勿擾良民。於是遂絶。公、翁字通。公
嫗即翁嫗也。今河朔人謂夫婦曰公母倆。

粟穀難舂付石臼，弊衣難護付巧婦；男子千凶飽人手，老
女不嫁只生口。（捉搦歌　頁一一三）

〔捉搦〕無注。〔飽人手〕注云：等於説“活人手”。手就是屠
龍手、弓箭手的手。後兩句是説：男子縱然有千種不好，總
還是養活一家人的手，因爲他是擔負生産勞動的。女子老
而不嫁，對於人没有用處，徒然坐食罷了。

　　按：上二句譬況之詞，謂受磨難如臼之受杵，事難爲如
輯弊衣也。下二句直陳其事，謂男爲人奴女爲人婢也。古
謂斬擊人曰手。（後漢書卷二十九郅惲傳：“友人董子張父
先爲鄉人所害。子張病，將終，惲往候之。子張歔欷不能
言。惲曰：‘吾知子痛讎不復。子在，吾憂而不手；子亡，吾
手而不憂。’”唐章懷太子賢注云：“言子在，吾憂子仇未能
報，而不須手自揮鋒。子若亡，吾直爲子手刃仇人，更不須
心懷憂也。”）或曰與手（陶潛搜神後記卷九張然條：“然拍膝
大呼曰：‘烏龍與手！’”王氏娶庾氏女條：“勅子弟令與手”），
謂痛擊人曰與痛手、與苦手（搜神後記卷六索遜條：“欲與痛
手。”北史卷五十五陳元康傳：“須與苦手。”今涵芬樓印宋蜀
本北齊書卷二十四元康傳作與若手誤）。或曰與毒手（唐會
要卷六十四：“張説曰與説毒手。”謂以惡言傷人。以惡言傷
人與擊人同）。謂互擊曰交手。（北史卷五十二齊琅邪王儼
傳：“小兒董弄兵，與交手即亂。”舊五代史卷六十李襲吉傳：
“毒手尊拳相交於暮夜。”）皆當時語也。千凶猶詩王風兔爰
所云“逢此百凶”。飽者受盡之辭。劉賓客嘉話録：嘗訝杜

員外"巨頰拆老拳",疑"老拳"無據。及覽石勒傳:"卿既遭
孤老拳,孤亦飽卿毒手。"豈虛言哉？石勒傳即晉書載記之
文也。(今晉書石勒載記作:"孤往日厭卿老拳,卿亦飽孤毒
手。")男子千凶飽人手,謂男子不幸常受人捶撻,知爲奴者。
以下句言女爲生口,女爲生口,男亦當爲生口也。古謂戰士
所虜人口爲生口。史書中例甚多,不煩毛舉。凡人口之緣
戰爭驅掠而得者多没爲奴婢。其犯罪被誅者,亦往往没其
家口爲奴婢。故生口又爲奴婢之稱。生口之簡稱曰生或曰
口。史書每言賜口若干,即賜奴婢若干也(元朝謂被俘爲奴
婢者曰驅口。驅口與生口義同)。三國志魏書卷三明帝紀
青龍三年裴注引魏略云:"詔書諸士女嫁非士者,一切録奪
以配戰士。又詔書聽得以生口年紀顏色相當者自代。故富
者則傾家盡産,貧者舉假貸貰,貴買生口,以贖其妻。"卷十
三華歆傳云:"公卿嘗並賜没入生口,唯歆出而嫁之。"此所
謂生口即女奴。可爲詩生口即女奴之證。凡女子之掠没爲
婢者,非酬贖放免,則不得嫁人爲編户,故曰老女不嫁只
生口。

　　詩題捉搦歌者:李善江賦注:"搦捉也。"廣韻覺韻"捉"
字注、陌韻"搦"字注並云:"捉搦也。"北史卷五十四厙狄士
文傳(附祖厙狄干傳):"令人捕搦,箠楚盈前。"隋書卷七十
四酷吏傳厙狄士文傳作"令人捕捉"。捉搦唐會要屢見。
(卷三十一輿服篇雜録太和六年敕。卷三十八葬篇元和六
年條流。卷八十六橋梁篇大曆五年敕、市篇大中二年敕。
卷九十閉糴篇上元元年勅。)舊五代史卷一百一漢書隱帝紀
上:"乾祐元年三月,殿中少監胡崧上言:請禁斫伐桑棗爲
薪。城門所由,專加捉搦。"唐元稹、張祜所作樂府均有捉搦
歌。(祜詩見樂府詩集卷二十五。稹詩見元氏長慶集卷二

十三。今行明嘉靖翻宋本元氏長慶集作捉捕。捕乃搦字之
誤。)此歌雖不知起於何時,然必由罪人家屬被捕捉而起。
故其詞哀而怨。其後歌盛行而以爲曲調,故樂府詩集所載
捉搦歌四首,不盡依題旨也。

黃桑柘屐蒲子履,中央有系兩頭繫。小時憐母大憐婿,
何不早嫁論家計。(捉搦歌　頁一一四)

〔系〕無注。〔家計〕注云:一家生活之計。"老女不嫁只生
口","何不早嫁論家計",都是將婚姻和經濟做一處考慮。

　　按:釋名卷五:"系,繫也。相聯繫也。"凡聯繫曰系,用
以聯繫之物亦曰系。説文:"紒,衣系也。"衣系即帶。韓非
子外儲説左下:"晉文公與楚戰,履係解,因自結之"。(系字
據宋乾道本。通行本作繫。)系、係字同。此詩第一句第二
句爲比興體。中央有系兩頭繫,以喩媒。所謂引線人也。
(今北方人賣草履,左右二隻,中間以線結之,是爲一雙,以
免差池。買者歸家着履,則拆其線。)第三句第四句乃賦體。
憐婿云云,乃女子思嫁之詞,猶言女大不中留也。家計猶言
家業。北史卷九十二和士開傳:"胡太后謂胡長粲曰:成妹
母子家計者,兄之力也。"南宋懷深和尚詩:"偶然家計富,享
用便過度。"何不早嫁論家計,言何不選擇一好人家而嫁之。
全詩語意,甚爲明白。如余先生所注,則似謂早嫁女即少一
坐食之人,於家庭經濟有益。詩人之意殊不如是也。

上馬不捉鞭,反折楊柳枝。蹀座吹長笛,愁殺行客兒。
(折楊柳歌辭　頁一一四)

〔折楊柳枝〕〔長笛〕無注。〔蹀座〕注云:座同坐。蹀座猶言
行坐。韓愈詩:"遠蹀金珂塞草春。"王大伯云:"遠蹀猶言
遠行。"

按：廣雅釋詁："踥，履也。"踥，説文作躞。解云："躞足也。"大徐音徒叶切。小徐云："足燮躞然連躡也。今俗作踥。"慧琳一切經音義卷二十四云："考聲：躞踥，小步貌也。躞或作燮，踥或作躞。"卷九十五云："踥，説文作躞。"故段玉裁謂躞即踥字。桂馥謂躞當作蹩，非是。人疾行亦謂之踥。列子黃帝篇："惠盎見宋康王。康王踥足謦欬疾言。"淮南子主術訓："孔子足踥狡兔。"（據御覽二八六引。此是許慎注本。今高誘注本作足躡。）言孔子行疾可追及狡兔也。人舞蹈亦謂之踥。淮南子俶真訓："足踥陽阿之舞。"許慎注：踥，蹈也。（據一切經音義卷二十四卷九十五引。今高誘注本作足躡。）馬小步行謂之踥。梁王筠昭明太子哀册文："驥踥足以酸嘶，挽悽鏘而流泫。"（梁書卷八昭明太子傳）挽謂挽歌。古者貴人喪，有歌車。喪車歌車，皆不得疾馳。故知此文踥足謂小步行。馬疾行亦謂之踥。顏延之赭白馬賦："眷西極而驤首，望朔雲而踥足。"（文選卷十四）五臣注：踥足，謂疾行也。馬騰躍亦謂之踥。梁張率舞馬賦："既傾首於律同，又踥足於鼓振。"（梁書卷三十三本傳）唐燕饗有踥馬伎。（見唐會要卷三十三散樂篇、新唐書禮樂志卷二十一。）踥馬即舞馬。踥又作疊。樂府雜録載急曲子有黃驄疊。（黃驄乃太宗定中原所乘戰馬。馬死，命樂工撰此曲。）人騎馬亦謂之踥。昌黎先生集卷九奉酬振武胡十二丈大夫（證）詩："横飛玉盞家山曉，遠踥金珂塞草春。"踥謂馬行。徐陵洛陽道詩"聞珂知馬踥"是也。證河東河中人。昌黎此詩作於京師。言證赴任過河中，有鄉人之宴，行抵振武，塞草方生，猶是春候也。王伯大釋下句爲行春，非是。（此昌黎集一條，予曾舉以語余冠英先生，今余先生已采入詩注中，但誤"王伯大"爲"王大伯"。）其實馬疾行即是躍。説文："躍，迅也。"

策馬使迅,謂之躍馬。史記蔡澤傳:"躍馬疾驅。"左思蜀都
賦:"公孫躍馬而稱帝。"躍馬即騎馬也。人舞蹈至急節亦是
疾行。故踥訓躡(李善魏都賦注引聲類);躡訓蹈(說文),又
訓疾(方言廣雅釋詁)。傅毅舞賦:"蹈不頓趾。"李善注:"蹈
鼓而足跂不頓,言輕且疾也。"此詩踥座吹長笛,踥字當作騎
馬解,以首句"上馬不捉鞭"知之。既言踥,又言座。蓋人有
遠行者,親友騎馬吹笛送之。至亭館祖餞處,俱下馬,置酒,
吹笛侑之。酒畢,當就道。此時行人聞笛聲悽然,不勝別離
之感。故曰"愁殺行客兒"也。折楊柳枝所以贈別。三輔黃
圖卷六云:霸橋在長安東。漢人送客至此橋,折柳贈別。疑
此乃關中歌也。長笛,馬融有賦。其製空洞無底,五孔,一
孔出其背,如後世之尺八,見宋沈括夢溪筆談卷五。

健兒須快馬,快馬須健兒。跋跋黃塵下,然後別雄雌。
(折楊柳歌辭　頁一一六)

　　〔跋〕注云:音蹩,就是用腳敲擊地。"跋跋"是馬快跑的樣
　　子。〔雄雌〕無注。

　　　按:跋跋諧聲字,馬蹄聲也。李善注宋玉風賦云:"溯
滂,風擊物聲。"(溯,普冰切。賦見文選卷十三。)注張衡南
都賦云:"砏汃,波相擊之聲也。"(汾,普貧切。汃,普八切。
賦見文選卷四。)溯滂、砏汃、跋跋,皆一聲之轉。(後世或言
膈膊、劈拍、必剥、拍浮、必必撲,皆形容物相摩激之聲,與跋
跋聲近義同。)此詩所敘,蓋二人騎馬爲友,並馳從禽,馬踐
地聲不絕,而黃塵揚至空際,人馬反在其下。"健兒快馬",
極言馳騁之樂,猶梁書曹景宗傳所云"騎快馬如龍,逐麋射
之,覺耳後風生,鼻頭出火,此樂使人忘死"者也。雄雌猶言
勝負。史記項羽本紀:"願與漢王決雌雄。"凡校獵以多獲爲
勝,少獲爲負。能窮躡走獸便弓馬則多獲。故曰"跋跋黃塵

下，然後別雄雌”。

憎（一作快）馬常苦瘦，勦兒常苦貧。黃禾起羸馬，有錢始作人。

（幽州馬客吟　頁一一六）

〔幽州馬客〕〔憎馬〕〔黃禾〕無注。〔勦〕注云：勞也。勦兒指
勞苦人民。〔羸〕注云：瘦弱也。以黃禾振起弱馬，比出有錢
人纔能做人。

　　按：憎馬乃不馴之馬，即北史齊高祖本紀所云惡馬（北
齊書同）。惡馬乃馬之蹖齧者，猶後世言劣馬矣。廣雅釋
詁：憎，惡也。王念孫曰：“玉篇：憎，惡也，憎也。通俗文云
可惡曰嫱。”憎、嫱字同。故廣韻末韻嫱字注曰：“方言云：
嫱，可憎也。或作憎。”馬不馴則爲人憎。故惡馬謂之憎馬。
憎一作快。乃緣聲近而誤。勦兒謂抄掠財物者。小爾雅卷
二：“勦截也。”方言卷十二：“虜鈔強也。”郭注皆強取物也。
勦、鈔字通。鈔一作抄。凡截路而強取物曰抄（抄、抄略、抄
掠、抄斷，史書屢見），強取物之人亦曰抄。（南史蕭綜傳：爲
抄所傷。）抄掠人不受羈絆，惡馬亦不受羈絆，故以馬喻人。
猶漢書武帝紀云“泛駕之馬，跅弛之士”也。黃禾即穀，穀即
粟。說文：“禾，嘉穀也。”詩大雅生民傳：“黃嘉穀也。”（今北
方人謂粟爲穀子，謂其實之黃者爲黃穀子。）九章算術卷八
設題有“黃禾四步，實不滿斗”之文。此以苗言。飼馬不以
苗，故知此詩黃禾指粟粒言之也。今北方人飼馬驟，或用禾
稈，細斫之，即古書所云莝。或用粟，即古書所云秣。莝賤
粟貴，飼粟則馬易肥。故詩小雅鴛鴦箋云：“馬無事則委之
以莝，有事則予之穀。”韓非子外儲說左下云：“韓宣子患馬
瘙。周市曰：使驥盡粟以食，雖無肥不可得也。”起者，扶持
也。見晉語（國語十）韋昭注。凡人病愈曰病起，病不愈曰
不起此病。（詳王念孫讀書雜志。）黃禾起羸馬者，言馬食粟

則膘肥,不患癯矣。馬如此,人亦然。凡抄掠皆由政治不平等生活不平等而起。使爲政者不代表貴族而代表貧民,抑豪强而止兼併,使物得其平人安其業,則抄掠自息矣。此詩乃抄掠者自訴之詞,其言平實而有味,乃古詩之饒有政治意義者,不可等閒視之。

　　詩題幽州馬客者:北齊書卷二十四杜弼傳:“顯祖(高洋)嘗問弼云:治國當用何人? 對曰:鮮卑車馬客,會須用中國人。”鮮卑謂六鎮人也。中國人謂中州十大夫也。鮮卑人慣征戰,以馳騁爲務。雖客中州,而文治非所長。故曰:會須用中國人。後魏時鮮卑雜胡,多在北方六鎮。中國强族之爲鎮將或因罪徙邊者,亦往往居之,其生活大抵同鮮卑。自孝文後,王公貴人以冠帶者自居,對於六鎮人不加存恤,役同廝養,號曰府户。而鎮將多貪污,政以賄成。鎮人無不切齒憎怒。(據魏書廣陽王深傳、北齊書魏蘭根傳。)至孝明末,北鎮飢,遂俱叛。魏不能討,反嗾蠕蠕攻之。其受蠕蠕壓迫,不得已南附者二十餘萬,朝廷分散之,使就食於幽定冀瀛諸州,復相率爲亂,國以陵夷。齊高氏乘之,反因六鎮人以成霸業。以時考之,此詩蓋孝明末六鎮人客幽州者所作。

阿婆不嫁女,那得孫兒抱?（折楊柳枝歌　頁一一六）

　〔阿婆〕無注。

　　按:阿婆乃南北朝以來婦人行尊年長者之稱,所施非一,予有説,見唐代俗講軌範與其本之體裁(“押座文與開題”章)。此阿婆謂母。唐張祜捉搦歌:“阿婆六十翁七十,不知女子長日泣,從他嫁去無悒悒。”金史卷六十四宣宗皇后王氏傳:“上曰:阿婆有此意,臣亦何嘗忘。”上謂哀宗,王氏即哀宗嫡母也。

可憐白鼻騧，相將入酒家。無錢但共飲，畫地作交賖。

（高陽樂人歌 頁一一八）

〔交賖〕注云：交是給現錢。偏用賖字的意義，無錢共飲，只得賖帳。〔畫地〕注云：似是記帳的方法。

按：交易之交，乃互通有無以物易物之謂，自來無解作給現錢者。縱令易物以錢幣，而説交易並不等於説給現錢，故給現錢一詞，不可以交易代之。余先生但熟知市人張貼，有“現錢交易概不賖欠”之言，而不知世之交易不給現錢者正多也。畫地之義，頗不易解。予姑立二説，供讀者參考。左思魏都賦：“質劑平而交易。”劉淵林注：“周官以質劑結信而止訟。鄭君曰：質劑，謂兩書一劑而別之也。若今下手書，言保物要還矣。”質劑即券書。長券曰質，短券曰劑。別謂大書字於背而中分之。唐賈公彥地官司徒疏：“漢時下手書，即今畫指券，與古質劑同也。”（溫庭筠詩：“買蓮莫破券，買酒莫解金。”“解金”，唐以來常語，謂破整爲零。言蓮蓬非常食之物，不必賖。酒常飲，可賖，不必零碎給錢也。由此知唐尋常賖物，皆有券。）券古用劄，後世用紙。此詩畫地，似指書券押字。此一説也。古者筮用二人，有揲蓍取卦者（即著筴，亦作策），有畫地記爻者。見儀禮士冠禮少牢饋食禮鄭注。賈公彥士冠禮疏云：“筮法依七八九六之爻而記之。古用木畫地，今則用錢。”筆算唐始有之，出於西域，非中法。（見新唐書曆志卷二十八下）珠算起於宋元之際。（今行北周甄鸞注之數術記遺有珠算，其法與後世珠算不同，黃宗羲答錢謙益問已辨之，見南雷文案卷四。）自宋以前，凡中法算數皆用籌策（策即算）。其法有似乎筮。故算數亦可云畫地。此一説也。書券算數，雖爲交易之法，然賖物者卻不必定還債。細審詩意，蓋是無錢也要喝酒。雖云賒,至於何時還債,則並未考慮也。此詩雖寥寥數語,而寫子弟粗險之狀如在目前,可謂善於形容。

敕勒川,陰山下。（敕勒歌　頁一三四）

〔川〕無注。〔敕勒〕注云:種族名,又名鐵勒,居青海以東。又云:這是北齊斛律金所唱敕勒民歌。樂府解題説:其歌本鮮卑語,易爲齊言。可知這是一篇翻譯作品。

　　按:樂府詩集八十六敕勒歌序,引樂府廣題,不引樂府解題。余先生注作解題,似誤。敕勒乃赤狄餘種,語與匈奴略同。初號狄歷,後魏時北方以爲敕勒,中州人謂之高車、丁零。隋唐人則謂之鐵勒。其部落分佈之地,魏書高車傳所記不甚詳。（按魏收書高車傳已亡,今魏收書之高車傳,蓋以魏澹書補之。）據隋書及北史鐵勒傳所記,有在獨洛河北者,有在北海南者,有在金山西南者,有傍白山者,有在拂菻東者。雖姓氏各別,總謂爲鐵勒,分屬東西兩突厥。又要而言之云:“自西海之東,依據山谷,往往不絶。”所稱獨洛河,即後魏所云弱洛水,唐人所云獨邏河,今之圖拉河也。北海即今之貝加爾湖也。金山即今之阿爾泰山也。白山即天山也。（據孫星衍輯括地志卷八。）拂菻,即東羅馬帝國也。西海不詳,予疑即周書突厥傳之西海,亦即水經注卷二,舊唐書西突厥傳之雷翥海,蓋今之阿拉爾海也。（史書外國傳言“西海”者非一,多隨地立名。史記大宛列傳、漢書西域傳言:“于寘之西,水皆西流注西海。”此西海亦是雷翥海。江甯汪士鐸水經注圖回疆河圖縮本:雷翥海即今鹹海;西海即騰吉斯鄂謨,今裏海。）史書所記分明如此。余先生乃謂鐵勒居青海之東。不知南北朝時青海在吐谷渾境內。吐谷渾東境北與魏之隴西接壤,南與宋齊梁之益州接壤,與鐵勒固絲毫不相涉也。然以此敕勒歌言,縱令余先生釋鐵勒諸部如隋書、北史所説，亦是錯誤。以敕勒歌之敕勒，乃後魏時由漠北内徙居朔州之敕勒，非散居今新疆等地之敕勒也。後魏道武帝時，高車之斛律部部帥有倍俟利者，以蠕蠕社崙轉徙漠北侵入高車地。舉衆擊社崙。兵敗，奔魏，賜爵孟都公，爲道武所親幸，卒諡忠壯王。見魏書及北史高車傳。倍俟利即斛律金之高祖，其部衆内附居朔州，故北齊書斛律金傳云："金，朔州敕勒部人。高祖倍俟利，道武時率户内附。"川者原也。凡地之平衍者爲川。晉書傅玄傳有高平川。魏書昭成帝紀有濡源川。太祖紀屢言牛川。太宗紀有善無川、大寧川。封敕文傳有松多川。爾朱榮傳有爾朱川、秀容川。皆謂平原。（唐人猶謂原爲川。大唐西域記："過河有川數十里。"今俗語猶言平川。）敕勒川當因朔州敕勒部得名。陰山在朔州北（據孫輯括地志卷三）。故曰"敕勒川，陰山下"。敕勒部累世居朔州，孝明末，户盈萬。此歌蓋其部相傳舊歌，猶金朝人所云"本曲"。史稱魏孝靜帝武定四年，神武（高歡）攻玉壁不下，興疾歸晉陽。西魏言神武中弩。神武聞之乃勉坐，見諸貴。使斛律金敕勒歌，神武自和之，哀感流涕。敕勒歌謂作敕勒音聲。北史爾朱榮傳："榮見臨淮王彧從容閑雅，固令爲敕勒舞。"是敕勒歌舞，頗爲北人所好。神武四世居懷朔（鎮在朔州境内），與敕勒爲鄉里，在北時習其歌聲。末年扶病聞之，有故土平生之思，故和之至於哀感流涕也。樂府廣題謂敕勒歌本鮮卑語，蓋後人揣測之詞，不可信。

附記

　　此文前溪歌"花落逐水"條，引北齊書盧潛傳所載陳主與邊將書。余不知陳主爲何帝。煩友人宋毓珂君代查嚴可均全陳文始知爲陳宣帝。折楊柳歌"健兒快馬"條，雌雄當勝負解；敕勒歌條，獨洛河即今圖拉河；亦宋毓珂君見告。
附書志謝。

原載光明日報文學遺產第十二期，一九五四年七月十八日

一九五七年十二月續增稿

釋 唱喏

解詁第一

“唱喏”二字，説部中常見。今江南人猶謂作揖爲“唱喏”。然作揖何以謂之“唱喏”，則知之者寡。今釋“唱喏”，立三義：一説喏即諾字；二説唱喏時確係出聲；三説唐宋人習慣喏必有揖，揖則兼喏，合喏與揖二者而完成唱喏之儀。

説“喏”即“諾”字者，以諾、喏爲正俗字故，以音義皆同故。

説文無喏字。諾下云：譍也。大徐音奴各切。（按：然諾之然，實亦此字，乃一聲之轉。）玉篇出喏字，云：敬言。音人者、如酌二切。敬言者，蓋致敬時言之也。此二字皆從若得聲，義既相近，古爲同紐，則喏即諾之別搆。凡書傳皆用諾，不用喏。詩閟宫：莫敢不諾。箋：應聲也。禮記投壺：大師曰諾。孔疏：諾，承領之辭也。承領之而應曰諾，蓋即唱諾之謂矣。

始本一字，祗作諾。其後音讀不同，更造喏字。正書則作諾，從其朔也。文章家採當時語或作喏，不以俗書爲嫌也。故説部承領詞之喏即諾，“喏喏連聲”即諾諾連聲。

晉干寶搜神記卷十八“魏郡張奮”條：

至三更竟,忽有一人昇堂呼曰:"細腰!"細腰應"諾"。

晉陶潛搜神後記卷六"漢時諸暨縣吏吳詳"條:

至一更竟,忽聞一嫗喚云:"張姑子!"女應曰:"諾!"

同上書卷七"晉中興後譙郡周子文"條:

忽山岫間有人喚曰:"阿鼠!"(原注:子文小字。)子文不覺應曰:"諾!"

唐元次山文集卷五述命篇:

元子嘗問命於清惠先生。先生曰:"子欲知命,不如平心。平心不如忘情。"諾曰:"幸先生教之。"

宋宋祁筆記上釋俗篇:

汾晉之間尊者呼左右曰"咄",左右必曰"諾"。而司空圖作休休亭記又用之。(按:記見一鳴集卷二。今涵芬樓印舊鈔本一鳴集文作咄諾,不作咄諾。蓋鈔書者改之。)修書學士劉羲叟為予言:晉書言"咄嗟而辦",非是;宜言"咄諾而辦"。然"咄嗟"前世人文章中多用之,或自有義。

宋洪邁夷堅三志己卷九:

鄰老張二云:"此鬼在外迷惑人,前後非一。今子孫久絕,試共發壙驗之。"眾曰:"諾"。

宋人定山三怪小説(三桂堂本警世通言卷十九):

衙內道:"你們都聽我説!若都打不得飛禽走獸,銀子也沒有,酒也沒得吃。"眾人各應了"諾"。

元王實甫西廂記第二本第二折上小樓曲:

可早鶯鶯根前姐姐呼之，"喏""喏"連聲。

所以知唱喏時必出聲者：喏本應聲，示承領之敬，其始義如是，其後不限於承領，凡示敬於所尊皆曰喏，而此應聲之喏遂爲定儀。凡言"唱喏""聲喏"者，以出聲言之也；言"奏喏"者，以卑對尊言之也；言"應喏"者，以詞爲承領之詞也。要之，唱喏必出聲，稽之舊文乃無疑義。

丁用晦芝田録（太平廣記第三百七十六卷"五原將校"條引）：

胥屬聲唱喏。

宋洪邁夷堅志支乙集卷五"黄巢廟"條：

柳州宜章縣黄沙峒山上有黄巢廟，其前一杉木合抱。山下每聞廟内聲喏，若有數百人受令唯喏者。

宋岳珂桯史九：

金國僞正隆丁丑春二月，逆亮御武德殿，召其臣語之曰："疇昔之夜方就榻，恍惚至鈞天之宫，青衣傳宣畁朕曰：天策上將令征某國！朕伏而謝。出，見兵如鬼者左右前後，杳無邊際。發一矢射之，萬鬼齊喏，聲如震雷。驚而寤，喏猶不絶於耳。"

宋吴自牧夢粱録卷四"觀潮"條：

帥府節制水軍，教閲水陣。車駕幸禁中，觀潮殿庭。下視江中，但見軍儀於江中整肅部伍，望闕奏喏，聲如雷震。余叩及内侍，方曉其尊君之禮也。

宋無名氏異聞總録卷二：

宋欽宗至源昌州，宿城外寺中。人引帝入山阜間，有草

舍三間。入其門，聞人喏聲，若三十餘人。衆皆驚訝。及帝
出門，又聞唱喏聲如前。

金董解元西廂記卷二般涉煞尾：

> 回頭來覷着白馬將軍，喝一聲爆雷也似喏。

元李文蔚燕青博魚雜劇楔子端正好套：燕青見宋江云：哥哥，喏
喏。接唱云：

> 我這裏便爆雷也似喏罷抬頭覷。

説唱喏必兼喏與揖言之者：南朝雖有唱喏之事，而文字不
詳，致難考索。若唐五代人所爲，則因文見義尚可得其梗概。大
抵鞠躬拱手而作喏聲，以姿式與聲音示其祗敬。

唐温庭筠乾𦠄子（太平廣記第四百九十六趙存條引）：

> 陸象先爲馮翊太守。參軍等多名族子弟，以象先性仁
> 厚，於是與府寮共約戲賭。一人曰：“我能旋笏於廳前，硬努
> 眼睛，衡揖使君，唱喏而出；可乎？”衆皆曰：“誠如是，其輸酒
> 食一席。”其人便爲之。象先視之如不見。

宋陶岳五代史補卷五“世宗問相於張昭遠”條：

> 李濤爲人不拘禮法。弟澣娶禮部尚書竇寧固之女，年
> 甲稍高。成婚之夕，竇氏出參，濤輒望塵下拜。澣驚曰：“大
> 哥風狂耶？新婦參阿伯，豈有答禮儀？”濤應曰：“我不風，只
> 將謂是親家母。”澣且慙且怒。既坐，竇氏復拜。濤又叉手
> 當胸，作歇後語曰：“慙無竇建（德），謬作梁山（伯），喏！喏！
> 喏！”時聞者莫不絶倒。

更參以洪邁所記，則至宋時所謂唱喏，其事愈爲明顯：必兼揖與
喏二者行之，始認爲合禮；或缺其一則禮爲不備，執禮之人宜見

嗔責。

夷堅志支丁集卷五"李晉仁喏樣"條：

> 李祐字晉仁，河東人，政和宣和中歷數路轉運使。性最滑稽，上官有庸繆不見稱於士論者，必行侮辱。嘗爲磁州滏陽令。磁守老昏而好校僚屬禮數。祐初上謁，鞠躬，厲聲作揖。守驚顧，爲之退卻。既去，遣客將責之。明日再至，但俯首拱敬，而不啟齒。守大怒，出府帖取問，令分析。祐具狀答，言祐昨早詣府，自謂蕞爾小官事上當以禮，故行高揖。旋蒙使君責誚，所以今日不敢出聲。不意復蒙譴問。是高來不可，低來不可，伏祈降到喏樣一個，以憑稟守施行。守覽狀益怒，而竟無以爲罪也。

其有揖而不聲者，謂之啞揖。

宋葉夢得石林燕語六：

> 中丞侍御史上事，臺屬皆東西立於廳下。上事官拜廳已，即與其屬揖而不聲喏，謂之"啞揖"。

宋文唯簡虜廷事實（原本説郛卷八引）：

> 漢兒士大夫上位者，年時及久闊交友相見，則進退周旋，三出頭，五折腰，相揖而不作聲，名曰"啞揖"；不如是者爲山野之人，不知禮法，衆可嗤笑（按：此言金事）。契丹人交手於胸前，亦不作聲，是謂相揖。

以此別於唱喏，則當時揖固以有聲爲常矣。

述古禮第二

殿廷中行禮，儀式有唱喏，不知始於何時。今以司馬彪續漢書禮儀志及晉書考之，漢冬至儀及晉元旦朝會儀中並有"諾"，蓋即後來朝會時唱喏之權輿。

續漢書禮儀志中冬至儀：

> 一刻，乘輿親臨軒。太史令前，當軒溜北面跪，舉手曰："八能之士以備，請行事！"制曰："可。"太史令稽首曰："諾！"起立，少退，顧令正德曰："可行事。"正德曰："諾！"皆旋復位。正德立命八能士曰："以次行事，聞音以竽。"八能曰："諾！"（中略）訖，八能士各書板言事。太史令前曰："禮畢。"制曰："可。"太史令前，稽首，曰："諾！"

晉書卷二十一禮志下引咸寧注：

> 正旦，夜漏未盡七刻，皇帝受賀，王公以下奉贄成禮訖。謁者跪奏："藩王臣某等奉觴再拜上千萬歲。"四廂樂作。百官再拜已，飲。又再拜。謁者引王等還本位。陛下者傳就席。群臣皆跪，諾。

唯以唱喏二字連文，稽以晉以前書殊不可見。宋陸游曾考其事以爲始於江左諸王，引世說新語文證之，其說附會，今不之取。

老學庵筆記卷八：

> 古所謂揖，但舉手而已。今所謂喏，乃始於江左諸王。方其時，唯王氏子弟爲之，故支道林入東，見王子猷兄弟還，人問諸王何如，答曰："見一群白項烏，但聞喚啞啞聲。"即今喏也。

> 按：陸引支道林事，今見世說新語輕詆篇。啞與喏聲音相去甚遠，喚啞啞疑是笑語聲，以爲唱喏，殊未必然。

以余所知，沈約宋書始出"倡諾"。今按即唱喏。則南朝宋時已有此語。

宋書卷九十四恩倖傳戴明寶傳：

> 前廢帝(按：即子業)嘗戲云："顯度(吳顯度)刻虐，爲百姓所疾，比當除之。"左右因倡諾，(通鑑卷百三十記此事作"唱喏"。南史卷七十六戴法興傳記此事作"唱爾"。按爾、喏假。喏即諾也。)即日宣旨殺焉。

至於唐五代人雜書，記當時事多有唱喏，蓋爲朝野士庶通行之禮。雖二字不見於史籍，疑當時朝賀儀中或有此節目。

唐牛僧孺玄怪録(太平廣記卷三八五"崔紹"條引)：

> 天王令喚崔紹冤家。有紫衣十餘人齊唱喏走出。頃刻間，有一人領一婦人來兼領二子，皆人身貓首。三冤家號泣不已，稱崔紹非理相害。

唐李濬松窗雜録(太平廣記卷二五一"裴休"條引)：

> 裴休廉察宣城，未離京。值曲江池荷花盛發，同省閣名士游賞。步至紫雲樓，見數人坐於水濱。裴與朝士憩其旁。中有黃衣半酣，軒昂自若，指諸人，笑語輕脱。裴意稍不平，揖而問之："吾賢所任何官？"率爾對曰："喏，郎，不敢，新授宣州廣德令。"反問裴曰："押衙所任何職？"裴效之曰："喏，郎，不敢，新授宣州觀察使。"於是狼狽而走，同座亦皆奔散。朝士撫掌大笑。不數日，布於京華。後於銓司訪之，云有廣德令請換羅江矣。宣皇在藩邸，聞是説，與諸王每爲戲談。其後龍飛，裴入相，因書麻制迴，謂樞近曰："喏，郎，不敢，新授中書門下平章事矣。"

唐薛漁思河東記(太平廣記卷三八四"許琛"條引)：

　　一紫衣人呼琛曰："爾豈不即歸耶？見王僕射爲我云：武相公傳語僕射，深愧每惠錢物，且與僕射不久相見。"言訖，琛唱喏走出。

唐裴鉶傳奇（太平廣記卷三四"崔煒"條引）：

　　女酌醴飲使者，曰："崔子欲歸番禺，願爲摯往！"使者唱喏，迴謂煒曰："他日須與使者易服緝宇以相酬勞。"煒但唯唯。

唐杜光庭仙傳拾遺（太平廣記卷三二"顏真卿"條引並引王仁裕玉堂閑話韋絢戎幕閑譚）：

　　此僕偶到同德寺，見魯公衣長白衫，張蓋，在佛殿上坐。此僕遽欲近前拜之，公遂轉身去，終不令僕見其面。徑歸城東北隅荒菜園中，有兩間破屋，門上懸箔子，公便揭箔而入。僕遂隔箔子唱喏。

燉煌寫本唐太宗入冥記殘卷（倫敦不列顛博物院藏）記太宗至冥司事云：

　　崔子玉忙然索公服，執槐笏，□□下廳，安定神思。須臾，自通名銜唱喏，走出至□□帝前，拜舞，謝，叫呼萬歲。

燉煌寫本季布歌（燉煌零拾三）：

　　問此賤人雖是主？僕擬商量幾貫文。周氏馬前來唱喏，一依錢數且咨聞。唐溫庭筠乾𦠆子丁用晦芝田錄及宋陶岳五代史補所記並見前注，不復出。

宋興，典章文物概依唐五代之舊。太祖太宗繕修禮樂，郁郁乎盛，方駕漢唐。列朝相承，未墜厥緒。至於南渡播遷，猶存舊禮。其官私撰書，言禮者尤多，惜多散佚。今考宋唱喏之儀，以太常寺中興禮書爲主,參以宋史及其他宋人書而略述之。

宋時唱喏之行於朝廷者,其例甚多。語其著者,則吉禮幸學儀,自皇太子以下並聲喏。

中興禮書卷一四一幸學儀注"視學"條:

> 堂上舍人贊:就坐。皇太子已下及兩廊國子監學官並學生並躬身,應喏訖,就坐。講書畢,賜茶。……舍人贊:就坐。皇太子以下並兩廊並躬身,應喏訖,就坐。茶至,贊:"吃茶。"並起,應喏訖,就坐,吃茶。

四孟朝獻景靈宮,臣僚於迎駕時聲喏。

夢粱錄卷一"車駕詣景靈宮孟饗"條:

> 駕將至,左右首各一員閤門官屬乘馬執絲鞭,天武官前導引,至官寮起居亭高聲唱曰:"躬身,不要拜,唱喏,直身,立奏聖躬萬福。"嵩呼而行。

嘉禮聖節,臣寮自宰相以下於賜宴時聲喏。

中興禮書卷二百三天申節(五月二十一日高宗生辰)紫宸殿上壽後集英殿賜宴儀注:

> 皇帝集英殿坐。舍人當殿躬通文武百僚宰臣姓各已下謝宣召赴宴。知閤門官稱通。舍人應喏,舍人直身稱喚訖,宰臣以下應喏。次殿侍酹酒訖,舍人贊:天武門外祗候。應喏。

夢粱錄卷三"宰執親王南班百官入內上壽賜宴"條:

> 第五盞,進御酒,琵琶色長上殿奏喏,獨彈玉琵琶。宰臣酒,方響色長上殿奏喏,獨打玉方響。第七盞,進御酒,箏色長上殿奏喏,七寶箏獨彈。宣賜謝恩。並傳宣外國使副。

下三節官屬，皆厲聲喏三聲，拜而飲。有詩詠曰：“內臣拱立近天光，奏罷傳宣下御廊；來聽番官三節喏，不須重譯盡來王。”

燕射，招箭班聲喏。

周密武林舊事卷二“燕射”條：

上臨軒，內侍御帶進弓箭。看箭人喝：看御箭，教坊樂作，射垛前排立。招箭班應喏。

賓禮契丹國使入聘，於朝見、內宴、內辭時聲喏。

宋史卷一百十九禮志二十二“契丹國使入聘見辭儀”（大中祥符九年定）：

見日，皇帝御崇德殿。舍人當殿通：“北朝國信使某官某祗候見。”應喏。舍人宣：“有敕賜某某物(名件略)。”每句應喏。跪受。起拜，舞蹈訖。喝：“祗候。”應喏。西出。次通：“北朝國信副使某官祗候見。”其拜舞賜謝致詞，並如上儀。西出。次通事及舍人引舍利以下分班入。舍人喝：“有敕賜分物。”應喏。跪授。喝：“各祗候。”分班引出。次引差來通事以下從人分班入。喝：“有敕各賜分物。”應喏。跪授。喝：“各祗候。”唱喏。分班引出。舍人合班，奏報閤門無事。唱喏訖。卷班西出。內宴日，契丹使副以下服所賜，承受引赴長春殿門外。契丹使綴親王班入。舍人通：“某甲以下唱喏。”(內辭日，皇帝御崇德殿，其通名賜物應喏諸儀，與朝見內宴儀略同，今不復出。)

軍禮大閱，諸軍聲喏。

武林舊事卷二“御教”條：

駕入教場，殿帥奏諸司人馬排齊。舉黃旗招諸軍，向御

殿敲梆子。一鼓唱喏，一鼓呼萬歲，再一鼓又呼萬歲，疊鼓
呼萬萬歲。又一鼓，唱喏。

至於太常寺吏閣職掌禮儀贊引之事者：

中興禮書卷一二三"車駕親謁太一宮儀"：

> 次前導官導皇帝還襯位。禮直官應喏訖，引宰臣升殿。

同書卷四十郊祀恭謝一恭謝太一宮儀同，又明堂恭謝儀闕，
當亦同。

中興禮書卷八十四明堂儀注七"麗正門肆赦"條：

> 門上中書令詣御前承旨，臨軒稍東西向立，宣："奉敕立
> 金雞。"舍人應喏。……皇太子以下皆再拜。舍人宣至"咸
> 赦除之"，獄吏奏脫枷訖，應喏，三呼萬歲。……皇帝起，還
> 幄。樂止。門下鳴鞭。舍人北向躬承旨。四色官（按：宿衛
> 官）應喏。

同書卷三十七郊祀儀注四麗正門肆赦儀同。

以及環衛將士：

中興禮書卷二十八"郊祀警場鼓吹"章載大慶殿太廟青城宿
齋、逐頓、警場、鼓吹、喝探、唱和節次如下（原文甚繁今錄其與唱
喏有關者）：

> 初更發鼓
>
> 第一會。左右仗司排列官喝"和起"，眾唱喏。……次左右
> 仗司排列官各喝"來底"兩絕，眾唱喏。……第二會。……次左
> 右仗司排列官各喝"兩絕"，眾唱喏……次排列官各喝"笙笙動"，
> 眾唱喏……次左右仗司排列官各喝"笙笙絕"，眾唱喏……
>
> 一更三點
>
> 次左仗司探頭巡唱："上將軍（左金吾上將軍）過。"眾唱喏……

探頭再巡唱："儀仗使（六軍儀仗使）過。"衆唱喏。右仗司巡喝唱和並同左仗司，止改"左"作"右"字。

　　攢點次

左右仗司排列官各喝"笙笙動"，衆唱喏。候鐘鼓院難唱云云。……次左右仗司排列官各喝"笙笙絕"。候鐘鼓院"笙笙絕"。……次排列官各喝四動四絕，衆唱喏。次左右仗司人兵唱和並同初更聲發。

同書卷七十四載明堂大禮文德殿太廟宿齋、警場、鼓吹、喝探、唱和節次同。

夢粱録卷五"郊祀年駕宿青城端誠殿行郊祀"條：

上宿青城行宮，在都城外三里。總務官與殿帥皇城司提點官遇夜互行提舉衛兵，謂之："錦韉金勒出宮城，還入龍闈綴殿行；珠帽繡衣提舉處，連營喏震四山聲。"

中興禮書卷二百"大朝會"章"朝賀"條：

皇帝出自西房，内侍承旨索扇。扇合。舍人北向贊："東西拜，前，執儀將士就位，四拜，起居。"原注：執長戟及有妨拜跪兵士止應喏，呼萬歲。

同書"大朝會"章"上壽"條：

記群臣上壽畢，放仗，慰勞將士云："宣詞令於橫階南，慰勞將士。"隨詞逐句應喏，再拜。

王同祖學詩初藁夜步臨安内門詩（南宋雜事詩卷五引）：

靜夜孤燈人未眠，等閒行過内門前；一聲唱徹連珠喏，碧檻朱闌綠柳邊。注：皇城夜間唱連珠喏。

蓋尤以喏爲常。其行於官吏間者，若三衙使臣等之於宰執：

石林燕語卷三：

  三衙（按殿前司、侍衛馬軍司、侍衛步軍司爲三衙）内中見宰執，皆（"皆"字長沙葉氏刻本作"書"，疑誤，今據通雅二十八引改）橫杖子文德殿後主廊下唱喏，宰執出笏階上揖之。

朱彧萍洲可談卷三：

  富鄭公致政歸西都，嘗著布直裰跨驢出郊，逢水南巡檢，蓋中官也。威儀呵引甚盛。前卒呵："騎者下！"公舉鞭促驢。卒又唱言："不肯下驢，則請官位。"公稱名曰："弼。"將方悟曰："乃相公也。"下馬伏謁道左，祗候贊曰："水南巡檢唱喏！"公舉鞭去。

王明清揮麈餘話卷二"李邈換武"條：

  李彦思邈，政和初自江外作邑歸。時蔡元長以師垣秉鈞。入謁之後，元長語其所厚曰："李邈面目如此，所欠一顆耳。"彦思聞之，皇恐。即上書欲願投筆。比再見元長，元長曰："公乞易武，早已降旨換授莊宅使矣。"邈聞語，即趨廷下效使臣之喏云："李邈謝太師！"更不再升階而出。

員吏之於長官，將士之於帥。文官升廳：

石林燕語卷六：

  中丞侍御史上事，臺屬皆東西立於廳下。……以次升階。上事官據中坐，其屬後列坐於兩旁。後引百司人吏立於庭臺。吏自廳上屬呼曰："咄！"則百司人吏聲喏，急趨而出，謂之咄散。

何薳春渚紀聞卷四"宿生盲報"條：

  於潛主簿沈忠老夢至一官居，兩廡皆囚繫人也。忠老方顧視之次，忽見有緋衣人昇廳事據案而坐者，群吏庭集聲喏而退。

明田汝成西湖遊覽志餘卷十六香奩豔語：

> 韓汝玉（按：韓縝字玉汝，二字疑誤倒）令錢唐，眷一妓，嘗宿其家。一日晏起，縣吏挾之立門外候聲喏，汝玉即升妓家中堂受喏。（按：此條當據宋人書，今不知所本。）

武官升帳：

邵伯温聞見録卷十：

> 韓魏公留守北京，李稷以國子博士爲漕。稷後移陜漕，方五路興兵取靈武，稷隨軍，威勢益盛。一日早入鄜延軍營，軍士鳴鼓聲喏。帥种諤卧帳中未興。諤頃之出，對稷呼鼓角將問曰："軍有幾帥？"曰："太尉耳。"曰："帥未升帳，輒爲轉運糧草官鳴鼓聲喏，何也？借汝之頭以代運使者。"叱出，斬之。

皆聲喏。以至卑職賤役凡參請報覆示祇敬於尊長時，莫不有喏。

春渚紀聞四"馬武復得妻"條：

> 馬始驚喜，次而軍校聲喏云："已送駐泊宅眷歸衙訖。"

夢粱録卷一"二月八日祠山聖誕"條：

> 初八日西湖畫舫盡開，帥守出城往一清堂彈壓。其龍舟俱呈參州府。有一小節級披黄衫，頂青巾，帶大花，插孔雀尾，乘小舟抵湖堂，橫節杖聲喏取指揮。次以舟回，朝詣龍沙。其龍舟遠列成行，而先進者得捷取標賞，聲喏而退。

夷堅甲志卷十"惠兵喏聲"條：

> 黄薦可紹興中除惠州守。迓兵已至。有日者過門，聞

從吏聲喏，告其人曰："吏聲無土，公必不赴。"

同上支庚卷六"汪八解元"條：

> 汪遠之行第八，赴省試。其兄在家夢一駛步至，立於廷曰："十年勤苦無人問，一日成名天下知。八解元過省，喏！喏！"後三日，報牓人來，大呼前三句及連唱喏，與夢中不少差。夫以一走卒唱喏亦先見於夢，豈得謂之不前定乎？

夢粱録卷十六"分茶酒店"條：

> 更有百姓入酒肆，見富家子弟等人飲酒，近前唱喏，小心供過，使人（使人當作使令。原本説郛卷九十一引夢華録"飲食果子"條，文與此同，正作使令）買物命妓，謂之閒漢。

而在軍旅其事尤重：元祐政和間，朝廷至頒法令，軍校對將官不唱喏，處以極刑。

永樂大典卷八三四五引宋會要軍制：

> （哲宗元祐）四年十一月二十六日，刑部言："諸軍率衆對本轄不唱喏，法上軍處斬，下軍及廂軍徒三年配廣南。"從之。

同上：

> （徽宗政和）七年三月二十一日臣僚上言："近來兵將官或有不能御下，以致兵衆弛慢；或有督責太急，以致兵衆有言。欲損害兵將官，則因教閲而不唱喏；欲損害州縣官，則因請物而相喧競。並不曾重行處斷。欲乞今後如有上件事，並乞嚴行推治。如是事由兵將州縣官，即重責官吏；如係兵士驕恣，即乞於階級法外重斷遣。"奉御筆："依奏，立法行下。"

乃至大駕儀衛中之象，亦解唱喏。此雖瑣事，亦可紀矣。

孟元老東京夢華録卷十"大禮預教車象"條:

> 象至宣德樓前,團轉行步數遭成列,使之面北而拜,亦
> 能唱喏。

遼金俗本淳樸,無繁文縟節。其後行漢制,禮樂漸備,法用亦不
減南朝。遼史禮志賓嘉二禮,言唱喏者頗多。賓禮如常朝起居
儀,兩府並京官聲喏。

遼史卷五十一禮志四"常朝起居儀":

> 帝陞殿坐,兩府並京官丹墀內聲喏,各祗候。教坊司同
> 北班起居畢。奏事。

西夏國進奉使朝見儀,臣僚使者齊聲喏。

遼史卷五十一禮志四"西夏國進奉使朝見儀":

> 臣僚常朝畢,引使者左上殿,就位立。臣僚使者齊聲
> 喏。酒三行,引使左下,至丹墀謝宴。

嘉儀如皇帝受册儀、册皇太后儀,閤門使喚訖,承受官並聲喏。

遼史卷五十二禮志五"皇帝受册儀":

> 記皇帝受册訖云:閤門使丹墀內鞠躬揖,"奉敕放仗"。
> 出,門外文武班中間立,喚承受官。承受官聲喏,至閤使後
> 鞠躬,揖。閤使鞠躬,稱:"奉敕放仗。"承受官聲喏,鞠躬,
> 揖,平身立。引聲:"奉敕放仗。"聲絕,趨退。

同上"册皇太后儀":

> 閤使門外文武班中間立,喚承受官。聲喏趨至閤使後
> 立。閤使鞠躬,揖,稱:"奉敕喚仗。"承受官鞠躬,聲喏,揖,
> 引聲:"奉敕喚仗。"文武合班再拜。

皇太后生辰朝賀儀,引進使通進奉訖,控鶴官聲喏。

遼史卷五十三禮志六"皇太后生辰朝賀儀"：

> 引進使鞠躬，通文武百僚某官某以下……夏國諸道進
> 奉。宣徽使殿上贊："進奉各付所司。"控鶴官聲喏。擔牀過
> 畢。契丹漢人臣僚以次謝，五拜。

進士賜等甲敕儀，進士賜章服儀，進士並聲喏。

遼史卷五十三禮志六"進士賜等甲敕儀"：

> 分引左右相向侍立。候奏事畢，引兩階上殿，就位，齊
> 聲喏。賜坐，酒三行，起聲喏，如初。退，揖出。

同上"進士賜章服儀"：

> 引至章服所更衣訖，揖，復丹墀位。鞠躬。贊："謝恩。
> 舞蹈，五拜，各祇候。"殿東亭內序立，聲喏。坐，賜宴，簪花。

宰相中謝儀，中謝訖賜坐，臣僚聲喏。

遼史卷五十三禮志六"宰相中謝儀"：

> 引中謝官右階上殿，就位，揖，應坐。臣僚聲喏，坐。供
> 奉官行酒，傳宣："飲盡。"臣僚搢笏，執琖，起位後立飲。置
> 琖，出笏。贊："拜！"臣僚皆再拜。贊："各坐！"搢笏，執琖，
> 授供奉官琖。酒三行。揖，應坐。臣僚聲喏，立飲。

其餘諸儀可類推。

金史禮志，出聲喏較少。常朝以金志參大金集禮考之，則皇帝御殿時，弩手傘子直先於殿門外俟宿衛官祇應官奏聖躬萬福時，即山呼聲喏。及親王班文武百僚班起居訖，教坊班進，亦山呼聲喏。

金史卷三十六禮志九"朝參常朝儀"：

> 弩手傘子先於殿門外東西向排立，俟奏聖躬萬福時，即

就位,北面,山呼,聲喏。起居畢,即相向對立。

大金集禮卷四十"朔望常朝儀":

> 弩手傘子直於殿門外奏萬福,山呼,聲喏。起居畢。閣
> 門引教坊班奏萬福,山呼,聲喏,起居兩班訖,退。

皆不云臣僚有唱喏之禮,與宋遼異。而金史"外國使入見儀"所
載"新定夏使儀注",則節目特詳,夏金所差牽攏官與夏所差下節
人從,屢有聲喏之儀。

金史卷三十八禮志十一"新定夏使儀注"(正大中定):

> 天使至館(會同館),口宣辭畢。次館伴揖來使,令人傳
> 示:請館伴天使與來使對行上廳。禮訖。是後每旦暮傳示,
> 並牽攏官聲喏如儀。
>
> 第三日入見　使副奉書跪奏訖,回客省幕次。引都
> 管上中節左入丹墀立;下節於門外階下立。齊鞠躬通名,
> 先再拜,不出班。奏聖躬萬福。再拜,下節鞠躬聲喏。初
> 一拜,呼"萬歲!"次一拜,呼"萬歲!"臨起,呼"萬萬歲!"引
> 右出。乃賜使者衣。拜舞,儀畢。使者與天使對立。次
> 請都管三節人從望闕立,天使稍前立。都管人從鞠躬,就
> 拜畢,謝恩,再拜,下節鞠躬聲喏。……乃請出館伴與使
> 副上馬至館。入門,內爲上,對立。先來使牽攏官,次館
> 伴牽攏官,各聲喏。……乃以押伴使賜使副宴於館。湯
> 入,乃於拜席上排立都管人從。湯盞出,押伴等離位立,
> 都管人從鞠躬,下節人聲喏。至五盞下酒畢,茶入,都管
> 人從於拜席上排立。押伴等離位立,都管人從鞠躬。喝:
> "謝恩!拜!"下節聲喏。
>
> 第四日命押宴官賜宴官就館宴　湯入,都管三節人從

於拜席上排立。湯盞出，押宴離位，都管人從鞠躬，下節人從聲喏，呼萬歲。至九盞下酒畢，候茶入。茶盞出，押宴官等離位立，都管人從鞠躬。喝：“謝恩！拜！”下節聲喏，呼萬歲。

　　第五日稱賀　夏使副在御座右第二行北端立，次引都管上中節左入至丹墀立；下節門外階下排立。齊鞠躬通名畢。先再拜，鞠躬，不出班，奏聖躬萬福。喝：“拜！”又“再拜！”下節聲喏，呼萬歲，如前儀。喝：“賜酒食！”聲喏，再拜，呼萬歲，如前儀。進酒，行臣使酒，普傳宣：“立飲！”再拜。復坐。人從鞠躬聲喏，再拜，呼萬歲，如前。至五盞，曲終，人從立，再如前。儀畢，引出。館伴與使副上馬至館。聲喏，相揖。與初入見還禮同。

元起朔漠，憑武怒而爲中夏之長。其所謂禮，即因宋金之舊而損益之。元史禮樂志無唱喏之文，而見於元人雜劇者實不勝枚舉。

關漢卿包待制三勘蝴蝶夢第二折：

　　張千領祇候排衙科。喝云：“在衙人馬平安，喏！”

李行道包待制智勘灰欄記第四折：

　　張千祇候上。張千唱云：“喏！在衙人馬平安，抬書案。”

無名氏神奴兒大鬧開封府第四折：

　　張千排衙上，云：“喏！在衙人馬平安，抬書案。”

以上陛廳。

朱凱昊天塔孟良盜骨殖第二折：

　　岳勝上，詩云：“帥鼓銅鑼一兩敲，轅門裏外列英豪；三軍報罷平安喏，緊捲旗旛再不搖。某乃花面獸岳勝是也。”

以上陞帳。

　　關漢卿包待制三勘蝴蝶夢第二折：

　　　　　包公伏案做夢科。張千云："喏！午時了也。"

同上：

　　　　　包公醒云："張千，有甚麼應審的罪囚？將來我問！"張
　　　千云："喏！中牟縣解到一起囚人，弟兄三人打死平人
　　　葛彪。"

李壽卿説專諸伍員吹簫第一折：

　　　　　卒子報科。云："喏！報的元帥得知，有費得雄到此。"

同上第四折：

　　　　　卒子報科。云："喏！報的大王得知，有公子芈勝到。"

尚仲賢漢高祖濯足氣英布第一折：

　　　　　卒子報云："喏！報元帥得知，楚國使命到。"

李行道包待制智勘灰欄記第四折：

　　　　　張林拿趙令史上，跪科。云："喏！裏爺，趙令史拿到
　　　了也。"

朱凱昊天塔孟良盜骨殖第二折：

　　　　　卒子報科。云："喏！報的元帥得知，有太君嬭嬭差着
　　　一個小軍兒寄書來，在於門首。"

無名氏神奴兒大鬧開封府第四折：

　　　　　何正上，見正末，跪科。云："喏！小的是何正。"

以上報覆。

小説如水滸傳，亦屢言唱喏。

百回水滸傳第一回：

> 王進聽罷，只得捱着病來，進得殿帥府前參見太尉，拜了四拜，躬身，唱個喏。

同上第三十回：

> 張都監定要武松一處坐地。武松只得唱個無禮喏。

則元時必實有其事矣。

釋俗第三

唱喏之在唐宋，固以拱揖聲喏爲正，徵之葉夢得及文唯簡所記，則其時上事之於僚屬以及金國漢人士夫相見，已有不聲喏之啞揖。又以夷堅志考之，則謂揖爲唱喏，亦有其例；疑因文便偶然略去諧聲字，否則宋時唱喏與揖其稱謂已自混淆。但記載中比例不多，姑置不論。

夷堅支景集卷六“朱顯値鬼”條：

> 饒卒朱顯，以事往樂平。與他卒同歸。白晝，忽拱手向左方三揖。同行者問其故。曰：“見三四個官員聚坐，如何不唱喏？”而彼處通達，了無所覩。

至元雜劇科白中，則謂揖爲唱喏者，已數見不鮮。倘非後人追改，則元時唱喏即指作揖，與宋人異矣。

關漢卿杜蕊娘智賞金線池雜劇第四折：

> 韓輔臣云：“哥哥你不肯斷理，兄弟唱喏！”做揖。石府尹不理科，云：“我不會唱喏那！”

西廂記第一本：

> 第二折賓白中生迎紅云："小娘子，袛揖！"三折賓白紅娘爲鶯鶯述其事云："嗑前日寺裏見的那秀才今日也在方丈裏，他先在門外等着紅娘，向前深深唱箇喏，別無餘話。自稱小生姓張名珙。"云云。

張國賓相國寺公孫合汗衫第一折：

> 邦老做拜旦科。云："嫂嫂，我唱喏哩！"（按：俗稱拜即揖。）

然觀他處所記，則排衙升帳實有聲喏，其事皎然明白。意當時士庶相揖或從簡便，已不作喏聲，而吏胥軍校仍循舊規爲之；故寫尋常相見，只言"袛揖"，不出喏喏字樣，而猶蒙唱喏之名；寫官府事則直出喏字也。明初去元未遠，其事亦同。故周憲王劇猶多出喏字。

> 得騶虞雜劇：

> > 探子云："喏，得了仁獸，探子來報也。"

義勇辭金雜劇：

> 末（探子）下馬云："喏，報捷探子都到了也。"

而至明中葉，如李實（實，正統時人）著書，乃不知唱喏爲何義。

> 李實蜀語：

> > 作揖曰唱喏。古者揖必稱呼之，故曰唱喏。（按：李氏釋喏爲稱呼，乃全不知唱喏之義。古所謂喏，非稱呼之謂也。）

何孟春餘冬叙錄（孟春，正德嘉靖時人）則謂明人承元後，揖久不作聲，唯吏胥排衙獨引聲稱揖，以爲即唱喏遺意。

> 何孟春餘冬叙錄（此據清同治間邵綏名重刻本卷四十四考古類錄之，原本未見，不知在原本何卷）：

揖相傳曰唱喏。想古人相揖必作此聲，不默然於參會間也。唱喏者，引氣之聲也（按：此解亦不明瞭）。宋人記虜庭事實云：揖不作聲，名曰啞揖。契丹之人手於胸前，亦不作聲，是謂相揖。宋人以爲怪。即宋以前人中國之揖作聲可知。今日承元之後，揖不作聲久矣，而其名唱喏猶存。官府升堂公座，輿皂排衙獨引聲稱揖，豈非唱喏之謂歟？此固自有本也。

而徵之明人小說，凡云唱喏，大率指作揖。

吳承恩西遊記第十八回：

三藏還了禮。行者站着不動。那老者見他相貌兇醜，便就不敢與他作揖。行者道："怎麼不唱老孫喏？"

無名氏金瓶梅第八十九回：

月娘説："多謝姐姐簪兒！還不與姐姐唱箇喏兒！"如意兒拘着哥兒真箇與春梅唱箇喏。把月娘喜歡的要不得。

方汝浩禪真後史第十七回：

昔日行醫時見我老身聲喏，頭拄着地，半會子兀自不起來。如今得了生意，與人行禮，只唱得半個喏。

清初無名氏情夢柝第六十回：

子剛走過來，深深揖道："嫂嫂，見禮！"此時若素披着丈夫的衣服，頭上只套頂巾，又未曾戴網巾，髮兒鬆亂的，心性慌忙，竟忘懷了，也還起禮來，鞠下腰去。到半個喏光景，忽醒悟了，反立起來，羞赧不過。

可知當時習俗，以揖爲喏，已至普遍。其稱謂雖是，禮儀已非：此亦禮俗上之一大變革也。然俗曲如目蓮救母行孝戲文，尚以喏爲承領詞。

鄭之珍目蓮救母行孝戲文卷上第十五折：

〔旦〕人以游手游食病我釋氏之流。上人在山，自食其力可也。何用鈔題？〔小〕喏！古云：養兒代老，積谷（穀）防飢。我今師父害病在山，下山鈔化齋糧，正子路負米之意也。

同上第十六折：

〔夫〕兄弟！論葑蒅可養身，論齋戒可養心。齋戒可與神明並，齋戒能來上帝歆。〔淨〕喏！尊姐之言皆是。古人齋戒，豈今人可比？

小說家如馮夢龍著書，猶記僕從唱喏事。

警世通言趙知縣火燒皂角林篇（三桂堂本卷三十六）：

知縣入那館驛安歇，僕從唱了下宿喏。

凌濛初著書，猶知喏爲出聲：

拍案驚奇卷三十王大使威行部下　李參軍冤報生前篇：

士真像個忍耐不住的模樣，忽地叫一聲："左右那裏？"左右一夥人暴雷也似答應了一聲喏。

斯則禮失求諸野，有時而存；而文人茹古，亦有心知其意者矣。至於清人小說亦間出唱喏，（嘉慶間廣東人作蜃樓志，猶有唱喏之文。）要指作揖，同於明人。而觀諸書所記，色目亦多：曰"肥喏"，曰"大喏"，蓋深深作揖之謂也。

凌濛初二刻拍案驚奇卷十四趙縣君喬送黃柑　吳宣教乾償白鏹篇：

宣教看見縣君走出來，……急急趨上前去，唱個肥喏。

大喏例多，不具引。曰"簸箕喏"，蓋向左右拱手爲禮也。

　　禪真後史第四回：

　　　　大家唱了一個簸箕喏，坐下喫酒。

至於里巷恒言，則如浙之湖州，江蘇之揚州、蘇州、松江等屬，今猶呼作揖爲唱喏。清修方志，時復採録其語，目爲方言。

　　清光緒崇明縣志卷四方言：

　　　　唱喏，俗謂揖也。

光緒寶山縣志卷十四方音：

　　　　唱喏，俗謂作揖。

而在北方，以余所聞，此語絶少，蓋久不行用矣。

附記

　　此文稿初成，曾就正於陳援庵先生，承先生爲之芟治，去其繁贅，眉目始清。又永樂大典卷八三四五引宋會要二條，係葉文左先生見示。並識於此，以謝嘉貺。

　　　　　　　　原載輔仁學誌四卷一、二期，一九三一年

釋兀的

一 兀的之解

梁啟超先生飲冰室文集有一篇文章説：語言的變化是劇烈的。往往某一時代的最普通的話，經過若干時後，便成了極艱深的話了。比方，"兀的不痛殺人也麽哥"一語，現在，有誰人能懂呢？梁啟超先生是近代名人，尚且不懂此一語，則此一語之不易解可知。其實，"兀的"二字之解，前人早已説過。並且説的不只一家。據我所知，至少有五家。現在，具引其言於下：

（一）宋馬永卿

嬾真子録卷三：

> 古今之語，大都相同，但其字各别耳。古所謂"阿堵"者，乃今所謂"兀底"也。王衍口不言錢。家人欲試之，以錢遶床，不能行。因曰："去阿堵物。"謂口不言去卻錢，但云去卻"兀底"爾。如"傳神寫照正在阿堵中"，蓋當時以手指眼，謂在"兀底"中爾。後人遂以錢爲阿堵物，眼爲阿堵中。皆非是。蓋此兩堵同一意也。然去有兩音。一丘據反，乃去來之去。世常從此音。非也。當作口舉反。韻略云：撤也。

然此義亦非也。蘇武掘鼠所去（去，弆假；弆，藏也。）草實而食之。乃鼠所藏者也。蓋衍之意以謂此錢不當置於此，當屏藏之於他處也。（此條清翟灝通俗編已引，而語經刪略不完，故今不據之，但據原書引如上。）

（二）宋朱翌

猗覺寮雜記卷下：

王衍見錢曰“阿堵物”。“阿堵”如言“阿底”。衍口不言錢，故云。今人遂謂錢爲“阿堵”。不知晉、宋間人用“阿堵”語甚多，如“傳神寫照在阿堵中”。殷中軍見佛經云：“理應在阿堵上。”謝安云：“何須壁後著阿堵輩。”

（三）宋莊季裕

雞肋編卷下：

前世謂“阿堵”，猶今諺云“兀底”。“寧馨”，猶“恁地”也。皆不指一物一事之詞。故“阿堵”有錢目之異，“寧馨”有美惡之殊。而張謂詩云：“家無阿堵物，門有寧馨兒。”與款頭無異矣。

（四）金王若虛

同上書卷三十三謬誤雜辨：

城陽居士桑榆雜錄云：王衍呼錢爲“阿堵物”。東坡和陶詩，以“阿堵”爲牆。或指佛書云：“理亦應阿堵上。”“阿堵”如俗言“阿底”也。不應爲牆。若顧愷之所謂“傳神寫照正在阿堵中”，則“阿堵”乃眸子耳。此字當從目。按：東坡和陶詩云：“阿堵不解醉，誰歟此頽然。”此亦指牆而言“阿底”，與王衍之呼錢無異。豈遂以爲牆之名哉？愷之語從目者，蓋一時書寫之偶然。或俗子以意改之。其實訓義皆一，

不妨通用。然則東坡未嘗以堵爲牆，而城陽妄認睹爲眸子也

同上書卷三十九詩話：

> 山谷詩云：“語言少味無阿堵，冰雪相看有此君。”夫“阿堵”者，謂“阿底”耳。顧愷之云：“傳神寫照正在阿堵中。”殷浩見佛經云：“理應阿堵上。”謝安指桓温衛士云：“明公何須壁間阿堵輩。”是也。今去物字，猶此君去君字，乃歇後之語，安知其爲錢乎？

（五）元楊瑀

山居新話：

> 王衍以銅錢爲“阿睹物”。顧長康畫神，指眼爲“阿睹中”。二説於理未通。今北方人凡指此物皆曰“阿的”，即“阿睹”之説明矣。

馬永卿、朱翌，都是北宋末南宋初人。王若虛是金末元初人。楊瑀是元末人。根據這四位先生的話，知道“兀底”即“阿的”（兀與阿音近，底與的同音），是宋金元時代的恒言常語，意思等於文言之“此”，即六朝人所云“阿堵”。（楊先生謂“阿的”是北方人語，恐不盡然。章太炎先生新方言卷一云：“今江南運河而東至於浙江，謂所在曰‘於黨’。‘於’讀如‘好惡’之‘惡’。‘黨’讀如‘堂’。‘於’者，‘是’也。‘黨’者，‘所’也。‘於黨’‘阿堵’音轉。”然則，南方人言“於黨”，猶北方人言“阿的”，特音略異耳。）“兀的不痛殺人也麽哥”，譯以今言，則爲：“這不痛殺人了嗎？”（“麽哥”二字，是表示疑問的助詞。今河北省、天津以南，猶謂“什麽”曰“嗎哥”。）並没有什麽難懂。

元曲用“兀的”最多。二年前，我曾經把元曲選中所有用“兀

的”的句子輯出來，依照文法分類，知道“兀的”有用作代名詞的，有用作指示形容詞的，有用作副詞的，也有用作嘆詞的。這些不同用法的“兀的”，以“這”字訓之，皆妥善。只有極少數句子是例外。現在，都寫出來，供大家參考。

二 “兀的”作代名詞

元曲指示代名詞“兀的”，用於感歎句或疑問句者最多；其用於述說句者，比較是少數。在述說句中，“兀的”後面照例着同動詞“是”或“便是”。在疑問句感歎句中，“兀的”後面照例跟着否定副詞“不”，或否定的同動詞“不是”。

無論述說句疑問句或感嘆句，“兀的”用作指示代名詞時，概等於今語之“這”。

（一）述說句中之“兀的”。

他平白地使機謀，將俺雲陽市斬首，兀的是出氣力的下場頭。（趙氏孤兒）

兀的是不出嫁的閨女，教人瞥勾了身軀，可又跟着他去。（牆頭馬上）

你本利少我四十兩銀子，兀的是借錢的文書。（寶娥寃）

學士，你記得也麼哥？你記得也麼哥？〔出詞科唱〕兀的是你親筆寫下牢收頓。（風光好）

衙內，兀的便是紫金鎚。（陳州糶米）

他將我綠簑穿，他把那櫓繩牽，兀的是柳絲搖曳晚風前。（城南柳）

（二）疑問句感歎句中之“兀的”。

兀的不痛殺我也！（此例最多，不具引）

兀的不惱殺人也麽哥?（梧桐雨）

兀的不愁殺我也,桂華新!（張天師）

兀的不羞殺小生也!（同上）

兀的不嚇掉我的魂靈!（神奴兒）

兀的不想殺我也!（風光好）

兀的不僥倖殺我也!（趙氏孤兒）

兀的不稱了我平生所願也!（同上）

兀的不歡喜殺我也!（金錢記）

兀的不折殺老身也!（薛仁貴）

可正是酒冷燈昏夢不成,則我那通也波廳通廳土坑冷。兀的不着我翻來覆去,直到明?（凍蘇秦）

誰想弄巧成拙,兀的不都放做來生債也!（來生債）

兀的不纏似一個人模樣!（岳陽樓）

哎!梅也!兀的不折倒盡你這玉骨冰姿!（張天師）

兀的不粧點殺錦繡香風榻,風流殺花月小窗紗!（金錢記）

他不去筆尖上掙閬個名和利,兀的不辱抹殺題橋的才子,擲果的容儀?（張天師）

兀的不屈沈殺大丈夫,損壞了真梁棟,被那些腌臢屠狗輩欺負俺慷慨釣鰲翁?（趙氏孤兒）

你看這牌面上寫着字兒哩!〔正末唱〕兀的不明明的在這門額上顯,分朗朗在這牌面上見!（來生債）

如今閃得我老身無依無靠,着誰人養贍我來?兀的不好苦也!（伍員吹簫）

則你那一雙父母朝暮倚着柴門望那驢哥兒,知道幾時回來?兀的不艱難殺了也!（薛仁貴）

這老賊,兀的不中計了也!（連環計）

我説你請幾個道伴來吃，你不肯。兀的不醉了！(岳陽樓)

兀的不有了水也。(漁樵記)

兀的不天陰下雨了也！行動些！(瀟湘雨)

船摇近岸些！兀的不起了風也！(竹葉舟)

以上諸句，"兀的"後都有否定副詞"不"字，"不"字後是動詞。此外還有"兀的"後着否定同動詞"不是"二字的(或省是字)；此否定同動詞後，必有補足語。

兀的不是姪兒秦修然？你得了官了！(竹塢聽琴)

兀的不是俺宋江哥哥？(李逵負荆)

兀的不是神奴兒！你在這裏做甚麽？(神奴兒)

兀的不是桂花仙子來了也！(張天師)

兀的不是俺爹爹！(還牢末)

兀的不是叔叔！(神奴兒)

兀的不是你一雙兒女也！(爭報恩)

兀的不是梁山的好漢！(同上)

兀的不是家童！(馮玉蘭)

兀的不是個人問我哩！(同上)

兀的不是梅香！小姐在家麽？(牆頭馬上)

兀的不是洛河邊船家在推我在水裏的！(貨郎旦)

兀的不是一個大户人家！(忍字記)

兀的不是個酒務兒！(生金閣)

兀的不是你家裏！(竹葉舟)

兀的不是俺没丈夫的婦女下場頭！(竇娥寃)

兀的不是僧住賽娘的聲音！(還牢末)

兀的不是接官廳！(陳州糶米)

兀的不是洞門！（誤入桃源）

兀的不是我家桑園！（秋胡戲妻）

兀的不是琴！（竹塢聽琴）

〔卜兒拿砌末科云〕老的，兀的不是！（生金閣）（按："不是"後省略名詞，所指當即生金閣。）

以上諸句，其補足語皆爲名詞。

兀的不三星在東？（張天師）

兀的不有人來！不中！走！走！走！（爭報恩）

眼見得血光災正應着龜兒卦，兀的不殘生潑命斷送在海角天涯！（盆兒鬼）

惡恨恨便待生逼俺娘親爲匹聘，兀的不是把河橋的孫飛虎搶鶯鶯？（馮玉蘭）

還説甚"要防老"，呀！兀的不是"家富小兒驕"！（趙氏孤兒）

兀的不是月明千里故人來！（張天師）

兀的不是狡兔死，走狗僵，高鳥盡，勁弓藏！（賺蒯通）

趁煙霞伴侶，乘着這浮槎而去，兀的不"朗吟飛過洞庭湖"？（竹葉舟）

以上諸句，其補足語皆爲語句。

由以上所引諸句觀之，在感嘆或疑問句中"不"字顯然有如下的分别：即"兀的不"後面如非補足語時，則"不"爲副詞；如係補足語，則"不"即等於"不是"而爲同動詞。

（三）"兀的"後省同動詞者。如以下二句：

〔正旦云〕孩兒也，我教你休出去，兀的怎了！（牆頭馬上）

兀的甚勢沙？甚禮法？（鴛鴦被）

第一句"兀的怎了"就是"這怎了"。在吾國語言習慣上,這種句子照例是不用同動詞。第二句"兀的"甚勢沙?甚禮法?也就等於説:"這是啥樣子?啥禮法?"在吾國語言習慣上是可以用"是"字的,但在此處省略了。

再:元曲中指示代名詞"兀的",多用於主位,但亦有賓位的用法,如下例:

這趙氏孤兒見今長成二十歲,不與父母報仇,説兀的做甚?(趙氏孤兒)

我説兀的做甚?只爲平公太不仁。(伍員吹簫)

陪房奩斷送將小姐聘與元帥爲妻,説兀的做甚?(王粲登樓)

三 "兀的"作形容詞

"兀的"作指示形容詞用,等於六朝人云"阿堵"。例如:

兀的賊囚,我辛苦了這一日,恰待要收拾睡,你又這般叫甚麼?(馮玉蘭)

父親不信呵,兀的水磨鞭信物在此。(小尉遲)

兀的塵埃起處,敢是大唐家軍兵來也!(同上)

左右,與我接了馬者!兀的門前不是母親也?(薛仁貴)

兀的一簇人爲什麼這等吵鬧?我分開這人是看咱!(伍員吹簫)

兀的後面一簇軍馬,必然是追兵至也!(同上)

元曲中的"兀的"不但用於名詞前(散動詞用爲名詞者同),而爲之形容詞,且有時與其他字結合而成一複音的形容詞,如與"個"字結合爲"兀的個",即等於"這個";與班(亦作般)字結合爲"兀的般",即等於"這般"。

> 他元來是九烈三貞賢達婦,兀的個老人家,尚然道出嫁從夫。(合同文字)

> 誰承望凌烟重把姓名標? 兀的個殺人場還許寃仇報。(伍員吹簫)

> 這一座村坊,兀的般人物,遭逢着恁般時勢!(同上)

> 只你那費無極如此狠心腸,做兀的般勾當!(同上)

> 兀的般威風不信人間有。(楚昭公)

> 兀的般弄月嘲風留客所,便是俺追歡買笑望夫山。(風光好)

> 怎消得翠袖殷勤捧玉鍾,屏開金孔雀,褥隱繡芙蓉,兀的般受用。(誤入桃源)

在宋元小說戲劇中,雖有遠指的"兀那"二字相對於"兀的"(例如水滸中的"兀那漢子",元曲中其例尤多),但這種分別並不嚴格,有時"兀的"也兼有遠指的用法(現在"這"字的用法,亦是寬泛的),例如:

> 十八姨,你看那香風過處,兀的桂花仙子不來了也!(張天師)

> 我如今一一說到底,你劃地不知頭共尾,我是存孩棄子老程嬰,兀的趙氏孤兒就是你。(趙氏孤兒)

> 芈旋云:哥哥,兀的江岸邊有一隻漁船。(楚昭公)

> 他兀的錦繡文章更做着皇家卿相,被我着個小局段兒早打入天羅網。(風光好)

> 望青山那搭,紅輪直下,兀的白雲深處有人家。(誤入桃源)

像這些句中的"兀的",與其泥指爲近指,無寧承認其爲遠指之尤

合於當時神情也。元曲中還有"兀的"與"這"連爲一詞的,例如:

> 芊建云:我怕費得雄早先到了,反出其後,以此擔飢忍餓,日夜奔來,兀的這兩脚上不跚成了跰也?（伍員吹簫）

"兀的這"還是"兀的",所謂"古人不嫌語複也"。

英文專名詞前無附指示形容詞之例。中國則無論文言或口語中,專名詞之前均可附指示形容詞。大抵在情急詞迫或對於某一人某一團體特別注意時用之。文言如"維此文王"（詩大雅）,"此夫老子所謂上德不德是以有德"（史記日者傳）。口語,如説"這唐僧""這個寶玉",均無不可。元曲如:

> 包待制云:兀的劉安住,不問你別的,只問你這十五年在那裏居住來。（合同文字）

> 兀的老王,只爲你那女孩兒,俺弟兄兩個賭着頭哩。（李逵負荆）

像這種例子很多,都用在呼喚某一人的時候,或從當時語言的習慣上看,竟認爲嘆詞如口語的"喂"一類的字,亦無不可。元曲中不但專名詞前可附"兀的",即人稱代名詞前亦有之。例如:

> 這厮還要打諢,你要去吃蒸餅,兀的你手裏現拿着饅頭哩。（生金閣）

> 兀的我臨老也尉遲,喜歡來那似今日! 自相別存亡不知,怎想你成人長立!（小尉遲）

四　"兀的"作副詞

"兀的"用於副詞時,以表地則等於"這裏""那裏";以表次數則等於"這番""那番";以表態則等於"這樣""那樣"。略舉數例如下：

（一）表地

　　我隨後趕來，到這渡頭；原來是個截頭路。兀的見一隻漁船流將下來。（城南柳）（言“這裏”見一隻漁船流將下來也。）

（二）表次數

　　搽旦云：李二，你兀的不又醉了也！（神奴兒）（言你“這番”不又醉了也。）

（三）表態

　　這是天注定的是非；天指引的前程；天匹配的婚姻；咱兀的教太守定婚。（鳳光好）

　　先生，兀的無聊那！（蕭淑蘭）

　　則見一溪流水綠，幾片落花紅，兀的把春光斷送。（誤入桃源）（以上三句中“兀的”皆等於“這樣”“這般”。）

元曲中副詞表地的，尚有“兀那裏”一詞。如：

　　兀那裏賽牛王社兒。我去吹一曲討一鍾吃咱。（伍員吹簫）

然而“兀這裏”一詞，似乎未見。也許是我忘了。

五　“可兀的”

　　元曲中常以“可兀的”三字爲詞，有的可以意逆之，假定一個解釋；有的竟無法解釋。試舉數例：

　　就拜醉了老爹娘，非是你孩兒自誇得這自獎，我若是不富貴，可兀的不還鄉。（生金閣）

　　　　說甚軍功，可兀的與你身兒上元無用。(小尉遲)

　　　　咱兩箇再團圓，可兀的路兒遠。(虎頭牌)

　　　　則見那馬足車塵，往來無盡，頻詢問，何處前津？可兀
　　的日遠長安近？(馮玉蘭)

以上句中的"可兀的"，似相當於口語的"可是""卻是"，用爲轉掟
連詞。但如以下三句則不能適用：

　　　　不甫能蟾宮折桂枝，金闕蒙宣賜，則道是洞房花燭夜，
　　金榜可兀的掛名時。(瀟湘雨)

　　　　〔正末云〕父親，母親，您放心也。〔唱〕我直着奪得一個
　　可兀的錦標來。(凍蘇秦)

　　　　哎！兒也！知他是甚風兒足律律吹你可兀的到家來。
(薛仁貴)

像這些句中的"可兀的"，實在無法解釋，只能認爲是泛聲。明寧
獻王太和正音譜謂歌曲有添字節病，所舉添字例有"兀的"、"兀
那"、"則他"等。大概"兀的"一詞，在宋元習語中用的最多，不但
歌詞中可以着此二字，即戲曲賓白乃至平常說話的時候，亦可以
隨意着此二字，以其用法頗爲隨便，故讀書時應活看，不可以一
定之文法訓詁繩之也。

六　特別句例

　　如上所舉指示代名詞、指示形容詞、副詞各例，其句中之"兀
的"皆訓作口語之"這"，在文法訓詁上均無疑義。此外，卻有些
句例，若以"這"字訓之，似乎不能愜意。例如：

　　　　程嬰云：元帥，打的這老頭兒兀的不胡說哩？(趙氏孤兒)

在這一句中之"兀的"可訓作"這"。譯爲今言,則爲:"元帥,打的這老頭兒這不是胡說了嗎?"但如以下各句,則以"這"訓"兀的"時頗有相當的疑惑:

> 投至得推詳出賊下落,搜尋的案完備;兀的不熬煎的我鬢斑白,煩惱的我心腸碎?(魔合羅)
>
> 便有那剡溪中禁回他子猷訪戴,則俺這三口兒兀的不凍倒塵埃?(看錢奴)
>
> 若非是小孤撮叫我一聲娘呵,兀的不怨恨沖天氣殺我?(貨郎旦)
>
> 若非青天老爺,兀的不屈殺小人也?(合同文字)
>
> 不爭凍死了俺這臥冰的王祥,兀的不沒亂你那太公家教!(凍蘇秦)
>
> 想他人有怨語,兀的不笑殺漢相如?(牆頭馬上)
>
> 覷了這萬丈風濤,兀的不險似百尺樓台?(來生債)

以上諸句中的"兀的",從口氣上考查,似應與"豈"字相當。但若定以"這"字釋之,亦未嘗不可。又如:

> 這等,兀的不痛殺我也!(合同文字)
>
> 這錢呵,兀的不送了多人?(來生債)
>
> 這一陣旋風,兀的不是侍郎來也!(青衫淚)

以上三句中的"兀的",若認爲重指代名詞,訓爲"這"固無不可。而從另一方面想,似亦當訓"豈"。再如以下兩句:

> 兀的不"自有傍人說短長"?(伍員吹簫)
>
> 我揪將來似死狗牽,兀的不"夫乃婦之天"?任憑你心能機變口能言,〔帶云:"去來!"唱〕到俺老相公行說方便。
>
> (瀟湘雨)

這兩句中的"兀的",單就本句言之,很難定他的意義。所以必須
把上文檢點一番。且如第一句見伍員吹簫劇第一折。這一折演
的是春秋時楚國奸臣費得雄奉了乃父費無極之命,向襄陽樊城
去賺伍員,一時激怒了伍員,將費得雄痛打。費得雄云:

> 可不着你打了。但是打也要打得有些道理。我奉使命
> 而來取你入朝,有甚的歹處?你要打我,豈不防外人談論?

下邊接着是正末(伍員)唱云:

> 兀的不"自有傍人說短長"?誰着你讒舌巧如簧?難道
> 有眼高天不鑑詳?害了俺這尊兄伍尚,父親賢相;少不得寃
> 債你還償。

審度了這一支詞之後,知道此處的"兀的"斷乎不能當"這"字解。
因爲費得雄以"防外人談論"一語相難,而伍員的答覆,並沒有否
認自己的非禮,並且承認他說的對。"我打你固然不是,難免旁
人說短長;但是,誰着你讒舌如簧呢?"所以這裏的"兀的不",實
在等於"誰說不是",也就等於文言之"豈不"。文言文用"豈不",
有肯定意。詩召南甘棠云:"厭浥行露,豈不夙夜,謂行多露。"毛
傳:"豈不,言有是也。"可見"豈不"云云,形式上是疑問,意思是
承認。像以上所舉伍員的話,"兀的不自有傍人說短長",也是形
式上是疑問,意思是承認;爲得語言之情起見,只可訓"兀的"爲
文言副詞之"豈",不可訓爲白話代名詞之"這"。

以上釋伍員吹簫之"兀的"已了。以下再釋瀟湘雨之"兀
的"。此"兀的"見瀟湘雨四折。上文敷演的是:大宋廉訪使張天
覺的翠鸞小姐,嫁了崔通。那崔通另娶妻房,說小姐是逃奴,將
小姐迭配沙門島。行至臨江驛,遇見了廉訪大人,父女相認。小
姐領着衹從人到秦川縣親拿崔通,剝去冠帶,上了枷鎖。那時崔

通向夫人乞憐之狀，實在可憐。説道：

> 小娘子可憐見！可不道"夫乃婦之天"？

那小姐雖然也不免動了夫婦之情，但事情鬧到這步田地，只好請父親作主。讀者再把下邊快活三一詞，温習一番，便知小姐的意思：

> 我揪將來似死狗牽，兀的不"夫乃婦之天"？任憑你心能機變口能言，〔帶云："去來！"唱〕到俺老相公行説方便。

"夫乃婦之天"，乃先儒格言，自漢至宋一千餘年，成了無上的道德信仰。崔通拿此言對付，真是機警之極。那被舊禮教束縛貫了的小姐，一聽此言，當然不敢否認，而且有點慚愧，所以一面揪住崔通一面説道："誰説不是夫乃婦之天？你這人倒機警，倒會説話。你有本事，到俺爹那裏去説吧！""誰説不是"即是"豈不是"（意思是"有是"）。所以，瀟湘雨的"兀的"和伍員吹簫的"兀的"是一樣的，只可訓作文言副詞之"豈"，不可訓作白話指示代名詞之"這"。

　　本小節所説"兀的"，其用法皆相當於文言之"豈"，這是以何等關係造成的，還應當説明一下。按："的""底"同音字。"底"有"何"義。唐顏師古匡謬正俗卷六："俗謂何物爲底。"前人詩文有用"底"爲疑問形容詞者，如隋唐嘉話上薛道衡聘陳，爲人日詩云："入春纔七日，離家已二年。"南人嗤之曰："是底言？誰謂此虜解作詩？"是。有用"底"爲疑問代名詞者，如南朝子夜秋歌："郎喚儂底爲？"歡聞變歌："底爲守空池？"歡聞歌："持底報郎恩？"北史徐之才傳："個人諱底？"是。有用"底"爲疑問副詞者，如本事詩載朱滔令士子代妻作詩曰："胡麻好種無人種，合是歸時底不歸？"杜甫詩："久待無消息，終朝有底忙？"李義山詩："柳映江潭底有情！"是。像瀟湘雨、伍員吹簫劇之"兀的"，也許"的"

（底）字本爲疑問副詞，其前面之"兀"字是發聲，没有意思。也許"兀"字從"爲""云"諸字轉來，以此類介詞與其止詞"的"（底）字連起來，作成一個疑問副詞。但無論如何，"兀底"的意思皆爲"如何""云何"；這便等於文言之"豈"。"豈不"即"爲何不"，"怎麼不"，"誰説不"，在語氣上是一樣的。我這種説法，不知對不對，但推究"兀的"用如文言"豈"的緣故，略備一解，亦未嘗不可。

　　臨了，介紹一個現在北方極普通的俗話。這箇俗話，似與"兀的"有點瓜葛。今河北、山東凡言一種行爲動作而類推之的時候，輒於某種行爲後加上"兀的"二字，有人寫作"唔的"。例如説："到北京去，作點買賣唔的"，便是到北京去作點買賣或者作其他一類的事。"到街上買點糖唔的"，便是到街上買點糖或者買其他一類的東西。我以爲這箇"唔的"即元曲"兀的"的緒餘，乃"諸如此類"之意也。

附記

　　我作此文時，曾與黎劭西師討論元曲"兀的"用法諸問題，承劭西師熱心指教，書此志謝。

一九三二年二月二十三日

原載國語週刊第二十一、第二十二、第二十三期

釋 上 下

宋書卷九十一孝義傳郭世道傳附子原平傳云：

> 父服除後，不復食魚肉。於母前示有所噉，在私室未曾安嘗，迄終三十餘載。高陽許瑤之居在永興，罷建安郡丞還家。以縣一斤遺原平。原平不受，送而復反者前後數十。瑤之乃自往曰：“今歲過寒，而建安縣好，以此奉尊上下耳。”原平乃拜而受之。

尊上下謂原平之母。同書同卷何子平傳作尊上：

> 子平世居會稽，少有志行，……事母至孝。揚州辟從事史。……母本側庶，籍注失實，年未及養而籍年已滿。便去職歸家。時鎮軍將軍顧覬之爲州上綱，謂曰：“尊上年實未八十，親故所知。州中差有微祿，當啟相留。”子平曰：“公家正取信黃籍。籍年既至，便應伏侍私庭，何容以實年未滿，苟冒榮利。……”

尊上謂子平之母，南史卷七十三何子平傳同。以郭世道傳例之，此傳恐脫一“下”字。此稱人母爲上下也。南齊書卷三十九劉瓛傳云：

> 以母老闕養，拜彭城郡丞。……永明初，竟陵王子良請

爲征北司徒記室。瓛與張融王思遠書曰："吾性拙，不習仕進。昔嘗爲行佐，便以不能及公事免黜。……中以親老供養，蹇裳徒步，脫爾逮今，二代一紀。先朝使其更自修正，勉屬於階級之次，見其襤褸，或復賜以衣裳。袁褚諸公咸加勸勵，終不能自反也。一不復爲，安可重爲哉？又上下年尊，益不願居官次廢晨昏也。"

此自稱其母爲上下也。上下，唐顏師古匡謬正俗卷八有解。其言曰：

> 荀爽與李膺書云："舍館上下，福祚日新。"此蓋古來人士致書相問之常辭耳。凡言上下者，猶稱尊卑。王逸少父子與人書，每云"上下動靜"，"上下咸宜"。上者屬於尊親，下者明謂子弟。爲論及彼之尊上，所以上字皆爲縣闕。而江南士俗近相承與人言議及書翰往復，皆指父母爲上下，深不達其意耳。

師古考上下出處，引荀爽與李膺書及王逸少父子書，而上下之見於宋書、齊書者皆不引。蓋偶未注意及此。故謂江南士俗，近相承與人言議及書翰往復，皆指父母爲上下。師古此書，屬草於貞觀中。其言如此，一若上下一語至晚近隋唐世始有作父母義用者，亦可怪也。荀爽與李膺書，今載後漢書李膺傳，無師古所引二句，蓋非全文。然以後書所載考之，曰"久廢過庭，不聞善誘。陟岵瞻望，惟日爲歲"，悉是人子之辭。則爽以父禮事膺。師古所引"舍館上下，福祚日新"，上下未必非父之稱。至王逸少父子書，今不能盡知書與何人，其辭亦簡質。所云上下，遽難定其義。然其中顯有依師古言釋之，則理不可通者。如淳化閣帖載獻之書云：

> 白：束告具天寶疾患問。何其倉卒！乏子孫，常欣倫早

成家，以此娛上下。豈謂奄失此女！愍惜深至，惻切心懷。婭哀念當(何)可爲心！情願不可保，使人愢愢悲。政當隨事豁之耳。

此獻之與兄嫂書。倫蓋兄子，即渙之書所謂倫、直等平安者也。天寶蓋倫女。尋書意，娛上下自當解爲娛親或娛父母。不可云娛尊卑也。故余疑逸少父子書所云上下，皆指父母。師古云："凡言上下者猶稱尊卑。上者屬於尊親，下者明謂子弟。"以今思之，殊未必然。然則匡謬正俗所云"江南士俗近相承……皆指父母爲上下"者，宜改正爲：江南士俗自晉氏以來，相承皆指父母爲上下矣。荀爽書已有上下，語竟出中州，亦未可知。至父母所以稱上下之故，余謂上下指天地，天地喻父母。易文言："本乎天者親上，本乎地者親下。"上下即天地也。説卦："乾天也，故稱乎父。坤地也，故稱乎母。"天地育萬物，猶父母也，故稱父母爲上下矣。上下總謂父母，亦可單稱父，單稱母。故宋齊書郭、何、劉諸人傳皆指母爲上下也。

宋元時謂公人爲"上下"。如古今小説卷三十六宋四公大鬧禁魂張篇：

> 王殿直便教周五郎周宣，將帶一行做公的去鄭州幹辨宋四。到鄭州問了宋四家裏。門前開着一個小茶坊。衆人入去喫茶。一箇老子上竈點茶。衆人道："一道請四公出來喫茶。"老子道："公公害些病未起。在等老子入去傳話。"……只見點茶的老子手把粥椀出來道："衆上下少坐。宋四公教我買粥，喫了便來。"

百回本水滸傳第三十五回：

> 酒保卻去看着那公人模樣的客人道："有勞上下，挪借

這副大座頭與裏面兩個官人的伴當坐一坐。"那漢嗔怪呼他做上下，便焦燥道："甚麼官人的伴當要換座頭！老爺不換！"

此寫石勇事也。勇非公人，而酒保以當時稱公人者稱之，故觸其怒。實則上下非惡辭。稱公人爲上下，蓋尊之之辭，猶明人稱知府知縣爲"祖父母"爲"父母"耳。

原載華北日報俗文學第四十五期，一九四八年五月二十一日

釋　阿　瞞

唐玄宗自稱"阿瞞"，在唐人書中有以下幾例：

段成式酉陽雜俎前集卷一：

> 玄宗禁中嘗稱"阿瞞"，亦稱"鴉"。（按：鴉即吾。）

南卓羯鼓錄：

> 汝陽王璡，寧王長子也，姿容妍美，秀出藩邸。玄宗特
> 鍾愛焉。嘗詫曰："花奴（原注：璡小名。）非人間人，必神仙謫墜
> 也。"寧王謙謝，隨而短斥之。上笑曰："大哥不必過慮，阿瞞
> （原注：上於諸親，嘗自稱此號。）自是相師。"

李濬松窗雜錄：

> 開元二年春，上幸寧王宅，敘家人禮，至於樂奏前後酒
> 食沾賚，上無自專，皆令稟于寧王教。上曰："大哥好作主
> 人，阿瞞但謹爲上客。"（原注：上在禁中嘗自稱阿瞞。）

柳珵常侍言旨（據原本説郛卷五引）：

> 玄宗爲太上皇時，在興善宮。李輔國矯詔遷太上皇於
> 西内。輔國領眾既退，太上皇泣持高力士手曰："微將軍，阿
> 瞞將爲兵死鬼矣。"

玄宗對諸親自稱“阿瞞”，還有一個證據。太平廣記卷二百“狄歸昌”條引抒情詩云：

> 唐僖宗幸蜀，有詞人於馬嵬驛題詩云：“馬嵬煙柳正依依，重見鑾輿幸蜀歸；泉下阿蠻應有語，這迴休更泥楊妃！”不出名氏。人仰奇才。（原有注云：此即侍郎狄歸昌詩也。）

詩第三句“阿蠻”指玄宗。宋紀有功唐詩紀事卷七十一狄歸昌條所載題馬嵬驛詩，（注云：或謂羅隱詩）與此同。詩第三句字亦作“阿蠻”。“蠻”“瞞”字通。“阿蠻”即“阿瞞”。因爲玄宗自稱“阿瞞”，後人作詩，便以“阿瞞”二字替代玄宗。

“瞞”又作“懣”、“門”、“們”、“每”，雜見宋人書中，無定字。作“瞞”的：周密齊東野語卷五端平襄州本末：

> 無敵軍即宣言，欲剿除克敵（軍），云：“不因你瞞番人在此，如何我瞞四千里路來！”

作“懣”的：樓鑰攻媿集跋姜氏上梁文藁（宋本卷七十清內聚珍本卷七十二）：

> 上梁文必言“兒郎偉”，舊不曉其義。在敕局時，見元豐中獲盜推賞刑部例，皆節元案，不改俗語。有陳棘云：“我部領你滿廝逐去深州。”邊吉云：“我隨你懣去。”獨秦州李德一案云：“自家偉不如今夜去”云。余啞然笑曰：得之矣。所謂“兒郎偉”者，猶言“兒郎懣”。蓋呼而告之。此關中方言也。
>
> （按：攻媿集跋姜氏上梁文藁謂“兒郎偉”即“兒郎懣”，其言甚是。太平廣記卷二六〇“常愿”條引嘉話錄云：“唐劉禹錫云：‘貞元中武臣常愿好作本色語，曾謂余曰：昔在奉天，爲行營都虞候。聖人門都有幾個賢郎。……奉天城斗許大，更被朱泚吃兵馬楦，爲［危］如累雞子。今拋向南衙，被公

措大偉齗鄧鄧把將化[好?]官職去。'"愿所謂"措大偉",即
"措大懣"。是其證也。今顧氏文房小説本嘉話録無此條。)

徐夢莘三朝北盟會編卷一八一:

紹興七年十一月十八日,金人廢劉豫。使小番分行街
巷,揚言曰:"請爾舊主人來此坐,教爾懣快活。"

王明清揮塵餘話卷二王俊首岳侯狀:

張太尉一夜不曾得睡,知得相公得出,恐有後命令。自
家懣都出岳相公門下。若諸軍人馬有語言,交我怎生置㘽?
我又不是都統制,朝廷又不曾有文字交我管他懣,有事都不
能管得。

黑韃事略徐霆疏:

使命臨發草地,楚材説與大使:"你懚(王靜安遺書本作此
"懚"字,疑本作"懣")只恃着大江。我朝馬蹄所至,天上,天上
去;海裏,海裏去。"

何薳春渚紀聞卷五"鸚歌"條:

娘子懣,更各自好將息,莫憶鸚歌也。

元輟然子柎掌録卜者許壽條(原本説郛卷三十二引):

孩兒懣,切記之。是季且莫教我喫冷湯水。(按:此一條記
宋王溥父祚事,必出宋人書,今不知其出處。)

作"門"的:無名氏道山清話"秦觀南遷"條(百川學海丙集):

他門取了富貴,做了好官,不枉了恁地。自家做甚來陪
奉他門?(原本説郛卷八十二引道山清話文同)

作"們"的:王繪紹興甲寅通和録(三朝北盟會編卷一六二引):

　　若我們敗時，物也做主不得。

　　你們來講和，煞是好公事。

　　若未信時，語言問他們。

　　軍人們放馬，遽然到來。

王明清“投轄録賈生”條：

　　彼如我們何？

周密癸辛雜識續集下“文山書爲北人所重”條：

　　咱們祖上亦是宋民流落在此。

周密齊東野語卷三“紹熙内禪”條：

　　這裏甚去處？你秀才們要斫了驢頭。

作“每”的：齊東野語卷二十“張仲孚”條：

　　仲孚繆謂合喜字蕫曰：“用中國人集長兵固善。第虞一
　　旦反噬，則恐無以制之耳。且我每斂中原兵，常制以女真，
　　正慮此也。”

廣韻桓韻：“瞞”，音母官切；“懣”分入混、緩、恩三韻，有“模本”、
“莫緩”、“莫困”三切。“母官”、“莫緩”同音，只是平上之異。但
宋時“懣”“瞞”都有“門”音。集韻“瞞”字，分見魂、桓、混三韻。
魂韻之“瞞”，音“謨奔切”，與“門”同音。混韻之“瞞”，音“母本
切”，與“懣”“悶”同音。樓鑰跋姜氏上梁文藁云：“懣本音悶，俗
音門，猶言輩也。”唐劉知幾史通卷十七外篇雜説“北齊諸史”條：
“渠、們、底、箇，江左彼此之辭。”“們”即“懣”也（集韻“們”讀去
聲，與“悶”“懣”皆音“莫困切”）。所以，唐玄宗自稱“阿瞞”（阿音
於何反），“阿瞞”即“我瞞”，“我懣”，亦即“我們”。

　　元朝文書中用“每”最多。如云“先生每”，“和尚每”，“官人

每”，“秀才每”，這裏不必多舉。可是明初人作曲，還有用“瞞”字
的。這一點大家不很注意。現在，舉周憲王曲爲例：

煙花夢第一折楔子：

　　【賞花時】〔旦蘭紅葉唱〕則你這巴饅的心腸實是歹，啜
漢的言詞實分外。好教我氣撲撲惱胸懷！把瞞兒是何相
待？這腌命運怎生捱？

蘭紅葉是汴梁樂户魏媽媽的童養媳。因她生的好，魏媽媽要他
先留客，慢慢地再與他的兒子合配。蘭紅葉聽了生氣，説：“你這
樣作法，把瞞兒是何相待？”“瞞兒”是自稱，等於“我們”，語意很
明白。

曲江池第三折：

　　【青哥兒】〔末鄭元和唱〕……你若還有些病疾，愁的俺
似醉如癡，贖藥求醫，禱告神祇。……若瞞兒有些胡爲，你
氳的怒起。床兒前超祭，燈兒下跪膝。投至得歡歡喜喜，受
多少切切悲悲！……

這一段是鄭元和向他的情人李亞仙訴説當日情分的話。在這段
文中，“瞞兒”是自稱，等於我們，語意也很明白。

　　　　　　　　　　　　　　　　　一九四七年二月

釋阿馬阿者

"阿馬""阿者",見於元關漢卿的拜月亭劇。女子王瑞蘭呼其父曰"阿馬",呼其母曰"阿者"。王瑞蘭是女真人(女真完顏氏,漢姓曰"王",見金國語解)。又見於關漢卿的哭存孝劇。劇中李存孝和他的妻鄧夫人,都呼李克用的妻劉夫人爲"阿者"。李存孝、李存信、康君立,都呼李克用爲"阿媽"。"阿媽"即拜月亭的"阿馬"。李克用是胡人。關漢卿作這兩本劇,不用通行的父母稱呼,特別將"阿馬"替代父,"阿者"替代母,這是要劇中語言與劇中人物相應,是他認真的地方。"阿馬"、"阿者",應是少數民族的語言,或者就是女真語。

舊五代史卷四十九唐書后妃列傳中的魏國夫人陳氏傳,出"阿婼"二字,似乎和"阿者"有點關係。傳文節錄如下:

> 魏國夫人陳氏,本昭宗宮嬪。乾寧二年,武皇奉詔討王行瑜,駐軍渭北。昭宗降朱嘗御札,出陳氏及内妓四人以賜武皇。陳氏素知書,有才貌,武皇深加寵重。陳氏性靜退,不以寵侍自侈。武皇常呼爲"阿婼"。

"婼",集韻有此字,與"姐""嫭""她"同字異文,音"子野切"。引說文云:"蜀謂母曰姐,淮南謂之社。"廣韻無"婼"字,"姐"字下注云:"羌人呼母。""婼"與"者"音近。"社"與"者"音也近。可見呼母爲"者",不但少數民族如此,即某一地方的漢民族亦如此。可是,像舊五代史所載的陳氏,是李克用的嬪妃,李克用縱然寵重她,絕不能向他的姨太太叫母親。也許,"姥"本是婦人的尊稱,猶之乎現在人稱太太。太太是尊稱。所以,丈夫可以呼他的妻爲太太;兒子也可以呼母親爲太太。紅樓夢賈寶玉呼王夫人爲太太,王夫人是他的母親。即是例子。

根據古字書韻書的記載,不但兒子呼母爲"者",兒子亦呼父爲"者"。廣雅釋親:"公奢,父也。""奢",曹憲音"止奢反"。王念孫疏證引淮南子說山訓的高誘注"雒家謂公爲阿社",云:"社與奢奢聲相近。"廣韻"爹"訓"羌人呼父",音"陟邪切"。"奢"訓"吳人呼父",音"正奢切"。通鑑卷二〇九唐紀載中宗以皇后老乳母王氏嫁竇從一事,云:"俗謂乳母之婿曰阿奢。從一每謁見及進表狀,自稱翊聖皇后阿奢。時人謂之國奢。"可見呼父爲"奢",唐朝尚有此俗。

某一地方的漢人呼母爲"姥",並不足證明關漢卿劇的"阿者"是漢語。因爲在不同的民族中間,親屬的稱呼,是往往相同的。而且,"阿者"呼母,"阿馬"呼父,在關漢卿劇中是對舉的。呼母爲"姥",古字書有此訓。呼父爲"阿馬",古字書並無此訓。所以,我疑心,"阿者""阿馬"是少數民族語,最可能是女真語。清吳振臣寧古塔紀略云:土語呼"父曰阿馬,母曰葛娘"。一箇北京的滿族朋友告我說,三十年前他呼父親爲阿馬,呼母爲遏娘。

一九四七年二月

釋　渾　家

元明的劇曲小説，常出"渾家"二字。"渾家"當妻解，大家都曉得。但"渾家"何以有妻的意思，則知之者稀。錢竹汀先生的恒言録，提過渾家。但亦語焉不詳，没説出所以然來。現在我試加解釋。

樂府詩集卷三十三，録唐朝戎昱的苦哉行詩五首。其第四首有"渾家"：

> 妾家青河邊，七葉承貂蟬。身爲最小女，偏得渾家憐。親戚不相識，幽閨十五年。有時最遠出，祇到中門前。前年狂胡來，懼死翻生全。今秋官軍至，豈意遭戈鋌。匈奴爲先鋒，長鼻黃髮拳。彎弓獵生人，百步牛羊羶。脱身落虎口，不及歸黃泉。苦哉難重陳，暗哭蒼蒼天。

"偏得渾家憐"，"渾家"有闔家、一家意。

五代孟蜀何光遠作的鑑誡録卷十"攻雜詠"條也有"渾家"：

> 陳裕秀才下第游蜀，誓棄舉業，唯事脣喙，覩物便嘲。詠渾家樂云："晨起梳頭午不休，一窠精魅鬧啾啾。阿家解舞清平樂，新婦能抛白木毬。著綠桃牌吹觱篥，賜緋盟器和梁州。天晴任你渾家樂，雨下還須滿舍愁。"又："北郡南州處處過，平生家計一驢馱。囊中錢物衣裝少，袋裏燕脂胡粉

多。滿子面甜糖脆餅，蕭娘身瘦鬼常娥。怪來喚作渾家樂，
骨子貓兒盡唱歌。”

裕所詠乃散樂人一家向各處趕趁者。“渾家樂”即一家樂。南唐
史虛白作的釣磯立談引詩也有“渾家”：

> 保大中，爲討閩之役。其後閩土判渙，竟成遷延之兵。
> 湖湘既定而復變，地不加闢，財乏而不振。刮瘍裹創，曾未
> 得稍完，而周世宗南征，全淮之地，再戰而失。元宗始自歎
> 恨，厭厭以至於棄代。時有隱君子作爲割江賦，以譏諷其
> 事。又有隱士詩云：“風雨揭卻屋，渾家醉不知。”

“渾家醉不知”，“渾家”猶言一家。三朝北盟會編卷二四〇引宋
尤袤的淮民謠也有“渾家”：

> 東府買舟船，西府買器械。問儂欲何爲？團結山水寨。
> 驅東復驅西，棄卻鋤與犁。無錢買刀劍，典盡渾家衣。

此詩清尤侗輯梁溪遺稾不載。光緒間，盛宣懷重刊梁溪遺稾，採
此詩入補遺。“典盡渾家衣”，此處渾家，亦當作一家解。元朝程
鉅夫的程雪樓集卷二十六和徐容齋止酒詩也有“渾家”：

> 渾家醉眠時，孤城黯酸霧。千年江左恨，遺曲傳玉
> 樹。……

“渾家醉眠時”，此處渾家，亦當作一家解。

“渾家”又見明周憲王清河縣繼母大賢劇及金瓶梅詞話。繼
母大賢劇第四折：

> 【雁過南樓】〔卜唱〕俺這裏荒篤速渾家老小，戰欽欽手
> 足頻搖。一個愁蹙着眉，一個彎跧着腳，嘆衰年老拙來到。
> 〔朗孤問云〕你兩個孩兒，那一個孝順？〔卜唱〕這小的兒一

剗狂,這大的子十分孝。〔朗孤云〕你怎地不教導這小的?
〔卜唱〕老賤妾都一般教導。

金瓶梅詞話第十二回:

> 劉婆子道:一家子新娶箇媳婦兒,是小人家女兒,有些
> 手腳兒不穩;常偷盜婆婆家東西往娘家去。丈夫知道,常被
> 責打。俺老公與他"回背",書了二道符,燒灰,放在水缸下
> 埋着。渾家大小吃了缸內水,眼看着媳婦偷盜,只像沒看見
> 一般。

金瓶梅詞話的"渾家大小",和繼母大賢劇的"渾家老小"意思一
樣。"渾家老小"即是"一家大小"。

樂府詩集引戎昱詩、鑑誡録引陳裕詩、釣磯立談引隱士詩,
以及尤袤詩、程鉅夫詩、周憲王曲、金瓶梅詞話的渾家,都不作妻
解。但因爲這些詩詞話本,可以想到妻所以被稱爲"渾家"之故。
"渾家"本意是一家人,妻主內,在一家中是最重要的人,所以稱
妻爲渾家。這正如鄉里本意是家鄉人,妻是家鄉人中最密切的
人,因而稱妻爲鄉里。宋姚寬西溪叢語卷下云:

> 沈休文山陰柳家女詩云:"還家問鄉里,詎堪持作夫?"
> 鄉里,謂妻也。南史張彪傳呼妻爲鄉里,云:"我不忍令鄉里
> 落它處。"今會稽人言"家里",其意同也。

宋時會稽人言妻曰"家里",與宋元時民間言妻曰"渾家"是一樣
的道理。現在河北省天津以南的土人還呼妻爲家。凡結過婚的
人,其人名某,尊長即目其妻曰某家的。山東省北部的土人,對
人稱其妻,則曰"俺家裏的"。紅樓夢有"周瑞家的"。"周瑞家
的",就是周瑞的妻。可證。

婦對人稱其夫亦曰家裏。警世通言第十三卷三現身包龍圖

斷冤篇："鮑嫂道：'我家裏的早間去縣前幹事，見押司捽着賣卦的先生，兀自歸來説。怎知道如今真個死了！'"可證。

一九四七年二月

釋戾家

明寧獻王權太和正音譜卷上雜劇十二科篇有"行家""戾家"之說。

> 子昂趙先生曰：良家子弟所扮雜劇，謂之行家生活。娼優所扮者，謂之戾家把戲。良人貴其恥，故扮者寡。今少矣，反以娼優扮者，謂之行家。失之遠也。……

"戾家"二字稍生，今略加考釋。

宋張端義貴耳集卷上，"掖垣非有出身不除"條有"戾家"：

> ……自嘉泰嘉定以來，百官見宰相，盡不納所業。至端平，衘袖書啟亦廢。……文人才士，無有自見。碌碌無聞者雜進。三十年間，詞科又罷。兩制皆不是當行，京諺云"戾家"是也。

貴耳集此條，京指行都臨安説，不是汴京之京。上一條説："紹興乾道間，都下安敢張蓋？雖曾爲朝士或外任監司州郡入京，未嘗有蓋。開禧間，始創出皁蓋。程覃尹京，出賞，嚴皁蓋之禁"云云。所云京，皆指臨安説，可證。根據這一條，知道戾家是杭州話。人作的事不當行，就謂之戾家。

宋灌圃耐得翁都城紀勝，"四司六局"條，引常諺也有"戾家"。

凡四司六局人祇應慣熟，便省賓主一半力。故常諺曰：
“燒香點茶，掛畫插花，四般閑事，不許戾家。”

都城紀勝專記臨安事。這一條所引的諺語，也是杭州語。“許”字，據永樂大典本，明鈔説集本。曹楝亭刊本“許”字作“訐”，錯了。燒香，點茶，掛畫，插花，這四般事雖然是閑事，也須得内行人去作，不許外行人作。若作訐，便没有意義了。

元朝的戲，把“戾家”二字入題目的，現在我所知道的有兩本。一是永樂大典本宦門子弟錯立身戲文。這本戲文，題目是四句：

衢州撞府粧旦色　　走南投北俏郎君
戾家行院學踏爨　　宦門子弟錯立身

這本戲是“古杭才人新編”的。白中提到杜善甫。杜善甫是元初人。所以，我疑心這本戲是元末人編的。踏爨就是做院本。戲演女直人完顏延壽馬事。他的家在西京。他的父親作河南府同知。因爲他的愛人妓女王金榜在河南府唱戲，被他父親驅逐了，他憤而逃走。路上遇見他的愛人，便和他的愛人一塊兒做院本，成了戲子了。他是公子出身，不是慣作院本的人。所以戲文標題，説他是“戾家行院”。

一是李直夫的宦門子弟錯立身雜劇。這本雜劇，據石印本天一閣本錄鬼簿，題目是二句：

莊家付淨學踏爨　　空門子弟錯立身

“莊家”應作“戾家”，有永樂大典本戲文可證。付淨是院本的重要脚色，付淨是行院扮的。“戾家付淨”與“戾家行院”文同一例。“莊家付淨”四字不成話。“空門”應作“宦門”，有曹楝亭本錄鬼簿、永樂大典本戲文可證。“空門子弟”四字也不成話。

李直夫這本雜劇，現在不存了。我斷定他的内容和大典本錯立身一樣。並且，大典本錯立身即從此劇翻出。何以知道？
第一，大典本錯立身所演的完顏延壽馬，是女直人，住西京。據
録鬼簿説，李直夫是女直人，德興府住，即蒲察李五。蒲察漢姓
曰李，見金國語解。德興府金置，屬西京路；即元之保安州。見
金史卷二十四、元史卷五十八地理志。錯立身戲文的主腳完顏
延壽馬，和李直夫不但同族，而且同里。李直夫取本地本族的故
事爲劇，所謂"俯拾即是，不取諸鄰"，是極可能的。第二，劇文起
於南方。元朝不重戲文。有名的戲曲作家都是北方人，都是作
雜劇的。到元朝末年，南方士人才有以作戲文出名的。李直夫
名見録鬼簿上，是元朝前一期的戲曲作家。元明善的清河集，有
送湖南憲使李直夫的詩，不知與曲家李直夫是否一人。如是一
人，則李直夫是元貞大德間人，還是前一期的人。他的劇作成，
當遠在錯立身戲文之前。所以，我説錯立身戲文，即從李直夫的
錯立身雜劇出。

　　上面説的是李直夫的劇本問題，似乎離本題遠了。但是，有
一點可以教我們注意。即是，李直夫是北方人，並且是現在河北
省人（元保安州即今涿鹿縣）。他在元中葉作劇，卻用了"戾家"
二字。可見"戾家"一語，在元朝已經是南北通行的話，不是屬於
某一地的方言了。

一九四七年二月

釋　木　大

"木大"見山谷詞鼓笛令,原文如下:

> 見來便覺情於我,厮守著新來好過。人道他家有婆婆,
> 與一口管教扊磨。副靖傳語木大,鼓兒裏且打一和。更有
> 些兒得處囉——燒沙糖香藥添和。

扊字大概是扰或敆的壞字。廣韻覺韻:"扰,擊也;推也。扰打
也。"扰磨有打擊意。現在俗話,説人想法子害人,還説是扰磨
人。木大,王靜安古劇脚色考提過,但沒有把木大的意思解釋明
白。現在,先引王説:

> 朝野僉載謂散樂高崔嵬善弄癡大。而宋亦有木大。陶
> 穀清異録二:長沙獄椽任興祖擁騶吏出行。有賣藥道人吟
> 曰:"無字歌。呵呵亦呵呵,哀哀亦呵呵。不似荷葉,參軍子
> 人人與個。拜木大作廳上假閻羅。"黃山谷詞:"副靖傳語木
> 大,鼓兒裏且打一和。"金院本名目有呆木大。木大疑即唐
> 之癡大,又與副靖對舉,其爲脚色無可疑也。

王説唐優人脚色有癡大,錯了。何以知道是錯了呢? 第一,弄癡
二字相連爲文,不能把弄字丟開。北齊書卷四十九皇甫玉傳説
玉善相人。顯祖(高洋)以帛巾袜其眼,使歷摸諸人,至石動統,

曰：此弄癡人。可證。第二，王靜安先生所引的朝野僉載，不知是何本。朝野僉載，今有明陳繼儒刊寶顏堂秘笈普集所收六卷本。"高崔巍"條，見卷六。（朝野僉載，明朝已亡，秘笈本朝野僉載，是從太平廣記抄出來的。凡宋人編廣記時所加"唐"字，秘笈本悉同，可證。）此外，群書所引，如唐段成式酉陽雜俎續集卷四、太平廣記卷二百四十九、明鈔原本說郛卷三十二引高擇群居解頤，都有"高崔嵬"條。現在，都鈔在下面：

酉陽雜俎續集卷四貶誤篇：

> 相傳玄宗嘗令左右提優人黃翻綽入池水中。復出。翻綽曰："向見屈原笑臣：爾遭逢聖明，何爾至此？"據朝野僉載，散樂高崔嵬善弄癡。大帝令沒首水底。少頃，出而大笑。上問之。云："臣見屈原謂臣云：我遇楚懷無道，汝何事亦來耶？"帝不覺驚起，賜物百段。

太平廣記卷二百四十九詼諧類引朝野僉載：

> 唐散樂高崔嵬善弄癡。太宗命給使捺頭向水下。良久，出而笑之。帝問。曰："見屈原云：我逢楚懷王無道，乃沈汨羅水。汝逢聖明主，何爲來？"帝大笑，賜物百段。

> （明談愷刊本、明活字本此條文全同；明許自昌刊本此條文亦同，惟"帝問曰見屈原云"七字作"帝問曰：'水中見何物？'對曰：'見三閭大夫屈原向臣云'"凡二十字。）

原本說郛卷三十二引群居解頤：

> 散樂老（"老"當作"高"）崔嵬善弄癡。大帝令給事捺頭向水下，良久。帝問之。曰："見屈原云：我逢楚懷王，乃沉汨羅水。汝逢聖明君，何爲亦來此？"帝大笑，賜物百段。

寶顏堂秘笈本朝野僉載卷六（亦政堂本普集）：

敬宗時（“敬宗”乃“散樂”之誤，“時”字衍）高崔巍喜（“喜”當作“善”）弄癡。大帝令給使撩（“撩”當作“捺”）頭向水下。良久。出而笑之。帝問。曰：“見屈原云：我逢楚懷王無道，乃沉汨羅水。汝逢聖明主，何爲來？”帝大笑，賜物百段。

西陽雜俎、群居解頤、秘笈本朝野僉載都作“大帝”。“大帝”是唐高宗。談本、許本、活字本廣記作“太宗”，是淺學者所改。王先生所讀朝野僉載，此條當亦作“大帝”。因爲王先生讀此條時，誤將“大帝”二字拆開，以大字屬上讀，以帝字屬下讀。大字屬上讀，便成了“散樂高崔巍善弄癡大”了。

　　唐朝優人名目，没有“癡大”。宋朝優人名目，有没有“木大”呢？話說到此處，須將“木大”二字講清楚。王先生雖說木大是脚色，而没有說“木大”該如何解。我現在，爲王先生進一解。明鈔本說郛卷五引蘇東坡續李義山雜纂，其中有一段出“木大”二字。在這一段文中，我們可以看出“木大”的意思：

　　　　旁不忿：

　　　　村裏漢有錢，木大漢好妻，知無事業及第（有錯字，疑當作“無知司業及第”），庸常輩作好官，見善人被惡小凌辱。

所舉旁人代不平的事有五件。第二件是“木大漢好妻”。“木大漢”就是癡漢。“木”有鈍劣意。“木大”也有鈍劣意。凡人昏闇謂之“懵懂”，昏睡謂之“懵騰”，昏醉謂之“酩酊”，不喇溜謂之“磨駞”，都和“木大”的意思差不多。所以“木大漢”就是癡漢。山谷詞“副靖傳語木大”，就是副靖傳語癡漢。

　　我們知道宋朝的副靖是裝癡的。他的職務等於前朝的弄癡人。在宋朝扮戲，既然有副靖色裝癡，便不應於副靖外更有“木大”一色。況且，我們現在看到的宋人書，如夢粱錄，如武林舊事，記宋人扮戲的脚色極詳，皆只有“副靖”，没有“木大”。元陶宗儀輟耕録記元院本脚色，也不見“木大”之名。所以，我疑心，“木大”不是脚色，只是當時對於癡人的稱呼。黄山谷詞以“副靖”與“木大”對舉，那是設喻的俏皮話，不一定因爲“木大”是脚色才在此處用“木大”二字。至於清異録所引賣藥道人歌，也只是譏誚長沙獄椽（獄椽即司法參軍），説他雖升廳據案威風不小，其實自人看來，不過是一癡漢，裝模作樣而已。此處“木大”似只當癡漢解，亦並非指扮戲脚色。

原載北平時報文園第十二期，一九四七年二月五日

釋葫蘆提

元人作曲，常用"葫蘆提"三字，例如鄭德輝的王粲登樓第三折上小樓么篇：

> ……則爲我壯志難酬，身心不定，功名不遂，到不如葫蘆提醉了還醉。

今按："葫蘆提"宋人語也。宋張耒明道雜誌有"葫蘆蹄"：

> 錢勰內相本以文翰風流著稱，而尹京爲近時第一。余嘗見其剖決甚閑暇，雜以談笑諢語，而胥吏，每一顧問皆股慄不能對。一日，因決一大滯獄，內外稱之。會朝處，蘇長公譽之，曰："所謂霹靂手也。"錢曰："安能霹靂手，僅免葫蘆蹄也。"葫音鶻。

錢穆就是錢勰，穆是錢勰的字。當時人因單單稱一個"穆"字不慣，也有替他加上一個字，呼爲"穆父"的。錢勰兩次作京尹，都在元祐年間。所以這一條記的一定是元祐年間的事。"霹靂手"，喻敏捷。蘇東坡誇錢穆，說他是"霹靂手"。錢穆謙恭說："這那能算是霹靂手，不過還不至於葫蘆蹄罷了。""葫蘆蹄"與"霹靂手"相反，意思是糊塗。

涵芬樓印的原本說郛卷三十四引宋王陶的談淵，有"鶻

露蹄":

> 張鄧公士遜三入相。景祐五年,與章郇公並令,已七十
> 五歲。後二年,西賊叛命。寶元康定之間,措置乖方,物議
> 罪之。方引年除正太傅致仕,以小詩別郇公云:"緒案當衙
> 並命時,蒹葭衰朽倚瓊枝;如今我得休官志,鴻入南溟鳳在
> 池。"邊輔咸知焉。當時輕薄少年改鄧公詩曰:"緒案當衙並
> 命時,與君兩個沒操持;如今我得休官志,一任夫君鶻露
> 蹄。"聞者無不大哂。(宋吳曾能改齋漫錄卷五載此事,"緒案"作"緒
> 案","休官志"作"休官去"。)

章郇公就是章得象。輕薄少年替張士遜改的詩,意謂那時一同
拜相,咱兩個都是不能辦事的人。如今我不做官了,讓你這位老
先生糊裏糊塗的幹吧。"鶻露蹄"就是"葫蘆蹄",也就是"葫
蘆提"。

元盛如梓庶齋老學叢談卷中之下引金李屏山樂府有葫
蘆提:

> 幾番冷笑三閭,算來枉向江心墮。和光混俗,隨機達
> 變,有何不可?清濁從他,醉醒由己,分明識破。待用時即
> 進,舍時便退,雖無福亦無禍。你試回頭覰我。怕不待崢嶸
> 則箇。功名半紙,風波千丈,圖箇甚麼?雲棧揚鞭,海濤搖
> 棹,爭如閒坐。但罇中有酒,心頭無事,葫蘆提過。

李屏山,名純甫,字之純,自號屏山居士,金西京路弘州襄陰縣
人。承安二年經義進士,爲薊州軍事判官,詔參淮上軍。尋薦入
翰林。宣宗南渡,再入翰林。擢尚書省左司都事。以母老辭。
再入翰林,連知貢舉。正大末,出倅坊州,未赴,改京兆府判官,
卒於南京。年四十七。(施國祁金史詳校卷十據金張子和儒門
事親,謂純甫卒在元光間。以上純甫事蹟據金劉祁歸潛志卷一、

元好問中州集卷四,及金史卷一二六文藝傳。)盛如梓,號庶齋,揚州人。大德間爲嘉定州學教授,以從仕郎崇明州判官致仕。泰定天曆間,猶與王結唱和詩。結詩序云:"奉呈庶齋盛翁。"蓋於結爲前輩,乃由宋入元者也。(據元詩選癸之甲,王結文忠集卷一。)"葫蘆提"三字,以我所知,最初見於庶齋老學叢談所引李屏山詞。

王陶、張耒,都是北宋人。盛如梓元人。他們記北宋事、金事,都有"葫蘆提"一語。因此,我們可以知道,在宋金時代,"葫蘆提"已經是通行的俗話了。

一九四七年四月

釋鬼擘口

天一閣本録鬼簿續編後，所附失名氏傳奇目，有鬼擘口。注云：

> 王員外身死錯安頭　　張小屠智賺鬼擘口

鬼擘口似是被賺者之號，但此三字甚生。元杜善夫作的喻情套數，第一曲耍孩兒有"鬼擘口"：

> 我當初不合鬼擘口，和你言盟誓，惹得你鬼病厭厭掛體。……

杜善夫這一套，見朝野新聲太平樂府卷九，明周憲王作的喬斷鬼劇，第三折也有"鬼擘口"。這一本戲演的是周府伴讀徐行，把他心愛的幾軸古畫交給表背匠人封聚替他裝表。封聚賴了他的畫不還，徐行因此一怒而亡。他作了鬼還忘不了他的畫，到封家尋封聚要問個明白。正值封聚喝醉了，罵他娘：

> 〔淨云〕我醉了，昏沉沉地恰似見鬼一般，罵了娘幾句，敢是鬼擘口？〔末云〕他醉了，罵他娘。〔末唱〕
>
> 【醋葫蘆】他又賴是俺鬼擘口。……

以上是"鬼擘口"見於元明曲的例。宋人小説如王明清的揮麈後録、揮麈餘話，洪邁的夷堅志也有"鬼擘口"。揮麈後録卷六"曾文肅爲相首末"條：

> 曾文肅元符末作相,首逐二蔡。而元長先已交結中禁。
> 雖云去國,而眷束方濃。自是屢欲召用,而文肅輒尼之。一
> 日,徽宗忽顧首相韓文定云:"北方帥藩有闕人處否?"文定
> 對以大名府未除人。少刻,批出:"蔡京除端明殿學士,知大
> 名府。"乃過闕朝見。文肅在朝堂,一覽愕然,忽字呼文定
> 云:"師朴可謂鬼劈口矣!"

文肅是曾布的謚。文定是韓忠彦的謚。韓忠彦字師朴。揮塵餘
話卷一"錢穆父行章子厚告詞"條:

> 元豐末,章子厚爲門下侍郎,以本官知汝州。時錢穆父
> 爲中書舍人,行告詞云:"靰靰非少主之臣,悖悖無大臣之
> 操。"子厚固怨之矣。元祐間,穆父在翰苑,詔書中有"不容
> 群枉規欲動搖",以指子厚。尤以切齒。紹聖初,子厚入
> 相。例遭斥逐。穆父既出國門,蔡元度餞別,因誦其前聯
> 云:"公知子厚不可撩撥,何故詆之如是?"穆父愀然曰:"鬼
> 劈口矣!"元度曰:"後來代言之際,何故又及之?"穆父笑
> 曰:"那鬼又來劈一劈了去。"

章子厚即章惇。蔡元度即蔡卞。夷堅志補卷五"張客浮漚"條:

> 鄂岳之間居民張客,以步販紗絹爲業。其僕李二者勤
> 謹習事。淳熙中,主僕行商過巴陵之西湖灣。白晝急雨。
> 望路左有叢祠,趨入少憩。李持大磚擊張首。即悶仆,連呼
> 乞命。視檐溜處浮漚起滅,因言:"我被僕害命,只靠你它時
> 做主爲我伸寃。"遂死。李歸給厥妻曰:"使主病死於村廟
> 中。臨終遺囑,教你嫁我。"妻從之。凡三年,伉儷之情甚
> 篤。嘗同食,值雨下,見水漚而笑。妻問之。曰:"張公甚
> 癡,被我打殺,卻指浮漚作證。不亦可笑乎。"妻聞,陽若不

介意。伺李出，奔告里保。捕赴官。訪尋埋骸，驗得實。不
敢復拒，但云：“鬼擘我口，使自説出。”

我看的揮麈後録、揮麈餘話是津逮秘書本。“擘”字皆作“劈”。
按説文四篇下刀部：“劈，破也。”十二篇上手部：“擘，撝也。”“撝，
裂也。”“劈”，大徐音“普擊切”。“擘”，大徐音“博厄切”。玉篇卷
六：“扒，鄙殺切，擘也。”“擘，補革切，擘裂也。”夷堅三志己編卷
四暨彥穎女子條：“見墓祭者擘裂紙錢。”劈扒擘皆脣音字，義亦
相近。凡物以刀分之謂之劈，以手分之謂之擘。疑津逮本後録、
餘話“劈”字誤，當依他書作“擘”。鬼擘口則口不得閉，故謂人之
多言者爲“鬼擘口”；人之多言者，亦以“鬼擘口”自解。津逮本揮
麈餘話又有“劈口”，見卷二“風和尚知人休咎”條：

祐陵（徽宗）時有僧妙應者，能知人休咎。不拘戒行，人
呼之爲“風和尚”。蔡元長褫職居錢塘。一日，忽直造其堂，
書詩一絶云：“相得端明似虎形，搖頭擺腦得人憎；看取明年
作宰相，張牙劈口喫衆生。”……

此處“劈口”當作開口解。“劈”字疑亦“擘”字之誤。

　　　　　　　　　　　　　　　　　　　　一九四七年四月

釋忔憎忔戲

"忔憎"二字，最初見於黃山谷的好事近詞。原文是：

> 不見片時霎，魂夢鎮相隨着。因甚近新無據，誤竊香深約？思量模樣忔憎兒，惡又怎生惡？終待共伊相見，與伴伴奚落。

涵芬樓印的説郛卷七引吕居仁的軒渠録，其中有一條也出"忔憎"二字：

> 京師有營婦，其夫出戍，嘗以數十錢託一教學秀才寫書寄夫云：窟賴兒娘傳語窟賴兒爺：窟賴兒自爺去後，直是忔憎兒。每日根（原注：入聲）特特地笑，勃騰騰地跳。……

把軒渠録這一條與山谷詞合看，知道"忔憎"應當作可愛解。這是宋朝汴京的俗話。

忔憎也作可憎。"可憎"二字，元明曲中常見，如西廂記：

> 【粉蝶兒】不做周方，枉埋寃煞你箇法聰和尚。你則借與我半間兒客舍僧房，與俺那可憎才居此處門兒相向。……（第二折）

> 【四邊靜】若是今宵歡慶，俺那軟弱的鶯鶯可曾慣經。索欵欵輕輕，燈下交鴛頸。端詳着可憎。好殺人無乾淨。

（第七折）

【寄生草】安排着害，準備着擡。想着這異鄉身，强把茶湯捱。則爲這可憎才，熬得心腸耐。……（第十四折）

【村里迓鼓】猛見了可憎模樣，早醫可九分不快。……（第十四折）

關漢卿的玉鏡臺、喬夢符的金錢記，有"可人憎"：

【牧羊關】縱然道肌如雪腕似冰，雖是一段玉，卻是幾樣磨成。指頭是三節兒瓊瑶，指甲似十顆水晶。穩坐的有那穩坐堪人敬，但舉動有那舉動可人憎。……（玉鏡臺第二折）

【寄生草】則見他整雲鬟暎在荼蘼架，蕩湘裙微見凌波襪；則他那露春纖笑撚香羅帕。怕不待龐兒俊俏可人憎，知他那眉兒淡了教誰畫。（金錢記第一折）

賈仲名金安壽：

【醉也摩挲】楊柳形骸，海棠顏色，端的是可憎才。

明周憲王曲江池：

【浪來裏煞】深謝你俊嬌姿眷戀心，多感你可憎才忠厚德。（曲江池第三折）

"可人憎"與"可憎"同意。"可憎"就是"忔憎"，語有緩急耳。元李治敬齋古今黈（據節本）卷二：

古人文字有極致之辭。若以無念爲念，以無寧爲寧，皆極致之辭也。世俗以可愛爲可憎，亦極致之辭。

李治是金末元初人。敬齋古今黈這一條很重要。往常我們讀西廂記，也把可憎作可愛解。但這是推測之詞，缺乏典據。讀了敬齋古今黈這一條才知道可憎是金元間俗語。金元時俗言可憎與可愛意同。所以元曲可憎就是可愛。

　　詞曲中常見的還有"忔戲"二字,意思和"忔憎"差不多。這兩個字,宋趙長卿的惜香樂府用得最多。

　　　　【探春令】幡兒勝兒都姑婥,戴得更忔戲。(卷二詠春早)

　　　　【醉蓬萊】艾虎宜男,朱符鬪惡,好儲祥納吉;金鳳釵頭,應時戴了,千般忔戲。(卷四詠端午)

　　　　【有有令】準擬恩情忔戲,拈弄上則人難比。(卷六詠歲殘)

　　　　【念奴嬌】忔戲。笑裏含羞,回眸低盼,此意誰能識?(卷七席上即事)

在這些詞中,"忔戲"有可愛的意思,也有美滿的意思。永樂大典本張協狀元戲文,也用了"忔戲"二字:

　　　　【望江南】多忔戲,本事實風騷。使拍超烘非樂事,築球打彈謾徒勞。沒意品笙簫。諢譚砌,酬酢仗歌謠。出入還須詩斷送,中間惟有笑偏饒。教看衆樂酶酶。

多忔戲,即多麼可愛。"忔戲"又作"喫喜"。"喫喜"二字,元喬夢符小令用的最多:

　　　　【水仙子】鶯花笑我病三春,香玉知他瘦幾分?屏幃獨自懷孤悶,那些兒喫喜人。……(傷春。任校本夢符散曲卷一)

　　　　【又】冰藍袖捲翠紋紗,春笋纖舒紅指甲。水晶寒濃染臙脂蠟。剖吳橙喫喜煞。……(詠紅指甲贈孫蓮哥。卷同上)

　　　　【折桂令】翠袖捧銀臺絳蠟,綠雲封玉竈丹霞。富貴人家——妝點湖山,喫喜窗紗。(詠紅蕉。卷同上)

"喫喜"又作"可喜"。可喜元雜劇中屢見:

　　　　【天下樂】則他那瘦岩岩影兒可喜煞。(馬致遠漢宮秋第一折)

　　　　【青哥兒】這小姐端的是堪描堪畫。……則他那可喜娘

的龐兒迤逗煞。（喬夢符金錢記第一折）

　【後庭花】美姿容可喜煞。（同上劇第一折）

　【牧羊關】風流盡繡褥羅衾，可喜煞翠屏錦帳。（元無名氏玉壺春第二折）

“可喜娘”與“喫喜人”文同一例。“喫喜煞”與“可喜煞”意同。

　“忔戲”又作“喫戲”、“乞戲”，喬夢符的套數中也有例子：

　【南呂·一枝花】套尾　煞強如泣琵琶，淚濕青衫上冷；彷彿似鸚鵡聲，紅錦罩內聽。洗得平生耳根淨。風流這生——喫戲可憎。……（詠合箏。任校夢符散曲卷三）

任校本“喫戲”，大概根據的是喬夢符小令。太平樂府卷八引作“乞戲”。詞曲中的俗語，無定字。所以“忔憎”亦作“可憎”。“忔戲”可作“喫喜”，亦可作“喫戲”“乞戲”。“喫喜”亦作“可喜”。“忔戲”與“忔憎”意同；所以在這一套曲中，“喫戲”與“可憎”相連爲詞。

原載經世日報讀書週刊第二十五期，一九四七年二月五日

釋趙藁送曾哀

元明人曲,有"趙藁送曾哀"一語,"藁"字亦作"杲"。舉例如下:

白仁甫牆頭馬上第二折牧羊關曲:

> 你道爲甚着你個丫環迎少俊,我則怕似"趙杲送曾哀"。

(元明雜劇本"杲"字誤作"果",元曲選本不誤。)

張國寶薛仁貴第二折雙雁兒曲:

> 恰便似"送曾哀,趙藁不回來"。

楊文奎兒女團圓第二折賀新郎曲:

> 每日家問梅香無信息;哥哥,他恰便似"趙藁送曾哀"。

(據息機子本,元曲選本作"趙杲"。)

白仁甫生於金末,元大德中猶存,年八十餘。張國寶,即教坊總管喜時豐,大德時人。楊文奎元末明初人。由此知道"趙藁送曾哀",是元明間的習語。

三朝北盟會編卷二四三引煬王江上錄作"趙老送燈臺":

> 正隆(金主亮年號)五年,秋九月,起汴京。敕天使催促八路軍馬,各依地分入南界進發。時童謠言:"正軍、三匹馬,簽軍兩隻鞋;郎主向南去,趙老送燈臺。"

正軍、簽軍之解，見三朝北盟會編卷二四四引宋張棣金虜圖經：

> 虜人用兵專尚騎。間有步者，乃簽差漢兒，悉非正軍。
> 虜人取勝，全不責於簽軍，惟運薪水，掘壕塹，張虛勢，搬糧
> 草而已。不以多寡，約五十騎爲一隊，相去百步而行。居長
> （常）以兩騎自隨，戰騎則閑牽之，待敵而後用。又有一貼軍
> 曰"阿里喜"。如遇正軍病，即以貼軍代行。

正軍行常以兩騎自隨，戰騎則閑牽之，待敵而後用，所謂"正軍三
匹馬"也。簽軍步行，無騎，所謂"簽軍兩隻鞋"也。"郎主"指金
主亮。"趙老送燈臺"，歇後語，言此次金主南侵，將去而不復返。
這是金正隆末南京（即汴京）的童謠。這個謠有深刻的政治意
義，是漢人作的。

宋歐陽修歸田錄卷二也作"趙老送燈臺"：

> 俚諺云："趙老送燈臺，一去更不來。"不知是何等語，雖
> 士大夫亦往往道之。天聖（宋仁宗年號）中，有尚書郎趙世長
> 者，常以滑稽自負。其老也，求爲西京留臺御史。有輕薄子
> 送以詩云："此回真是送燈臺。"世長深惡之，亦以不能酬酢
> 爲恨。其後竟卒於留臺也。

這是北宋天聖中東京的謠。歐公不知這個謠是何等語。我爲歐
公進一解。

北史卷五十四竇泰傳云：

> 累遷侍中京畿大都督，尋領御史中尉。泰以勳戚居臺，
> 雖無多糾舉，而百寮畏懼。天平（東魏孝靜帝年號）三年，神武
> （高歡）西討，令泰自潼關入。四年，泰至小關，爲周文（宇文泰）
> 所襲，衆盡没。泰自殺。初，泰將發鄴，有惠化尼謠云："竇
> 行臺，去不迴。"未行之前，夜三更，忽有朱衣冠幘數千人入

臺,云:"收寶中尉。"宿直兵吏皆驚。其人入數屋,俄頃而
去。旦,視關鍵不異,方知非人。皆知其必敗。

這是東魏天平末鄴都的謠。大凡史書引謠諺,多少有點剪裁,不
必與當時口頭的謠,字字相符。這箇東魏謠"寶行臺,去不迴"一
語,是北宋謠"趙老送燈臺,一去不回來"所祖,毫無可疑。不過
"寶"之與"趙"(南北朝時"趙"讀舌頭音),"行"之與"燈",音有訛
變耳。北宋謠由天聖中到元至正末三百幾十年間,音又有訛變,
所以,"趙老送燈臺",又成了"趙棄(呆)送曾哀"了。(現在山西
省、四川省俗話,還有"趙小送燈臺",除"老"轉爲"小"外,與宋金
謠合。)

一九四三年

釋　録　事

　　老學庵筆記卷六云：“蘇叔黨政和中至東都，見妓稱録事，太息語廉宣仲曰：今世一切變古，唐以來舊語盡廢，此猶存唐舊爲可喜。前輩謂妓曰酒糾，蓋謂録事也。”叔黨名士，其喜雅故語如此。前輩以下乃放翁語。放翁謂酒糾即録事，甚是。惜於妓稱酒糾或録事之故，尚未詳言之。今略據唐人書加以補充。

　　太平廣記卷三二九引牛僧孺玄怪録云：

　　　　文明年，竟陵掾劉諷夜投夷陵空館。月明不寢，忽有一女郎至。未幾，三女郎至，鋪花茵於庭中，揖讓班坐。坐中設犀角酒樽、象牙杓、緑罽花氈、白琉璃盞，醪醴馨香。一女郎爲録事（“事”字原脱，據下文補），一女郎爲明府。

録事、明府，乃會飲時所設職司名號，觀此文可知。唐人小説以録事與明府對舉者，僅見此文，甚可貴。然録事、明府所司何事，思黯不説明。以紀事文例無説明也。皇甫松醉鄉日月專論酒事，其記酒職有明府，有律録事，有觥録事，各繫以説。其釋明府云：

　　　　明府之職，前輩極爲重難。蓋二十人爲飲，而一人爲明府，所以觀其斟酌之道。每一明府管骰子一雙，酒杯一隻。

釋律録事云：

> 夫律録事者須有飲材。飲材有三：謂善令，知音，大户也。凡籠臺以白金爲之，其中實以二十籌，二十旗，二十纛。夫旗所以指巡也；纛所以指飲也；籌所以指犯也。……録事之于令也，必合（"合"疑當作"和"）其詞，異於席人，所謂巧宣也。席人有犯，既下籌，犯者執爵請罪。

釋觚録事云：

> 凡烏合爲徒，以言笑動衆，暴慢無節，或疊疊起坐，或附耳囁語，律録事以本户繩之，奸不衰也。觚録事宜以剛毅木訥之士爲之，有犯者輒設其旗于前曰：某犯觚（原注：法先旗而後纛。）犯者諾而收執之，拱曰：知罪。明府餉其觚而尌焉。犯者右引觚，左執旗附於胸。録事顧伶曰：命曲破送之。飲訖，無墜酒，稽首，以旗觚歸於觚主，曰：不敢滴瀝。復觚於位。後（"後"疑當作"復"）犯者捉以纛。疊犯者旗纛俱舞。觚籌盡，有犯者不問。

由松之言考之，知明府司飲，録事司法。録事亦謂之酒糾者，以録事在筵中掌正違失也。

明府，漢人以稱太守，唐人以稱縣令。録事，唐制京畿及諸州縣令下各置二人或一人。此二者一爲長官之尊稱，一爲幕吏。飲酒者借用之以爲筵間職司之名。復因飲酒時録事一職多以妓女爲之，流俗相沿，遂以録事爲妓女之稱。其稱謂雖同官吏，其得稱卻由於會飲。唐之酒政，後人希闊不講。久之，昧厥本源，遂有不知妓女稱録事之故者矣。

然唐時宴飲所設録事，非盡以妓女充之。元稹有黄明府詩，序云：

　　　　小年曾于解縣連月飲酒，予常爲觥録事。曾于竇少府
廳中，有一人後至，頻犯語令，連飛十二觥；不勝其困，逃席
而去。

據序，元稹即曾爲録事者。則録事非盡以妓女充之可知也。更
以諸書考之，則唐人集會，率有録事。其録事主勾當會務，或主
罰。其糾察違失，亦不限于席上犯令如上文所云。今擧張鷟朝
野僉載及王定保摭言所載爲證。朝野僉載載袁琰事云：

　　　　周考功令史袁琰，國忌衆人聚會，充録事勾當。遂判
　　曰：曹司繁鬧，無時暫閒。不因國忌之辰，無以展其歡笑。
　　合坐嗤之。（太平廣記卷二八引）

此録事主勾當會務也。摭言卷三記進士游宴録事數見。其首章
散序云：

　　　　進士謝恩後，便往期集院。其日，狀元與同年相見後，
　　便請一人爲録事。（原注：舊例率以狀元爲録事。）其餘主宴、主酒、
　　主樂、探花、主茶之類，咸以其日辟之。逼曲江大會，先牒教
　　坊奏上御紫雲樓，垂簾觀之。勅下後，人置被袋，例以圖障、
　　酒器、錢、絹實其中。逢花即飲。其被袋，狀元、録事同點
　　檢，闕一則罰金。

後載崔沆事云：

　　　　崔沆及第年爲主罰録事。同年盧彖，府近關宴，堅請假
　　往洛下。及同年宴于曲江亭子，彖以雕幰載妓，微服鞿輆，
　　縱觀于側。沆判之，略曰：“紫陌尋春，便隔同年之面；青春
　　得路，可知異日之心。”

此録事主檢校審定會員過失，其過失乃不關語令者也。被袋見

李匡乂資暇集下云："被袋非古製,不知孰起。比者遠游行則用。大和九年,以十家之累者邐迤竄謫,人人皆不自期,當虞蒼卒之遣,每出私第,咸備四時服用。舊以紐革爲腰囊,置於殿乘;至是服用既繁,乃以被易之("被"下當脱"袋"字),成俗于今。大中以來,吳人亦結絲爲之。"今北方人遠行,用長方袋盛被褥衣服,名曰褥套,其製蓋出於此。

　唐妓稱録事,今人多知之。其稱録事之故,則有不知之者。至唐人宴飲集會,録事非盡以妓女充之;録事之職,亦非僅在酒筵間糾察違失;則知之者稀。故並及之。語雖瑣碎,世之考前代風俗者,或亦有取焉。

一九四六年三月